A GAROTA DA BANDA

Adriana Fernandes

A GAROTA DA BANDA

Perseguida pelo medo, seduzida pelo amor

Prata

São Paulo-SP

Editor-Chefe: Eduardo Infante
Revisão de Texto: Sabrina Ferreira Alves
Projeto Gráfico: Julio Portellada
Diagramação: Estúdio Kenosis
Imagem de capa: freepik.com
Capa: Julio Portellada
Número de páginas: 520

Dados Internacionais de Catalogação na Publicação (CIP)
(Câmara Brasileira do Livro, SP, Brasil)

Fernandes, Adriana
A garota da banda / Adriana Fernandes. --
São Paulo, SP : Prata Editora, 2022.

ISBN 978-65-86262-04-9

1. Romance brasileiro I. Título.

22-118855 CDD-B869.3

Índices para catálogo sistemático:

1. Romances : Literatura brasileira B869.3

Eliete Marques da Silva - Bibliotecária - CRB-8/9380

Prata

Prata Editora e Distribuidora
www.prataeditora.com.br
facebook/prata editora

Impresso no Brasil/*Printed in Brasil*

AGRADECIMENTOS

É difícil listar em grau de importância o quanto cada um foi fundamental nesse longo caminho que percorri durante o tempo em que dediquei todos os meus momentos livres para escrever esse livro.

Foram horas roubadas em família, períodos de reclusão sem os amigos e muitas manhãs madrugadoras em que aproveitei o silêncio da minha casa para mergulhar nessa criação.

Agradeço primeiramente a Deus, porque Ele fez e faz maravilhas por mim todos os dias da minha vida.

Agradeço imensamente ao meu marido, por ter sido o primeiro a acreditar no meu sonho e nunca deixar de me apoiar em todos os sentidos. Amo você.

Às minhas queridas filhas, por aguentarem firmemente as minhas oscilações de humor sem reclamar, e ainda terem paciência comigo. Amo vocês.

A todas as amigas, que sempre foram solícitas para dar opiniões e, com muito carinho, dedicaram um pedacinho do seu tempo para ler o que eu escrevia.

Obrigada Sabrina Alves, pela amorosa revisão ortográfica e incentivo.

Espero que vocês, leitores, amem esse livro como eu amo e aproveitem a jornada.

"O maior naufrágio é não partir."
Amyr Klink

Alex

Sabe aquele dia em que você abre os olhos e te dá uma preguiça enorme de sair da cama. Pois é, hoje despertei sentindo-me totalmente assim. E só de pensar que ainda tenho que enfrentar uma prova de Geografia, a apresentação final do trabalho de Química e mais um tanto de aulas maçantes, dá vontade de sumir para sempre.

Nossa, preciso de uma pausa ou irei surtar! É sério.

Ainda bem que hoje é sexta-feira, a semana acabou e junto com ela, o meu pesado período de provas e entrega de trabalhos. Ufa! Pelo menos isso é uma boa coisa, penso com uma pontadinha de felicidade.

Enfio a cabeça no travesseiro, esquivando-me da luz da manhã, respiro fundo e solto o ar com desânimo. Nesse instante o meu alarme soa, lembrando que tenho pouco tempo para sacudir a preguiça e dar um rumo a minha vida. O alarme insiste mais uma vez, deslizo o dedo na tela e desligo a coisa irritante.

É, tá bom! Já entendi, não dá para ficar enrolando mais!

Ergo a cabeça e dou um pulo da cama, caminhando a passos lentos para o banheiro. Infelizmente o dia está só começando e tenho que passar por ele antes de curtir o meu período de recesso escolar. O negócio é tomar uma boa chuveirada e esperar a mágica do banho me deixar mais animada. Geralmente uma boa ducha é o suficiente para espantar a minha preguiça.

Em dez minutos consigo fazer o que preciso e aproveito para escovar os dentes embaixo do chuveiro. Ainda enrolada na toalha, tento dar um jeito na bagunça que o meu cabelo fica sempre que acordo. É complicado domar a cabeleira que desce até o meio das minhas costas, ela simplesmente não me obedece. Por fim, perco a paciência e pego um elástico, amarrando-o em um rabo. Vai ter que servir por ora, resmungo aborrecida encarando a minha imagem no espelho, insatisfeita com o que vejo, mas não deixo por menos e rebato-a com uma careta bem infantil.

Saio do banheiro e visto o meu uniforme rapidinho, desço as escadas correndo e mal dá tempo de virar um copo de leite antes de sair. A minha mãe não está na cozinha, não sei se ela já foi para o hospital ou ainda está se arrumando. O mais provável é que ela já tenha partido para o trabalho. A casa está silenciosa e Dra. Sheila definitivamente é uma pessoa barulhenta.

Mamãe é médica pediatra e chefe do setor infantil do único hospital da cidade. Nós moramos em uma cidade pequena, mas o hospital é bem-conceituado na região e está sempre lotado, gerando um trabalho intenso e exaustivo para toda a equipe médica, que não mede esforços para dar o máximo de atenção às crianças doentes que são encaminhadas para a pediatria. E, por esse motivo, quase não encontro com a minha mãe durante o dia, é difícil pra caramba conciliar os meus horários com os dela. Mas quando temos tempo para ficarmos juntas é mais que bom. Nós somos muito unidas em quase tudo, desfrutamos de um relacionamento bem tranquilo e fácil de levar, dificilmente comparável com qualquer outro que conheço entre as minhas amigas e suas mães.

Chego ao portão da escola exatamente quando o sinal apita, arfando pela caminhada apressada. A escola fica a poucos quarteirões da minha casa, e eu sempre chego com folga, mas hoje não. Estou quase atrasada, quase… o que para mim, é uma coisa tensa, pois tenho TOC[1] com relação à pontualidade. Nunca me atraso.

Assim que piso no corredor das salas de aula, dou de cara com Elisa batendo o pé com impaciência e repuxando o cabelo meio desesperada. Ela ergue a cabeça quando entro no seu campo de visão e sai em disparada para me alcançar antes de começar a aula. Pela expressão determinada em seu rosto, o assunto é sério. Deus, lá vem!

Elisa é a minha melhor amiga, a gente está sempre junto, seja na escola ou fora dela. Ela intercepta o meu caminho e começa a falar, atropelando as

---

[1] TOC – Transtorno obsessivo-compulsivo

palavras, despejando um monte de frases sem sentido, que não entendo nada. Quando ela percebe que não está falando coisa com coisa, para e dá um longo suspiro, reiniciando a sua fala de um modo menos confuso.

— Nossa, Lex. Que demora! Preciso muito falar com você antes de começar a aula, pensei que não daria nem tempo! — Ela arfa exasperada.

— O que foi? — Falo calmamente, tentando desacelerar a sua histeria.

— É um assunto urgente, vida ou morte para mim, e você tem que me ajudar! — Elisa contorce o rosto, gemendo como se algo muito ruim estivesse prestes a acontecer.

— Deixe de drama, Elisa! — Corto logo a sua cena apelativa.

— Ei, não é drama! — Ela guincha. — Você não está entendendo o meu desespero? Nunca imaginei que você importasse tão pouco comigo, Alex.

Agora ela fala ressentida, fungando e com os olhos úmidos, piscando sem parar e jogando para mim um olhar ofendido que, sem brincadeira, conheço bem e é teatral demais para eu levar a sério.

Pai da Glória! Tenho certeza que essa porcaria vai levar toda a minha pouca paciência, já estou até vendo!

Ponho as mãos na cintura, esperando que ela abra a boca de uma vez e diga qual o motivo de tanta aflição. De repente, algo estala quando me dou conta do que é. Ah, merda! Fecho os olhos e balanço a cabeça com pesar.

— Desembucha! — Digo, com a voz cansada. — A aula vai começar logo e tenho que apresentar o meu trabalho de Química, você conhece a tolerância do professor quando chegamos atrasados nas suas aulas. — Começo a olhar em direção à sala, mas para a meu alívio o professor ainda não chegou.

— Bem, é sobre a festa de hoje à noite, é claro! — Elisa aponta um dedo para o meu nariz. — Você tem que vir comigo! — Ela dita a ordem bem séria e, como se não bastasse, ainda segura o meu braço, sacudindo-o com força.

Torço a boca, irritada com o seu tom mandão. Caramba, essa porcaria de festa de novo! Elisa parece que não tem outro assunto, é sempre a mesma história e os mesmos argumentos, tudo com o objetivo de me convencer a ir. Agora sou eu que estou gemendo como se tivesse tendo um treco. O negócio é que não estou a fim de embarcar nessa furada e de qualquer forma não quero dar as caras em festa alguma, principalmente porque, no caso, essa vai rolar em uma das mansões do lago e com uma turma em que não conheço absolutamente ninguém. Isso vai ser um grande fiasco, eu sei, mas Elisa não aceita esse fato e está azucrinando a minha vida há dias.

O namorado de Elisa é quem nos convidou, ele conhece o dono da festa, e disse que o cara liberou geral. Então, chamou Elisa, que está louquinha para conhecer os amigos do namorado e se divertir. Victor é um cara bem legal e parece gostar bastante dela, mas o principal obstáculo que dificulta bastante a vida dos dois é que ele é quatro anos mais velho do que ela e já está na universidade, ou seja, Elisa ainda cursa o 9º ano e as diferenças são gritantes entre eles, não só de idade, mas de turmas e liberdade.

— Sinto muito, mas dessa vez não vou te ajudar. Nem conte comigo, já te disse mil vezes que não estou a fim.

Olho ao redor, investigando se alguém está escutando esse papo idiota, por sorte o corredor está quase vazio, então continuo tentando mais uma vez me livrar da minha amiga chiclete.

— De jeito nenhum quero ir a uma festa onde não conheço ninguém e, pior, com você e o seu namorado. Vou ficar fazendo o quê? Pagando de vela? Sem chance, me tira dessa!

Tento soltar o meu braço com um puxão, mas ela o agarra como se fosse um alicate bem apertado. Eu começo a trincar os dentes, irritada com a dor e a completa falta de noção da criatura. Legal, agora vou ficar toda roxa com as marcas dos dedos que estão apertando duramente o meu braço.

— Por favor, Lex! Se você não for, a minha mãe já avisou que eu posso esquecer! E Victor disse que vai, com ou sem mim, é óbvio. — Elisa choraminga, tristonha. — Ele não para de falar nessa festa e eu preciso ir de qualquer jeito...

Ela me dá aquele olhar desconsolado, agarra e sacode o meu braço com mais força, como se quisesse me fazer entender a todo custo o seu desespero. Estou perdida, sei que estou.

— Mas por que sua mãe não quer deixar você ir? Já deu tempo suficiente de ela conhecer o Victor, vocês já estão juntos há quatro meses!

Tento arrumar uma saída, agarrada a pouca esperança de mudar o meu destino, mas reconheço que é uma batalha perdida, porque conheço bem a mãe da Elisa, a mulher vigia a filha de perto, ainda mais agora que ela está namorando um cara mais velho e que nem de longe parece com os garotos da nossa escola. Os meninos que conhecemos não passam de um bando de bobos, brincando de bola e indo ao clube pegar piscina. Victor não é um menino, é um homem.

Ela arregala os olhos e faz uma cara feia para mim.

— Tá, como se isso bastasse para ganhar a confiança dela! — Elisa solta uma risada sem graça. — O coitado do Victor, quando vai lá pra casa, fica como se fosse um ser estranho, sendo investigado o tempo todo. É um saco! Você conhece a minha mãe, ela não dá uma folga sequer! — Elisa fecha os olhos com força, ameaçando chorar e agora de verdade.

Deus, isso está só piorando. Sério, como é que vou me livrar dessa?

— Alex, ela disse com todas as letras que eu não iria, caso você não fosse comigo! É triste, mas ela confia mais em você do que na própria filha!

Elisa curva a boca para baixo fazendo uma cara de desgosto e balançando a cabeça vigorosamente, mostrando toda a sua indignação com a pouca fé que a própria mãe tem nela. Não culpo a pobre mulher, Elisa não tem um mínimo de freio e, pelo visto, a noção também está em falta ultimamente.

Neste momento, olho para a porta da minha sala e o meu estômago afunda quando vejo o professor de Química entrando, equilibrando uma pilha de livros com uma mão e olhando o relógio com a outra. Uma agonia me inunda instantaneamente, eu tenho que deixar essa conversa inútil para depois, mas Elisa começa a chorar sem parar, tremer o corpo com soluços altos e escandalosos, fazendo uma cena ridícula e dando uma impressão completamente errada para todos que passam por nós, o que só reforça a minha vontade de esganar a criatura até não poder mais.

Elisa é minha amiga desde quando estudávamos no maternal e ela me conhece bem demais. Ser o foco de um showzinho no meio do corredor da escola é o pior dos meus pesadelos, prefiro morrer a pagar uma cena para toda a escola. A verdade é que sou discreta, avessa a demonstrações públicas de qualquer natureza emotiva e detesto chamar atenção. A espertinha sempre usa essa arma infalível quando quer me encostar na parede, não consigo raciocinar direito e sempre cedo aos seus apelos.

— Lex, eu preciso de uma resposta sua, agora! — Ela grita para qualquer um que passa ao nosso lado e incorpora o papel de Rainha do Drama, encenando com perfeição e em causa própria.

Olho de um lado para o outro, procurando uma rota de fuga urgente.

— Você sabe a minha resposta, e é não. Pare de me encher o saco!

Tento puxar o meu braço novamente e sair dessa situação humilhante, mas ela não desgruda e o agarra com mais determinação.

— Elisa, eu tenho que ir para a aula. Caramba, estou atrasada! Na hora do intervalo a gente se fala novamente, eu juro, agora me solte e siga para a sua aula. Droga! Tá todo mundo olhando pra gente e nós estamos pagando a cena mais ridícula do mundo aqui nesse corredor. — Imploro, com as palavras trancadas entre os dentes, morrendo de vergonha.

— Não! — Ela inala o ar, decidida. — Eu não vou te soltar sem antes arrancar uma promessa sua.

Elisa bate o pé feito uma criança birrenta e, em seguida, abaixa a voz, sussurrando no meu ouvido com uma voz ameaçadora.

— Se você acha que estou exagerando, ainda não viu nada. Estou a ponto de me arrastar pelo corredor segurando as suas pernas e não estou nem aí para qualquer um que pense que estou louca. — Ela tem a ousadia de sorrir, antes de continuar. — Tô louca mesmo e mais do que disposta a tudo, duvida?

Pelo olhar firme que Elisa me dá sei, sem dúvida alguma, que ela é totalmente capaz de fazer isso. Começo a visualizar a cena e a suar frio só de imaginar a humilhação e a gozação de toda a escola durante dias, caso ela faça o que está prometendo. Não, nem pensar.

A essa altura o professor já está em sala de aula e, como se ainda fosse possível, mais pessoas param para olhar com curiosidade para nós duas. A maioria está rindo, é claro. Eu fico cada vez mais angustiada e entro em pânico com essa situação idiota, só há um jeito de sair dessa. Então, viro para Elisa e digo, raspando as palavras para controlar a minha raiva crescente.

— Tudo bem, eu vou! Mas você está ferrada comigo. Isso é chantagem, amiga! — Falo a última palavra quase rosnando, para que ela sinta o quanto estou questionando a nossa amizade nesse momento.

— Lex, você é a melhor amiga do mundo! — Elisa começa a dar pulinhos de felicidade ainda grudada a mim.

— Me solte, Elisa.

— Ah, claro. — Ela solta o meu braço e sorri, toda doce. — A festa vai ser ótima, você vai ver. Agora tenho que ir, a minha aula já começou. Beijos.

E, simples assim, ela vira as costas e sai correndo, saltitando para a sua sala. Fico parada por uns segundos, olhando o vácuo que ela deixou e pensando se aquilo tudo realmente aconteceu ou foi fruto da minha imaginação. Suspiro e sigo até a sala, peço desculpas ao professor pelo atraso assim que cruzo a porta e caminho, desanimada, para o meu lugar.

Levo um bom tempo para focar a minha cabeça na aula, não paro de pensar em como me deixei convencer a ir a essa festa estúpida. Mas que ideia! O que vou fazer lá? Com quem vou conversar? Quanto mais penso, mais aborrecida fico com Elisa. Eu sabia que não tinha como escapar, ela iria infernizar a minha vida até conseguir. E pensando bem, foi fácil, o seu método é certeiro, ela apela fazendo uma cena e eu me encolho diante de todo esse incômodo.

É o meu lado tímido que está sempre em guerra com as excentricidades de Elisa. E ele sempre sai perdendo.

Não sei como somos tão amigas, agimos de modo diferente em relação a quase tudo. Elisa é espontânea, adora uma balada e gente ao seu redor. Eu sou mais do tipo quieta, daquelas que preferem ficar em casa assistindo séries. Acho que a nossa amizade é inexplicável, não entendendo como nos damos tão bem. Dou de ombros e me obrigo a esfriar a cabeça, deixando pra lá essa porcaria de festa, volto a minha atenção para o restante do meu dia, que mal começou e já está se revelando ser longo e muito difícil. Apresento o meu trabalho e em seguida parto para a aula de Geografia, encerrando finalmente a última prova do bimestre.

Durante o restante da manhã não encontro com Elisa, nem no intervalo. Acho que ela está me evitando, com medo de que eu volte atrás. Já aceitei o meu destino e não vou mudar de ideia, mas uma pontinha de satisfação faz cócegas dentro de mim ao perceber que a minha melhor amiga deve estar com remorsos do jogo sujo que fez. Pior para ela, agora aguente.

Quando acaba a última aula e toca o sinal, pego a minha mochila e saio da sala. No corredor, me esperando, estavam Elisa e Victor. Eu deveria ter deduzido que com certeza a covarde não iria me enfrentar sozinha, ela está tentando a todo custo manter um sorriso aguado e mal-arrumado no rosto. Finjo indiferença, fecho a cara e passo por eles, não estou mais tão brava, mas também não quero facilitar a vida desses dois. Dou dois passos e sinto uma mão pesada em meu ombro, impedindo que eu continue.

— Alex, por favor, não fique com raiva da Elisa, eu é que insisti para que ela tentasse te convencer. Vai, perdoa a gente.

Victor fala comigo em um tom suave, saindo em defesa da namorada. Eu mantenho as costas para ele, firme em minha posição de não ceder tão fácil, mas percebo a sua mão apertando um pouco mais o meu ombro, como se tentasse com esse gesto de acolhimento quebrar o meu gelo.

— O que ela fez foi golpe baixo! E você sabe muito bem.

Falo ainda de costas, em seguida giro o corpo lentamente e uso toda a minha indignação para continuar o meu discurso.

— Como vocês querem que eu vá a uma festa em uma casa que não conheço nem o dono e ainda por cima lotada de pessoas que nunca vi na vida? Não preciso nem dizer o quanto estou empolgada, né? — Uso de ironia para defender o meu lado.

— Alex, não é bem assim, vai ser divertido e...

Ergo a mão, cortando Elisa, que começa a se justificar novamente. A verdade é que já estou cansada disso.

— Divertido uma ova! Sem falar que sou bastante nova para o tipo de festa que vai rolar nessa casa, ainda não tenho nem quinze anos, para esse pessoal sou uma pirralha metendo o nariz em festa onde não fui convidada. Vai ser emocionante, já estou até vendo. — Falo olhando de um para o outro, dividindo a responsabilidade da encrenca que eles estavam me metendo.

Elisa passa na frente do namorado e olha para mim ultrajada.

— Ah não! Você não é tão mais nova do que eu, esse ano você também faz quinze. Essa coisa de idade não tem nada a ver, nem vem.

Não respondo, Elisa tem a capacidade de me deixar sem palavras. Victor pelo menos fica um pouco constrangido e tenta melhorar a situação segurando as minhas mãos e olhando pacientemente para mim, como se, dessa forma, eu fosse dar mais crédito às suas palavras.

— Fica fria. Chegando lá vou te apresentar aos meus amigos e nós ficaremos sempre ao seu lado. O lugar vai ter tanta gente misturada, que será impossível se sentir deslocada, acredite!

— Quer saber o que eu acho? Acho que vocês dois estão delirando, seus amigos vão me ignorar, não tenho a menor dúvida.

— Os caras vão babar por você, certeza. — Victor sorri satisfeito.

Ele aperta as minhas mãos na tentativa de me convencer da sua sinceridade. Isso é bonitinho e amolece o meu coração. Não resisto, abro um sorriso tímido e Elisa não perde tempo, me puxando em um abraço apertado.

— Ah, Lex, me desculpe, mas eu tive que dar uma de louca. — Ela admite.

— Não me diga! — Reviro os olhos, irônica.

— Tenho certeza de que você vai amar a festa! — Elisa finge não perceber o meu tom irônico.

— Ok! Vocês podem parar de tentar me convencer de que eu não estou entrando numa furada. Já disse que vou, tá legal? — Ergo os ombros. — Agora tenho que ir para casa falar com a minha mãe, se é que eu vou conseguir encontrá-la hoje.

— Ué, ela pegou muitos plantões essa semana? — Elisa pergunta, já acostumada com a agenda pesada da minha mãe.

— Sim e não. Ela tem passado mais horas no hospital nesses últimos dias por conta dessa virose que tá pegando todas as crianças da cidade. A minha mãe está a ponto de surtar com tantos casos que estão chegando todos os dias ao hospital, ela não para mais em casa nem de dia nem de noite.

— Sua mãe é médica? — Victor olha para mim, curioso.

— Sim, pediatra, ela atende no hospital, por isso essa loucura toda.

Começamos a andar saindo da escola em direção ao estacionamento.

— E o seu pai? Também é médico? — Victor pergunta, continuando o assunto.

— Não, ele é engenheiro, mas não mora no Brasil; meus pais se separaram quando eu tinha sete anos. — Comento sem dar muitos detalhes.

— Hum, que chato! Não deve ser fácil ter um pai morando em outro país, tenho a impressão de que você é o tipo de garota que gosta de estar em família. — Ele acena com a mão, meio sem graça.

— É, você acertou, sou totalmente família mesmo. — Solto uma risadinha. — No início foi difícil, mas já me acostumei com a situação, falo com o meu pai quase todos os dias e nós estamos juntos sempre que possível.

Continuamos andando pelo estacionamento e eu fico pensando no quanto ainda sinto a falta do meu pai; sempre fomos muito ligados e apesar dos meus pais terem um bom relacionamento, é muito complicado ter que ver um deles só de tempos em tempos e saber que perdi para sempre o contato diário com uma pessoa que amo. Foi duro me adaptar a essa nova condição.

— O pai dela é americano. Quando ele está por aqui é maravilhoso, geralmente inventa passeios incríveis e sou sempre convidada para essas aventuras. É cada lugar mais lindo do que o outro. — Elisa relembra com entusiasmo.

E é assim mesmo, nós aproveitamos cada minuto do tempo que ele passa aqui no Brasil. Meu pai é um homem criativo e muito dado a explorar lugares inusitados, várias vezes acampamos ou passamos a noite em pousadas simples, mas rodeadas de paisagens magníficas que nos deixavam babando, admirados com tanta beleza.

— Cara, que máximo! — Victor fala com empolgação. — Ele mora em qual cidade nos Estados Unidos?

— Em Atlanta. Ele se casou novamente e anda sossegado, antes nós viajávamos muito, agora nem tanto. — Falo com a costumeira pontada de saudade. — Ainda bem que não abro mão de passar as minhas férias com ele, assim conseguimos dar uma escapulida de vez em quando.

Chegamos ao carro de Victor e combinamos a hora que eles iriam me pegar mais tarde. Bom, como não vou conseguir escapar mesmo, tenho que começar a agir de modo prático. Primeiro, preciso falar com a minha mãe, depois decidir o que vestir, e pensar em como vou fazer para escapar se essa festa ficar demais para mim. É isso.

Chego ao portão de casa em poucos minutos e por pura sorte encontro a minha mãe almoçando, descarrego a mochila no chão da cozinha, pego a comida e já sento, porque estou morta de fome. Começo a falar sobre a festa e como fui intimada pela Elisa, contando todo o nosso vexame no corredor da escola. Minha mãe ri alto quando termino de relatar a cena ridícula que Elisa aprontou para me obrigar a ir. Depois ela se recompõe e fala muito seriamente:

— Alex, vai ser bom para você conhecer pessoas diferentes e fazer novas amizades. Eu fico encabulada quando vejo uma menina linda como você, com apenas 14 anos, afundada na cama, assistindo TV e perdendo o final de semana todinho trancada em um quarto. Isso não está certo. — Ela franze ligeiramente a testa. — E agora que a Elisa começou a namorar, só piorou. Você não sai mais de casa, filha!

Por um lado ela tem razão, tenho passado os meus fins de semana praticamente mergulhada em meu quarto, mas realmente não vejo problema nisso, aproveito para escutar música, cantar e fazer o que gosto. É claro que ouvir a minha mãe dizer que preciso interagir com as pessoas e sair para me divertir não era o que eu esperava dela, principalmente porque avisei que a festa seria com pessoas fora da minha turma, gente desconhecida e com alguns anos a mais do que os meus. Ela rebateu dizendo que confia no meu bom senso e que eu deveria abrir a mente e fazer novas amizades, isso é saudável e natural na minha idade. Dou um profundo e longo suspiro concordando com ela, em seguida subo para o quarto e começo a revirar o meu armário atrás de uma roupa, sem entusiasmo algum.

Quando mamãe está saindo, já voltando para o hospital, ela passa no meu quarto para falar comigo e olha de relance para minha cama coberta com pilhas de roupas espalhadas. Ela ergue as sobrancelhas me encarando com aquele ar de quem diz: você é incapaz de decidir o que vestir? Admito, não tenho a menor ideia da roupa que vou usar, estou com a minha cabeça quente tentando achar algo que preste.

É desconcertante, mas num piscar de olhos a minha mãe dá alguns passos, pinçando uma saia jeans e uma blusinha preta e acena com elas como bandeiras na frente do meu rosto.

— Essa roupa fica perfeita em você! — Ela comenta verificando a minha reação. — É casual e ao mesmo tempo arrumada. Aproveite para estrear aquela espadrilhe linda, fechando o visual com um calçado despojado e bonito, tenho certeza que vai combinar tanto na cor como na altura.

E, simples assim, decido que a minha mãe é um gênio e concordo com a sua escolha, sentindo um enorme alívio por me livrar desse problema.

— Obrigada, mãe. Realmente, minha cabeça estava dando voltas com tanta indecisão.

— Aham, deu pra perceber. — Ela abre os braços sinalizando a bagunça.

Atravesso o quarto e paro ao seu lado para dar um beijo na sua bochecha.

— Você consegue fazer ficar... fácil.

— Não foi nada demais, o segredo é imaginar como a roupa vai se transformar em seu corpo, com o tempo você pega o jeito.

Ela me dá uma piscadinha e sorri, confiante de que um dia serei assim como ela. Coitada, nem em sonho.

— Se eu fosse você não esperaria algo muito criativo da minha parte. Odeio escolher o que vestir. — Dou a volta e desabo na cama, cansada.

— Não me venha com essa! Tudo fica lindo em você e não é tão difícil assim, Alex. — Ela fala como se fosse óbvio.

— Mãe, pare com isso! — Respondo revirando os olhos.

— Bem, você pode até tentar discutir comigo sobre esse assunto, mas a questão é que estou absolutamente certa, só você não vê isso.

Ela se aproxima da cama e me olha com firmeza.

— Filha, sua beleza é uma combinação tão diferente que acredito seriamente que muitas garotas matariam para ter um cabelo como o seu. — Minha mãe faz uma pausa e contorce a boca. — Pensando bem, até eu mataria para ter um cabelo como o seu, não tenho dúvida!

— Pelo amor de Deus, mãe! Não tenho nada que valha a pena invejar.

— Que absurdo! — Ela exclama incrédula. — Esses tons de vermelho do seu cabelo são extraordinários, sem falar nos olhos incrivelmente verdes que você tem. — Ela ergue uma sobrancelha elegante, com completo domínio de causa. — Você, minha filha, é totalmente invejável, para o seu próprio bem e ponto final.

Solto uma risadinha, achando engraçada a corujice da minha mãe.

— Juro, eu nunca entendi essa sua mania de se achar comum! Você não tem nada comum em sua aparência, nadinha. — Ela balança a cabeça, resoluta.

— Sou realista e me olho no espelho, tá? Eu até tenho olhos e cabelos legais, mas sou muito pálida e magra. Falta um pouco de recheio no meu corpo.

Levanto da cama e paro em frente ao espelho, dando voltinhas para ter uma visão melhor do meu corpo, por fim chego à conclusão de que continuo me achando muito sem graça e a minha mãe é suspeita, sua opinião não conta.

— Bobagem! Você não se enxerga direito. — Mamãe fala como se escutasse os meus pensamentos. — De qualquer forma, esqueça essas besteiras de falta de recheio, você só tem 14 anos e o seu corpo ainda está se transformando. Tenho certeza de que em poucos anos o enchimento vai estar nos lugares certos. Confie em mim!

— Tá bom, vou confiar, mãe. — Respondo com uma voz monótona.

— Até onde te conheço, essa sua aceitação passiva é pura enganação, Alex.

Começamos a rir ao mesmo tempo, porque minha mãe sabe que sou contestadora até o último fio de cabelo e adoro uma briga.

— Você já está indo para o hospital? Tem plantão hoje também? — Pergunto, mudando de assunto.

— Sim, vou para o hospital, mas estarei em casa à noite, finalmente a epidemia está sob controle e hoje acho que vou ter um descanso. — Ela fala com um suspiro cansado. — Por isso, se precisar de mim, estarei por aqui e no caso de você querer vir embora mais cedo, é só me ligar.

— Hum, bom saber.

— Apesar de estar à sua disposição, vou ficar torcendo para que a festa te surpreenda e você nem pense em voltar tão cedo. — Ela fala, tentando me encorajar.

— Sei não, ainda estou com medo de detestar tudo, principalmente as pessoas que vou encontrar por lá. — Suspiro, desanimada.

— Não se preocupe com isso. Jovens fazem parte de uma tribo que aprecia fazer amizades, conhecer pessoas, enfim, relacionar-se. Faz parte da natureza humana a vontade de juntar-se em bandos. — Ela assente, positiva.

— Não estou contando com isso, tenho a impressão que vou passar o tempo todo em um canto apreciando a vista, ou melhor, ficando entediada.

— Deixe de ser boba! Você só precisa deixar de lado essa relutância toda e ir com o pensamento aberto. — Ela floreia a mão no alto. — Aí vai a minha dica: a ideia é aproveitar o momento e divertir-se, tudo fica mais fácil quando a gente entra no clima e deixa rolar.

Minha mãe me beija com um sorriso gentil e sai do quarto. Ela está certa, tenho que fazer um esforço para me animar, afinal de contas não é toda hora que tenho uma oportunidade como essa. Entro no chuveiro, começando a me preparar física e mentalmente para seguir o conselho da minha mãe e parar de lutar contra o inevitável. É isso, hoje vou me divertir.

★

Quando o carro de Victor estaciona em frente de casa, já estou prontinha e disparo em sua direção sem demora. Cumprimento os dois com uma animação tão grande que até me surpreende, eles devolvem a minha alegria com sorrisos e fazem de tudo para me deixar super à vontade, sem parecer hora nenhuma que estou sobrando no carro.

Em 30 minutos chegamos ao local da festa e assim que saio do carro fico boquiaberta quando dou de cara com o lugar. A casa é ridiculamente enorme, com um gramado perfeito, extenso e bem cuidado, que mais parece um tapete verde aos pés das varandas que rodeiam a construção, isso sem falar na iluminação em diversos tons que sai de vários pontos do jardim e que só aumenta ainda mais a sofisticação da fachada deslumbrante.

Não deixo de perceber que embora a festa estivesse rolando na área de lazer, dá para ver sem o menor esforço os jogos de luzes que dançam em um espaço aberto atrás da casa. O lugar é lindo demais e fica bem de frente para o lago, com uma visão privilegiada de toda a enseada.

Sem brincadeira, acho que vou sair daqui com um sério problema no maxilar, porque o meu queixo não para de cair toda vez que viro o rosto e esbarro com mais uma excentricidade. Uma sensação instantânea de "não sei o que estou fazendo aqui" grita dentro de mim assim que dou de cara com um iate luxuoso flutuando, imponente no píer particular da mansão.

Caramba, esse pessoal é o quê? Rico até dizer chega, sua tonta.

Caminho pela faixa de pedras, iluminada por pequenos pontos de luz que brotam entre os seixos ao longo do trajeto até os fundos da casa. Quando chego ao fim, olho ao redor e estremeço diante da quantidade de gente e do nível de requinte do lugar. Um amplo espaço com vários ambientes e muitas tendas brancas surge na minha frente, no meio de tudo um bar circular, repleto de bebidas coloridas, se eleva do chão e lá pelo menos três *barmen* servem as pessoas que se aglomeram no balcão. No perímetro do bar, algumas mesinhas estão estrategicamente posicionadas, garantindo o conforto de quem quer ficar bebendo e batendo papo. Do outro lado, consigo avistar um pequeno palco, com uns rapazes fazendo ajustes no som e, bem de frente ao palco, uma pista de dança está armada com todos os recursos de iluminação e efeitos dignos de uma casa noturna, onde um número considerável de pessoas dança ao som do DJ.

Tudo muito bem arranjado, com garçons contratados para manter o nível alto de atendimento, circulando e servindo comida e bebida o tempo todo. Além disso, uma mesa com vários tipos de beliscos está disponível e se estende de um lado ao outro em um local reservado próximo à piscina. Fico momentaneamente intimidada com tanta ostentação e penso o quão diferente são as festinhas que meus amigos costumam oferecer, na realidade não tem nem como comparar, já que elas são o oposto dessa aqui, basta dizer que acontecem nas garagens das casas e cada um leva o que comer e beber.

— Nossa, Elisa! Pelo amor de Deus! Essa casa é… não sei nem o que dizer. — Espio aquilo tudo ainda desconfiada.

Ela sacode a cabeça para mim com a mesma medida de surpresa. Victor, no entanto, não parece estranhar tanto luxo sendo esbanjado em uma festa para jovens e explica para nós duas como o colega tem uma casa daquelas e é tão generoso com os colegas de faculdade.

— O pai de Eric é um senador e a mãe uma herdeira rica. Isso aqui, — ele acena com a mão — é normal para ele. As festas, a casa sofisticada, essa fartura de bebida e comida, nada disso foge do mundo em que ele vive desde que nasceu. — Victor fala, soando casual.

Eu ainda não estou convencida de que uma pessoa ofereça tanto por nada. Não dá para entender o propósito de ter a sua bela casa invadida por um bando de universitários loucos por bebida e mortos de fome. Olhando ao redor, percebo constrangida como as pessoas bebem e comem como se não houvesse amanhã e, ainda por cima, jogam copos e guardanapos pelo chão, sem terem o mínimo de educação. É triste de ver.

— O cara gosta dessa demonstração de riqueza e não esconde o quanto tem satisfação do poder que ser rico traz. Se você quer saber, Eric é o tipo que acha que Deus o colocou no mundo como um presente e que ninguém com o juízo perfeito deveria se opor à sua vontade. — Victor faz uma careta. — Não somos próximos nem nada, ele faz só uma matéria comigo, mas mesmo assim me chamou para a festa.

— Bem, talvez ele queira ter alguma amizade com você. — Elisa especula.

— Não tem nada de amizade nisso, ele chamou praticamente todo mundo que conhece, próximo ou não. — Ele solta um riso de desdém. — O cara é esnobe e arrogante até não poder mais e vive cercado por gente que não mede esforços para bajular o sujeito, principalmente as garotas, que gostam do *status* de estar ao seu lado e ter acesso a esse lado fácil da riqueza. Ele é bem popular com elas, não só pela grana que tem, mas também porque o cara é boa pinta, bom de conversa e não se cansa de usar isso a seu favor.

Caminhamos em direção ao bar a fim de pegarmos algumas bebidas, Victor prometeu beber somente duas cervejas, porque ele está dirigindo. Eu e Elisa decidimos pedir um coquetel de frutas sem álcool, não havia outra opção, era isso ou pagar o maior mico bebendo refrigerante. Pegamos as bebidas e seguimos para a pista de dança, onde encontramos com alguns amigos de Victor, lá sou apresentada aos caras.

Começo a dançar e soltar o corpo com as batidas compassadas do som e depois de alguns minutos já estou curtindo à beça o lugar. A música tem esse efeito mágico comigo, sempre amei dançar e cantar, então não só acompanho as canções com entusiasmo, mas também danço pra valer. O som alto reverbera pelo meu corpo, enchendo-o de energia; fecho os olhos e sinto a vibração da música, balanço os quadris e imprimo um ritmo próprio. Nesse momento, noto o peso de duas mãos pousando na minha cintura e uma voz pastosa que murmura colada à minha orelha.

— E aí, gata. Nova por aqui? — Ele ri baixo. — Claro que sim, do contrário já teria te visto antes.

O cara se aproxima mais e encosta o corpo inteiro nas minhas costas, paro de mexer na hora e fico dura feito um poste.

— Você está sozinha?

Não respondo e ele aproxima mais o rosto.

— Não importa, mas acho estranho que nenhum desses idiotas tenha pego você até agora, posso dizer que é um desperdício danado ver uma coisinha tão linda solta por aí… ou então a sorte é toda minha, porque sou eu o cara que vai te levar como prêmio.

Sinto um calafrio estranho quando percebo o seu hálito no meu pescoço.

— Sabe, uma gata tão sexy dançando desse jeito gostoso na minha casa…, fiquei me perguntando se estou no paraíso e ainda não me dei conta. — Ele diz com a voz mole, esfregando o corpo de mansinho contra o meu.

Tento me afastar do sujeito, mas ele segura mais forte a minha cintura e gira o meu corpo para que fique de frente, ergo o rosto e percebo o quanto o cara é alto, forte e muito bonito. Porém o que me deixa mais chocada é o olhar que ele joga para mim, parece o olhar de um cachorro diante de um bife suculento. Ele começa a escanear o meu rosto com um sorrisinho perverso, depois percorre o meu corpo lentamente, avaliando milimetricamente cada curva, desde os meus seios até as minhas coxas descobertas pela saia. A impressão que tenho é que se ele pudesse, arrancaria as minhas roupas aqui mesmo, no meio da pista. Um calor começa a subir queimando o meu rosto, estou tão incomodada com o seu escrutínio que fico envergonhada, como nunca estive em toda a minha vida. Ele nota o meu desconforto e abre outro sorriso, tá na cara que o sujeito tem uma satisfação medonha em infligir esse tipo de reação nas pessoas.

— Calma, gata. Não mordo! — Ele fala me verificando de novo. — Não nego que estou até com vontade, mas vou fazer um esforço extra para me controlar, ok? — Ele sorri diante da minha expressão assustada. — Agora me diga o seu nome, docinho?

— Eh... eh, — gaguejo — Alex.

— Hum, Alex. — Ele arrasta os dentes pelo lábio inferior. — Gostei.

O cara sobe uma das mãos, afastando o meu cabelo do rosto e pega uma mecha entre os dedos, leva ao nariz e cheira profundamente. Ah, não! Agora ele já está passando dos limites.

— Dá pra me soltar?

Encontro a minha voz e falo alto o suficiente para que ele tire as mãos de cima de mim e eu fique livre dessa sensação estranha de repulsa que o meu corpo não para de sinalizar.

O garoto não me solta de imediato, pelo contrário, ele faz questão de se afastar lentamente, sem deixar de encarar o meu rosto, como se estivesse bolando o próximo passo, articulando um plano. Nesse instante, os amigos de Victor se aproximam e eu agradeço aos céus por eles estarem me salvando dessa baita encrenca. O cara não desvia nem por um segundo aquele olhar perturbado, nem mesmo quando devolve os cumprimentos dos colegas.

Qual é a desse sujeito? Não estou gostando nem um pouco, não mesmo.

— E aí, Eric?

Um dos amigos de Victor se coloca entre a gente e obriga o cara a encará-lo. Os dois batem as mãos com soquinhos e tapas nas costas, do jeito que em geral os meninos se falam.

— De boa. — O garoto responde e volta a me encarar como um psicopata.

— Festa bacana, cara! — Outro menino chega até nós e puxa assunto.

Ele ergue os ombros com desdém e abre um sorrisinho presunçoso antes de retornar os olhos para mim, o menino percebe a fixação do sujeito comigo e franze a testa.

— Você conheceu a Alex?

O cara ignora a pergunta e continua me comendo com os olhos.

— Ei, não assusta a garota, viu? É a primeira vez que ela vem em uma festa como essa. — Ele fala rindo, mas no fundo o tom da sua voz não deixa de ter uma advertência implícita.

— É, deu pra perceber. — Ele sorri com sarcasmo.

Nesse instante Victor e Elisa se aproximam, e percebo uma sombra de preocupação pairando no ar. Victor se posiciona na minha frente como um escudo protetor, bloqueando o assédio do cara, em seguida levanta a cabeça e faz um aceno sem muito entusiasmo para o dono da casa.

— Tudo certo, Eric?— Victor fala e levanta as sobrancelhas indagadoras. — Estou vendo que você já conheceu Alex.

— Alex. — O cara prolonga as sílabas do meu nome como se saboreasse um doce. — Sim, já conheci a gata.

— Ela veio comigo, tá legal? Acho bom tirar os olhos dela ou teremos um problema aqui. — Victor fala de um jeito bem duro. — Só para te deixar a par das coisas, Alex não é o que você está acostumado a pegar pra se divertir. Esquece a garota, Eric, ela está completamente fora do seu radar, entendeu?

— Fica frio, mano! Estava só me apresentando para a menina!

Ele ergue as mãos em defesa, então baixa os olhos e sorri para mim, fingindo uma suavidade que está muito longe de existir.

— Vamos começar de novo, docinho. Meu nome é Eric e sou o anfitrião. Gostaria de ir até o bar? Posso pegar uma bebida para você. — Ele olha com nojo para o meu copo. — Uma de verdade, não isso aí, é claro.

— Ah... não, obrigada, já bebi... estou bem. — Não sabia nem o que falar.

O menino continua com aquele sorrisinho satisfeito, mesmo depois da minha recusa, a impressão que tenho é que ele está achando graça em tudo que falo. Um desconforto sobe como uma onda quente, de supetão viro as costas para ele e falo no ouvido de Elisa uma desculpa para escapar dali.

— Tô a fim de comer alguma coisa. — Espio o palco e noto que a banda já está se preparando para o show. — Antes que a banda comece a cantar, ok?

Nem espero Elisa responder, me afasto e sigo em direção à mesa de comida. Mesmo não estando com fome, decido pegar qualquer coisa para comer, arrumando um jeito de disfarçar e ficar o mais distante possível daquele cara. Depois de beliscar, tento me misturar com as pessoas que começam a aglomerar em frente ao palco aguardando o início do show.

A banda começa a tocar e o som deles me surpreende, é muito bom. Eu não os conheço, mas adoro a condução do vocalista, sem falar que o cara é muito habilidoso com a guitarra. O grupo se resume em três rapazes, bem sincronizados e versáteis. As pessoas dançam animadas e o espaço ao meu lado começa a diminuir até ficar impossível de se mexer. A banda parece ser bem conhecida da galera e o vocalista, que se apresenta como David, tem uma boa interação com a plateia, levantando o show com a competência digna de um músico profissional.

Em um passe de mágica, a música me conduz a um lugar diferente de onde estou, como se não houvesse nada nem ninguém ao meu lado. Eu canto e danço absorta de tudo, o vocalista em alguns momentos balança a cabeça para mim e eu retribuo sorrindo, imersa na alegria de estar fazendo o que mais gosto. No entanto, uma hora quando giro a cabeça, sinto um arrepio na nuca, uma energia estranha como se alguém estivesse me secando. Com o canto dos olhos, percebo o tal Eric me encarando do lado de fora da pista de dança. Merda! O cara está me perseguindo ou o quê? Ele leva uma bebida aos lábios enquanto uma garota fica pendurada em seu pescoço como um enfeite, avançando com beijos e esfregando o corpo languidamente ao dele. Mesmo com todo o esforço da garota para obter uma migalha da sua atenção, ele mal nota a presença da menina e continua com aquele olhar obstinado pra cima de mim.

Caramba, isso já está ficando esquisito.

Acho que vou atrás da Elisa e dizer que quero ir embora desse lugar, o problema é que está praticamente impossível sair de onde estou, parece que todo mundo resolveu assistir ao show da banda, eu não consigo dar um passo sequer, quanto mais escapar dessa pista lotada. Não tem jeito, vou ter que esperar o intervalo da banda para dar o fora daqui e fazer um esforço danado para não me importar com a atenção obsessiva desse maluco.

Quando a banda anuncia o intervalo, eu já estou saindo o mais rápido que posso do meu lugar, mas ouço um chamado, olho para trás e percebo alguém fazendo um sinal para que eu espere, reconheço o vocalista da banda acenando e paro na mesma hora. Estaria mentindo se dissesse que não estou louca para conhecê-lo; o cara manda muito bem e não quero de jeito nenhum perder a oportunidade de trocar algumas palavras com ele.

— Ei, você, espere aí! — Ele grita novamente.

Faço um sinal positivo e David pula do palco chegando rápido na pista.

— Oi, e aí? Meu nome é David. — Ele estende a mão para mim, ainda ofegante da corrida e limpando o rosto suado com a manga da camisa.

— Ah, eu sei. — Faço uma pausa hesitante. — O meu é Alex.

— Olha, não estou aqui para dar em cima de você, ok? Pode relaxar. — Ele sorri com franqueza. — É que estou impressionado e curioso também.

— Sério? — Solto uma risadinha, sem entender nada. — Com o quê?

— Você me acompanhou em todas as canções, garota. Isso é difícil...

— É nada, pode acreditar, faço isso o tempo todo. — Ergo os ombros encabulada. — Não estou sendo presunçosa, mas cantar é a minha vida.

— Bom saber. — Ele sorri, animado. — Por acaso você canta com um grupo ou uma banda? — David fica sério e franze a testa. — Talvez um grupo da escola... Bom, de qualquer forma acho que você ainda não tem idade para cantar junto com uma banda profissional, certo?— Ele olha ao redor e faz uma careta. — Pensando bem, acho que você não tem idade nem para estar em uma festa como essa, as pessoas que estão por aqui com certeza não fazem parte da sua turma.

— Você tem razão, estou me sentindo um peixe fora d'água, meus amigos insistiram para que eu viesse, mas estou começando a ficar arrependida.

Corro os olhos e felizmente o meu perseguidor sumiu ou, vai ver, ele desistiu de mim, solto um suspiro de alívio que não passa batido por David.

— O que foi? Algum problema?

— Não, nada. — Sorrio. — A propósito, vocês fazem um som excelente, muito bom mesmo. — Falo com uma franca admiração.

— Legal, fico feliz com o elogio, parece que tá todo mundo curtindo a música mesmo, o pessoal não parou de dançar hora nenhuma.

Ele fala com um ar satisfeito, mas não deixa de lado o interrogatório.

— Posso te fazer uma pergunta? — Bato a cabeça assentindo. — Você já cantou com algum grupo?

Sorrio, achando até engraçada a sua pergunta. Eu, junto com uma banda?

— Olhe, não me leve a mal, eu nem sei como é a sua voz, mas tenho uma forte intuição de que irei ter uma surpresa e tanto quando você abrir a boca.

— Nada de banda ou grupo. Sou tímida demais, acho que não consigo subir em um palco e cantar... assim, para uma plateia, sabe?— Olho para o palco, tentando imaginar como seria cantar lá em cima e aceno a cabeça devagar. — Não, sem chance!

— Você deveria tentar, pelo menos uma vez. — Ele lança um sorriso de encorajamento. — Alex, vou te contar uma coisa, dificilmente a minha intuição falha, portanto vou ser sincero, preciso te ver cantando. — David ergue as duas mãos juntas, implorando. — Vai, só um pouquinho, por favor.

— Humm, acho que não.

Balanço de novo a cabeça, negando. No entanto, no mesmo instante em que digo essas palavras, penso que talvez eu pudesse... tentar, ser audaciosa e fazer algo diferente. Cantar em público e sentir a minha voz ondulando pelo lugar e tocando as pessoas. De repente, um sonho que nunca achei que pudesse realizar está ao alcance das minhas mãos, eu só preciso dizer sim.

— Você... acha que eu poderia... — Solto o ar devagar, tremulando com a minha voz incerta.

David curva os lábios num leve sorriso e me puxa em direção ao palco, tão rápido que meio que tropeço nos meus pés. E sem dar a mínima chance para que eu recue, ele chama os rapazes e me apresenta ao grupo. Quando me dou conta, já estou de cara para microfone, olho para frente e vejo que a maior parte das pessoas está espalhada pelo bar ou na mesa de comida, somente alguns ficaram na pista de dança, conversando em pequenos grupos. Começo a suar, minhas mãos ficam úmidas e o medo faz o meu estômago esfriar, dou um passo para trás, mas David segura o meu braço delicadamente, impedindo sutilmente a minha fuga.

— Escuta, Alex, confia em mim, vai dar tudo certo. É normal ficar nervosa na primeira vez, mas vou te acompanhar, não se preocupe, posso entrar no meio, caso seja necessário, ok?

Aceno com a cabeça, concordando e David devolve um sorriso confiante. Sem brincadeira, estou pasma com esse cara, ele não me conhece, nunca nem ouviu a minha voz, eu poderia muito bem ser um fiasco absoluto, mas nada em seu olhar demonstra a menor dúvida, contradizendo o bom senso.

— Já escolheu a música?

— Posso não ser isso tudo que você imagina e cantar horrivelmente. Já pensou nisso? — Retruco, secamente.

— Bobagem, tenho faro para essas coisas, não importa o que você diga. — Ele faz uma pausa e depois balança a cabeça em direção ao microfone. — Não enrola menina, qual música? Os caras estão esperando e vamos aproveitar que tá todo mundo distraído para que você possa começar sem a pressão do público. — Ele ergue as sobrancelhas esperando a minha resposta.

— Ok! — Suspiro, entregando os pontos. — Vou cantar *A Hard Day's Night*, *The Beatles*. Pode ser? — Pergunto, receosa.

David abre um sorriso enorme e confirma com uma piscadinha. A sua satisfação com a escolha da música é evidente demais para disfarçar. Ele corre para junto dos dois rapazes e conversa um pouco, combinando algum tipo de arranjo. Acho que a canção também agrada os caras, porque eles fazem sinais com as mãos e com a cabeça, apreciando a escolha.

— Beleza! Música boa não fica velha e nem decepciona. Garota esperta! — David dá batidinhas em meu ombro, entusiasmado.

Nunca pensei que esta noite daria nisso: eu em cima de um palco cantando. Meu pulso dispara, porque... puta merda, estou nervosa pra caramba.

David pega a sua guitarra e se posiciona, em seguida faz um sinal para a banda e olha para mim.

— Estamos prontos. E aí, podemos começar? — Ele pergunta, com firmeza.

Inalo o ar devagar e faço um aceno mínimo, aos poucos a marcação da bateria entra pelos meus ouvidos, fecho os olhos e sinto os primeiros acordes da guitarra. É a minha vez, inicio a canção soltando a voz, que flui limpa e melodiosa. Ganho a confiança que necessito à medida que pego o ritmo e os meus temores desaparecem, uma emoção contagiante invade o meu corpo e é... incrível. Tudo ao meu redor se perde, a única coisa que me conecta ao mundo é o som dos instrumentos que acompanham a canção.

Quase chegando ao final da música, me dou conta da multidão em frente ao palco. Ainda não consigo acreditar, mas sem dúvida as pessoas estão curtindo pra valer, dançando e aplaudindo com entusiasmo. E é assim que alimento a minha ousadia, desconecto o microfone da haste e chego à beira do tablado, incentivando o coro de vozes apaixonadas. No final, os gritos são ensurdecedores, não me contenho, dou vários pulinhos de alegria, abraçando David, feliz até não poder mais.

— Garota, você é um fenômeno! Sua voz é uma explosão, linda demais! — David me balança em seus braços, girando e gritando ao mesmo tempo. — Olhe pra isso! — Ele acena com a mão no ar, diante da reação do público.

— Isso é um sonho, só pode.

— Nada disso. — Ele abre um sorriso reluzente. — É bem real, acredite.

— Obrigada, nunca mais vou esquecer essa noite. — Dou um beijo carinhoso em sua bochecha, tocada demais pela sua confiança cega em mim.

Mais uma vez, David me abraça e dá um beijo no topo da minha cabeça. Era como se fôssemos velhos conhecidos; ele olha para mim por um momento e depois começa a rir. Eu caio na gargalhada junto com ele, seguimos rumo às escadas do palco, ainda rindo feito dois bobos, mas logo que piso no chão o meu momento feliz evapora. Meus pés congelam quando dou de cara com Eric, fico tensa, ouvindo os sinais de alerta soando na minha cabeça.

Que droga! Esse garoto já está me dando nos nervos, isso sim.

— Jura, docinho? Você também... canta!? — O cara grita, aproximando-se.

Seu olhar sedento crava na minha boca, em seguida desce maliciosamente pelo meu corpo com um desejo explícito de me devorar e, sem o menor aviso, ele fecha a mão em meu pulso, me puxando com força junto ao seu corpo. Dou um solavanco desajeitado, mas ainda consigo espalmar as mãos em seu peito evitando uma colisão indesejada, ele aproveita a proximidade e sussurra em meu ouvido.

— Já decidi, não quero mais ninguém. Hoje é só você. — Seu hálito de bebida revolta o meu estômago, fecho a cara para o sujeito, que ignora solenemente a minha repulsa.

— Vem comigo, quero te levar para um lugar mais sossegado, só nós dois.

Ele aumenta o aperto em meu braço e tenta me deslocar de onde estou firmemente parada. A minha expressão é uma mistura de pavor e raiva, quando volto a falar não escondo nenhum desses dois sentimentos.

— Você só pode estar de brincadeira, não é? Nem em sonho vou a qualquer lugar com você! — Grito, puxando o meu braço. — Sei que esta é a sua casa, mas isso não te dá o direito de achar que pode tudo. — Coloco as minhas mãos nos quadris, indignada. — Eu nem te conheço!

Ele me olha incrédulo quando se dá conta de que está sendo rejeitado. O seu rosto fecha e fica nebuloso, é visível o esforço que ele faz para controlar a raiva. Eric baixa um olhar fulminante e seus lábios ficam crispados em uma linha dura, ele dá um passo para trás e cruza os braços.

— Preciso esclarecer alguns pontos aqui, docinho. Escolhi você, — ele levanta as sobrancelhas com petulância — não sei se notou, mas tem dúzias de garotas que adorariam estar no seu lugar, então para de se fazer de difícil, não tenho saco para isso, entendeu?

O cara é um imbecil nojento, não dá para acreditar no tamanho da sua arrogância. Meu corpo treme de raiva, não suporto gente assim, que acha que em um estalar de dedos todos devem cair aos seus pés. Argh, idiota!

— Quem você pensa que é, hein? — Digo, entre os dentes. — Já passou pela sua brilhante cabeça que talvez você possa não ser o meu tipo?

— Pare de onda, gata, eu sei que sou o tipo de qualquer garota. — Ele responde com um sorrisinho cínico, cheio de si.

— Ahn? — Pisco, perplexa.

— Deixa pra lá esse papo besta e vamos cair fora daqui. — Ele ordena e tenta agarrar a minha mão.

— De jeito nenhum. — Agora a minha paciência chegou a zero, odeio ordens.

Ergo a mão para silenciá-lo antes que o idiota tente novamente falar esse monte de sandices e eu perca a cabeça, enfiando um murro na cara dele.

— É melhor você e o seu ego procurarem outra garota, que goste de todo esse pacote, você está perdendo tempo comigo.

Não espero uma resposta, viro de costas para ir embora sem olhar para trás, mas ele segura o meu braço em uma pegada dolorosa que me faz gemer.

— Ei, espera aí, você acha que pode me dispensar assim? Como se eu fosse um qualquer? — Sua voz é sombria.

Levanto o olhar para ele e dou de cara com uma expressão cruel.

— Eu só não quero sair com você, é tão difícil de entender?

— Vou ser mais direto, Alex. Eu tenho o que quero. — Eric sibila. — Sempre.

— Que pena, não hoje. — Rebato, corajosamente.

Eric abre um sorriso devagar e seus olhos cintilam uma luz estranha.

— Aí é que você se engana. — Ele meneia a cabeça vagarosamente. — Eu vou ter o que quero até o fim dessa noite, pode contar com isso, docinho.

Estremeço com a sua ameaça e um arrepio de medo atravessa o meu corpo, ele não vai desistir, não importa o que eu fale, ele está obcecado com essa ideia de ficar comigo. Não entendo, tem um monte de garotas lindas e disponíveis na festa, por que eu? Encaro o seu rosto com uma expressão impassível, fingindo que as suas palavras não me atingiram.

— Não vai acontecer, cara. Conforme-se. — Empino o nariz, sustentando o seu olhar.

— Vamos ver. — Ele bate o dedo duas vezes no meu nariz e sorri com desdém. — Não esqueça, eu te avisei.

Eric cambaleia para trás e pega outra bebida com o garçom, quando se afasta, solto o ar com um suspiro alto e o meu corpo começa a relaxar.

Não tenho ideia de quanto tempo essa conversa levou, para mim foi tempo demais, mas não deve ter sido tanto assim porque David, que tinha ficado para trás conversando com uma garota, chegou ao meu lado com uma expressão confusa. Certeza que ele não escutou nada na distância em que estávamos e além do mais o barulho ao nosso redor é grande, mas devo estar com uma expressão estranha, que denunciou a minha inquietação, ele logo percebe que algo está errado. David olha de relance para os lados, sem saber direito o que procurar, em seguida encosta uma mão em meu rosto com cuidado, chamando a minha atenção para ele.

— O que está acontecendo por aqui? Você está bem? — Ele pergunta, preocupado.

— Não é nada, está tudo bem.

Sou incapaz de disfarçar o quanto estou abalada, tento desviar o olhar, mas David segura o meu queixo com a mão firme para que eu o encare.

— Ei, Alex, espera um minuto, aquele cara estava te incomodando? — David aponta o queixo para as costas de Eric, que a essa altura já está longe.

— Não, não estava. — Minto e dou um sorriso incerto, lutando bravamente para afastar a sua cisma. — Olha, se você quiser voltar, o intervalo da banda deve estar acabando, não precisa vir comigo, posso seguir sozinha daqui.

— De jeito nenhum. Eu te acompanho, é melhor, ainda tenho tempo antes do retorno da banda. Você tem ideia de onde os seus amigos possam estar?

— Provavelmente no bar ou na piscina, tem muita gente por aqui e de qualquer forma vou ter que dar uma circulada para encontrá-los.

Levanto os pés na tentativa de enxergar melhor, sem sucesso. Chego ao bar, que está entupido de gente, e vou abrindo espaço entre a multidão, mas a tarefa fica ainda mais complicada com David parando toda hora para falar com um e outro, recebendo tapinhas nas costas e abraços acalorados.

No meio dessa confusão toda ouço uma voz gritando o meu nome, ergo a cabeça e vejo Victor acenando freneticamente para mim. Nossa, sinto um alívio imenso ao vê-lo e disparo em sua direção, David não perde o meu movimento e me segue.

— Até que enfim encontrei vocês!

— Alex! Chegou bem na hora, íamos começar a beber em sua homenagem. — Grita um dos amigos de Victor. — Que foi aquilo, menina!?

— Vocês conseguiram assistir, digo, me viram cantando? — Abro um sorriso genuíno, cheio de satisfação.

— Jura que era você, Lex? — Elisa me abraça boquiaberta.

— Claro, sua tonta, você não me viu lá em cima?

— Pensei que poderia ser uma pegadinha dos meus olhos. — Ela gargalha diante da careta que faço. — Sério, sua voz é inconfundível, eu sabia que era você antes mesmo de olhar para o palco. E aí, qual a sensação?

— Não dá nem para explicar, acho que estou nas nuvens até agora.

Bato com a mão na testa, ciente da tremenda falta de educação em não apresentar David para a turma; ele fica a margem do grupo esperando a minha deixa. Faço um sinal para David se juntar ao grupo.

— Quero apresentar um amigo. — Sorrio. — Esse é o David, que em um momento de total insanidade me chamou para cantar com ele.

— Até parece! Você tem um talento nato, garota, só precisava de um empurrãozinho e foi isso que fiz.

Os rapazes começam a cercar David, cumprimentando, dando soquinhos e comentando sobre o quanto o show está incrível, um segundo depois todos estão entrosados em uma conversa animada.

Victor começa a gritar para chamar a atenção do garçom e gira o dedo, pedindo uma rodada de bebidas. Ele faz questão de celebrar o momento, insistindo para que David fique e tome uma cerveja com os caras. Passados alguns minutos, as nossas bebidas chegam, o garçom que está nos servindo parece um tanto nervoso, tremendo as mãos enquanto entrega as bebidas. Primeiro o cara serve as cervejas dos rapazes e em seguida, metodicamente entrega o coquetel para Elisa.

O meu foi o último a ser removido da bandeja, capto uma coisa estranha quando ele agarra o copo que entrega para mim, é tanta força ao segurá-lo, que os seus dedos ficam até brancos. Levanto os olhos, espantada, mas o rapaz não me encara, pelo contrário ele até esconde o olhar, porém não deixo de perceber o quanto o seu rosto está vermelho e suado. O homem parece que está prestes a ter um treco. Coitado.

Antes que eu possa falar qualquer coisa, ele sai correndo e some dentro do bar. Não entendi nada, ergo os ombros para Elisa, que parece alheia a isso, e bebe o seu coquetel tranquilamente, resolvo experimentar o meu também e deixar essa cisma com o garçom de lado, vai ver o homem está só estressado com esse tanto de trabalho. É o mais provável, penso.

— Ok, pessoal, a farra acabou para mim, os caras já estão no palco e tenho que voltar para terminar a apresentação dessa noite.

David se despede rapidamente de todos, me abraça apertado e esfrega uma mão no alto da minha cabeça, despenteando o meu cabelo como se eu fosse uma criança.

— Se cuida, garota! Telefona para mim, tá legal? — Ele grita e vai embora.

Fico conversando com Elisa, contando como cheguei ao palco e termino a minha bebida em dois tempos, excitada demais com experiência incrível que vivi a poucos minutos. De repente, um alerta pisca dentro da minha cabeça e me recordo de que preciso voltar para casa com urgência. As ameaças de Eric ainda estão frescas e voltam com tudo para me amedrontar, fazendo o favor de apagar um pouco da alegria que estou sentindo.

Sério, a última coisa que quero é dar de cara com aquele perseguidor metido à besta de novo. Corro os olhos e não o vejo em lugar algum, mas também não acho que ele tenha desistido, portanto tenho que partir dessa festa antes que as coisas fiquem bem ruins para o meu lado. Viro para a Elisa e explico que estou cansada e quero ir embora, tranquilizo-a dizendo que vou ligar para a minha mãe e que ela pode continuar na festa, sem problema. Elisa ainda tenta me convencer a ficar, mas estou decidida e não vou correr um risco desnecessário. Não mesmo.

— Escute, estou indo ao banheiro e no caminho ligo para a minha mãe. Não que eu não tenha gostado de vir, a festa está realmente muito boa, mas quero encerrar por aqui, tô cansada e o meu dia foi longo demais. Nem adianta pedir, Elisa. Pra mim, já deu. — Falo, com convicção.

— Tá legal, Lex, eu entendo. — Ela suspira meio dramática. — Tudo bem a sua mãe vir te pegar?

— De boa, ela ofereceu a carona, caso eu precisasse. — Dou um abraço nela e no Victor e saio apressada com o celular na mão.

Sigo em direção ao banheiro, que fica próximo ao palco, paro uns minutos no caminho e envio uma mensagem para a minha mãe. Quando já estou chegando ao corredor dos banheiros, do nada, sinto uma forte tontura e um peso esquisito nas pernas, apoio as mãos na parede, mas meus braços mal obedecem, faço um esforço sobre-humano para manter o equilíbrio e continuar andando. Os meus passos estão lentos e incertos, tudo ao redor gira como um carrossel, os pensamentos começam a ficar confusos e eu não sei nem onde estou direito, está tudo embaralhado na minha frente.

O pior é que não aparece ninguém no corredor nem mesmo saindo dos banheiros. Um desespero toma conta de mim, eu não consigo pedir ajuda, a minha voz simplesmente não sai da boca, mesmo quando me esforço para articular qualquer coisa, é inútil. Escorrego lentamente pela parede e perco toda a sustentação das pernas, mas, antes que eu desabe no chão, alguém levanta o meu corpo inerte. Os meus olhos batem lentos e pesados, mesmo assim ainda consigo ver quem está me carregando nos braços para algum lugar. Um lugar que não quero ir com ele. De jeito nenhum.

— Não! — Solto um grunhido baixo, com dificuldade, estou completamente grogue. — Me larga! Por favor... não! — Suplico, movida pelo desespero.

Eric me agarra com força e corre como um louco, nos afastando rapidamente do movimento da festa. O pavor me atinge em cheio quando ouço o barulho de uma porta abrindo e fechando, seguido pelo *clic* da tranca. Deus, o que ele pretende fazer comigo!?

Estou em um quarto, provavelmente um lugar afastado da casa principal, mal ouço a música que vem lá de fora, agora que Eric fechou a porta. Mesmo se eu conseguisse gritar, ninguém iria me encontrar aqui e isso está se tornando óbvio a cada segundo. Esse desgraçado vai conseguir o que quer e eu serei incapaz de detê-lo, porque estou completamente sem ação.

Ele agiu muito rápido, tudo foi planejado nos mínimos detalhes. Todos nesse momento estão se divertindo com o show, o corredor dos banheiros estava vazio e ninguém me viu quando comecei a sentir os efeitos da droga. Sim, eu fui drogada. A constatação dessa verdade faz o meu estômago contrair em ondas nauseantes. O efeito é apavorante, não consigo mexer um músculo sequer, a minha voz está trancada na garganta sem que eu possa emitir um mísero som e sinto o meu coração martelar tão forte que chega até a doer.

Sou jogada de qualquer jeito em uma cama, feito um saco de roupa suja, logo em seguida ele sobe em cima de mim, passando a boca molhada e arfante pelo meu pescoço, sinto um arrepio de repulsa que fica pior quando o seu hálito saturado de bebida inunda o meu nariz. Tranco a boca para não vomitar e os meus olhos ardem com o esforço extremo que faço.

— Agora sim, você está onde quero! — Ele fala com uma voz pastosa.

Arregalo os olhos, horrorizada.

— É uma pena tomar uma atitude tão drástica e embora eu não ache muito divertida, foi a única forma que encontrei para domar esse seu nariz empinado. — Ele segura o meu rosto com força. — Tentei fazer você enxergar que era um fato decidido, mas a princesa não me deu ouvidos, né?

Sinto uma vertigem e quase desmaio, porém a minha consciência me põe em alerta novamente, talvez em uma patética tentativa de evitar o pior.

— Desde o instante em que bati o olho e te vi, já sabia como a minha noite iria acabar: eu e você na cama. — Ele abre um sorriso cruel. — Desculpe, docinho, mas isso era inevitável. Não estou acostumado a ser recusado.

Suas mãos pouco gentis passam ansiosas por todo meu corpo, me tocando intimamente, apertando os meus seios de uma forma tão dolorosa que um gemido baixo escapa da minha boca e, como se não bastasse, o cretino ergue a cabeça e exala um ar convencido, acreditando que estou gostando da sua pegada. Queria poder gritar e fazê-lo entender o quanto tenho nojo dele, esse miserável só pode ter perdido a noção de tudo para achar que sinto algum prazer diante dessa condição de submissão em que estou.

Ele sai de cima de mim cambaleando, bêbado feito um porco, tirando a camisa e os sapatos de forma descoordenada, quase caindo em seus pés. Mas o sujeito é persistente e continua arrancando as roupas sem se importar com o seu prejudicado equilíbrio.

Ele abre o botão do jeans e remove as calças, correndo o olhar desfocado pelo meu corpo, lambendo os lábios e saboreando a visão de uma garota indefesa e exposta ao seu prazer.

— Você não passa de uma provocadora, docinho. — Eric passa as mãos pela frente das suas calças, que já mostra uma excitação evidente. — Fiquei a noite toda mal esperando a hora de entrar por baixo dessa sua saia curta.

Ele fala e dá alguns passos aproximando-se novamente da cama. Arquejo em busca de ar, prevendo os seus próximos movimentos e, sem que consiga segurar por mais tempo, começo a chorar, sentindo as lágrimas escorrendo pela lateral dos meus olhos em rios contínuos.

Ele agarra a barra da minha saia e dá um único puxão, arrastando-a pelos meus quadris sem abrir os botões, o tecido áspero arranha duramente as minhas coxas, formando vergões vermelhos em meu corpo. Eu sinto a ardência da violência do ato e só consigo contrair um pouco os olhos em um fraco sinal de dor.

Em seguida a minha blusa é rasgada e arremessada para longe, fico somente de calcinha e sutiã e a sensação de impotência é pior do que qualquer outra coisa que já senti, é esmagadora.

As suas mãos vagueiam pelas minhas coxas, subindo pela barriga e seguram os meus seios, apertando-os com vontade. Ele lambe e morde por cima do meu sutiã, em seguida agarra as alças e as arrebenta em um puxão impaciente; em segundos os trapos da minha peça íntima estão fora do meu corpo, deixando os meus seios expostos para o que ele quiser fazer, fecho os olhos com força, esquivando-me da tortura que está por vir.

Eric morde os meus seios várias vezes, deixando as marcas da sua insanidade, esfrega o corpo arremetendo entre as minhas pernas num ritmo alucinado, ofegando e gemendo palavras desconexas, imprimindo todo o seu peso em cima de mim, estou quase sem ar de tanto que ele me empurra no colchão.

Não consigo imaginar como, mas a sua cueca some e ele tateia a minha calcinha com dedos pegajosos. Certa hora, presa a um fio de esperança, acho que o seu estado embriagado vai contar ao meu favor e impedi-lo de me violentar, entretanto estou mortalmente enganada, Eric está mais sóbrio do que gostaria que estivesse e ávido para dar fim ao seu propósito.

O ar entra em meus pulmões precariamente diante das evidências do que em breve serei submetida, as náuseas se intensificam e contorcem o meu estômago sem piedade. Sinto a minha mente entrar em colapso, me obrigando a bloquear todo esse sofrimento, estou sendo tomada pela escuridão e desejando com todo fervor morrer a aguentar essa tortura.

De repente, por cima daquela névoa de consciência, ouço um forte estrondo como algo sendo derrubado, seguido de palavrões e gritos, Eric solta um gemido de dor quando é subitamente arrancado de cima de mim, puxo o ar com força, aliviada por terem removido aquele peso esmagador. Enquanto isso, mais sons de socos e vozes histéricas explodem no quarto. Percebo, por fim, a voz de Elisa quando chega ao meu lado e cobre o meu corpo com alguma coisa, depois ela me abraça desesperada e chora compulsivamente.

Quando estou quase apagando, ouço a voz de David murmurando em meu ouvido, tentando me acalmar, abro os olhos e vejo o seu rosto tomado por uma expressão transtornada que me faz estremecer de angústia, ele me afaga esfregando as suas mãos ensanguentadas pelo meu rosto e continua recitando palavras de conforto. Uma nova onda de lágrimas vem e transborda dos meus olhos, um soluço alto sai da minha garganta rasgando dolorosamente o meu peito.

No meio de todo aquele caos em que estou afundada, a única certeza que tenho é a de que a partir dessa noite, não serei mais a mesma. Dentro de mim algo se rompeu e não acredito que algum dia eu possa colar os pedaços e voltar a ser a mesma. A garota tranquila e feliz não existe mais. Nesse momento tudo que sinto é uma sombra negra me abraçando e desligando a minha mente do mundo, apagando tudo ao meu redor.

Entro nas trevas e por um longo tempo da minha vida não consigo me arrastar para fora delas. Um período sombrio que só sobrevivo porque em algum lugar, lá no fundo da minha alma, alimento a esperança de encontrar a luz que irá finalmente me libertar dessa escuridão. Um dia.

Oito anos depois

— *Dad, please! Stop!*[2]

Falo, perdendo definitivamente a paciência com o meu pai.

— *I'm fine! You drive me crazy!*[3]

Solto as palavras segurando o gemido que está preso na minha garganta. Fecho os olhos com força, tentando reunir um mínimo de controle, enquanto ele se desculpa meio a contragosto. Sim, porque Mr. Adam não está nem um pouco arrependido de estar atazanando a minha vida.

— *Ok, Dad, I'm sorry.*[4] — Resmungo, desanimada.

Droga! Suspiro alto, me sentindo péssima por explodir com o meu pai. Caramba, ele só está preocupado comigo! Juro, entendo todos os seus motivos, mas preciso manter alguns limites, se não, vou enlouquecer com a marcação cerrada que ele anda me impondo desde que retornou para Atlanta, seus telefonemas são cada vez mais sufocantes, não aguento mais toda essa pressão. Meu Deus!

Hoje é o meu primeiro dia na universidade que escolhi cursar aqui no Brasil, retornei dos Estados Unidos há somente duas semanas e o meu pai me acompanhou em cada passo nessa jornada de volta ao meu país. Ele fez questão de organizar pessoalmente tudo que seria necessário para mim, desde

---

[2] Pai, por favor! Pare!

[3] Estou bem! Você me deixa louca!

[4] Ok, Pai, eu sinto muito!

o apartamento, que estou dividindo com uma menina, até o carro que ele encomendou quando eu ainda morava em Atlanta e que estava me aguardando na agência, prontinho para ser retirado.

Não posso deixar de comentar que tudo no carro está dentro das suas regras rígidas de segurança, as quais ele exigiu que fossem adaptadas pela loja no ato da compra e que foi o motivo de incansáveis discussões entre nós.

Passei dias tentando convencê-lo de que ele estava exagerando muito além do normal em relação a minha segurança, mas o homem não me deu ouvidos e disse que sabia o que estava fazendo. Meu pai simplesmente pirou em todos os graus com relação aos itens de segurança do veículo. O meu carro deve ser, de longe, o mais bem equipado de toda a cidade, com todas essas parafernálias que existem a fim de garantir que nada, nem ninguém possa me pegar desprevenida e por aí vai. Só para ter uma ideia, o carro possui *air bags* por todos os lados possíveis, sistemas de aceleração rápida em caso de fuga, GPS conectado ao seu celular e ao da minha mãe e, o pior, o carro é blindado. Dá para imaginar? Isso é ridículo! Tentei de tudo quanto é jeito argumentar, mas ele estava irredutível, principalmente nesse quesito, então desisti de brigar, aceitei essas sandices todas e peguei o carro. Fazer o quê?

O edifício em que estou morando também é bem protegido, tem um sistema de segurança 24 horas, com câmeras, sensores de presença, garagem vigiada e porteiros o tempo todo, além de alguns confortos extras que, por mim, não fariam muita diferença, mas meu pai quer que eu fique bem acomodada em um lugar que tenha tudo o que é necessário para me sentir à vontade, inclusive privacidade. Bem, isso eu preciso mesmo, porque em muitos momentos não sou uma pessoa fácil de conviver e ter um quarto só para mim é uma questão de necessidade e não uma simples frescura de garota mimada.

Depois que ele verificou tudo, inclusive fazendo uma ronda pela universidade — e vale ressaltar que foi com requintes de detalhes, como se fosse algum agente de segurança — Mr. Adam Ryden finalmente pegou o avião de volta para Atlanta. Ufa! Sinceramente, amo o meu pai, mas há momentos em que ele é intenso demais, até para mim.

Voltar para o Brasil tem sido um desafio monumental e meu pai não ficou nem um pouco satisfeito com a ideia. Hora nenhuma ele facilitou a minha vida, mas eu estava com a cabeça feita e queria retornar, portanto não desisti até convencê-lo. Disse que isso fazia parte do meu processo de recuperação, o que de certa forma era uma verdade, porque Dayse, a minha terapeuta, sugeriu o retorno como um possível caminho para vencer os meus medos. Sendo justa, ela somente insinuou, mas acreditei que esse argumento poderia, de fato, me ajudar a dobrar o meu pai, então batalhei arduamente para conseguir o que queria. Eu tinha plena consciência de que não seria fácil, mas precisava tentar, queria ficar próxima à minha mãe, sentia muito a sua falta, os anos que passei longe dela foram dolorosos.

Apesar de optar por cursar uma universidade em uma cidade longe do lugar onde ela mora, ou melhor, a cidade que eu morava antes de tudo virar de ponta-cabeça em meu mundo, eu finalmente estaria próxima da minha mãe. Bem, agora estou a uma distância de apenas 3 horas dela, isso é o mais perto que já cheguei do lugar onde vivi aquele pesadelo, mas no momento é tudo o que posso lidar e está perfeito para mim.

Mesmo o meu pai fazendo literalmente uma longa lista com todos os pontos negativos e positivos sobre a minha decisão, usei o item mais forte ao meu favor: David. O meu melhor amigo mora e trabalha na cidade onde eu escolhi fazer o curso de Engenharia em Telecomunicações e isso foi, indiscutivelmente, o que o tranquilizou e ele, por fim, concordou.

David se tornou uma espécie de irmão mais velho para mim, e um filho para os meus pais. Quando fui morar em Atlanta, David partiu do Brasil junto comigo. Arrastei o meu amigo para aquela nova vida, mesmo que involuntariamente, isso porque não era capaz de comandar nada naqueles dias, nem a mim mesma, eu estava em um estado de apatia lamentável e me isolei de tudo ao meu redor. O que aconteceu naquela noite destroçou a minha vida em um nível profundo demais, vegetei por semanas e os meus pais não sabiam mais o que fazer. Eu não ia para a escola, não comia, não falava, mal dormia, atormentada por pesadelos medonhos que me faziam gritar e chorar. Foi um inferno. A única pessoa que era capaz de conseguir que eu esboçasse algum tipo de reação era David, talvez, pelo fato de ele ter sido o meu salvador, a minha mente o reconhecia como uma luz em toda aquela escuridão que tomou conta de mim por completo.

Após algum tempo, e depois de chegarem à triste conclusão de que eu não melhorava nem um pouco com o passar dos dias, os meus pais decidiram que eu deveria mudar de país. A ideia era eu ir morar com o meu pai por um tempo; talvez a mudança de ares tivesse um efeito positivo na minha cabeça, tirando-a daquele estado entorpecido em que estava afundada. Minha mãe relutou bastante no início, mas nada me fazia reagir, então ela desistiu de lutar contra a nossa inevitável separação e começou a providenciar tudo que fosse necessário para que eu continuasse os meus estudos em Atlanta. Foi difícil para mim, mas para a minha mãe foi aterrador, ela ficou completamente sem chão diante dessa nova realidade.

David aparecia para me ver todos os dias, os meus pais ficavam emocionados com a sua atenção e a gratidão deles era imensa. Quando foi decidido que eu iria para Atlanta, o meu pai propôs a David um incentivo, caso ele fosse embora conosco. A proposta era um apoio financeiro para que David pudesse estudar, fazendo algum curso profissionalizante a fim de ampliar as oportunidades e melhorar a sua escolaridade. Mesmo o meu pai insistindo em bancar um curso superior, David descartou logo de cara, alegando que esse não era o seu objetivo de vida e o que ele realmente ama fazer é estar envolvido com a música. Então, sabiamente, o meu pai arrumou um lugar para David trabalhar, ganhar o seu próprio dinheiro fazendo o que ele mais gosta e garantindo a sua estada por tempo ilimitado.

A minha madrasta é dona de um bar muito movimentado em Atlanta, onde uma banda se apresentava no local de quarta a domingo, para entreter os frequentadores, a ideia era David fazer parte dessa banda como guitarrista. Lince, a esposa do meu pai, garantiu que com o cachê das apresentações ele poderia juntar um bom pé-de-meia e já que o meu pai custeava todas as suas despesas com moradia e alimentação, David poderia guardar todo o dinheiro ganho durante as noites no bar para o seu futuro.

Eu, por outro lado, teria um trabalho extenuante pela frente, tentando domar as minhas emoções desgovernadas, e o meu pai sabia que a presença de David ao meu lado seria crucial naquele momento, me ajudando a não esmorecer e a não entrar em parafuso. Passamos seis anos juntos, com David dedicando a mim toda a sua paciência e carinho; ficamos cada vez mais unidos e não ouso nem imaginar como seria enfrentar tantas mudanças e inúmeras oscilações emocionais sem o seu apoio incondicional, acho que estaria perdida até hoje.

David voltou para o Brasil há quase dois anos com Mary, com quem se casou. Eles se conheceram no bar, ela trabalhava nos turnos da noite como garçonete e ele tocava na banda. Os dois ficaram de rolo por um tempo, até finalmente se acertarem; desconfio que no caso deles foi amor à primeira vista, porque nunca vi duas pessoas tão certas uma para a outra. É de dar inveja o quanto eles se amam e desde o momento em que foram morar juntos, um não larga o outro. Quando David decidiu que estava na hora de voltar, Mary nem pestanejou, largou tudo em Atlanta e desembarcou aqui no Brasil com ele, onde, pelo que sei, está feliz da vida.

Nos primeiros anos em Atlanta, a vida do meu amigo foi bem dura. Após terminar o seu curso profissionalizante em técnico de informática, David trabalhou pesado, juntando todo o dinheiro que ganhava, com a esperança de algum dia voltar e montar o seu próprio negócio. Ele juntou uma boa grana e começou a procurar alguma oportunidade de emprego no Brasil e, como se tivesse caído do céu, uma vaga extraordinária como gerente do centro de informática em uma grande universidade surgiu, tornando possível o seu retorno. Assim, tudo ficou mais fácil para os dois, porque enquanto David trabalhava em um bom emprego, eles poderiam se estabelecer sem pressa aqui na cidade, sondando qual o tipo de negócio seria mais viável investir. Hoje, eles são donos de um bar superbacana, que de longe é o ponto mais frequentado pelos universitários, com casa lotada todas as noites durante os finais de semana, quando a banda que David montou junto com alguns estudantes se apresenta. É claro que o meu amigo nunca conseguiria ficar afastado da música, então reuniu uns caras talentosos e formou um grupo competente. Eles são sucesso absoluto na região, todos amam o som que a banda faz e a *The Goal* é a principal atração do bar, com apresentações disputadíssimas entre os frequentadores. E, além das apresentações no bar, volta e meia eles são contratados para shows no ginásio do *campus* da universidade, deixando os estudantes extasiados com apresentações verdadeiramente incríveis e um nível de profissionalismo para ninguém botar defeito.

Ouço uma batidinha na porta do quarto e me obrigo a arrastar os meus pensamentos de volta para a conversa com meu pai, que a essa altura já recitou todo o seu sermão um milhão de vezes. De verdade, não me sinto nem um tantinho envergonhada por ter passado os últimos minutos fora do ar, sem ouvir uma palavra sequer do que ele disse, já sei tudo mesmo, posso até repetir todas as suas recomendações de trás para frente, num piscar de olhos.

Meu pai é incansável. Penso aborrecida enquanto entrelaço os dedos pelo meu rabo de cavalo. Faço força para prestar atenção na conversa, mas é exaustivo, porque ele ainda continua falando sobre todas as coisas que devo ou não fazer e não estou suportando mais ouvir a mesma ladainha. Decido, por fim, cortá-lo e começo a me despedir apressadamente, sem dar nem tempo para ele contestar as minhas desculpas e continuar com esse assunto entediante.

— *I love you too. I'll call you later. Good bye, Dad, take care.*[5] — Desligo o celular com um suspiro cansado e só agora noto a presença da minha colega na porta do meu quarto.

— Seu pai de novo? Não são nem 8 horas da manhã e ele já te ligou para saber como você está? — Ela revira os olhos com um ar brincalhão.

— Pois é! — Ergo os ombros, conformada.

— Pelo amor de Deus, desse jeito Adam vai ter um infarto antes que você termine o semestre. Só ontem foram três chamadas, sendo que ele voltou para os Estados Unidos há somente dois dias! Sinceramente, estou começando a ficar com pena de você. — Ela abre um sorriso solidário, notando o meu desconforto diante da preocupação exagerada do meu pai.

— Não consigo acalmá-lo. — Suspiro. — Mas ele vai ter que se acostumar uma hora, pelo menos assim espero. — Falo baixinho, resmungando triste.

— Será? — Nina pergunta, sem esconder a sua descrença.

— Talvez com o tempo ele encare tudo isso de uma forma racional e perceba que não sou mais uma menina, tenho 22 anos, sou adulta e capaz de enfrentar os problemas que irão surgir com a minha volta. — Falo firme, porque tenho plena consciência de que tomei a decisão certa.

— Concordo, Alex, resta saber se o seu pai não está forçando uma situação para que você desista antes mesmo de começar a viver aqui no Brasil.

— Bem, agora estou aqui e não vou recuar, ele vai ter que aceitar que é isso que quero. Afinal, preciso retomar a minha vida e seguir em frente.

Penso por um instante em algumas coisas que terei que lidar agora que estou no Brasil, mas logo dou uma sacudida na cabeça, dispersando as velhas inseguranças que às vezes me azucrinam, e mudo rápido de assunto.

— E você? Tá indo pra aula? — Olho e noto que ela está arrumada, pronta para sair, inclusive com a sua bolsa extravagante pendurada no ombro.

A minha colega de apartamento é uma garota bonita, dona de um estilo próprio e completamente diferente de mim, a começar pela altura, que é absurdamente maior que a minha. Nina é uma morena sensual, com generosas curvas e os olhos escuros mais luminosos que já vi, porém a sua marca registrada são os cabelos. Eles foram repicados de uma forma aleatória e com um efeito moderno, bem irreverente, caindo até a altura dos ombros em camadas negras e volumosas que contornam o seu rosto oval.

---

[5] Eu também te amo. Eu te ligo mais tarde. Adeus, Pai, cuide-se.

Nina fica me encarando com uma expressão bem-humorada, parada na entrada do meu quarto. Não deixo de reparar em seu visual alegre e descompromissado que ela está vestindo, com jeans rasgado e uma camiseta branca simples, a qual possui uma única e divertida frase: *Why not?*[6] Solto uma risadinha assim que leio e aponto para a sua camisa quando ela ergue as sobrancelhas sem entender do que estou rindo, Nina revira os olhos, sem dar a mínima para o meu sorriso divertido.

— É, já estou prontinha, minha primeira aula só começa às nove, mas gosto de chegar cedo ao *campus* no primeiro dia do semestre. Sabe como é, para verificar os alunos recém-chegados, alguns são bem interessantes. — Ela dá de ombros. — Não posso perder a chance de dar uma conferida no material novo, geralmente aparecem uns caras que valem a pena dar uma segunda olhada.

— Faz sentindo. — Respondo, com outra risadinha.

Nina curva a boca em um ângulo estranho franzindo a testa, então olha para mim e pergunta de supetão.

— Quer vir comigo? Ainda não preparei o café da manhã e com certeza dá tempo suficiente para você tomar uma ducha e comer alguma coisa. Juro, posso te esperar, sem problemas. — Nesse instante o seu rosto se ilumina como se uma grande ideia surgisse de repente em sua cabeça. — Pensando bem, já decidi, vou te esperar, tenho um pressentimento de que você vai dar o que falar e deixar muitos caras de boca aberta, salivando feito uns cachorrinhos. Bom, quero estar lá para ver isso. Ah, se quero. — Nina sorri, pensativa.

— Ah, não! Esquece! Não quero ser um acontecimento em lugar nenhum, pode ir sem mim. Sério, vá fazer o seu reconhecimento de campo e me deixe fora dessa. A minha aula só começa mesmo às dez, ainda tenho muito tempo e vou gastá-lo com coisas que valham a pena e não ficar feito idiota passando pela vistoria de alguns caras. Nem pensar. — Despacho a minha amiga com um aceno de mão.

— Você não está vendo a coisa toda com a clareza necessária. — Nina começa a andar pelo quarto de um lado para o outro. — Pense comigo, você é uma aluna nova, mas não uma caloura, porque já entrou no 5º período. Certo?

Faço um grunhido mal-humorado para ela.

— Certo. — Ela assente e me encara. — Por conta disso, todas aquelas brincadeiras ridículas do trote vão estar de fora e, se chegarmos juntas ao *campus*,

---

[6] Por que não?

posso te apresentar para algumas pessoas e você não vai precisar passar pelo estresse de estar em um lugar onde é uma completa estranha. — Nina enrola uma mão no ar, feito um mestre de cerimônia. — Viu? Não é uma ideia tão ruim assim.

Nina ergue as sobrancelhas e lança um olhar como se tudo que ela acabou de falar fizesse todo sentido. Não para mim, definitivamente estou fora dessa jogada suspeita.

— Não, é péssima! Vou chegar sozinha naquela universidade.

Nina começa a falar, mas ergo uma mão antes que ela continue.

— Preste atenção, sua aula é às nove e a minha às dez, quero ir direto para a sala, sem precisar ficar trocando conversa com ninguém, pelo menos até ficar ambientada e fazer meus próprios amigos. — Sorrio inocentemente para Nina. — Sem a sua influência tendenciosa, vale ressaltar.

— Entendi, você quer ficar por sua conta. — Nina resmunga, murcha.

— Fique tranquila, já verifiquei o mapa do *campus* e sei exatamente para onde tenho que ir. — Aponto para o mapa em cima da mesa. — A sua ideia fantástica é me colocar em cima de um holofote e não estou nem um pouco a fim de ser a estrela do circo, ok? — Nina faz uma expressão fingida de horror, tento me manter séria, mas os meus lábios torcem segurando o riso. Ela é cômica.

— Você está me julgando muito mal, Alex! — Ela bate a cabeça de um lado para o outro negando. — Estou só fazendo o papel de amiga e a minha intenção é te dar uma força nesse negócio de primeiro dia de aula.

— Aham, sei bem.

— Alex, você não tem a menor noção de como é, nem sequer imagina. Escuta, sem brincadeira, você vai ser um prato cheio para as fofocas e conversinhas naquele *campus*, as pessoas vão ficar te olhando, perguntando, verificando descaradamente os seus peitos e essa bunda gostosa que você tem. — Ela pisca os olhos com inocência. — Eu vou ser uma espécie de anjo protetor, só isso!

Não aguento, desato a rir.

— Cai fora, Nina! Você não vai me convencer.

Levanto rápido da cama e começo a escolher as roupas que irei usar, sem me incomodar com os seus protestos resmungados.

— Escute, é melhor você se apressar ou vai perder toda a diversão, o que seria desastroso para os seus planos futuros, vai que um desses meninos bonitos desperte algo em você e seja "o cara" da sua vida, hã? Nunca se sabe. — Olho para trás por cima dos ombros e vejo em seu rosto bonito um sorriso travesso, cheio de más intenções.

— Sem planos futuros. — Nina fala rindo, e antes de sair ela para no meio do quarto levantando o dedo indicador em sinal de advertência. — Só mais uma coisinha.

— Vai em frente. — Falo com paciência.

— Bom, mesmo que não admita, tenho certeza de que você vai sentir a minha falta quando entrar por aqueles corredores lotados.

— Não vou, pode acreditar.

— Tudo bem, você é quem sabe. — Ela suspira, resignada. — Dito isso, irei respeitar a sua vontade. E mesmo achando que a sua tática não é a das mais inteligentes, vou ficar na minha, pode relaxar. — Ela se aproxima e abre um sorriso bondoso. — Porém, se você mudar de ideia, me envie uma mensagem, que irei correndo te ajudar, tá legal?

— Pode deixar, te aviso caso precise ser socorrida.

Nina me abraça com carinho e sussurra.

— Quero te ver feliz, Alex. Já tá passando da hora de você começar a curtir a vida e eu não vou aceitar nada menos do que isso. Falo sério.

— Obrigada, Nina, eu estou bem, de verdade, mas preciso começar isso sozinha, não posso me esconder atrás de ninguém, tenho que conquistar o meu espaço por mim mesma. — Aperto os meus braços ao seu redor em agradecimento pela sua preocupação e ela retribui meu abraço.

— Chega! Vamos acabar com essa pegação melosa. — Ela abre os braços de repente e se afasta, porém noto a umidade em seus olhos, a qual Nina tenta esconder piscando várias vezes.

A minha colega de apartamento está a par do meu passado, contei tudo assim que decidi vir morar com ela, foi uma conversa desconfortável pra caramba, mas eu não tinha outra opção, não seria nem possível esconder o que aconteceu comigo, porque tenho pesadelos frequentes e quando isso acontece, acordo gritando e chorando, completamente desnorteada. É uma humilhação terrível quando percebo que alguém escutou e fica me olhando esquisito, ou pior, com pena quando me vê naquele estado. O pior é que não tenho controle algum sobre isso, eles surgem do nada, sem mais nem menos. E de qualquer forma eu teria que abrir o jogo com Nina, ser sincera, mesmo correndo o risco dela não me aceitar em seu apartamento. Mas felizmente tive uma surpresa maravilhosa, Nina não só lidou com toda a história com incrível naturalidade, como também aceitou a minha incômoda bagagem e o melhor de tudo é que ela não me trata como uma peça de vidro frágil, prestes a quebrar, ela me vê como uma colega de apartamento, como qualquer outra menina que poderia estar dividindo o seu espaço. Mas, mesmo com toda essa aparente normalidade, percebo a sutileza dos seus gestos amorosos e do carinho em suas palavras, denunciando o quanto ela se importa comigo e como me quer bem.

— Certo, então vá embora daqui! Preciso de um banho urgente, estou fedendo feito um gambá depois de correr 10 km e suar pra caramba. Não querendo estragar a nossa amizade, mas esses nossos amassos vão ter que esperar, pelo menos até eu tomar um banho decente. — Ergo as sobrancelhas diante da sua expressão de nojo.

— Você tá de brincadeira? Sério que você já correu isso tudo?

Faço que sim com a cabeça.

— Eca, Alex! Bem, para ser honesta, senti mesmo um cheiro estranho no seu quarto, ainda bem que não comentei nada. Agora com relação aos amassos, estou dispensando por enquanto, prefiro dar mole para os caras bonitinhos que estão chegando à universidade. Fica para outro dia, gostosa. — Nina pisca os olhos, joga um beijo e vai embora.

— Pelo menos nesse ponto nós estamos totalmente de acordo. — Grito da porta, antes de entrar no banheiro.

Tomo uma ducha demorada e escolho com calma a minha roupa, decido vestir um jeans *skinny* bem confortável e uma blusinha soltinha cinza, calço o tênis e vou para a cozinha comer alguma coisa rápida, porque sem chance de sair de casa com a barriga vazia. Sou uma pessoa de um apetite monstruoso e não tenho vergonha de admitir que como bem mesmo. Em compensação, gasto muita energia fazendo uma batelada de exercícios físicos durante o dia, portanto posso comer o que me der na telha que não engordo nem um grama. Sorte a minha, penso satisfeita encarando o belo sanduíche que devoro em segundos. Depois escovo os dentes e dou uma última olhada na minha mochila, me certificando de que não esqueci nenhum item que eu possa precisar usar durante as aulas. Tudo certo, pego as chaves do carro e parto para a universidade.

Chego ao *campus* com meia hora de folga, tempo mais do que suficiente para estacionar o carro, dar uma conferida no mapa e entrar no prédio onde aconteceriam as minhas aulas. Não quero despertar a atenção de ninguém, e por isso a ideia é estar sentada bem antes que todos ocupem os seus lugares. É óbvio que alguns vão olhar para mim, sou um rosto novo por aqui e a turma deve estar familiarizada uns com os outros, mas se depender da mim, farei um esforço danado para estar camuflada e invisível.

Esse era o plano, pelo visto ele está falhando miseravelmente.

A primeira dificuldade que esbarro é achar um lugar no estacionamento, rodo duas vezes e nada. Começo a suar de nervoso, diante da possibilidade de chegar atrasada. Merda, isso não está acontecendo comigo! Passo novamente pelo estacionamento, dessa vez bem devagar e olho cuidadosamente os carros estacionados, tentando encontrar um lugarzinho para o meu. De repente, ao lado de uma caminhonete enorme, vejo uma vaga estreita, mas perfeita para o meu carro, ligo a seta e entro, sem pestanejar. Com o canto dos olhos percebo um grupo de rapazes que fica observando atentamente a minha manobra, mas não me importo, nem quando ouço os assobios e gemidos de descrença que os caras soltam, sei que sou uma boa motorista e entro na vaga com cuidado. Fácil!

Mandou bem, garota! Me parabenizo mentalmente.

Agora outro problema é sair do carro. O espaço está muito apertado e a porta abre o suficiente para o meu corpo passar espremido, mesmo assim a porta do carro ainda encosta de leve na lateral da caminhonete. Viro para o banco do carona e pego a mochila, que desastradamente, escorrega das minhas mãos e espalha todo o seu conteúdo pelo chão do carro.

— Ah, droga!

— Grito alto e soco o volante do carro frustrada. Caramba, era só o que faltava. Ainda xingando a minha estupidez, abaixo e começo a catar tudo, apoiando o meu pé na porta que agora está semiaberta. Para completar a situação triste em que estou, o meu celular fez o favor de cair por baixo do banco, me obrigando a ficar de quatro para alcançá-lo. Nesse instante ouço uma voz masculina me perguntando algo com um escárnio tão descarado que me dá vontade de voar em cima do sujeito.

— Ei, você! Algum problema aí?

Ouço uma risadinha no fundo e trinco os dentes segurando uma resposta petulante. Que idiota! Será que não é visível que estou não com um, mas com vários problemas aqui? Fala sério, garotos são uns imbecis mesmo.

— Porque se ainda não deu para notar, vai ser impossível você sair do seu carro sem acabar com a porta do meu, mesmo que você dê uma de ninja.

Ele continua com o mesmo tom sacana, achando a maior graça da situação. Eu mereço!

— De verdade, gata, o espaço tá apertado demais! Você não vai conseguir sair daí e no fim das contas vai arranhar o meu carro. Acho melhor procurar outra vaga antes que eu me aborreça contigo, viu? — O cara para de rir e o seu tom é uma advertência clara: não toque no meu carro ou você vai se ferrar.

Eu viro a cabeça para tentar olhar o engraçadinho, mas é impossível ver o seu rosto, só consigo identificar a boca, que esboça um sorriso de lado, que é puro deboche. Agarro o celular, irritada e, com uma boa dose de teimosia, começo a sair engatinhando de ré, com o meu traseiro vergonhosamente direcionado para o garoto, que a essa altura está com um braço encostado na porta segurando-a firmemente. Lentamente e com uma graça acrobática, saio sem fazer estragos na lateral da caminhonete. Perfeito! Outro tapinha mental de congratulação.

— Contradizendo o que você disse antes, acho que consegui sair do meu carro sem danificar o seu.

Fico olhando para a porta, de costas para o cara, conferindo atentamente a lataria para ver se estava tudo em ordem. Parece que sim, constato. Abro um sorriso amplo, satisfeita comigo mesma, porque toda aquela manobra para sair do carro valeu muito a pena, a caminhonete está intacta, o cara não pode sequer reclamar.

Mas ele reclama.

— Hum, sei não, parece que a porta ficou marcada, esse sinal não existia antes. — Ele aponta para o carro e fala com a voz rouca, próxima ao meu cabelo, sinto a sua respiração na orelha e um arrepio percorre a minha coluna imediatamente, reteso o corpo na hora, ligando os meus sinais de alerta diante da sua proximidade. Nossa, não posso dar uma de louca no meu primeiro dia de aula, isso não vai ser nem um pouco legal.

Mais do que depressa e com todo o meu sistema de defesa acionado ao máximo, viro o meu rosto na direção do garoto, entretanto congelo no meio do caminho, ficando boquiaberta e sem ação. Fecho os olhos lentamente e os abro com a mesma lentidão, só para ter certeza que é real e não uma miragem parada bem na minha frente. Ergo um pouco a cabeça para observar melhor e... Por tudo que há de mais sagrado! Sem dúvida, não estou sonhando. O cara que está a poucos centímetros do meu rosto é lindo! Lindo mesmo, do tipo maravilhoso. Quase não consigo controlar a vontade de esticar as mãos para tocar o seu rosto, as pontas dos meus dedos formigam enquanto agarro furiosamente a minha mochila. Inacreditável, pareço uma tonta, fecho a boca e respiro profundamente para tentar recuperar um pouco do meu bom senso.

Mas ainda não consigo desviar os olhos do garoto e de cara percebo o quanto ele é alto, bem mais alto do que eu, talvez uns 30 centímetros a mais, e muito forte, dá para ver que ele tem ombros largos, braços malhados e um peito tão musculoso que estica o tecido da camisa branca com perfeição. O cabelo escuro está cortado bem curto, mas não é raspado, entretanto o que me impressiona são seus olhos, de um azul profundo, cercado por uma camada de grossos cílios pretos, nunca vi nada tão bonito na vida. Deus, esse garoto simplesmente roubou a minha capacidade de reação, estou boba. Mas também com esses olhos! Sério, ele é capaz de virar a cabeça de qualquer garota, tenho certeza de que não sou só eu que fica completamente abobalhada, encarando o garoto como se fosse uma palerma sem cérebro. É, não mesmo.

Mesmo estando ciente do meu estado de bobice, continuo esquadrinhando o menino sem um mínimo de vergonha, abaixo o olhar percorrendo o seu nariz reto e estaciono os meus olhos em uma boca com lábios grossos, marcados por uma curvinha deliciosamente sexy nos cantos, que nesse momento se abrem em um sorriso completamente devastador. Solto um suspiro de contentamento admirando aquela beleza toda. Ele nota a minha revista detalhada e fica me observando com uma expressão zombeteira no rosto, acho até que ouço uma risadinha logo após o meu suspiro feliz.

Ai meu Deus! Eu pareço uma idiota, encarando o menino sem falar nada. Começo a abrir e fechar a boca como um peixe, sem saber o que dizer, então só me resta tentar colocar a cabeça no lugar, conectar os meus neurônios novamente e formular uma pergunta inteligente, mas o que sai não é nada inteligente. Nem de longe.

— Hã, não entendi! Que foi que você disse mesmo?— Pergunto com uma voz rouca de quem está com a garganta seca.

Seus olhos estão cravados no meu rosto e ele não me responde de imediato, dando a impressão de que está concentrado em algo distante, mas logo em seguida ele se liga e volta a sua atenção a minha pergunta, como se estivesse tomado uma decisão naquele minuto, abrindo um sorriso presunçoso de quem sabe muito bem o que quer e como vai conseguir.

— Eu estava te mostrando uma marca que a sua porta fez no meu carro, quando você saiu.

Ele faz uma pausa e levanta os braços teatralmente para dar ênfase ao que vai dizer em seguida.

— Só para constar, quero que você saiba que apreciei muito a sua maleabilidade, fiquei... impressionado. De verdade.

Ele aponta para o meu carro.

— Posso afirmar que assistir você deslizando por aquele espaço minúsculo foi uma das coisas mais espetaculares que já vi nos últimos tempos. — Ele sorri parecendo achar tudo muito divertido. — É uma pena que nem tudo é perfeito nesse mundo, não é mesmo?

Ele suspira e fala com uma calma excepcional.

— Não importa o quanto adoraria que todo seu esforço tivesse sido válido, mas acho que teremos que pensar em algo para reparar os danos que esse seu malabarismo incrível fez na porta do meu carro. — O garoto fala com uma sobrancelha erguida e dá uma sugestiva batidinha na porta.

Será que ouvi direito?

Estreito os meus olhos e com a mente aguçada novamente, capto de cara as intenções do sujeito. Porque, vamos combinar, não existe nenhuma marca no carro e tenho absoluta certeza de que ele está inventando essa babaquice toda para prender a minha atenção, infelizmente o cara não me conhece e vai se dar mal caso continue acreditando que sou uma otária. Ergo o queixo, mostrando que não estou intimidada, em seguida fecho a porta do meu carro com um baque forte e dou um passo para trás aumentando o espaço entre nós. Minhas mãos se fecham em torno da chave do carro, numa tentativa de segurar os meus instintos de luta que estão loucos para voar para cima do cara. Respiro fundo e em seguida pergunto pausadamente:

— Você está de brincadeira com a minha cara? — Minha voz sai baixa e perigosamente calma.

Ele vira a cabeça de um lado para o outro negando, com um sorriso radiante naquele rosto bonito, cheio de si, acreditando fortemente que essa merda iria colar. Inacreditável! Eu aqui, no estacionamento do *campus*, discutindo com um desconhecido por causa de uma marquinha imaginária na porta de um carro. Olho para o alto, buscando paciência, ela não vem, suspiro exasperada e encaro o garoto com uma cara feia.

— Muito bem, o que você quer que eu faça a respeito do dano que, supostamente, — ergo as mãos fazendo sinal de aspas — provoquei na sua porta? — Pergunto asperamente.

Ele abre ainda mais o sorriso, ignorando a minha irritação e ergue o dedo.

— Que tal me dizer o seu nome? — Ele sugere em um tom neutro.

— Olha...

— Depois você me dá o número do seu celular. — Ele ergue os ombros. — Sabe, para facilitar a nossa... negociação.

Estou pasma com a cara de pau desse garoto e fico mais ainda quando o observo sacar o celular do bolso.

— Bom, a gente pode se encontrar em algum lugar, bater um papo, beber umas cervejas, o que você quiser. — Ele se concentra no celular, aguardando uma resposta. — E aí? Qual o número?

Pelo amor de Deus, esse cara está mesmo acreditando que vou sair com ele? Assim, do nada! Ele só pode estar sonhando.

Aproximo-me dele e encosto o dedo indicador em seu peito duro, cutucando-o duas vezes. Inclino a cabeça, para mirar bem em seus olhos, desafiando aquelas esferas azuis cintilantes e o menino nem titubeia diante do meu olhar enfurecido. Ponto para ele. Aprecio pessoas corajosas. No entanto isso não diminui a minha indignação, aperto mais o punho para controlar o meu temperamento e disparo uma resposta desaforada.

— Escute bem, porque não vou repetir. Nada aconteceu com o seu carro, não vou te dizer o meu nome, assim do nada, e o número do meu celular pode esquecer. De jeito nenhum vou sair com você para acertar as coisas. Não importa o que você fale sobre isso — aponto para a porta da caminhonete — um polimento é o suficiente para deixar o seu bebê novinho em folha, então, se você quiser, eu pago o polimento do carro, mas é só isso que você vai conseguir de mim, pode acreditar. — Rosno decidida.

Nesse instante, ouço gargalhadas vindas dos rapazes que estão do outro lado do estacionamento, viro o rosto e reconheço os mesmos caras que zombaram de mim enquanto manobrava o meu carro. Fecho a cara na direção das risadas e lanço raios de morte para os idiotas, crispando a boca com uma raiva redobrada. Minha paciência estava perdida há muito tempo, isso eu já sei, agora só preciso lidar com essa situação ridícula sem surtar de vez. Volto o rosto para o garoto na minha frente, que nesse instante me olha meio ressabiado.

— Você conhece aqueles palhaços? — Pergunto apontando para os meninos.

— É, conheço... — Ele fala fazendo uma careta, pelo menos o cara tem a decência de se mostrar envergonhado. Em seguida esfrega a mão na nuca, abaixa a cabeça e olha de esguelha para os garotos. — São meus amigos, e eles são uns palhaços mesmo, me desculpe.

— Não gosto quando pareço ser o motivo de risadas, tá legal?

— Não esquenta, o bobo aqui sou eu, não liga para o que esses otários estão fazendo, eles estão achando a situação toda hilária, só isso. — Ele encolhe os ombros e curva os lábios de lado, levando a situação com bom humor.

— Se você diz… — Aceno uma mão em frente ao rosto, impaciente. — É o seguinte, o meu tempo está acabando, estou prestes a chegar atrasada na primeira aula e isso definitivamente não vai acontecer, porque não vou ficar aqui discutindo com você, então, vamos resolver esse impasse logo, certo? — Passo a mão pelo cabelo, tentando ajeitar os fios e distrair a minha ansiedade. — Quanto você quer para polir o seu carro?

Puxo a mochila e já estou pegando a carteira, quando de repente uma mão pousa na minha, segurando o meu movimento. Paro e ergo a cabeça encarando o cara, que está com uma expressão indignada, diria até que o ouvi gemer, meio puto por eu estar oferecendo dinheiro para pôr um fim a toda essa história maluca.

— Ei, peraí! Não quero o seu dinheiro! — Ele fala ofendido.

Mais uma onda de gargalhadas explode do outro lado da rua e nós dois olhamos para os caras que estão quase mijando nas calças de tanto rir. Fecho os olhos e estou a ponto de arrancar os cabelos de raiva por causa das risadas daqueles idiotas. Honestamente, eu vou ter um ataque se não conseguir sair daqui nos próximos segundos, o tempo está passando e tudo o que penso é que preciso me livrar desse cara lindo e ir correndo para a minha aula, mas o garoto continua me segurando com mais perguntas.

— Uma pergunta. Você é caloura?

— Não.

O menino franze o cenho tentando entender onde eu me encaixo dentro do esquema que está acostumado a jogar com as garotas. E naquele instante percebo que o jeito que estou lidando com a sua cantada é novo para ele. Obviamente, o cara não deve estar acostumado a ser tratado com descaso, imagino que as meninas devam babar horrores só de olhar para aquele rosto perfeito, loucas por um pingo de sua atenção. Retribuo o seu olhar curioso, enquanto ele busca em meu rosto respostas para o motivo que me levou a dispensá-lo tão rápido. E mesmo que não deva nenhuma explicação para ele, me vejo esclarecendo as coisas.

— Não sou uma caloura. Estou no 5º período, hoje é o meu primeiro dia no *campus* e, pelo visto, estou sem sorte. — Bufo, irritada.

— Penso diferente, afinal de contas estamos aqui conversando, se isso não é uma coisa boa, não sei mais o que é. — Ele fala com honestidade.

— Desculpe, mas discordo fortemente. — Levanto as mãos para o alto, esgotada demais para discutir.

— Me diga o seu nome. — Ele fala com calma, parecendo sincero.

Deixo escapar um suspiro resignado e respondo com um tom seco.

— Alex.

— Bom te conhecer, Alex. Meu nome é Henrique, mas os meus amigos me chamam de Rico. — Ele estende a mão para mim em um gesto amigável e despretensioso. Droga. Acho que julguei mal o cara, ele está sendo gentil comigo, buscando uma trégua afinal.

Retribuo o gesto e até sorrio, tentando parecer simpática.

— Lamento, mas nessas circunstâncias não posso dizer que é um prazer te conhecer, então vamos resolver o seu problema o mais rápido possível, ok? Eu realmente preciso seguir o meu caminho. — Olho nervosamente para o relógio e me dou conta de que ele continua segurando a minha mão, na mesma hora começo assimilar outra coisa e essa me traz uma inquietação completamente diferente.

Parece incrível que no meio de toda essa situação, uma inesperada onda aquecida comece a percorrer o meu corpo exatamente a partir do ponto onde estamos nos tocando e segue irradiando por todo o braço, fazendo os meus pelos se arrepiarem com o simples toque da sua mão grande, que agora envolve a minha como um casulo quente e confortável. Em um sobressalto, me desvencilho do aperto, quebrando o contato que está disparando sensações pouco conhecidas e fico olhando estarrecida para a minha mão, como se ela não fizesse parte do meu corpo.

— Sem pressa, Alex, pode ir para a sua aula. — Ele fala resoluto.

— Mas...

— Eu sei o seu nome e onde te encontrar, conversaremos mais tarde. — Henrique sorri, confiante. — E, como te falei, podemos comer ou beber algo, aqui no *campus* mesmo, se você quiser. — Ele dá uma piscadinha.

Por alguma razão inexplicável me vejo desesperada para sair daqui, preciso ir embora e rápido. Tudo bem, sei muito bem que estou fugindo, mas e daí?

— Não parece ser uma boa solução. Vamos resolver isso agora, já disse que não estou interessada em arrastar isso por mais tempo. — Aviso, sem rodeios. — Você fala o valor do polimento, eu te dou o dinheiro e caso encerrado.

Digo com firmeza e pego a minha carteira de dentro da mochila, decidida a acabar com esse impasse.

— Escute, isso não vai funcionar comigo, não vou aceitar o seu dinheiro, de jeito nenhum.

— Por que não? — Rebato, estreitando os meus olhos em sua direção.

— Você ainda não me conhece, mas sou um cara legal, estudo aqui desde o primeiro ano e posso te ajudar no que precisar ou ser apenas o seu amigo. Vai, deixe de ser turrona!

Ele abre um sorriso de menino, tão lindo, que consegue desviar um pouquinho o meu objetivo de escapar rapidamente. Eu inclino a cabeça de lado e não resisto ao seu charme, curvo os meus lábios para cima sorrindo, achando graça do seu jeito pidão.

— Esse sorriso te ajuda a conseguir o que você quer? — Pergunto curiosa.

— Sim, sempre. — Ele assente com a cabeça lentamente. — É patenteado. Seu efeito é infalível, principalmente quando preciso amolecer o coração de garotas bonitas e duronas. — Ele abre mais o sorriso deixando os seus lindos olhos mais brilhantes.

Esmago uma vontade irresistível de suspirar, admirada com toda aquela beleza, mas preciso ir, estou correndo um sério risco de perder a minha aula e já passou da hora de colocar um ponto final nessa besteira toda.

— Sinto muito, mas vou ter que discordar. — Falo e retiro duas notas de cem da bolsa, colocando-as em suas mãos. — Infelizmente, comigo isso não vai funcionar. — Passo por ele, que agora está encarando o dinheiro frustrado e começo a andar em direção ao prédio de salas de aula, entretanto no meio do caminho paro e viro a cabeça por cima do ombro gritando para ele.

— Ei, Henrique! — Ele ergue a cabeça, aturdido. — Só para lembrar. Não esquece de mostrar a marquinha da porta quando você levar o seu carro para polir, talvez precisem de uma ajudinha para encontrar o problema.

Henrique solta um grunhido aborrecido.

— Vai saber, não é? — Volto a andar e abro um sorriso disfarçado diante da sua cara de desgosto. — Tchau!

Enquanto estou caminhando apressada, escuto atrás de mim, os gritos e gargalhadas dos seus amigos. Bando de idiotas!

HENRIQUE

Esses caras são uns idiotas mesmo. É até engraçado ver os meus amigos em pé, de braços cruzados, esperando eu dar as caras no estacionamento do *campus*. Se não os conhecesse tão bem poderia pensar que são dois interesseiros, loucos para tirar vantagem da nossa amizade e aproveitar a oportunidade de desfilar por toda a universidade dentro dessa maravilha que estou dirigindo. Mas eles não são desse tipo, os caras são os meus melhores amigos e parceiros de uma vida inteira, eles só estão a fim de curtir comigo o carro novo. A verdade é que desde que pisei na estrada, nesta manhã, eles estão me infernizando com mensagens para que eu desse um jeito de chegar mais cedo, com o único intuito de dar uma conferida detalhada no meu carro. Os dois encheram o meu saco até dizer chega, com piadinhas e áudios irritantes, que eu nem estou mais ligando, porque já me acostumei a ser o alvo dessas palhaçadas infantis.

É, eles são assim mesmo, uns babacas.

Escolho uma vaga confortável, que caberiam dois carros com espaço de sobra, e essa é a grande sacada de chegar ao estacionamento do *campus* bem cedo: posso escolher a vaga que quiser. Tudo bem, até sei que estou dando uma de egoísta, porque manobro o meu carro para que ocupe um limite maior do que seria perfeitamente suficiente para estacioná-lo com folga. Ou seja, tenho plena consciência de que me transformei em um filho da puta espaçoso, daqueles que não se importam que ninguém mais vá conseguir ocupar a vaga espremida que restou ao lado e, propositalmente, avança alguns centímetros além do limite desenhado no chão, deixando o próprio veículo com um amplo espaço ao redor. Que se dane! A minha intenção é essa mesmo, não vou arriscar que algum estudante, por acidente, arranhe o meu carro, então adoto um esquema preventivo e fico tranquilo.

É isso aí, pulo para fora do carro e ando em direção aos meus amigos, de boa com a minha decisão e sem remorso algum pelo meu ato nem um pouco politicamente correto. Em minha defesa, estou sendo cauteloso; quem vai me culpar por isso, hein?

A ironia da coisa é que não costumo ser um cara vaidoso com carro, nem com nada, para ser sincero não ligo à mínima, porém esse carro tem um significado diferente para mim, eu o ganhei por merecimento. Ele é o resultado de um semestre inteiro trabalhando feito louco para o meu pai; no fundo estou orgulhoso demais por ter feito jus à sua confiança. O velho é exigente, durão mesmo, mas ele sabe dar valor quando reconhece um trabalho bem feito e foi exatamente isso que fiz nos últimos meses. Ralei pra caramba mantendo as minhas notas altas e inspecionando regularmente dois dos seus hotéis, que ficam localizados nessa região. O meu trabalho consiste em resolver todos os tipos de problemas que poderiam necessitar a presença do meu pai; o escritório onde ele administra os hotéis fica na cidade em que mora a minha família, não é longe — são algumas horas de viagem — e como estudo por aqui, posso tomar conta dos negócios do velho sem que ele tenha que enfrentar a estrada. Estou dando um refresco para o meu pai e, com isso, conquisto a sua confiança a cada dia, tocando as obras e ficando de olho em possíveis bons negócios.

Bem, todo esse esforço rendeu uma gratificação inesperada quando fui para casa no final do semestre passado. Mal pude acreditar no instante em que dei de cara com essa belezinha me esperando na garagem, prontinha para mim. Para dizer a verdade, meu queixo despencou na hora em que vi uma reluzente caminhonete *Phantom* estacionada atrás do carro da minha mãe e a ficha só caiu no momento em que ela disse que era minha. É claro que o velho não dá ponto sem nó, eu fui avisado que o meu próximo trabalho seria vistoriar as obras do novo hotel, que passaria por uma grande reforma em breve, hotel esse que sinalizei como um bom negócio e de fato foi um tiro certeiro, deixando o meu pai satisfeito com a compra. Portanto, ter um carro potente e robusto não é só uma questão de vaidade, no meu caso é uma necessidade, porque vou ter que me deslocar uns 200 km algumas vezes durante a semana para acompanhar os trabalhos da reforma. Estou tranquilo com isso, gosto de desafios e sei que aguento o tranco.

Despertei de madrugada e caí na estrada, dirigindo até a cidade onde fica a universidade em que faço o curso de Engenharia Civil; as aulas do novo semestre têm início hoje. Eu até poderia ter chegado ontem, como a maioria dos estudantes, mas queria ficar um pouco mais em casa, desfrutando as minhas merecidas férias. O semestre passado foi dureza, além de trabalhar para o meu pai igual um alucinado, eu ainda dei conta de cumprir toda a agenda de torneios com a equipe de natação da universidade.

O treinador é um cara muito sério e competente na forma como conduz os treinamentos, ele não dá moleza para a equipe, nem durante as férias. Precisei ter disciplina para cumprir a rotina de treinos semanais, tudo com o objetivo de não perder o ritmo. Nadei todos os dias e ainda registrei em uma planilha os resultados obtidos com relação ao tempo e desempenho. Essa foi uma exigência que o treinador deixou bem clara para todos que estão dispostos a continuar sob a sua supervisão, todo mundo teria que cumprir as suas regras ou cair fora. Não estou reclamando, gosto de nadar e dentro da piscina esqueço de todo o resto, só penso em dar tudo de mim para melhorar o meu tempo, o que venho conseguindo a cada treino, com resultados dignos de medalhas em todas as provas que participo.

— E aí, vocês não querem dar uma conferida? — Grito no meio do caminho.

— Nããão o! Qual seria a graça de entrar nessa belezura toda com dois marmanjos? Pura perda de tempo, mano! Mais tarde vamos pegar umas gatas e dar uma volta divertida, isso sim vai ser uma conferida bem feita. — Marcos fala com aquele sotaque arrastado, levantando as sobrancelhas sugestivamente.

— Rico, de longe já deu pra ver que a caminhonete é incrível. — Paulo balança a cabeça com um sorrisinho malicioso no rosto. — Sem brincadeira, acho que nós não vamos ter um minuto de folga durante esse semestre.

— Concordo plenamente, esse carro, somado ao nosso talento nato para ganhar as gatas, vai ser uma covardia, já estou até vendo. — Marcos adota um olhar vazio, esticando os lábios com os dedos e imaginando coisas que não quero nem perder meu tempo decifrando.

— Isso é só um carro, não é o lugar da transa de vocês, seus idiotas pervertidos. — Digo, rindo da cara indignada dos dois.

— Peraí, Rico, nem vem! Deixa de ser estraga-prazeres, a gente sabe muito bem que você não é nenhum santo e está muito longe de ser. Tá lembrado daquela última festa no semestre passado? — Franzo a testa para ele. — Pois é, cara, mas eu lembro muito bem do seu carro embaçado do outro lado da rua, com uma atividade bem interessante rolando no interior. — Marcos dá de ombros. — Vai negar, mano?

— Eu não sei de nada, tava muito bêbado e não lembro nem de quem estava comigo.

A lembrança me pega desprevenido e coço a cabeça tentando recordar, mas nada vem, também pudera, eu tinha enchido a cara até não poder mais naquela noite e tudo que lembro é da ressaca infernal do dia seguinte.

— Rá, mas eu lembro de tudo, porque fui o seu motorista e voltei para casa dirigindo o carro, então pode esquecer esse seu discurso puritano, não vai colar, mano. — Marcos sorri enviesado e triunfante, o idiota me pegou direitinho e sabe disso.

Ainda estou distraído com a conversa, quando noto pelo canto do olho um Tiguan prata parar na rua e dar a seta para entrar na vaga minúscula que deixei ao lado do meu carro. Aprumo o corpo e faço um esforço enorme para mascarar a irritação que só cresce à medida que o condutor manobra lentamente em direção ao espaço minguado colado ao meu carro novinho.

Não estou acreditando, isso é uma piada, certo?

Errado.

E o meu bom humor despenca quando percebo que é uma garota dirigindo. Não me leve a mal, porque de forma alguma sou preconceituoso em relação a garotas no volante, acredito verdadeiramente nas suas habilidades, porém essa aí vai ter que ser uma profissional para estacionar o carro sem esbarrar no meu. Mas que droga! Ninguém em seu juízo perfeito arriscaria uma manobra tão difícil, essa garota só pode ser louca.

— Puta merda. Esse carro não vai conseguir entrar na vaga. — Marcos sentencia e estreita os olhos analisando o espaço. — Ela vai ter que entrar bem justo para não ralar na lateral do carro. Se a garota for boa de volante, pode ser que consiga, mas… não sei não. — Ele fala inclinando a cabeça para o lado pensando nas possibilidades.

— Porra! Não quero nem olhar!

Paulo solta um guincho e geme consternado. O cara fecha os olhos e contrai o rosto em uma careta de dor. Gostaria de fazer o mesmo, mas estou paralisado, sem tirar os olhos da cena terrível que está se formando bem na minha frente.

Eu fico em silêncio, observando o carro deslizar perigosamente pelo espaço reduzido, trinco os dentes num esforço para me segurar e não ir lá gritar com a garota fazendo-a parar imediatamente. Estou todo tenso e só relaxo na hora em que o carro estaciona na vaga e, caramba, com uma habilidade incrível. Para ser bem justo, tenho que dar o braço a torcer, a menina é muito boa no volante, poucos conseguiriam estacionar um carro em uma vaga tão espremida sem provocar um estrago nos veículos ao redor, fico boquiaberto. Só que, para a minha desgraça, outra preocupação surge, desfazendo o meu alívio em segundos. A questão agora é: como a garota vai sair do carro? Porque o espaço entre os veículos é mínimo e ela vai acertar a porta da caminhonete, isso é fato, não vejo outro jeito dela sair sem esbarrar no meu carro. O que não vai acontecer, se eu puder evitar.

Puta merda! Ela abre a porta devagarzinho, sondando o espaço e eu corro até o local para impedir que a menina soque a lateral do meu carro, mas quando chego, a poucos passos do local, meus pés fincam no chão como se crescesse um obstáculo invisível bem na minha frente, estaco diante da imagem maravilhosa que tenho o privilégio de assistir e fico olhando feito um pervertido, extasiado diante de toda aquela perfeição.

Sério, isso está longe de ser uma miragem, mas estou quase acreditando que é. E, vou te dizer, uma miragem daquela muito boa, porque eu não paro de sorrir ao ver a garota com o traseiro empinado para cima e o rosto afundado por baixo do banco do carona, procurando alguma coisa no chão do carro. Cacete, e que traseiro! Observo atentamente os detalhes, inclinando a cabeça de lado para melhorar o ângulo. A menina veste um jeans tão justo, que não deixa nadinha para a imaginação, a calça cola em seu corpo como uma segunda pele, contornando um traseiro redondo e um par de coxas tão perfeitas que tenho que morder a bochecha para segurar a vontade de gemer alto, mas nem assim desprego os olhos daquela maravilha e continuo maltratando os meus sentidos, apreciando com satisfação essa coisinha gostosa se contorcendo para executar o que quer que seja dentro do carro.

Merda, não consigo ver o seu rosto! Só falta ser feia, mas os meus instintos dizem que não, tento dar uma espiada melhor, enfiando a cabeça um pouco para baixo, quase invadindo o carro, porém é impossível ver qualquer coisa, a garota tem uma cabeleira volumosa que se espalha pelos seus ombros, cobrindo tudo como uma cortina.

O cabelo dela é tão diferente, parece... não sei... talvez meio vermelho ou meio castanho, não dá para definir com precisão a cor, mas é brilhante e longo, daqueles que dá vontade de passar as mãos para ver se é tão macio quanto parece ser. De repente sinto um desejo inquietante começando a se espalhar pelo meu corpo como um exército de borboletas e é uma sensação meio assustadora, porque nem vi a garota direito e já estou sentindo coisas esquisitas… coisas que não me lembro ter sentido antes. Nunca.

Pelo amor de Deus! Acho que estou ficando maluco mesmo, dou uma sacudida na cabeça para espantar esse nevoeiro e voltar a ter razão.

Ok, mesmo consciente de que eu tenho que fazer ou falar qualquer coisa, ainda estou parado feito um idiota. O negócio é que de certa forma acho a situação muito divertida e não faço força para abandonar o meu lado sacana que quer ficar só assistindo a garota naquela posição difícil. Ela, por sua vez, continua mexendo na sua mochila e catando coisas espalhadas, enquanto resmunga baixinho. Por mim, ela pode ficar assim o dia inteiro, estou bem feliz em apreciar a vista, mas não sou um babaca, fico com pena da menina e resolvo perguntar se ela precisa de alguma ajuda.

— Ei, você! Algum problema aí?

Não consigo segurar uma risada baixa, olho de relance para os caras do outro lado e sibilo a palavra gostosa apontando para dentro do carro. Logo em seguida, examino o espaço entre os carros novamente e volto a atenção para a menina atrapalhada, que se remexe desajeitadamente. Sério, estou gostando demais da conta de tripudiar dela, porque não paro de lançar frases sarcásticas só para provocar o seu desconforto.

— Porque, se ainda não deu para notar, vai ser impossível você sair do seu carro sem acabar com a porta do meu, mesmo que você dê uma de ninja.

Minha voz soa engasgada, a garota percebe que o meu esforço em afastar as risadas é inútil e que, portanto, não vai rolar nenhuma desculpa sincera, não mesmo, já que estou me divertindo pra cacete com a cena toda.

Ouço a menina soltar alguma frase irritada, algo como: eu mereço. Ah, linda, engano seu, eu é que mereço, penso feliz da vida, aterrissando o meu olhar em sua bunda novamente. Suspiro e depois de alguns minutos de contemplação, dou sequência na conversa, agora falando com seriedade.

— De verdade, gata, o espaço tá apertado demais! Você não vai conseguir sair daí e no fim das contas vai arranhar o meu carro. Acho melhor procurar outra vaga antes que eu me aborreça contigo, viu?

Paro de rir momentaneamente, ainda tentando levar as coisas de um jeito leve, mas embuti um aviso quando quis dizer que ela não vai conseguir evitar um eventual estrago no meu carro e que eu estava ali para impedir que tal coisa acontecesse.

Apoio o meu braço na porta do carro dela, para conter a abertura e os meus lábios repuxam para o lado em um sorriso presunçoso quando observo a sua tentativa frustrada de olhar para mim. Sem chance, linda! Você vai ter que sair para a gente ficar cara a cara e eu não tenho a menor intenção de mover um músculo sequer antes de te ver de frente. Não mesmo.

Ela pega alguma coisa no chão e começa a sair do carro, arrastando aquela bunda espetacular na minha direção, eu abro ainda mais o sorriso mirando descaradamente em sua anatomia perfeita. Deus, parece que os meus olhos têm vontade própria! Não consigo parar de olhar e também não quero nem me dar ao trabalho de tentar. Seria puro desperdício de energia, isso sim.

Não sei como, mas a garota é flexível pra cacete, tenho que admitir, porque ela se estica feito uma minhoca, ondulando o corpo de um jeito que está me deixando quase louco. Sem brincadeira, estou salivando igual a um cachorro quando vê um osso bem suculento, porque todo esse malabarismo é do outro mundo, estou bobo de ver. E, para a minha surpresa, ela consegue o impossível, a porta do seu carro não esbarra nem um pouquinho no meu, deixando tudo intacto. Mas a menina não sabe de nada e não serei eu a contar, tenho um grande interesse em ocultar essa informação, é óbvio.

Ela está em pé, de costas para mim, olhando para o meu carro, então dou um passo para frente chegando o mais próximo possível do seu corpo, mas sem encostar e de repente algo acontece. Um perfume maravilhoso me invade fazendo piruetas dentro de mim, fecho os olhos por um instante, para absorver melhor aquele cheiro de lavanda, misturado com cabelos recém-lavados e alguma coisa a mais que não consigo definir, um aroma único, que me deixa meio tonto e eu tenho que me apoiar no teto do carro para garantir o meu equilíbrio. Um desejo, quase irresistível, de pegar aquele longo cabelo com as mãos e cheirar toma conta da minha razão como uma possessão. Faço um esforço do caralho para controlar os meus impulsos e me obrigo a enfiar as mãos nos bolsos da calça, evitando assim que eu perca a cabeça de vez e faça uma tremenda besteira, assustando-a.

No entanto, ainda estou bobo, fascinado pelo cabelo da menina que cai em ondas brilhantes pelas suas costas até quase a cintura, essa visão suga completamente a minha atenção e a cor... meu Deus, é de tirar o fôlego. Agora que ela saiu do carro e o sol está batendo em sua cabeça, dá para ver que ele é um tom de castanho avermelhado, um misto de cores tão perfeito que o deixa com uma tonalidade que eu nunca tinha visto em nenhuma outra garota, ou melhor, em ninguém. Estou completamente enfeitiçado, é lindo demais.

A menina me desperta do meu transe quando fala algo sobre a porta, me transportando de volta ao porquê de estarmos aqui, coisa que eu já tinha esquecido há muito tempo. Fico desorientado, olhando de um lado para o outro tentando me situar para não parecer um palerma.

— Contradizendo o que você disse antes, acho que consegui sair do meu carro sem danificar o seu.

Ela verifica a porta e conclui que não aconteceu nada, dá para perceber a hora em que os seus ombros relaxam aliviados. O problema é que nem ferrando vou perder essa oportunidade, conhecer a menina passou a ser a minha missão mais urgente e de forma alguma vou deixar isso passar batido. Penso rápido e invento algo idiota para manter a atenção dela, criando um arranhão na porta, provocado pelo seu esforço para sair do carro. Infelizmente não é uma desculpa boa, eu sei, mas foi o que deu para arrumar de improviso.

Encosto a boca bem próxima a sua orelha, o que é um grande erro, porque outra onda de desejo varre o meu corpo e fico morrendo de vontade de afastar aquele cabelo perfumado e lamber a pele macia atrás da sua orelha. Que inferno! Inspiro profundamente para dissipar a tentação da minha cabeça e mais uma vez faço uma jogada errada, o seu cheiro é tão delicioso que dá voltas no meu cérebro desconectando tudo novamente. Droga, estou perdido mesmo. Afasto a cabeça para recuperar as ideias e falo com a voz inevitavelmente rouca.

— Hum, sei não, parece que a porta ficou marcada, esse sinal não existia antes.

Falo, apontando para uma marca, provavelmente uma sujeira da viagem e me sinto um filho da puta por estar inventando essa desculpa; a culpa me traz um desconforto instantâneo, assim que percebo ela enrijecer o corpo em alerta ao ouvir a minha voz. Começo a abrir a boca para dizer que não é nada, que podemos esquecer e sei lá o quê, mas quando a garota vira o rosto para mim eu congelo e... porra! Que menina linda!

Então, sabe aquela culpa? Ela evaporou, junto com o meu bom senso.

Estou hipnotizado, meio fora de órbita, olho para aqueles olhos verdes incrivelmente expressivos, que se fecham lentamente ao deparar com os meus, me dando a chance de admirar um rosto perfeito, com os traços delicados como de um anjo. Caramba, ela tem a pele tão clarinha..., fico admirando com um sorriso involuntário nos lábios, logo em seguida o meu olhar cai e vejo um nariz pequeno, ligeiramente arrebitado, com pequenas sardas na ponta, quase imperceptíveis. Corro os olhos mais para baixo, querendo absorver cada detalhe daquela garota, memorizar para sempre o seu rosto e sinto o meu queixo cair um pouco, embevecido com tanta beleza. Foco nos lábios rosados e cheios que fazem uma curvinha bonita no "V" do contorno superior, eles estão meio úmidos com alguma coisa de brilho, que os deixam com uma aparência suave e me pego imaginando como eles devem ser macios e deliciosos ao beijar. Não resisto ao impulso de lamber os meus lábios, porque estou praticamente perdendo o juízo, louco de vontade de lamber os dela e por muito, muito pouco, não faço isso. Estou por um triz, de verdade.

Incrível, eu não sei nem o nome da menina e já estou babando feito um adolescente, sem a menor vontade de quebrar o contato visual. Poderia passar horas assim, só olhando para ela e estaria mais do que feliz. No fundo, não sei o porquê, mas tenho a desconfiança de que irei guardar essa cena para o resto da minha vida como uma memória de algo muito especial, uma lembrança única que vai ficar marcada para sempre em minha mente. É louco, mas nesse momento nada me parece tão certo como isso.

Olho novamente para a menina parada na minha frente e me sinto inebriado, como nunca fiquei por nenhuma outra. A sua beleza não é de um jeito óbvio como várias garotas bonitas que conheço, não passa nem perto do comum, tudo nela remete a uma combinação exótica. O cabelo em tons de fogo em contraste com a pele pálida chega a ser... sobrenatural. Seus olhos são de um tom verde claro, quase translúcidos, fechando um pacote extraordinário, perfeito.

E como se não bastassem todos esses itens de enlouquecer qualquer um, o seu cheiro continua me virando de ponta-cabeça. O aroma doce e feminino que emana da pele e do cabelo dessa garota está envolvendo os meus sentidos e me deixando praticamente sem ação, pareço um viciado necessitando da sua próxima dose para respirar. Que coisa de louco, isso tudo está saindo do meu controle e tirando a minha razão. Exalo o ar forte pelos pulmões tentando fazer o máximo para voltar a ser eu mesmo e não esse palerma que me transformei assim que pus os olhos em cima dela.

Mas... é difícil me livrar desse estado encantado.

A minha mente está letárgica, não consigo raciocinar direito, eu ali parado, diante da garota mais bonita que já vi e sinto a voz entalada na garganta. Minha boca não articula uma palavra sequer e já está na hora de colocar o meu cérebro no lugar, não dá para ficar agindo feito um mudo porque de jeito nenhum irei perder essa coisa linda. Preciso deixar de lado esse lapso de sanidade e entrar nos eixos rapidinho.

Mordo o interior da bochecha para tentar despertar as conexões e meus olhos caem do rosto para o seu corpo pequeno; verifico a menina de cima a baixo, prolongando o olhar em seus seios empinados, que saltam ligeiramente pelo decote da blusinha. Ela é magra e bem estruturada, como se fizesse exercícios físicos frequentes, daqueles que deixam o corpo definido, mas sem exageros. A garota não chega a bater no meu queixo, percebo o quanto ela é baixinha, porque sua cabeça inclina para cima quando ela olha fixamente para mim. Ela não faz questão de disfarçar que também está fazendo uma boa varredura do meu rosto e corpo, seus olhos abaixam lentamente em um exame minucioso. Bom, não sou só eu que gosta muito do que vê. A menina suspira sonhadoramente quando termina de esquadrinhar cada centímetro do meu corpo e não resisto, solto uma risadinha achando graça daquela demonstração óbvia de interesse, o que faz o meu ego subir nas alturas. É, com certeza vou pegar essa gata mais rápido do que imagino, não consigo afastar esse pensamento presunçoso, porque estou confiando, e muito, no meu talento e considerando que não sou um cara de se jogar fora, então... ela está no papo.

Sorrio cheio de atitude enquanto me divirto ao perceber o momento em que a menina se dá conta de que eu sei exatamente o que ela está fazendo e que, por sinal, também sei que está gostando muito. Nessa hora não pude conter um sorriso irônico, que desponta no meu rosto diante do seu evidente desconforto ao ser pega em flagrante. Fico esperando uma resposta ao meu comentário, quase quicando de vontade de erguer o punho e dar um soco no ar, comemorando o lance.

— Hã, não entendi! Que foi que você disse?

Ela fala em um tom doce, com uma vozinha incerta, que tremula entre as inspirações. Merda! Agora sou eu que estou desconfortável, puto comigo por estar sendo um canalha, inventando essa palhaçada toda. Fico tentado a dizer que está tudo bem, que eu me enganei, que não existe marca nenhuma no meu carro e que ela pode seguir em frente para a sua aula. Mas não consigo fazer nada disso, porque o meu lado egoísta, aquele que me diz para eu fazer de tudo para ganhar essa garota, sufoca o meu outro lado racional, o qual me diz para eu deixar de ser um babaca.

Quer saber? Eu já tomei a minha decisão, não irei voltar atrás e vou manter essa mentira descabida. É, de forma alguma quero deixar essa garota escapulir sem nem ao menos tentar uma jogada. Isso mesmo, preciso estabelecer uma conversa em que eu tenha uma brecha para perguntar o seu nome, salvar o número do celular, marcar alguma coisa, qualquer coisa... não saio daqui sem vislumbrar pelo menos um encontro.

Mas, até aí, estou certo de que vai rolar algo, porém tenho a incômoda desconfiança de que vou ter que ser um pouco mais habilidoso do que normalmente sou em uma paquera. A verdade é que nunca precisei me esforçar muito para ganhar uma garota, normalmente elas se aproximam por iniciativa própria, entretanto alguma coisa naquela menina dispara o meu radar e ele está gritando com um aviso bem claro: seja cuidadoso, paciente, use a sua inteligência ou você corre um sério risco de ela pular fora. Não sei exatamente o que me leva a ficar de orelhas em pé, talvez o seu jeito arredio e assustado quando me aproximei do seu corpo alguns minutos atrás. Pode ser, mas tudo nela sinaliza que eu devo ir com calma, se quero estabelecer algum contato. E eu quero. Eu a quero para mim, como nunca quis nenhuma outra. E é assustador, porque mal troquei algumas palavras com ela e já sei que estou ferrado. Ela me capturou com o seu rosto de anjo e nada vai mudar o meu objetivo: ganhar essa menina.

Meu olhar se fecha sobre ela e, imediatamente, concentro toda a atenção em suas palavras, voltando ao jogo. Eu estou com um objetivo e jogar limpo, infelizmente, não vai ser uma boa opção no momento; no futuro sou capaz de me desculpar por estar sendo um mentiroso, mas agora eu preciso lançar todas as armas que estão ao meu alcance, então construo uma expressão divertida em meu rosto e continuo com a idiotice que inventei, estou certo de que é a minha chance de fisgar essa garota linda, que agora me olha desconfiada diante do meu sorriso determinado.

Volto a repetir o argumento sobre a marca na porta do meu carro e faço uma ceninha elogiando a sua desenvoltura impressionante ao sair do carro, o que é pura verdade; fiquei mesmo de queixo caído e isso não é uma mentira. Mas continuo com a conversa fiada e dou a cartada definitiva tentando arrancar um encontro, com a desculpa de acertarmos o conserto da caminhonete. Estou me sentindo um otário, mas disfarço com um sorriso besta em meu rosto, ergo uma sobrancelha e bato com a mão em cima da falsa marca, na lateral da caminhonete. Ela fica boquiaberta por um segundo e depois... não acha a menor graça.

Rapaz, e não é que a menina se transforma, bem na minha frente!

Não sei não, mas sabe aquela carinha de anjo? Pode esquecer.

Duas esferas verdes miram em meu rosto como se quisessem me comer vivo. Estou maravilhado com o quanto ela fica linda quando está com raiva, sorrio adorando essa nova versão esquentada que pula na minha frente, querendo beber o meu sangue de canudinho. Abaixo os olhos para o seu pequeno punho fechado, apertando as chaves do carro com uma força descomunal, deixando os seus dedos brancos. Sem dúvida, ela está louca para enfiar um murro no meu nariz e, no mínimo, me chamar de cretino. A garota respira fundo, antes de falar, ou melhor, antes de rosnar para mim:

— Você está de brincadeira com a minha cara?

Abro um sorriso de orelha à orelha, balançando a cabeça, deixando-a cada vez mais irritada. No fundo, não nego que estou sentindo uma satisfação danada ao ver a menina frágil de minutos atrás se transformar em uma gata selvagem, cheia de garras. Pelo jeito em que está me olhando, se eu fosse um covarde sairia correndo com o rabo entre as pernas, mas estou amando cada traço contraído do seu rosto, e nem a tormenta de fúria que se espalha em seus olhos está me assustando. Definitivamente não sou um covarde.

Estou curioso, mais do que curioso, estou intrigado. No geral, gosto de ter alguma interação antes de partir para o ataque, gastar um tempinho conhecendo uma menina para ver se vale a pena investir na conquista. Dificilmente eu me surpreendo, sei exatamente o que irei encontrar e não dou tiro errado. Mas essa aí está se mostrando bem mais interessante do que havia imaginado a princípio, e não parece ser apenas mais uma garota bonita, ela tem um temperamento que irradia desafio. Vou ter que ser bem criativo na minha abordagem, ou ela vai chutar o meu traseiro, sem titubear.

— Muito bem, o que você quer que eu faça a respeito do dano que, supostamente, provoquei na sua porta? — Ela pergunta com sarcasmo.

Finjo não estar nem aí para a sua ironia e pergunto com naturalidade.

— Que tal me dizer o seu nome?

Continuo, sem dar uma chance para que ela sequer abra a boca.

— Depois você me dá o número do seu celular. — Ergo os ombros ainda fingindo não me importar. — Sabe, para facilitar a nossa negociação.

Pesco o meu celular do bolso, como uma ação corriqueira. Pressiono mais um pouco a menina, falando naturalmente enquanto fuço o celular, como se eu estivesse em uma negociação, avançando de mansinho, sem extrapolar os limites e completamente ciente da cara irada que a garota atira para mim. Seguro a vontade de rir, achando que não seria muito inteligente da minha parte revelar que estou me divertindo como nunca.

Quase vejo a fumaça saindo pelas suas orelhas; quando ela empurra o dedo duas vezes no meu tórax, seus olhos furiosos estão emitindo um aviso difícil de ignorar: não sou boba. E ela faz questão de traduzir a sua indignação pronunciando as palavras como se estivesse atirando flechas, ou seja, ela não caiu na minha conversa e, pior, arruma uma solução bem simples para me tirar do caminho, como se eu fosse uma pedra no seu sapato, a qual ela está louca para descartar e chutar para bem longe.

Bem, considerando que não usei todos os meus argumentos de conquista e que sou um cara persistente, ainda estou jogando charme, acreditando seriamente que em algum momento irei dobrar essa garota arisca. Porém, nesse instante, os meus amigos que observavam a nossa estranha interação com uma curiosidade irritante, resolvem soltar gargalhadas como umas malditas hienas e me vejo constrangido diante da cena patética em que estou metido, graças aos babacas que me transformaram no ator principal.

Merda!

— Você conhece aqueles palhaços? — Ela pergunta, encarando os caras com um olhar fulminante; me sinto solidário com as suas intenções assassinas, porque vou matá-los assim que ela virar as costas.

Faço uma careta de desgosto e abaixo a cabeça, olhando na direção dos idiotas intrometidos que estão se acabando de rir. Murmuro uma desculpa para a garota, mexendo os ombros e mantendo o sorriso sedutor, mas ela é perspicaz o suficiente para sentir o meu desconforto e tenta encerrar o nosso papo com uma proposta indecente. Antes que a menina comece a remexer a mochila, levando a cabo as suas intenções, seguro a sua mão, muito puto com o que ela está pensando em fazer, solto um gemido, indignado com a sua indecorosa tentativa de me oferecer dinheiro.

Que porra é essa?

— Ei, peraí! Não quero o seu dinheiro! — Que absurdo! Penso irritado.

Uivos e gargalhadas do outro lado do estacionamento chamam a nossa atenção. Esses idiotas estão piorando tudo. Vejo a raiva sendo renovada no semblante da menina, eu não a culpo, a minha também está atingindo níveis perigosos demais para o meu próprio bem. Caramba, vou acabar com a raça desses otários quando terminar esse lance. Ah, se vou.

De repente, uma coisa me ocorre, talvez eu não esteja lidando com essa situação da maneira correta, a garota é nova por aqui, é óbvio que ela não sabe quem eu sou, caso contrário não estaria tão relutante em ter qualquer tipo de interação comigo. Todos nessa faculdade sabem que sou um cara decente, posso até ser um pouco mulherengo, mas nunca passei a perna em ninguém e sou honesto em meus relacionamentos; as meninas sabem o que vão receber de mim e assim mantenho as coisas do meu jeito, sem complicações ou dramas.

Reprimo uma censura em relação ao modo como estou abordando em específico essa garota, porque nem de longe é honesto. Pelo contrário, parece errado investir em uma mentira para descolar um encontro, mas a verdade é que eu não vi outra alternativa, no momento em que senti que ela iria embora sem nem olhar para trás, tropecei nessa palhaçada toda e agora tenho que arrumar as coisas e esclarecer para essa menina que sou uma pessoa confiável e não um idiota que quer tirar vantagem dela. Então, faço algumas perguntas, tentando entender a situação com uma nova perspectiva e também porque estou extremamente curioso. Embora eu tenha percebido o seu olhar interessado, ela está impaciente para dar o fora e manter quilômetros de distância de mim; quero saber o porquê de tanta resistência a um simples encontro. Não é como se eu estivesse propondo uma transa casual, ora... nem pensei que ela seria desse tipo! E mesmo que eu esteja muito certo de que não há nada de mal a gente bater um papo para se conhecer melhor, não tem como discutir que a menina não pensa assim.

Ela explica, um tanto quanto irritada, que não é caloura, imagino que deva ter pedido uma transferência de outra universidade, porque ela já entrou na metade do curso. Bem, isso agora não tem a menor importância, toda a minha energia está voltada para algo dentro de mim que explode em uma necessidade primitiva de ajudá-la, mesmo ela duvidando claramente das minhas intenções, eu me vejo sendo... protetor.

— Me diga o seu nome. — Falo com gentileza, mas com a segurança necessária para que ela acredite que não precisa ficar na defensiva comigo.

Ela não responde imediatamente, mas sinto a sua determinação sendo dobrada pela minha obstinação; a menina suspira e finalmente responde a minha pergunta com uma voz cansada.

— Alex.

Um nome simples com uma pronúncia diferente, o que me deixa ainda mais intrigado a respeito de onde vem essa menina. Embora a sua aparência sinalize alguns traços estrangeiros, ela fala português sem nenhum sotaque, assim como qualquer brasileiro. Seguro as perguntas e me apresento do modo mais respeitoso que conheço, estendendo a mão com cautela; sou sincero em meu gesto de amizade, não quero adicionar nada que possa erguer as suas defesas, que no momento não estão de prontidão, acho até que ela está um pouco arrependida de ter sido tão dura comigo.

Um sorriso relutante arqueia a sua boca e ela estende a mão de volta; os meus dedos envolvem a sua pequena mão como uma luva aquecida, o meu olhar viaja para esse contato aveludado, e o que acontece depois é a coisa mais estranha do mundo, sinto uma vontade esmagadora de puxar aquela menina em meus braços e esquecer da vida, ficar envolvido pelo seu calor e inspirando o cheiro maravilhoso que emana daquela pele de porcelana. Estou tão afundado nessa sensação prazerosa que mal escuto a sua pergunta, só quando ela rompe o contato abruptamente é que percebo o seu nervosismo, sei que ela também sente algo rolando entre nós, tá na sua cara o quanto esse intercâmbio é assustador demais para ser ignorado.

Recupero a conversa e mantenho o plano, agora com uma determinação voraz, porque mal posso esperar para estar sozinho com ela. Então me esforço para exercitar a minha paciência e autocontrole, que com essa garota vão ser primordiais. Avalio as minhas opções com sabedoria e continuo jogando as cartas, a essa altura não custa nada forçar um pouco a paquera e ver o que vai rolar. Tento persuadir a garota, oferecendo a minha amizade, porém a menina é dura, difícil e fica acenando aquela solução descabida de me dar dinheiro. Vasculho as minhas habilidades de sedução e abro um sorriso perfeito, aquele capaz de derrubar qualquer garota, inclusive a minha mãe, que não resiste quando apelo para esse truque.

A garota acha engraçado. Ok, não era esse o efeito que eu esperava, mas pelo menos ela parou de remexer a mochila para catar dinheiro e ainda por cima faz uma pergunta sarcástica sobre o meu sorriso; entro no clima e rebato com uma porção de asneiras para prender sua atenção. Mas ela se esquiva quando percebe que o tempo está passando e o que quer que deveria ter sido resolvido ainda está longe de ser, então rapidamente ela saca duas notas de cem e deposita na minha mão, fico congelado com o gesto, incapaz de reagir e olho para o dinheiro sem acreditar que ela teve a coragem de fazer isso. Só quando ela grita o meu nome é que me dou conta de que perdi um tempo precioso assimilando essa porcaria toda e a menina já está caminhando em direção ao prédio, longe do meu alcance. Viro o rosto para Alex, desconcertado e a engraçadinha tem a ousadia de fazer piada com a minha cara, aposto que assim que ela entrar no prédio vai rir um bocado às minhas custas. Sinceramente, acho que mereço.

Ainda estou tremendo de indignação, enquanto fico observando ela correr pelo estacionamento e desaparecer pelas portas do prédio, só então ouço as gargalhadas histéricas dos idiotas dos meus amigos, que assistiram de camarote o tremendo chute no traseiro que acabei de tomar. Olho feio para eles, o que rende mais um tanto de uivos descontrolados. Balanço a cabeça irado e frustrado, sentindo aquelas notas queimando na minha mão, porém se ela pensa que irei desistir assim tão fácil, a garota vai ter que me conhecer melhor para perceber que sou determinado e não me importo nem um pouco de levar um fora, porque isso está muito longe de terminar assim. Começo a saborear o quanto vai ser bom conquistar essa menina e um lampejo de satisfação faz os meus lábios se curvarem em um sorriso feliz.

É isso aí, Alex, você ainda vai ser minha, pode apostar.

★

A cantina é o lugar mais movimentado da universidade, durante o intervalo estudantes ocupam as mesas em grupos animados ou ficam espalhados. Até mesmo as cadeiras ao redor do balcão, onde são feitos os pedidos, entram na disputa, deixando o local tumultuado, cercado por gente falando alto e com risadas aleatórias espocando aqui e ali, isso tudo ainda tem a adição do barulho incessante das máquinas de refrigerante e da música ambiente.

As mesas estão dispostas ao redor de uma ilha de alimentação e, em cima desta, telões enormes estão presos ao teto, permitindo que as imagens fiquem bem visíveis e de fácil acesso a todos que gastam o seu tempo entre as aulas, buscando algo para matar a fome. Isso vale também para uma galera que circula pelo lugar e não está só a fim de comer, mas aproveita o tempo livre para ficar por dentro do que está acontecendo na universidade.

A programação ganha um destaque maior nas grandes telas, dessa forma todos que passam pela cantina podem acompanhar o calendário dos shows no ginásio, jogos, torneios esportivos, peças de teatro, espetáculos de dança, seminários, palestras, enfim, o que quer que envolva os estudantes ou o que eles poderiam se envolver é exibido em uma produção caprichada para toda a universidade. Além disso, a agenda de eventos da semana é repassada de tempos em tempos para que ninguém perca o que vai rolar dentro das inúmeras atividades cuidadosamente elaboradas pela equipe cultural do *campus*.

A abertura do semestre é no próximo fim de semana e, como de costume, dois shows estão marcados para acontecerem no ginásio, e duas bandas com estilos completamente diferentes vão tocar durante a noite de sábado, uma delas é a *The Goal*. A banda é formada por uns caras que estudam por aqui e eles só tocam rock, a galera da universidade fica enlouquecida quando a *The Goal* é convidada para se apresentar no *campus*, mas também não é para menos, porque o som deles é incrível e posso afirmar, com toda certeza, que muitas bandas profissionais estão longe do nível musical que esse grupo é capaz de alcançar durante um show.

Sem medo de estar exagerando, é fato que os caras têm plena consciência de que são talentosos, pois desfilam pelo *campus* achando que são uma espécie de celebridade e fazem questão de alimentar a fama de astros do rock, principalmente entre as garotas, que não têm nenhum problema em babar descaradamente aos pés de todos os integrantes da banda, fazendo o ego deles bater em níveis estratosféricos e, no fim, ganhar fácil as meninas.

David é o líder da *The Goal* e o cara que correu atrás das pessoas certas para formar o grupo. Ele é o guitarrista e, junto com Dante, o baixista da banda, dividem o microfone revezando na interpretação das músicas. David é bacana e não dá uma de astro, como os outros, mesmo sendo uma fera na guitarra e o mais experiente do grupo. Ele trabalha na universidade, no cargo de gerente do departamento de informática e nas noites de quintas, sextas e sábados, se apresenta com a *The Goal* no bar que ele e a sua esposa são proprietários.

O Bar da Mary fica em um local afastado do centro, o que de fato não representa um grande problema para eles, já que atualmente é lá o bar mais disputado da cidade e nem mesmo a distância é um obstáculo para o mundaréu de gente que lota o lugar todas as noites. Os ambientes são descolados pra caramba, e você ainda encontra boa comida, bebidas variadas e música excelente. Bem, não é à toa que a maior parte dos estudantes e muitos moradores locais gastam as suas noites nos finais de semana jogando conversa fora e relaxando com os amigos, é o que tem de melhor para fazer na cidade, sem dúvida.

Passo os olhos pela cantina, que a essa altura está lotada, buscando alguma mesa disponível. Mas uma música alta prende a minha atenção e dou uma espiada no telão, curioso com a voz rouca que canta uma canção conhecida em um tom rápido e vibrante. Sério, em geral não presto tanta atenção assim ao que se passa nos telões, porque tenho as informações frescas vindas da boca de Marcos, que é mais do que ligado em tudo que está relacionado à diversão. Só fico antenado no que está rolando quando são exibidos os jogos e torneios esportivos, aí sim, me dou ao trabalho de olhar.

Porém, algo estranho acontece comigo, o meu interesse é captado instantaneamente e com tamanha intensidade que giro o pescoço rápido por cima dos ombros e fico na mesma hora parecendo um daqueles bonecos que saltam de uma caixa, com os olhos esbugalhados, travado, olhando para o telão como uma estátua, mal acreditando no que estou vendo.

Caralho! Isso é tudo o que preciso para fundir ainda mais o meu cérebro: a imagem de uma garota ruiva, cantando junto com David durante um show.

E adivinhe quem é? Alex, a garota que chutou o meu traseiro sem dó.

A gravação acontece em um lugar diferente, talvez um *pub*, não sei, nunca vi o lugar, nem os músicos da banda. Em alguma conversa anterior, eu soube que David havia morado um bom tempo nos Estados Unidos e ele já comentou que cantou com uma banda durante o período em que esteve fora do país. Até aí, tudo bem, mas Alex e David cantando juntos... É surreal!

Alex é dona de uma voz deliciosa, doce e ritmada, que flutua pelo ambiente convocando os espectadores a acompanhá-la, e quando ela começa a remexer aquele corpinho gostoso é uma coisa de maluco, todos dentro da cantina têm obviamente os pensamentos atropelados e acesos por uma porção de ideias eróticas. E eu, que não sou de ferro, me junto ao grupo e fico boquiaberto, quase de quatro pela menina.

Merda, corro os olhos pela cantina e, como se não bastasse, observo várias cabeças levantando, interessadas além da conta na imagem da garota linda, que canta e dança com uma desenvoltura natural, como se tivesse nascido para aquilo, feita para brilhar em cima de um palco. E tudo isso vem junto com uma beleza peculiar, o que é mais do que suficiente para desencadear uma série de assobios e gemidos torturados vindos de todos os cantos.

— E aí, mano! — Marcos bate forte nas minhas costas. — Essa não é a garota que te deu o fora lá no estacionamento? — Ele pergunta, inclinando o queixo para a imagem de Alex e rindo da minha cara desolada.

— É, parece que sim. — Falo bufando e balanço a cabeça para espantar a minha frustração. — Dá para acreditar? Depois que fui dispensado e vergonhosamente pago para não continuar dando em cima dela, olha só quem aparece bem na minha frente. — Inclino o rosto para o telão e estreito os olhos para o bonito rosto de Alex, sorrindo ao final da música.

— É, Rico, dessa vez você se deu mal. — Marcos ri, debochando de mim.

— Tô sabendo... — Resmungo, sem disfarçar o tom amargurado na voz.

— Posso te dar umas aulas, ensinar algumas técnicas certeiras ou, quem sabe, alguns conselhos... — O idiota estala a língua fingindo pesar. — Para ser sincero, a sua cantada foi uma merda, sinto em te dizer. É claro que não tenho a menor ideia de como isso aconteceu, mas parece que você tá perdendo o jeito, mano. — Marcos apoia uma mão no meu ombro e me encara fingindo falar sério. — O pior é que já ouvi dizer que as mulheres têm faro para detectar quando um cara está fora de forma, isso é triste.

— Ele sorri com os dentes trancados enquanto dá batidinhas no meu ombro.

— Não precisa me agradecer, vou te ajudar, parceiro.

— Vá se foder! — Ergo o dedo para ele com uma cara feia. — Você sabe muito bem que ganho as gatas, não preciso da sua ajuda, babaca.

— Até parece. — Marcos treme o corpo, rindo descaradamente de mim.

Não faço força para esconder o quanto estou contrariado, ainda por cima tenho que aguentar as gozações do meu melhor amigo e colega de apartamento, ou seja, não vou me livrar tão cedo das suas piadinhas sem graça. Bato os olhos no telão novamente, me esquivando das risadas cada vez mais altas do idiota ao meu lado e logo fico distraído, absorvendo a visão de Alex, abraçada a David, com uma expressão alegre, enquanto agradece aos aplausos. E aí, nesse instante, um sorriso preguiçoso surge em meu rosto quando começo a colocar os pensamentos em ordem e uma determinação ganha força, ao imaginar essa criatura linda em meus braços, completamente minha. Isso mesmo, minha.

Gosto da ideia muito mais do que deveria, eu sei, porém não consigo evitar.

— Para falar a verdade, essa imagem alimenta cada vez mais a minha vontade de ganhar essa garota, não estou achando tão ruim ela ter me dado um fora logo de cara, isso só mostra o quanto é esperta. Agora sinto que a caçada vai ser muito mais interessante, sabe? Estou louco para começar a correr atrás dessa menina e não me importo se ela achar que estou dando uma de perseguidor, não mesmo. — Nego com a cabeça e aponto para o telão. — Marcos, registra bem o que vou te dizer: essa menina não vai se livrar de mim assim tão fácil. — A expressão em meu rosto é decidida e pretendo usar todo o meu arsenal para ter uma chance com Alex.

— Isso já deu pra ver, mas não é só você que vai partir com tudo pra cima da gata, a maioria dos caras dessa universidade vai cair de tapa tentando levar a melhor com a menina, tenha isso em mente, meu irmão.

Marcos abraça os meus ombros, sacudindo-os com força, depois olha para cima apreciando a vista com interesse, como um predador. O que ele é, de fato, um canalha assumido e sem remorso algum de ser do jeito que é.

— Caralho, até eu iria cair matando, a gata é gostosa demais e muito linda.

Olho zangado e Marcos me solta, dando um pulo para trás comicamente, em seguida levanta as mãos como se estivesse ofendido com o meu olhar acusatório.

— Ei, calma aí, Rico! Não precisa me encarar desse jeito! Você viu primeiro e eu sou seu mano, de forma alguma vou jogar conversa pra cima dessa menina, mesmo ela sendo uma das mais gostosas que já tive o privilégio de botar os olhos. — Ele pisca fingindo inocência. — Nada mudou, sou fiel a nossa irmandade até o fim dos tempos, cara.

Marcos corre os olhos ao redor da cantina, fazendo um barulho estrangulado com a boca e uma expressão sofrida no rosto.

— Cara, sinto em te informar, mas o assédio não vai demorar muito, viu? Basta verificar o jeito como a galera tá concentrada no show da banda. — Com o rosto contraído ele observa os estudantes que estão, nesse momento, com os olhos vidrados, obcecados pela imagem de Alex em *close* nos dois telões da cantina, enquanto o pessoal da produção do clipe comenta com um entusiasmo enorme sobre a nova aquisição da *The Goal.*

Não consigo falar nada, só sinto o meu estômago revirar de raiva e não é uma sensação da qual estou acostumado. É mil vezes mais forte do que qualquer outra coisa que já senti e... é uma merda.

Giro a cabeça e percebo os olhares de cobiça de todos os homens que pararam o que estavam fazendo para acompanhar a fala do locutor, e continuam a babar na direção da imagem congelada do rosto de Alex. Aperto os punhos e luto contra uma vontade danada de socar a cara de cada otário que está secando a minha garota.

Minha garota? Peraí, de onde eu tirei isso?

Inspiro profundamente e nesse instante uma chave liga na minha cabeça, porque me dou conta de que nunca fui de me importar com garota nenhuma, não dou a mínima para ninguém e vivo muito bem assim. Mas com Alex eu saí da minha zona de conforto, tudo é diferente, ela conseguiu atingir um nível novo e fico me perguntando: como isso aconteceu tão de repente? Mal nos falamos e ainda por cima ela me deu um fora! Não é possível a menina ter me virado tanto a cabeça assim, a ponto de estar reivindicando-a para mim como um ogro possessivo.

É, mas estou.

Um sentimento primitivo de posse corre enlouquecido pelo meu corpo, desbravando o meu sistema e mudando definitivamente algo dentro de mim.

Não sei muito bem como vou lidar com isso, mas é simples assim, quero essa garota e não vou deixar esses tarados ficarem arfando atrás dela. Ah, mas não vou mesmo.

Reviro a mente buscando um jeito de me aproximar novamente e dessa vez sem cometer nenhum erro, me recuso sequer a pensar em... falhar.

— Pode acreditar, vou achar um meio de falar com essa menina, Marcos. Tenho planos. — Mantenho a expressão rígida, cruzo os braços e lanço um olhar de morte para os estudantes que continuam encarando o telão com um jeito pra lá de errado.

— De verdade, não duvido do seu talento, mas mesmo assim te desejo boa sorte, porque vai ser uma pedreira, mano.

— É, deu pra ver. — Respondo baixo.

Ele bate novamente nas minhas costas, distraído, olhando para as mesas à procura de um lugar vago para a gente sentar.

— Vem, vamos sentar ali com Paulo e os caras. — Marcos sai caminhando na minha frente em direção a uma mesa cheia e barulhenta.

Passo no meio dos estudantes cumprimentando um ou outro, parando para trocar umas palavras com alguns colegas de equipe, de repente, sinto os braços de alguém envolvendo a minha cintura e, pelo perfume familiar, já sei exatamente de quem são as mãos que sobem pelo meu tórax numa carícia lenta e ousada. Reviro os olhos ainda de costas e giro para a pessoa que me espera com um sorriso malicioso nos lábios.

— Oi, Rico. Fui até o seu apartamento ontem, mas Marcos disse que você só chegaria hoje. — Ela faz um beicinho e começa a alisar o meu braço com as unhas. — Senti a sua falta, gato, enviei algumas mensagens durante as férias, mas você nem viu... Fiquei magoada. Você não sentiu a minha falta? — Seus cílios batem lentamente e ela adiciona uma voz melosa à cena.

Fala sério! Será que a criatura não percebeu que essa sedução forçada não tem o menor efeito sobre mim? É claro que não, a completa falta de noção é um dos seus pontos fortes e ela parece não se importar com isso.

— Oi, Ingrid, muitas coisas para fazer nas férias, não deu para responder as suas mensagens. — Falo entediado. — Mas, quer um conselho? Você deveria ter aproveitado melhor o seu tempo, sabe como é, seguir em frente, encontrar algo ou alguém para se divertir, esse tipo de coisa, deu pra entender? — Falo rispidamente, porque quero manter bem clara as minhas intenções e não estou nem um pouco a fim de estender o papo.

— Aproveitei sim, pode ter certeza. — Ela se afasta ofendida.

— Melhor pra você. — Rebato com firmeza.

— Você não precisa ser um cretino, Rico. Estou só falando que senti saudades, sei muito bem que você não estava pensando o tempo todo na gente. — Ela bate a mão no cabelo jogando-o para trás ofendida, depois pousa as duas mãos na cintura me encarando como se eu tivesse que dar algum tipo de satisfação da minha vida para ela. Garota maluca.

Não perco tempo fingindo estar interessado, é muito óbvio que não estou.

— Escuta, Ingrid, não tem a gente. Eu já deixei claro para você que os nossos encontros chegaram ao fim, melhor você aceitar, não adianta insistir porque não vai rolar mais nada, semestre passado foi bom, nós ficamos juntos algumas vezes, mas acabou. — Suspiro alto e abro um espaço fazendo um movimento com as mãos entre nós — Fazemos parte da mesma equipe de natação, então vamos nos esbarrar durante os treinos e torneios. Tá na cara que se você continuar achando que vamos ter outra chance, o clima vai ficar estranho entre a gente, então dá um tempo, tá legal?

Mantenho a voz firme para não deixar dúvidas no ar, dando a entender que ela pode esquecer essa história de nós. Isso nunca foi real e nem vai ser.

— Certo, Rico, eu entendi muito bem. Fui só mais um brinquedinho divertido na sua mão. — Ela fala com uma voz chorosa.

Seus olhos começam a ficar marejados, mas não vou entrar na dela, conheço Ingrid e sei muito bem aonde ela quer chegar. Fazer um drama é fácil para essa garota, o seu objetivo é me comover com essas falsas lágrimas. Sem chance, não caio nessa.

Afasto ainda mais o corpo e dou de ombros, sem disfarçar o minha falta de comoção por essa ceninha ridícula que Ingrid tenta empurrar para mim.

— Pense como quiser, eu já te falei, não estou mais a fim. Acho que tá na hora de você encontrar o seu caminho e partir para outro, sei que isso não é um problema e você sabe se virar. — Ergo as sobrancelhas, desinteressado.

Ingrid tremula de raiva, suas narinas se abrem enquanto ela bufa indignada.

— Você é um idiota! — A garota me olha de cima a baixo, fingindo desprezo — Sabe de uma coisa, eu é que não te quero. Cansei. E só para que você tenha uma ideia, existem muitos outros que estão a fim, muito a fim, loucos por uma oportunidade de ficar comigo.

— Maravilha! Assunto resolvido então. — Sorrio com sarcasmo.

— Você tem razão. — Ingrid rebate furiosa. — Sei muito bem me virar, mas depois não precisa vir pedindo um repeteco, porque não vou estar disponível, nem que você implore, ouviu bem?

— Anotado. — Assinto solenemente com a cabeça, reprimindo um sorriso.

Ela transforma a sua expressão anteriormente carente em agressiva num estalo e quase me queima com um olhar escaldante.

— Rico, a verdade é que você não passou de uma distração para mim, um erro estúpido, nem mais nem menos!

Então Ingrid dá meia volta, girando os cabelos feito um tornado e vai embora, batendo os pés furiosamente. Marcos chega nessa hora e me pergunta com um sorrisinho sacana:

— O que foi isso, cara?

Ele dá uma risadinha, porque todos ao meu redor estão balançando a cabeça, zoando e assobiando para a saída intempestiva de Ingrid. Ela, por sua vez, escolhe esse momento para levantar o dedo para a galera, que grita e ri cada vez mais alto, deixando-a irada, sem nenhum resquício de doçura.

Eu aceno uma mão no ar, não dando importância alguma, começo a caminhar para a mesa e Marcos vem logo atrás de mim. De repente vejo pelo canto dos olhos um cabelo flamejante indo em direção à ilha de alimentação, guio o meu olhar e observo com interesse o que Alex está fazendo. Ela caminha apressadamente junto com uma amiga e logo reconheço quem é, Nina, uma garota do 8º período que provavelmente está dividindo o apartamento com Alex, já que a sua colega anterior se formou no semestre passado e foi embora.

Eu não conheço a Nina assim tão bem, nunca tive a oportunidade de bater um papo com ela, nem nada, mas sei que Paulo tem uma queda pela menina e me contou algumas coisas a respeito da garota. Os dois estavam saindo no ano passado e chegaram até a ficar juntos por um tempo;, Paulo ficou todo caidinho por ela, no entanto aconteceram algumas coisas bem ruins entre os dois e eles se separaram meio brigados. Pelo que Marcos me contou, Paulo ainda está ligado na menina e não desistiu do lance, então penso que talvez essa seja a grande chance de me aproximar, só vou precisar usar um pouco de perspicácia para lidar com Nina e finalmente descobrir o que preciso saber para abrir meu caminho e chegar até Alex.

Estou bem próximo à mesa em que Marcos apontou minutos atrás, porém não tiro os olhos das duas garotas e acompanho cada passo que elas dão pela cantina. Certa hora, Nina deixa Alex esperando o seu pedido no balcão e se dirige para a mesa onde estão os caras da banda do David. É agora, tomo a decisão e paro abruptamente os passos, mudando a minha trajetória, Marcos tromba atrás de mim xingando alto.

— Ei, o que foi? — Então ele vira o rosto para onde estou olhando fixamente e percebe o porquê de eu parar assim tão de repente. — Ah, já vi tudo. Olha só, será que é uma boa você ir atrás dela? De lá pra cá não acredito que ela tenha mudado sua opinião sobre você. — Marcos franze a testa. — Não sei não, acho que você deveria dar um tempo.

— E por que eu faria isso? — Dou de ombros, confiante no que tenho em mente.

— Vai por mim, você vai parecer desesperado. — Ele arrisca um palpite, duvidando da minha jogada, mas não dou ouvidos, sei o que estou fazendo.

— Eu te disse que tenho planos e vou colocá-los em prática agora mesmo. Não posso perder um segundo com essa garota, ela é escorregadia como um peixe e não vou correr o risco de ela deslizar por entre os meus dedos. — Encaro Marcos e falo seriamente. — Não estou desesperado, estou decidido. — Afirmo e me afasto dele.

Sigo a passos largos até o lugar em que ela está esperando o rapaz que atende na cantina preparar alguma vitamina, e paro ao seu lado como quem não quer nada. Ela não se dá conta da minha presença, porque observa o cara feito um falcão e não perde um movimento sequer durante o preparo da sua bebida. Percebo, pelo semblante rígido de Alex, que posso gritar o seu nome que ela não vai nem me ouvir. Fico curioso, mas aguardo o menino entregar o copo para ela e, só aí, seguro a sua mão livre, depositando as duas notas de cem que ela havia me dado.

— Isso aqui é seu. — Encaro os olhos verdes arregalados quando ela percebe que estou ao seu lado e, mais do que depressa, enrolo os delicados dedos de Alex nas notas.

— Hã, o quê?

Ela fala confusa, olhando para baixo e só então entende o meu gesto. Seu rosto se fecha em uma expressão indignada de quem quer falar poucas e boas. Mantenho o rosto impassível, mas por dentro estou festejando.

— Nem comece, Henrique. Eu te dei esse dinheiro para que você não viesse atrás de mim, não estou a fim de encontro algum, mesmo que seja apenas para discutir aquela bobagem. O que mais posso fazer para você desistir? — Ela dispara, zangada.

— Nada. Estou te devolvendo o dinheiro, apenas isso. — Mantenho a minha voz indiferente. — Até mais, Alex, bom te ver por aqui. — Viro as costas e saio, deixando a garota encarando o vazio.

Alex não vê, porque estou andando de costas, mas abro um sorriso satisfeito com a sua reação. Mesmo ela não sabendo, alcancei o meu objetivo com essa nossa breve troca de palavras; queria semear o bichinho da curiosidade e consegui. Agora ela vai passar a me observar com uma dose de interesse e eu vou ficar na minha, esperando a hora ideal para agir. Estou nesse jogo a fim de ganhar, mas sei ser paciente e movimentar as pedras no minuto certo. A estratégia é aguardar o seu próximo passo, que vai ser a meu favor e mesmo com toda a sua determinação em lutar contra, algo me diz que estou no caminho certo. Não vou estragar tudo sendo impaciente, Alex me parece ser do tipo que se eu der alguma bobeira ela foge e nunca mais terei outra oportunidade de conseguir o que quero.

Caminho em direção aos meus amigos e sento em uma cadeira bem posicionada, que dá para visualizar todo o ambiente e, principalmente, a mesa em que Alex acabou de sentar. Não preciso nem dizer que continuo acompanhando discretamente os seus movimentos, ela corre os olhos pela cantina e para no minuto em que encontra os meus olhos fitando-a. É isso aí, gata, estou de olho em você. Como se ela fosse capaz de ler os meus pensamentos, percebo o quanto está desconcertada por ter sido pega em uma investigação nada sutil; em seguida o seu rosto fica ligeiramente vermelho e Alex mordisca o lábio nervosamente, franzindo a testa pensativa, quase dá para ver os pensamentos pipocando na sua cabeça.

Ela é uma graça, estou morrendo de vontade de levantar dessa cadeira e tascar um beijo naquela boca atrevida. Mordo a pontinha da língua e lanço um sorriso irônico, batendo de leve a cabeça para ela. Alex fica mais incomodada e pega o copo rapidamente, afundando o rosto em sua bebida como se fosse a coisa mais importante a se fazer naquele momento. Mas não por muito tempo, acho que outra parte dela não quer deixar barato a minha provocação, então ela estica as costas, tentando se recompor e me encara como se eu tivesse acabado de entrar em um ringue e fosse o seu adversário em potencial. Caramba, estou adorando a sua reação, isso só reforça a minha intuição que diz que ela não está tão indiferente a mim quanto tenta demonstrar. Ótimo!

O meu olhar não desgruda do seu rosto, ela começa a conversar com Nina e com os outros rapazes que estão reunidos na mesa, bebericando a sua vitamina e fazendo o possível para ignorar a minha presença. Nina está com o celular na mão verificando algo, de repente ergue a cabeça junto com a metade do corpo procurando por alguém, em seguida abre um sorriso radiante quando vê Paulo que, por coincidência, está ao meu lado. Nina acena entusiasmada e o cara dá um salto da cadeira como se só estivesse esperando a deixa para levantar e ir ao seu encontro.

Percebo, claramente, Alex ficar tensa e sem graça com a presença de um dos meus amigos sentado na mesa junto ao grupo e batendo papo com a sua amiga. Por essa ela não esperava, tenho certeza, e a sua cara contrariada é impagável. Alex é apresentada a Paulo por Nina, como se não soubesse quem ele é. Observo o desconforto evidente em seus traços quando Paulo solta uma gargalhada, gesticulando com as mãos na minha direção, enquanto conta algo para Nina. Provavelmente lembrando o que aconteceu entre a gente no estacionamento, e o seu constrangimento só aumenta quando a sua colega ri tão alto que quase cai da cadeira, despertando a curiosidade de todos na mesa. Alex remexe o corpo, olhando para todos os lados e tenta em vão não dar importância à explosão de risadas que se espalha entre os caras.

Ela olha relutante para onde estou e aproveito o momento para dar uma piscadinha sacana, arrancando faíscas dos seus olhos e deixando-a cada vez mais irritada com a situação embaraçosa em que estamos metidos. Porém, nem assim fico arrependido da mentira que inventei lá no estacionamento, se não fosse por toda aquela história besta, eu não estaria aqui, paquerando essa criaturinha brava. A verdade é que nunca cruzei com uma menina tão intrigante e isso me faz abrir um sorriso genuinamente feliz e definitivamente me recuso a pensar que poderia ter perdido tudo isso.

Aliso o lábio inferior com o polegar e admito que estou descobrindo uma certa satisfação em assistir a sua raiva mal contida, a qual ela tem sérias dificuldades em disfarçar, sua boca está contraída e os seus punhos se fecham em cima da mesa. A impressão que tenho é que ela vai levantar daquela mesa e esmurrar a minha cara, mas eu provoco um pouco mais, inclinando a cadeira para trás, esticando as pernas e apoiando os braços na nuca, numa clara postura de desafio, arrogante até dizer chega. Neste instante, ela levanta abruptamente dando um basta na cena toda, fala alguma coisa para o grupo e sai em disparada, alcançando em segundos as portas externas, passando por um lixo e jogando o seu copo fora, depois vai embora sem olhar para trás.

Fico atento, observando Alex passar como um foguete pelas portas da cantina e saindo do meu campo de visão. Já sei direitinho o que farei para obter o máximo de informações possíveis sobre essa garota esquentada. Levanto da cadeira e vou me juntar a Paulo, que está em uma conversa animada com Nina.

Eles me veem chegando e Nina cruza os braços emburrada, deduzindo acertadamente quais são as minhas intenções ao chegar à mesa. Não faço questão de disfarçar nada e, verdade seja dita, não vim até aqui para ficar dando uma de inocente, não me importo com a opinião de Nina, se ela acha que tudo isso é errado, com o tempo vou provar que está enganada, porém nesse exato momento o meu único objetivo é convencê-la a falar e vou fazer isso.

— E, aí, beleza? — Cumprimento e em seguida falo sem enrolação. — Então, pode abrir o jogo, Nina, preciso de uma dica e você vai me dar.

Puxo uma cadeira sem nem pedir licença e sento ao seu lado.

— Prontinho! Pode despejar, quero saber tudo sobre a sua nova colega de apartamento, sou todo ouvidos. — Sorrio para ela.

Nina solta um suspiro exasperado e balança a cabeça de um lado para o outro teimosamente, acenando com o dedo em negativa.

— Alex não é para você, Rico. — Ela enruga o nariz e fala com firmeza. — Lex está de volta ao país há apenas duas semanas, e não está a fim de encrencas. Ou seja, você seria o sinônimo de encrenca e das grandes, então pode esquecer, não vai rolar nada entre vocês, pode acreditar e já ir desistindo. — Nina olha carrancuda na minha direção.

— Deixa Alex tomar essa decisão, ok? — Devolvo o seu olhar feio.

Paulo me dá um tapa no ombro para desacelerar o meu mau humor. É, estou puto, ela mal me conhece e já está tirando conclusões erradas a meu respeito.

— Pega leve, Rico. — Paulo me adverte com os olhos.

Respiro fundo e concordo com a cabeça. O meu amigo tem razão, não posso perder a linha com a única pessoa que poderia me dar uma dica de como chegar à Alex. Continuo e dessa vez com mais prudência.

— Eu só quero conhecer a menina, prometo cair fora se ela não estiver a fim. — Claro que não digo que tenho uma forte intuição de que Alex está interessada, porque não quero abrir o jogo, assim, logo de cara.

Nina fica avaliando a minha expressão, imagino que ela deva estar fazendo uma lista mental dos prós e contras sobre a possibilidade de abrir a boca e facilitar o meu lado. Fico em silêncio, segurando a minha impaciência.

— Escuta, não sou uma pessoa que fica julgando, mas Alex é diferente e de forma alguma ela se parece com as meninas que vejo ao seu redor, que correm atrás de você com um simples estalo dos seus dedos, bonitas por fora, mas sem conteúdo algum. — Nina torce a boca. — Não quero te ofender, mas se você está atrás desse tipo, Alex é o oposto e não existe nem uma única célula fútil naquela garota.

Ela ri com um ar de deboche, o que desperta em seu rosto uma satisfação indisfarçável ao dizer que vou ter que suar. Bem, não me importo.

— Lex é inteligente até dizer chega e você vai ter zero chance de ter qualquer coisa com ela se continuar jogando cantadas idiotas, tratando-a como se fosse uma desmiolada. — Ela ergue uma sobrancelha e dispara incisiva. — Desista agora ou eleve o padrão da sua conquista, caso contrário ela vai continuar a chutar o seu traseiro, sem remorso.

Merda, Nina joga sal na minha ferida. É verdade, fui um idiota com Alex e não é para menos que estou sendo avaliado como um conquistador de meia-tigela, mas tenho plena confiança de que posso ser reavaliado e dessa vez com uma boa dose de otimismo.

— Não discordo, mas tive os meus motivos e preciso de uma oportunidade para consertar esse erro. — Passo as mãos pelo cabelo irritado, sentindo a crescente frustração dar um nó no meu estômago. — Percebi que Alex é inteligente e não sou burro a ponto de achar que ela tem alguma coisa a ver com qualquer outra menina que já fiquei.

— Bom, pelo menos você também é inteligente. — Nina sorri com escárnio.

Não tem a menor graça ser o motivo da piada, mas estou aguentando a ironia da garota com uma determinação estoica, não importa o quanto Nina tente me convencer de que não sou bom para a sua amiga, isso só faz aumentar o meu interesse e determinação.

— Vamos lá, Nina, vou ficar te devendo uma, se você me ajudar. — Peço, curvando os lábios de leve em um sorriso amigável.

— Rico, você não tem a menor ideia de onde está se metendo. — Nina suspira, com a dúvida marcando o seu rosto. — De verdade, a minha amiga não está a fim de se envolver com ninguém, ela ainda... bem... é difícil entender, mas a questão é que você não sabe de nada sobre a sua vida antes de retornar ao Brasil.

— Realmente não sei, mas quero saber. — Afirmo, decidido.

— Então vou te dar um conselho e espero que você pense bem a respeito antes de tentar qualquer coisa com Alex. Ela é uma garota forte, mas não lida muito bem com situações que a empurrem até o seu limite, Alex simplesmente pula fora. — Nina faz uma pausa. — Então não cometa esse deslize, deixa-a em paz se você não for capaz de respeitar os seus limites.

— Não vou deixar Alex passar pela minha vida sem nem ao menos tentar conhecê-la, isso está fora de questão. Se ela quiser impor limites, estou disposto a respeitá-los. — Falo com sinceridade, ninguém vai me convencer do contrário, estou a fim de ir fundo para ter uma chance com Alex.

— Você vai cometer erros. — Nina sentencia, mas seus olhos escuros brilham com uma pontada de dúvida.

— Se estou prestes a cometer erros, isso significa que vou aprender alguma coisa. — Rebato as suas dúvidas sem me abalar com o desafio.

— Você vai se arrepender, Alex é... complexa. — Nina continua, relutante.

— O truque é não ficar pensando em possíveis arrependimentos. — Argumento com a certeza de que não vou me arrepender. — Afinal, como vou saber se estou caindo em uma cilada sem nem ao menos conhecer o perigo, hein?

Nina passa as mãos pelo rosto, mas para no meio do movimento e me olha por entre os dedos soltando uma frase que, para mim, não faz o menor sentido.

— Lex é boa de briga. — Nina aperta os lábios segurando o riso, depois solta uma risadinha quando fala. — Fique longe dos seus punhos, vai por mim.

Não consigo lutar contra um sorriso que se abre em meu rosto. Estou quase lá, Nina começa a ceder em suas justificativas e agora chegou a hora de jogar a minha cartada final.

— Eu nunca corri de uma boa briga e não vai ser agora, pode acreditar. — Inclino a cabeça bem próxima ao rosto dela e falo solenemente — Sei que ela é diferente, não sou idiota, você pode até tentar me convencer a desistir, mas não vou, quero saber mais sobre ela e ter meios de me aproximar, já que na primeira tentativa ganhei um fora.

Olho bem nos olhos dela e enrijeço a mandíbula, decidido.

— Não posso desistir e não irei, essa garota me prendeu no instante em que a vi. Estou sendo sincero, preciso da sua ajuda.

Ela tamborila os dedos em sua perna vestida de jeans e muda a expressão do seu rosto, ficando pensativa por alguns segundos. Nina me observa atentamente, revirando o meu rosto atrás de algum traço que deponha contra mim. Por fim, algum pensamento desponta em sua mente fazendo-a abrir um sorriso satisfeito e, batendo com as mãos nos joelhos, começa a dizer o que finalmente quero ouvir.

— Vou te ajudar, porque te acho um cara legal e mesmo você sendo um tanto mulherengo, nunca ouvi nada que fosse ruim ao seu respeito, pelo contrário, as meninas te acham... honesto. — Nina levanta as sobrancelhas questionadoras.

— Se é o que dizem... — Ergo os lábios maliciosamente. — Quem sou eu para negar, né?

Ela levanta um dedo como um aviso.

— Mas se você aprontar com Alex, eu garanto, não iria querer estar na sua pele. — Contraio o cenho, não entendendo onde ela está querendo chegar.

Nina solta uma gargalhada alta e tem um acesso de riso, em seguida fala com uma voz estrangulada, zoando da minha cara:

— Ela mesma vai acabar com a sua cara e não estou dizendo isso no sentido figurado, não mesmo. — Nina abafa outra risada. — Alex vai acabar com a sua cara no sentido literal da palavra. Ah, Rico, não duvide disso nem por um minuto. — E dá batidinhas no meu braço balançando a cabeça em afirmação. — Bem, depois não diga que eu não te avisei.

O que significa isso tudo, eu ainda não sei, mas deixo pra lá. Estou no ponto onde queria estar, a um passo de ter informações úteis sobre a menina que quero na minha vida, então dou de ombros, despreocupado e rebato:

— Vou pagar pra ver, Nina. Manda, quero saber tudo!

Falo com a convicção de que nada vai me fazer voltar atrás e escuto atentamente Nina falar sobre a sua nova companheira de apartamento e, a cada palavra, um sorriso enorme vai se formando em meu rosto à medida que Alex vai sendo descrita, exatamente como intui que ela seria: incrível.

ALEX

Não sei o porquê de estar tão louca de raiva, é impressionante o tanto que aquele garoto me afeta e não gosto nem um pouco disso. Paro a minha caminhada apressada e entro no banheiro feminino, dentro da cabine começo a fazer os exercícios respiratórios que a terapeuta me ensinou, para controlar as minhas oscilações de humor. Sinto um alívio bem-vindo quando a minha cabeça começa a esfriar após alguns minutos respirando pausadamente. Mas esse alívio dura pouco, porque uma vozinha irritante dentro de mim fica me perguntando o motivo desse estado insano, se eu mal conheço o cara. É um sentimento estranho, novo em vários aspectos porque na maior parte do tempo mantenho o controle das minhas emoções e nenhum garoto me deixa próxima da borda assim do nada.

Não até hoje.

Normalmente, lido bem com os meninos, não corro deles nem nada, só não me aproximo a ponto de ter um relacionamento mais profundo, é tudo sempre muito superficial, mas é assim que encaro as emoções que podem me ferir eventualmente, mantendo um escudo rígido que blinda a minha fragilidade interior e acima de tudo a minha estabilidade mental.

Já tive alguns casinhos, mas nada além de beijos e abraços inocentes, e quando os garotos querem mais, eu pulo fora. É complicado, porque simplesmente não consigo ter uma relação física com um cara; a proximidade me deixa arredia e acabo fugindo para evitar toda a situação constrangedora que eu mesma crio.

Conversei com Dayse sobre esse problema, ela se esforçou muito tentando me ajudar e passamos várias sessões conversando sobre isso; ela mostrou novos ângulos dessa condição patética que tomou conta de mim e se empenhou em me fazer enxergar por outra perspectiva, tudo com o objetivo de fazer com que eu vencesse esse obstáculo que atravanca a minha vida amorosa. Infelizmente nada deu certo, estou desconectada nesse sentido e acredito que nunca vou conseguir ter uma relação normal com um homem. Na verdade, não me sinto nem a metade da garota forte que aparento ser, por isso me afasto de todos para que ninguém enxergue a verdadeira Alex por trás de todas as camadas duras que faço questão de exibir como uma eficiente ferramenta de defesa.

Uma vez tentei avançar com o meu último namorado, ele era legal e paciente, nós já estávamos juntos há alguns meses e percebi que o cara não estava mais suportando o meu distanciamento, porque até a paciência tem limites e a dele estava no máximo. Fiquei me sentindo meio que na obrigação de — pelo menos tentar — parar de ter tanto medo e relaxar.

Começamos bem empolgados dentro do carro e ele me chamou para ir até a sua casa; concordei porque também queria partir para algo mais íntimo e achei que daria certo com ele. Achei mesmo. Mas quando estávamos em seu quarto, ele começou a tirar a camisa e veio para cima de mim, entrei em pânico, afundada em meu pesadelo ambulante, então comecei a gritar e afastar as suas mãos com socos. Eu o atingi várias vezes, ele, por sua vez, ficou no chão tentando se defender dos meus golpes, mas eu estava fora de mim e quando dei conta do meu descontrole, os hematomas já estavam se formando em seu rosto. Fiquei mortificada, comecei a chorar, completamente perdida e sem saber o que fazer para me desculpar. Ele só olhou para mim e pediu que eu fosse embora, estava cansado de tentar ter um relacionamento normal comigo, me chamou de desequilibrada e mais uma porção de outras coisas humilhantes, depois disse que nunca mais queria ver a minha cara.

Saí do quarto me sentindo um lixo, sem conseguir olhar em seu rosto, desci as escadas e fui para casa a pé tentando colocar as minhas emoções em ordem. Fiquei alguns dias sem sair de casa, reclusa em meu quarto, deixando o meu pai louco de preocupação. Nesse momento tomei uma decisão, a qual estava disposta a cumprir com afinco, porque nunca mais gostaria de passar por uma situação como aquela. Não mesmo!

A triste realidade é que não sou capaz de ter um relacionamento sexual, esse *status* está fora dos meus limites, mesmo eu obrigando a minha mente a romper essa barreira, a coisa não funciona comigo. Gosto de garotos e não tenho nenhum problema com beijos e alguns amassos, mas nada de intimidade. Decidi não correr mais o risco de machucar alguém e sofrer depois, me afundando em culpa por não conseguir fazer sexo com um cara. Pode acreditar, não estou disposta a pagar para ver e tudo bem se a minha vida vai ser solitária, prefiro a solidão do que enfrentar o desconhecido.

A verdade é que vivenciei uma experiência que mudou totalmente a minha vida e não consigo consertar o que se rompeu dentro de mim; a esperança de que eu volte a ser uma garota normal me abandonou há algum tempo e não vislumbro nenhum meio de tê-la novamente.

Balanço a cabeça para dispersar os pensamentos depressivos e levanto o meu rosto para encarar a imagem no espelho do banheiro, retoco o *gloss* cuidadosamente e refaço a minha expressão impassível. Arrumo a mochila no ombro decidida e saio do banheiro rumo a minha próxima aula, tentando seguir em frente, porque não vou deixar nem por um segundo essa lembrança de merda estragar o meu dia.

Só há mais uma coisa que ainda preciso deletar da minha mente: o quanto gostei do sorriso daquele garoto. Solto um suspiro. É, estou muito ciente de que não é necessário esforço algum para fechar os olhos e relembrar o seu sorriso debochado passeando por aquele rosto lindo de morrer, provocando cócegas estranhas na minha barriga e... Para com isso!

Que droga! Será que estou a fim de entrar nessa?

Não, não estou.

Aperto os passos e entro na sala de aula, bloqueando esses questionamentos indesejáveis que só servem para embaralhar ainda mais as minhas emoções. É isso, não estou interessada em nenhum garoto. Ponto final.

As aulas que assisti durante a manhã foram bem tranquilas e conheci alguns colegas de classe, principalmente os curiosos e os atiradinhos que viram o clipe da banda no intervalo e perceberam que sou a mais nova adição do grupo. Foram algumas cantadas e outras tantas perguntas sobre o show, sobre a banda, sobre mim... uma hora conseguiram me deixar até tonta. Mas achei divertido esse interrogatório todo, pelo menos estou socializando com as pessoas, o que no meu caso é uma coisa muito boa. O mais engraçado, sem dúvida, foi quando as garotas me encheram de perguntas sobre os meninos da banda e era cada pergunta que... pelo amor de Deus! Sério, qualquer bobagem que eu falasse a respeito dos caras, despertava uma onda de gritinhos e suspiros entre elas, nem mesmo eu dizendo que mal os conheço diminuía o entusiasmo das garotas. Elas sugavam as minhas palavras como se eu tivesse revelando o segredo da vida, um mínimo detalhe sobre a rotina dos caras era encarado como uma informação preciosa, despertando algumas exclamações de surpresa ou gemidos sofridos. Para mim, não custa nada dizer o que os rapazes da banda fazem com o seu tempo livre, mas acho esse interesse por parte das garotas exagerado, ridículo e completamente inútil.

Fora o David, que é casado, os outros três rapazes são solteiros e desimpedidos, indiscutivelmente isso é uma coisa que os caras fazem questão de manter, já que a pegação desenfreada é bem-vinda. A popularidade deles dentro do *campus* é algo impressionante; no pouco tempo em que fiquei sentada na mesa da cantina junto com eles, a procissão de garotas que passou por lá dando em cima dos caras é assustadora, para não dizer desconcertante. Agora que estou por dentro do efeito "*The Goal*" sobre a população feminina do *campus*, fico imaginando como vai ser o show da banda no próximo sábado. No mínimo, vamos ter que recolher do palco uma quantidade indecente de calcinhas atiradas pelas ensandecidas fãs desses idiotas. Argh!

Estou saindo da sala quando vejo Nina e David conversando do outro lado do corredor, eles olham na minha direção e acenam as mãos me chamando para ir ao encontro deles. Estico o braço dando um ok e caminho devagar pelo corredor lotado de universitários que estão saindo para o intervalo do almoço. É uma loucura, há uma mistura de pessoas transbordando por todos os lados, gente sem noção conversando no meio do corredor e atravancando a passagem, gritos felizes seguidos por longos abraços, pessoas andando sem a menor pressa e olhando o celular, ou seja, um pouco de tudo. Desisto de tentar andar rápido e acabo me conformando em levar uma eternidade para caminhar somente alguns metros, vou pedindo educadamente licença e nesse meio tempo percebo algumas cabeças virando e me encarando com interesse.

— E aí, o que você está fazendo por aqui? — Pergunto para David, assim que chego próxima deles, surpresa de encontrá-lo no meio dessa confusão de estudantes. — Achei que eu fosse te encontrar só amanhã, no ensaio da banda. — Coloco as mãos na cintura e inclino a cabeça de lado, mantendo uma expressão curiosa.

— Na verdade, mudei meus planos de hoje, resolvi te chamar para almoçar lá no bar ao invés de ficar por aqui e comer essa comida mais ou menos da cantina. A Mary tá te esperando com um coisa que tenho certeza que você vai gostar muito e se eu não te arrastar comigo, ela vai me comer vivo.

Ele fala rápido demais e conheço bem a sua tática, o objetivo é que eu não tenha tempo de dizer não. Só que dessa vez eu iria com ele, sem retrucar, porque adoro a comida da Mary e nós duas mal conversamos desde que cheguei; estou com uma saudade danada da minha amiga, vai ser ótimo bater um papo com ela, mesmo com o meu horário de almoço apertado.

— Acho uma ótima ideia, já estava pensando em dar uma passada por lá mais tarde. — Digo com um sorriso alegre.

— Beleza! — David bate as mãos e me empurra para frente. — Ande, vamos logo para a gente aproveitar o tempo, ainda bem que hoje vou voltar mais tarde para o *campus*, tenho assuntos externos para resolver e vou poder esticar o meu intervalo do almoço. — Ele explica, enquanto caminha na frente abrindo espaço pelo corredor entupido de gente.

— Eu também tô nessa, não vou perder por nada a comida da Mary.

Nina levanta os braços se convidando e segue atrás de mim.

— Droga, o pior é que essa comida toda vai direto pra minha bunda. — Nina lamenta com um suspiro triste, logo em seguida enxota essa culpa acenando com a mão. — Que seja! Depois pago os meus pecados na esteira, eu é que não vou trocar um almoço delicioso no Bar da Mary a comer um sanduíche meia-boca daqui da cantina. Rá, nem de graça!

— Ah, deixe de besteira! Seu corpo é perfeito e não existe nada em excesso. — Puxo o seu braço para que Nina preste atenção ao que sussurro em seu ouvido. — E pelo que estou percebendo, os caras também acham que tá tudo perfeito. — Faço uma varredura ao redor e continuo rindo, enquanto vários meninos ficam parados admirando nós duas caminhando pelo corredor atrás de David.

— Não me venha com isso, Alex! — Ela breca de repente e olha para mim estarrecida. — Eu sou notícia velha aqui, eles estão de olho é em você! Ainda mais depois do gostinho de te ver cantando há pouco lá na cantina, pode acreditar, aquilo foi o sonho molhado de muita gente dentro desse *campus*. — Ela revira os olhos e apoia uma mão no meu ombro. — Querida, depois do show, no próximo sábado, você vai ser um petisco mais saboroso do que os da Mary, e os caras vão cair matando em cima, certeza que vão.

Nina fala enfaticamente com as sobrancelhas arqueadas, depois abaixa a mão do meu ombro e vai atrás de David que segue a passos largos em direção à saída para o estacionamento.

Eu ainda fico um instante parada processando o que ela acabou de falar, um friozinho na barriga tenta se instalar, mas espanto rapidamente essa sensação de medo. Não fico nervosa no palco, nem mesmo nas estreias, mas ser o objeto do desejo de um bando de estudantes não é uma coisa que quero para mim. No bar da Lince, cantava com o David numa boa e era um entra-e-sai de gente que eu me sentia totalmente à vontade de ser só mais uma integrante da banda, misturada ao grupo, sem essa coisa de estrela popular. Mas aqui na universidade a minha condição é outra, bem diferente da que estava acostumada em Atlanta. O fato é que sou aluna, e deu para perceber em sala de aula que a banda e os seus integrantes têm um certo *status* para a maioria dos estudantes, a pressão à que vou ser submetida não é algo assim tão simples de lidar, razão pela qual acabo de sentir o meu pulso disparar só de imaginar uma porção de caras dando em cima de mim por todo o *campus*. Nem pensar!

Merda! Eu tenho que dar um jeito nisso e estabelecer certos limites, porque nem de brincadeira vou ser a gostosa da banda, isso está definitivamente fora de questão. Ando devagar até o estacionamento, já arquitetando como devo agir daqui por diante, não posso sequer dar a chance de coisas inesperadas e irritantes acontecerem e detonarem a minha cabeça louca, isso seria um desastre e, no mínimo, uma passagem de volta para Atlanta.

Nina entra no meu carro, David segue de moto e em poucos minutos chegamos ao Bar da Mary. O lugar fica em uma parte alta da cidade e tem uma vista muito linda para a cadeia de montanhas que contornam a região e mantém a vegetação nativa longe da especulação imobiliária e turística.

O bar se resume em uma construção moderna e imponente, com enormes janelas de madeira cercando o salão de refeições, que também abriga um pé-direito alto, abastecido com uma iluminação bem pensada, dando ao lugar um clima aconchegante e ao mesmo tempo descontraído. As mesas estão arrumadas em várias combinações, algumas são redondas, outras quadradas, ambas servem para acomodar grupos maiores e nos cantos algumas mesas pequenas são destinadas aos casais que buscam um pouco de privacidade. Tudo muito bem decorado, com várias placas, quadros e outros badulaques presos nas paredes, o salão é uma linda mistura de cores, com uma forte pegada de rock fazendo a cara do lugar soar como o dono, um apaixonado por música.

Eles não abrem para o almoço, só nos fins de semana, hoje o bar está muito tranquilo com o pessoal da limpeza e manutenção trabalhando para deixar tudo em ordem. Assim que chegamos, Mary dá um grito de dentro da cozinha, chamando-nos para entrar e, quando abrimos as portas, um cheiro maravilhoso invade o meu nariz e faz o meu estômago roncar como nunca. Eu já conheço aquele perfume inebriante de carne assando e sei exatamente o que a Mary está cozinhando, costelas de porco com ervas e batatas assadas. É o meu prato favorito, feito com o tempero especial e secreto da Mary.

— Ai, que saudades da sua comida! Ninguém consegue fazer essa carne tão bem quanto você, Mary. A minha boca tá salivando só de pensar e o meu estômago revirando de pura felicidade. — Digo e aperto a barriga, que reclama com uma fome monstra.

— Então vem cá, menina, fiz especialmente para você e já está prontinho. — Mary me abraça apertado e eu retribuo o carinho. — Nada como uma comida gostosa para deixar a conversa mais animada, não é mesmo?

Em seguida ela vira para Nina, abraçando-a e cochichando em seu ouvido.

— Oi, Nina, que bom que você veio também! Estou muito curiosa para saber como foi o primeiro dia da Lex na universidade.

Mary pisca para mim e eu estreito os olhos em sua direção, porque a conheço, ela é curiosa como uma criança e sei muito bem aonde quer chegar.

— Não me olhe desse jeito, a versão da Nina vai ser muito mais divertida do que a sua, no mínimo você não vai contar as partes interessantes e preciso de uma aliada para descrever exatamente o que aconteceu. Fiquei a manhã toda me contorcendo de curiosidade e agora que tenho como saber tudo que se passou dentro daquele *campus*, pode parar de ser estraga-prazeres.

— Ah, pelo amor de Deus! — Reclamo, já sabendo que não vai adiantar nada. Mesmo assim ainda tento apelar para o lado razoável daquelas duas.

— Deixe de ser chata e vai dar uma voltinha com David, tenho que bater um papinho com Nina em particular. — A fofoqueira continua abraçando Nina e a leva rapidinho para a mesa, sem dar a menor importância para a minha cara feia.

Olho para David pedindo ajuda, mas ele levanta os ombros e faz uma cara como quem diz: não posso fazer nada, você sabe muito bem como ela é. Ouço as gargalhadas das duas e solto um gemido, cerrando os olhos com força. Nina fala entusiasmada, gesticulando os braços, rindo com vontade e é claro que a traidora está abrindo o bico com um prazer imenso. Porcaria! Estou a um passo de correr daqui, porque de jeito nenhum quero suportar novamente essa gozação toda; por um instante penso em dar uma resposta malcriada para as duas, mas resisto à vontade, pois não quero correr o risco de ficar sem almoço. No meu caso, a fome sempre fala mais alto.

Caramba,! Será que esse dia não vai acabar nunca? Resmungo internamente.

Chego à mesa e Mary está totalmente concentrada na conversa, Nina continua descrevendo a minha manhã no *campus* sem dar a mínima para o meu olhar torturado. David olha para mim solidário, mas quando Nina começa a contar o incidente no estacionamento, a sua expressão muda e se transforma em um misto de preocupação e curiosidade.

David me puxa para o bar na intenção de pegar as bebidas e nos afastar da mesa onde as meninas estão sentadas, então vira para mim e fala com uma voz grave, segurando o meu rosto para que eu foque no que ele vai me dizer.

— Escuta, Alex, não sei muito bem como Rico te abordou hoje, mas eu o conheço, sei que é um paquerador, então não estou surpreso de que ao esbarrar em você o cara tenha dado em cima. — David sorri para mim. — Fico feliz que tenha sido ele o primeiro a te descobrir.

— Como assim, David? — Abro bem os olhos, pasma com as suas palavras.

— Rico é um sujeito bacana, nunca ouvi falar nada de mal dele, então...

— Esquece esse cara, eu já esqueci. — Viro o rosto, disfarçando a minha mentira, mas David percebe de primeira e solta uma risadinha debochada.

— Mentirosa.

Olho enfezada para o meu melhor amigo e rebato a sua provocação.

— Tá, tudo bem, não esqueci, mas vou esquecer, melhor assim.

— Se você estiver interessada... — Ele dá de ombros.

— Não estou interessada, não quero complicações na minha vida, você sabe.

David suspira e continua ponderando as coisas, sem perder a sua infinita paciência.

— Ele não é um filhinho mimado, como muitos que estudam por aqui, pelo contrário, o cara trabalha duro durante o semestre e dá conta do recado. — David olha fixo para mim. — Rico vem de uma família com grana e não tem a menor necessidade de trabalhar, ele poderia ficar de bobeira curtindo a vida enquanto o pai banca tudo. Porém ele trabalha, leva o seu curso a sério e no meio do caminho ainda acha tempo para se dedicar à natação. Ele é um dos nossos melhores atletas, um fenômeno na piscina, dedicado em suas obrigações até o último fio de cabelo, um cara admirável.

David segura os meus ombros e faz uma pequena pressão.

— Você não precisa ficar em alerta o tempo todo, menina, acredite em mim. Rico é um cara legal e honesto com as garotas. Não sei qual foi a sua primeira impressão sobre ele mas, se foi boa, acho que você deveria dar uma chance para si mesma e conhecê-lo melhor. Vai por mim, ele é uma boa aposta. — David fala com cautela, ciente da minha relutância em abrir espaço para novas aventuras.

— Não importa o que achei dele, porque não vai acontecer. — Contraio a testa desafiando o olhar questionador dele. — David, você mais do que ninguém sabe que não quero relacionamentos, não estou aberta para isso, quero fazer o meu curso, refazer a minha vida aqui no Brasil e cantar na banda. Só isso.

A sombra de um sorriso aparece em meus lábios, suavizando a minha voz.

— Sei que você se preocupa comigo, mas estou bem, vou seguir em frente da maneira que acho ser possível para mim. — Dou um abraço no meu amigo, que me envolve com os seus braços carinhosamente. — Eu te amo, sabia? Fico tocada com o quanto você se importa comigo, mas não quero lidar com tudo que vem junto em uma relação, essa química não é para mim, sei que não. — Ele levanta o meu rosto e olha sério.

— Alex, eu quero que você seja completamente feliz e não pela metade. Eu te desejo o mesmo que eu tenho: um amor que completa, satisfaz e que você nunca imagina viver sem. — Seus olhos miram na direção da esposa e a expressão em seu rosto é de amor absoluto. — Eu já estive sozinho e sei muito bem como é, não quero isso em sua vida. Você é uma menina sensível e amorosa, e o que aconteceu naquela noite não pode definir o seu futuro. Eu superei o meu passado e você vai conseguir também, não duvido nem por um segundo que um dia você vai deixar aquilo tudo para trás, porque até hoje eu ainda não conheci uma garota mais forte. — David fala e dá uma piscadinha maliciosa. — E digo isso em todos os sentidos.

Meus olhos se enchem de lágrimas porque sei o quanto foi difícil para David chegar inteiro até aqui. Há pouco tempo ele não passava de um adolescente vivendo praticamente sozinho e ainda conseguindo cantar e tocar a sua guitarra sem perder a esperança de encontrar um lugar no mundo.

O seu carinho comigo me emociona em um ponto que só ele é capaz de atingir. A vida foi dura com David e eu passei por um momento de estresse intenso, o que nos fez ter uma cumplicidade que nos apoia e fortalece. É como se ele me empurrasse para frente e assim também continuasse seguindo. A música é o nosso elo mais forte, por meio dela recuperamos a nossa frágil sanidade, no palco nada tem importância, as emoções estão nos rodeando e a gente as desafia uma por uma. Enquanto David toca a sua guitarra com maestria, eu libero a minha voz e canto, mergulhando na sensação de prazer que experimento diante do público.

— Você está enganado, não sou tão forte assim. — Deixo escapar um sorriso amargo. — Posso até dar uns bons socos, mas a minha cabeça ainda não tem todos os fios consertados e, para ser sincera, acho que ela nunca mais vai funcionar direito.

Expiro o ar ruidosamente para tentar desvencilhar o nó que se formou na minha garganta.

— Deixa para lá! Não quero mais falar sobre isso, vamos almoçar porque tenho que voltar logo e não vou comer essa comida deliciosa sem nem ao menos saboreá-la direito, você até pode demorar em seu horário de almoço, mas eu e a Nina temos que voltar para as aulas da tarde.

Dou meia-volta e sigo em direção à mesa, sem deixar de ouvir o suspiro desanimado que David solta atrás de mim.

— Ok, esquece isso por enquanto. — Ele fala com ênfase.

David passa o braço por cima do meu ombro e bate ligeiramente a sua cabeça com a minha, rindo em seguida.

— O que não quer dizer que desisti do assunto, vou continuar tentando abrir essa sua cabeça dura, pode ir acostumando. — David fala enquanto beija a minha têmpora.

— Eu? Cabeça dura? Tá bom, posso dizer o mesmo da sua, cara.

Solto uma gargalhada diante da expressão horrorizada de David e implico um pouco mais, só para ver até onde vai essa sua falsa indignação.

— Ei, Mary, você concorda comigo, não é?

Chegamos à mesa no instante em que a assistente da cozinha está servindo a carne e esqueço por completo o meu objetivo, maravilhada com o cheiro delicioso que se espalha pelo ambiente. Obviamente, a minha cabeça agora só obedece ao comando do meu estômago, que está rugindo de fome.

— Caramba, que fome! Isso aqui tá com uma cara tão boa. — Solto um gemido de apreciação ao ver a comida fumegante e apetitosa na mesa.

Sento e começo a me servir sem a menor cerimônia, porque no geral não estou nem aí para as boas maneiras quando deparo com uma comida fantástica igual a essa.

— Bem, não sei bem o que você me perguntou, Alex, mas se é alguma coisa sobre David, é claro que você está certa. — Mary sorri para mim e olha para o marido alegremente.

— Eu te falei, David! Sempre estou certa.

— É, parece que sim. — David sorri de volta para a esposa.

Aceno com a mão para ele se sentar.

— Agora deixe de jogar conversa fora e vem comer; não posso ficar por muito tempo, e ainda quero conhecer o palco do bar.

Falo e como ao mesmo tempo, arrancando risadas da Mary.

— Calma, Lex, pode comer sem pressa. Eu não vou deixar David tirar você da mesa antes da sobremesa, tenho certeza de que vai sobrar bastante tempo para vocês verem as instalações do palco no salão maior. — Ela gesticula para mim e lança um olhar de aviso para o marido, eu abaixo a cabeça rindo.

— Querida, eu não conseguiria tirar Alex dessa mesa nem se o bar fosse invadido por um enxame de abelhas africanas. — David ergue os ombros desculpando-se com a esposa.

Não estou dizendo que concordo, mas também não retruco a sua suposição.

— Comida é um assunto que Alex leva muito a sério e eu não vou me arriscar a levar um murro ou ficar sem os dedos, caso tente tirar o prato da sua frente.

David continua a me encher o saco com as suas palhaçadas e todos começam a rir da minha cara de poucos amigos. Eu abro a boca para negar, mas depois fecho, porque ele tem razão, eu não vou sair da mesa por nada desse mundo.

O restante da refeição gira em torno de assuntos leves e estou adorando compartilhar esses momentos com Nina. Nós estamos nos dando super bem, como se fôssemos amigas há muitos anos; o nosso entrosamento é surpreendente, muito além do que poderia até imaginar, visto que eu a conheço apenas há poucas semanas. Aliás, foi David quem me apresentou para Nina e arrumou a minha mudança para o seu apartamento. Para mim, se ele confia nela, eu também confio.

— Mary, definitivamente, a sua comida é do outro mundo! — Suspiro satisfeita. — Já decidi, não volto aqui até sexta à noite. É óbvio que após o show vou fisgar mais alguma coisa do cardápio, mas nos próximos dias, nem pensar em outra refeição como essa. — Garanto, negando com a cabeça.

— Peraí! Você vai cantar aqui com a *The Goal*? — Nina pergunta sobressaltada.

— Sim, mas... por que a surpresa? — A minha voz tem um tom de alerta.

— Nessa próxima sexta? Como que ninguém me avisou nada? — Ela ergue uma sobrancelha em direção à David, ignorando a minha pergunta.

David enrijece a coluna e eu não estou gostando da sua reação.

— Essa é a ideia. Vamos ensaiar amanhã e Alex vai cantar após o primeiro intervalo da banda, mas somente algumas músicas, para não estragar a estreia da nossa nova vocalista no show de sábado, lá no ginásio do *campus*.

David olha para Nina de um jeito atipicamente inocente. Fico encarando o meu amigo, esperando um sinal, sem entender por que ele está com esse ar evasivo, tentando disfarçar alguma coisa que ainda não consegui pescar.

— Nossa! E eu aqui perdendo tempo! — Nina resmunga brava e saca o seu celular do jeans, socando os dedos na tela feito uma louca.

— O que você está fazendo com esse celular? — Pergunto ressabiada, com medo de ouvir a resposta.

— Você sabe muito bem! Vou avisar para o pessoal da universidade. A galera tá louca para ver a nova vocalista da *The Goal*; eles quase me mataram com tantas perguntas sobre você e não vou conseguir esconder essa informação por muito tempo. — Seus olhos luminosos refletem uma empolgação tremenda, mesmo estando voltados para o celular.

Fecho os olhos e esfrego a testa, não adianta retrucar porque, no fundo, sei que a notícia vai se espalhar de qualquer maneira e o bar vai estar entupido de estudantes curiosos, Nina só está antecipando a notícia. É claro!

— Nina, você está exagerando! São algumas músicas, não vou ficar o tempo todo, é como se eu fizesse uma pequena participação com a banda, sem a menor importância, no sábado é que vai ser pra valer. — Minha voz é quase um suspiro agoniado.

— É óbvio que a sua participação vai ter toda a importância, você vai ser a cereja do bolo, Alex!

Nina fala com um sorrisinho nos lábios, balançando a cabeça energicamente enquanto olha de relance para mim, mas logo em seguida volta a fuçar o celular com a atenção redobrada.

— Ah, desisto! — Respiro fundo e abro os braços. — Tudo bem, vai ser legal cantar aqui e fazer uma antecipação do show de sábado, mas vou ser apenas mais uma integrante. A banda é muito boa e os caras são populares, vou cantar umas quatro músicas, não vai fazer a menor diferença para as pessoas que estarão no bar, elas vão estar aqui para assistir a apresentação da *The Goal*, não vão estar por minha causa, certeza que não. — Insisto no argumento de que ela está dando um destaque exagerado para algo tão banal.

— Ela não faz ideia, não é, David? — Nina olha seriamente para David, que muda o peso do corpo de uma perna para outra constrangido.

— Eu não faço ideia de quê?

Giro a cabeça rápido na direção de David, perguntando com uma voz trancada entre os dentes e já começando a ferver por dentro

— Vamos, fale de uma vez!

Arrasto a cadeira ruidosamente e levanto indignada, corro os olhos de David para Nina e alterno para Mary, a expressão no meu rosto é assassina.

— Relaxa, Alex, você não precisa erguer uma bandeira vermelha, é só um show.

Mary se aproxima cautelosa, percebendo a minha raiva se construindo, porque ela me conhece muito bem e sabe o quanto fico puta da vida quando me escondem alguma coisa.

David entrelaça as mãos em cima da mesa e parece hesitar por um segundo antes de falar; a verdade é que ele está escolhendo as palavras, tentando evitar que eu exploda com ele. Vai ser difícil, amigo.

— Alex, confesso que andei falando de você para algumas pessoas... e...

David começa a explicar e Mary o interrompe fazendo um ruído alto com a garganta.

— Ok! Já entendi, Mary.

Ele levanta da cadeira e abre os braços chutando a cautela pelos ares.

— Falei de você para todo mundo. Mostrei vídeos nossos cantando em Atlanta, descrevi você como a grande revelação da *The Goal*, e agora a expectativa é enorme em cima desse show de sábado. — Um meio sorriso bobo surge em seus lábios. — Eu não paro de receber mensagens depois do anúncio dessa manhã na cantina, a universidade toda não fala de outra coisa. — O sorriso dele se amplia e quase parte o seu rosto ao meio de tanto orgulho.

Tentando desesperadamente manter a calma, fecho os olhos e respiro devagar, mas estou muito irritada. David não podia ter feito isso comigo, quero me encaixar, ser normal, cantar na banda e não parecer ser o bichinho de estimação fofinho dos caras. Reconheço que as intenções dele são boas, David também quer que eu me adapte e ele sabe que cantar é o que sei fazer de melhor, portanto um empurrãozinho não seria tão ruim, não é mesmo?

Seria péssimo. Eu odeio ser o centro das atenções.

Mas que droga! Estou me segurando por um fio para não enfiar um soco no meio dos olhos do meu melhor amigo.

— Por quê? — Pergunto, sombriamente.

David enruga a testa e me olha demoradamente; seu grande sorriso desaparece e ele começa a falar em um tom baixo e grave, que sinto vibrar dolorosamente dentro de mim.

— Porque eu te conheço e você vai se fechar como uma ostra. Eu te expus e agora você vai ter que lidar com isso. Sua vida congelou por malditos oito anos, Alex! Tá na hora de dar um passo para frente, você não acha?

David me encara e não recua um milímetro quando avanço em sua direção.

— É a minha vida! Eu decido! — Grito com o rosto bem próximo ao dele. — Eu não quero ser a garota-troféu da banda, não preciso de mais essa merda atazanando a minha cabeça, David.

Recuo, com a frustração queimando o estômago e dou de costas para ele.

— Você é muito melhor do que isso. Pare de se esconder, vire essa página da sua vida e enterre aquela noite, porra!

Eu estremeço com as lembranças que essas palavras me trazem.

— Abra os seus olhos e lute de frente contra esses fantasmas que te atormentam, mostre para eles por que você voltou. — David fala elevando cada vez mais a voz. — Não importa como vai ser, apenas faça.

Respiro fundo algumas vezes e olho para o chão derrotada, David sabe ser bem direto quando quer.

— Desculpe. — Suspiro. — Estou agindo como uma louca. Só pensei que você poderia ir com calma, não me sinto confortável com as pessoas me observando como se eu fosse diferente de todos. — Minha voz é fraca quando continuo a falar. — Parte de mim só quer esquecer tudo o que aconteceu naquela droga de noite. — Fecho os olhos, ainda com a cabeça baixa. — Deus, eu tento. Tento mesmo. Mas é tão difícil. — Ergo a cabeça. — Acredite em mim, eu luto todos os dias contra as minhas lembranças. Todos os dias.

David me puxa em seus braços e afaga as minhas costas, seu gesto é tão familiar e me conforta todas as vezes que estou entrando em desespero.

— Estou ao seu lado, sempre. Vou estar te segurando se você precisar, e nunca vou te deixar cair, mas não espere que eu concorde com essa sua vontade de permanecer invisível. — Ele murmura em meu ouvido.

— Eu sei, David, eu sei. — Confirmo lentamente com a cabeça e aperto os meus braços ao redor da sua cintura. — Juro, vou tentar.

— Ei, vocês dois, parem com esse drama. — Mary bate as mãos no ar. — O tempo está passando e Lex ainda precisa conhecer o palco do bar. — Ela sorri carinhosamente para mim desfazendo o clima pesado.

Solto David e caminho até a mesa pegando a minha mochila, encontro as chaves do carro e me viro para eles.

— Hoje não, Mary. Mas na sexta vou andar por aquele palco e conhecê-lo passo a passo, não se preocupe. — Torço a boca e olho para David. — Estarei aqui, não vou fugir e faremos a melhor pré-estreia que essa universidade já viu. Pode apostar.

— Claro que sim, garota. Nunca duvidei disso. — David abraça Mary e sorri.

Saio do Bar da Mary com Nina ao meu lado e pego a estrada rumo à universidade, fico quieta a maior parte do tempo, digerindo todas as coisas que espocam como fogos de artifício em minha cabeça.

David é uma das pessoas que mais confio no mundo, tirando os meus pais. Ele é o único que sigo de olhos fechados e mesmo o cara não respeitando o meu tempo de adaptação, no fundo sei que está com a razão. Comigo não adianta vir com doses homeopáticas, tem que ser tudo ou nada e não dar uma chance para eu tomar uma atitude e me esquivar. A ideia de me expor é insuportável, mas não tem outro caminho, afinal concordei de bom grado fazer parte de uma banda universitária, vou ter que dar a minha cara a tapa e deixar rolar. Sim, é isso mesmo.

O que passou pela minha cabeça? Que iria entrar no palco com uma máscara?

Que idiota eu sou.

Caramba, agora dei para ficar zombando de mim mesma. É, fiquei louca de vez. Solto um resmungo aborrecido e Nina olha para o lado rindo da minha cara fechada. Não me importo, dando de ombros para ela.

Os pensamentos começam a encontrar o seu lugar no meu cérebro e tomo uma decisão: não vou deixar o medo limitar a minha vida e me impedir de fazer o que quer que seja. Dane-se! Não sou uma garota medrosa e estou disposta a aproveitar a minha vida do jeito que sempre quis, sem olhar para trás. E é exatamente isso que vou fazer.

★

Estou parada há algum tempo, olhando para as portas duplas do ginásio. Solto uma risadinha amarga, e a covardia costumeira dá as caras, tripudiando completamente dos meus esforços em fazer dessa situação um evento corriqueiro.

Droga, você é patética, Alex!

Simplesmente não acredito que vou continuar indefinidamente encarando as portas como se a coisa fosse me dar algum conselho útil. Claro que não! Argh! Bufo, irritada com a minha indecisão.

Caramba, é tão simples, só preciso dar alguns passos para frente, empurrar as portas e entrar. Mas os meus pés estão congelados no chão, não consigo dar um comando para eles, continuo paralisada, segurando as alças da minha bolsa de treino com tanta força que os meus dedos estão brancos e suados. Parece brincadeira porque, apesar de estar aqui por livre e espontânea vontade, hesito covardemente antes de encarar o que está me aguardando atrás daquelas portas.

Fecho os olhos e suspiro com desânimo. Que porcaria!

Parte dessa minha relutância se deve a um único motivo: sei exatamente o que vou enfrentar nas próximas horas. Ah, como sei! O treinador foi bastante esclarecedor, não poupou os detalhes sórdidos e nem colocou panos quentes no impacto que a minha presença num ginásio repleto de homens com testosterona nas alturas seria.

Quando me apresentei ao Jaime, no início da semana, ele olhou para mim de cima a baixo, revirou os olhos e gemeu tão alto que achei que o homem estava sentindo alguma coisa; mas depois ele começou a falar e não parou mais, irradiando descrença e ignorando solenemente as minhas tentativas de abrir a boca. O treinador enumerou um milhão de motivos para eu dar o fora dali e não voltar nunca mais. Coitado, ele não me conhece, nem um pouco. Sou teimosa e não iria arredar os pés do lugar, mesmo que ele implorasse.

Eu não estava entendendo nada e muito menos o porquê de tanto mau humor. Quando cheguei, me apresentei e disse que seria a sua aluna, a primeira reação do sujeito foi de espanto, o seu queixo despencou várias vezes e ele balbuciava meio esquisito palavras sem sentido algum. Passaram-se alguns segundos e o homem atirou uma pergunta com a voz esganiçada:

— Menina, você quer lutar boxe?

Respondi que sim. Porque para mim isso era mais do que óbvio, ou por que eu estaria dentro de um ginásio onde se treina boxe?

Depois que o treinador se recuperou do susto, ele limpou a garganta e fez outra pergunta, dessa vez com uma cara feia e sem rodeios.

— Qual é o seu objetivo aqui no meu ginásio?

Levantei as sobrancelhas, completamente perdida; esse cara deve estar tirando onda com a minha cara. Só pode.

— Porque se você for como todas as outras meninas que se aventuraram por aqui, pode dar meia-volta e sumir da minha frente, antes que eu perca a pouca paciência que tenho.

Bem, arrisquei perguntar qual era o objetivo das pobres coitadas que caíram desavisadas nesse bendito ginásio. O sujeito fechou ainda mais a cara e cuspiu:

— Transar com os caras que treinam boxe! É isso que a mocinha veio procurar por aqui?

Fiz que não com a cabeça, na mesma hora e fiquei muda, feito uma porta.

Eu estava engasgada, surpresa com a sua resposta e mais ainda com o que ele achou que eu estava buscando em seu ginásio. Tá, foi praticamente impossível não ficar vermelha feito um pimentão diante desse comentário grosseiro do treinador. Estoicamente, ainda consegui manter o meu olhar firme para que ele não tirasse conclusões precipitadas sobre mim. Estou longe desse suposto objetivo, mas percebi que vou ter que provar que não vim até aqui atrás dos caras. Então, sem retrucar o seu comentário ofensivo, estendi a carta de recomendação que Thomas, meu treinador em Atlanta, redigiu para que eu pudesse continuar os meus treinos aqui no Brasil.

A carta, devidamente traduzida, especificava em que estágio eu estava, com detalhes sobre exercícios, treinos e o nível das lutas que já enfrentei com alguns adversários. Jaime torceu o nariz quando terminou de ler a carta, ainda não acreditando em tudo que o meu antigo treinador descrevia, isso deu para notar de cara. E, sem dizer uma palavra, fez um sinal com a mão para que eu o acompanhasse. Segui o treinador e aproveitei para dar uma boa olhada ao redor, sondando o espaço e gostando do que estava vendo; o ginásio era incrível, super bem equipado. O lugar estava completamente vazio, porque o treino já tinha terminado há horas. Propositalmente, preferi ter essa conversa com o treinador longe dos olhares curiosos, o que mostrou ser uma decisão inteligente.

Então subimos no ringue, ele me entregou um par de luvas e começamos a fazer exercícios de manopla. Jaime me fez pular corda, socar o saco e simular alguns golpes. Depois de quase duas horas, onde avaliou os meus reflexos, ritmo, técnica de soco e estratégia de luta, ele, finalmente, abriu um sorriso enorme e bateu nas minhas costas de um jeito nada delicado, o homem estava pra lá de satisfeito. Pensei cá comigo, pelo menos valeu a pena o esforço sem medida a que fui submetida nesse teste de admissão.

— Menina, você me convenceu. — Disse entusiasmado. — Acho que te devo um pedido de desculpa pelo modo como te tratei antes. Mas, espero que me entenda, já vi muita coisa acontecendo por aqui e, pode acreditar, o final da história não foi nada bonito. — Jaime fez um estalar com a língua e balançou a cabeça de um lado para o outro, consternado.

Ele me levou até a sua sala e ofereceu algo para beber, de um jeito amigável, demonstrando claramente o seu arrependimento por ter feito um julgamento equivocado a meu respeito. Sentamos um de frente para o outro e ele começou a me explicar a dinâmica que está acostumado a ter com os alunos durante os treinos, frisando enfaticamente a necessidade de pontualidade. Lógico, vindo dele nem imaginei que seria diferente. Depois, acertamos os horários de acordo com a minha grade de aulas e por fim Jaime despejou tudo o que eu deveria esperar dos meus companheiros, ou seja, nada de bom.

Segundo o treinador, os rapazes são decentes, mas são homens com o ego super inflado e, sendo assim, vão agir como uma espécie de Brucutu universitário. Gostam de exibir os seus músculos e outras habilidades para as garotas e a possibilidade de serem desafiados para uma luta por uma mulher tão pequena como eu era algo sem cabimento dentro da cabeça deles, ridículo até. Eu poderia esperar, sem sombra de dúvida, algumas piadinhas e comentários depreciativos, Jaime me avisou, sem usar meias palavras.

Não vislumbrei outra alternativa, precisava manter a minha posição e garantir para o treinador que estaria preparada para qualquer palhaçada desses idiotas metidos a valentões. Então, em uma jogada atrevida, arrastei os meus cotovelos por cima da mesa, olhei em seus olhos e, cara a cara com ele, afirmei com todas as letras que nada disso me impediria de treinar boxe, já lidei com algumas situações parecidas e de jeito nenhum um bando de caras tipo He-Man me afastaria do ringue.

Jaime batia a cabeça concordando com tudo e em alguns momentos era acometido por vários acessos de risos, uma hora acreditei que o homem estava tendo um treco de tão vermelho que ficou. Mas no final ele entendeu a minha posição e aceitou que errou feio comigo. E assim me tornei a nova aluna da turma de boxe da universidade.

Legal, agora aqui estou eu, titubeando para entrar nessa droga de ginásio. Cadê a garota cheia de atitude, esbanjando coragem, hein?

Jogo a bolsa nas costas e encaro, decidida, as portas duplas. Bem capaz que vou deixar minhas inseguranças ganharem essa batalha. Não mesmo.

— Não posso e não irei. — Falo bem alto para espantar os meus indesejados fantasmas.

Forço os meus pés a caminharem, detestando aquela sensação de frio no estômago, abro de uma vez as portas e me deparo com um ambiente totalmente diferente de quando estive aqui há dois dias. O lugar está cheio de caras envolvidos em diversas atividades, uns fazem exercícios com pads, outros pulam corda e mais alguns socam o saco. No ringue, dois lutam com a supervisão do treinador e, em uma sala conectada ao ginásio, mais um grupo de garotos está suando a camisa nos pesos da musculação.

O forte cheiro masculino associado a uma música alta e metálica dá ao ginásio um clima áspero e pouco convidativo. No centro, o ringue ganha um maior destaque com a iluminação focada na lona; do lado direito ficam os equipamentos específicos para o aquecimento do treino. Em frente a uma parede de espelhos, o espaço é destinado às cordas e abdominais. Do lado esquerdo do ringue fica a sala de musculação, bem abastecida com equipamentos, pesos e esteiras. Tudo novinho e de última geração.

Entro devagar e caminho direto para os ganchos da parede, onde penduro a bolsa que me acompanha nos treinos. Pego a corda e os fones de ouvido, seguindo a minha habitual série de aquecimento, já que o treinador não se opôs ao método adotado pelo Thomas e que eu já estou acostumada.

A garrafa de água está em minhas mãos quando sigo, ainda sem ser notada, para o bebedouro. Tentando manter a calma, encho a garrafa pacientemente, em seguida bebo alguns goles. Quando acabo, percebo que os barulhos do ginásio haviam sumido, só restando a música pulsante que sai das caixas de som. Giro o meu corpo lentamente e me deparo com o ginásio inteiro me observando com interesse. Engulo um pouco mais de água, para espantar a secura que de repente se instala na minha garganta diante dos vários rostos que me encaram como se quisessem me devorar.

— Foda! Como que uma coisinha tão linda veio parar aqui? — Exclama um garoto barbudo com a cara mais sacana do mundo.

— Acho que ela tá perdida! — Outro ri com vontade e pisca para mim. — Ei, posso te ajudar a encontrar o caminho para o meu carro? — Mais risos. — O que você acha disso, gata? — O babaca levanta as sobrancelhas sugestivamente, tentando parecer divertido.

Os risos explodem por todos os lados e os caras uivam feito cachorros loucos. Inacreditável! Aperto a garrafa com tanta força que o plástico amassa um pouco, estou me segurando para não avançar no idiota fortinho abraçado ao saco de pancadas, que nesse instante está zoando com a minha cara.

A raiva que inunda o meu corpo é muito melhor do que aquele pavor que eu estava sentindo alguns minutos atrás. De certa forma raiva é uma sensação que me faz sentir segura, é familiar, convivo com ela desde que fui atacada por aquele covarde nojento. Basta alguém apertar os botões certos e... bum! Saio de mim.

— Ei, vocês! Parem com essa merda! — Grita o treinador de cima do ringue.

Jaime para a luta dos caras dentro do ringue e os idiotas ficam apoiados nas cordas apreciando o espetáculo e lançando sorrisos canalhas para cima de mim, desvio o olhar a fim de não alimentar ainda mais a minha raiva.

— Alex, — o treinador me chama — comece o seu treino e não dê bola para o que esses babacas estão latindo. — Jaime bate com as mãos no ar, berrando ordens para que todos voltem ao que estavam fazendo.

— Você só pode tá de brincadeira, treinador? Com essa gata por aqui? Rá, isso vai ser impossível! — Um engraçadinho solta um protesto, desafiando as ordens de Jaime e segue com passos preguiçosos na minha direção, abrindo um sorrisinho debochado no rosto.

— Qual o seu nome, belezinha? Veio assistir ao treino, foi? — O cara pergunta como se eu fosse uma dessas garotas tontinhas e desavisadas. Imbecil.

Não respondo, seria completamente desnecessário argumentar que estou aqui para treinar também, igualzinho a ele e que vou acabar com a raça dele se não tirar essa merda de sorriso do rosto. Mas o cara não tem amor à vida e continua com a sua conversinha mole, olhando para mim como se quisesse me abocanhar.

— Aposto que essas mãozinhas de fada fazem uma massagem deliciosa nas costas, principalmente após um treino duro. O que você acha disso, hum?

Todos ao redor se contorcem de rir, adorando as tiradas machistas do sujeito. O abusado pega a minha mão livre e alisa a palma com os dedos, a carícia sugestiva dispara um sinal nada bom dentro da minha cabeça.

Ergo os olhos da minha mão para o seu rosto sorridente, encarando-o, em seguida disparo as palavras com um ódio mortal do sujeito.

— Escute bem, vou te dar um segundo para você soltar a minha mão. — Sinto a voz sair como um chiado, entre os meus dentes trincados e ameaço o cara com um tom sombrio. — Ou vou te nocautear, babaca!

— Olha isso, galera! Temos uma gata selvagem visitando o ginásio!

Ele, inteligentemente, larga a minha mão e eu a fecho em punho.

— Calma aí, belezinha! Você não precisa ficar tão ansiosa para colocar as mãos na massa, espere até terminar o treino, vai pegar mal a gente ficar se pegando por aqui.

Já estou partindo com tudo para cima do sujeito quando sinto uma mão forte segurando o meu ombro.

— Agora chega!

O treinador surge ao meu lado e tenta manter as coisas sob o seu comando.

— Cai fora, Ruiz! Deixe Alex em paz e volte para o treino ou então vá tomar uma ducha e pegar o seu rumo, entendido? — Jaime fala baixo e com autoridade.

— Claro, treinador. Eu só estava batendo um papo com a nossa nova... parceira? — Ele pisca maliciosamente para mim antes de andar de volta para o saco de pancadas, soltando piadinhas com um e outro que esbarra no meio do caminho.

É óbvio que não posso perder o juízo e me render as besteiras aleatórias que os caras estão falando só para me provocar, caso contrário, nunca irei conseguir o respeito de ninguém. Eu tenho que conquistá-lo e só há um jeito para que isso de fato aconteça. Viro para o treinador e falo pausadamente, com uma calma que está muito distante da realidade.

— Onde começo, treinador? — Pergunto, firme no meu propósito de dar início ao que vim fazer nessa droga de ginásio.

— Pode aquecer primeiro com a corda e depois ir para as flexões no chão. — Ele fala franzindo o cenho e não esconde a sua preocupação.

Aceno com a cabeça e Jaime segura o meu braço antes que eu mova os pés.

— Vai lá, garota, seja dura e não deixe esses putos zombarem de você. Se precisar de mim, é só gritar. — O treinador gira o meu corpo bruscamente e o empurra para frente.

É difícil pra caramba atravessar um ambiente em que todos te verificam ostensivamente e, ao mesmo tempo, manter uma pose altiva, como se aqueles olhares não tivessem a menor importância e eu fosse blindada de tudo isso.

Tá, até parece...

Meus joelhos oscilam assim que começo a andar, mas faço um esforço desmedido, mantendo os passos firmes em direção à parede de espelhos. Busco qualquer coisa para ocupar as mãos e distrair os meus pensamentos, então desenrolo a minha corda metodicamente e no meio do processo sinto uma cutucada nas costas, fico na defensiva virando o corpo tão rápido que o cara dá um pulo para trás, certamente com receio que eu o acerte.

Dou de cara com um Paulo assustado, em alerta diante do meu movimento brusco e resisto a vontade de gemer, tamanha a vergonha que sinto.

— Ei, ei, calma! — Ele levanta as mãos. — Vim em paz, Alex!

Fecho os olhos e solto o ar, desconfortável com as minhas reações.

— Sou eu, Paulo, lembra de mim? Nós conversamos na cantina há poucos dias, sou amigo da Nina... hum... beleza? — Ele me dá uns tapinhas vacilantes no braço quando tenta se aproximar novamente.

— Hã!? Oi. É claro que me lembro de você! — Respondo meio sem graça. — Desculpe se te assustei, foi mal. É que estou começando hoje e as coisas não estão sendo muito fáceis para mim, como você pode ver.

Solto um gemido baixo segurando a corda com força, minha testa franze quando olho ao redor e percebo que os caras ainda estão me avaliando como se eu fosse um filé, loucos para tirar uma provinha.

— Não esquenta, posso te ajudar no entrosamento com o pessoal, se você quiser, é claro. — Paulo ergue os ombros e sorri, tentando me deixar à vontade.

Sorrio de volta, grata por receber pelo menos um olhar sem nenhuma malícia desde que entrei nesse ginásio.

— Escuta, eles são gente boa, tenho certeza de que você vai se dar bem com todos, é que... — Paulo coça a cabeça e olha de lado — bem, é que no geral as meninas não vêm ao ginásio para treinar boxe, as poucas que tentaram não tinham o menor jeito e não duraram por muito tempo. No fim, os caras caíram matando em cima e isso aqui virou uma bagunça tremenda. O treinador ficou louco da vida e desde então as meninas não passam nem perto da porta.

Ele faz uma pausa quando percebe a estranheza da situação.

— E, por falar nisso, como o Jaime te aceitou na turma de treino?

O cara me olha perplexo e eu dou de ombros.

— Bem, eu o convenci.

— Ah é? Mas isso é uma puta surpresa, porque o Jaime é um pau no trasei... Droga! — Paulo fica corado e passa as mãos pelo rosto constrangido.

Começo a rir do seu constrangimento, é engraçado ver um baita homem, cheio de tatuagens e com músculos até dizer chega, corar de vergonha por ter xingado na frente de uma garota. Que bonitinho!

— Desculpe, vou tentar não falar mais besteiras na sua frente.

— Sem problemas, vai em frente, não sou uma puritana nem nada, falo besteiras o tempo todo.

— Ok, bom saber. — Paulo limpa a garganta e começa a se explicar. — O que eu quis dizer é que o treinador é muito exigente, ele escolhe quem vai treinar em seu ginásio a dedo e garotas não estão em sua lista de preferências, ou melhor, elas não estão em nenhuma lista da sua turma. Isso é fato por aqui.

À medida que ele fala suas sobrancelhas grossas vão ficando cada vez mais unidas, num sinal óbvio de que não está entendendo coisa alguma, muito menos o que o treinador quer ao adicionar uma garota e colocar em risco o seu esquema altamente restritivo.

Fico com pena do cara e resolvo esclarecer as coisas, afinal Paulo é o único rosto conhecido nesse lugar e ele está me tratando com consideração, está até preocupado comigo, diferente dos seus colegas, que continuam lançando olhares de desdém e cobiça pra cima de mim.

— Estive aqui há dois dias e fiz um teste com Jaime. Para ser mais exata, foi um treino e bem puxado. Ficamos no ginásio por pelo menos duas horas. — Abro um sorriso tímido diante da sua expressão confusa.

— Um treino?

— Isso mesmo, por quê?

— Não estou duvidando de você, não me leve a mal, mas tá difícil de acreditar que Jaime ficou depois do horário treinando com uma garota. Você não faz ideia do quanto ele é contra misturar meninas com os caras que treinam luta. Nas poucas vezes em que isso aconteceu, ele teve um trabalhão para colocar tudo em ordem novamente, você não imagina a quantidade de sermões que tivemos que aturar, fora os vídeos educativos que ele nos obrigou a assistir. Caralho! Não gosto nem de lembrar. — Paulo estremece o corpo em um arrepio de repulsa e esfrega asperamente as mãos pelo rosto.

Nada do que ele falou é novidade, então respondo calmamente:

— Já sei dos detalhes, o treinador foi bem franco e me avisou dos eventuais conflitos com os meus companheiros de treino, eles vão me olhar como se eu fosse mais uma menina querendo benefícios e suponho que essa seja a sua preocupação. — Dou uma risadinha irônica, isso está tão longe de acontecer que nem vou perder o meu tempo justificando a minha escolha. — Pode ficar tranquilo, isso não vai rolar.

— É, talvez.

Paulo repuxa a boca, pensativo, em seguida solta o ar com força.

— Talvez merda nenhuma, eles vão dar em cima de você, certeza.

Balanço a cabeça negando e abro o meu melhor sorriso.

— Garanti ao treinador que isso não tem a menor chance de acontecer, já treino boxe há sete anos, não sou novata e sei muito bem onde estou me metendo. Agora só preciso provar que não vou quebrar em pedacinhos algum cara que venha pra cima de mim. — Seguro o meu olhar com um propósito firme em direção ao rosto descrente de Paulo. — E se qualquer um por aqui confundir as coisas, vai se arrepender. Não estou nesse ginásio para brincar ou paquerar, sei estabelecer limites com bastante eficiência, pode apostar.

— Ok, se você diz... Bem... quero te ajudar e, falo sério, posso conversar com os caras, tentar mantê-los na linha, sei lá, — ele levanta os ombros, — o que você precisar, tá legal?

— Agradeço a sua preocupação, de verdade, mas não preciso de nada, sei me cuidar e manter esses engraçadinhos à distância.

Dou um tapinha em seu peito e viro de costas para ele, andando em direção aos espelhos com a corda na mão.

— Ei, Alex! — Giro o rosto pelos ombros e dou de cara com o rosto hesitante dele. — Só mais uma coisa... hum, e a Nina? Não a tenho visto por aí, ela... ela está bem? Sei que vocês moram juntas, então... sabe..., talvez...

Ele bufa e olha em outra direção, completamente sem jeito.

— Olha, esquece, não é nada. Deixa pra lá.

Paulo sequer consegue dar sequência ao motivo das perguntas, as palavras ficam fugindo da sua boca como se ele estivesse... nervoso? Ai, que fofo.

Mordo a bochecha abafando um sorriso, porque não quero deixá-lo mais incomodado, mas estou adorando esse interesse mal disfarçado que ele tem pela minha amiga. Nina também não consegue camuflar a queda que tem por ele, ela nega, mas noto que o seu rosto fica diferente quando fala dele. O brilho em seus olhos me diz que tem algo forte conectando os dois, não sei bem o que aconteceu antes, porque eles já chegaram a ficar juntos e tudo mais, o que sei é que, sem dúvida, o que rolou não acabou, e eles ainda continuam atraídos um pelo outro.

— Ela está ótima! — Falo animada. — Muito ocupada, acertando os novos horários de aulas e tentando conciliá-los com o estágio que começou a fazer. Nós mal nos encontramos nessa última semana, ela passa pelo apartamento quando não estou e a gente só se fala à noite. — Paulo abaixa a cabeça e balança, concordando com desânimo.

Antes que ele se afaste, falo com um fingido desinteresse.

— Amanhã iremos ao Bar da Mary, vamos curtir a primeira noite de sexta do semestre. Estamos super ansiosas, cheias de planos de cair com tudo na balada, acho que vai ser uma noite incrível. — Dou a dica, para que ele fique esperto e corra atrás do que deseja.

O seu rosto se ilumina e ele abre um sorriso bonito de menino, acho que entendeu o recado e, pelo seu jeito determinado, a minha amiga vai ter um trabalho danado para escapar dele. Isso se ela quiser escapar.

— Valeu, Alex, acho que também vou ter uma noite incrível. — Paulo fala cheio de entusiasmo.

— Paulo! — O treinador grita bem alto e o cara faz uma careta do tipo que sabe o quanto está ferrado.

— Se não voltar para os pesos agora, vou te chutar tão forte que você vai parar do outro lado do *campus*! Deixe de conversa fiada com Alex! — O treinador berra de cima do ringue e várias cabeças viram em nossa direção.

— Vamos, comece a se mexer! Eu tenho que aquecer e você está me atrapalhando.

Falo descontraída e empurro o seu braço para que ele tome um rumo.

— Ok, mas não esquece, estou por perto. — Paulo acena e vai rapidinho para a sala de musculação.

Bem, chega de papo. Hora de começar. Prendo a longa trança que fiz no cabelo com um elástico, formando um coque alto, posiciono os meus fones e começo a selecionar a *playlist*, fico satisfeita quando *Imagine Dragons* vibra em meus ouvidos acelerando o meu ritmo. A corda já está adaptada ao meu tamanho, então dou início a sequência de pulos com tiros levantando os joelhos e pulos duplos. Faço isso por 10 minutos, e estou tão concentrada no aquecimento, que ignoro os olhares dos caras enquanto pulo corda, só percebo a perplexidade deles na hora em que paro para secar o suor que pinga do meu corpo. Uns estão de braços cruzados balançando as cabeças, estarrecidos, outros me fitam com um sorriso idiota no rosto, sem levar fé no que acabaram de ver.

O que será que está passando pela cabeça desses caras? Que não sei nem pular corda? Ah, pelo amor de Deus!

Tento não dar importância a essa maluquice ao meu redor e continuo o treino com flexões no chão, seguido de abdominais. Estou quente e suada quando me dirijo para o saco de pancadas, equilibro os meus pés no chão e começo a golpear com socos leves, no início, aumentando a potência e fazendo movimentos repetitivos e curtos o mais rápido que posso. Estou totalmente focada na respiração e na força que estabeleço nos meus golpes, fazendo o saco de pancadas tremer cada vez que o acerto.

Após algum tempo e com os músculos doendo, paro para beber a segunda garrafa de água. O treinador bate nas minhas costas e acena para o ringue, vou caminhando atrás dele e não escapa aos meus ouvidos um burburinho quando atravesso o ginásio. Não sei ao certo o que esses caras estão investigando ao ficarem na minha cola, só sei que eles não perdem um movimento meu, de certo estão torcendo para que eu cometa algum erro revelando que sou incapaz de fazer o mesmo que eles e — tenho certeza — sou capaz de ser melhor do que muitos daqui.

Faço o possível para não dar bola, seguindo o treinador obedientemente e tenho uma boa suspeita do que Jaime pretende fazer comigo no ringue, ele quer oferecer para esses tontos uma pequena dose de realidade.

— Alex, coloque as suas luvas e vamos treinar alguns golpes. Eu vou ser o seu *sparring* e vamos fazer exercícios de manopla, certo? — Jaime fala enrugando a testa.

— Tudo bem. — Respondo mantendo o meu rosto impassível.

— Depois que você descansar um pouco, vamos dar início a um treino pra valer aqui no ringue, vou selecionar um parceiro a fim de fazer a luta acontecer e aí, vamos mostrar para essa cambada o que você está fazendo aqui no meu ginásio.

Ele põe as mãos nos quadris e olha de cara feia para os poucos garotos que ainda se atrevem a encará-lo.

— Esses imbecis não param de me encher o saco com perguntas, isso quando não estão olhando para você de boca aberta. — Jaime não disfarça o mau humor, ele está incomodado com essa atenção desnecessária que os caras estão dando a mim.

— Ok, treinador, mas estou bem com isso. — Falo tentando parecer que não ligo para essa porcaria toda, só que nem de longe o convenço.

— Escute, eu não posso te salvar disso, mas vou te dar a oportunidade de resolver essa questão aqui no ringue, você vai lutar de igual para igual com um dos meus rapazes. Não vou pegar leve, pode ter certeza e embora eu saiba da sua capacidade você vai ter que provar a que veio. Confio em seu talento, nunca vi uma garota com tanta técnica. — Ele dá um ligeiro aperto no meu braço. — Você tem a minha admiração, não apenas pela sua coragem, mas também pela tenacidade em lutar pelo que quer.

— Isso é o suficiente para mim. — Concordo com a cabeça. — Saber que o senhor não pensa menos de mim ajuda, e muito, pode acreditar. — Deixo escapar um suspiro cansado.

— Você é boa, muito boa. — Ele afirma categórico.

Aceno novamente com a cabeça murmurando um agradecimento e deixamos pra lá as amenidades, dando início aos exercícios.

Treino duro com Jaime e os meus braços estão ardendo quando ele diz que é o suficiente e aponta para o banco mandando eu descansar. Logo em seguida, puxa Paulo pelo braço e começa uma conversa acalorada, os dois discutem pra valer, Paulo bate a cabeça de um lado para o outro e balança os braços vigorosamente enfrentando o treinador. E mesmo Jaime olhando para ele com uma cara ameaçadora, Paulo se mantém firme, empacado como uma mula teimosa, de longe consigo ver as suas feições tensas e o jeito irredutível em que ele fala com o treinador.

Encosto as mãos no rosto e abaixo a cabeça, sei muito bem o que eles estão discutindo, sinto a culpa pesar em meus ombros como tijolos afundando a minha autoestima. Decido levantar do banco, impelida pela necessidade de dar um fim a essa situação estranha e sigo caminhando na direção deles. O mínimo que posso fazer é tentar facilitar a vida do meu companheiro, não quero que ele se sinta obrigado a nada, muito menos a me enfrentar ou pior, ficar cheio de dedos comigo como se eu fosse uma flor delicada, necessitando de proteção.

Não, eu não preciso disso.

Paulo vira o rosto para mim e solta o ar preso em uma rajada descontente, chego bem próximo e pouso a mão em seu braço para despertar a atenção dos dois homens. Começo a argumentar, mas ele aperta a minha mão em um apelo silencioso. Seu olhar irritado desaparece quando mira o meu rosto angustiado e ele abre um sorriso brincalhão enquanto fala suavemente.

— Sempre faço coisas estúpidas, mas o que estou prestes a concordar em fazer naquele ringue vai ser a maior de todas, tenho certeza.

— Você não precisa fazer nada que não queira. — Balanço a cabeça.

— Preciso sim, não vou deixar você cair nas mãos desses otários.

— Ei, não me venha com essa! — Rebato irritada.

— Fica fria, Alex, pode acreditar, vai ser melhor eu estar com você lá no ringue, do que qualquer outro idiota que aceite encarar essa merda que treinador está propondo. — Um sorriso triste toca os seus lábios enquanto Paulo puxa de brincadeira a minha trança.

Para o seu crédito ele não me olha com piedade, mas também não acredita que vou dar conta, pior para ele. Infelizmente a minha mente tem o mau hábito de reagir quando sou cutucada por esse tipo de suposição e estou completamente ligada nesse desafio. Agora, mais do que nunca, quero pôr em prática o plano original do treinador e fazer uma luta digna de calar a boca desses babacas.

— Não vejo problema algum. Se você quiser pular fora, fique à vontade. — Ergo os ombros, sem ligar muito. — Essa luta vai acontecer. Com você ou com qualquer outro que aceite lutar com uma garota. Não estou disposta a abrir mão de nada aqui dentro desse ginásio e, acredite, treino o suficiente para ser uma adversária capaz de derrubar esse preconceito ridículo que faz vocês todos duvidarem de mim.

— Ok, ok, foi mal, desculpe. Eu vou para o ringue com você. Satisfeita? — Paulo olha para o teto suspirando dramaticamente. — Que Deus me ajude.

Com a mão livre ele aperta a nuca com força e retorce o rosto em agonia.

— Cacete, não quero nem ver a hora em que Rico ficar sabendo dessa luta, vou ser um homem morto, isso sim. — Paulo solta o pescoço e olha para as portas do ginásio, temeroso. — Ainda bem que o cara está dentro de uma piscina agora, se não eu podia começar a correr. — Paulo faz um barulho rouco com a boca, um lamento dolorido e frustrado ao mesmo tempo.

Pisco para as portas e depois para ele, perplexa.

— O quê? Do que você está falando? — Me engasgo com as palavras.

Ele balança a cabeça e respira fundo, como se não soubesse o que dizer, logo em seguida faz um movimento afirmativo para o treinador, concordando com a luta e Jaime bate em seus ombros entusiasmado. Eu fico parada, sem ação, processando a coisa toda, com as palavras presas na garganta, feito uma tonta.

Não demorou muito e já estávamos no ringue novamente, só que dessa vez Paulo também se preparava para o treino. Jaime nos entrega os protetores de rosto, uma norma de segurança que é exigida pela universidade, afinal de contas ninguém quer machucar o outro a ponto de ver sangue escorrendo; tudo é estabelecido com regras rígidas que garantem a proteção física dos estudantes que treinam nessa categoria de luta.

O treinador dá as instruções básicas e observo o ginásio inteiro parar para assistir a luta, não só os caras do treino, mas também o pessoal da musculação e muitos estudantes que chegam em grupos. Celulares piscam com fotos e dedos voam sobre os teclados, com certeza divulgando o que iria acontecer no ginásio. Em menos de dez minutos o local está cercado de gente e aquele frio no estômago ressurge.

— Ok, vocês estão preparados? Não quero moleza por aqui, entendido? — Jaime aponta um dedo para Paulo e adverte. — Principalmente você, lute com Alex e esqueça que ela é uma garota, não foi aleatoriamente que te escolhi para enfrentá-la, quero uma luta justa, real, de igual para igual, fui claro?

Seu queixo endurece enquanto continua com o dedo apontado na frente do rosto impassível de Paulo.

— Você é um dos meus melhores lutadores, mas não pense que vai ser fácil derrotá-la, ela é boa e vai te dar trabalho. — O treinador avisa em um tom de alerta.

Nós dois estamos preparados para o combate, adotando a posição de luta. Os gritos no ginásio transformam o lugar em um caldeirão efervescente.

A diferença entre nós é absurda, sou baixa e magra e Paulo é um gigante com um porte físico assustador. Não que eu esteja com medo dele, não estou, tenho meios de derrubá-lo e vou lançar mão da técnica que aprendi e treinei muito duro para aperfeiçoar. Só que, nesse momento, o que está mais me incomodando é que pareço estar em um picadeiro, interpretando um papel que para muitos é uma piada e que, para outros, é uma loucura pra lá de arriscada. No fim das contas, percebo claramente que a maior parte das pessoas que aqui estão acredita que o meu fracasso é inevitável. Nesse instante, sou tomada por um sentimento de indignação que ruge feroz dentro das minhas veias, sinto uma necessidade indomável de mostrar para todos que esperam a minha derrota que eles estão completamente enganados.

O sino toca e parto para cima do meu adversário, que parece surpreso quando o ataco com uma sequência de golpes rápidos, ele se esquiva, mas não contra-ataca, nem uma vez, e eu lanço jabs com passos, mantendo o meu ritmo. Paulo mal se defende, deixando os meus golpes acertarem dolorosamente o seu corpo.

Qual é a dele? Será que ele está pensando em ficar assim o tempo todo!?

Estou puta da vida e quero acertá-lo com mais força, porque ele não está se esforçando em lutar de verdade. O treinador para tudo, e avanço para cima de Paulo espumando de raiva. Não estou acreditando que ele vai dar uma de molenga comigo.

— Qual é o seu problema?

— Nenhum, mas... — Paulo solta o ar e apoia as mãos no joelho.

— Eu sei qual é o seu problema! É porque sou uma garota. Você está enganado se pensa que vou parar, estou aqui para treinar sério e vou continuar te acertando até você cair ou resolver revidar. Deu pra entender?

Volto a minha posição de luta enquanto o treinador dá uma bronca estrondosa na cabeça do idiota.

De repente uma força poderosa me obriga a baixar as mãos, fazendo a minha cabeça girar em alerta. Sinto um arrepio correr pela coluna como uma descarga elétrica e volto o meu olhar para um ponto no ginásio que me atrai como um imã. Sei quem é antes mesmo de enxergá-lo. E lá está ele, olhando para mim com aqueles olhos azuis intensos, me deixando fraca e dormente. Mãe do céu, o que é isso que está acontecendo comigo?

Observo Henrique caminhando com passos rápidos em minha direção, ele segura as cordas do ringue e seu olhar ardente varre o meu rosto com um misto de ternura e preocupação. Ficamos nos encarando como se não houvesse mais nada ao nosso redor, tudo que importa nesse momento é essa coisa estranha que nos conecta. Balanço a cabeça para despertar do transe e respiro fundo, ciente de que não posso entrar nessa, simplesmente, não posso.

Eu ainda sou a mesma garota, cautelosa, arredia, determinada a manter os meus limites definidos, sei que nada disso mudou, mas como um clarão em minha mente um pensamento é certo, forte e me amedronta terrivelmente.

Estou irremediavelmente atraída por esse cara e não tenho ideia de como evitar o sentimento inquietante que não me deixa raciocinar direito, nem de que maneira irei blindar o meu coração e a minha mente de todas as emoções que ele desperta em mim.

Preciso achar um meio, mas não agora, não hoje. Nesse momento só quero me entregar a essa sensação aquecida que faz o meu coração dar pulos de alegria e o meu estômago revirar em expectativa, resgatando um pouquinho da menina que fui um dia.

Amanhã eu penso em como irei escapar dele, porque uma coisa é certa, sei que há mais do que uma simples atração entre a gente e acho que ainda não estou pronta para aceitar essa certeza em minha vida.

HENRIQUE

Sem brincadeira, hoje está virando um daqueles dias em que estou sentindo uma saudade danada da vida mansa que levei durante as férias. Pulei da cama cedo pra caramba, tão cedo que ainda era noite lá fora. Saí de casa apressado e mal consegui engolir um café antes de pegar a estrada. Dirigi por mais de uma hora até chegar ao canteiro de obras da reforma do novo hotel do meu p ai. Mesmo madrugando, enfiei o pé no acelerador para chegar rápido o suficiente a fim de terminar o meu trabalho a tempo de voltar para as outras obrigações que estão me esperando na universidade essa manhã.

Pelo visto, esse semestre vai ser mais apertado do que o anterior. Bem, eu já tinha uma ideia de que seria assim, porque o meu pai está contando comigo para fiscalizar as obras desse novo investimento. Vou ter que providenciar o que for necessário para o andamento dos serviços, resolver todos os tipos de problemas que sempre surgem no decorrer de uma grande obra, cheia de detalhes e com um volume de trabalho inacreditável. Não sou de reclamar, então encaro o desafio e me desdobro para dar conta, o negócio é fazer o que tem que ser feito e fim de papo, sem enrolação.

O mestre de obras é o homem que procuro cada vez que preciso de um relatório completo do que anda acontecendo, ou para verificar se as etapas preestabelecidas estão sendo cumpridas. Gilson é um cara sério e de poucas palavras, mas sabe lidar com os funcionários que estão na equipe de obras como ninguém. Ele é um velho conhecido nosso e já tocou várias construções do meu pai, então bater de frente com o jeitão emburrado do cara não é novidade, a sua competência em gerir as coisas compensa qualquer falta de assunto, o que para mim não faz a menor diferença e no fim das contas isso até adianta o meu serviço. Na verdade, a chance de rolar conversinhas desnecessárias com o sujeito é praticamente zero, ele só emite algumas palavras e muitos grunhidos acompanhados com um bater de cabeça quando concorda ou discorda de algo.

Chego meia hora antes do início das atividades e assim dá para passar os olhos pela organização do lugar e verificar o estoque de material da obra. Rodo cada andar da construção com um olhar clínico, avaliando tudo que foi feito desde a minha última visita, chamo a atenção de Gilson para alguns detalhes que meu pai quer que sejam executados com cuidado e, por último, passo no escritório para assinar algumas notas de compras. No fim, fico satisfeito com o andamento do serviço; a reforma está correndo dentro do prazo esperado e o melhor é que consigo fazer a vistoria bem rápido, sem deixar passar nada de importante. Tudo isso me rende um tempo extra que aproveito sem nem pensar duas vezes, então pego a estrada de volta e com sorte acho que vai dar para chegar ao meu compromisso no *campus* com um atraso mínimo. Bem, esse é o plano, se nada der errado no meio do caminho.

Deixo o local das obras acelerando o carro e sigo direto para o centro esportivo, porque quanto antes eu chegar, menor será a bronca do Camargo, e hoje não estou nem um pouco a fim de ouvir os seus resmungos mal-humorados, mas sei que isso vai ser quase impossível, posso até dizer que seria um milagre encontrar aquele homem com qualquer vestígio de bom humor. Eu, pelo menos, nunca vi. Já estou até mentalizando a cara zangada do treinador, puto pra caralho comigo por chegar atrasado ao treino.

O Camargo ficou uma fera quando avisei que iria atrasar, mas não havia outro jeito, preciso trabalhar e o treinador sabe dos meus compromissos com as obras do meu pai, o que não o faz aliviar a barra comigo nem por camaradagem, pelo contrário, o homem não perde a chance de falar um monte de xingamentos na minha cabeça todas as vezes que algo do tipo acontece. Não vou ficar lamentando e muito menos arrumando desculpas; por esse motivo, estaciono o carro rapidinho em frente ao centro esportivo e corro direto para o vestiário do parque aquático, mudo de roupa em um segundo e logo depois estou na piscina, começando o aquecimento, sem fazer corpo mole. Só assim o Camargo fica menos rabugento e para de encher o meu saco porque não estou cumprindo os horários dos treinos.

Na realidade, não tiro a sua razão, afinal o treino de hoje é o mais importante nesse início de semestre. Toda a equipe de natação foi convocada e iremos ser avaliados passo a passo durante o treino, para estabelecer novas rotinas de treinamento e metas que devem ser batidas, isso tudo no intuito de melhorar o resultado final, diminuir os tempos e aumentar as chances de a equipe ganhar medalhas. O técnico já está de olho nos jogos estudantis que acontecerão em breve, aqui mesmo na universidade e nós, como anfitriões, somos os favoritos e temos a obrigação de fazer bonito.

Fico na piscina durante toda a manhã e quando o treinador encerra as atividades, estou exausto e azul de fome. Não vejo a hora de colocar alguma comida no estômago e recuperar as forças para enfrentar as aulas da tarde. Com essa ideia fixa em mente disparo para o chuveiro e não paro nem para falar com os colegas de equipe. Por uma razão óbvia, não estou a fim de ficar jogando conversa fora com ninguém e perder à toa minutos valiosos do meu escasso intervalo de almoço.

O pessoal ainda continua discutindo técnica e tempo no vestiário, mas não presto muita atenção no assunto, falo somente o necessário, porque definitivamente o meu tempo está excelente e não sou do tipo de ficar contando vantagem, prefiro escutar os caras trocarem as dicas e continuar na minha. Mesmo que não haja razão nenhuma para ficar quieto, já que nesse treino consegui até baixar alguns segundos, não vejo a menor graça em ficar me gabando para os meus amigos; na verdade, acho uma sacanagem quem faz esse tipo de coisa, colocando para baixo os colegas que não conseguiram alcançar o mesmo desempenho. Fazemos parte de uma equipe e estamos todos no mesmo barco, destruir o moral do colega é a pior coisa que pode acontecer em um time.

Os caras começam a me provocar no chuveiro, soltando piadinhas, rindo pra valer da cara de bobo do treinador quando as minhas baterias terminaram. O homem não estava se aguentando de orgulho e, desde o instante em que deixei a piscina, ele não parou de bater nas minhas costas, todo empolgado com os meus resultados, vislumbrando a possibilidade de quebra de recorde. Pois é, o meu tempo está nesse nível.

Agora que o treino terminou, estou pronto para dar o fora daqui, sem chance de ficar queimando os meus neurônios pensando no treinador e nas suas aspirações de vitória. Ando com passos apressados, deixando os vestiários e seguindo para a saída do centro esportivo, porque estou zonzo de fome e quero chegar na cantina com folga para um almoço digno, afinal mereço ser bem alimentado depois de uma manhã trabalhando feito um condenado e dando tudo de mim dentro da piscina. Eu mereço mesmo.

Infelizmente, os meus planos de vazar rápido são desviados quando sou interceptado por Marcos, na escada do centro esportivo. Pelo visto, ele também terminou agora o seu treino de basquete; olho para ele e percebo que ainda está usando o uniforme e nem sequer tomou um banho. Acho estranho, porque se tem uma coisa que Marcos faz questão de manter é a aparência, ele nunca anda desmazelado pelo *campus*, nem suado e muito menos sujo. Só pode estar acontecendo algo excepcional, para que o sujeito ande tão apressado — e determinado — na minha direção, algo muito bom, sem sombra de dúvida, porque aquele brilho de triunfo nos olhos dele é inconfundível. O idiota está mostrando todos os dentes com um sorriso de capa de revista, como se estivesse prestes a explodir de tanta felicidade. Faço uma cara interrogativa, erguendo o queixo, não entendendo qual o motivo de tanto bom humor.

— Você está rindo de quê?

Pergunto direto e no mesmo instante algo me ocorre, bato a mão na testa para acordar o cérebro e estreito os olhos para o meu amigo.

— Qual o nome dela? Até onde eu sei, só uma gata, e daquelas bem gostosas, consegue colar um sorriso tão idiota na sua cara. — Digo, abafando uma gargalhada que por pouco não solto, zombando da sua expressão feliz.

— Ah, mano, você acertou em cheio! É uma gata maravilhosa! Um pacote perfeito, recheado de surpresas pra ninguém botar defeito, isso sim.

Marcos me dá um tapa no braço e faz um sinal com a mão para que eu o siga, balanço a cabeça e deixo escapar um suspiro cansado.

— Beleza, mas essa vou deixar passar, tô morto de fome.

— De jeito nenhum, Rico. — Ele ergue o braço me impedindo de seguir em frente. — Sei que você vai me odiar, caso eu não consiga te convencer a vir comigo, então esquece essa fome.

— Impossível, preciso de comida. — Resmungo emburrado.

— Mano, é logo ali, você dá uma espiada e, depois, se não estiver a fim de ficar, eu juro que não vou te impedir de ir embora, mas você tem que confiar em mim, certeza de que o lance é imperdível. — Marcos começa a me puxar pelo braço sem dar bola para a minha relutância.

— Caralho, se você pensa que vai me convencer com essa história mal-arranjada, pode esquecer. Acho bom me dar uma dica para incentivar o meu cérebro a desviar da rota rumo à cantina, caso contrário, eu não vou.

Reprimo um suspiro exasperado e estaco onde estou, sentindo o meu estômago roncar furiosamente, clamando por comida.

— Surpresa é surpresa, Rico! Longe de mim estragar uma tão boa, portanto mexa esse traseiro e venha comigo, você não vai se arrepender.

Ele está irredutível e faz a sua caminhada com passos apressados para dentro do centro esportivo, quase me arrastando pelo braço. Quero reclamar e dizer que não estou a fim de surpresa nenhuma, porque estou cansado e morto de fome, mas ao mesmo tempo alguma coisa me atrai para dentro do prédio e não consigo voltar atrás, sigo os passos de Marcos, intrigado demais com a sua insistência.

Quando ele para em frente ao ginásio onde treina o pessoal do boxe, deixo escapar um gemido frustrado. Porra! Vou acertar a cara desse filho da puta se ele me trouxe até aqui a fim de ver esses barbados fedidos lutando. Era só o que faltava! Penso desanimado. Estou dando meia-volta e soltando uma porção de palavrões, bufando de raiva, porque a essa altura, se Marcos não tivesse aparecido no meu caminho, eu já estaria com um prato de comida na minha frente, matando a minha fome. Mas não dou nem dois passos e Marcos me segura pelo braço novamente, parando a minha rota de fuga.

— Mano, acredite, você vai ter um choque quando atravessar aquelas portas. Nem se sua vida dependesse disso, você seria capaz de adivinhar o que está rolando em cima daquele ringue.

Ele fala firme e aponta para as portas do ginásio, ainda com um sorriso cínico no rosto, completamente confiante de que não irei escapar dessa nem por cima do seu cadáver. Merda!

Abro os braços esbravejando puto pra caramba, o cara está maluco, se pensa que vou gostar de ver dois marmanjos trocando socos.

— Qual é!? Não consigo acreditar que alguma coisa aí dentro vá ser melhor do que a comida que estou sonhando desde que saí da piscina, o meu estômago tá dando voltas, mano. — Solto abruptamente o braço da sua pegada. — Acordei cedo pra cacete, dirigi por mais de duas horas e nadei pesado por quatro horas seguidas, com o Camargo gritando no meu pescoço. Tenho absoluta certeza de que nada vai ser tão bom quanto encher o meu estômago, que nesse momento está colando nas costas. — Resmungo.

— Tá bom, então eu abro as portas e você dá uma olhada; depois, se o que estiver acontecendo lá dentro não te interessar, não vou te segurar e você pode ir embora, mas já estou avisando, eu duvido.

Ele caminha decidido para as portas duplas do ginásio e as escancara com a expressão mais confiante do mundo, abrindo o espaço para que eu enxergue uma cena que não vai sair da minha cabeça nem se eu quiser. Nunca na vida imaginaria ver o que estou vendo. Nunca mesmo.

A minha boca está aberta e eu pisco várias vezes para acreditar no que os meus olhos enxergam, não é uma pegadinha, sei que não, a coisa toda é de verdade. Meu olhar viaja percorrendo a figura da mulher que nesse momento está vestida com um short rosa e um top preto justo, lutando bravamente dentro do ringue iluminado, a mesma mulher que anda povoando os meus pensamentos dia e noite durante essa última semana.

Passo os olhos devagar pelo ringue, tentando absorver o susto e, lá, duas pessoas estão se enfrentando em um treino corriqueiro, daqueles que acontecem todos os dias dentro do ginásio de boxe daqui da universidade, mas somente uma coisa está fugindo da cena habitual: um dos lutadores é uma mulher. E a mulher é Alex.

Não que uma mulher lutando boxe seja algo de outro mundo, de forma alguma penso assim. Aqui no *campus* essa modalidade esportiva está aberta para ambos os sexos, mas nunca deu muito certo. Paulo já me contou histórias hilárias sobre algumas meninas que tentaram treinar com eles, foi um desastre e, sinceramente, a última coisa que gostaria de presenciar é Alex sendo motivo de gozação e aguentando as piadinhas safadas dos caras. Esses babacas do boxe conseguem deixar qualquer garota passada de tanta vergonha, desejando nunca ter pisado em um ringue antes. Não sei o que fazer, só sei que não vou ficar assistindo essa porcaria numa boa. Não consigo. A possibilidade de ver Alex sendo surrada na minha frente e não fazer nada está fora dos meus limites.

E a coisa só vai piorando, porque se não bastasse, o adversário de Alex é um cara que conheço bem, um dos meus melhores amigos e estou mais do que tentado a subir no ringue e arrancar a pele do idiota, sem dó.

Aquele desgraçado não tem um mínimo de noção? Não estou acreditando que ele topou encarar essa luta desleal, isso vai ser um massacre, é óbvio.

Bem… pelo que estou vendo, parece que não vai ser assim tão desleal.

Paulo saltita pela lona tentando se esquivar dos golpes precisos da sua oponente, mas sem muito sucesso. Ela é impiedosa, muito rápida e ele está passando um aperto danado, desviando o quanto pode dos *jabs* duros que o acertam em todos os lugares que a luta permite, sua respiração ofegante é a prova do esforço que ele faz para se livrar dos golpes. Antes assim, penso, e isso alivia um pouquinho a minha tensão, pelo menos ela tem ideia do que está fazendo lá em cima do ringue e não está dando uma de boba.

Alex está arremessando golpes um atrás do outro num ritmo intenso, ela sabe o que fazer e como fazer, tem técnica e não é uma principiante. Ah, isso ela não é, de jeito nenhum. A cada golpe que Alex acerta em Paulo, o cara geme de dor e recua. A garota não está intimidada nem com a altura, nem com os músculos do seu adversário, pelo contrário. Ela o provoca com palavras duras, xingando o cara e o acusando de não estar lutando pra valer, despejando toda a sua ira em cima dele e rosnando para quem quiser ouvir que Paulo está fazendo corpo mole só porque ela é uma mulher. Alex esbraveja furiosa, cuspindo ameaças de acabar com a sua raça caso ele não leve a luta a sério. Quase sinto pena do meu amigo, o homem está visivelmente abalado, mas ainda espero que ele não reaja às suas provocações e continue desse jeito, pegando leve com ela. Se não... sério, não sei o que sou capaz de fazer.

— Cacete! Eu não estou acreditando, ela luta boxe! — Exclamo completamente surpreso.

— Eu disse que seria inacreditável. Só vendo com os próprios olhos... é louco demais.

Marcos está com o olhar vidrado no ringue e não desvia nem quando fala comigo.

— Como você ficou sabendo? — Enrugo a testa, incomodado e começo a andar, atravessando as portas do ginásio com Marcos atrás de mim.

— Paulo mandou uma mensagem. — Ele sorri. — Quando ele me avisou que iria lutar com Alex, eu ri da piada, porque o cara só podia estar de brincadeira comigo, mas então ele enviou fotos de Alex treinando e se preparando para a luta, larguei o que estava fazendo e vim correndo para o ginásio, mal pisei aqui e ouvi os caras zoando com Paulo, gritando entusiasmados diante do desafio inédito. Mano, fiquei com uma cara de besta igual a sua.

— Marcos, por que você não mandou Paulo desistir? Sei lá como, mas enfiar um pouco de juízo dentro da cabeça daquele idiota seria uma boa. Droga!

Passo as mãos pelo cabelo nervoso, está difícil processar essa merda sem perder a cabeça e acabar arrancando Alex daquele ringue.

— Caralho, o que o Paulo tá pensando? Ela é uma garota, porra!

— Tá maluco, Rico?

Marcos me olha como se eu estivesse falando algo absurdo.

— Imagine como o Paulo ficaria perante todo mundo? — Ele ri. — Fala sério, mano, você não tem a menor ideia do que está acontecendo por aqui desde que essa notícia vazou para toda a universidade. — Marcos volta a mirar no ringue e balança a cabeça impaciente.

— Não gosto disso. — Resmungo contrariado.

— Bem, pelo visto você não tem que gostar de nada e vai ter que lidar com essa situação de qualquer forma, porque Alex não está disposta a deixar isso barato. — Marcos sorri com sarcasmo, encarando o ringue enquanto Alex discute com o treinador.

— Lidar com isso? — Minha voz é dura como aço.

— É, lidar com isso. — Marcos gira o rosto e me encara com firmeza. — Honestamente, Rico, não estou te entendendo. Qual é o seu problema?

— Cara, Paulo vai acabar com ela em cinco segundos ou menos. — Bufo. — Será que ninguém vê isso? Essa luta vai ser uma tortura e eu não vou conseguir ficar aqui parado, assistindo passivamente essa palhaçada sem fazer nada. — Rebato irritado. — Se esse treino terminar com Alex machucada, juro que farei Paulo se arrepender de ter nascido.

— Se isso te causa tortura, problema seu. — Marcos fala secamente. — Ninguém está sendo obrigado a nada aqui, relaxa, Rico.

Ele está certo, tenho que admitir, mas mesmo assim nenhum pensamento lógico impede que uma sensação de impotência tome conta do meu corpo, mesmo sabendo que não tenho o direito de parar essa luta e que não posso ditar as regras ou reclamar com ninguém. A verdade é que eu não sou nada dessa garota, nem mesmo um amigo que, na pior das hipóteses, poderia alegar boas intenções e pôr fim a essa loucura.

Encaro com desgosto o ringue, a angústia atingindo um nível pra lá de crítico, tento distrair esse sentimento opressivo apertando a nuca com força e me obrigo a não tomar nenhuma atitude idiota, mas é tudo em vão, porque cada parte de mim se rebela querendo proteger essa menina. Uma reação visceral e inexplicável agita fortemente o meu interior, tentando o meu bom senso a subir naquele maldito ringue e acabar de uma vez por todas com esse espetáculo de horror.

— O técnico tem que terminar essa luta ridícula. — O tom de desespero em minha voz é latente.

— Ah, cara, corta essa! De jeito nenhum Jaime vai encerrar essa luta e sair inteiro desse ginásio, olha a galera que está chegando só para assistir ao treino. — Marcos abre um sorriso devagar, com os olhos fervendo de excitação, espiando ao redor.

— Merda. Isso vai acabar mal. — Anuncio e olho amargurado para a garota miúda que segura as cordas do ringue com força.

— Vai nada. — Marcos fala animado. — Essa luta vai ficar na história. — Ele rodopia o dedo e sorri largamente. — Uma luta épica, mano, certeza.

— Não brinca. — Falo com sarcasmo.

— Nããão o, tô falando sério. — O idiota se faz de besta descartando o meu sarcasmo.

— Deixe de palhaçada, Marcos. — Falo cuspindo as palavras. — Alex não tem sequer um porte físico adequado para enfrentar Paulo, o técnico deveria ao menos ter escolhido um cara mais fraco ou mais baixo, isso que está acontecendo aqui é totalmente fora do aceitável.

— Acho que você tá enganado. Vi uma parte do aquecimento e... puta merda, fiquei de queixo caído com o quanto ela é rápida, com uns socos fortes, você precisava ver o gancho da garota, é uma potência. — Ele lambe os lábios e passa os dedos pela barba curta. — Nunca vi nada igual, é impressionante.

Uma suspeita surge de imediato quando encaro Marcos, e percebo o olhar faminto que ele não consegue tirar de cima do ringue, o malandro está devorando Alex sem nem ao menos disfarçar. Um ódio mortal pinica dentro de mim, fazendo um estrago enorme. Sério, a minha vontade é arrancar aquele olhar depravado dele, enfiando um soco no babaca.

— Além do mais, Alex é uma gostosa e não é pra menos que está todo mundo babando nesse ginásio.

Marcos fala devagar, pausando as palavras e eu bem sei que uma cena erótica está se formando dentro da sua cabeça. Droga, estou me contorcendo de ódio só de imaginar o que esse pervertido e o restante do ginásio estão fantasiando sobre Alex. Deus, não vou suportar isso.

— Pare com isso, Marcos! — Falo com os dentes trancados.

— Parar o quê, Rico? — Ele balbucia sem me dar atenção.

Começo a explicar, mas ele nem escuta e continua a sua linha de raciocínio.

— Ora, a questão aqui é bem simples de entender. — Ele olha para Alex embevecido. — Ninguém vai arredar o pé até o fim da luta, todos estão curiosos e loucos para assistir essa gata mostrar a que veio e ficar de olho no que vai rolar dentro do ringue.

Marcos abre um sorriso canalha, o qual é a gota que faltava para eu perder a minha paciência.

— Mas que porra é essa, cara?

Acerto um tapa forte na cabeça do idiota e desperto-o do transe.

— Ai! Que foi? — Ele me olha de cara feia.

— O que foi!? Você tá arfando feito cachorro olhando uma vitrine de frangos! Não se meta com Alex, mano! Já te falei, essa garota é minha! — Rosno para ele, abrindo o jogo e esclarecendo as regras.

— Fica frio.

Ele fala sem dar a menor importância para o meu tom irritado, depois vira o rosto para o ringue e coça a barba preguiçosamente, pensando melhor.

— Se bem que ela é uma beleza... e aquele cabelo, hein? Nossa, é do outro mundo.

Sua voz ganha um tom malicioso, arrastado e um sorrisinho forma-se no canto da boca enquanto ele acena a cabeça, como se estivesse concordando consigo mesmo.

— E o corpo então... hum... parece um sonho, toda durinha, com os músculos bem torneados, curvas perfeitas... tudo no lugar certo, sexy pra caralho... — Marcos balança a cabeça lentamente, de um lado para o outro e estala a língua várias vezes. — Tá difícil não olhar, cara, na verdade, mesmo se eu fechasse os olhos ela ainda conseguiria fazer coisas incríveis com a minha cabeça, sou capaz de imaginar uma porção de coisas bem interessantes nesse momento. É... pode crer.

Ele morde o lábio inferior e o desliza pelos dentes saboreando descaradamente, sem desviar os olhos nem por um segundo do ringue.

Agora basta.

Parto para cima de Marcos e o empurro forte contra a parede, ele faz uma careta de dor e fecha os olhos, encosto o meu antebraço no seu pescoço fazendo uma pressão moderada. Ele abre os olhos confuso e tenta me afastar. Sou mais alto e mais forte do que ele e não mexo um músculo para soltá-lo. Não mesmo.

— Eu não estou brincando, Marcos! — A irritação dentro de mim se transforma em algo novo, estou louco de ciúmes.

— Que porra é essa, cara? Me solta! — Ele fala irritado.

Eu o solto instantaneamente, me dando conta de que estou a um passo de esmurrar o meu melhor amigo, fico assustado com o rompante agressivo que tomou conta de mim e dou de costas para Marcos, envergonhado. Passo as mãos ainda trêmulas pelos cabelos, puto comigo pela reação exagerada, nunca agi desse jeito com ninguém. Solto um gemido longo e frustrado. Caralho, o que está acontecendo?

— Afinal, o que há de errado em admirar uma garota, hã? — Marcos cruza os braços e me desafia com um ar debochado, sacando a minha confusão.

Balanço a cabeça atordoado, olhando por cima do ombro o rosto do meu amigo.

— Pelo menos não até agora. — Ele continua. — Cara, você tá agindo todo territorial e isso é uma baita novidade. Desde quando nos conhecemos, nunca — mas nunca mesmo — garota alguma te abalou dessa forma, é estranho pra caramba ver esse seu lado possessivo dando as caras.

Ainda estou de costas, mas sinto Marcos me olhar exigindo uma resposta.

— Foi mal, desculpe. — Fecho os olhos enquanto o ar sai dos meus pulmões. — Estou muito cansado e com fome, minha cabeça tá dando voltas e não pensei direito. — Viro o rosto e o encaro seriamente. — Mas nada de ficar olhando para Alex desse jeito pervertido. Estou te avisando, não me provoque ou vou te socar pra valer, entendeu?

Mesmo estando constrangido com o meu acesso de fúria, não vou deixar Marcos dar em cima de Alex e ficar impune, faço questão de esclarecer as coisas, sem meias palavras.

— Vou me lembrar disso. — Marcos levanta um canto da boca, tripudiando do meu ataque de ciúmes.

— Acho bom. — Digo com firmeza.

— Nossa, tô começando a ficar preocupado com você. — Marcos faz uma cara torturada, fingindo preocupação.

— Não enche. — Aceno com a mão, dispensando a sua ironia.

Sigo lentamente em direção ao ringue sem conseguir absorver tudo que está acontecendo dentro do ginásio. Para mim, é muito difícil acreditar que Alex, com aquele corpinho pequeno, tenha tanta força acumulada e seja capaz de deixar um homem grande e musculoso, curvado e sem ar. É inacreditável, mas é exatamente assim que Paulo se encontra nesse momento, e o treinador não para de gritar em seus ouvidos exigindo uma reação digna, compatível com o desempenho esperado de um dos seus melhores lutadores.

Alex, por sua vez, aguarda o seu oponente em posição de luta, preparada para continuar o embate, com as mãos erguidas em guarda na frente do rosto. Nada em sua postura revela inexperiência, ela permanece firme, concentrada e algo me diz que Alex não está nem um pouco temerosa por ter se metido em uma situação que, para qualquer um de fora, seria altamente arriscada.

Olho ao redor e um número considerável de pessoas está por aqui para assistir a luta, não só gente que treina boxe, mas também os que costumam ficar malhando. A sala de musculação fica dentro do ginásio de boxe e divide o ambiente em dois espaços conjugados, essa proximidade facilita as coisas para o pessoal do boxe, que é obrigado a fazer musculação para complementar o treino e agora essa gente toda está misturada ao redor do ringue, de bobeira enquanto a luta não recomeça.

E como se não bastasse essa galera toda assistindo a luta, vários curiosos não param de chegar, vindos de todos os cantos do *campus*, alertados pelos caras que já estavam dentro do ginásio e fizeram esse alvoroço todo em cima de um evento que está soando mais como uma final de campeonato, digno de casa lotada. Parece brincadeira, mas não é, fico doente só de imaginar o que está prestes a acontecer nesse ringue e, ao contrário do que penso, esse é o principal motivo que está instigando a curiosidade desse bando de estudantes sanguinários, que querem ver um espetáculo divertido. Na verdade, esse tipo de luta é um evento inédito aqui no ginásio. Nunca nenhuma outra garota se atreveu a enfrentar um grandalhão do boxe, isso porque não havia meninas lutando boxe dentro do *campus*.

Bem, não até hoje.

— Rico, olha só a cara do Paulo. Ele está meio contrariado com o vexame que está dando diante de todo mundo. No mínimo, achou que Alex não iria acertar nenhum soco nele, nem de raspão. — Marcos treme de tanto rir.

— É, por essa ele não esperava. — Falo distraído, mal prestando atenção ao que estou respondendo, meu objetivo é outro agora.

Nesse instante minha mente está totalmente focada em Alex que, como se recebesse um alerta telepático, baixa a guarda girando a cabeça na minha direção, esquecendo a sua posição de luta; as suas mãos, vestidas com luvas de boxe, agora estão pendendo na lateral do seu corpo, inertes. Nossos olhares se cruzam, queimando feito fogo na floresta, algo invisível nos atrai como uma força poderosa, posso sentir o instante em que Alex se dá conta dessa atração, seus olhos abrem surpresos e enxergo perfeitamente a mudança em sua expressão, mesmo escondida por baixo de todo aquele aparato de proteção que cobre o seu rosto.

Dou alguns passos me aproximando do ringue e paro ao seu lado, apoio as mãos nas cordas e levanto um pouco a cabeça para me deparar com um par de olhos verdes intensos e brilhantes. A eletricidade que emana entre nós é quase palpável e estamos olhando um para o outro como se nada ao nosso redor existisse, somente eu e ela. De repente, Alex balança a cabeça e respira fundo, como que para se desvencilhar dessa vibração que acorrenta os nossos sentidos.

— O que você está fazendo aqui? — Alex pergunta ofegante.

— Paulo é meu amigo, como você já sabe. — Inclino o queixo na direção do canto oposto do ringue e continuo tentando parecer indiferente. — Costumo vir aqui assistir aos treinos, conheço todos os caras que treinam boxe, — balanço as mãos no ar ao redor do local — enfim, estou fazendo o que sempre faço quando tenho um tempo de folga.

Mordo a bochecha para não rir da minha mentira deslavada, porque a verdade é que raramente venho ao ginásio de boxe, mas preciso que ela acredite que não estou aqui por sua causa ou a menina vai me botar para correr em dois tempos.

— Certo, então deixa eu entender melhor. — Alex torce os lábios e olha para Paulo irritada. — Você está aqui para dar apoio moral ao seu amigo? — Ela volta os olhos para mim disparando raios de morte. — Pode esquecer, Henrique, porque o seu amigo não precisa de palavras gentis para incentivá-lo, ele está precisando é de um bom chute no traseiro para deixar de ser idiota e lutar de verdade. Espero, sinceramente, que Jaime tenha berrado o suficiente em seus ouvidos a ponto de ele, finalmente, acordar para o treino.

Alex está fervendo de raiva e surpreendentemente mais linda.

Não consigo conter uma sonora gargalhada ao ver o quanto a menina está puta da vida, Alex gira a cabeça bruscamente e me olha com uma expressão ameaçadora. Deus, estou caidinho por essa garota brava.

— O que foi que eu disse de tão engraçado?

Ela apoia as luvas nas cordas inclinando o corpo para frente, sua voz estremece um pouco ao falar, Alex está tentando a todo custo controlar as palavras para não me mandar à merda.

— Absolutamente nada! — Respondo animado, sorrindo para o seu lindo e contrariado rosto. — Paulo está fazendo corpo mole, normalmente os seus adversários levam a pior e essa é a razão pela qual o treinador está mordendo o seu pescoço. — Lanço um olhar solidário para o meu amigo que continua escutando o treinador xingar o seu desempenho. — Ele vai reagir, pode acreditar, sua moral está seriamente comprometida e tenho certeza de que ele não está feliz com isso. — Dou de ombros.

— Idiota! — Alex rebate secamente. — Se aquele palhaço não lutar direito nos próximos minutos, ele e a sua moral vão para a lona. Ah, se vão.

— Ele não quer te machucar, é fácil entender o porquê. Dá um desconto para o cara. — Pisco alegremente para ela, mas a garota me fuzila com ódio.

— Pelo amor de Deus! — Alex esbraveja. — Não me venha com essa! Não estou nesse ringue para ser poupada, sei me defender e se ele acertar um soco, vou revidar, é assim que as coisas acontecem em uma luta de verdade. Que droga! — Ela sacode as cordas com raiva.

— Calma, menina! — Seguro a sua luva. — Pode parecer um pouco machista o que vou dizer, mas entendo a atitude de Paulo, você é uma garota e ele não quer te acertar do mesmo jeito que costuma fazer quando está lutando contra um homem. — Alex ameaça retrucar e eu ergo as mãos para continuar argumentando. — Veja bem, ele é maior e mais forte do que você, seus socos são potentes e vão te machucar, ele só está desconfortável com isso, tenho certeza de que Paulo nunca lutou com uma mulher antes, nem mesmo de brincadeira. — Arqueio as sobrancelhas percebendo a mudança na expressão de Alex assim que termino de falar.

Ela balança a cabeça e sorri com desdém.

— Primeiro: o que você acabou de dizer é machista até não poder mais! — Ela solta as cordas e empina o corpo, armando uma postura confiante.

— Segundo: sei que ele é mais forte do que eu, mas sou rápida e consigo desviar dos golpes, principalmente de homens altos e musculosos que no geral são mais lentos. — Agora, ela está rindo baixinho, zombando de mim.

— E terceiro: já derrubei caras maiores do que ele e não estou nem um pouco preocupada com os seus socos, acredite em mim. — Alex acena com a cabeça. — Portanto, quero que ele lute com tudo e aí vou mostrar para esse bando de imbecis que está dentro do ginásio que sei exatamente o que estou fazendo aqui no ringue. — Ela passa os olhos pelo aglomerado de caras que soltam risadas e uivos, esperando um espetáculo divertido.

— Bom ouvir isso. — Não sei mais o que dizer, fico sem palavras diante da sua determinação. Seja o que Deus quiser.

O treinador chama a atenção de Alex, mandando-a se posicionar porque iriam retomar o treino. Paulo está do outro lado, também preparado para dar sequência à luta. Me afasto do ringue a contragosto e vou até onde Marcos está, paro ao seu lado começando a ficar tenso novamente.

O sino toca e eles começam a se movimentar, girando um ao redor do outro, sondando a melhor chance de atacar, Paulo investe primeiro, mas Alex é rápida e escapa fácil, no entanto ela também parte para cima, arremessando golpes constantes e assim a luta vai ganhando um ritmo novo, sem trégua para ambos os lados, nenhum dos dois parece querer recuar nessa nova tentativa de levar a coisa a sério.

Caramba, isso está me deixando cada vez mais inquieto e fico preocupado com o rumo perigoso que essa porcaria está tomando. Paulo ainda tem bastante dificuldade de se esquivar dos *jabs* precisos de Alex, mas agora ele não está só se defendendo, está revidando também, atacando com vontade e em uma dessas tentativas o idiota acerta em cheio as costelas de Alex deixando-a sem ar.

— Porra! — Estou trincando tanto os dentes que os músculos do meu rosto começam a tremer.

— Relaxa, cara! — Marcos assobia, enquanto Alex rapidamente se recupera e acerta um cruzado em Paulo. — Ela é astuta, sabe escapar dos golpes.

Nesse momento Paulo avança e empurra, depois acerta um direto perfeito e forte no rosto de Alex, fazendo-a quicar nas cordas. Escuto os gritos e um gemer alto das pessoas que estão assistindo a luta.

— Eu vou matar aquele filho da puta! — Rosno baixo e tento sair do lugar, mas Marcos segura o meu ombro.

— Mano, é um treino. Alex está indo muito bem e esse é o primeiro golpe que Paulo acerta e a deixa sem reação. Olha só, ela já se recuperou e tá partindo pra cima, a garota é muito boa. — Marcos continua segurando o meu ombro me impedindo de tirar Alex daquela maldita luta.

Minhas mãos se fecham em punho à medida que Paulo acerta mais um golpe e ganha confiança. Ele se movimenta e deixa os seus socos fluírem, alguns ela se agacha e esquiva, outros acertam o seu corpo fazendo um som doloroso que reverbera dentro de mim, estou a um fio de perder a cabeça, eu juro.

— Eu não aguento mais assistir isso! — Minha voz é entrecortada, agoniada pela dor e pela sensação de impotência.

— Se segura, ela só está dando corda para ele. Que garota esperta! — Olho irritado para o cara, não consigo entender aquele sorriso embevecido no rosto do meu amigo.

Volto a atenção para a luta, me sentindo um bosta; quero gritar e mandar parar, mas não faço nada. Outra sequência de socos acerta Alex, Paulo está mais relaxado e se distrai, achando que a luta já está no papo e esse é o seu maior erro, porque Alex não é boba, ela prevê o movimento seguinte do seu adversário e desvia facilmente do seu golpe, deixando Paulo desestabilizado em seus pés. Em seguida, Alex entra com um combo de contra-ataque deixando o seu oponente tonto, sem conseguir levantar a guarda novamente, e finalmente um cruzado de direita inacreditavelmente potente explode no rosto de Paulo. Ele tomba, cai e não se levanta mais.

Gritos, urros e palmas estremecem o ginásio em uma onda ensurdecedora, o treinador dá a vitória para Alex, encerrando a luta com um ar vitorioso, coisa que raramente o homem deixa transparecer diante dos seus lutadores. Nesse momento, Jaime está completamente derretido por Alex, aliás todos estão. Ela abraça o treinador, trocando algumas palavras, depois segue ao encontro do seu adversário, que ainda está estirado no chão e o ajuda a ficar de pé, eles se abraçam, Paulo puxa a sua trança e Alex dá um soquinho de brincadeira no ombro dele.

O tom descontraído me lembra que isso é um treino, e só então o meu corpo relaxa. Marcos, percebendo que não vou fazer nenhuma besteira, solta o meu ombro e assim me livra de fazer papel de palhaço diante de toda a universidade, colocando em risco um espetáculo incrível de habilidade, somada a uma técnica perfeita que, com certeza, vai ser inesquecível para todos que tiveram a sorte de assistir ao vivo.

★

Assim que chego ao estacionamento do Bar da Mary ouço uma música alta vinda lá de dentro, e reconheço o som. A *The Goal* já começou o show e está botando pra quebrar com o seu ritmo acelerado de sempre. É a marca registrada deles e, para todos nós que acompanhamos a banda desde o seu nascimento, é fácil identificar o som dos caras; eles têm uma pegada forte e única, fazendo um rock pra ninguém botar defeito. É a melhor banda da região, de longe.

Como geralmente os shows começam por volta das 21h, não deve ter nem quinze minutos que a banda subiu ao palco, mas o local está bombando de gente desde cedo; dá para notar só pela quantidade de carros estacionados ao redor do bar. Droga! Marcos ficou enrolando para sair de casa e agora não restou nenhuma vaga próxima da entrada, sendo assim, sou obrigado a estacionar o carro a uma boa distância, o que me leva a ficar ainda mais irritado por ter que gastar um tempo precioso atravessando a pé o estacionamento inteiro e consequentemente perder mais alguns minutos da apresentação da banda.

— Vamos nessa, a *The Goal* já está no palco e não quero perder esse show. — Pulo do carro apressado e Marcos faz o mesmo.

— Mas é óbvio que você não quer perder! Sua garota vai cantar, certo?

Ele caminha rápido ao meu lado, tentando me acompanhar e continua rindo, tirando onda da minha pressa incomum. É, não disfarço, estou mesmo louco para entrar naquele bar. Começo a rir do nada, feliz demais com a sugestão de Alex ser minha e, sem me dar conta até então, percebo que é tudo o que mais desejo nesse momento. Ter Alex só para mim.

— Ela ainda não é a minha garota. — Levanto o dedo. — Ainda. Mas estou chegando lá, mano. Tenho uma missão e vou seguir em frente até conseguir o que quero. — Balanço a cabeça sorrindo. — Não estou aqui para desistir fácil e nem rápido, você me conhece.

Falo determinado, focado em como vou agir daqui para frente, porque nada nesse mundo vai me afastar desse caminho, principalmente depois do nosso último encontro, lá no ginásio. Me lembro exatamente do jeito como Alex olhou para mim, da nossa conexão, e hoje não estou a fim de deixar isso passar em branco, ela não vai escapulir das minhas mãos, nem que para isso eu tenha que amarrar essa garota a mim.

— É, eu te conheço.

Marcos solta uma gargalhada alta e abraça os meus ombros, eu dou um soco em suas costelas e ele se encolhe, ainda rindo de mim.

Quando entramos, o som da banda era alucinante e a pista em frente ao palco estava lotada de gente dançando, bebendo e começando a noite de sexta com a pegação de sempre. Marcos olha atentamente o ambiente, já fazendo uma varredura e selecionando as suas eventuais possibilidades. Ele não deixa por menos e sorri para uma loira que bate os cílios descaradamente para ele, facilitando o seu alvo da noite.

É sempre a mesma coisa, Marcos é um dos maiores pegadores dessa universidade, nenhuma menina consegue ficar imune à lábia e ao charme do sujeito. Como se isso não fosse o suficiente, o cara faz um tipo bonito e atlético, que derrete metade da população feminina do *campus*. Mas mesmo as gatas caindo em seu colo às pencas, o malandro não se prende a garota alguma. O máximo que uma menina consegue com ele são dois encontros, depois ela é dispensada num estalar de dedos. Sua fama é notória e todas sabem o que esperar dele. As gatas têm uma noite super quente, mas sem nenhum compromisso.

Marcos bate no meu ombro e segue em direção à loira sorridente.

Faço uma vistoria ao redor do espaço apinhado de gente, tentando localizar Alex, mas não a vejo em parte alguma do salão. Olho em direção ao bar e identifico Paulo numa conversa intensa com Nina. E aí está a minha brecha para saber o paradeiro de Alex, Nina certamente vai me dizer alguma coisa.

Começo a mover os pés em direção aos dois e fico pensando na complicação em que o idiota do meu amigo se meteu com essa garota. É claro que tudo por culpa dele, tenho que admitir. O pior de tudo é que eles estão um a fim do outro, mas não dão o braço a torcer, ou melhor, Nina não dá o braço a torcer. Ela não está nem um pouco interessada em facilitar a vida de Paulo e plantou os seus dois pés atrás em relação a ele. A garota tem motivos reais para desconfiar das intenções do sujeito, já que o cara mandou muito mal e agora está pagando pelos seus erros.

Na realidade os dois têm uma história mal resolvida, que começou no semestre passado e não terminou nada bem. Paulo é maluco por essa menina, isso tá na cara, mas Nina está fazendo jogo duro desde o último lance entre eles.

A coisa toda ficou esquisita após uma garota criar um escândalo em uma festa, chegando de surpresa no lugar e gritando a plenos pulmões que Nina era uma vadia oportunista. A doida afirmou, com toda convicção, que Paulo estava oficialmente com ela, e que Nina poderia dar o fora se tivesse qualquer intenção com o seu namorado. É, a menina pegou pesado, chamou Nina de tudo quanto é nome e a humilhou diante de metade da universidade. Não preciso dizer que Nina não queria mais ver Paulo na sua frente nem pintado de ouro. Simplesmente desandou tudo entre os dois.

Paulo tentou consertar a situação, mas o estrago já estava feito. Ele não era de jeito nenhum namorado da garota, mas eles andaram dando uns pegas algumas vezes, o que levou a menina a concluir que ele estava a fim de um compromisso mais sério o que, só para constar, era um completo delírio da parte dela. Paulo nunca nem pensou em ficar amarrado com garota alguma.

A complicação toda foi que nesse mesmo espaço de tempo ele conheceu Nina e os dois começaram a ficar juntos, só que Paulo não encerrou o lance com a outra menina e ficou jogando com as duas, o que acabou sendo um erro terrível com consequências desastrosas para ele.

Nina ficou furiosa, e com razão; não quis nem saber das suas desculpas, ignorando todas as chamadas, mensagens e cortando o caminho quando cruzava com ele. Meu amigo ficou mal com isso, ele se deu conta do quanto gostava dela e sofreu pra cacete, mas não deixou a peteca cair, criou coragem e passou por cima do orgulho, não desistindo da menina. Paulo continuou perseguindo a gata até ela ouvir as suas explicações. É óbvio que ele só conseguiu isso depois que implorou muito, muito mesmo. Não nego que na época até senti pena dele, foi humilhante, mas ele bem que mereceu o castigo. Duvido que dê uma de otário novamente.

Nina levou um tempo para digerir essa confusão e no fim não prometeu nada, mas também não disse que o odiava, então Paulo manteve em alta a sua expectativa de reconquistá-la e já avisou que vai correr atrás da Nina até que a garota ceda, sem o menor constrangimento de parecer um babão.

O semestre acabou e cada um foi para o seu lado. Agora Paulo está convencido de que irá reverter esse jogo e vai apostar tudo nessa nova chance. Pelo visto, ele não está perdendo tempo e a sua linguagem corporal não esconde o quanto vai lutar com todas as armas para ganhar Nina de volta. Seus braços estão ao redor da sua cintura e a cabeça inclinada bem próxima ao seu rosto, deixando a menina sem alternativas para escapar dele.

Paro atrás dos dois feito um poste e cutuco o ombro do meu amigo, mesmo sabendo que Paulo vai ficar puto comigo por interromper o seu momento romântico com a garota dos seus sonhos.

Paciência, preciso encontrar Alex.

— E aí? Tenho que perguntar algo e depois caio fora para deixar os pombinhos em paz, beleza? — Chego já falando o que quero e esclarecendo que não vou ficar empatando nada de ninguém.

— Oi, Rico! — Nina fala alegremente se desvencilhando dos braços de Paulo.

— Fala sério, Rico! O que você quer, cara? Pergunta logo e vai dando o fora, estamos ocupados, não deu para perceber? — Paulo rosna mantendo o braço ao redor da cintura de Nina.

— Ei, mano, fica frio! Só quero saber onde está Alex! Vocês vieram juntas, não é, Nina? — Pergunto, encarando-a e ignorando propositalmente o olhar assassino do meu amigo.

— Sim, eu vim com ela. — Nina confirma com a cabeça, olhando em direção a cozinha do bar e inclina o queixo sinalizando. — Ela está lá dentro, acho que Mary fez alguma coisa para Alex comer antes da apresentação, não sei bem, só sei que as duas entraram na cozinha há uns 20 minutos ou mais.

Nina faz uma expressão pensativa.

— Hum, quer saber, estou muito desconfiada que essa seja mais uma manobra suspeita a fim de deixar o caminho livre para um certo cara que esbarrou comigo meio que inesperadamente, como quem não quer nada.

Ela olha desconfiada para Paulo que desvia o rosto, escondendo o sorriso.

— Bem, talvez. — Paulo olha sem graça para Nina e em seguida fecha a cara para mim — Mas tem uns amigos que não têm noção e custam a perceber quando estão estragando o clima. Não é mesmo, Rico?

Paulo abre um sorrisinho trancado, puto pra caramba comigo.

— Que horas ela vai se apresentar com a banda? — Pergunto, ignorando mais uma vez as farpas que Paulo atira para mim.

— Após o primeiro intervalo da banda. — Nina dá um tapinha no meu braço acenando com a cabeça. — Você pode ficar com a gente, Alex vai aparecer por aqui antes de subir no palco, combinei de beber alguma coisa enquanto a espero no bar. Quem sabe você ainda consegue falar com ela antes da apresentação, não custa tentar, vai que hoje é o seu dia de sorte.

Nina ergue uma sobrancelha e dá um sorrisinho de lado, insinuando que eu tenho que ficar ou vou perder a chance da noite.

— Então tá! — Enfio as mãos nos bolsos da calça jeans e encosto no balcão do bar folgadamente.

— Então tá nada! Pode pegar outro rumo, Rico! — Paulo estaca na minha frente e faz um sinal com a cabeça para eu cair fora.

— Pare com isso, Paulo!

Nina põe as mãos na cintura e se posta entre nós dois, olhando brava para o rosto mais que confuso do meu amigo. Viro o rosto, tentando não me meter.

— Ele pode ficar sim! Ou você acha que vai ser fácil chegar e jogar essa conversinha pra cima de mim? Pode esquecer, o seu caminho é longo e você ainda está muito longe de ganhar pontos comigo.

Ela ergue as sobrancelhas desafiando o cara a ir contra as suas considerações que, só para combinar, são bem justas.

— Porra, Rico! Você tá de brincadeira com a minha cara? — Ele olha para mim frustrado e bufa de raiva.

Abafo a vontade de rir da expressão sofrida que ele faz quando volta os olhos para Nina. A menina, por sua vez, nem se abala com a apelação ridícula que Paulo tenta jogar para cima dela, devolvendo um olhar de advertência.

Entro no lance e tento aliviar o clima.

— Já falei, cara. Não vou ficar segurando a onda de vocês, não precisa ficar todo nervosinho, pode continuar a sua conversa com Nina; vou pedir uma cerveja e esperar no bar.

Começo a virar o corpo para me afastar dos dois e sinto os dedos de Nina puxando o meu braço com urgência.

— Peraí, Rico, dá um tempinho aqui. Estou vendo Alex sair da cozinha com Mary e com certeza está vindo pra cá. Acho que seria uma boa coisa você estar por perto quando ela chegar por aqui.

Nina olha por cima do ombro de Paulo e sigo o seu olhar, então vejo Alex saindo por uma porta com Mary ao seu lado.

Alex exibe um sorriso tão descontraído nos lábios que ilumina todo o seu rosto. Mary ri de algo que as duas estão conversando animadamente e ela olha em direção ao palco, concentrada na música que a banda está tocando, sem abandonar em nenhum momento o sorriso feliz. Seu cabelo avermelhado está preso em um rabo alto que vai até quase o meio das suas costas, balançando à medida que ela move a cabeça, distraída com o show.

Não sei o que anda acontecendo comigo, mas cada vez que encontro com essa menina fico mais enfeitiçado com a sua beleza. Ela não precisa de grandes produções para ficar linda, pelo contrário, o seu rosto está limpo e só percebo alguma cor nos lábios, nada exagerado ou extravagante. O mesmo acontece com as roupas, tudo fica incrível naquele corpinho bem definido, um jeans básico e uma jaqueta fazem o seu visual parecer perfeito.

— Ei, Alex! — Nina acena freneticamente para a amiga.

Alex gira a cabeça em nossa direção e acena de volta para Nina, sua mão congela no ar quando percebe que a amiga não está sozinha. A expressão relaxada também muda ao me ver; Alex dá um solavanco parando de repente, empacando no meio do caminho, incerta se avança ou permanece onde está. Seus olhos abrem mais um pouco, surpresos, ela comprime os lábios nervosamente, deixando escapar um traço de timidez tão sutil que outras pessoas poderiam até não notar, não eu. Percebo a menina doce que se esconde por baixo da armadura de mulher durona.

Não consigo quebrar o contato visual e a minha reação imediata é abrir um sorriso bobo. Na verdade, é assim que estou me sentindo agora, como um adolescente bobo, cheio de expectativas diante de uma garota bonita.

Ela rompe a sua indecisão e se move, mas continua com aquela expressão cautelosa quando chega próxima ao nosso grupo. Alex inala uma respiração lenta, ganhando fôlego ou aquietando os seus temores, não sei, ainda não consigo ler as suas reações. Depois ela dá alguns passos, parando na minha frente, e segura o seu olhar com o meu. Nessa hora, percebo a mudança em sua postura e vejo nitidamente as suas barreiras se erguendo, para tentar me manter afastado em um lugar que ela supostamente acha que é seguro.

Ela está enganada, hoje nada irá me deter. Nem a sua relutância.

Avanço, diminuindo o espaço entre nós, seguro a sua nuca com cuidado e deposito um beijo carinhoso em sua bochecha, tudo isso muito suavemente, para que ela não fique arisca comigo. Nesse instante, eu não resisto e inspiro profundamente o perfume que desprende dos seus cabelos, ele vai serpenteando os meus sentidos e me obriga a fechar os olhos por alguns segundos para saborear esse aroma delicioso de lavanda, o cheiro dela.

Alex continua rígida mas, para a minha alegria, não se afasta, então aproveito a sua deixa e fixo o meu olhar em seu bonito rosto, falando baixinho, de um jeito que só ela poderia escutar.

— Estou te esperando faz um tempo, o que agora não importa mais, porque você fez valer cada segundo dessa espera.

O duplo sentido do que eu havia dito não passa despercebido, Alex entende perfeitamente a minha ânsia por ela. O seu corpo amolece e eu aproveito para deslizar o polegar pelo pescoço delicado dela, fazendo pequenos círculos e massageando os feixes tensos.

— Eu não sabia que você estava esperando por mim.

Ela sussurra e molha os lábios com a língua; imediatamente o meu corpo reage e fica ciente da garota linda e sexy que estou mantendo junto a mim.

— Sim, estava. E agora que te peguei, não vou soltar mais. Entenda como quiser, mas não irei fazer disso algo de uma noite, eu quero você e, desistir, não está nos meus planos, nem hoje, nem nunca mais.

Ela estremece um pouco ao ouvir as minhas palavras e segura o meu pulso com força, o mesmo pulso da mão que mantenho firme em seu pescoço.

— Você não me conhece, sou difícil e complicada… — Alex fecha os olhos e contrai o rosto com amargura, como se as palavras faltassem. — Eu tenho algumas questões mal resolvidas, você vai se cansar de mim, sei que vai.

Seus olhos verdes abrem e vejo uma dor profunda, que faz o meu estômago torcer em agonia. Nego com a cabeça, na esperança de dissipar essa dor e fazê-la confiar em mim, mas Alex continua lutando contra algo que não tenho a menor ideia do que seja e tenta se proteger dessa atração entre nós.

— E no fim vou me machucar. Você não entende, não sabe, mas eu não posso… eu sou… — Ela se cala e solta um suspiro melancólico.

— Nunca irei te machucar, confie em mim. — Afirmo decidido.

— Eu quero confiar, de verdade, mas você não faz ideia do quão difícil é para mim confiar nas pessoas. — Seus lábios curvam em um sorriso triste.

Nossos rostos estão a centímetros um do outro, inclino a cabeça bem próximo a sua orelha e falo quase encostando os meus lábios em sua pele macia.

— Você vai confiar. Um dia. Mas antes vou te provar o quanto te quero e não tenho medo de complicações. — Pouso um beijo leve abaixo da sua orelha, Alex prende a respiração e aperta com mais força o meu pulso.

Me afasto um pouco para recuperar o meu controle, bastante abalado com essa proximidade; a vontade de sair daquele ambiente ruidoso é imediata, porque preciso conversar com a Alex, mas nesse instante lembro do show.

— Você ainda tem algum tempo antes da apresentação?

Solto a nuca de Alex e seguro firme a sua mão, não conseguindo deixar de tocá-la nem por míseros segundos.

— Sim, vou entrar só após o primeiro intervalo. — Ela afirma com a cabeça.

— Então, vamos pegar alguma coisa para beber?

Não espero a sua resposta e começo a puxá-la para o bar onde Nina e Paulo estão tomando as suas bebidas.

— Ei, Henrique. — Ela me olha ansiosa. — Olhe, é... hum... se você quiser beber, por mim tudo bem, mas eu não bebo.

— Você não bebe... nada? Nem uma cerveja?

— Nada de álcool, só água e eu já tenho a minha garrafa. — Ela balança a garrafa de água em frente ao meu rosto.

Olho para a garrafa e aceno com a mão.

— Isso é uma espécie de ritual antes das apresentações? Digo, não beber?

— Não sigo nenhum ritual. — Alex dá uma risadinha, balançando a cabeça de um lado para o outro. — O palco é o meu lugar feliz no mundo, não preciso me preparar para estar lá, subo e canto, simples assim. Não fico nervosa ou ansiosa, e nem necessito de doses extras de coragem para enfrentar o público. Amo cantar.

Confirmo com a cabeça e aperto a sua mão.

— Tá bom, então vem comigo. Vou pegar uma cerveja, mas isso é o máximo que vou beber hoje, amanhã tenho treino cedo e estou dirigindo. — Pisco para ela.

Peço a cerveja enquanto Alex conversa com Nina e Paulo, no instante em que chego ao seu lado a banda para o show, David começa a falar, anunciando a nova vocalista do grupo e chamando Alex para o palco. Ela vira o corpo rápido, fazendo uma cara interrogativa para David.

— Vem logo, menina! — David fala ao microfone e todos olham para o rosto corado de Alex.

— Eu vou matar David! Ele sempre faz isso, muda tudo de última hora, eu já deveria estar acostumada, mas ainda acredito que ele vai manter o combinado. — Alex reclama, mas não está zangada, em seguida cai na risada quando nota David batendo a cabeça e concordando com ela.

O entrosamento dos dois é espantoso, porque mesmo sem ouvir uma palavra do que Alex acabou de dizer, o cara já sabia qual seria a sua reação e continuou chamando o seu nome várias vezes, só ficando satisfeito quando ela parou de rir e deu um ok.

Então Alex começa a abrir o zíper da jaqueta, arrancando a peça do corpo em segundos e jogando-a em cima do balcão do bar. No momento em que ela se livra do casaco, o que se revela é uma blusa branca sem mangas, de um tecido justo que cola como uma segunda pele, contornando as suas curvas e os seios de uma forma que poderia ser até indecente se não fosse tão espetacular. Meu queixo bate no chão e acho que começo a salivar.

Caralho, devo estar sendo muito óbvio, porque Paulo faz um sinal e aponta para o meu queixo, depois solta uma risadinha sacana enquanto bate em seu próprio queixo. Babaca!

Fecho a boca e volto a minha atenção para Alex, observando os seus gestos enquanto ela pesca um elástico do bolso e prende o seu cabelo em um coque. Em seguida, sem nem dar tempo para que eu processe o que está acontecendo, ela dispara para o palco com aquela roupa provocante, me deixando ali, atônito e com cara de bobo.

Eu estou tão ferrado! Penso com desgosto.

Não há uma forma nesse mundo que eu poderia lidar bem com isso, de jeito nenhum. Trinco os dentes só com o pensamento das imagens que estão passando nesse instante pela cabeça desses tarados que torcem o pescoço diante da visão sensual da garota que anda apressada em direção ao palco.

Minha garota!

Uma onda de ciúmes me atinge em cheio e está torturando a minha alma miseravelmente. Nunca fui possessivo com garota alguma, mas com Alex é tudo diferente, percebi isso desde o momento em que a vi. Simplesmente não suporto saber que todos nesse salão estão cobiçando o seu corpo, seu sorriso, sua beleza e inventando mil e uma fantasias sobre ela. Não, eu a quero só pra mim, só para os meus olhos e ponto final.

Bebo a cerveja de uma vez, tentando me concentrar em Alex, que neste instante se prepara para cantar. Ela é articulada e troca algumas palavras com David, abraça Dante e acena para os outros caras, sem constrangimentos, sempre com um sorriso feliz no rosto, totalmente à vontade com o ambiente iluminado e cercado de instrumentos. Observo tudo e não deixo de lembrar das suas palavras há pouco, quando me disse o quão bem ela se sente em cima de um palco e é a pura verdade, Alex pertence totalmente a esse mundo musical.

— Cara, eu não queria estar em seu lugar agora! — Marcos se aproxima e mal consegue falar, zoando da minha cara com gargalhadas altas.

— Some daqui, Marcos! — Rosno, perdendo a paciência.

— Sem chance! Não vou perder isso por nada, afinal sou seu amigo e preciso estar por perto, caso algum engraçadinho avance no palco. — Ele morde o lábio em um esforço para conter o riso.

— Isso não vai acontecer! — Sentencio e olho para ele puto da vida.

— Bem, de qualquer forma, vou ficar por aqui. — O idiota cruza os braços e fica plantado ao meu lado.

Bufo irritado e o encaro desconfiado.

— E a loira que estava com você, já dispensou? — Pergunto, curioso.

Marcos contrai o rosto e bebe a sua cerveja num gole lento.

— Já. — Ele faz uma pausa antes de continuar. — Sabe, estou ficando meio cansado dessas garotas sem nada na cabeça, são todas tão fúteis.

Marcos exala uma respiração desanimada, completamente errada em se tratando dele, fico espantado com o seu desinteresse declarado e pergunto:

— Você? Cansado de garotas? Tá, conta outra. — Bato com a mão no ar em descrença.

— Não estou cansado de garotas, mas preciso rever os meus conceitos, acho que tenho que selecionar melhor, tá muito chato encarar essas meninas que só sabem falar de si; às vezes sinto falta de um papo entre um amasso e outro. — Marcos termina a sua bebida e olha para frente pensativo.

Enrugo o cenho para ele e estou prestes a dizer algo, quando ouço os primeiros sons da guitarra de David e a voz de Alex se espalhando por todo o bar. Ela canta uma música rápida e dançante, que arranca gritos e aplausos das dezenas de pessoas que se espremem em frente ao palco.

Alex anda de um lado ao outro, completamente dona do pedaço, ondulando o corpo conforme o ritmo que impõe à música. Sua presença é cheia de energia e irradia uma vibração alegre já nos primeiros versos da canção. A galera acompanha Alex, que canta um *hit* popular da Rihanna, o entusiasmo está nas alturas e transforma o bar numa massa pulsante que dança pra valer.

Depois de cantar uma sequência de músicas agitadas, ela anuncia a última canção da noite. As pessoas que se comprimem na pista estão suadas e excitadas com a apresentação quentíssima que Alex faz com a *The Goal*. Seus companheiros de banda acompanham a empolgação do público com sorrisos gigantes no rosto, extasiados com o talento da sua nova vocalista. David dedilha a sua guitarra e canta junto com Alex a última música, num dueto bem ensaiado de uma baladinha suave que desacelera a galera antes da banda anunciar o intervalo.

Nina chega ao meu lado e percebo que Paulo está no bar com Marcos, pedindo mais bebidas, antes que o local fique impossível com toda essa gente que está dançando e que certamente virá correndo atrás de uma bebida quando o intervalo do show começar. Ela me dá uma cotovelada.

— Caramba, Alex é muito boa, né? — Nina estala a língua e sacode a cabeça sorrindo. — O clipe que passou essa semana na cantina do *campus* não chega nem perto do que acabei de ver ao vivo. Rá, não mesmo!

Nós dois olhamos para o palco e ouço os uivos exaltados e as gracinhas descaradas que pipocam por cada canto daquele bar. Mas que droga!

— E, obviamente, estou na merda, não é isso? — Não consigo reprimir o ciúme e passo as duas mãos pelo cabelo, angustiado com esse sentimento.

Nina faz que não com a cabeça e sorri maliciosamente para mim.

— Isso depende. — Ela dá de ombros.

— Do quê? — Olho para a sua direção, interessado.

— Das suas habilidades. — Nina suspira e vira o rosto, me encarando seriamente. — Alex não é uma garota comum, saiba disso.

— Eu sei, pode acreditar.

E sei mesmo. Alex foge completamente do meu padrão de garotas, em tudo.

— Alex não recorre a nenhum joguinho de sedução para chamar a atenção dos caras, nem passa pela cabeça dela fazer esse tipo de coisa, vai por mim. — Nina franze a testa e desvia o rosto mirando no palco. — Ela é linda, sexy, talentosa e totalmente alheia a tudo isso.

Fico quieto observando Alex circular pelo palco como se estivesse em uma lanchonete, sem nem ligar para o reboliço que desencadeou dentro do bar.

Nina volta a olhar para mim captando rapidamente a minha atenção quando fala em um tom áspero.

— Ela tem um escudo duro que a protege de ameaças emocionais, se é que você entende o que estou te dizendo. — A ruga se aprofunda em sua testa. — Não vai ser simples romper essa proteção, por isso você vai ter que se esforçar e usar das suas habilidades aqui — ela aponta para a minha cabeça — e, principalmente, aqui. — Nina bate o dedo no meu coração.

— Não quero Alex para uma rodada, eu a quero em um patamar que nunca estive com outra garota antes. — Falo com honestidade.

— É bom saber que você não está jogando com ela. Alex não precisa disso, ela já teve a sua cota de momentos ruins no passado e merdas não podem mais acontecer em sua vida, nunca mais. — Seu tom é quase uma ameaça.

— O que você quer dizer com isso? O que aconteceu com Alex? — Rebato, sentindo uma sensação estranha me corroendo.

— Sem chance, Rico! Eu não vou falar nada sobre esse assunto, se Alex quiser te contar o que aconteceu, ela irá fazer isso. — Nina levanta uma sobrancelha em advertência. — Nem adianta insistir, não irei abrir o bico.

Giro o rosto e vejo Alex se aproximando, estou incomodado e ansioso para ter um tempo sozinho com ela, muita coisa está rondando a minha cabeça, sem que eu tenha a mínima noção do que é. Adianto os passos e a seguro envolta em meus braços, mantenho o seu corpo bem próximo ao meu e dou um beijo no alto da sua cabeça, respirando um pouco mais daquele perfume viciante.

— Você estava fantástica naquele palco! — Fito seu rosto corado.

— Obrigada, acho que foi um bom começo. — O sorriso dela se amplia quando devolve o meu olhar de admiração.

Nina dá um abraço apertado em Alex e descreve o quão empolgante foi a sua participação, logo depois Marcos e Paulo chegam e reforçam os abraços com beijos estalados em seu rosto e elogios rasgados sobre sua atuação no palco. Desconfio que um pouco desse entusiasmo todo é para me provocar, e eu caio direitinho, puxo Alex pela cintura dando uma de ogro possessivo e faço uma cara feia para os dois idiotas, que não se aguentam e caem na risada.

Os rapazes da banda chegam logo em seguida e Mary serve bebidas para todos, só Alex recusa a bebida que uma garçonete traz numa bandeja, mas não deixo de pescar o olhar de censura que David troca com ela, fazendo com que Alex fique desconfortável e abaixe um pouco a cabeça.

Dante pega a sua cerveja e antes de beber oferece para Alex.

— Você deve estar com sede. Tome um pouco, docinho. — Ele pisca e estende o copo para Alex.

E aí tudo acontece num borrão, não percebo nem quando Alex sai do meu lado, o cenário muda em um piscar de olhos como um filme que a gente acelera as cenas. Em um momento Dante está em pé e no outro ele está imprensado na parede com Alex apertando a sua garganta e rosnando para o cara numa fúria cega.

— Nunca mais me chame por esse nome, ouviu bem? — Sua voz é baixa e soprada, como se ela estivesse com dificuldade de falar.

— Ei, garota, solte o Dante! — David, imediatamente, segura o seu ombro e aperta um pouco. — Alex, ele não sabe de nada, acalme-se. — Ele faz com que seus olhares se encontrem e ela solta Dante com um soluço estrangulado.

Nesse instante, como se um transe tivesse sido rompido, Alex se dá conta dos rostos espantados que a encaram. Ela fecha os olhos e quando os abre direciona-os para mim, vejo as lágrimas não derramadas e a expressão atormentada do seu rosto, mas não consigo reagir e fico congelado onde estou, sem tomar uma atitude.

Alex vira para Dante, que a essa altura está esfregando a sua garganta, com os olhos arregalados de susto e totalmente perdido no que acabou de acontecer.

— Eu... eu sinto muito. Eu não... queria fazer isso... desculpe.

Alex balbucia as palavras que saem cortadas e ofegantes. Ela olha para baixo derrotada e exala uma respiração trêmula, em seguida alcança a sua jaqueta em cima do balcão e dispara como uma flecha para fora do bar.

David está se movendo para ir atrás dela, mas em um estalo rompo a minha apatia e corro na sua frente, porque, neste momento, eu estava me lixando para a amizade dos dois, de jeito nenhum outro iria estar com a minha garota quando ela está sofrendo. Isso agora é comigo.

Saio pela porta empurrando quem entra no meu caminho, paro no meio do estacionamento olhando por todos os lados, procurando por Alex. Vejo as luzes do seu carro acendendo quando ela destrava o alarme e imediatamente localizo o veículo. Corro como um louco antes que ela desapareça dentro do carro, consigo alcançá-la a tempo, girando o seu corpo trêmulo e segurando a minha menina com força.

— Vá embora, Henrique! Eu quero ficar sozinha! Me solte, agora!

Alex grita ensandecida, usando toda a sua força para me afastar, tentando sair dos meus braços, mas aumento a pressão mantendo-a comigo.

— Não, de jeito nenhum! Em se tratando de você, eu não vou te soltar nunca.

— Não vai? — Alex ri sem humor. — Pode apostar que um dia você não vai querer nem olhar na minha cara. — Ela rosna, espumando de raiva.

Eu a encaro firme e aumento a minha pressão em seus braços.

— Isso não vai acontecer, você sabe disso.

— Eu não sei de nada.

Nos desafiamos com o olhar até que ela rompe o silêncio com um soluço sofrido que dói dentro do meu peito.

— Será que não deu pra entender? Você presenciou a bagunça emocional que sou, o que mais precisa acontecer para que você desista? — Alex fala com a voz engasgada pelas lágrimas que caem pelo seu rosto.

— Você que ainda não entendeu. Eu não vou desistir. Nada do que aconteceu vai me fazer desistir de você, eu te quero com tanta intensidade que às vezes me assusto com o que estou sentindo. E agora que você está aqui, comigo, não vou te deixar ir pra longe de mim. — Passo os dedos pelo seu rosto afastando as lágrimas enquanto ela pisca os olhos lentamente.

Alex abaixa a cabeça, fugindo do contato visual que estamos travando, seus dedos estão dobrados em meu peito franzindo a minha camisa, ela respira fundo e balança a cabeça desiludida, como se não fosse capaz de me convencer do que ela acha que é certo.

— Você pode ter qualquer garota, fácil, perfeita, descomplicada, por que eu? — Ela continua com a cabeça baixa, sussurrando as palavras em um tom tão melancólico que torce algo dentro de mim.

Enfio os meus dedos sob o seu queixo e inclino delicadamente a sua cabeça para trás, fazendo com que os nossos olhos se encontrem de novo. Ela entreabre os lábios e tenta argumentar, mas não dou a chance, desço a minha boca e pouso um beijo leve que a desarma. O olhar dela escurece um pouco, mas não desvia do meu, não preciso de palavras para tomar a sua boca, roço os meus dentes em seu lábio inferior e ela geme baixinho, esse som faz o meu corpo estremecer e me deixa zunindo de desejo. As minhas mãos envolvem o seu rosto de forma possessiva, mantenho os seus lábios colados aos meus e deslizo a língua para dentro da sua boca, explorando-a como um homem faminto. Estou zonzo com a sua doçura, minhas pernas bambeiam; seu cheiro, a maciez dos seus lábios, tudo me atinge de um jeito completamente novo. Meu coração bate acelerado em uma corrida louca e não consigo lembrar de ter sentido essa sensação avassaladora com nenhuma outra menina. Honestamente, eu não tinha nem ideia de que um simples beijo poderia desencadear esse terremoto de emoções que estou vivendo nesse momento, nunca sequer imaginei viver essa experiência irracional de prazer.

E a verdade cai na minha cabeça como um raio. Esse único beijo apagou todos os outros da minha memória e Alex me arruinou para qualquer outra. Algo aconteceu comigo e não serei mais o mesmo, certeza que não, e por mais assustador que isso pareça, sinto que estou irremediavelmente apaixonado.

Alex

Ainda estou imersa em seu beijo assustadoramente incrível, que tem o poder de eriçar todos os meus pelos, desde a nuca até os dedinhos dos pés. Não consigo evitar e me agarro cada vez mais àquela sensação vertiginosa que corre livremente pelo meu sistema. O calor das suas mãos em meu rosto marca a minha pele de uma forma deliciosamente possessiva, o meu corpo levita, e tenho a sensação de que se Henrique não estivesse me segurando eu sairia voando feito um balão sem destino. Nada mais importa nesse instante, minha mente é um vazio absoluto e eu só tenho consciência da onda de desejo que me assola de um jeito tão arrebatador, que estou completamente embriagada e ao mesmo tempo apavorada com essa sensação de entrega sem freios.

Henrique tem cheiro de homem, um aroma cítrico de loção pós-barba e sabonete. Sua pele é quente e firme; aproveito o momento para fazer uma corrida detalhada com as mãos pelos músculos duros do seu peito, subindo lentamente pelos ombros largos. Ele é todo grande, sua pele abraça os longos feixes de músculos que sinto na ponta dos dedos, fico maravilhada com tanta perfeição. Não consigo parar de tocá-lo e as minhas mãos se fecham deliciadas com a força dos seus bíceps. Seus músculos rígidos estão escondidos por baixo de uma camisa justa que estou agarrando com desespero, em uma tentativa de manter o meu equilíbrio oscilante. Henrique solta um gemido rouco quando sente a minha pegada, o som reverbera pelo meu interior, provocando arrepios e tremores através do meu corpo, me deixando toda mole e aquecida.

Deus, o que está acontecendo comigo?

Nesse instante, um barulho de risadas altas vindo da porta do bar consegue me despertar da neblina em que estou envolvida. Solto os braços dele, afastando de supetão os meus lábios dos seus. Sinto as pernas fracas e cambaleio para trás. Henrique ameaça me segurar, mas ergo as duas mãos, impedindo-o, preciso desesperadamente de espaço e também de colocar a cabeça no lugar. Estou completamente desorientada após esse beijo inebriante e, se ele me tocar novamente, tenho certeza de que não vou ter um único pensamento coerente e sensato para me salvar de ser levada por outro beijo. Só por um milagre eu recusaria uma nova investida dele.

Meu coração pula na garganta, não tenho certeza do que pensar sobre tudo isso, porque certamente nunca fui beijada desse jeito e também nunca correspondi a qualquer um dos beijos anteriores dessa forma tão intensa. Sempre admiti que beijar é uma coisa boa, mas nada que me deixasse nas nuvens ou nesse estado desconectado em que me encontro, não é uma sensação da qual estou acostumada e não sei como lidar com esse chacoalhar interno.

A verdade é que esse beijo balançou um mundo dentro de mim. Essa é a verdade. E, sim, tenho que parar esse trem descarrilhado agora, caso contrário, isso vai se tornar um acidente de proporções gigantescas. Estou confusa e com medo, preciso me afastar para pensar com clareza em tudo que está desafiando o meu rígido bom senso.

— Pare... eu não... eu não quero isso. — Respiro de modo irregular enquanto falo, abrindo um espaço maior entre nós.

— Mentirosa! — Henrique atira sem titubear.

— O quê!? Como você pode...você não sabe de nada! — Fico na defensiva, tentando me esquivar das respostas que ele exige com um olhar inquisidor.

— Não importa o quanto tente negar essa conexão que existe entre nós, o que sei é que você sentiu o mesmo que eu, não sou nenhum idiota, o jeito como você correspondeu ao meu beijo é tudo, menos indiferente.

Ele dá um passo para frente e eu recuo automaticamente.

— Ah, não! Fique onde está. — Peço, soando meio desesperada.

— Tudo bem, não quero te assustar, mas... porra, por que estamos tendo essa conversa, hein?

Henrique passa uma mão impaciente pelo cabelo e olha para o lado buscando inspiração, mas logo desiste desse caminho e fixa um olhar determinado em meu rosto, não há como negar que ele está seguro e vai lutar até o fim para romper a minha resistência.

— Eu te quero e você me quer. É isso, assunto resolvido. O que tem mais para discutir?

Ele levanta uma sobrancelha me encarando como se tudo fosse muito simples. Infelizmente, não é.

— Eu...eu não posso. — Murmuro, desviando o rosto do seu olhar incisivo.

— Claro que pode, droga! Do que você tem tanto medo?

Henrique vence a distância entre nós, vira o meu rosto com uma mão e passa o polegar levemente pela minha bochecha, depois fala num tom suave:

— Fale para mim, linda.

Seu toque carinhoso rouba toda a minha determinação de encerrar essa conversa e me afastar dele. A forma como aqueles olhos azuis me encaram, faz os meus ossos derreterem e as palavras saem vacilantes, quando tento explicar os motivos pelos quais preciso ficar longe de problemas e, no momento, longe dele.

— Olha, você não vai querer saber o quão desconectada eu sou, aquilo que aconteceu com Dante é só a ponta de um grande iceberg.

Minha voz treme enquanto aponto para dentro do bar, faço uma pausa respirando fundo e firmo a voz, insistindo no argumento de que ele está perdendo tempo comigo.

— Você vai sair correndo quando conhecer o pacote completo; eu não estou brincando, sou um desastre emocional duro de engolir.

Engasgo com o nó que se forma na garganta, é muito difícil falar sobre coisas que estão além da minha própria compreensão. É doloroso e triste demais tocar nesse ponto obscuro da minha vida.

— Não consigo agir diferente, na maior parte do tempo sou aquela criatura volátil que você viu pirar do nada. Por mais que deseje ser normal, tenho que ser realista, estar comigo é uma dor de cabeça, machuco as pessoas que estão ao meu redor, porque não sei como controlar os meus acessos de raiva. — Engulo em seco. — Eu não quero sofrer por todo o mal que causo e muito menos por afugentar as pessoas que se aproximam de mim. É isso.

Henrique suspira com pesar e segura o meu rosto com as duas mãos.

— Não vou te fazer sofrer, me dê uma chance. É tudo que te peço, o resto a gente resolve com o tempo.

Henrique apoia a testa de encontro a minha e o seu hálito quente sopra em meus lábios, fecho os olhos soltando um suspiro trêmulo, gostando mais do que deveria desse momento de ternura.

Ficamos alguns segundos ouvindo somente a respiração um do outro, numa bolha ilusória de paz e quietude, mas a conhecida ardência na garganta vai espreitando devagar e leva a melhor. Os velhos medos fazem o trabalho de esfriar o calor que Henrique despertou em meu corpo e, abruptamente, me afasto dele, tentando ganhar um tempo para clarear os pensamentos malucos que estão girando na minha cabeça.

Dou dois passos para trás, viro o corpo e abro o carro, decidida a ir embora. Não estou em condições de continuar encarando o seu rosto confuso e me odiando por ser tão patética. E mesmo que isso pareça uma fuga, não estou nem aí, porque é exatamente o que estou fazendo: fugindo.

— O que você está fazendo?

— Indo embora.

— Nós ainda não terminamos, nem sequer estamos perto disso. Se quiser mesmo ir, eu te levo embora, não vou deixar você dirigir nesse estado, pode esquecer essa ideia.

Henrique recita as palavras como uma ordem de comando. Coitadinho, mal sabe ele que acabou de atiçar o meu pior lado. Odeio que me ditem ordens.

— Como é que é? — Grito, exasperada, enquanto giro a cabeça para encará-lo.

— Você ouviu bem, eu te levo para casa. — Ele repete calmamente.

— Nem tente me dar ordens, Henrique! Nem em sonho. — Cerro os dentes.

— Não, é? — Ele sorri, achando graça. Idiota!

— Você não dita o que tenho que fazer, estou perfeitamente bem para dirigir e vou embora sozinha. Não preciso de você para me levar para lugar algum. — Respondo, sem disfarçar a minha irritação.

Henrique faz um movimento rápido e me pega de surpresa, puxa as chaves da minha mão e aciona o alarme do carro, trancando-o. Ainda estou perplexa com o que ele fez e levo um susto quando sinto as suas mãos enormes segurando com firmeza a minha cintura e me puxando de encontro ao seu corpo. Olho para cima e dou de cara com uma expressão contrariada.

— Estou disposto a enfrentar esse monte de barreiras que você está colocando entre nós e vou derrubá-las uma a uma, pode apostar, Alex. — Ele tem um olhar decidido, desafiando a minha ousadia em contestá-lo.

— Preciso pensar, está tudo acontecendo rápido demais, intenso demais e não estou convencida de que realmente tenho coragem suficiente para enfrentar essa tempestade que está se formando dentro de mim. — Disparo as frases, já enervada com o brilho teimoso dos seus olhos.

Ao ouvir isso, ele sorri ligeiramente e suaviza a expressão.

— Esse é o ponto. Não quero que imagine coisas; não vou mais permitir que você escape de mim a partir de agora. — Fico muda e sem ação.

Henrique inclina a cabeça e me dá um beijinho, depois pega a minha mão com firmeza, me puxando pelo estacionamento, quase correndo, eu tenho que apressar os passos porque ele é muito alto e não consigo acompanhar as suas longas passadas. De longe, vejo as luzes da caminhonete acenderem quando Henrique aperta a chave. Ele guia com determinação nosso trajeto até o carro, sem afrouxar hora nenhuma o seu domínio.

— Você consegue subir ou preciso te ajudar?

Ele pergunta assim que paramos ao lado do carro, lançando um olhar divertido, que devolvo com uma cara de poucos amigos.

— Deixe de ser engraçadinho! Sou completamente capaz de subir nesse monstro que você chama de carro. — Ainda estou puta com o que ele fez com as minhas chaves e eu meio que rosno a resposta.

— Aham, é claro que sim.

Ele dá uma risadinha e abre a porta do carona esperando pacientemente eu escalar o banco de passageiros. Por fim, vendo o meu esforço inútil para alcançar o assento, ele ergue o meu corpo com facilidade e me posiciona sentada confortavelmente no carro.

— Pronto. Não tente sair de onde está, caso contrário eu te trago de volta em dois tempos, entendeu?

Ele prende o cinto de segurança, reforçando as suas palavras autoritárias e, antes que eu possa xingá-lo, ele me cala com um selinho, deixando o insulto morrer na minha boca.

Observo Henrique dar a volta no carro com passos rápidos. Ele abre a porta e se senta atrás do volante, mas não liga o carro; em vez disso, puxa o celular do bolso e liga para alguém, que o atende em segundos.

— Ei, cara, estou levando Alex para casa, então preciso que você pegue o carro dela e o deixe estacionado na garagem, beleza? — Henrique acena com a cabeça e bate os dedos no volante distraído enquanto escuta a resposta.

— E mais uma coisa, Nina vai precisar que alguém a leve para casa. Acho que isso não vai ser um problema para você, não é mesmo?

Ele ri e balança a cabeça concordando novamente. Bufo, contrariada e o engraçadinho pisca para mim achando graça do meu mau humor. Junto as mãos, rezando para não ceder ao impulso de socar o cara.

— Eu sei, você está me devendo uma. — Ele solta uma risadinha. — Estou deixando a chave do carro com o segurança.

Henrique dá a partida no carro e para ao lado do segurança, que fica na entrada do bar. Ele chama o homem pelo nome e conversa rapidamente, entregando as chaves. Em seguida, coloca o carro em movimento e pega a estrada que nos leva à cidade.

— Com quem você estava falando? Porque, no mínimo, eu deveria saber o destino das chaves do meu carro; não é todo dia que elas são arrancadas da minha mão, assim, do nada. — Dou uma de irônica.

— Não se preocupe, o segurança vai entregá-las direto ao Paulo. Ele vai deixar o seu carro em ordem na garagem do prédio e aproveitar a oportunidade para ter mais alguns momentos com Nina, quando levá-la para casa. Pode acreditar, o cara está bem satisfeito com a ideia. — Henrique me olha com o canto dos olhos, eu cruzo os braços, birrenta e viro o rosto para o outro lado.

Fico olhando pela janela e tentando entender como as coisas estão tomando um rumo tão... diferente. É, essa noite está ficando mais estranha a cada minuto e, no fundo, o que mais me deixa desconfortável é que a atitude mandona de Henrique me traz uma sensação de proteção. De um jeito torto, é claro. Sei que não tenho o direito de julgar ninguém, mas não consigo evitar a inquietude de estar sentada no carro de um garoto que conheço há apenas uma semana e não sentir nenhum tipo de insegurança com isso. Para deixar claro, eu não costumo me colocar em risco assim, isso é uma regra básica para mim, sempre fico com o sentimento de perigo ou ameaça rondando a minha cabeça. Na verdade, essas cismas me acompanhem o tempo todo, fazendo dos meus relacionamentos uma batalha de forças e atrapalhando qualquer coisa que eu possa querer ter com outra pessoa. Até mesmo uma simples amizade me deixa ressabiada e em alerta. Só que, nesse momento, não sinto nada nem parecido com isso e é um tanto bizarro tomar consciência desse fato.

Respiro fundo, ainda olhando para a janela e ignorando firmemente Henrique.

Sério, o que estou pensando? Sei muito bem aonde ele quer chegar, não sou boba e "nunquinha" um cara lindo como esse vai aguentar as minhas loucuras. É tão óbvio para mim, que chega a ser cômico. Ele vai me dispensar na primeira tentativa de me levar para a cama e eu correr como se alguém tivesse ateado fogo na minha bunda. Solto um ruído rouco, rindo da cena triste, e abaixo a cabeça olhando para as mãos, que agora estão entrelaçadas no meu colo.

— Não pense besteiras, nem comece. — Sua voz me arranca dos meus devaneios.

— Não são besteiras, estou analisando as nossas chances. — Falo sem emoção, ainda olhando para baixo.

— Chances de quê?

— Você sabe, nós dois juntos, num relacionamento normal, — suspiro — é inútil, nunca vai dar certo.

Levanto a cabeça e dirijo o meu olhar para o seu rosto concentrado, os seus lábios apertam quando ele para o carro num sinal vermelho e vira o rosto para mim com uma expressão resoluta. Henrique segura as minhas mãos e fala num tom que não deixa margem para discussões, ele me encara sério, com um brilho determinado nos olhos.

— Alex, não sei o que aconteceu com você, mas o meu radar não falha e ele está me dizendo que foi algo enorme, portanto, sei que teremos algumas... coisas para lidar, mas nada, e eu digo nada, vai me afastar de você. Essa sua linda cabecinha dura vai ter que se acostumar com isso: não vou a lugar algum. — Sua sinceridade é reluzente e me toca lá no fundo.

O sinal fica verde e ele põe o carro em movimento, prestando atenção na direção. Henrique atravessa a cidade guiando o carro com cuidado e sem pressa, nós mantemos um silêncio confortável e o único barulho é o da música que sai das caixas de som do veículo. Ele para em frente ao meu edifício, desliga o som e destrava o seu cinto de segurança, logo depois abre o meu cinto e num gesto totalmente inesperado, me puxa para o seu colo segurando a minha cintura, solto um gritinho e me apoio com as mãos espalmadas em seu tórax.

— Pronto, agora podemos conversar com calma. Não vou te forçar a dizer o que aconteceu, mas quero saber em algum momento; essa coisa não vai ficar pairando entre nós por muito tempo. — Henrique diz convicto.

Mesmo em seu colo, ainda tenho que levantar o rosto para encarar aqueles olhos azuis implacáveis, que esquadrinham o meu rosto procurando respostas. De repente, me dou conta de que seus lábios estão a centímetros dos meus e a última coisa que quero fazer é falar do meu triste passado, então balanço levemente a cabeça concordando e fico encarando a sua boca, sedenta por mais um beijo. Ele percebe o meu desejo e inclina os lábios num sorriso pecaminoso que afasta todas as minhas inseguranças. Subo as mãos até o seu peito numa trajetória lenta e paro em sua nuca puxando-o para mim, sua boca cola na minha e eu arquejo, me deliciando com aquele toque quente. Em segundos o beijo evolui para algo incendiário, as suas mãos vagueiam pelas minhas costas, ele pressiona o meu corpo junto ao seu, esmagando os meus seios de encontro aos músculos duros do seu peito, deixando doloridas partes, até então, esquecidas do meu corpo.

Em um impulso repentino, Henrique joga a cabeça para trás, desligando os nossos lábios; fecha os olhos e faz uma cara de dor.

— Seja boazinha, você está me matando aqui.

Sua voz é rouca e ele ainda continua de olhos fechados enquanto fala, soltando o ar lentamente, numa tentativa de recuperar o fôlego.

— Tá...

Eu começo a sair relutantemente do seu colo, mas ele enrola suas mãos grandes pela minha cintura, impedindo o movimento. Estou bem ciente do esforço que faz para manter as coisas sob um mínimo de controle. Henrique abre os olhos, faiscando de desejo, levanta o meu queixo com o polegar, deixando-o na posição que ele quer e afunda o nariz em meu pescoço inalando profundamente e depositando pequenos beijos que partem da minha orelha e correm pelo maxilar. Fecho os olhos, aprisionada nessa tortura que me deixa fraca, e não sei mais o que fazer para sair desse transe que a minha mente foi lançada. Ele interrompe os beijos com um suspiro contrariado e, delicadamente, me leva de volta ao meu lugar, afastando em seguida, abrindo um espaço entre nós para recuperar a concentração, apesar de ser visivelmente o que ele menos quer no momento.

— Precisamos parar, quero ir com calma, mas é muito difícil deixar você se afastar, o seu cheiro, seu gosto, é tudo viciante para mim.

Suas frases são pausadas e a voz dele é permeada de desejo.

— Sim, você tem razão, preciso de um espaço, não sei aonde isso vai nos levar. — Murmuro. — Pelo visto você é um risco, e dos grandes para mim.

Suspiro baixinho e encosto a mão na porta do carro tentando abri-la, tenho que sair rápido daqui antes que as coisas fiquem mais complicadas.

— Não, nem pense em fugir, não quero que você vá. — Ele segura o meu braço com firmeza, prevendo as minhas intenções.

— Tenho que ir, amanhã vou ter um dia cheio e minha cabeça não está pensando direito, — um gemido profundo escapa dos meus lábios — não posso ficar aqui com você trocando beijos enlouquecedores e fingir que está tudo certo. Não sou assim. — Ergo os ombros me desculpando.

— Gostei dessa parte sobre beijos enlouquecedores.

Seu sorriso é cínico até dizer chega. Estreito os olhos, encarando aquele rosto que é puro pecado, e sorrio de volta.

— Ah, pare com isso! Estou falando sério, a gente mal se conhece, isso tudo é novo para mim, no geral sou cautelosa e não saio dando beijos em garotos que conheço há cinco minutos. — Henrique parece não se importar com os meus temores e mantém a expressão tranquila.

Mas, tenho que admitir, não estou sentindo nem um vestígio de medo nesse momento, pelo contrário, sinto outras coisas, coisas ingovernáveis e muito distantes dos meus habituais medos. Não consigo resistir, curvo os lábios para cima, sorrindo para o garoto lindo, que me devolve o sorriso com uma piscadinha maliciosa.

— Muito bem, o que você quer saber sobre mim? Posso te contar tudo, sem cortes, minha vida completa se você quiser. — Ele levanta as sobrancelhas fazendo um movimento divertido. — Eu, por outro lado, já sei um bocado sobre você, não vou fingir que estou por fora de tudo.

— Como assim? Nós mal trocamos algumas palavras e, tenho certeza, não contei nada sobre mim! — Falo indignada e na mesma hora uma luz ilumina a minha mente. — Ah, claro! Foi a Nina, não é? Aquela traidora! O que ela andou falando sobre mim para você? — Sufoco um gemido, quando penso em tudo que Nina poderia ter contado a meu respeito.

— Nada demais, não se preocupe. — Ele acena displicentemente com a mão, notando o meu desconforto.

— Sei, até parece. — Falo, descrente.

— Sério, foram apenas algumas informações sobre os seus pais, o tempo em que você morou fora do país, seu curso, enfim, tudo em linhas gerais.

— Bem, menos mal. — Falo baixinho, suspirando aliviada.

— Infelizmente, ela não abriu a boca sobre alguns detalhes interessantes ao seu respeito e só descobri mais tarde. — Henrique contrai o rosto, emburrado.

— Detalhes interessantes? Ahn, quais poderiam ser..., nem imagino... — Meu estômago despenca esperando o pior.

— A luta. — Ele solta uma risada amarga. — Nunca mais irei esquecer a sensação de impotência que tomou conta de mim quando entrei naquele ginásio e deparei com você lutando boxe, me senti um inútil completo.

— Você está exagerando, lutar boxe é um esporte muito comum entre as mulheres. — Falo rindo.

— Eu sei, mas não estava preparado para aquilo.

— Foi divertido, uma luta justa, afinal.

— Divertido!? O caralho que foi divertido! Não me lembro de ter ficado tão puto da vida como naquele maldito dia. Eu queria te arrancar do ringue, por muito pouco não fiz isso, aquele treino absurdo quase me matou de nervoso. Você não tem ideia do que passei te vendo levar socos, e ficar parado assistindo, foi... doloroso. — Ele solta o ar preso nos pulmões em lufadas trêmulas.

— Se você tivesse feito isso, acho que alguns socos sobrariam para o seu lado também. — Dou uma risadinha, mas paro diante do seu olhar de censura e suspiro alto. — Olha só, tudo que eu queria naquele dia era provar que sou capaz de estar no ringue lutando, assim como qualquer um dos caras. Já era bem ruim ser a única garota dentro do ginásio e, ainda por cima, tive que aguentar os olhares de escárnio daqueles machistas idiotas durante todo o treino, duvidando abertamente das minhas habilidades de luta. — Aperto as mãos em punhos, tomada por uma irritação súbita.

— Bando de otários! O que eles falavam para você? — Henrique pergunta, com a testa franzida.

— A mesma merda que eles estão acostumados a falar para todas as garotas. — Resmungo aborrecida. — Os valentões não perdiam a oportunidade de fazer piadas engraçadinhas, me segurei ao máximo para não esmurrar a cara de cada um deles todas as vezes que me lançavam uma cantada. Não suporto esses garotos que acham que são uns deuses e fazem de tudo para ganhar a atenção de uma mulher, exibindo um porte físico sarado como um convite para o sexo, e por aí vai.

— É, aqueles caras são bem assim, até o Paulo fica todo emproado quando exibe os músculos para quem quiser ver e não se cansa de andar por aí sem camisa. — Henrique fala, torcendo o rosto com desgosto.

— Quer saber? Isso não importa mais, tenho certeza de que conquistei o respeito deles após a luta; todos me trataram de um jeito muito melhor no último treino, então vou virar a página e esquecer essa babaquice toda, afinal, tenho que me relacionar bem com eles, já que irei passar muitas horas treinando naquele ginásio. — Falo animada, espantando o clima tenso.

— Por que boxe, Alex? — Henrique pergunta com uma ruga de preocupação na testa.

— Você não entenderia os meus motivos. — Tombo a cabeça para o lado, avaliando a sua expressão curiosa.

— Talvez não, mas ainda assim quero saber.

— Defesa pessoal. — Atiro, depois ergo os ombros de um jeito displicente para que ele não perceba o quanto estou assustada e muito perto de revelar a enormidade de tudo que está por trás de todo o meu envolvimento com as lutas.

— Você está me dizendo que treina boxe para poder se defender?

A pergunta indignada eleva sua voz em alguns tons e reverbera pelo interior do carro, não recuo e continuo abrindo uma parte de quem eu realmente sou, ele merece saber onde está se metendo afinal de contas.

— Em um determinado momento foi esse o objetivo, não vou negar, mas passei a gostar do esporte e hoje não conseguiria ficar sem treinar mesmo se quisesse, faz parte da minha rotina e me sinto muito bem dentro do ringue. — Ele troca um olhar estranho comigo.

Ótimo, já estou afugentando o cara sem ele nem ao menos saber a pior parte da coisa, endureço o queixo e continuo corajosamente. É melhor terminar logo com isso de uma vez.

— Preciso gastar energia e cansar o meu corpo diariamente. Além do boxe, também corro, faço musculação, ensaio com a banda por longas horas, duas ou mais vezes durante a semana e dou conta das atividades do curso que faço aqui e o que estou finalizando na universidade em Atlanta. Tudo isso somado, faz o meu dia ficar puxado. Em consequência, à noite consigo dormir melhor, praticamente capoto na cama. Bem, quando o meu corpo e mente estão exaustos não preciso de remédios para dormir, o meu sono é tão pesado que os pesadelos raramente surgem. — Digo tudo de uma tacada só, porque se ele quiser pular fora, essa é uma boa hora.

O seu rosto fica sério e noto um músculo na mandíbula pulando, obviamente ele está absorvendo as informações que eu havia despejado, mas a sua expressão não demonstra receio ou desconforto com as minhas atividades fora do padrão, pelo contrário. Ele me olha como se algo explodisse em fúria dentro dele e o seu controle estivesse sendo mantido por um fio. Henrique passa as mãos pelos cabelos curtos várias vezes e percebo que elas tremem um pouco ao deslizar pelos fios. Ele para e olha para mim com os olhos escurecidos; sinto a tensão suspensa no ar e depois de alguns minutos Henrique me puxa pelos braços com urgência e ficamos tão próximos que os nossos narizes se tocam.

— Quem te machucou? — Ele sussurra com uma voz sombria e contida.

— Foi há muito tempo, não quero falar sobre isso, por favor, não hoje. — Minha voz é suplicante, não dei crédito suficiente para ele e jamais imaginei que o seu instinto fosse tão aguçado. Ele acertou na mosca.

— Porra! Odeio ficar no escuro. — Henrique explode e a sua respiração fica pesada.

— Entendo, eu juro, mas preciso dar um passo de cada vez, o que aconteceu com Dante, nós, isso que te contei, é demais para uma noite. — Faço uma pausa e molho os lábios secos. — Vamos parar por aqui, tá bom?

Ele fecha os olhos e percebo a sua batalha interna tentando decidir como lidar comigo.

— Acredite, isso vai ser a coisa mais difícil que irei fazer, e eu estaria mentindo se dissesse que não ligo e posso esperar numa boa. Não posso! Estou sufocando de raiva só em saber que você foi ferida de alguma forma e não quer me contar. — Henrique solta um gemido angustiado. — Vou te dar um tempo, se é isso que você quer.

Remexo em seus braços, tentando me livrar da sua pegada, e ele me solta a contragosto.

— Isso, vamos dar um tempo, é melhor. — Falo em um impulso.

— Não. — Ele rebate secamente. — Não foi isso que eu quis dizer e você sabe muito bem.

— É a coisa certa a fazer. — Disparo sem me importar, e ele fecha a cara, visivelmente irritado com as minhas palavras.

— Sei o que está tentando conseguir e não vai funcionar, acredite em mim.

— Não tenho tanta certeza assim. — Contorço as mãos nervosamente, querendo escapulir daquela conversa estranha. — O negócio é o seguinte, tenho esquisitices demais da conta para qualquer um que queira ficar comigo, vai por mim, ninguém me aguenta por muito tempo.

— Alex. — Seu tom é um aviso.

Não ligo e continuo a tagarelar feito uma garota tola.

— É claro que se você quiser cair fora agora, vou entender, não sou ingênua em acreditar que opções não faltam e uma porção de garotas normais estão mais do que disponíveis para ficar com você, acho até que podemos deixar pra lá essa coisa de dar um tempo, vou embora agora e vamos esquecer tudo isso, não irei ficar magoada ou furiosa… — Henrique captura a minha boca, encerrando o meu discurso patético com um beijo possessivo, que toma todo o meu fôlego e faz a minha cabeça girar como um carrossel.

Suas mãos estão fechadas em meus braços novamente, me segurando com firmeza, impedindo qualquer movimento e fazendo a minha pulsação explodir em meus ouvidos. Aprisionada pela boca ávida dele, torço os dedos em sua camisa, numa ânsia de manter aquela criatura deliciosa encostada ao meu corpo de um jeito que nunca quis antes, com ninguém.

Pai da Glória! Estou perdida mesmo!

Ele se afasta só um pouco e permaneço com os olhos fechados, mergulhada naquela onda quente que acaricia o meu corpo. Quando me aventuro em abrir os olhos, dou de cara com uma carranca tempestuosa, Henrique contrai ainda mais o rosto antes de falar muito sério as palavras mais duras que já ouvi sair da sua boca.

— Não vou a lugar algum, aceite isso como uma verdade e pare de arrumar desculpas idiotas para me afastar, não vou cair nessa. — Ele bufa. — Tudo que você falou só alimenta ainda mais a minha vontade de te proteger. Eu fico louco de raiva só de saber que alguém chegou perto o suficiente para te machucar dessa forma, porra!

Henrique praticamente ruge dentro do carro.

— Escute bem, sou um cara popular por aqui, você tem razão, já fiquei com uma porção de garotas e poderia continuar assim, mas não quero, não mais. Desde o dia em que te vi naquele estacionamento, esse seu rosto de anjo não sai da minha cabeça, seu perfume me deixa tonto e agora que provei a sua boca, simplesmente não tenho a menor vontade de estar com mais ninguém. É só você. — Ele inala uma respiração profunda para se acalmar, mas não desvia os olhos do meu rosto nem um segundo.

Uma angústia perfura a minha alma, nunca desejei tanto que as coisas fossem diferentes, que eu fosse uma pessoa diferente dessa versão danificada que sou.

— Em algum momento vou ser demais para você, pode acreditar. — Mordo o lábio tentando distrair as lágrimas que se formam em meus olhos.

— Me teste. — Ele sacode um pouco os meus braços e sinto os tremores que irradiam dos seus braços.

Abaixo a cabeça, saindo da mira daqueles olhos penetrantes, ele solta os meus braços e apoia as mãos no volante do carro, apertando tão forte que os dedos ficam brancos; o seu rosto é uma máscara de fúria, deixando transparecer toda a tensão que se apodera do seu corpo. Eu me encolho um pouco diante da sua reação furiosa, mas não quero demonstrar o quanto estou abalada e lentamente alcanço a maçaneta da porta para sair e correr para o refúgio do meu quarto. Mais uma vez ele é rápido e me impede, só que agora Henrique segura a minha mão e deposita beijos delicados em meus dedos, como se estivesse, de alguma forma, se desculpando pela sua explosão. Não o culpo, estico a outra mão e seguro o seu belo rosto, tentando fazê-lo ver que está tudo bem. E com esses gestos carinhosos estabelecemos uma trégua, deixando de lado o clima pesado que está pairando entre nós. Pelo menos por enquanto, porque tenho certeza de que Henrique não vai deixar esse assunto morrer assim tão facilmente.

— Amanhã passo aqui para te levar para o show, que horas você tem que estar no ginásio? — Henrique fala casualmente, mudando o rumo da conversa.

— Vou ter que chegar mais cedo para fazer um último ensaio com a banda, não precisa se preocupar, vou com o meu carro, é mais fácil.

Na verdade, eu preciso de uma alternativa, caso as coisas não corram bem entre nós, e estar no meu próprio carro é a melhor delas.

— Pode esquecer, Alex, não estou te perguntando como você quer ir para o ginásio, eu vou passar aqui e iremos juntos no meu carro. Quero saber o horário, só isso. — Sua voz é firme e aquele tom de comando me deixa eriçada novamente.

— Não gosto quando você me dá ordens! — Aviso.

— Você vai ter que superar isso, lamento. — Ele ergue uma sobrancelha.

— O quê!? Você só pode estar de brincadeira! — Fico boquiaberta com o absurdo que ele acabou de dizer.

— Escute, linda, é assim que vai ser: eu te levo, deixo você lá e vou embora, depois volto para assistir ao show, assim que terminar estarei te esperando e, com certeza, vou te levar para casa. Então por que dificultar as coisas? Não precisamos de dois carros. — Ele fala pausadamente como se explicasse para uma criança.

Eu não iria vencer essa batalha, ele é teimoso e decidido, vou ter que concordar e aceitar a sua carona. No fundo, uma alegria tímida brota em meu coração apaziguando os meus receios. Encontro coragem para admitir que quero isso, quero estar com ele, quero os seus beijos, o seu toque carinhoso e tudo mais que sinto quando estou em seus braços. Uma pontinha de incerteza me cutuca, deixando aquela velha carência embaçar o meu momento feliz; sei que posso me machucar, e dessa vez o estrago pode ser grande, porque estou muito envolvida, mas mesmo assim não tenho forças para me afastar, eu o quero perto de mim, essa é a verdade.

— Tudo bem, pode passar aqui às 19 horas, o show está previsto para começar às 21h30, preciso fazer um último ensaio com os caras, trocar de roupa, arrumar o cabelo, maquiagem, enfim, todas essas coisas antes de subir no palco. Estarei te esperando, se é assim que você quer...

Tento parecer indiferente ao dar as instruções, mas falho, porque ele exibe um sorriso vitorioso, cheio de triunfo masculino.

— Estarei aqui pontualmente às 19 horas.

Ele acena solenemente, depois pega o meu celular no bolso da jaqueta que seguro nas mãos e digita um número; imediatamente ouço o conhecido barulho de mensagem recebida.

— Pronto, tenho o seu número e você tem o meu, amanhã também vou ter um dia cheio pra caramba, treino na piscina pela manhã e trabalho nas obras do meu pai à tarde, mas nem em sonho deixarei de estar aqui na hora marcada.

— Ok . — Concordo com a cabeça.

Henrique se aproxima do meu rosto e encosta os lábios nos meus, pousando um beijo leve e recatado. Não consigo reprimir o som frustrado que sai da minha garganta, ele ri baixinho e murmura em meu ouvido:

— Amanhã, querida. — Ele roça os dentes no lóbulo da minha orelha e estremeço. — Se nós começarmos isso, não vou te deixar sair desse carro e você precisa descansar. Agora vá, Alex, antes que eu chute as minhas boas intenções para bem longe.

— Certo, estou indo. Então, até amanhã. — Destravo a porta, e dessa vez ele não me impede de sair, já estou caminhando para o edifício quando o ouço me chamar.

— Ei, Alex, para o caso de alguém perguntar, diga que o seu namorado vai te levar ao show. — Henrique tem aquele sorriso indecente estampado no rosto; reviro os olhos para ele, incapaz de esconder a curva que a minha boca faz.

O carro acelera quando entro no edifício e, assim que chego ao apartamento, envio uma mensagem para David, dizendo que estou bem, e outra para Dante me desculpando e combinando de conversar com ele antes do show. Alguns minutos antes de finalmente cair na cama, recebo uma mensagem de Henrique, o que faz o meu coração dar pulinhos de alegria.

"Sonhe comigo, linda."

E foi exatamente assim que aconteceu, sonhei com Henrique e os seus beijos, espantando os meus habituais pesadelos, deixando o meu sono relaxado e feliz. Muito feliz.

Henrique

O dia passou num borrão, mas isso não foi de todo ruim, porque na maior parte do tempo fiquei a favor dessa corrida acelerada do relógio, eu estava louco que o dia terminasse e não via a hora de colocar os olhos e as mãos na minha linda garota. Acho que ainda estou assimilando a ideia de ter Alex só para mim, parece bom demais para ser verdade e custo a acreditar.

Fiz o meu treino bem cedo para ganhar algumas horas e assim que terminei na piscina peguei a estrada em direção aos hotéis que precisavam ser verificados. Demorei um pouco mais do que gostaria em um dos hotéis, onde o gerente estava aflito para resolver alguns problemas urgentes, os quais suei a camisa para dar uma solução e deixar tudo funcionando perfeitamente. Logo que cheguei na cidade, passei mais um bom tempo conversando com o meu pai, ele queria um relatório completo da reforma, então tive que descrever tudo que aconteceu durante a semana, foi uma conversa longa e desgastante, mas no fim o velho ficou um bocado satisfeito com o ritmo rápido das obras do hotel novo, a evolução dos trabalhos está indo muito bem e tenho quase certeza de que iremos inaugurá-lo antes do prazo previsto.

Mesmo com todos os imprevistos, consegui chegar no horário combinado para pegar Alex e ela já estava me esperando em frente ao prédio. A garota parecia um sonho, linda demais, viajei o meu olhar pela figura pequena e feminina, secando descaradamente aquelas pernas saradas, não deu para evitar, depois sorri feito bobo quando ela me viu e devolveu um sorriso amplo que irradiou ainda mais a sua beleza. Fiquei observando os seus passos cadenciados enquanto ela andava em direção ao carro, sentindo um monte de coisas malucas bagunçando o meu estômago. A expectativa ansiosa de tê-la em meus braços novamente tomou conta da minha cabeça o dia todo, não parei de pensar o quanto queria me enroscar naquele corpo macio, sentir o seu perfume doce e beijar aquela boca tentadora.

Essa garota me tem nas suas pequenas mãos e, quer saber, estou feliz pra caralho com isso, bem mais do que poderia imaginar, nada em minha vida parece se encaixar tão certo, tão perfeitamente bem.

Deixei Alex mais cedo no local do show e fui embora, agora estou de volta. Saio do carro e bato os pés numa corrida rápida pelo estacionamento, seguindo em direção à entrada do ginásio de eventos da universidade. O lugar está entupido de gente e tenho dificuldade de me locomover como gostaria, não consigo avançar sem esbarrar em filas gigantes por todos os acessos ao ginásio. Também pudera, esse evento criou uma expectativa enorme nos estudantes, durante a semana toda não se falou em outra coisa. Dou uma espiada ao redor e logo de cara percebo uma grande quantidade de pessoas eufóricas próxima ao palco, aguardando o show de abertura do semestre.

A *The Goal* seria a primeira banda a se apresentar essa noite e a curiosidade está a mil entre a galera, ainda mais depois de ontem, quando eles tocaram no Bar da Mary e Alex fez uma participação especial. Quem esteve por lá fez questão de divulgar por todos os cantos da universidade como foi, ninguém saiu do bar com uma impressão diferente no que se refere à banda, os caras fizeram um show competente, com Alex mandando muito bem e deixando todo mundo de boca aberta, querendo mais. E isso é algo que vou ter que aprender a superar, estou até suando para tentar controlar o meu lado possessivo e fazendo um esforço considerável para não sair da linha. Mas tenho que admitir, minha cabeça está explodindo de ciúmes só de imaginar Alex em cima do palco dançando para aquela multidão que está se contorcendo de excitação pela minha garota e, vamos combinar, de um jeito nem um pouco razoável.

Bando de otários, xingo mentalmente.

O show está prestes a começar, elevo a cabeça vasculhando o lugar, procurando os caras que chegaram mais cedo ao ginásio. Caminho em direção ao bar para comprar uma cerveja e reconheço o casal tramado em um beijo empolgado. Paulo e Nina nem percebem quando chego perto, aliás, os dois estão tão envolvidos um com o outro que poderia cair uma bomba ao lado deles e não faria diferença alguma, mesmo assim cruzo os braços e fico aguardando a deixa. Paulo finalmente solta Nina, que tem uma aparência meio descabelada e está completamente sem fôlego. Ela percebe o meu sorriso debochado e aperta o braço do meu amigo apontando com a cabeça para onde estou. Imediatamente Paulo olha por cima dos ombros e resmunga um monte de palavrões quando me vê bem atrás dele. Eu e Nina trocamos um olhar divertido e caímos na gargalhada assim que Paulo solta um rosnado baixo, fervendo de raiva. Bem, estou quase certo de que vou levar um murro, porque o homem está furioso, soltando até fumaça pelas orelhas.

— Cara, você está se tornando um empata foda do caralho! O que você tá fazendo aqui, Rico? — Ele dispara contra mim.

— Ei, mano, só vim pegar uma cerveja! Relaxa. Estava passando por aqui e vi vocês, então resolvi dar um oi. — Eu mal disfarço o riso e Paulo fica ainda mais puto comigo.

— Oi, agora pode cair fora! — Paulo late, insistindo em me botar para correr.

— Ei, meninos, parem com isso!

Nina põe as mãos na cintura e faz uma expressão teimosa.

— Eu também quero uma cerveja. — Ela sorri para mim. — Boa ideia, Rico. Vamos pegar uma bebida lá no bar, aqui dentro tá um calor infernal e estou morrendo de sede.

Nina puxa um Paulo contrariado em direção ao bar, vou logo atrás rindo baixo da cara zangada dele.

— Bem, como interrompi o...momento, eu pago essa rodada. — Digo, fazendo o pedido quando chegamos ao balcão.

— Sem essa, Rico, você não vai ficar bem comigo me pagando uma cerveja, pode esquecer, ainda estou puto da vida contigo. — Paulo passa a mão pelo cabelo impaciente e olha para mim irado quando vê a minha cara de quem não está nem aí. — Babaca!

Mas de repente um lampejo divertido passa pelos seus olhos desfazendo a sua carranca.

— Tá aí, agora eu quero ver! — Paulo me olha com uma expressão satisfeita.

— O quê? — Pergunto desconfiado.

— Sei de uma coisa que vai me deixar feliz pra cacete e compensar essa marcação idiota que você resolveu estabelecer comigo. — Paulo repuxa os lábios de um lado num sorriso sacana.

— Qual é, cara? Resolveu falar em enigmas? Desembucha logo.

Droga, tenho a impressão de que não irei gostar nem um pouco do que Paulo está se coçando para soltar.

— Estou imaginando a sua cara quando Alex subir naquele palco e começar a atiçar a maioria dos caras que está aqui só para... hum... curtir o show.

O idiota ainda se atreve a lançar uma piscadinha quando termina de falar.

— Merda! Você sabe como estragar a minha noite, amigo.

Olho para o palco enorme que está montado no ginásio e diante dele uma multidão de estudantes se espreme querendo ter uma boa visão do que vai rolar lá em cima, a minha imaginação começa a dar voltas pensando em Alex cantando e mexendo aquele corpo gostoso diante desse bando de tarados. Porra, já sei que vou pirar aqui embaixo.

— Relaxa, Rico, Paulo está querendo te provocar, não dê ouvidos para ele, vai ser um mega show e Alex não é nenhuma bobona inexperiente, ela sabe situar qualquer um no seu devido lugar, pode acreditar. — Ela balança a cabeça afirmando o que disse. — Além disso, Alex fica completamente absorvida enquanto canta e nem percebe o que está acontecendo ao seu redor, fica tranquilo.

Nina tenta me convencer de que não é nada demais, mas estou agitado e não sei bem como irei reagir se alguém fizer um movimento errado.

— Tá legal, vou tentar ficar na minha.

Pego a cerveja que o cara do bar deixa em cima do balcão e tomo rápido, em seguida peço outra, talvez eu precise de algumas antes do show. Dou uma olhada rápida pelo ginásio e pergunto:

— Vocês viram Marcos por aí?

— Quando chegamos ele já estava com uma garota pendurada no pescoço, mas não parecia muito interessado, então acho que logo vai dar as caras, falei que estaríamos perto do bar.

Paulo bebe a sua cerveja e corre os olhos verificando o ginásio.

— Meninos, preciso ir ao banheiro, já volto. — Nina anuncia e caminha para os banheiros, mas Paulo segura o seu braço fazendo-a parar.

— Espere, vou com você.

Nina fecha a cara para Paulo e fala decidida:

— De jeito nenhum, você fica aqui com Rico, não vou demorar.

— Gata, e se alguém te agarrar no caminho? — Paulo franze o cenho quando pergunta.

— Deixe de ser um idiota dominador! Não vai acontecer nada, já fiz isso um milhão de vezes antes e sem você na minha cola. — Ela bufa. — Vou sozinha ao banheiro e vocês fiquem aqui esperando por Marcos.

Nina se desprende de Paulo puxando o braço e segue para o banheiro sem dar confiança para a sua cara feia.

— Porra, essa garota me tira do sério! — Paulo resmunga irritado.

— Aham, deu pra notar. — Disfarço o riso bebendo um gole de cerveja.

— Olha só quem fala! Cara, não sou eu que está quicando no lugar por causa de uma garota, tá legal.

— Não enche o meu saco, Paulo. — Rebato e viro o meu copo de uma vez, não dando importância para a sua provocação. Bem, mais ou menos.

— Sinceramente, não queria estar na sua pele hoje. — Paulo comenta e dá uma risadinha. — Pelo menos a minha gata vai estar aqui comigo durante o show e a sua vai ser a estrela do espetáculo, dando um bocado de ideias para essa cambada que está babando por ela, pode crer meu amigo. — Ele dá uma batidinha nas minhas costas em apoio moral.

Bufo em resposta, porque ele tem razão, estou pilhado e não vejo a hora desse show começar e terminar e a minha menina ficar comigo, onde posso manter os urubus longe dela. Sei que estou exagerando, mas nunca tinha me sentido tão protetor com relação a ninguém, e depois de ontem, do que Alex havia contado, estou no meu limite e se alguém der uma de engraçadinho vou partir pra cima. Ah, se vou.

— E aí! O que vocês estão fazendo sozinhos e tão desamparados? Será que nenhuma gata desavisada se interessou por vocês dois? — Marcos abre um sorriso debochado quando para ao nosso lado.

— Cara, tira esse sorriso idiota do rosto! — Paulo dá um soco no braço de Marcos, mas os dois estão rindo e provocando um ao outro.

— Cadê a gata? Não aguentou o seu mau humor? — Marcos fala e recua um pouco quando Paulo dá um passo à frente ameaçando dar uns sopapos nele.

Apesar de Marcos ser alto e ter um corpo forte, Paulo é um gigante. O homem treina pesado no boxe e tem músculos bem estruturados por todo o corpo, o que deixa a sua aparência intimidadora. Além do mais, é cheio de tatuagens, tem o cabelo batendo nos ombros e volta e meia aparece com um corte no rosto, então não precisa de muito esforço para manter os caras ressabiados. A maioria dos estudantes fica amedrontada com o seu tipo, mas a gente que o conhece sabe que ele não é de briga, Paulo diz que prefere o ringue porque lá pode socar com regras e no fim tudo termina bem.

— A minha gata vai chegar logo, tá no banheiro. — Paulo ergue uma sobrancelha. — E a sua? O pegador mais dedicado da universidade está perdendo o jeito? Talvez a gente possa te ajudar, não é Rico? — Paulo ergue o queixo para mim.

Bato a cabeça concordando e rindo, olhando para Marcos que faz uma careta e rebate as provocações de Paulo.

— Ei, pare de falar besteiras! Eu estava com uma garota até agora, mas dispensei, era pegajosa demais, não estava a fim. — Marcos faz cara de tédio, depois aponta para o palco. — Além do mais, quero ter o meu tempo para curtir o show, preciso estar focado, tenho a sensação de que esse ginásio vai pegar fogo depois que Alex começar a cantar e não vou perder a cena por nada desse mundo. É isso.

O babaca faz cara de paisagem e quero bater com força naquele rosto bonitinho dele, porque já saquei que cena ele quer assistir de perto.

— Pare de ficar secando a minha garota, porra! — Paro de rir na mesma hora e encaro Marcos com um olhar de advertência.

— Eu vou tentar, porque sou seu amigo, mas vai ser "muito" difícil, já estou te avisando.

Marcos dá ênfase ao muito quando fala, depois aponta para a galera que está em frente ao palco e não esconde a sua preocupação, torcendo a boca.

— Mano, a sua gata é o assunto mais falado entre os caras, — ele ergue os ombros — sério, tá todo mundo alucinado para ver esse show, no pouco tempo que andei por aí, não se fala em outra coisa, é só Alex.

Esfrego as mãos pelo rosto, irritado com essa porcaria toda e solto um gemido frustrado. É claro que estou terrivelmente ciente disso tudo e o pior é que não posso fazer nada, só esperar esse maldito show acabar para agarrar Alex e mantê-la bem junto a mim, a minha vontade nesse momento é de sumir com ela daqui, mas não tenho outra saída. É ficar e aguentar.

Isso está se tornando um inferno pessoal, o meu humor piora a cada segundo e tenho que relaxar, porque esse é apenas o primeiro show, outros acontecerão e preciso estar bem com isso. Por Alex. Ela adora cantar, já deixou claro para mim que é importante para ela estar no palco, não quero ficar bancando o namorado pé no saco, quero que Alex fique feliz comigo e se para isso a condição é ter que engolir o meu ciúme, tudo bem. Vou aturar as piadinhas dos meus amigos e de quem quer que seja, vou me esforçar para manter a cabeça no lugar porque esse é o momento dela e quero estar ao seu lado. Não posso estragar tudo já de cara, tenho que aprender a lidar com toda essa bagagem que vem com Alex, se desejo ter um futuro promissor com ela. O que indiscutivelmente eu quero.

Com essas resoluções definidas em minha mente, estou me sentindo um pouco melhor e dou um empurrão em Marcos mandando ele calar a boca que o show já iria começar. Nina chega alguns segundos antes das luzes do palco apagarem, ela olha para mim e faz um sinal com a cabeça erguendo os polegares para cima, respondo com um sorriso, depois viro o rosto e fixo os olhos no palco, logo em seguida os primeiros sons da bateria de Hector começam a marcar o início da música.

O palco está todo no escuro, somente um foco de luz em cima da bateria, a voz de Alex no fundo soa profunda, cantando os primeiros acordes, junto com o coro de vozes que são com certeza de David e Dante. A música continua assim e Hector faz o solo da bateria até que todas as luzes do palco acendem ao mesmo tempo. Os três painéis de *led*, que ficam atrás da banda, reproduzem a imagem de Alex ampliada e em alta definição, para o delírio da multidão que grita com vontade. Ela tem o microfone em punho e caminha decidida para a frente, o palco tem um formato em T e ela anda para a direita e esquerda cantando e gesticulando com a música, balançando o corpo sensualmente conforme o ritmo da batida.

Eu estou parado, em choque, porque puta merda, nada me prepararia para a imagem na minha frente, nem nos meus sonhos mais criativos.

Que porra de roupa é essa que ela está vestindo?

A *The Goal* é conhecida como uma banda em que os integrantes costumam estar vestidos com camisas de times ou seleções de futebol, isso faz parte do que eles são, uma referência ao nome da banda. Na apresentação de hoje não está sendo diferente, os caras vestem camisas de diferentes seleções de futebol e Alex... ela é..., não sei bem como explicar, fecho os olhos para ter certeza de que não estou ficando maluco, abro-os e lá está ela. Que merda!

Alex é a imagem erótica de um juiz de futebol.

Um juiz de futebol! Que Deus me ajude!

A roupa preta que Alex está vestindo abraça o seu corpo como uma malha colante, o uniforme é dividido em duas partes terrivelmente excitantes que só de olhar já me deixou duro feito pedra. Uma minúscula blusa justa marca perfeitamente os seus generosos seios e termina na altura das costelas, deixando uma barriga bem definida e com músculos deliciosamente delineados exposta até o umbigo. Deste limite uma saia desce até quase o meio das suas coxas bem malhadas, para o meu alívio um short vem acoplado à saia, por último meias de futebol sobem pelas suas panturrilhas e junto delas tênis pretos fecham o visual.

O cabelo avermelhado está amarrado em tranças que partem da lateral da cabeça e pousam abaixo dos seios, a pele branquinha entra em contraste com a cor escura da roupa e o efeito que todo esse conjunto provoca é um verdadeiro soco no estômago. Alex é a perfeita imagem de um juiz incrivelmente sexy.

Engulo em seco, porque minha boca parece que está cheia de areia e por tudo que há de mais sagrado, acho que o meu coração vai sair pulando para fora.

Olho para o lado e os meus amigos têm os seus copos de cerveja congelados no meio do caminho para a boca, não preciso nem dizer que nesse momento o queixo deles está batendo no chão feito dois otários. Aqueles palhaços estão abobados, com os olhos fixos em Alex, secando cada pedacinho do seu corpo. Em um determinado instante, Marcos põe a língua para fora lambendo os lábios, apreciando descaradamente todos os ângulos que aparecem nos painéis gigantes do palco.

O filho da puta que está comandando as imagens foca no decote da blusa dela, capturando uma gota de suor que desce lentamente pela pele de Alex e morre entre os seus seios, gritos explodem por todos os lados quando a trajetória da gota chega ao seu destino, inclusive dos idiotas que estão ao meu lado. Fecho os olhos e trinco os dentes com tanta força que acho que vou partir os meus molares ao meio, mas nada ameniza aquela sensação estranha que corre pelo meu sangue, quero bater em alguma coisa ou em alguém.

Uma pegada forte me faz sair desse atordoamento.

— Rico, não faz isso, pare de pensar besteiras.

Nina está segurando o meu braço para chamar a minha atenção, encaro-a com os olhos em chamas e sua expressão é verdadeiramente solidária ao que estou sentindo.

— Porra, Nina! — Minha voz sai sibilada, ainda estou trincando os dentes.

— Esquece essa raiva, por favor. Tudo isso faz parte do show, não existe outro apelo, pode confiar no que estou te dizendo, Alex não está fazendo um espetáculo exibicionista, ela está interpretando um papel dentro do contexto da banda. Tenha fé nela. — Nina suplica.

A garota respira fundo e verifica o meu rosto, que continua tomado de fúria, depois fala com uma seriedade implacável.

— Mas se você tem dúvidas e acha que não vai segurar essa onda, pare por aqui e não deixe essa sua insegurança magoar Alex. Ela ama o que faz e você não vai conseguir mudar o que é essencial em sua vida, a música é a alavanca da sua sobrevivência. — Nina não amacia a coisa, definitivamente eu tenho que parar de ser um imbecil.

As suas palavras empurram um tijolo bem pesado em meu peito, olho para Alex que está sorrindo enquanto David faz o solo da guitarra e... porra, tudo vem em minha cabeça como uma avalanche, desde o primeiro instante em que pus os olhos nela eu sabia que estava perdido. Não quero deixá-la ir porque estou agindo feito um babaca, não posso magoá-la com atitudes idiotas regidas pelos meus impulsos machistas, isso iria acabar comigo, sinto o meu corpo doer só com o pensamento de não tê-la em meus braços e hoje, pela segunda vez, tenho um *insight* do que realmente está de fato em jogo. Alex está destinada a mim e não vou estragar tudo. Empurro todas as minhas inseguranças estúpidas para longe, porque há um mundo de possibilidades com Alex e eu não irei perder isso por nada.

— Não tenho dúvidas. Aquela garota deslumbrante que está virando a cabeça dessa cambada é minha. Não vou perder a ponta da corda e arruinar as coisas com ela, nem hoje nem nunca. Se a música a faz feliz, também estou feliz, vou estar aqui embaixo esperando por ela e orgulhoso pra cacete da minha menina linda e incrivelmente talentosa.

Meus olhos estão cravados no palco admirando Alex, que termina a primeira música sob aplausos e gritos que estremecem o ginásio como nunca vi antes.

— Decisão inteligente a sua. — Nina concorda satisfeita e sorridente, mas o seu sorriso quebra quando ela vira a cabeça para Paulo, bufando em seguida. — Acho que vou ter que dar uma situada nesse idiota, antes que o seu queixo não volte nunca mais para a posição normal.

Reprimo uma risada e tenho até pena do meu amigo porque Nina sai em disparada do meu lado e começa a esmurrar o braço de Paulo sem dó, o cara se encolhe e agarra os seus punhos parando os golpes, ela ainda xinga e faz uma cara de brava, mas Paulo, habilidosamente, cala os seus protestos com um beijo ardente e logo a menina se derrete deixando de lado a cena de ciúmes.

— Rico, nunca mais vou ouvir *Bad Habit* do mesmo jeito. Impossível! — Marcos balança a cabeça pesaroso, fazendo uma referência a música que Alex acabou de cantar.

— Dá um jeito nessa boca aberta e coloque os seus olhos em outro lugar, antes que eu mesmo faça isso. — Falo fingindo raiva, mas não disfarço o sorriso bobo que tenho escancarado no rosto.

— Como assim? Não consigo parar de olhar, ela é a coisa mais incrível que já vi num palco. — Marcos suspira e bebe um longo gole da sua bebida.

David canta a música seguinte e a balada agitada continua envolvendo toda multidão, que dança como se o mundo fosse acabar nessa noite. A *The*

Goal só canta rock, com uma batida sempre acelerada, Alex acompanha no vocal a música do *Red Hot Chili Peppers* que David está cantando e eles estão tão sintonizados, que dá para perceber a harmonia que existe entre os dois amigos até com os olhos fechados.

Abraço Marcos pelos ombros e dou batidinhas em sua cabeça, fazendo-o olhar para mim meio desconfiado.

— Pois é, cara, também acho que aquela menina incrível no palco é a verdadeira imagem do paraíso na terra. E para a minha sorte, ela é minha. Você e os outros otários que estão se contorcendo dentro das calças, podem até olhar, mas— levanto o dedo em aviso — é só o que vocês irão fazer, olhar. — Dou um riso de escárnio e outro tapinha em sua cabeça. — Eu, com certeza, vou ficar com a melhor parte.

— Rico, você é um filho da puta sortudo! — Marcos me empurra rindo.

— Não nego, sou mesmo!

O meu sorriso é enorme, sinto uma onda quente de pura alegria varrendo o meu corpo, porque em pouco tempo Alex vai estar comigo e, para dizer a verdade, não vejo a hora de me afundar naquela boca macia, que me faz perder completamente o rumo da vida.

Marcos tem razão, minha sorte é de dar inveja.

— Acho que vou dar uma volta, não aguento ficar olhando para essa sua cara satisfeita, tem uma porção de gatas por aí dando mole e estou a fim de descolar algumas.

Marcos tem o sorriso mais cínico do mundo, o mesmo que ele costuma colar no rosto quando parte para o ataque.

— Te vejo mais tarde. — Ele se despede e bate no meu ombro.

Em pouco tempo ele avança em direção à um grupo de meninas que estão dançando próximo as torres de iluminação e logo se enturma. Marcos tem uma conversa afiada que as garotas caem como abelhas no mel, seu jeito de bad boy consegue manter os seus braços cheios de meninas dispostas a passar um bom tempo com ele e não seria surpresa nenhuma se no meio da noite uma ou duas garotas cruzassem o corredor dos quartos lá de casa.

Balanço a cabeça dispersando os pensamentos e focando no show, que continua a todo vapor, Alex está cantando agora e os caras fazendo o vocal. As artes gráficas do painel que fica atrás da banda, são incrivelmente criativas, provavelmente foram boladas por Nando, o tecladista do grupo. Ele é um mago nessas paradas da computação gráfica e os efeitos pulsantes estão em total sintonia com a música, em compensação os outros painéis laterais só passam imagens da banda e, é claro, que o que passa na maior parte do tempo são as imagens de Alex. Ela é uma visão que enche os painéis de pura beleza, tenho que concordar e não posso questionar a fixação do cara que captura as imagens.

Sua energia é inesgotável, Alex caminha, dança, brinca com as pessoas mais próximas e deixa a sua marca. Ninguém assistiu a um show como esse, nem a própria *The Goal* fez uma apresentação tão impressionante como essa, sua vocalista é a grande aquisição da banda e ela se tornou a garota de ouro, um divisor de águas, tudo mudou depois dela e se transformou em algo muito melhor, isso é indiscutível.

O show já está chegando ao fim, com Alex e David cantando a última música, logo que termina David começa a encerrar a apresentação chamando a atenção do público para o nome dos caras do grupo, dando um destaque especial quando fala da garota da banda.

Os estudantes estão super excitados após duas horas de um espetáculo quentíssimo, chacoalham o ginásio com gritos e aplausos, pedindo mais uma música e são atendidos prontamente pela banda que canta *Learn to Fly*, um *hit* de sucesso do *Foo Fighters*. A galera dança e canta junto com a dupla Alex e David, que dão um show de harmonia, afinadíssima, interpretando a música em alto estilo. Assim que finalizam a canção, os rapazes se abraçam e posicionam Alex no meio dos quatro, agradecendo os aplausos e acenando para a multidão, só então as luzes apagam e o grupo deixa o palco para dar lugar a próxima banda que irá tocar após o intervalo.

Hora de dar o fora daqui.

Passo no bar para pegar mais uma cerveja antes de ir para a saída do palco, onde combinei encontrar com Alex após o show. Ainda troco algumas palavras com Paulo e Nina e aviso que encontrarei com eles mais tarde. Sigo o caminho, desviando da grande quantidade de estudantes que estão secos por uma bebida e correm para o bar feito loucos. Falo com algumas pessoas que esbarro enquanto estou andando e resolvo ir ao banheiro antes de encontrar com Alex.

Estou no meio do corredor, concentrado, olhando a tela do meu celular e lendo algumas mensagens, quando sinto duas mãos femininas tapando os meus olhos e um corpo esguio se insinua, colando nas minhas costas. Paro e agarro com agilidade os pulsos da garota que está atrás de mim, desprendendo-as do meu rosto, assim que me viro dou de cara com o sorriso malicioso de Ingrid e, não tenho dúvidas, ela está pronta para fazer o seu jogo.

— E aí, Rico, gostou do show? — A garota ronrona.

— Oi, Ingrid. — Bato a cabeça. — Gostei bastante do show, a *The Goal* arrebentou. — Falo enquanto abro um espaço entre nós.

— É, até que foi legal. Bem, aquela vocalista não é tão boa quanto Dante, mas não é ruim. — Ela fala admirando as longas unhas e fingindo indiferença.

— Acho que você não prestou muita atenção ao show, — digo calmamente — a vocalista foi a melhor parte da apresentação, ela levou esse ginásio a baixo e sem dúvida ninguém conseguiu tirar os olhos do palco. — Ergo os ombros, displicente. — Pelo visto só você não percebeu.

— Hum, talvez, não importa, prefiro Dante.

— Ok , mas o que você quer comigo? — Já deu. Estou ficando de saco cheio dessa conversa mole e quero despachar essa garota rápido.

— Bem, te vi andando sozinho, o que é bastante estranho, porque ou você está com aqueles seus amigos ou com alguma garota, então resolvi te chamar para beber algo, está a fim? — Ela se aproxima e alisa o meu braço enquanto fala toda melosa.

Enrugo a testa e fico analisando a sua expressão facial, ela é uma garota bonita e nós já nos divertimos muito, mas isso foi antes. Agora tudo nela é passado, superficial, nada me atrai e uma intuição forte me diz que Ingrid se tornou o tipo de menina que eu preciso ficar bem longe, caso contrário vou ter problemas.

— Não estou a fim. Não estou sozinho. E estou indo encontrar com a minha garota. — Pontuo cada frase e levanto as sobrancelhas diante da cara desconcertada dela.

— O quê!? — Ela engasga. — Mas você estava sozinho o tempo todo, até agora. Que garota é essa?

Sua voz treme de raiva, ela fica olhando para os lados procurando por algo.

— Qual é, Ingrid, deu pra me vigiar?

— Ahn… não, claro que não, alguém me falou que você não estava com ninguém, nem vi você durante o show!

Sua voz esganiçada, somada ao rosto vermelho não conseguem disfarçar o desconforto que abate a sua confiança e não sei se é porque está mentindo ou se ela está puta que toda aquela jogada sedutora está indo para o ralo. Sei lá. Não importa, estou caindo fora.

— Então é isso, se você me der licença, a minha namorada está esperando por mim. Até outro dia. — Bato a cabeça e saio de perto.

— Namorada...o quê...como assim?

As suas perguntas saem altas com uma voz cada vez mais estridente.

— Desde quando você namora? — Ela cruza os braços e lança um olhar questionador.

— Bem, não é da sua conta, mas vou te esclarecer algumas coisas.

Ingrid abaixa os braços e acho que vai pular no meu pescoço.

— Estou fora do mercado, isso é um fato concreto e imutável. — Falo sério.

A menina balbucia algo que não entendo e não faço nenhum esforço para entender.

— Continuando, — limpo a garganta — desde ontem tenho uma namorada e estou muito a fim dela, ou melhor, estou louco por ela e se isso não é o suficiente para você ficar longe de mim, fique sabendo que não quero mais ninguém, ela é tudo que quero e preciso. — Ingrid arregala os olhos a cada frase que digo e percebo suas pálpebras tremelicando, como se estivesse fazendo um esforço enorme para controlar o acesso de fúria que vejo se formando em seu rosto.

— Você não está falando sério, né? — Ela pergunta ainda sem acreditar.

Faço que sim com a cabeça.

— Estou falando muito sério. — Aperto os olhos. — Vem cá, qual é a do interrogatório, hein?

— Você só pode estar de brincadeira com a minha cara! — Agora ela me encara com um ódio mortal.

Caramba, por que ainda estou dando corda para essa garota?

— Namorada!? Rico, te conheço há três anos e você nunca namorou ninguém, que papo é esse?

Ingrid agora está gritando no meio do corredor dos banheiros, com as mãos na cintura e exigindo explicações. Caralho, fala sério! Todo mundo que passa fica olhando para a gente como se tivéssemos no meio de uma baita briga, tenho que cair fora daqui rápido, antes que essa cena fique pior do que já está.

— Ok , Ingrid, bom te ver, tá legal? Tenho mais o que fazer e não estou a fim de te dar explicações. Então, tchau! — Viro as costas para ela e bato em retirada.

Entro no banheiro masculino e por pouco Ingrid não me segue, fico com a impressão de que a qualquer minuto ela vai invadir o banheiro e chutar o meu traseiro. A mulher ficou louca de raiva e não entendo o porquê, nunca prometi nada, tínhamos um lance físico e sem maiores envolvimentos, não tem justificativa esse acesso de ciúmes ridículo que ela encenou lá fora. Só espero que essa maluca não se transforme em um problema real, a última coisa que quero é Ingrid atrapalhando a minha vida e muito menos o meu relacionamento com Alex, se ela começar a fazer esse tipo de cena de novo eu vou ter que tomar algumas medidas preventivas.

Quando saio do banheiro o corredor está limpo, nem sinal de Ingrid, suspiro com alívio, porque lidar com os ataques dessa garota está fora dos meus planos, tenho coisas muito melhores para fazer, como encontrar com Alex. Essa sim é a minha prioridade número um nesse momento.

Alex disse que levaria um tempo para tomar banho e trocar de roupa, então pelos meus cálculos, ela deve estar terminando de se arrumar, mas mesmo assim ainda vou chegar ao local combinado com folga. Não tenho outra opção, vou ser obrigado a esperar um pouco mais antes de ter a minha garota comigo.

Que droga, penso em um rompante de irritação. A minha vontade é invadir aquele camarim e esquecer que todo mundo existe, mas estou me segurando para não fazer isso. Pesco o celular do jeans para tentar distrair a cabeça e começo a passar as mensagens sem prestar muita atenção, encosto na parede em frente à saída do palco e a medida que os minutos passam fico mais impaciente, olhando a cada segundo para ver se ela aparece.

Uma mensagem do meu pai captura a minha atenção, leio e respondo as suas perguntas imediatamente, mantendo uma linha de raciocínio para resolver as questões propostas pelo velho, mas de repente um perfume delicioso toma conta da minha mente, faz piruetas com o meu corpo e acende um calor que dispara os meus batimentos cardíacos, ergo os olhos e lá está ela.

Alex para a poucos centímetros de distância, as suas sandálias quase encostam nos meus tênis e ela está ao meu alcance finalmente. Seus olhos estão tão claros que deixam aquele rosto de anjo fascinante, as bochechas ligeiramente rosadas, provavelmente por causa de todo o esforço físico do show, e os cabelos molhados do banho caem displicentes pelos seus ombros.

Meu Deus, tudo nela é perfeito. Passo um dos meus braços pela sua cintura encostando o seu corpo junto ao meu e a outra mão enrosco nos seus cabelos, inclinando a cabeça dela de um jeito que posso afundar o meu nariz em seu pescoço, inalando profundamente o cheiro delicioso. E como em um passe de mágica, uma calmaria me invade, encontro o meu lugar no mundo, ao lado da garota que arrebatou o meu coração, a minha alma e tudo mais que pertence só a ela, a minha menina linda.

ALEX

A adrenalina que corre alta pelo corpo deixa a minha pele quente e arrepiada, estou eufórica, em um nível de alegria que não sinto há muito tempo. Saímos do palco e a plateia continua aplaudindo e gritando o nome da banda num barulho ensurdecedor, os meninos têm sorrisos enormes no rosto, feito crianças que ganharam muitos doces e não se aguentam de tanta felicidade.

O show que acabamos de fazer foi elétrico, duas horas em um ritmo alucinante, está todo mundo encharcado de suor, drenado das forças, em um esgotamento completo, mas a satisfação de enlouquecer aquela multidão de estudantes é algo indescritível e compensa todo o resto.

— Garota, você nunca deixa de me surpreender, esse ginásio está explodindo como fogos de artifício. — David segura a sua guitarra com uma mão e me puxa pela cintura com a outra, estalando um beijo na minha bochecha. — Senti tanto a sua falta. — Ele murmura em meu ouvido.

— Não consigo descrever o quanto senti a sua. — Sussurro de volta.

Me afasto um pouco e encaro o seu rosto, emocionada com o quanto isso tudo significa para mim e um suspiro feliz escapole da minha boca.

— Não sei te dizer, é como se uma parte da minha vida se encaixasse novamente, assim... puf, tudo tão simples como tem que ser.

Dou um abraço forte no meu amigo que balança a cabeça confirmando o que as palavras não podem dizer.

Corro o olhar pelos rostos sorridentes dos rapazes e suas expressões de felicidade me atingem como flechas. Sinto que faço parte desse grupo desde sempre, como se fosse uma antiga parceira da banda e isso infla a minha confiança de que tudo está seguindo um bom caminho, finalmente.

— Caras, vocês mandaram muito bem! — Solto um grito entusiasmado.

— Isso foi, como dizem, um bom trabalho de equipe, boneca. — Dante pisca maliciosamente para mim.

— Concordo, mas não estou falando somente sobre o talento de vocês, isso é óbvio, o que não posso deixar de falar é sobre outra coisa, um ponto crucial para a loucura que foi esse show. — Estreito os olhos provocando os caras.

Aceno as mãos para os três meninos lindos de morrer que me encaram sem entender nada.

— Meu Deus, fala sério! Vocês não perceberam o quanto aquelas garotas perderam as suas cabeças? — Faço uma expressão incrédula. — Essas pobres almas fizeram de tudo para chamar a atenção dos "garotos sexys" da banda. Foi uma gritaria só, o tempo todo.

— Ah, tá bom. — Hector sorri debochado. — Nós tivemos a nossa cota, mas você não ficou atrás, vi um bocado de gente de olhos arregalados, com a língua pra fora e, de verdade, não era pra gente, isso eu tenho certeza.

Hector lança um olhar afiado para minha roupa e deixa escapar um gemido.

— Nem vem, Hector! — Uma gargalhada me escapa.

— Menina, essa sua roupa de juiz de futebol é um inferno de quente! Dio! — O baterista da banda assobia baixo enquanto continua a esquadrinhar o meu corpo com interesse.

Hector abre um sorriso diabolicamente atrevido, sua marca registrada e arma infalível para ganhar as meninas, esse seu jeito irreverente é capaz de arrancar qualquer um do sério. O cara também é um dos queridinhos da banda e as garotas morrem por ele, sem falar que o sujeito é bonito pra caramba. Hector faz aquele tipo desleixado, com o cabelo sempre desarrumado, jeans rasgados e andar preguiçoso, porém o menino é dono de um rosto que é um escândalo, marcado por traços fortes e perfeitos. Não posso culpar as garotas por ficarem babando pelo cara, ele é a verdadeira encarnação do mau caminho.

— É isso aí, Cookie! Essa sua roupinha justa quase me fez perder o rumo durante o show. — Dante balança a cabeça de um lado para o outro e solta um suspiro sofrido. — Pelo amor de Deus, por pouco não errei as músicas.

— Cookie? Que isso agora?

Saio do abraço de David e paro em frente a Dante com as mãos na cintura, contrariada com essa idiotice.

— Escuta, tenho que encontrar um apelido para te chamar, — ele ergue os ombros — um que não provoque o meu enforcamento imediato, já que o anterior está proibido, então... acho que Cookie vai servir.

Dante abre um sorriso hesitante, analisando a minha reação.

— E aí, gostou?

Não deixo de notar que ele pergunta e dá um passo para trás, o que me faz lembrar da noite passada e do estrago que provoquei nele.

Fecho os olhos e respiro fundo.

— Não, é ridículo.

— Sem essa, Alex, Cookie é fofo pra cacete.

Dante me olha de esguelha e se certifica de que ainda estou no mesmo lugar, como não avancei para cima dele, o cara abre um sorriso presunçoso que o deixa ainda mais bonito. Não resisto, desarmo a minha cara feia e começo a rir, Dante relaxa e, como não poderia deixar de ser, joga uma cantada.

— Sabe como é, gata, precisamos de uma certa intimidade para melhorar o nosso entrosamento, o que você acha? — Dante arqueia as sobrancelhas até elas se esconderem em sua franja loira.

— Acho uma péssima ideia e você está tendo alucinações se pensa que vou fazer algum jogo com o baixista da banda da qual faço parte. Nem em sonho, cara! — Torço a boca horrorizada diante dessa suposição.

As suas tentativas de dar em cima de mim não me surpreendem, porque Dante é assim mesmo, um paquerador. Ele está acostumado a ter todas as meninas lambendo o chão que pisa, mas eu não faço parte desse time e ele vai ter que se acostumar com os limites que estabeleço com os caras.

— Sério? Qual o problema? — Ele tem o descaramento em simular um olhar de cachorrinho sem dono.

— Isso não vai acontecer, Dante, esquece. — Declaro e reviro os olhos diante do seu rosto decepcionado.

— Segura a porra da onda, cara! Você não percebeu que a garota não está a fim? — Nando perde a paciência e afasta Dante com um empurrão.

A cena é hilária e todo mundo cai na gargalhada ao mesmo tempo. Nando por natureza sabe manter o controle, não se irrita fácil e no geral é muito calmo, administrando tudo de forma meticulosa e excessivamente concentrada, por isso esse rompante de raiva diante das cantadas que o amigo joga em cima de mim é tão surpreendente. Ninguém consegue segurar os risos quando Dante faz uma careta esquisita para o meu defensor.

— Ei, não é como se eu estivesse forçando Alex a fazer algo que ela não queira, sei muito bem quando uma garota não tá a fim, tá legal? — Dante esbraveja ofendido para Nando.

— Não é o que tá parecendo! — Nando bufa irritado.

— Ah, fique na tua, Nando! — Dante rebate e dá de costas para o parceiro de banda.

— Esquece esse cara. — Dante agora está virado para mim com um sorrisinho nos lábios. — Vamos lá, gata! Você ainda não se deu conta do sujeito incrível que tá dispensando aqui?

— Acho que não mesmo. — Balanço a cabeça e mordo o lábio para segurar o riso.

— Tá perdendo tempo. Mas como sou um cara bacana, vou esperar você abrir a sua mente, ok ? — Dante acena uma mão displicente em frente ao rosto. — Agora, se você mudar de ideia..., estou por aí e hoje eu seria todo seu, basta falar.

Ele termina com uma piscadinha que arranca um suspiro exasperado de Nando.

— Cara, você é mesmo um babaca metido a besta. Deixe a garota em paz!

Hector dá um tapinha na parte de trás da cabeça de Dante e este acerta um soco no braço do amigo.

— Ai, meu Deus! Parem com isso, vocês parecem loucos!

Grito entre risadas, porque agora um implica com o outro, xingando e trocando tapas, mas todos estão rindo, bem à vontade com essas brincadeiras estúpidas de meninos.

— Ei, dois tontos, vocês já terminaram o espetáculo? — David fala enquanto os rapazes viram a cabeça para ele.

— Se é que isso faz alguma diferença, mas aí vai um conselho: vocês estão perdendo a porra do seu tempo, já tem alguém esperando por ela lá fora.

David aponta o polegar para o ginásio.

Alguns segundos de silêncio e:

— O quê?

— Quem?

— Como assim?

Todos perguntam ao mesmo tempo e três rostos viram para mim com olhares questionadores, David suspira ruidosamente com a reação dos caras que estão parados, em linha, na minha frente. Ótimo, isso é tudo que preciso, agora vou ter que lidar com três idiotas agindo como irmãos mais velhos.

— O que foi? — Rebato os olhares de censura que os três têm o atrevimento de lançar para mim.

— Nada disso é da conta de vocês, podem desfazer essas caras feias, entenderam? Sou uma menina crescida e sei me cuidar, portanto é melhor vocês darem o fora daqui e começarem a procurar aquelas garotas que ficaram gritando como loucas durante o show.

Dante abre a boca, mas ergo a mão e ele se cala.

— Como David falou, vocês estão perdendo tempo.

Encaro os três rapazes bem mais altos do que eu, com a cabeça erguida, sem um pingo de medo, eles estão muito enganados se acham que tenho que dar alguma explicação. O primeiro a falar entende o recado e olha para mim como se pedisse desculpas.

— Tá certo, Alex, mas é que a gente se preocupa com você, sabe como é..., — Hector aponta o queixo para a minha roupa — depois do show vai ter uma porção de engraçadinho achando que pode tomar liberdades com você, então se um de nós ficar ao seu lado e manter os caras afastados, pensamos que poderia ser uma boa. — Ele levanta os ombros quando termina de falar.

Depois que Hector faz o seu discurso arrependido, os outros dois batem a cabeça em concordância, esse gesto tem o poder de me derreter completamente e a preocupação verdadeira que eles têm comigo faz com que eu fique caída de amores por esses meninos. Desfaço a minha cara amarrada e garanto que não vou passar por apuros, eles ainda ficam incertos, mas David resolve o impasse, passando o braço pelos meus ombros e disparando uma ordem para os caras irem embora.

— Podem sumir daqui, vocês três! Alex não precisa de babá. — David dá o comando e eles ainda tentam arrancar algumas informações, mas desistem quando encerro o assunto e falo que está tudo bem. Logo em seguida dou um beijo no rosto de cada um agradecendo por eles se importarem comigo.

Saio com David em direção ao camarim que os rapazes cederam só para mim, todos se arrumaram no vestiário masculino, deixando o local reservado para que eu me sentisse à vontade.

— Muito bem, vou tomar uma ducha e te encontro lá na saída, tá legal?

— Ok, vou ser rápida.

— Não se apresse, tenho todo o tempo. — David me beija e segue para o vestiário.

Entro no camarim e tomo um banho, lavando bem os cabelos para tirar todo aquele suor da apresentação, mas não demoro quase nada embaixo do chuveiro. Em seguida, pego o meu vestido preto cheio de zíper e abro um sorriso satisfeito quando começo a vesti-lo. Adoro essa roupa, ela tem uma pegada descolada e muda completamente o meu visual, que é sempre básico. Sento no sofá e calço as sandálias pretas com salto de corda, essas também têm um efeito bastante interessante, porque alongam as minhas pernas e me deixam um pouco mais alta. Não faço nada no cabelo, escovo bem e deixo cair pelos ombros, depois completo o visual com um pouco de rímel e *gloss*, por fim olho para a minha aparência no espelho aprovando o resultado.

— Legal, estou estilosa. — Falo para o meu reflexo.

Bem... é isso aí, acho que terminei.

Reúno as minhas coisas e enfio tudo dentro de uma mochila, que David se prontificou a levar com ele e me entregar depois, afinal estou sem carro e ficar carregando uma mochila pelo ginásio está totalmente fora de questão. Os únicos objetos que carrego na pequena bolsa que transpasso pelo corpo são o meu celular, identidade, dinheiro e chaves.

Saio e bato a porta atrás de mim, pegando o corredor e caminhando em direção ao local que combinei encontrar com David. À medida que vou me aproximando da saída, uma inquietação desagradável começa a fazer coisas no meu estômago e sei muito bem porque estou assim. As velhas inseguranças que atazanam a minha vida, insistem em saltar ao redor da minha cabeça, minando fortemente a confiança que até então estava sentindo, os meus passos começam a travar no meio do corredor e uma fraqueza me abate.

O medo da rejeição é uma merda, penso com uma ponta de tristeza.

Respiro fundo repetidas vezes e empurro essa sensação com todas as forças para fora do meu caminho, quase corro em direção à porta, decidida a não deixar o medo levar a melhor. Não hoje.

Quando chego David já está me esperando e estica o braço para tirar a mochila das minhas mãos com um sorriso largo.

— Obrigada, amanhã pego com você. — Agradeço ofegante e observo David com as chaves do carro na mão olhando apressado para celular. — Você não vai ficar? Dar uma volta pelo ginásio e ouvir os comentários sobre o show? — Sorrio diante da careta do meu amigo.

— Não, vou encontrar com a Mary e iremos jantar sossegados. O bar vai fechar mais cedo hoje e quero curtir uma noite tranquila com a minha esposa, tenho certeza que os rapazes vão fazer o serviço completo por aqui. — Ele me puxa para um abraço e dá um beijo em meus cabelos úmidos. — E você? Acho que os seus planos para hoje envolvem um certo encontro, né?

— É, acho que sim. — Falo com uma certa hesitação e olho para a porta meio sem graça. — Ele disse que estaria me esperando, mas não tenho certeza, o cara pode ter desistido, sei lá, essas coisas acontecem com frequência, então... não sei.

Solto o ar depois de despejar esse monte de frases sem nexo e fico um pouco vermelha diante do olhar divertido que David lança para mim.

— Ah, Lex, você é uma garota tão inteligente, mas quando se trata de relacionamentos simplesmente seu cérebro não funciona direito. — David faz um barulho estalado com a língua meneando a cabeça.

Dou de ombros, mas David me conhece.

— Aquele cara, que está sem dúvida nenhuma te esperando atrás daquela porta, é vidrado em você. Impossível não perceber o quanto ele te quer. — David semicerra os olhos para mim. — Ontem, após o incidente com Dante, eu estava pronto para ir te ajudar, mas não consegui sair do lugar, antes que eu pudesse mover as minhas pernas, Rico partiu como um homem possuído, nada o impediria de correr atrás de você e fazer o que fosse necessário para te ver bem.

David ergue as sobrancelhas e pergunta:

— Rico cuidou de você, não foi?

— Sim, ele fez isso. — Abaixo o olhar e suspiro melancolicamente.

— Vamos lá, Alex, pare de encontrar desculpas para não se envolver, tudo que você precisa fazer é abrir bem esses lindos olhos e enxergar através dessa névoa de incerteza, não tenha medo do que está por vir, acredite em mim. — David fala com um tom tão esperançoso que deixa os meus olhos ardendo.

— O que mais eu posso fazer, David? Não estou preparada para mergulhar fundo e bater com a cabeça. Você sabe como sou, ainda é complicado para mim não pensar no pior. — Estou engolindo em seco e piscando rapidamente para disfarçar a vontade de chorar.

— Eu sei, querida, entendo, mas tente não jogar pelas mesmas regras, logo você vai perceber o que existe por trás de toda insistência desse rapaz e acreditar que encontrou a sua chance de ser feliz, é só deixar acontecer.

Meu amigo é a pessoa mais incrível do mundo, ele tem o poder de acalmar os meus nervos com suas palavras cheias de amor e carinho.

Sinto um arrepio involuntário percorrer a minha coluna quando o pensamento de me encontrar novamente com Henrique me vem à cabeça. Meu coração bate acelerado com essa expectativa, na verdade só de lembrar do seu olhar azul o meu estômago dá cambalhotas animadas.

— Tudo bem, prometo que dessa vez vou tentar pra valer.

— Então, faça isso.

David me abraça forte e vai embora, estou caminhando para a saída e paro os meus passos quando vejo Henrique encostado displicentemente na parede, concentrado em alguma mensagem no seu celular.

Como sempre, ele veste uma roupa que o deixa mais do que perfeito, minha boca se enche de água ao verificar o modo como sua camisa cinza reveste aquele tórax musculoso, deixando minhas mãos inquietas para tocá-lo, seu jeans também faz um bom trabalho, envolvendo as coxas tonificadas e caindo pela sua cintura magra. Ele não nota a minha presença e vou me aproximando até ficar a uma distância mínima dele, seus olhos levantam lentamente e um arrepio elétrico percorre o meu corpo, sorrio numa clara demonstração de alegria por estar aqui, com ele.

É, estou feliz, não dá para esconder a minha felicidade. Não quero dar um nome ao que estou sentindo, mas é algo novo, diferente de tudo que já vivi, isso eu tenho certeza absoluta. Ninguém antes me atingiu dessa forma, nem fez o meu sangue girar em alta velocidade com um simples olhar, quero suas mãos me tocando e seus lábios em minha boca. Sim, quero isso. Muito.

Estou aqui me contorcendo de vontade de tascar um beijo nele e o cara sabe direitinho como me atormentar, levando uma eternidade para fazer o que estou esperando ansiosamente. O sorriso provocador vem seguido de um movimento possessivo dos seus braços, que envolvem a minha cintura colando todo o meu corpo ao dele, enquanto a outra mão espreita pelos meus cabelos posicionando o meu pescoço ao alcance do seu nariz. Um som rouco sai de sua garganta quando ele inspira próximo à minha orelha e o ar falha ao entrar em meus pulmões. Meu Deus, é desconcertante a maneira como ele me mantém em seu poder com um simples toque.

— O seu cheiro é tão bom. — Henrique fala e pousa um beijo molhado na curva do meu pescoço, eu fecho os olhos tentando encontrar um ponto de equilíbrio.

— Demorei um pouco. Desculpe. — A voz sai sussurrada e recuo alguns centímetros para ganhar uma pausa, mas assim que elevo a cabeça encontro os seus olhos cravados nos meus, molho os lábios com a língua para espantar a secura que invadiu a minha boca, transformando o meu desejo de beijá-lo em uma agonia silenciosa.

— Na verdade você ficou tempo demais longe de mim, mas estou em uma missão de recuperação e agora vou te manter por perto.

Ele afasta o cabelo do meu rosto colocando-o atrás da orelha, arrepiando o meu corpo ao traçar o dedo pelo maxilar lentamente, Henrique abaixa o rosto e logo os seus lábios estão nos meus e seus braços me puxando firmemente contra ele. Um suspiro me escapa ao sentir a língua dele sondando o interior da minha boca, numa deliciosa tortura, atiçando a minha língua a participar do seu jogo sedutor. Deslizo as mãos lentamente pelos braços dele e seguro os seus cabelos, em uma tentativa de intensificar o contato. Ele reage da mesma forma, enroscando a mão em meus cabelos, deixando o meu couro cabeludo eriçado e dolorido. Sinto os joelhos fraquejarem a medida que o beijo avança e o meu cérebro desconecta de qualquer coisa ao meu redor, dificultando as minhas habilidades de raciocínio.

— Você vai acabar comigo, tenho certeza. — Henrique interrompe o beijo respirando com dificuldade.

— Eu? Acho que não sou capaz. — Também tenho a respiração cortada e apoio as mãos em seu peito sentindo o batimento acelerado do seu coração.

— Quem mais, Alex? — Nossos olhares se encontram, o meu é ansioso e o dele é uma fogueira de desejo. — Cada parte do meu corpo pulsa por você, tenho vontade de grudar a sua boca na minha num beijo eterno. Caramba, é como se eu estivesse viciado no seu gosto, no seu perfume, tudo em você desencadeia uma corrida maluca do meu sangue e me deixa zonzo. Sei que estou encrencado, estou bem ciente disso, mas não importa, te quero em um nível que eu nunca estive com ninguém antes.

Aquelas palavras sinceras ao mesmo tempo que aquecem o meu coração, disparam sinais de alerta que não consigo ignorar.

— Você não pode falar essas coisas para mim, assim...eu...eu...ainda tenho que te contar sobre... e é complicado!

As palavras saem espremidas pela minha garganta, enquanto fecho os olhos covardemente.

— Acalme-se, seja lá o que você tem para me dizer, não vai fazer diferença alguma. Eu sou seu, linda, nada vai mudar isso. — Henrique esfrega os polegares carinhosamente pelo meu rosto.

Tenho diante de mim um garoto lindo, com olhos amorosos, crente que serei capaz de retribuir toda essa ternura. Soluço alto enquanto uma dor profunda rasga o meu peito e eu me transformo em um poço de emoções, pisco repetidas vezes para conter as malditas lágrimas, que teimam em inundar os meus olhos.

— Ei, por favor não chore, não aguento ver você sofrendo. — Ele segura o meu rosto com ambas as mãos limpando as lágrimas derramadas. — Nós precisamos conversar, quero saber o que ou quem te machucou tanto e quero saber hoje. Minha cabeça está dando voltas e não gosto nem um pouco disso, mas estamos presos, não vou te soltar, não existe nenhum jeito nesse mundo que eu possa me afastar de você. Entendeu?

Eu ainda estou assustada com a sua determinação inabalável, mas tenho que ser realista, preciso encontrar coragem para contar o que aconteceu comigo e no que me transformei, não sou o que ele imagina, nem de longe e Henrique precisa ter a chance de escolher as suas opções.

— Ok, vou te contar, é justo você saber e depois tirar as suas próprias conclusões. — Solto um suspiro derrotado. — Não sou fácil, tenho fantasmas atormentando a minha vida o tempo todo e por mais que eu tente, não consigo me livrar deles. Meus bloqueios são difíceis de engolir e não tenho tanta certeza de que você vai querer lidar com esse pacote completo de loucuras. Firmo as palavras, contendo as lágrimas, num propósito de revelar o meu lado nada bonito.

— Não quero fácil, quero você.

— Vamos ver. — Murmuro desolada.

Henrique contrai o rosto e olha para o lado tentando manter a calma, seus olhos se voltam para mim com um brilho teimoso, mas sua expressão suaviza no instante em que ele depara com o meu rosto apreensivo, sua boca se abre num pequeno sorriso e ele quebra o clima tenso.

— Agora me escute, vamos curtir a noite, beber algo e comemorar esse show fantástico que você acabou de fazer. — Ele beija a minha testa ainda com as mãos no meu rosto. — Depois iremos sentar e conversar com calma sobre tudo isso, combinado?

Eu estava tão cansada de ter medo que só balancei a cabeça concordando.

— Vem, vamos sair daqui.

Ele segura a minha mão e caminhamos em direção à saída, quando entramos no ginásio Henrique avalia tenso o aglomerado de pessoas que circula pelo local.

— Espero que aqueles babacas tenham esfriado as calças, se não vou ter um bocado de trabalho para controlar o meu humor. — Seus músculos faciais se contraem com desgosto.

— O quê? Como assim?

Ele ergue os ombros e circula o dedo para o ginásio.

— Bem, você estava naquele palco, vestindo um uniforme de juiz provocante pra cacete e eu aqui embaixo tendo que lidar com os olhares pervertidos de todos os marmanjos dessa universidade. — Henrique solta um rosnado — Isso quase acabou comigo, tive que segurar firme os punhos para não socar um bando de idiotas excitado, inclusive meus próprios amigos. — Henrique resmunga a última frase com irritação, o que me faz rir.

— Não acredito, eles são seus amigos. — Solto uma risadinha debochada.

— Antes fosse mentira, mas Paulo levou umas porradas da Nina para que ele fechasse a boca e Marcos, bem..., esse foi o pior, lambia os lábios descaradamente, aquele ordinário. — Ele levanta um lado da boca, lembrando de algo divertido e a sua expressão brava muda completamente.

— Marcos estava só tirando onda com a sua cara, ele é o seu melhor amigo. Tento justificar o comportamento de tarado do amigo, mas Henrique continua com aquele brilho bem humorado nos olhos.

— Nãããoo, ele estava babando mesmo. Mas, até aí todos ao meu lado estavam. — Henrique confirma com a cabeça. — Só que a melhor parte veio depois, quando ele se deu conta de que eu sou o dono da sorte grande, que você é minha e ninguém tasca. — Um sorriso satisfeito toma conta do seu rosto.

— Não brinca! — Falo, implicando com sua autoconfiança.

— Em se tratando de Marcos, sei muito bem como agir, linda. — Henrique ignora a minha implicância e dá de ombros.

— E ele, fez o quê? — Pergunto, achando graça do seu ar superior.

— Ele não aguentou a pressão e partiu para conquistar algumas gatas, só para fugir da expressão de felicidade que eu estava exibindo para quem quisesse ver. — Seu sorriso agora é de orelha a orelha, todo bobo.

— Sua sorte pode estar por um fio, se você continuar com esse ar de que "eu sou foda". — Cantarolo.

Olho para Henrique com o canto dos olhos e vejo seu sorriso murchar um pouco, fico quase arrependida, quase, mas ele é incorrigível e numa fração de segundos sou imprensada contra uma parede, com o seu grande corpo me esmagando e a sua boca muito próxima da minha, ele posiciona as mãos na parede, na altura da minha cabeça e um demoníaco olhar esquadrinha o meu rosto.

— Acho que você não deveria me provocar desse jeito, não mesmo. — Ele balança lentamente a cabeça de um lado para o outro. — Eu vou enxotar qualquer um que se atrever a dar em cima de você, sem piedade e não dou a mínima para o que vai acontecer. A única coisa que importa é que esses idiotas saibam que você é a minha garota e se para isso eu tenho que agir como um homem das cavernas, eu irei, não duvide. — Henrique afirma com firmeza.

Ele olha para mim como se eu fosse tudo e isso me faz esquecer de como a minha boca funciona, não consigo pensar em algo inteligente para retrucar o seu ataque de ciúmes. Ao invés de falar, fico na ponta dos pés e enrolo os braços ao redor do seu pescoço, depois pouso um beijo leve em seus lábios, esse gesto o desarma e imediatamente suas mãos estão me segurando junto dele, colando o seu corpo ao meu.

— Entendi o seu ponto, mas... não abuse da sorte. — Faço a minha cara mais doce, abrindo um sorriso inocente.

— Você está brincando com fogo, Alex. — As suas mãos apertam a minha cintura, fazendo uma leitura de posse em meu corpo.

Estou arfando novamente ao sentir aquela boca tentadora encostar em meus lábios num beijo intenso. Isso é o suficiente para esquecer onde estou e quem sou, quando ele se afasta, as minhas pernas bambeiam e têm um certo trabalho para obedecer o meu cérebro.

— Agora, nada de bancar a engraçadinha, vamos logo pegar uma bebida, antes que o meu controle vá para o saco e a gente não consiga sair dessa parede. — Ele volta a segurar a minha mão e começamos a nos mover.

Seguimos tranquilamente para o bar, ninguém me reconhece no caminho. Acho que o motivo é que quando me apresento no palco estou sempre com os cabelos presos, na verdade é uma espécie de regra pessoal, detesto ter o cabelo grudado e misturado ao suor, então eu os prendo em diversos penteados, o que ajuda também a mudar o meu estilo quando não estou cantando, como agora. Tenho o cabelo solto caindo pelas costas e, de certa forma, consigo atravessar o ginásio sem grandes problemas, isso facilita o nosso deslocamento e chegamos rápido ao bar.

Henrique segura o meu corpo bem próximo ao seu e assim garante que ninguém se aproxime o suficiente de mim. Acho isso bom, porque detestaria ter que lidar com os estudantes mais ousados, aqueles que confundem o papel que represento no palco com quem de fato sou. Em Atlanta, quando eu me apresentava no bar da minha madrasta, o lugar era pequeno e os frequentadores em geral eram pessoas que trabalhavam em escritórios próximos e passavam no bar para tomar um *drink* e relaxar após um dia duro de trabalho. As poucas vezes que alguém passou dos limites eu soube como lidar e o sujeito não ousou tentar uma segunda vez.

Mas aqui é diferente, sou uma estudante como eles e para todos os efeitos confraternizar é a palavra de ordem, os rapazes da banda sabem e aproveitam bem as facilidades de serem populares, as garotas enchem os seus braços e eles não perdem tempo. Bom, isso não é para mim, o que faço no palco fica lá, aqui embaixo quero ser eu mesma e manter distância de problemas.

— O que você quer beber? — Henrique sussurra em meu ouvido quando chegamos ao balcão.

— Hum... pode ser água, uma garrafa fechada, por favor.

— Água!? Vamos comemorar, um pouco de cerveja não vai fazer mal.

— Não, eu não bebo. — Minha resposta é imediata, não desvio os olhos do seu olhar interrogativo e ele nota que nesse ponto não adianta insistir.

— Ok, mas você não "quer" beber ou tem algo a mais nessa sua aversão ao álcool?

Henrique franze o cenho vasculhando o meu rosto em busca de uma resposta, era como se ele lesse a minha alma, nada passa sem que perceba, é impressionante o quanto é observador em detalhes que sempre consegui camuflar com desculpas vagas.

— Tem algo a mais. — Confirmo sem vacilar.

— Certo, — Henrique bate com a cabeça — tudo bem, vou pegar a sua garrafa fechada, não saia daqui. — Seus olhos contraem um pouco antes dele beijar a minha testa e se afastar para buscar as bebidas.

Enquanto ele segue para o bar, respiro fundo e estremeço o corpo com medo das inevitáveis consequências das respostas que em breve daria a ele. Sinto uma onda gelada varrer toda aquela empolgação de poucos minutos atrás, e as inseguranças novamente assolam a minha cabeça, como uma amiga carente que não consigo dispensar, a ideia de ter um relacionamento normal com um cara está sendo carregada junto com essa onda e eu não consigo fazer nada para espantar essa sensação de vazio. Abaixo a cabeça e fico encarando as minhas sandálias, decidindo o que fazer para vencer a enorme vontade de sair correndo desse ginásio, mas uma voz grave me tira desse conflito.

— Pare agora! Tá dando pra ver a fumaça saindo da sua cabeça. — Henrique levanta o meu rosto e me encara com olhos preocupados. — Pegue a sua água e esfrie a cabeça, não vou deixar você arruinar essa noite incrível com pensamentos idiotas. — As suas palavras enérgicas são quebradas pelo sorriso torto que ele exibe naquele rosto lindo.

— Hum... ok..., você está certo, vamos aproveitar o nosso tempo agora, não quero estragar a noite com os pensamentos que estão martelando a minha cabeça. — Solto um suspiro pesado e olho para o bar entupido de gente. — Acho que teremos que dar uma volta para tentar encontrar os nossos amigos ou mandar uma mensagem, esse lugar tá muito cheio.

Minha tentativa de mudar o assunto não o engana, mas ele aceita e começamos a nos afastar do bar rumo ao grande espaço em frente ao palco, onde as pessoas já estão aguardando a próxima banda. Henrique pega o seu celular e localiza Paulo e Nina, bebo a minha água quase de uma vez e me dou conta do quanto estou com sede, preciso repor os líquidos que perdi no palco e acabo com toda a garrafa em dois tempos.

— Vou pegar mais água, você tem que se hidratar depois de toda aquela dança.

Nesse instante, Henrique olha para o palco pensativo, franze o rosto e faz uma pergunta um pouco hesitante

— O que você fez no palco hoje, é sempre assim?

— Assim como? — Levanto os ombros sem entender muito bem a sua pergunta.

— Intenso, quente, provocante. — Henrique contrai o maxilar e vejo seus olhos vagarem pelo ginásio. — Os próximos shows vão ser assim..., — ele acena a mão no ar — tão impactantes?

— Vou encarar isso como um elogio. E para a sua pergunta só tenho uma resposta: sim, é o que espero. — Apoio uma mão em seu rosto fazendo com que ele olhe para mim. — A música é o meu alimento, a minha cura, todas as coisas boas acontecem comigo quando estou no palco, na verdade quando estou lá é só eu e a música e nós nos damos muito bem, acredite.

Ele faz que sim e um sorriso surge em um dos cantos da sua boca.

— Desculpe, sei o quanto a música é importante para você, sinto muito, mas é só o meu lado irracional tentando tirar vantagem. — Ele cola um beijo leve em minha boca. — Você é incrível naquele palco, e não estou falando só da sua aparência malditamente sexy, mas de talento, sua voz é poderosa como um canto de sereia e não há uma pessoa dentro desse ginásio que não tenha ficado enfeitiçado pela garota da banda.

— Você está exagerando, os caras são ótimos, fizemos um bom trabalho e as pessoas curtiram o nosso show porque o grupo é coeso, sincronizado e tudo deu muito certo nessa apresentação.

— Concordo que a *The Goal* é uma banda e tanto, mas nada se compara ao que vimos hoje, e a diferença é você, pode crer, Alex. — Ele abre um largo sorriso e me beija não dando abertura para que eu diga algo contra. — Vou pegar nossas bebidas, não demoro, fique por aqui. — Reviro os olhos para ele, porque já é a segunda vez que Henrique dá essa ordem estúpida para eu não sair do lugar.

Enquanto ele caminha apressado para o bar, corro os olhos pelo ginásio procurando Nina e Paulo, que devem estar vindo ao nosso encontro. Estou distraída, olhando a arrumação do palco, quando de repente sinto uma mão apertando o meu ombro, me fazendo pular e ficar em posição defensiva, quase avanço na garota que para desavisada atrás de mim.

— Oi, Alex, meu nome é Ingrid. Você não me conhece. — Ela me olha enigmática e repuxa os lábios em um sorriso falso. — Ainda.

— Ah, oi, então. — Que jeito estranho de se apresentar, penso intrigada.

— Vou ser objetiva, assim você vai entender por que estou aqui e iremos evitar duas coisas: perder o seu e o meu tempo. — Ela passa a mão pelo cabelo escuro e olha para os lados medindo o tempo.

Arqueio as sobrancelhas tentando decifrar o que essa garota quer comigo.

— É o seguinte, Rico não está disponível, ele é meu desde sempre.

— O quê? — Não seguro o meu espanto.

— É isso mesmo. E é melhor você dar o fora antes que as coisas fiquem complicadas para o seu lado, você não iria gostar nem um pouco de entrar em uma disputa comigo.

A sujeita me olha toda cheia de si e, pior, achando que pode me intimidar.

— Complicadas, é? — Verifico a morena bonita que está parada com as mãos na cintura me olhando com um ar hostil. — Acho que vou ter que te atualizar… Ingrid. — Sorrio. — Ele era seu, agora Henrique está comigo, portanto a fila anda, querida. — Ironizo porque estou começando a entender o que ela pretende com esse papo estranho.

Encaro a garota com desdém e ela rebate enfurecida.

— Sua otária, ele só está atrás de novidade, quando se cansar é pra mim que vai voltar correndo, todas vocês não passam de uma diversão fácil para Rico.

Seus olhos tremem de raiva e estou puta que essa garota está me confundindo com uma aventura de uma noite.

— Qual o seu problema, hein? Ele te dispensou e você não aceitou bem? Ah, por favor! — Aceno a mão perdendo a paciência. — Parte pra outra, esse papel de garota ofendida é ridículo! Será que você realmente precisa marcar território para manter um cara? Caramba, eu nem te conheço, mas já estou sentindo dó de você. — Seus olhos quase pulam das órbitas e ela retorce a boca como se tivesse engolido algo azedo.

— Você se acha muito esperta, não é? Mas vou ser legal e te dar uma chance de pular fora antes que toda a universidade fique zoando da sua cara.

— Ela faz uma pausa e abre aqueles lábios cobertos de batom vermelho, num sorriso arrogante. — Enquanto você estava fazendo aquela porcaria de show, era comigo que Rico passava o tempo, nós marcamos um encontro e tivemos um lance no banheiro. Sabe, ele me pareceu tão empolgado que nós fizemos até uma segunda rodada, foi muito louco. — Sua voz é um sussurrar indecente, como se ela tivesse tendo um orgasmo bem na minha frente.

— Ingrid, você é patética, o que te leva a pensar que vou acreditar nessa sua conversa absurda? — Encaro-a com uma expressão furiosa, essa garota já passou dos limites e estou a um passo de fazer ela engolir esse sorriso de Barbie.

— Rico é meu, sempre foi e não vou deixar uma fulana como você ficar no meu caminho. Nem tente.

Seu olhar lança punhais em minha direção e ela está crente que vai me botar pra correr com essa cara feia. Que garota pretensiosa!

Estou me preparando para dar uma resposta afiada quando ouço Henrique soltar um palavrão atrás de mim, puto da vida.

— Ingrid, que porra você está fazendo aqui? — Henrique grita enfurecido.

A expressão no rosto da menina denuncia o seu desconforto, mas ela não se rende e abre um sorriso sedutor para tentar reverter o jogo.

— Gato, qual o problema? Eu só estou me apresentando para a sua... amiga. A propósito, nós estávamos falando sobre você, a conversa foi bastante esclarecedora e Alex conseguiu entender o nosso lance. — Ela bate os cílios cheios de rímel para Henrique, enquanto sopra uma voz açucarada.

— Ingrid, nós não temos um lance. — Sua voz é rosnada fazendo a garota vacilar um pouco.

— Como não? Isso não é verdade, Rico. — Ingrid faz um bico triste. — Nós nos encontramos há pouco, ainda posso sentir as suas mãos pelo meu corpo, como você pode negar?

— Você tá maluca? Nós não fizemos nada. Trocamos algumas palavras, só isso. — Henrique quase avança na menina.

— Nossa, assim você me magoa. — Ela faz uma cara ressentida e seus olhos ficam cheios de lágrimas.

Estou nauseada, porque começo a visualizar melhor a situação. Aquela menina não mentiu quando disse que encontrou com Henrique, eles estavam juntos enquanto eu estava no palco. Fecho os olhos e a minha mente traiçoeira monta uma cena de Henrique e essa maldita garota transando em algum banheiro.

— Ingrid, cai fora, agora! — Henrique ruge para a garota, tremendo de raiva.

— Onde você encontrou com ela? — Minha palavras saem engasgadas e ele imediatamente percebe a minha agonia, seus olhos fixam no meu rosto e não escondem o seu medo.

— No banheiro, mas nós só conversamos. — Ele fala receoso. — Alex, você não está acreditando nessa palhaçada, não é?

Não respondo, minha cabeça começa a girar, cheia de incertezas.

— Linda, você tem que acreditar em mim, eu não fiz nada com essa garota. — Henrique segura os meus braços, mas eu me afasto deixando-o surpreso.

Encaro o seu rosto pálido e em seguida olho para Ingrid, que tem uma expressão de vitória no rosto. Me sinto uma completa idiota, minha cabeça é um redemoinho e as batidas do meu coração ecoam como um tambor em meus ouvidos. Não ouço mais nada, só percebo que estou andando, ou melhor, correndo quando sinto as pessoas esbarrando contra o meu corpo.

Por que caí nessa armadilha?

Por que fui me envolver com ele?

Por que está doendo tanto?

Tento achar respostas para as perguntas que ricocheteavam dentro da minha cabeça feito balas de revólver. Continuo correndo como uma louca, não paro nem para respirar, sei que estou do lado de fora do ginásio porque o vento frio lambe o meu rosto e ouço as minhas sandálias batendo irritantemente no concreto do estacionamento, não tenho ideia para onde vou, só preciso ficar longe. Fugir dessa dor, fugir de Henrique.

Quando estou atravessando a segunda rua do estacionamento, braços fortes seguram o meu corpo numa pegada precisa, luto para sair do seu domínio e o acerto em lugares que fazem Henrique gemer, ele sussurra em meu ouvido palavras que me levam a parar de lutar, sinto as minhas forças serem sugadas pela derrota e, por fim, me rendo em seus braços.

Henrique

Isso não está acontecendo!

A cena que se desenrola na minha frente é inacreditável, parece que mergulhei em um maldito pesadelo e estou prestes a acordar, louco para sair dessa agonia dilacerante. Droga! Isso não pode ser real!

Mas é.

Encaro Alex e percebo nitidamente o efeito devastador que as mentiras dessa maluca fizeram em sua cabeça. Ela me olha como se enxergasse outra pessoa, seu corpo está rígido e a desolação que vejo em seus olhos invoca uma dor que está rasgando o meu peito. Sem nem pensar direito, em um impulso desesperado para afastar todo esse medo que está me corroendo, tento segurar os seus braços, mas ela se esquiva, escorregando literalmente por entre os meus dedos e repudiando o meu toque.

Porra! A dor que me rasga agora gela o meu interior e desperta a minha consciência de que o estrago é bem maior do que imaginei; não dá para negar que toda essa falação mentirosa da Ingrid mexeu com Alex, e eu fico atônito, sem saber como agir quando a minha menina corre desnorteada pelo ginásio, fugindo de mim.

Uma raiva poderosa se apossa do meu corpo como um tornado furioso, trinco os dentes e aperto os punhos para conter os tremores que varrem o meu corpo. Quero dar um fim a essa garota insana, que olha para mim como se tivesse feito um bom trabalho, sem nem ao menos esconder o sorrisinho debochado que espreita pelo canto da boca.

Nunca me senti tão puto como estou neste instante.

— Você tá louca, caralho! — Minha voz sai como um latido.

— Eu... bem... eu não queria... — Ingrid oscila com as palavras, nervosamente, e o seu sorriso desaparece quando percebe que estou fora de controle.

— Você queria sim, mas não vai conseguir. — Grito, explodindo de raiva.

— Eu não tenho culpa, ela que... — Ingrid pula assustada quando avanço um passo pra cima dela.

— Entenda de uma vez, você é passado, acabou, não vai rolar mais nada entre a gente, fim de linha. O que mais tenho que te dizer para você largar do meu pé, hein? — Meus olhos quase pulam de tanto ódio.

— Rico...

— Cala a boca, Ingrid! Estou no meu limite com você. — Colo o meu rosto bem próximo ao seu e rosno baixo.

Ingrid tenta recuar, mas seguro o seu braço e ela arregala os olhos.

— Preste atenção, Alex é o meu futuro, tudo que quero daqui por diante é com ela, não tenho espaço para mais ninguém e você não vai estragar as coisas entre a gente, não irei permitir, fui claro? — Solto a garota com um solavanco e dou alguns passos para trás, cansado dessa baboseira.

Percebo que ela ainda tenta falar comigo, sua boca abre e fecha, mas não dou a mínima, não posso e não quero perder o meu tempo com suas desculpas esfarrapadas. Nesse instante, meus esforços estão todos concentrados em um único objetivo: resgatar a minha namorada. Agora.

Por sorte, sou alto e consigo facilmente identificar os cabelos vermelhos de Alex voando pelo ginásio, ela está correndo por entre as pessoas, sem olhar para trás. Não dá para perder nem mais um segundo parado aqui, tenho que dar um jeito nessa bagunça, então destravo as pernas e disparo atrás dela.

No entanto, para atrapalhar ainda mais a minha vida, a segunda banda começa a sua apresentação e as pessoas seguem ávidas para assistir ao show, dificultando à beça o meu deslocamento. Mas não desanimo, dou um jeito de esticar o pescoço, sem perder Alex de vista. Ela não está muito longe. Assim como eu, Alex também esbarra no contrafluxo da multidão que segue em direção ao palco e por esse motivo consigo ver o exato instante em que ela sai pelas portas externas do ginásio, ainda correndo.

Pouco tempo depois, também atravesso as portas e paro do lado de fora do ginásio, olhando para os lados, tentando encontrá-la, suspiro alto quando localizo Alex passando pelas longas filas de carros. Nessa hora, agradeço a vaidade feminina que obriga as mulheres a quererem usar saltos o tempo todo. As suas benditas sandálias deixam Alex mais lenta e seguram a sua corrida. Mesmo assim, ela ainda consegue abrir um bom espaço e logo deixa para trás o primeiro bloco de carros estacionados, corro mais rápido e a alcanço antes de ela pisar na segunda rua do estacionamento.

— Te peguei. — Falo junto com uma lufada de ar que sai dos meus pulmões.

Alex está gelada e tremendo, envolvo os meus braços pelo seu corpo, agarrando-a bem forte, porém ela não reage bem e começa a lutar comigo, acertando alguns golpes que me fazem gemer de dor. Mesmo assim, não alivio a pressão do meu abraço, ela pode me deixar todo roxo, mas de jeito nenhum vou soltá-la. Alex percebe a minha determinação e renova os seus golpes, arremessando cotoveladas e chutes numa fúria total.

— Calma, linda! Pare de lutar comigo. — Ela estremece o corpo e tenta se soltar do meu aperto. — Por favor, Alex, me escute, não quero mais ninguém, aquela menina estava mentindo, nada do que disse é verdade, acredite em mim. — Sussurro em seu ouvido, ela para de lutar e desmonta em meus braços.

— Não, isso tudo está muito fora do meu limite. — Alex arqueja, buscando fôlego. — Não sei lidar com esse tipo de situação e não quero ter de disputar você com outra garota. Essa competição não vai acontecer, não tenho estrutura para isso, tá me ouvindo?

— Você não vai precisar fazer nada disso, nunca — sorrio e acaricio a sua bochecha — não tenho olhos para nenhuma outra garota desde que te conheci, é só você cem por cento do meu tempo.

Alex sacode a cabeça, decidida a não acreditar em minhas palavras.

— Não posso continuar lutando contra o que está destinado a dar errado, já tenho problemas demais para digerir, preciso me afastar de você. É isso que tenho que fazer. — Sua voz vacila enquanto ela respira trêmula.

Solto um rosnado frustrado e seguro os seus braços forçando-a a me olhar.

— Precisa o caralho! Nem pense por um minuto sequer que vou deixar você ir. — Inspiro profundamente tentando me acalmar.

— Vai sim. — Alex fala entredentes. — Escute, aquela garota não tem a menor intenção de desistir de você e eu não tenho sangue de barata para aturar outras investidas das suas admiradoras. O que aconteceu dentro daquele ginásio é só uma amostra do nosso futuro, e eu estou fora. Não suporto isso.

— Nada aconteceu! — Esbravejo. — A verdade é que tudo não passou de uma armação daquela maluca, fiquei o tempo todo assistindo ao show junto com os caras, pode perguntar para qualquer um, se você ainda continua não acreditando em mim. — Falo, ressentido com a suas dúvidas.

Alex fecha os olhos e contrai o rosto, afetada pelo meu tom magoado.

— Fui ao banheiro um pouco antes de encontrar com você e… — Paro no meio da frase quando Alex solta um gemido.

— Me solte. — Alex se encolhe e tenta me afastar.

— Ei, pare com isso!

Minha voz soa mais dura do que gostaria, mas não dá para evitar. O simples fato de ela estar pensando que eu poderia ficar com outra pessoa e trair a sua confiança já é o bastante para me tirar do sério.

— Você acha mesmo que eu seria capaz de ficar com uma garota e depois ir me encontrar com você? Assim, como se eu fosse um canalha? — A mágoa satura as minhas palavras de um jeito incisivo.

Alex pisca repetidas vezes e vislumbro o arrependimento sombrear a sua expressão.

— Sinceramente, é assim que você me vê?

Estou a um passo de dar uma chacoalhada em Alex e fazê-la entender de uma vez por todas que não estou brincando com ela e nem com os seus sentimentos, nunca faria isso.

— Hein?

Empurro mais um pouco, esperando uma resposta e resmungo irritado diante do seu longo silêncio.

— Que droga!

Solto Alex e expiro trêmulo, passando as mãos pelo cabelo, impaciente.

Seus olhos cravam nos meus e um turbilhão de emoções passa pelo seu rosto, até que por fim ela treme os lábios, negando com a cabeça e finalmente me abraça, envolvendo os braços ao redor da minha cintura e afundando o rosto em meu peito como se quisesse se esconder do mundo, em uma tristeza infinita. Um soluço escapa da sua boca e estraçalha o meu coração. Porra, isso acaba comigo, estou quase desesperado de vontade de cuidar dela e não deixar nada de ruim alcançar essa menina, que se faz de forte mas é mais frágil do que um cristal. Puxo Alex em meus braços, balançando-a levemente.

— Shhh, por favor, querida, não chore, vamos consertar isso, tá bom?

Beijo o topo da sua cabeça e estreito um pouco mais o seu corpo ao meu.

— Desculpe, eu não queria ter acreditado naquelas besteiras, sinto muito. — Sua voz sai abafada e trêmula.

— Você não tem culpa, vamos ficar bem, prometo. — Continuo passando as mãos pelos seus cabelos macios até ela acalmar e olhar para mim.

— Estou me sentindo uma idiota. — Alex solta o ar preso com desânimo. — Aquela garota falou uma porção de coisas absurdas e eu, como uma boba, dei ouvidos.

— Sim, ela falou. — Não consigo evitar o olhar acusatório. — Você deveria ter me dado mais crédito.

— No início, eu juro, não dei a mínima. Nada do que a criatura falava fazia o menor sentido, mas então você chegou e disse que se encontrou com ela, então minha cabeça fez as conexões e interpretei errado, sei lá... não pensei, a única coisa que movia a minha mente era a vontade de fugir dali. E foi o que fiz.

— Não aconteceu nenhum encontro. Ingrid me chamou para beber e eu disse não, ela me segurou antes que pudesse entrar no banheiro masculino e nós conversamos por alguns minutos.

Ergo os ombros sem dar importância ao fato.

— No corredor dos banheiros? — Ela estreita os olhos para mim.

Bato a cabeça concordando.

— Piranha desgraçada! — Alex cospe o insulto.

— O que ela te disse?

— Que vocês transaram no banheiro enquanto eu estava no palco.

— E você acreditou? Fala sério, Alex. — Bufo indignado.

— Não, de jeito nenhum. Eu estava situando a fulana quando você apareceu. — Alex suspira e seus ombros caem.

— Mas então por que...

— É, você tem razão, fui uma tonta. Eu deveria ter dado um chega-pra-lá nela e botado a biscate pra correr, mas não, fiquei fazendo conjecturas, e me transformei em um poço de insegurança. — Ela faz uma careta de dor. — Pode acreditar, eu me odeio o suficiente por ter deixado isso tomar conta de mim.

Alex passa as mãos no rosto em um gesto irritado.

— Sabe o que mais me fez pirar? Foi a sua confirmação de que esteve com ela no banheiro, entrei em curto naquela hora. — Ela fecha os olhos contraindo o rosto. — Caramba, como sou estúpida!

— Eu falei a verdade, trocamos algumas palavras, só isso. — Rebato secamente.

— Eu sei, sinto muito por ter desconfiado de você. — Alex me olha constrangida.

— Ingrid é uma maluca, não sei o que deu nela para inventar essa palhaçada.

— Ela ainda te quer. Simples.

— Mas eu não, então ela vai ter que largar do meu pé. — Falo cético.

— Bem, de qualquer forma eu sou a maior culpada das mentiras de Ingrid terem encontrado solo fértil na minha cabeça. — Alex expira. — Na verdade, não consigo segurar uma porção de coisas ruins que volta e meia vem à tona, mesmo com todo o meu esforço para empurrar para baixo. — Ela soa desapontada consigo mesma.

— Esquece, não pense mais nisso.

Alex me olha triste e nega com a cabeça.

— Não posso. Eu tenho uma capacidade extraordinária de me impor limites, o meu cérebro funciona assim, e essa foi a única forma que ele encontrou de proteger a minha mente de danos futuros. É como se todos os meus sinais de alerta tocassem na minha cabeça ao mesmo tempo. O meu sistema de defesa arma com tudo e a necessidade de me proteger sempre vence o meu lado racional.

Alex não está mais chorando, mas seus olhos estão tristes e vulneráveis, ela meneia a cabeça de leve, para dispensar os pensamentos torturantes.

— Eu não vou te machucar nunca! E sabe o que isso significa?

Ela me encara com uma expressão cheia de incertezas.

— Que pertenço a você, assim como você me pertence, sou incapaz de te ferir, enganar, magoar, nada me faria mais infeliz do que ver você sofrer, acredite.

Esfrego os polegares de mansinho pelo seu rosto, que agora está tão pálido quanto o de uma boneca de porcelana.

— Ah, Henrique, gostaria tanto de ser diferente, mas não sou. — Ela inclina o rosto para descansar em minha mão. — Não acredito que as coisas boas vão durar, fico esperando que algo aconteça e destrua o meu momento feliz. — Alex levanta os lábios num sorriso apagado. — Tento disfarçar as minhas inquietações, mas confiar em alguém é um caminho tortuoso que raramente consigo seguir. — Suas palavras soam baixas, quase sussurradas e vejo o esforço que ela faz para falar sobre esses sentimentos.

— Mas você vai ter de confiar em mim, não posso ficar te caçando pelos estacionamentos todas as vezes que você fugir, estou parecendo um maldito perseguidor e isso não é nada bom. — Pisco e tento aliviar o clima.

— Não vou mais fugir, prometo. — Seu sorriso ainda é tímido, mas pelo menos desfaz o gelo do meu peito e respiro aliviado.

Preciso ter certeza de que Alex tenha conhecimento de tudo que aconteceu naquele ginásio, não quero mais dúvidas entre nós, então retomo o assunto que provocou toda essa confusão.

— Eu disse para Ingrid que tenho uma namorada, acho que ela não acreditou, por isso tentou fazer uma cena em frente aos banheiros, mas eu a deixei falando sozinha. — Não escondo o meu desprezo.

— Por quê? Vocês já foram namorados? — Ela cutuca o meu peito.

— Não.

— Bem, com certeza aquela garota tem um problema sério para lidar. — Alex retorce a boca com desgosto. — Ela ainda está muito apegada e acha que você é dela, assim como um sapato ou sei lá o quê!

Alex se esforça em parecer casual, mas estou mais familiarizado com seus gestos e noto o franzir dos seus lábios enquanto fala, ela está com ciúmes e, no fundo, acho isso ótimo. Quase abro um sorriso, mas seguro a vontade, certo de que vai pegar mal eu zombar dela agora, então esclareço a minha posição.

— Nunca namorei ninguém desde que entrei na universidade. — Afirmo e levanto as sobrancelhas diante da sua expressão descrente. — Fiquei com muitas meninas, não vou negar, mas era coisa de uma noite, só físico. Ingrid foi um lance do último semestre, fiquei com ela algumas vezes e já despachei a garota faz tempo. — Olho para cima e ergo os ombros, bem desinteressado.

— Ela obviamente não aceitou isso muito bem e fez questão de me dizer com todas as letras que sou apenas um passatempo, igual a todas as outras. — Alex balança as mãos no ar, irritada.

— Nada do que ela disse é verdade, absolutamente nada.

Olho bem dentro daqueles olhos verdes, que devolvem o meu olhar com desconfiança, e persisto no esforço de fazê-la acreditar em mim.

— Com você é tudo diferente.

Alex franze o nariz, não levando a sério as minhas palavras.

— Ei, é verdade! Primeiro você me fisgou com esse seu jeito brigão e depois disso não consigo mais ficar imune aos seus encantos. Estou enfeitiçado, arruinado, cego para qualquer uma. — Sapeco um beijo em seu nariz, quebrando o clima pesado.

Alex desata a rir.

— Encantos? Deixe de ser bobo, não tenho esse poder, pelo contrário, as pessoas têm uma certa tendência a se afastarem de mim, sou muito complicada.

— Complicada ou não, você é tudo o que penso nos últimos dias, pare de uma vez por todas de tentar me afastar, isso não vai acontecer. — Seguro o seu rosto entre as mãos. — Não tenho a menor vontade de manter você longe de mim.

— Aham. — Alex bate a cabeça, debochada. — Por enquanto.

Minha boca se fecha em uma linha zangada, mas resolvo deixar a sua ironia de lado e seguir por outro caminho, não adianta tentar argumentar com Alex agora. Vou agir, em vez de falar.

— Ok, vamos esquecer esse assunto. — Suspiro alto. — Vem cá, o que você acha de dar o fora daqui?

Olho em direção ao ginásio e faço uma careta, nem um pouco a fim de voltar para lá e correr o risco de alguma outra menina resolver atazanar a minha vida. Não, por hoje já basta de encrencas.

— Por mim, tudo bem, mas você não quer assistir ao show da segunda banda?

Alex ergue as sobrancelhas, questionando, e aponta para a entrada do ginásio.

— Nããão, detesto o estilo de música que eles tocam e, para ser sincero, aquele lugar perdeu a graça depois que uma garota com incríveis cabelos vermelhos e um corpo de revirar o cérebro deixou o palco. Não estou com vontade de ver mais nada que se apresente por lá. — Afirmo categórico, doido para pegar Alex e sumir daqui.

— Ok, e o que vamos fazer? — Sinto uma ligeira tensão em sua pergunta.

— Bom, tenho uma ideia. É algo novo, que nunca fiz com nenhuma outra garota, mas quero fazer com você. — Beijo entre as suas sobrancelhas para desfazer o vinco profundo que se formou logo que comecei a falar.

— Sério? — Alex pergunta hesitante.

— Super sério, você vai entender quando chegarmos lá. — Ergo o queixo dela com os polegares e fito o seu rosto ansioso. — E também precisamos conversar, lembra? — Alex faz que sim com a cabeça. — O lugar é perfeito, tenho certeza de que você vai gostar.

Seguro a sua mão, decidido a ir rápido para o carro, mas Alex empaca e não se mexe.

— O que você quer dizer com isso? Lugar perfeito? Como assim? — Mais um tremor na voz e sua mão esfria de repente.

Não consigo compreender a sua reação, eu meio que fico com uma sensação ruim de que não vou gostar de saber o motivo de tanto receio. Estudo o seu rosto e continuo a falar, pacientemente.

— Quero dizer que iremos para um lugar onde ninguém vai chegar e interromper a nossa conversa, e que também poderemos comer, já que estou morto de fome e você também precisa se alimentar. — Pouso a mão em seu pescoço delicado e sorrio.

— Tudo bem. — Alex responde tão baixinho que quase não consigo ouvi-la.

— Não se preocupe, você está segura comigo, pode acreditar.

— Eu acredito. — Ela bate a cabeça vigorosamente.

— Então, qual o problema?

— Nenhum, sou uma boba. Esquece.

— Desembucha logo. — Insisto.

Alex suspira e encolhe os ombros.

— O problema sou eu, não você. De verdade, eu me sinto muito segura ao seu lado, coisa que é difícil acontecer, porque só fico relaxada com David ou com meus pais. — Ela faz uma pausa e comprime os lábios. — Estou sempre tentando vencer as barreiras que minha mente levanta, mas infelizmente é mais fácil falar do que fazer.

Os seus olhos transbordam sinceridade, o que me toca em um ponto sensível, fazendo o meu coração apertar diante da batalha interna que Alex trava para vencer os seus medos.

— Não vou quebrar a sua confiança, jamais. — Falo solenemente.

Beijo a sua cabeça enquanto envolvo os meus braços pelo seu pequeno corpo, tentando tornar palpável a minha vontade de protegê-la para sempre.

— Agora vamos embora, estou faminto e você também deve estar.

A temperatura da noite cai um pouco, abraço Alex, enquanto caminhamos para o carro que estacionei afastado do ginásio. Alex não reclama, pelo contrário, ela está tão calada e envolta em seus pensamentos que parece não se importar em andar.

O meu celular treme no bolso do jeans e só então lembro de Paulo e Nina. Puxo-o para fora e respondo as mensagens, deixando eles saberem que estamos indo embora, não esclareço mais nada. Depois explico o que aconteceu, agora quero esquecer essa merda toda e focar em Alex e no que está por vir, tenho a impressão de que teremos uma conversa pra lá de pesada pela frente.

— Vou te ajudar a subir no carro. — Ergo Alex pela cintura assim que abro a porta do carro, coloco-a sentada no banco e puxo o cinto de segurança; ela olha para mim e agradece. — Tenho um casaco, se você estiver sentindo frio. — Noto Alex esfregando as mãos nos braços nus, tentando aquecê-los.

— Não precisa, estou bem, aqui dentro do carro tá quentinho.

— O lugar para onde iremos não é muito longe e logo estaremos abrigados do frio. — Abro a porta de trás e pego o meu moletom. — Vista, não quero te ver doente. — Alex me olha feio. — Por favor.

— Você não vai parar de me azucrinar se eu não vestir esse casaco, não é?

— Aham, melhor obedecer, linda. — Aperto os lábios para conter o riso.

— Tá bom, agora desfaz essa cara satisfeita ou eu desisto. — Ela resmunga enquanto veste o casaco.

Fecho a porta, rindo da expressão teimosa de Alex; deu vontade de morder aquela carinha embirrada mas, se eu fizer isso, acho que irei ganhar um olho roxo. Corro e entro no carro, dou a partida enquanto faço uma chamada, preciso ter tudo pronto para quando chegarmos.

— E aí, Lena, tudo bem? — Lena me cumprimenta animada.

— É o seguinte, tô chegando em meia hora, será que tem alguma coisa para comer aí? Vou levar a minha namorada para conhecer o lugar, e estamos morrendo de fome. — Ouço Lena falar alvoroçada, garantindo que teríamos uma comida quentinha e gostosa esperando por nós. Meu estômago dá sinal de vida roncando alto.

Lena nem disfarça a empolgação quando digo que estou levando a minha namorada, também pudera, nunca levei ninguém lá, sempre me pareceu errado. Até hoje.

— Ótimo, obrigado, Lena.

Saio com o carro e ultrapasso os portões da universidade, pegando o caminho que leva para a estrada fora da cidade. Alex está silenciosa, mas seu rosto fala tudo, dá para ver as engrenagens do seu cérebro trabalhando a todo vapor.

— Para onde vamos? — Alex me olha curiosa.

— Para a propriedade da minha família, a vinte quilômetros da cidade, vamos pegar um pedaço de estrada não pavimentada, mas o caminho é bom.

— Hum… e quem é Lena?

— Lena cuida da casa; ela e Cândido, seu marido, moram lá. Eles mantêm tudo em ordem e lidam com o pessoal que trabalha na propriedade. Eu costumo ir todos os domingos verificar se não precisam de alguma coisa ou resolver problemas administrativos, enfim, o que for necessário. Essa é uma das funções que o meu velho atribuiu para mim, além das muitas outras que faço durante a semana.

— Um rapaz que pega pesado no trabalho, hein? — Alex me olha divertida pelo canto dos olhos.

— Pego mesmo, a minha semana é puxada, mas não reclamo e até gosto de me envolver com as obras, assim ganho experiência para quando terminar o curso.

— O seu curso é de Engenharia Civil?

— Aham, isso. — Abro um sorriso quando lembro da minha infância. — Sempre fui curioso e acompanhava o meu pai durante as diversas construções de hotéis, desde que era um moleque, eu adorava passar o dia nos canteiros de obras, fuçava tudo por lá. Era divertido.

— Legal, — Alex ergue um ombro — mas essa não é a minha praia.

— É, acho que não mesmo, você cursa Telecomunicações, não é?

— Sim, entrei no meio do curso, graças aos créditos que cumpri em Atlanta, estou terminando Ciência da Computação, ou melhor, já terminei e só falta apresentar o meu trabalho de conclusão de curso. — Alex solta um suspiro alto e olha para a janela pensativa. — Estou na reta final, espero apresentá-lo daqui a dois meses, quando retorno à Atlanta.

— Espera aí, você vai voltar para os Estados Unidos? — Pergunto, franzindo a testa com essa informação inesperada.

— Vou ter de voltar, mas só para apresentar o trabalho, espero conseguir conciliar essa escapada com o recesso da universidade e não perder muitas aulas; acho que uns dez dias serão suficientes, estou conversando com o meu orientador e ele está bastante confiante de que vou dar conta e terminar tudo a tempo. — Sua expressão é preocupada como se ela mesma não acreditasse em suas palavras.

Uma sensação esmagadora de alívio irradia pelo meu corpo. Por um instante, pensei que Alex voltaria a morar com o pai e senti o meu estômago torcer com a possibilidade de perdê-la. Disfarço a minha ansiedade com um sorriso torto e seguro a mão dela, incapaz de continuar com a distância entre nós.

— Estamos quase chegando. — Mudo de assunto.

— Ah, hum, já?

— Tá vendo aquelas luzes lá no final da estrada, do lado esquerdo? — Ela bate a cabeça olhando para onde aponto. — São as luzes da entrada da propriedade, a casa fica bem próxima.

— Ok... que bom. — Alex volta a ficar tensa, sinto pelo tremor em sua voz.

Paro o carro em frente aos portões e abro-os com o controle remoto que deixo no painel, entro e começo a subir a rampa de acesso à sede da propriedade, que é bem iluminada e dá para observar as fileiras de árvores que contornam o caminho. O cheiro das flores do jardim invade o carro, arrancando uma inspiração longa de Alex.

— Que cheiro bom, o que é? Parece perfume de flores. — Ela sorri entusiasmada.

— Isso mesmo, um tanto delas. — Aponto para além das árvores. — Minha mãe adora flores, ela mesma as plantou e Cândido tem um cuidado especial com os canteiros, deixando tudo sempre adubado, podado e limpo. O jardim é florido o ano todo, com as diversas espécies que florescem de acordo com o seu tempo. — Alex olha pela janela, tentando identificar onde ficam os canteiros, mas está muito escuro e a iluminação não alcança atrás das árvores que ladeiam o caminho que leva à casa.

Paro o carro na garagem e saio; quando chego ao lado de Alex ela já está sem o cinto, mas permanece sentada, imóvel, olhando para as próprias mãos, seguro-as entre as minhas despertando a sua atenção.

— Vamos, Lena deve estar nos esperando.

— Ela está aqui? — Alex levanta o rosto de supetão e me olha espantada.

— Sim, com certeza, ela não perderia a oportunidade de conhecer a minha namorada por nada nesse mundo. — Enquanto falo, agarro Alex, tirando-a do carro.

— Ela deve estar acostumada a ver você com garotas, não é como se eu fosse a primeira. — Ela rola os olhos para mim, assim que fica em pé na minha frente.

— Você está tão enganada, — estalo a língua e nego com a cabeça — esqueceu o que te falei sobre fazer algo diferente?

— Vir aqui? Isso não é diferente para você? — Ela ri.

Abro um sorriso travesso diante da sua expressão confusa, ela ainda não se deu conta de que centenas de coisas eu nem imaginava fazer com garota alguma, mas com ela eu quero.

— Você é a primeira menina que trago aqui, essa casa representa o lar da minha família, é um santuário para mim. Marcos e Paulo conhecem, mas eles são os meus melhores amigos, garotas aleatórias só serviriam para manchar esse lugar e isso eu nunca irei permitir.

— Não sei o que dizer. — Ela morde os lábios, ansiosa, fitando o meu rosto.

— Essa casa é cheia de boas lembranças, cresci aqui, Lena me conhece desde moleque e ela me cobre de mimos todas às vezes que venho, como se eu fosse o mesmo menino que ela ajudou a criar. — Dou um suspiro olhando ao redor. — Você aqui parece certo, quero construir boas lembranças da gente e essa casa vai ser só o começo.

— Você é incrível. — Alex apoia-se nas pontas dos pés, encostando os seus lábios nos meus em um beijo cheio de ternura, em seguida se afasta sorrindo. — Algo me diz que vou amar esse lugar.

— Tenho certeza que sim. — Nossas palavras estão carregadas de promessas não ditas e eu espelho o sorriso brilhante que Alex tem nos lábios.

Alex vira o rosto para a entrada da casa e vejo Lena espiando pela janela.

— Agora temos que entrar, Lena deve estar se segurando para não vir nos catar aqui fora, conheço a sua curiosidade, é imensa. — Pego a mão dela e começamos a subir as escadas.

Toda aquela tensão anterior evapora, Alex está novamente relaxada, e quando cruzamos a porta da frente ela estaca no meio da sala, olhando encantada ao redor, observando tudo, sorrindo ao girar os olhos pelos ambientes bem decorados do interior da casa. Mas não quero mostrar nada agora, teremos tempo para isso mais tarde. Puxo a sua mão e vou direto para a cozinha, o cheiro que vem de lá faz o meu estômago virar cambalhotas, estou com muita fome e a comida da Lena é do outro mundo, não consigo segurar a minha impaciência e quase corro, rebocando Alex comigo.

— Oi, Lena, quero que você conheça a minha namorada.

Abraço Lena assim que paro ao seu lado e dou um beijo em sua bochecha, sem soltar a mão de Alex.

— Essa é Alex.

— É um prazer te conhecer, Alex. — Lena olha cuidadosamente para a minha garota antes de esboçar um sorriso sincero. — Você é muito bonita, filha, mas o meu menino também é, portanto vocês fazem um casal lindo de ver. — Lena estende as suas mãos enrugadas, segurando as de Alex em um aperto carinhoso.

— Obrigada, Lena, o prazer é meu em te conhecer e você tem razão, o seu menino é lindo. — Ela me olha divertida e dá uma piscadela.

— Escuta, estou adorando esses confetes que vocês duas estão lançando para mim, mas o meu estômago tá colando de fome e essa beleza toda não vai parar em pé sem alguma comida. — Solto a mão de Alex e dou uma vasculhada no forno, curioso.

— Você não tem jeito, sempre com fome. Senta logo que eu sirvo vocês, mas antes lavem as mãos.

Lena me trata como se eu tivesse cinco anos, e obedeço sem discutir porque amo essa mulher, que é como uma mãe para mim.

Lavamos as mãos e nos sentamos nas confortáveis cadeiras da grande mesa que fica no meio da cozinha, onde acomoda fácil até dez pessoas. Alex se senta parecendo desconfortável, em seguida se levanta e para ao lado de Lena que, a essa altura, está desligando o forno.

— Deixa eu te ajudar, é só me dizer o que fazer, não precisa nos servir, chegamos tarde e estamos atrapalhando o seu descanso. — Alex tem as mãos unidas e uma postura teimosa de quem quer ser útil de alguma forma.

— Não precisa, vou só tirar a lasanha do forno, está prontinha. — Lena pega as luvas térmicas e retira a travessa fumegante do forno, em seguida ela deposita o prato delicioso bem na minha frente, eu fecho os olhos, apreciando o cheiro divino que faz o meu estômago roncar enfurecido.

— Humm! — Dou um gemido de prazer e agarro o garfo pronto para atacar.

— Se você quiser me ajudar, pegue o suco na geladeira, por favor. — Lena resmunga, adivinhando qual seria o meu próximo movimento — É que tenho a impressão de que se eu virar as costas esse menino vai jogar fora toda a sua boa educação e devorar essa lasanha, sem esperar por você.

Abro os olhos instantaneamente e dou de cara com a expressão brava de Lena, o que me faz ficar um pouco sem graça, e vacilo por alguns segundos. Porém, me recupero do constrangimento e tento a minha melhor estratégia, fazendo uma cara de cachorro pidão para tentar amolecer o seu coração, isso sempre funciona com ela. Minto, funcionava, porque uma risada alta ecoa pela cozinha, quebrando todo o encanto e corta a minha cena perfeita.

— Pelo amor de Deus! Essa sua cara de pidão é inacreditável. — Alex não consegue conter as risadas, logo Lena se junta e as duas ficam rindo da minha cara.

Agora estou totalmente sem graça, vermelho de vergonha. E eu nunca, nunca mesmo, fico vermelho. Essa garota vai ser o meu fim, já estou até vendo.

— Então senta esse traseiro aqui logo, estou azul de fome. — Ordeno, gesticulando com a mão e apontando para a comida — Não esperem que eu fique olhando para a lasanha e fazendo cara de paisagem, isso é tortura. Sério, vocês duas não têm dó de mim? — Pego o garfo para fisgar um pedaço, mas Lena bate na minha mão.

— Eita! Já estou indo, seu morto de fome. — Alex pega o suco e se senta ao meu lado com um sorriso zombeteiro nos lábios.

— Muito bem crianças, agora vocês assumem daqui, vou para casa.

Nós dois batemos com a cabeça enquanto enchíamos os pratos, mas Lena me interrompe e segura o meu rosto com as duas mãos para que eu preste total atenção ao que vai dizer em seguida.

— Gostei de Alex, ela é uma menina especial e espero que você a trate bem, cuide dela com carinho, ouviu?

— Farei isso, pode apostar. — Minhas palavras estão carregadas de sinceridade e Lena suaviza o olhar, depois beija o meu rosto com ternura.

— Sinta-se à vontade, filha e volte sempre que quiser. — Lena também beija Alex e sai da cozinha após os nossos agradecimentos.

Em seguida, coloco uma porção generosa em meu prato, a lasanha está uma delícia e os únicos sons que saem das nossas bocas são gemidos de apreciação. Estou pegando outro pedaço, quando noto Alex me observando pelo canto dos olhos.

— O que foi? Sou um menino grande, preciso me alimentar direito e o meu estômago não acalma com um pedaço só. — Protesto e mastigo outra porção.

— Não é isso, eu também gosto de comer bem, na verdade como mais do que a maioria das garotas. — Ela leva mais um pedaço à boca e levanta os ombros para confirmar que não está nem aí para essa coisa de manter a linha com comida. — Estou curiosa, só isso.

— Com o quê? — Falo entre uma garfada e outra.

— Bem, é curiosidade besta. Mas estou me perguntando por que você não mora aqui? Já que essa casa pertence aos seus pais, tem a Lena para cuidar de você, enfim, me parece o mais lógico. — Alex gira o garfo em frente ao prato.

Limpo a boca com o guardanapo e viro o rosto para ela.

— Os meus horários durante a semana são muito apertados, preciso estar em vários lugares e o deslocamento para cá me tomaria muito tempo, ter um apartamento na cidade facilita tudo para mim.

— Sei, faz sentido. — Ela toma um longo gole do seu suco, pensativa e ameaça se levantar, mas seguro o seu braço, parando a sua escapulida.

— Sim, é isso mesmo que você está pensando. — Alex me encara surpresa. — Morar em um apartamento me dá a liberdade que não teria aqui, por todos aqueles motivos que já te falei e alguns outros, não vou mentir para você.

Alex pisca várias vezes e tenta falar, mas desiste.

— Isso acabou. A única pessoa que quero comigo, nessa casa e no apartamento que divido com Marcos na cidade, é você.

— Desculpe, não tenho o direito de ficar te perguntando sobre essas coisas.

— A questão não é essa, você pode me perguntar o que quiser, vou ser totalmente honesto, mas não sou um santo, nunca fui, o que aconteceu antes de te conhecer é passado, não posso mudar, porém o que vai acontecer daqui por diante envolve somente nós dois e é isso que importa. — Ela olha fixamente para mim, absorvendo as minhas palavras, depois inspira profundamente, como que para buscar coragem.

Alex arrasta o corpo até ficar sentada na ponta da cadeira e me encara séria.

— Agora é a minha vez de ser honesta, não posso mais adiar essa conversa, você tem que saber o que aconteceu comigo e talvez isso mude tudo entre a gente. — Ela olha para baixo e em seguida levanta o seu rosto, determinada.

Abaixo o garfo e giro o corpo para ficar de frente para Alex, seguro as suas coxas e as aperto ligeiramente, dizendo com esse gesto que estou com ela e que pode confiar em mim para se abrir.

— Algumas pessoas sabem o que ocorreu naquela noite mas, todos os detalhes, só quem sabe são os meus pais, David, Mary e Nina.

Alex fecha os olhos e contrai o rosto.

— E agora você também vai ficar a par de tudo. — Ela suspira resignada. — Vou te contar.

— Linda… — Alex rapidamente encosta os dedos nos meus lábios para impedir que eu continue e balança a cabeça, pedindo para que eu a deixe falar.

— Não, eu quero. — Ela inspira profundamente e segue em frente. — Fiz terapia por um bom tempo, então a minha terapeuta também sabe.

Alex finaliza a lista de pessoas com um sorriso desprovido de alegria.

— Tudo bem, podemos ter essa conversa, mas o que sinto por você não vai mudar. — Tento deixá-la ciente de que não vou desistir dela, mesmo que o que está por vir me assuste como o inferno.

Alex limpa a garganta e continua.

— Eu tinha quatorze anos, fui a uma festa com uma amiga e o seu namorado. Certa hora, um cara colocou droga em minha bebida e tentou me estuprar. — Suas palavras saem como um disparo, rápidas e firmes. Alex me encara com uma postura armada, pronta para rebater a minha reação.

Eu fico repassando as suas palavras em câmera lenta, incapaz de compreender o real significado de tudo que ela acabou de dizer. Parece que levei um soco no estômago, a bile começa a subir, sinto ânsia e raiva ao mesmo tempo. Mas… que inferno! Que espécie de doente pega uma garota de quatorze anos e a droga para fazer sexo? Ela era uma menina, porra!

Alex espera eu dizer algo, mas estou chocado demais para falar, então ela prossegue.

— David me salvou a tempo, mas antes vivi momentos indescritíveis, que não consigo superar, mesmo depois de oito anos ainda sinto tudo como se fosse hoje. — Ela tem os olhos fixos no nada e é como se um filme passasse pela sua cabeça, porque a dor em seu rosto é visível.

A raiva se arrasta sobre a minha pele como uma coceira indesejada.

— Como ele conseguiu te drogar? Você perdeu o seu copo ou bebeu algo de outra pessoa? — Encontro a minha voz novamente e despejo as perguntas, tentando entender o caminho que levou a tanta perversidade.

— Nada disso, eu estava com um grupo de amigos e comemorávamos a minha primeira apresentação em um palco. — Alex sorri. — A propósito, foi assim que conheci David, tudo estava perfeito, era a noite mais feliz da minha vida, cantei só uma música, mas eu estava nas nuvens. — Um *flash* de alegria ilumina sua expressão e logo passa. — Então, foi servida uma rodada de bebidas pelo garçom, a minha era a base de suco de frutas, sem álcool, eu tinha quatorze anos, não poderia beber nada além disso. Todos tinham seus copos nas mãos, mas o meu continha algo a mais, não percebi nada, nem o sabor era diferente, infelizmente.

— Foi o garçom? Ele foi o responsável por tudo isso? — Sibilo entre os dentes.

— Não, ele foi só um meio que o cara encontrou para me drogar, sem dúvida o garçom sabia, mas ele não foi contra as ordens do dono da festa. O garçom me entregou a bebida sabendo o que continha e depois fugiu para não arcar com as consequências. — Seus olhos fecham, Alex provavelmente está relembrando a cena toda, sua cabeça cai um pouco e balança em negação.

— Como é que é? O dono da festa te drogou? Porra! Filho da puta! — Minha voz é uma explosão de raiva, não dá para acreditar nessa merda, é muito sórdido.

Alex ergue a cabeça e assente.

— Sim, a casa era dele, na realidade o lugar era uma mansão e o cara se sentia o dono de tudo e todos. O rei da festa, sabe? — Ela ri com ironia.

— Conheço o tipo. — Falo secamente.

— Ele não aceitou um não como resposta e me perseguiu durante o tempo em que estive lá, eu o rejeitei e ele ficou puto comigo. — Ela encolhe os ombros. — Não poderia imaginar até que ponto o seu ego ferido o levaria, ele não pensou duas vezes e bolou um plano para conseguir o que queria.

— Ego ferido porra nenhuma! Ele não conseguiu arrumar uma garota, então partiu pra cima de uma menina, isso é... doente! — Passo as mãos pelo cabelo tentando controlar a minha indignação.

Alex nega veementemente.

— Ele poderia ter ficado com qualquer garota naquela festa, havia várias disputando a sua atenção, o cara fazia o tipo rico e bonito, mas ele ficou obcecado e me ameaçou, na hora não acreditei que seria capaz de cumprir as suas ameaças. — Alex solta um riso amargo. — Que idiota eu fui.

— Quantos anos ele tinha?

— Vinte anos, ele já estava na universidade e era conhecido do namorado da minha amiga.

Ela olha para mim confusa enquanto encaro-a bravo, revoltado com toda essa situação, que poderia ter sido evitada se ela não tivesse pisado naquela maldita casa.

— Porra, Alex, o que você estava fazendo nessa festa? Uma menina de quatorze anos não deveria estar numa festa repleta de caras mais velhos! — Solto sem pensar e me arrependo de imediato, querendo chutar o meu traseiro por ter sido tão insensível.

Alex crispa o rosto em uma dor agonizante, ela afasta as minhas mãos com um tapa quando tento me aproximar e os seus olhos brilham furiosos.

— É a velha história de sempre, não é? Eu provoquei o cara, eu estava no lugar errado e na hora errada, eu permiti que isso acontecesse comigo.

Alex levanta da mesa arrastando a cadeira ruidosamente e me encara com um olhar magoado.

— Escutei a mesma coisa algumas vezes na época.

— Alex, não foi isso que eu disse, mas... — Pulo da cadeira rápido e ela levanta uma mão interrompendo a minha fala.

— Eu não tive culpa. Passei os últimos oito anos em terapia para finalmente aceitar que não fiz nada, absolutamente nada que o estimulasse a me derrubar em uma cama, passar aquelas mãos imundas por cada centímetro do meu corpo, me lambendo e arfando aquele hálito nojento de álcool, — seu corpo estremece em repulsa — e enquanto ele fazia o que queria comigo eu não podia sequer gritar, as únicas coisas que conseguia mexer eram os meus olhos, que estavam inundados por lágrimas. — Alex engole em seco e aperta os olhos com força.

— Alex... desculpa. — Dou um passo à frente e recuo diante do seu olhar duro.

— Sei que não deveria estar lá, mas estava, não posso voltar no tempo e fazer as escolhas certas, por mais que esse seja o meu maior desejo. Sou a vítima, a menina que teve a vida revirada e destruída por um desejo enlouquecido de um cara. — Sua voz vacila quando continua a falar. — Abandonei escola, amigos, a minha mãe... fugi do país tentando esquecer o pesadelo que vivi, mas nem assim consegui me livrar dessa tortura. E, em hipótese nenhuma, vou aceitar que me digam que fui a causadora de toda essa merda que me quebrou em pedaços, cacos que não consigo colar, por mais que eu tente. — Ela termina a frase com um fio de voz e um som dolorido escapa da sua garganta.

Alex leva uma mão ao estômago e a outra cobre a sua boca, ela sai em disparada para o banheiro, estou tão atordoado com as suas palavras que só percebo que congelei em meus pés quando escuto a batida forte da porta, sacudindo a minha mente. Desperto do meu estado letárgico e corro para a porta do banheiro. Escuto Alex vomitando em soluços estrangulados, meu peito afunda e me sinto um imbecil insensível, culpado por ter forçado além dos seus limites.

Bato na porta e imploro para ela abrir, não escuto nenhuma resposta, giro a maçaneta e, para a minha surpresa, está destrancada, entro e a cena que deparo é de cortar o coração. Alex está sentada no chão encolhida com os braços ao redor das pernas e a cabeça encostada em seus joelhos, um tremor percorre o seu corpo em ondas e ela respira como se o ar faltasse.

Caio de joelhos ao seu lado, segurando a minha garota no colo, abraçando-a com carinho, sussurrando palavras para acalmá-la e a deixando saber o quanto sinto por tudo que ela passou. Não vou a lugar algum, quero Alex mais do que tudo e vou me esforçar ao máximo para que ela apague da sua vida todas essas lembranças terríveis.

Ninguém mais vai machucar a minha menina, prometo, nunca mais.

Alex

Percebo que estou aninhada no colo de Henrique, quando os tremores que assolam o meu corpo começam a diminuir. O seu calor penetra minha pele desfazendo o gelo de pavor que sempre me derruba após um surto como esse. Porém, o que realmente conforta a minha alma são as palavras carinhosas que ele sussurra em meu ouvido, o tom da sua voz aos poucos vai me acalmando e consigo voltar a respirar normalmente.

Agora que estou consciente de tudo que me levou a esse estado e ao mesmo tempo me dou conta da cena triste que ele acabou de assistir, fico morta de vergonha; me sinto um trapo retorcido e sujo jogado no chão. Deus, preciso sair dessa condição pra lá de humilhante!

Agarrando o pouco que me resta de dignidade, tomo finalmente as rédeas das minhas emoções; já basta de tanto descontrole, a montanha russa que essa noite está sendo esgota completamente as minhas forças.

— Quero me levantar, por favor. — Murmuro com a voz ainda fraca.

— Tudo bem, vou te ajudar.

Ele nos ergue num simples impulso, mas quando estou em cima dos pés o meu corpo oscila, e quase desmonto novamente. Henrique me segura firmemente, passando os braços pelas minhas pernas e carregando o meu corpo abatido para fora do banheiro.

Henrique atravessa a sala, caminhando por vários cômodos e entra em um quarto, acendendo as luzes assim que cruzamos a porta; presumo que seja o dele, porque é bem masculino, com a decoração em tons de azul e bege. Corro os olhos pelo ambiente, observando o estilo elegante e sóbrio dos móveis, o lugar não parece ser muito usado, mas possui uma cama grande coberta por um bonito edredom azul marinho, mesinhas laterais com iluminação indireta, alguns quadros e um espaço na parede cheio de fotos antigas.

O quarto é amplo, limpo e arrumado, com uma porta-balcão em frente à cama, alguns tapetes revestindo o chão de madeira escura, uma cadeira de leitura confortável ocupando um dos cantos e mais alguns objetos de menino espalhados pelo lugar, tudo muito bem combinado a fim de dar ao ambiente um ar de aconchego e requinte.

Henrique me coloca sentada na cama e pousa um beijo na minha testa antes de se afastar. Ele abre uma porta e entra, acredito que seja um *closet*, porque sai de lá com uma camiseta de malha e toalhas em suas mãos.

— Olhe, peguei essa camisa, caso você queira mudar de roupa. — Ele franze a testa olhando para a mim. — Certeza de que o seu vestido está sujo e você vai se sentir melhor depois de trocá-lo.

Henrique aponta para o meu vestido e só então percebo o estrago; minha roupa está um horror, sinto meu rosto arder e abaixo a cabeça gemendo.

— Desculpe, você não deveria estar presenciando esse estado deplorável em que estou. — Murmuro desconsolada.

— Alex, deixe de ser boba, eu não me importo nem um pouco, quero te ver bem, só isso. — Henrique estende a camisa junto com as toalhas.

— Ok, obrigada. — Suspiro e cato tudo que ele me oferece. — É, você tem razão, vou me sentir melhor depois que descartar esse vestido nojento. — Olho para a minha roupa com asco. — Talvez um banho ajude também, parece que revirei uma lata de lixo, estou fedendo. — Enrugo o nariz e ergo os ombros envergonhada. — Por acaso você não teria uma escova de dentes para hóspedes inesperados?

Contraio o rosto inteiro quando pergunto, porque é muita humilhação saber que um cara te viu vomitar e ainda está te ajudando a livrar de toda a sujeira.

— Claro, vem cá.

Ele estende o braço me oferecendo apoio, levanto e fico aliviada quando percebo que o meu equilíbrio voltou ao normal, pelo menos não vou mais precisar ser carregada. Que ótimo.

Entramos no banheiro e ele coloca uma escova de dentes nova na pia, eu junto as toalhas e a camisa sobre um armário ao lado do chuveiro. Olho ao redor sem encará-lo, ainda muito desconfortável com a situação. Henrique me observa e se aproxima, segurando o meu rosto de um jeito que eu não consiga fugir do seu olhar.

— Ei, pare de se preocupar, está tudo bem.

Sinto a suavidade das suas mãos acarinhando as minhas bochechas, a ternura com que Henrique me olha quebra mais um pedacinho do meu coração. Tudo que ele faz é para me deixar confortável e à vontade, mas estou muito longe desse ponto.

— Não, não está, sou uma bagunça total e você não deveria estar lidando com isso, sinto muito. — Respiro fundo. — Você merece algo melhor. Alguém... normal. — Dói falar, mas é verdade, sou muito errada para ele.

Ele nega com a cabeça.

— De jeito nenhum. Quando te vi pela primeira vez na minha frente, sabia que a minha vida mudaria, era uma intuição, um presságio, não sei, pode chamar do que for. Mas compreendo melhor essa sensação agora, porque sei que o que tive antes nem se compara ao que tenho agora. — Henrique afasta uma mecha do meu cabelo. — Eu te quero mais do que tudo. — Suas mãos deslizam suaves pelo meu rosto, fecho os olhos sentindo o calor bem-vindo e as minhas pálpebras tremulam agradecidas.

Henrique geme baixinho e solta um palavrão, seu tom amargurado me obriga a abrir os olhos, e vejo o quanto a culpa está enfraquecendo a sua postura firme, deixando-o com uma expressão sombria.

— Estou puto comigo por ter forçado você daquele jeito, sou um estúpido, principalmente por ter falado aquelas besteiras todas. Desculpe por isso, queria nunca ter dito aquilo e feito você sofrer. — O arrependimento em seu rosto é genuíno e fere o meu coração.

Seguro firmemente os seus pulsos para que ele me escute.

— Você não me forçou a nada. — Falo enfática e ao mesmo tempo aborrecida por ele pensar dessa forma. — Queria partilhar com você aquele momento da minha vida e estou decidida a te contar tudo até o final. Tenho muito o que dizer ainda, estou só no começo. — Ele contrai os lábios em uma linha rígida, assimilando as minhas palavras.

— Não precisa ser hoje, podemos esperar.

— Não, não vou deixar isso para depois. — Dou um passo para trás escapando do calor das suas mãos e os braços de Henrique pendem ao lado do corpo.

O frio indesejado que percorre a minha pele após a perda do seu contato quase me faz vacilar, porém se eu não seguir em frente nunca mais terei coragem de me expor e contar toda a verdade.

— Agora saia, por favor, vou tomar um banho e voltar a ser gente, depois continuamos de onde paramos, tá bom? — Henrique concorda sem muito entusiasmo, dou um empurrãozinho e ele se afasta.

Bato a porta assim que Henrique sai, em seguida descarto o meu vestido e roupas íntimas, jogando-os em um canto do banheiro. Entro no chuveiro e tomo um banho rápido, mas lavo bem o corpo e os cabelos, para tirar qualquer vestígio de sujeira. Saio do boxe, passo a toalha pelo corpo e enrolo outra menor nos cabelos, aproveito e escovo os dentes, duas vezes. Em seguida, encontro um desses líquidos para bochecho em cima da pia e lanço mão de mais esse produto para deixar a minha boca com um hálito decente.

Dou uma espiada no espelho e faço uma careta para o que vejo. Droga! Quando saí do camarim eu estava bem bonita, agora meu rosto é uma mistura fantasmagórica de dar medo.

— Meu Deus! Estou horrível. — Solto um lamento desanimado para o meu reflexo.

Que jeito, né? No momento não tenho muito o que fazer com a minha aparência, penso conformada. Cato um pente e começo a desfazer os nós dos meus cabelos, deixando-os cair pelos ombros em ondas. Bem, isso não foi difícil, porém, os olhos e nariz vermelho só com o tempo para voltarem ao normal. E, principalmente, sem mais choradeira.

Não tenho ideia do que irei colocar por baixo da camisa que Henrique deixou para mim. É claro que não saio por aí com uma calcinha reserva, portanto estou com um problemão, já que a calcinha que estava usando está embolada no chão, junto com o restante das roupas sujas e não há a mínima chance de voltar para o meu corpo. Faço uma careta ao pensar nessa possibilidade. Reviro a minha mente tentando achar uma solução, mas só tem uma: pedir uma cueca emprestada.

Senhor, quantos níveis de vergonha terei que passar em uma única noite, hein?

Destravo a porta devagarinho e, quando ameaço abrir a boca, vejo uma calcinha pendurada na maçaneta da porta; a lingerie é novinha, com etiqueta e tudo. Não questiono, seja lá de quem for, salvou a minha pele de passar um momento difícil e vergonhoso. Agarro a calcinha e entro rápido no banheiro vestindo-a sem perder tempo.

Cubro o meu corpo com a camisa que Henrique me deu, solto uma risada quando me dou conta de que a peça bate quase nos meus joelhos e, logo em seguida, já não estou me importando com isso, porque o cheiro que desprende da camisa captura a minha atenção, seduzindo os meus sentidos. E é incrível. Cheiro mais uma vez e sinto aquele perfume maravilhoso, do garoto mais lindo do mundo, e que está prestes a ouvir o relato da minha vida nada normal. É triste, mas preciso fazer isso logo e dar um fim a essa noite desastrosa.

Mais uma vez apelo para os céus, pedindo coragem. Inspiro o ar e abro a porta. Observo por alguns segundos Henrique deitado na cama, olhando para o teto, imóvel, com um braço atrás da cabeça e o outro em cima do abdômen.

— Hum, acho que agora estou bem melhor, obrigada pelo banho. — Falo baixo, ainda meio sem jeito, ele ergue a cabeça e fico na sua linha de visão.

— Não precisa agradecer. — Ele me responde rouco, seu olhar rastreia todo o meu corpo com uma intensidade feroz, acendendo uma onda de calor dentro de mim. — Gosto de ver você vestindo a minha camisa. — Seu sorriso torto faz a minha barriga tremer. — Vem cá, linda, estou sentindo a sua falta.

Henrique bate uma mão ao seu lado no colchão e fico logo tensa, mas de um jeito diferente, não é medo o que sinto, meu corpo contrai ansioso. Uma vontade louca de subir em seu colo e saciar toda a fome que tenho dele é quase que incontrolável. Contorço as mãos na camisa nervosamente e dou um passo hesitante em sua direção.

Fico abobada com a sua reação despreocupada, mesmo depois de tudo que acabou de acontecer na cozinha, de tudo o que falei, de todo o meu descontrole, Henrique continua olhando para mim com os mesmos olhos quentes e desejosos, como se nada daquilo fizesse a menor diferença para ele.

Atravesso o quarto e subo na cama, fico de joelhos na sua frente, ele ergue o tórax e me puxa pela cintura, juntando o meu corpo ao seu, em um domínio poderoso. Uma de suas mãos enrola os meus cabelos firmemente em seu punho, repuxando o meu couro cabeludo e arrepiando os pelos da minha pele em ondas deliciosas. Olho para o seu rosto e fico embebida pelo azul profundo dos seus olhos, estou completamente amarrada a ele e sem a menor vontade de me soltar. Sua boca desce lentamente e hora nenhuma ele desvia dos meus olhos, encarando-me com um olhar focado e intenso. Em um impulso incontrolável, envolvo as mãos ao redor do seu rosto e encurto a distância entre nós, colando os meus lábios àquela boca tentadora.

O beijo começa lento, com Henrique roçando os dentes pelos meus lábios e em seguida lambendo-os; sua língua investiga a minha boca sem pressa, com perícia, despertando um desejo furioso em meu corpo. Arqueio as minhas costas, empurrando os meus seios de encontro ao seu peito e sinto o gemido de prazer dele pulsar através do meu corpo. Ele intensifica o aperto de suas mãos pelo meu corpo e eu escorrego as minhas pelo seu pescoço, agarrando os cabelos curtos da nuca e puxando-os com força. Estamos nos consumindo em um beijo ardente, com uma paixão que jamais senti em toda a minha vida e, lá no fundo, sei que não sentirei nada igual com mais ninguém. É só ele.

Mais rápido do que pude perceber, eu estava de costas na cama, com Henrique pressionando seu grande corpo sobre o meu. Ele é cuidadoso e não imprime todo o peso em cima de mim, ainda assim sinto-o por inteiro e noto a sua excitação encostada em minhas coxas. É impossível ficar indiferente ao volume duro embaixo do seu jeans. Meu coração dá um disparo acelerado como um sinal de alerta, abro os olhos para tentar espantar as memórias indesejadas que preenchem a minha cabeça nesse momento, só que não funciona, continuo sentindo aquele suor de pavor brotando pelos meus poros e sou transportada involuntariamente para um lugar que não gostaria de voltar nunca mais.

Droga, sei que estou morrendo de desejo, meu corpo está sedento de vontade que ele me toque de um jeito que ninguém nunca me tocou, mas é mais forte do que eu, o meu cérebro não entra em um acordo com o meu corpo e, num impulso, espalmo as mãos em seu peito e o afasto.

— O que foi, linda? Fiz alguma coisa errada? — Seus olhos estão confusos, mesmo sob a névoa de desejo.

— Não, você não fez nada de errado, pelo contrário, estava tudo maravilhoso até o meu cérebro tocar um alerta vermelho e travar as coisas dentro de mim. — Tento amenizar o efeito das minhas palavras, sorrindo timidamente. — É sobre isso que preciso te falar, temos que parar, sou bem diferente das outras meninas que você já teve, não consigo me deixar levar.

— Fui rápido demais? — Seu rosto espelha a preocupação da sua voz. — Alex, desculpe, mas é que a vontade de apagar aquelas lembranças horríveis da sua cabeça foi maior do que pude controlar e, somado a isso, quando te vi com a minha camisa, toda linda, não resisti, fiquei fora do ar e avancei sem me dar conta de que você ainda está abalada com tudo que aconteceu. Sou um idiota egoísta, me perdoe. — Ele exala o ar e estremece o corpo.

— Pare de se desculpar. — Acaricio o seu pescoço. — Eu estava gostando. Sério.

Henrique fica admirando o meu rosto e os seus olhos cintilam com desejo.

— Você exerce um fascínio sobre mim impossível de conter, não raciocino direito quando tenho o seu corpo tão junto ao meu, é um tormento. — Ele me beija castamente, rola para o lado, saindo de cima de mim e volta a olhar para o teto, respirando com dificuldade.

Ergo o corpo apoiando o cotovelo no colchão e pouso a mão em seu tórax, sentindo uma necessidade dolorida de não perder a nossa conexão. Meu Deus, nada me faria mais feliz nesse momento se, por algum milagre, eu conseguisse chutar esse meu bloqueio para bem longe e me perder em seus carinhos. Preciso que ele saiba disso.

— Eu estaria mentindo se dissesse que não desejo isso, você não faz ideia de como quero perder o controle nesse instante, mas o último cara com quem tentei jogar a cautela pela janela acabou cheio de hematomas e não foi nada legal.

Fecho os olhos, lembrando de como fiquei arrasada com o incidente.

— O quê? Você bateu no sujeito?

Abro os olhos e ele está me encarando com uma expressão de espanto, mas tem um sorriso inconfundível nos lábios, Henrique está achando a situação engraçada.

— Bem... bati, pedi desculpas, tentei explicar, mas ele me botou pra correr e nunca mais falou comigo, me senti... uma merda.

Mastigo o interior das bochechas para conter o riso, a história não é engraçada, o problema é a cara cômica que Henrique faz.

— Porra! — Ele explode em risos. — Vou me lembrar disso da próxima vez que tentar avançar o sinal com você. — Ele mal fala de tanto que ri, seu corpo treme e ele abraça a barriga se contorcendo em gargalhadas. Eu começo a rir também porque, ao relembrar a cena toda, vejo pela primeira vez o lado engraçado da coisa; de alguma forma Henrique deixou leve um episódio que quase pirou com a minha cabeça.

— Ah, por favor, pare de rir. — Falo e ele me olha ainda rindo. — Foi horrível, fiquei três dias sem sair de casa, me sentindo péssima.

— Tudo bem, vou tentar, é que... — Henrique solta mais uma sessão de gargalhadas — o cara devia ser muito ruim de conversa, talvez ele merecesse as porradas afinal de contas.

— Ele era legal, eu é que perdi a cabeça.

— É, com certeza você perdeu a cabeça, mas de um jeito totalmente errado para o lado dele. — Seu trocadilho de palavras me faz rir de novo, mas paro em seguida, tentando restabelecer a conversa séria que preciso ter com ele.

Sento e cruzo as pernas, ficando de frente para ele, Henrique eleva o corpo, apoiando-se nos cotovelos, seu rosto ainda está risonho e meu coração se aperta diante do medo que sinto de perdê-lo. Bem, não tem outro jeito, vou terminar o que comecei e encarar as consequências de uma vez.

Começo a falar com uma voz trêmula.

— Depois daquela noite nunca mais fui a mesma menina de antes, mesmo David chegando a tempo e me livrando das garras daquele garoto, — estremeço — eu enlouqueci e, minha vida, que era tranquila, virou um caos completo.

— Como David percebeu que você estava em perigo?

— Eu estava sozinha, indo para o banheiro e ele me viu passar enquanto cantava.

Engulo em seco, nervosa por relembrar mais uma vez essa cena que aconteceu poucos minutos antes de ser atacada.

— David percebeu Eric me seguindo de perto e, depois de um tempo, nenhum de nós dois voltávamos do corredor dos banheiros. Ele ficou cismado e deixou o parceiro assumir o microfone, desceu do palco e foi atrás da gente. No caminho, encontrou com Elisa, que estava aflita por não conseguir falar comigo e então... bem, eles vasculharam os banheiros e todas as portas até darem de cara comigo, quase inconsciente em uma cama e com o traste em vias de me estuprar.

Há uma mudança de ar, sua expressão fica dura e ele permanece em silêncio.

— Foi muita sorte David ser tão observador e perceber que algo estava errado.

— Não chamo isso de sorte. — Henrique resmunga.

Continuo, mesmo diante da expressão de dor em seu rosto.

— O cara era filho de um senador influente e a repercussão na mídia foi grande, deixando o pai dele irado com o que aconteceu. Recebemos várias ameaças, algumas sutis e outras nem tanto, para retirar a queixa de tentativa de estupro, porém, meus pais foram firmes e não moveram nem um passo nessa direção.

— Era o certo. — Henrique bate de leve com a cabeça.

— Fiz exames médicos naquela mesma noite e foi comprovado que eu havia sido drogada; tínhamos bons advogados e testemunhas, então seguimos em frente com as acusações, sem temer as ameaças. Mas enquanto tudo isso acontecia, minha cabeça entrava em parafuso a cada dia, deixando meus pais morrendo de preocupação. Eu definhava a olhos vistos.

Um rosnado dolorido me desperta e arrisco encarar Henrique, que se mantem com os olhos fechados, escondendo o seu desagrado, suspiro com tristeza e continuo.

— Depois de algumas semanas, meu pai sinalizou que eu deveria ir embora, mudar de ambiente, sair daquela situação que não me ajudava em nada a melhorar; foi uma alternativa difícil para minha mãe. Nunca havíamos nos separado, mesmo durante as férias escolares. Quando eu visitava meu pai em Atlanta, ela sempre dava um jeito de ficar comigo algumas semanas e diminuir o tempo em que ficávamos distantes. — Abro um pequeno sorriso, lembrando dessas aventuras inesperadas da minha mãe.

Henrique segura as minhas mãos, cortando os meus pensamentos e retomo de onde havia parado.

— Eu estava alheia a tudo e a todos, somente David estabelecia algum contato comigo, era mínimo, mas às vezes ele conseguia arrancar algo de mim. O médico disse que eu estava em estado de choque, e que voltaria ao normal com uso de medicamentos, no entanto eu não voltava. Os pesadelos assolavam as minhas noites e de dia os remédios me deixavam grogue, ninguém podia me tocar, mesmo um simples carinho da minha mãe fazia as lágrimas surgirem e eu recuava ao seu toque. — Engulo em seco com a triste lembrança. — Fiz ela sofrer, mas não conseguia suportar ser tocada.

Paro um minuto, e percebo que Henrique está sentado na minha frente com a coluna rigidamente esticada; seu semblante é sério, sua fachada de controle é quase perfeita, mas seus olhos denunciam a tempestade que fervilha em seu interior. Movo as mãos, apertando de leve as suas, ergo os cantos da boca sorrindo, em uma tentativa de dissipar a sua amargura.

— Ei, estou te contando tudo isso para que você entenda como sou, não quero alimentar a sua raiva; o que aconteceu comigo foi uma porcaria, mas sobrevivi, a música me fez sentir viva novamente, assim como os treinos de boxe resgataram a minha autoestima e confiança.

Ele fecha os olhos, franzindo o rosto e aperta as minhas mãos com força.

— Não consigo parar de pensar que se você não estivesse lá, nada disso teria acontecido e...

Puxo as minhas mãos num gesto brusco, interrompendo a sua fala indignada. Ele não iria começar com essa merda de novo!

— Pare, agora mesmo! — Ele pisca surpreso. — Não estava naquela festa escondida, minha mãe sabia onde eu estava, ela queria que eu me divertisse.

— Balanço a cabeça vigorosamente. — Não vamos voltar a esse ponto, eu não dei nenhum motivo para ele fazer o que fez.

— É claro que não, aquele cara é um doente. — Suas palavras saem sopradas como se ele estivesse prendendo o ar. — Escute, eu não estou te culpando, não sou do tipo que acha que é a mulher quem provoca determinadas atitudes em um homem; nada justifica um cara forçar uma relação sexual com uma mulher quando ela não consente, seja usando força física ou emocional. Isso é doentio e esse tipo de homem deveria ter o seu pau cortado e jogado fora, só para servir de exemplo. — Seu maxilar treme enquanto ele segura a raiva.

— Então pare de dizer: se isso, se aquilo. — Levanto as mãos no ar. — Existe uma grande diferença entre viver do passado e fingir que ele não existe. Eu não vivo do passado, mas com certeza ele não me deixa fingir que nada aconteceu. Simplesmente aconteceu e eu não tenho o poder de mudar nada.

— Mas eu gostaria tanto que você não tivesse passado por isso. — Henrique lamenta angustiado. — Alex, você era uma menina de quatorze anos. Caramba, não é justo!

— Realmente não foi justo, mas e daí? Já superei a minha fase de lamentações. Sofri por uma vida inteira e, mesmo assim, ainda lido com muitas coisas mal resolvidas dentro de mim, estou percorrendo esse caminho há oito anos e sempre me deparo com pedras que luto para remover e deixar para trás.

Limpo a garganta e sigo em frente.

— Não foi fácil para ninguém, meus pais responderam a um processo por permitir que sua filha, menor de idade, fosse a uma festa em que eram servidas bebidas alcoólicas e onde a maioria das pessoas presentes era maior de idade.

— O quê? Não acredito que depois de tudo, seus pais ainda foram responsabilizados por toda essa covardia que aconteceu com você. — Sua irritação era evidente.

Bato com a cabeça confirmando e ele solta um monte de palavrões, revoltado.

— Mesmo não tendo sido encontrada nenhuma gota de álcool em meu corpo, eles foram responsabilizados por eu estar em uma festa com bebidas liberadas. Acho que o senador mexeu alguns pauzinhos para dividir o peso das acusações e, de certa forma, ele conseguiu amenizar o efeito do "ato impensado" — faço aspas com as mãos — do filho, e a sua pena foi muito branda no final das contas.

— Aquele filho da puta não foi preso? Como assim? — Henrique eleva a voz contrariado.

— Ele foi condenado a prestar serviços à comunidade por um tempo e depois que cumpriu a pena, ficou livre para seguir em frente. Minha mãe também prestou serviços, já que ela se responsabilizou pela minha ida à festa, mas o seu tempo foi bem menor do que o dele e, para ela, a pena foi encarada de uma outra forma. A minha mãe se sentiu na obrigação de ajudar outras jovens a ficarem atentas e não caírem na mesma armadilha em que sua própria filha caiu. Lembro perfeitamente de como ela foi digna e se entregou de corpo e alma nessa missão, tudo porque não queria que outras garotas passassem pelo sofrimento em que eu estava passando. — Falo, orgulhosa da mãe que possuo.

— Eu não entendo como ele não foi jogado em uma cela até apodrecer; o cara te drogou para conseguir o que queria, ele tinha que pagar por isso e não ficar fazendo boas ações para a comunidade.

Henrique está bufando, passando a mão pelos cabelos, quase os arrancando.

— Não foram encontradas provas de que ele tinha me drogado, o sujeito foi muito esperto e ninguém viu quando ele entregou a substância para o garçom, ou se foi ele mesmo quem despejou na minha bebida, — levanto os ombros — nunca saberemos de que forma tudo aconteceu. O garçom sumiu sem deixar rastros e sem o depoimento dele, Eric não poderia ser acusado.

Aperto os meus lábios, trancando a minha angústia, que sempre ressurge quando lembro da sensação de impotência que todos nós sentimos quando o advogado explicou o argumento do juiz.

— Caralho! Tá difícil engolir tanta injustiça. — Henrique fala com os dentes cerrados de puro ódio.

— E como o estupro não foi consumado, a defesa alegou que o acusado estava sob efeito do álcool e não havia uma intenção criminosa em seu ato.

— Como não? — Ele esbraveja.

— O advogado dele ponderou com o juiz que jovens agem assim, quando perdem a noção das coisas e se deixam levar pelo impulso; mas a pior parte — solto um riso amargo — foi Eric contar para o juiz que pedi a sua ajuda quando comecei a sentir os efeitos da droga, me insinuei e que não repudiei as suas investidas, então... ele alegou que agiu seguindo os instintos masculinos, se descontrolou, não avaliou as consequências, não sabia o que estava fazendo e blá, blá, blá.

— Canalha! Instintos masculinos de um merda, isso sim.

— Bem, dessa forma o advogado virou o jogo ou simplesmente o juiz ficou convencido de que o filho do senador era um rapaz com bons antecedentes, que passou por um momento de insensatez, e livrou-o da prisão.

Passo as mãos pelo rosto, afastando a dormência fria que sinto pelo corpo ao relembrar essa história.

Henrique pula da cama, começa a caminhar em círculos pelo quarto sem falar nada, até que para e soca uma parede, soltando um rugido furioso; eu quico em cima da cama, assustada com a sua ira. Ele ainda fica alguns minutos em silêncio, de costas para mim, olhando para a parede. Começo a levantar da cama, mas ele vira o corpo e me encara, seus olhos são uma mistura de dor e raiva, que ele tenta controlar apertando a mandíbula. Ameaço me levantar novamente, mas em um piscar de olhos ele está ajoelhado, bem na minha frente, segura as minhas coxas, impedindo que eu saia do lugar; seu rosto está alinhado ao meu e ele fala com uma voz trêmula:

— Eu tenho uma irmã e, se algo desse tipo tivesse acontecido com ela, com certeza eu estaria atrás das grades, porque mataria o desgraçado. Esse cara deveria estar preso, isso que você está dizendo é um absurdo completo.

Henrique sacode a cabeça de um lado para o outro inconformado.

— Ele te drogou, por muito pouco não conseguiu o que queria e ainda se safou de ser preso!? Em outras palavras, ele foi absolvido mesmo sendo culpado. — Sua expressão escurece. — Que merda de justiça é essa?

— É, ele se safou. — Suspiro e dou de ombros. — O que fiquei sabendo depois é que o senador trancou a sua matrícula na universidade, vendeu a mansão e o tirou de circulação, para diminuir os efeitos colaterais que a história causou à sua imagem política. Elisa, a amiga que estava comigo na festa, me contou que todos os amigos dele se afastaram, ele virou um pária no mesmo círculo de amizades que o idolatrava antes daquela noite. A última notícia que soube é que hoje ele trabalha como uma espécie de assessor do pai. — Minha voz soa engasgada quando termino de falar e abaixo a cabeça.

— Sinto muito, Alex. — Henrique levanta o meu queixo e alisa o polegar pelo meu lábio inferior. — Preste atenção no que vou te dizer. — Pisco os olhos e fito o seu rosto. — Sei que tudo isso deixou marcas em você, mas irei me esforçar ao máximo para que essas lembranças ruins fiquem no passado, vamos construir nossos momentos felizes e apagar de vez aquela noite da sua mente, eu prometo.

Meus lábios tremem diante do seu olhar apaixonado.

Engulo o caroço que se forma em minha garganta e assinto, querendo muito, mas muito mesmo, que isso seja possível algum dia.

— Alex, eu não vou deixar que isso afete o que a gente tem. — Henrique suspira com tristeza. — É claro que o que você passou não dá para ser ignorado, foi uma covardia monumental, impossível ser deixada pra lá. Eu sei. Mas, entenda, não importa o quanto você argumente o contrário e que ache que isso irá interferir no que sinto por você, porque pode acreditar, não vai. — Henrique sussurra enternecido. — A verdade é que não suporto a ideia de não te ter ao meu lado, simplesmente não suporto, isso me machuca como uma faca cravada no peito, deu para entender?

Estico a mão e a encosto em seu rosto acariciando-o. Minha vontade é de jogar os meus braços ao redor de seu pescoço e não largar nunca mais, colar meu corpo ao dele e me entregar totalmente, mas não é tão simples. Meu cérebro costuma me arrastar para aquele maldito quarto, aquele lugar sombrio que luto com todas as minhas forças para esquecer e não consigo de jeito nenhum. Eu tenho a triste habilidade de detonar tudo ao meu redor, nada de bom chega e fica por muito tempo, a única coisa que me acompanha sem esmorecer durante os últimos oito anos é esse vazio medonho que sinto no fundo da minha alma.

Não posso expulsar o desânimo que toma conta de mim, quando outro assunto vem à minha mente e que, sem dúvida, vai ser mais embaraçoso do que a primeira parte da história. Tenho a clara consciência de que Henrique quer que o nosso relacionamento seja físico, íntimo. Eu também quero, é claro. Mas tenho pavor só de pensar que não sou capaz de fazer a coisa acontecer e não faço a menor ideia de como vou falar isso para ele. De repente, uma bola de gelo atinge a boca do meu estômago, fazendo a minha garganta estrangular de nervoso.

— Não sei como explicar isso. — Desvio o meu olhar, afastando a mão do seu rosto, agarro a camisa que estou vestindo e começo a contorcer o tecido.

— Experimente. — Seu olhar captura o meu quando ele guia o meu rosto com o polegar.

— Eu... eu já namorei algumas vezes, poucas. — Começo a falar, mas a minha voz sai vacilante e mordo o lábio nervosamente. — Alguns já eram meus amigos, tínhamos afinidades e ficávamos juntos, rolavam uns beijos, mas logo eu terminava o namoro, porque não queria avançar e eles queriam.

Era tão humilhante falar sobre esse assunto, que começo a apertar as mãos até ficarem brancas, necessitando me ocupar com alguma coisa.

— Estou te ouvindo, calma! — Henrique segura as minhas mãos e começa a fazer pequenos círculos, massageando-as com seus polegares.

— Então, o meu último namorado era um cara bacana, paciente, nós estávamos juntos há algum tempo e eu achei que... achei que estava pronta e...

juro, tentei ficar relaxada, não pensar muito, mas na hora que ele começou a tirar... a camisa...

Parecia que eu tinha algo apertando a minha garganta e as palavras saiam com tanta dificuldade, meu Deus, acho que não vou conseguir ir até o fim.

— Alex, o que está acontecendo? — Henrique me encara preocupado. — Seja lá o que quer que esteja te deixando nesse estado tenso, não precisamos conversar agora, já tivemos o suficiente por hoje, vamos...

Interrompo o que ele diz gesticulando com a cabeça.

— Não, tem que ser hoje, agora. — Falo resoluta. — Bom, como eu ia dizendo, ele foi arrancando a roupa e sorrindo todo sexy para mim... eu... eu sabia o que ele queria, o que estava por vir, mas... simplesmente entrei em pânico. As memórias daquela noite terrível vieram como uma avalanche, inundaram o meu cérebro com imagens, cheiro, medo...

Contraio o rosto quando percebo que a ficha caiu e Henrique sabe exatamente onde essa minha falação desconexa está querendo chegar. Estou mortificada e tento puxar as mãos, mas ele as segura firme e aperta.

— Continue. — Ele me incentiva falando com uma voz rouca.

— Bem, então... não deixei que o cara fizesse nem mais um movimento, parti pra cima dele e comecei a socar o garoto como uma insana, sem enxergar nada em minha frente, foi... constrangedor. Quando me dei conta do que fiz, fui embora tão envergonhada, que desisti de tentar ser uma garota normal, como todas as outras da minha idade. — Minha voz soa oca e sem vida.

Observo quando a garganta dele se mexe como se estivesse colocando para baixo algo difícil de engolir.

— Como te falei antes, não sou fácil. Meu cérebro é como um ditador tirano, ele bloqueia todas as reações do meu corpo e me joga, de novo, para aquela situação agonizante de oito anos atrás, e assim revivo cena por cena até a exaustão. — Termino com um suspiro melancólico.

Uma pontada de dor transpassa o meu peito como um aviso para o que virá, minhas mãos ainda estão entrelaçadas nas dele, mas agora ele as segura sem força, sem aperto, quase soltas.

Henrique está mudo e um sentimento de desespero me cobre inteira, trazendo à tona aquela sensação de rejeição que me apavora, quero que ele fale alguma coisa, pelo menos assim serei capaz de reagir e ir embora, não vou aguentar o seu olhar vidrado por muito tempo, a ansiedade está me sufocando e volto a falar, quebrando o silêncio tenso que paira no quarto.

— Acho que você já sabe o que eu quero te dizer, — aperto os lábios e mantenho os olhos baixos — eu nunca... bem, eu sou... — Henrique me interrompe erguendo o meu rosto, seus olhos não estão mais vidrados, pelo contrário, estão cheios de uma emoção indecifrável.

— Você é virgem. — A voz dele sai baixa e soprada.

Bato a cabeça que sim, não consigo falar mais nada.

Henrique tem uma expressão pensativa como se estivesse avaliando as possibilidades e isso está me matando, meu coração explode enlouquecido em minhas costelas. É obvio que ele está sentindo o peso das minhas revelações, não o culpo, por que ele iria perder o seu tempo com uma garota que não consegue ir em frente numa relação sexual? Pra quê, se outras estão arfando atrás dele? Não faz sentido algum ele continuar tentando algo comigo. É isso, chegamos ao fim.

Ainda estou atolada em meus pensamentos depreciativos, quando o som grave da sua voz estremece o meu corpo e sinto o seu olhar ardente, fixo em meu rosto. Algo mudou nesses segundos que se passaram, suas mãos sobem pelos meus braços e os seguram como braçadeiras, possessivas, não deixando dúvidas de que ele quer a minha total atenção. Engulo em seco, assim que ouço suas palavras, elas saem da sua boca num sussurro tão sofrido que faz o meu estômago contorcer.

— Diga que você me quer tanto quanto eu te quero. Pra mim é só isso que importa, continuo louco, maluco por você, mais do que poderia ser possível.

— Henrique, o que sinto por você é completamente diferente de tudo que já senti por qualquer outro cara, de verdade, mas... ainda tenho tanto medo... de como vou ficar quando... — Deixo escapar um soluço. — Sei que em algum momento você vai se cansar de tentar e eu vou... te perder. E aí vai ser demais para mim, porque tenho certeza de que não vou aguentar passar por isso sem romper em pedaços. — Minha voz é um fio.

Henrique não perde tempo, engata as suas mãos grandes no meu traseiro e me arrasta ao seu encontro, caio em seu colo com as pernas ao redor da sua cintura, ele desliza uma das mãos pelas minhas costas e me segura firme, eu mal respiro quando a sua boca toma a minha, devorando-a com vontade. Seu beijo não é gentil, nem lento, é um beijo repleto de paixão, posse, uma necessidade sem fim, acelerando a minha pulsação e fazendo o meu sangue circular em brasas pelo meu corpo. Solto um gemido profundo e correspondo com a mesma ânsia, cravando os meus dedos pelos seus ombros fortes e sentindo-o tremer sob o meu toque. Henrique me levanta do chão como se eu não pesasse nada e nos leva para o centro da cama, tudo isso sem interromper o nosso beijo; estou tão desorientada que só percebo onde estou quando ele descola da minha boca e se apoia nos cotovelos, me encarando com um semblante sério, cheio de promessas, que me ilumina de esperanças.

— Deixe-me te provar que só preciso de tempo para que você confie em mim, vamos dar um passo de cada vez, sem pressa, tá? — Ele esboça um sorrisinho. — Quero que as coisas aconteçam, não posso negar, faço um esforço monumental para manter o controle quando tenho você colada a mim desse jeito, mas iremos com calma.

Henrique me dá mais um beijo, provocando arrepios na minha pele, quando desloca a mão das minhas costas, fazendo uma trajetória lenta pela coxa, levantando a minha camisa e pousando a sua mão quente no ossinho do meu quadril, apertando-o ligeiramente. Dou um pulo, mas ele me mantém no lugar, sua boca se afasta da minha e tenho olhos sérios e decididos encarando o meu rosto.

— Confiança, tudo se baseia nisso. Vou conquistar a sua e iremos em frente, pode acreditar, linda.

— Você vai ter que lidar com uma porção de coisas que me assustam pra caramba, tem certeza de que é isso que você quer? — Preciso saber se ele não está jogando comigo e que saiba exatamente o que irá enfrentar.

— Para início de conversa, você não vai me convencer a desistir, pode esquecer. — Ele arqueia as sobrancelhas me desafiando.

Ergo um dedo em frente ao seu rosto.

— Mantenha isso em mente: sou um risco que você não precisa correr. — Aviso, atiçando o seu desafio.

— Não, querida, o que vai manter a minha mente ligada é o quanto te desejo.

Aquele sorriso indecente dança em seus lábios, não resisto e sorrio também.

— É melhor que você não esteja brincando comigo, porque esse rostinho lindo não vai sobreviver aos meus ataques. — Falo, provocando-o com um soco de leve em seu ombro.

— Nem em sonho eu brincaria com isso, suas oscilações de humor vão ser o tempero da nossa relação, mal posso esperar o momento para lidar com elas.

Ele raspa os dentes pelo meu pescoço e uma corrente elétrica percorre o meu corpo.

— Bem, não diga que eu não te avisei. — Murmuro quase sem ar.

— Vou estar pronto para uma boa briga, tenho até algumas ideias para praticar, sabe? — Henrique pega o lóbulo da minha orelha entre os dentes.

— Acho que vou ter que colocar você no seu lugar, sua autoconfiança está te fazendo sonhar alto. Acredite, vou te dar um monte de trabalho. — Arquejo, quando ele morde a minha orelha.

Ele abre um sorriso cheio de dentes, totalmente confiante no seu talento.

— Sou muito, muito habilidoso, você não vai resistir aos meus encantos e para que entenda aonde quero chegar, fique certa, adoro um trabalho duro.

Henrique aperta as duas mãos nos meus quadris e fico totalmente consciente a respeito do que ele se refere.

— Ah, nem vem, seu idiota pretensioso! — Estou transbordando de felicidade e começo a rir feito boba.

— Lamento, mas a partir de agora essa é a minha missão e, longe de mim, não a cumprir com total dedicação. Vou ganhar até medalhas, você duvida?

— Ok, vou te dar uma chance e assim você vai poder provar as suas "habilidades". — Ergo uma sobrancelha interrogativa. — Mas já avisando, tenho um ótimo cruzado de esquerda, ele é infalível.

Agora sou eu que abro um sorriso enorme cheio de confiança.

— Besteira! Você não vai me acertar.

— E o que te faz pensar que vou ser boazinha com você, hein?

— Porque você gosta de mim, simples assim, linda.

— Sim, eu gosto de você. — Meu coração dá um salto quando falo isso em voz alta.

— Não vou deixar você escapulir, nem que eu tenha que ficar todo roxo.

— Eu não quero escapulir, não mais.

— Dorme comigo. — Sua voz soa rouca.

— Dormir? Não, eu... eu... não consigo. — Fecho os olhos apavorada e nego com a cabeça.

— Ei, Alex, abra os olhos.

Eu abro e dou de cara com uma expressão solene, sem o menor vestígio de brincadeira ou truque, seu rosto é uma máscara firme, decidida e completamente honesta.

— Vamos apenas dormir, sem mais avanços por hoje, prometo. — Pisco algumas vezes ainda incerta. — Escuta, não tenho a menor ideia de como vou dormir sem você, preciso sentir o seu cheiro, te envolver em meus braços, manter você comigo, por favor. — Ele solta um suspiro agoniado. — Depois de tudo que aconteceu nessa noite, vou ficar virando na cama feito um louco e com certeza a minha imaginação vai correr fora de controle.

Como posso resistir? Meu cérebro entra em curto e antes que ele estrague tudo, respondo rápido o que o meu coração está gritando alucinadamente.

— Vou dormir — minha voz sai fraca e embolada —, com você.

Seus olhos se acendem como faróis e ele abaixa o rosto, inalando profundamente o meu perfume junto à minha orelha, então sussurra de um jeito tão sensual que me deixa sem forças para reagir.

— Acho que não vou conseguir dormir de qualquer forma, mas com certeza vou ter sonhos, vou sonhar com um anjo sexy pra caramba que tomou conta dos meus pensamentos e me fez esquecer de todo o resto. — Henrique levanta o rosto e me olha com um brilho de felicidade.

— Nós vamos ficar aqui? — Pergunto, ainda desorientada com a rapidez com que tudo está acontecendo.

— Sim, se você não se importar, amanhã tenho assuntos para resolver e podemos dar uma volta pela propriedade. — Ele estuda o meu rosto. — Quero que você conheça os jardins, acho que vai ficar espantada com o que temos por aqui, é realmente impressionante.

Balanço a cabeça concordando e Henrique se levanta, e para na minha frente, enquanto estou deitada no meio da cama; um olhar apreciativo percorre o meu corpo fazendo-o curvar os lábios num leve sorriso.

— Pare de me olhar desse jeito! — Atiro um travesseiro nele para despertá-lo daquele estado, ele o segura e arqueia as sobrancelhas espantado.

— Pelo amor de Deus, mulher! Você tá me deixando maluco! — Ele olha para baixo e posiciona o travesseiro em frente à sua calça jeans. — Ah, merda, agora estou encrencado mesmo.

Não aguento a cara sofrida que ele faz e começo a rir descontroladamente.

— Você está rindo de mim?

— Estou. — Falo por meio de risos, não consigo ficar séria.

— Bom, então vou ter que te dar uma lição, para você não brincar com algo tão importante para um homem. — Sua voz é grave, mas ele tem a sombra de um sorriso.

— E vai fazer o quê?

Sento e começo a me arrastar para trás, enquanto ele vem em minha direção com um olhar predatório. Henrique joga o travesseiro no chão e fica com as mãos livres, dou uma guinada engatinhando pela cama para fugir do seu alcance, mas não sou rápida o suficiente e ele agarra os meus pés. Caio esparramada de barriga para baixo e sinto a sua mão me puxando, enquanto faço força para não ceder.

— Linda, você só está piorando as coisas.

Ele imobiliza as minhas pernas com o seu peso e desliza as mãos lentamente pelas minhas coxas até alcançar a minha bunda que está virada para ele e sem a proteção da camisa.

— Da próxima vez... — Ele sussurra.

Henrique esfrega a sua ereção no meu traseiro, em seguida afasta os cabelos da minha nuca e pousa pequenos beijos que fazem os meus olhos revirarem nas órbitas.

— Que você me provocar desse jeito...

Ele continua me torturando com seus beijos, moendo aquela protuberância incrível com movimentos tão lentos que estão me deixando zonza.

— Vou te fazer esquecer até o seu nome, pode acreditar.

Henrique mordisca e lambe sensualmente a minha orelha.

— E você vai me implorar para que eu te tome, desse jeito.

Minha mente está nublada de desejo, só penso em quanto gostaria que ele continuasse, mas ao mesmo tempo que esse pensamento me ocorre, percebo que hora nenhuma o meu cérebro levantou uma bandeira de alerta, engessando as minhas reações, fico estarrecida com essa revelação.

— Agora seja uma menina boazinha e entre embaixo desse edredom, vou até o banheiro e já volto. — Henrique se levanta, dá um tapinha na minha bunda e caminha em direção ao banheiro.

Faço o que ele manda e fico atordoada com tantos altos e baixos que me balançaram durante essa semana, ou melhor, desde que Henrique cruzou o meu caminho e mudou todos os meus planos tão bem organizados. Há cinco dias nunca poderia imaginar que estaria dormindo com ele e, por incrível que pareça, estou bem com isso... na verdade super bem.

Um sorriso preguiçoso se abre em meu rosto e solto um suspiro de contentamento, em seguida a minha mente entra naquele estado de calmaria, refreando os pensamentos, sinto o meu corpo tão exausto, que meus olhos começam a pesar, não consigo mantê-los abertos, dessa forma caio num sono confortável, tranquilo, que mantém aquele sorriso bobo no meu rosto, mesmo quando estou apagada para o mundo.

Henrique

Estou parado em frente ao espelho do banheiro, olhando para a minha imagem frustrada, abaixo a cabeça e encaro a fonte do meu problema. Já tentei entrar em um acordo com ele, mas estou ficando desanimado com a insistência do meu amigo, que está quase implorando para entrar em ação.

— Hoje não, cara!

Solto um longo suspiro e seguro com força a borda da pia. O meu pau está dolorosamente duro e inconformado por não receber a devida atenção. Merda, vou ter que me aliviar de alguma forma, só não sei se uso a minha mão ou tomo uma ducha gelada. Dou uma espiada novamente e faço uma careta. Sem brincadeira, acho que essa garota vai me matar um dia desses.

Ao mesmo tempo em que essa constatação surge na minha mente, outra imagem reverte completamente o jogo e apaga toda a frustração que estou sentindo. Fecho os olhos e o rosto sorridente de Alex aparece em meus pensamentos, aquecendo o meu estômago e acalmando a inquietação do meu corpo. A doce certeza de que essa garota linda está definitivamente atrelada a mim me faz sentir uma sensação de vitória, mesmo sabendo que ainda tenho um longo caminho a percorrer. Mas, afinal de contas, quem está com pressa? A ideia de saborear cada minuto dessa jornada é, sem dúvida, um aditivo para continuar lutando por algo que vale muito a pena.

Subitamente, uma expressão carregada de obstinação transforma o meu rosto, reafirmando o propósito de aguentar firme toda essa pressão e segurar o desejo insano que tenho por ela, porque uma coisa é certa, de jeito nenhum irei correr o risco de Alex escapar. Qualquer passo em falso, e eu perco a garota da minha vida; não há uma chance nesse mundo de um vacilo como esse acontecer, não mesmo.

Arranco a roupa em dois tempos, abro a torneira da ducha e entro debaixo do jato gelado, aliviando aos poucos a necessidade que martela dolorosamente em meu corpo. Ainda fico alguns minutos parado, deixando a água correr até que as coisas esfriem e eu possa voltar para a cama sem que Alex corra o perigo de ser atacada por mim.

Saio do banheiro vestido somente com a minha boxer e encontro Alex dormindo tranquilamente, com os seus longos cabelos espalhados pelo travesseiro e uma mão apoiada no lado em que irei dormir. Paro e encosto na soleira da porta, admirando a garota que está na minha cama. Ela é a pura visão de um anjo, seu rosto lindo tem um pequeno sorriso que me deixa bobo e derrete o meu coração feito manteiga. Caminho em direção à cama e ajoelho ao seu lado, corro os dedos na pele clara e macia do seu rosto, passando levemente pelos seus lábios e deslizando pela lateral do pescoço esguio e delicado que ela tem. Seus olhos tremulam um pouco ao sentir o meu toque, mas Alex não desperta. Levanto e me obrigo a afastar da cama, mesmo desejando insanamente cobri-la de beijos. Prometi não avançar e estou decidido a cumprir essa promessa, mesmo que isso me custe uma noite inteira embaixo do chuveiro.

Ainda estou remoendo o que ela me falou, inconformado não só por causa da história do estupro, mas pela forma como a vida de Alex virou de cabeça para baixo depois que aquele maldito doente se aproveitou de uma menina inocente. Quando penso novamente em tudo que aconteceu, meu sangue começa a ferver e dou graças a Deus que ela concordou em ficar comigo, porque acho que faria algum tipo de loucura se passasse essa noite sozinho. Eu e os meus pensamentos furiosos não iriam entrar em um acordo e nada de bom surgiria depois disso, não importa o quanto estou me esforçando para digerir essa história, a verdade é que não entra na minha cabeça o fato de que um crime aconteceu, deixando uma menina de quatorze anos traumatizada e, o mais triste disso tudo, nada de concreto foi feito para reparar esse absurdo. Cadê a justiça nessa hora?

Apago a luz do quarto, deixando acesa somente uma ao lado da cama, vou até a cozinha dar um jeito nos pratos e guardar a comida que sobrou, sei que Lena poderia dar uma arrumada na bagunça que fizemos, mas não sou um inútil e posso muito bem lavar dois pratos e dois copos. Fui criado ouvindo a minha mãe defendendo o lema: sujou-limpou, então faço o serviço rápido e volto para o quarto.

Entro embaixo do edredom, apoio a minha cabeça com a mão e fico olhando para o rosto de Alex, velando o seu sono. Ela está dormindo tão profundamente, que enrugo a testa com curiosidade, observo o ressonar baixinho que sai da sua boca e que denuncia o seu estado completamente apagado. Caramba, agora que me dou conta do quanto o seu corpo deve estar exausto após todo o desgaste do show. Não consigo reprimir uma sensação de orgulho quando penso no quanto ela foi incrível naquele palco, repasso cada imagem da apresentação em minha cabeça e um sorriso involuntário se abre em meus lábios, passo o dedo de leve em seu rosto e respiro fundo, feliz pelo motivo da minha alegria estar aqui, ao meu lado.

Depois de tanta coisa que rolou durante essa noite, não dá nem para acreditar que Alex está aqui comigo. Viro para o lado e afundo a cabeça no travesseiro, olhando para o teto, minha mente começa a analisar toda a inacreditável sequência de eventos estressantes que tivemos de lidar nestas últimas horas. Que noite! Primeiro a palhaçada que Ingrid aprontou. Caralho! Só de lembrar fico puto da vida. Juro, aquela mentirosa vai ter o troco. De jeito nenhum vou deixar barato essa porcaria que Ingrid inventou para me separar de Alex, estou pensando seriamente em ter um papo definitivo e dar um chega pra lá eficaz nessa garota.

Na sequência, quando achei que a noite estava indo bem, vem toda aquela história pesada sobre a tentativa de estupro. A coisa foi tão chocante para mim, que quase coloquei tudo a perder com Alex. Falei besteira, sem nem pensar direito no efeito que as minhas palavras poderiam surtir nela. Na hora, a minha indignação diante daquilo tudo foi tanta, que dei uma de babaca e soltei um comentário infeliz. Não consegui refrear a língua e ainda estou me sentindo culpado à beça por ter desencadeado todo aquele abalo que desmontou a minha menina.

E, por fim, para completar toda a odisseia que foi essa noite, ainda teve a revelação inesperada de Alex. Passo as duas mãos pelo rosto pensando naquilo e não me lembro da última vez em que fiquei tão... sem palavras. Quando Alex começou a falar, toda constrangida, nem me passou pela cabeça a razão de todo aquele incômodo e o porquê de tanta dificuldade que ela claramente estava tendo em colocar para fora, só percebi que era algo crucial quando vi o seu rosto hesitante. Uma mistura de medo e angústia irradiava em seu olhar antes dela confessar que é virgem... ainda me arrepio quando penso nisso. Meu Deus, como se isso fosse me fazer desistir dela. Alex ainda não entendeu que nem em um milhão de anos eu seria capaz de ficar longe. Mesmo se ela tivesse dito hoje que era uma extraterrestre e que iria abduzir o meu cérebro, eu simplesmente diria: Sim, senhora, pode levar tudo, com imenso prazer.

Será que Alex não vê que estou irremediavelmente amarrado a ela?

Bem, tudo é possível em se tratando da cabeça teimosa dessa garota, mas de uma forma ou de outra vou fazer o meu máximo para provar que sou digno da sua confiança, mesmo ela achando que irei recuar diante de alguns obstáculos e que a sua conturbada experiência sexual é algo decisivo para o nosso relacionamento. Ela está enganada. E agora, que a tenho onde quero, confiando em mim para protegê-la, não irei largar essa menina e vou morrer antes que algo de ruim aconteça de novo, eu vou cuidar dela.

Puxo o seu corpo macio de encontro ao meu, abraçando Alex com cuidado. Ela vira de costas e se acomoda preguiçosamente, encostando aquela bunda maravilhosa em minha virilha e, só para aumentar um pouco mais a minha agonia, dá uma reboladinha para encaixar melhor. Solto um gemido sofrido, parece brincadeira, mas ao menor toque do seu traseiro o meu pau desperta imediatamente para a vida e fico ciente da tortura que essa noite vai ser. Ele sabe exatamente o que quer e está pulsando impiedosamente, manifestando a sua vontade, com um vigor renovado. Vislumbro com desânimo a força sobre-humana a que terei de me submeter para conseguir controlar mais uma vez o meu desejo. Porém, mesmo diante de todo o desconforto que essa situação está causando em meu corpo, ainda assim não imagino um lugar melhor para estar nesse momento.

Passo o meu braço ao redor da sua cintura e abro a mão sobre a barriga lisa e definida de Alex, o perfume que desprende dos seus cabelos me atrai feito imã e afundo meu nariz em seu pescoço, inalando aquele aroma que me tira do ar. Alex solta umas palavras emboladas enquanto eu pouso um beijo abaixo de sua orelha, paro um instante, ficando atento ao que ela está murmurando, sua voz rouca recita o meu nome assim que salpico mais um beijo e o meu coração pula uma batida ao saber que ela está sonhando comigo, que responde aos meus carinhos, mesmo que involuntariamente, e que o seu desejo é tão forte quanto o meu.

Abro um sorriso enorme, porque sou o cara mais sortudo do planeta, tenho essa garota linda em meus braços e ela é toda minha. Aperto Alex de encontro ao meu tórax, estreitando a nossa distância, fazendo círculos com a mão em seu abdômen, aspirando seu cheiro viciante e deixando o meu corpo finalmente relaxar para encontrar o sono.

A noite passa num piscar de olhos e percebo isso quando vejo a luz da manhã entrando pelas cortinas e iluminando o quarto, apalpo a cama buscando o corpo quente em que fiquei enroscado a noite toda, mas não encontro nada; abro os olhos assustado, quando me dou conta de que estou sozinho na cama e o lençol ao meu lado está frio.

Pulo da cama e vou procurar Alex no banheiro, a porta está destrancada e o lugar vazio, nem sinal dela. Não quero deixar qualquer tipo de paranoia invadir a minha cabeça, só que tudo o que me vem em mente é que ela foi embora, que desistiu de tentar ter qualquer coisa comigo. Uma sensação estranha toma conta do meu corpo, embrulhando o meu estômago e disparando os meus batimentos. Caramba, que porra de medo é esse? Puta merda, a constatação desse sentimento estranho faz a minha cabeça entrar em uma espiral de emoções que está detonando com a minha razão. Alex não iria me abandonar assim, sei que não, mas esse pensamento lógico não surte o efeito desejado em meus nervos.

Não acredito que estou pirando desse jeito!

Saio do quarto como um foguete e não me importo se estou vestindo apenas uma cueca, começo a abrir portas chamando o seu nome, sem ouvir nenhuma resposta. Já estou entrando em desespero e indo atrás do meu celular, quando escuto uma risadinha vinda da varanda. Corro nessa direção e lá está ela, sentada no sofá com os joelhos encolhidos, uma manta ao redor dos ombros, falando alegremente ao celular, seu sorriso é como uma água morna correndo pela minha pele e desfazendo aquele suor frio que colou em meu corpo, estremeço com o alívio que sinto neste instante.

Abro as portas de correr da varanda e Alex vira o rosto imediatamente para mim; ela mexe os lábios dizendo que está falando com o pai, sento no sofá, erguendo o seu corpo e o acomodando entre as minhas pernas, jogo a manta sobre nós e fico alisando seus cabelos, enquanto escuto a conversa animada entre eles. A sensação de paz que saboreio ao tê-la comigo é indescritível, beijo um ombro, depois o outro e aperto a minha garota em meus braços absorvendo o seu perfume. Ela dá uma tremidinha e me olha pelo canto dos olhos com um sorriso tímido; lanço uma piscadinha de volta e desvio o rosto, mirando nas árvores da entrada da casa e tentando a todo custo entender o que se passou comigo, por fim inspiro algumas vezes para desacelerar o meu coração.

Alex ainda fica algum tempo batendo papo em inglês com o pai, depois desliga o celular e assim que encerra a ligação vira o rosto, pousando uma mão em meu peito com um suspiro satisfeito.

— Bom dia, dorminhoco. — Ela fala sorridente.

— Bom dia, linda. — Beijo os seus lábios suavemente e recuo, balançando a cabeça para negar o seu comentário. — Não sou dorminhoco, mas no domingo costumo sair da rotina e me levanto tarde. É claro que estaria ainda na cama se você não tivesse me deixado sozinho.

Reclamo fazendo uma cara feia.

— Hum, pare de fazer esse bico zangado. — Ela me beija de leve. — Eu só não queria que você acordasse quando o celular começou a tocar mais cedo, você estava apagado e roncando horrores, então... — Alex ri quando aperto as suas costelas.

— Sou homem, no geral nós roncamos, mas eu não ronco horrores, nem vem. — Alex levanta uma sobrancelha duvidando. — É verdade, você precisa escutar o ronco de alguns caras da equipe de natação, é tão assustador que acho que poderia levantar os mortos. — Solto um grunhido lembrando o barulho impressionante que meus colegas fazem enquanto dormem.

— Tudo bem, você ronca baixinho e, para ser sincera, mal ouvi qualquer coisa durante a noite, dormi feito um bebê, só despertei com o barulho do celular tocando e vibrando feito louco no banheiro. — Alex ergue os ombros se desculpando.

Ela remexe por baixo da coberta e fica em cima de mim, grudando o seu corpo quente ao meu. No mesmo instante seguro a sua cintura com força e a arrasto pela frente, nivelando os nossos rostos, Alex olha para mim com um sorriso enviesado e segura os meus ombros para dar apoio.

— Desculpe, eu estaria de bom grado com você na cama até agora, mas essas ligações matutinas do meu pai não falham nunca, ele me liga todos os dias, inclusive nos fins de semana. — Alex suspira.

— Fica fria, vou me acostumar. — Abro um sorriso caloroso.

— Bom para você, porque eu ainda não aceito muito bem essa patrulha do meu pai. — Alex bufa, contrariada.

Não falo nada, só beijo os seus cabelos, fazendo uma massagem nos músculos tensos das suas costas; ela abaixa a cabeça gemendo baixinho.

— Em compensação, a minha mãe tem uma noção muito melhor e, diferente do meu pai, não assume essa marcação cerrada. Ela manda mensagens, procura ligar quando estou em horários livres, enfim, pega leve. Mas o meu pai... você não tem ideia, ele quase me sufoca e eu não consigo de forma alguma convencê-lo de que sei me cuidar. — Sua expressão é desanimada.

Ergo o seu rosto com os polegares.

— Ele se preocupa com você e, pra falar a verdade, eu não tiro a sua razão, acho que agiria do mesmo jeito.

— Eu sei, mas... — Calo a sua contestação com um beijo.

— Pense nisso, Alex, de alguma forma ouvir a sua voz todos os dias deve acalmá-lo e aliviar a preocupação que ele tem com o seu bem-estar.

Movo o meu polegar para a sua bochecha, ela fecha um pouco os olhos apreciando o meu carinho e ergue os lábios num sorriso satisfeito, depois encosta o rosto no meu peito e fala com a voz triste:

— É, pode ser, só que ele mudou muito depois do que aconteceu comigo, ficou superprotetor, neurótico com a minha segurança, obsessivo até. O meu pai tenta me controlar de todas as formas possíveis, mesmo a quilômetros de distância, é frustrante. — Alex protesta, irritada.

— E a sua mãe, o que acha disso tudo?

— Ela acha que o meu pai exagera um pouco, mas sei que eles têm alguns acordos com relação à minha segurança, ao menos ela respeita os meus limites e não me inferniza com suas chamadas. — Alex ergue o rosto e me encara com uma expressão aborrecida. — Para você ter uma ideia, se eu não o atendesse agora, ele iria tocar insistentemente até receber uma resposta. Se, por fim, ele não conseguisse falar comigo, minha mãe seria bombardeada com as suas chamadas e, enquanto ele não soubesse o meu paradeiro, Mr. Adam transformaria a vida da minha mãe em um inferno. — Vejo o seu rosto repuxar numa careta. — Tenho 22 anos e o meu pai me trata como se eu ainda tivesse 14, dá pra acreditar?

Alex enterra o rosto no meu peito gemendo dramaticamente.

— Dê um tempo, ele vai aprender a superar tudo isso e parar de se meter na sua vida. Seu pai precisa saber que você está segura, para voltar a confiar que tudo vai dar certo por aqui. Então, se não tem outra forma de lidar com a sua insegurança e acalmar os seus nervos, atenda as chamadas e o deixe tranquilo. — Meus dedos estão entremeados em seus cabelos quando Alex levanta a cabeça.

— É o que estou fazendo. — Ela faz uma pausa respirando fundo. — Sei o quanto ele sofreu por mim, enquanto eu tentava me adaptar à minha nova vida em Atlanta; eu era uma dor de cabeça constante para todo mundo, por isso faço um esforço enorme para não perder a paciência e mantenho o meu celular sempre próximo. — Alex dá de ombros. — Talvez, com o tempo, ele afrouxe um pouco a pressão, pelo menos é o que espero.

Concordo com a cabeça e dou um beijo delicado em seus lábios, desejando no fundo fazer muito mais do que isso e, como se Alex tivesse lido os meus pensamentos, ela enrosca os braços pelo meu pescoço e logo o nosso beijo se aprofunda. Deslizo minhas mãos da sua cintura para a base da coluna e a pressiono de encontro a minha virilha, que a essa altura está pulsando impaciente, não consigo reprimir um gemido quando sinto o seu arquejar dentro da minha boca.

Ela se afasta lentamente, com um ar inseguro sombreando o seu rosto, quando percebe o meu estado de excitação, em seguida morde o lábio e olha para baixo desconcertada. Não faço nada, estou em modo de espera, não posso me dar ao luxo de avançar nenhum milímetro e mesmo que isso esteja acabando comigo, vou deixá-la tomar as rédeas da situação, porque Alex precisa confiar em mim e para isso tenho que conter a minha necessidade de ir com tudo. Ela pousa as duas mãos em meu peito e me encara com olhos cheios de culpa, suspirando com pesar enquanto fala.

— Você está excitado, eu não deveria te provocar desse jeito, sinto muito. — Alex pisca algumas vezes para esconder o seu desconforto.

— Pois eu não sinto e isso não é um problema para mim. — Abro um sorriso devagar. — Ficar excitado quando estou com você é natural e extremamente prazeroso, não se engane, vai acontecer muitas vezes entre nós, linda. — Seguro o seu traseiro com as mãos espalmadas. — A verdade é que te quero tanto que até dói, mas vou ser paciente e esperar você estar pronta, nada vai acontecer enquanto eu não conquistar a sua confiança, tá lembrada? Eu fiz uma promessa e não irei quebrá-la. — Reforço a segurança que ela tanto precisa em minhas palavras sinceras.

Alex me encara com uma expressão pensativa e sua testa enruga quando ela começa a falar num tom sério.

— Eu entendo que está sendo difícil para você, não é uma sensação confortável nem nada, eu imagino… mas gostaria que você soubesse que tudo isso é novo para mim. — Ela acena uma mão ao redor. — Sério, nunca dormi com um cara antes, sempre fugi dessas situações e ontem eu me senti confortável, segura até, mesmo depois de toda aquela conversa, essa noite que passamos juntos foi um grande passo. — Ela sorri e acaricia o meu rosto. — E posso afirmar que há muito tempo não durmo tão bem, sem pesadelos ou períodos insones, falei a verdade antes, quando disse que dormi como um bebê. Para o seu mérito, estou correndo um sério risco de ficar viciada nessa coisa de dormir juntinho, desculpe por isso, mas acho que não vou conseguir deixar passar.

— Vamos ter que repetir para eu acreditar. — Brinco com ela.

— Oh, sim, iremos repetir, mas antes que você fique todo cheio de si, preciso esclarecer que existe outro que me faz dormir tão bem, eu já fiquei uma noite inteira grudada ao Jake e ele foi realmente incrível. — Sua boca treme com um riso mal contido.

— Quem é Jake? — Atiro a pergunta e aperto o seu traseiro.

— Hum, Jake é um rapaz muito interessante que conheço, ele costuma me distrair bastante, acho que não conheço ninguém que me faça rir como ele.

Alex olha para cima, fazendo uma cara inocente.

— Te dou dois segundos para me dizer quem é esse cara, caso contrário, tenho as mãos bem posicionadas e vou fazer você falar sob tortura, não brinque comigo. — Tento forçar um tom de ameaça, mas falho terrivelmente diante do sorrisinho malicioso dela.

— Ora, acalme-se, Jake não é uma ameaça para você. — Ela faz uma expressão duvidosa sorrindo docemente. — Se bem que ele desperta certas coisas em mim quando usa as suas habilidades manuais, posso dizer que o garoto é impressionante. — Alex se esquiva quando roço os dedos em suas costelas.

— Alex. — Ameaço, segurando-a forte e voando as mãos pelo seu corpo todo, fazendo cócegas sem piedade.

— Ok, vou falar... ei... pare com isso! — Ela ri e se contorce enquanto faço mais cócegas. — Jake é meu irmão de 6 anos, filho do meu pai, eu disse que não era uma ameaça. Ah, por favor, não aguento mais!

Ela tenta escapulir e faço uma manobra para mudar nossas posições.

— Cara, você é um pé-no-saco! — Alex grita quando a coloco de costas no sofá e aperto o meu corpo sobre o dela.

— Bem, agora você me deixou bravo.

— Deixei, é? — Ela me provoca com os olhos semicerrados.

— Deixou.

Levanto um dedo em frente ao seu rosto.

— Primeiro, por me fazer acreditar que outro cara te faz dormir tão bem, esse mérito é meu. Só meu, viu? — Ela abre a boca para falar, mas não deixo e levanto outro dedo — Segundo, porque você me chamou de pé-no-saco, sou um cara muito legal e não mereço esse título.

Alex empina o queixo para rebater e colo o meu dedo em sua boca.

— Ainda não acabei.

Ela mordisca o meu dedo e eu faço uma cara feia.

— Agora que estamos nessa posição interessante e você está sob o meu domínio, quer queira ou não, — levanto as sobrancelhas com a constatação — estou muito disposto a te ensinar uma lição e refrescar a sua memória no que diz respeito a não me provocar e dessa vez você não vai esquecer fácil.

Minha voz soa rouca, permeada de desejo e o clima passa de brincalhão para uma coisa lasciva. A atração que sentimos é forte demais para ser ignorada, levo o meu dedo ao seu lábio inferior esfregando levemente e baixo o meu olhar em sua boca. Alex entreabre os lábios suspirando, seus olhos brilham com a antecipação do que insinuo fazer com ela, os sinais são evidentes e a tensão sexual é quase palpável entre nós. As palavras não foram ditas, mas um consentimento silencioso é tudo que preciso para avançar um pouco mais, além de tudo aquilo que já experimentamos e que nós dois com certeza queremos.

Percorro as mãos gananciosas pelo corpo dela, desde as suas coxas até a cintura, explorando avidamente toda aquela pele lisa e macia. Alex tem um corpo absolutamente delicioso, com curvas em todos os lugares certos. Seguro a sua cintura, alinhando os nossos quadris e começo a fazer giros lentos que imediatamente despertam um tom rosado em suas bochechas, deixando-a ofegante. O segredo é não deixar Alex pensar muito e logo tomo a sua boca invadindo-a com a minha língua, provocando a sua com uma certa dose de entusiasmo. Nesse instante, sinto as suas mãos apertando os meus bíceps com força, Alex solta um gemido profundo e sei que ela está desarmada e totalmente entregue. Ergo uma de suas pernas, enlaçando-a em minha cintura e esfrego devagarzinho uma ereção pulsante naquele lugar quente e úmido que roço por cima da sua calcinha, ela soluça, tremendo sob o meu toque e isso faz com que ondas elétricas atravessem o meu corpo, deixando o tesão que estou sentindo em um nível muito crítico. Puta merda, vou explodir aqui.

Não resisto à tentação, deslizo as mãos pelas suas costelas alcançando a base dos seios fartos de Alex, me aventuro em uma carícia leve e ao mesmo tempo fico alerta, aguardando a sua reação. O negócio é o seguinte, prometi não avançar se ela não quiser, mas por enquanto estamos indo bem e apesar do meu cérebro estar nublado de desejo, ainda consigo ficar atento à sua rejeição. Como Alex continua suspirando e ondulando o corpo ao sentir o meu toque, parto do princípio de que estamos na mesma página e continuo com os carinhos, chegando aos mamilos, esfregando os polegares em círculos suaves, deixando-os rijos e prontos.

Caralho! Tenho certeza de que não vou dar conta de segurar por muito tempo e que a minha cueca vai ficar molhada em breve, porque estou no limite. O problema é que Alex tem esse poder sobre mim, ela me conduz à beira do precipício com apenas alguns beijos, fico impotente diante da enormidade do que sinto e não controlo muito bem as reações do meu corpo sedento, ávido por um instante de alívio.

Minhas mãos seguram seus seios por inteiro e eu aperto levemente, sentindo a sua maciez e o peso, encaixando-os perfeitamente em minhas palmas. Enquanto mantenho as minhas mãos ocupadas, continuo devorando a sua boca, numa tentativa de focar no beijo e não estourar nas calças. Alex empina as costas e pressiona ainda mais seus seios em minhas mãos; essa entrega inocente está me deixando louco e fico mais audacioso, solto a sua boca descendo pelo pescoço, lambendo e mordiscando a pele cheirosa dela, seguro a barra da camisa e faço o movimento para tirá-la, neste instante tudo muda numa batida, é como se Alex entrasse em um modo de alerta. Seu corpo congela, fica rígido feito uma tábua e ela me encara com os olhos arregalados de pavor. Na verdade, Alex não está enxergando nada, seus olhos estão turvos, sem foco, sua respiração entrecortada sibila entre os dentes e ela fica branca como um fantasma.

— Não… por favor, não.

Alex mal fala, suas palavras saem angustiadas, saturadas de medo e suas mãos se fecham em punho, prontas para entrar em ação.

— Alex. — Sussurro tentando trazê-la de volta.

— Eu… não! — Um grito rouco sai da sua garganta.

— Shhh, fique calma, querida, sou eu.

Falo baixinho enquanto seguro seu rosto e passo os polegares pelo maxilar, ela fecha os olhos quando percebe o que aconteceu, em seguida contrai o rosto, envergonhada.

— Linda, abra os olhos para mim, quero que você se concentre no que vou te dizer. — Alex abre e foca seus olhos assustados nos meus. — Não iremos em frente se você não quiser, lembra? — Ela balança ligeiramente a cabeça concordando e volta a fechar os olhos.

— Ei, querida. — Belisco a sua bochecha até que ela abra os olhos. — Não volte para o passado, nada daquilo vai acontecer de novo, você não precisa ter medo porque não vou deixar ninguém te machucar.

Em seguida, abraço o seu corpo trêmulo de encontro ao meu peito, reforçando o que acabo de dizer. Vou protegê-la. Testemunhei em primeira mão a extensão do seu trauma e nunca mais quero ver aquele olhar de pavor que nublou o rosto de Alex minutos atrás, isso é uma certeza que atravessa a minha mente como um raio. O que vi rasgou a minha alma e serviu para eu ter uma ideia do quanto Alex sofreu e, ainda sofre, para esquecer tudo que a atormenta.

— Eu... eu... estava tudo bem, eu quero muito que isso... — Alex inspira com dificuldade. — Achei que... o bloqueio não viria, mas... ah, meu Deus!

Meu coração se parte ao ver a angústia em seu rosto quando ela volta os olhos para mim. Alex morde os lábios com força, tentando expulsar as palavras, mas a sua voz ainda sai quebrada pela dor.

— Como posso continuar desse jeito? A minha cabeça não me dá um tempo! — Ela pergunta em um tom amargo. — Aquele desgraçado surge como um maldito fantasma e destrói tudo, assombrando a minha vida e acabando com todas as chances de eu ser uma pessoa normal!

Alex reage com raiva e tenta me afastar com as mãos, mas não a deixo sair.

— Não, estamos só começando e nem sequer passamos para a parte boa. Mas isso vai ter que ficar para um outro momento, por ora vamos nos concentrar nos pontos positivos.

Alex treme o queixo segurando as lágrimas corajosamente.

— Não existem pontos positivos, sou um desastre ambulante na sua vida.

— Discordo completamente.

Alex bufa descontente.

— Você só não está vendo as coisas com clareza. — Sorrio. — Mas eu estou.

— Acredite, estou vendo tudo perfeitamente.

— Tá nada. — Pisco maliciosamente. — Nós não só dormimos juntos, como trocamos um amasso alucinante aqui no sofá e estou inteirinho, sem nenhum arranhão, posso até dizer que tudo está indo muito bem.

Abro um sorriso enigmático e ela me encara estupefata.

— Bem coisa nenhuma. Olha o estado em que você está! — Ela inclina a cabeça para baixo e geme com desgosto. — Não posso simplesmente ignorar que eu fiz isso e que não consigo continuar até o fim, estou morrendo aqui, será que você não entende?

— Mas eu não queria ir até o fim. — Alex me olha com o rosto confuso. — Eu queria dar uns pegas com você aqui no sofá e foi isso que fizemos.

— Acho difícil de acreditar. — Ela me perfura com o olhar.

— Pois pode acreditar. — Suspiro. — Tudo que rolou aqui era exatamente o que eu queria, talvez pudéssemos avançar um pouco mais, não vou mentir, mas de jeito nenhum a sua primeira vez vai ser assim, em um sofá, na varanda, eu seria um imbecil se me aproveitasse de você dessa forma. — Ela fica boquiaberta, sacudindo a cabeça. — Escuta, você está aprendendo a confiar em mim aos poucos e isso não vai acontecer da noite para o dia, é óbvio —, ergo o ombro como se isso não fosse um problema — na verdade esse reconhecimento dos seus limites só aumenta ainda mais a minha vontade de te ter, por sorte não estamos nem perto do fim. — Falo com franqueza. — Estou só te aquecendo, linda.

— Você tá de brincadeira, não é?

— Nem um pouco. — Rebato muito sério.

— Como você quer me convencer de que está apenas testando os meus limites, enquanto fica arrastando essa protuberância monstra pelo meu corpo? — Alex enrijece o queixo olhando feio para mim. — Ou, então, pra você tudo bem ficar excitado e não conseguir transar comigo? Conta outra, Henrique, eu sou virgem, mas não sou tonta.

Sua voz exasperada arranca um estalar da minha língua, negando o rumo do seu raciocínio.

— Hum hum, sinto em te desapontar, mas não é esse o caminho. — Passo o dedo pelo seu nariz franzido. — Quero você com toda a certeza, isso é um fato evidente — direciono os olhos para baixo —, por isso estou duro feito uma rocha, só que a questão não é essa.

— Está querendo dizer que não se importa? — Ela ri com desdém.

— Não, estou querendo dizer que não irei quebrar a sua confiança, você está no comando, você dita as regras e é assim que vai ser. Eu vou continuar te provocando, mesmo porque não consigo fazer diferente, mas não vou forçar a barra, qualquer deslize que eu cometa irá te dar munição para escapar e isso não vou permitir, de jeito nenhum.

A expressão brava dela se desfaz e sua mão desliza pela minha bochecha numa carícia suave.

— Isso não é justo, não tenho ideia se em algum dia vou conseguir vencer esse bloqueio, deixar você nessa expectativa é a coisa mais egoísta que vou fazer, não quero te magoar, nunca. — Alex faz uma pausa e um lamento sai de sua garganta. — Não quero que você desista de mim, mas sei que em algum momento vou ferrar as coisas entre nós. — Ela fecha os olhos balançando a cabeça. — Sei que vou.

— Relaxe, porque não consigo desistir de você. — Afirmo e beijo a sua boca, passando a língua pelos seus lábios, enquanto dou algumas mordidinhas.

— É claro que estou subindo pelas paredes, acho que se levantar daqui nesse exato momento, não vou conseguir nem andar direito.

Deixo escapar um suspiro pesado, bem ciente que isso é uma maldita verdade e volto a afirmar.

— Só quero que seja certo e perfeito.

— Ah, Deus! Que castigo! — Ela resmunga desconsolada.

— Castigo nada, deixe de ser boba, a minha gratificação virá logo, antes mesmo que você até possa imaginar.

— Acorda, cara, você está sonhando. — Alex suspira. — Ou sendo aquele tipo extremamente otimista, ainda não consegui definir qual é a pior opção.

— Nem uma coisa nem outra, eu estou sendo apenas pragmático. — Abro um sorriso confiante. — Não tenho problemas em esperar o momento certo, você já mordeu a isca e, para o seu próprio bem, sou irresistível.

— Estava me perguntando quando que o seu ego superinflado iria dar as caras. — Alex bufa.

— Pare de ser essa coisinha irritante e me escute. Não existe nenhum argumento que mude isso entre nós, você desperta sentimentos que nunca senti por nenhuma outra garota e não é de sexo que estou falando, então pare de ficar se torturando, deixe essa parte por minha conta e relaxe. Na hora em que essa sua cabecinha linda estiver completamente focada em mim e nas reações que o seu corpo demonstra quando eu a toco, você não irá conseguir segurar e vai ser perfeito, acredite em mim.

— Eu já te falei que você é... — Não deixo Alex terminar a frase e belisco os seus lábios.

— Incrível? Sim, você já me disse. — Abro um sorriso arrogante.

— E pretensioso? — Alex arrisca e tenta segurar o riso.

— Quem? Eu? De forma alguma, só estou te falando a verdade e como as coisas vão acontecer, pode ter certeza, sei o que estou falando.

— É claro que sabe, você é um especialista nessas habilidades sexuais, não é mesmo? — Ela soa irônica e revira os olhos.

— Bom, posso dizer que sei uma coisa ou outra, tenho os meus truques.

Alex não aguenta e explode em uma gargalhada.

— Acho que o seu ego já está cheio até a boca, não vou ficar alimentando toda essa sua confiança, pode esquecer. — Seus olhos brilham com humor.

— Posso aceitar isso, por enquanto.

Dou um pulo do sofá, fico de pé diante dela e, num impulso, estico os braços acima da cabeça fazendo um alongamento.

— Ai, meu Deus! — Alex grita e esconde o rosto com as mãos. — Vá colocar uma calça, você tá indecente!

Olho para baixo e dou um sorrisinho de lado, depois me aproximo de Alex com os braços flexionados ao lado do seu corpo, abaixo a cabeça e sussurro em seu ouvido.

— Acostume-se, é esse o efeito que você produz em meu corpo. — Ela abre instantaneamente os olhos e me olha surpresa. — Vou me vestir, se você quiser ir para a cozinha arrumar algo para a gente comer, fique à vontade, estou mesmo precisando de uma distração para a minha fome, que, a propósito, não é de comida. — Dou um selinho e saio sem olhar para trás, deixando Alex encarando o vazio de boca aberta.

Alguns minutos depois, estou todo vestido e parcialmente controlado, chego à cozinha e fico observando Alex de longe, ela está tão absorvida com as tarefas, que não percebe a minha presença. Alex liga a cafeteira e arruma a mesa, coloca fatias de pão na torradeira e encontra uma jarra de suco de laranja na geladeira. Com certeza, Lena deu uma passada por aqui e deixou pronto, concluindo que eu a chamaria para nos servir o café da manhã. Não quero incomodar Lena com isso, posso dar conta de tudo perfeitamente, estou acostumado a me virar sozinho no apartamento e, além do mais, Alex está vestida somente com a minha camisa, quero manter a nossa privacidade e evitar que ela fique constrangida. Lena é muito discreta e não virá nos perturbar se eu não a chamar, então vou ajeitar tudo e tomar um café sossegado com a minha garota.

Alex está esperando as torradas ficarem prontas, quando me aproximo dela.

— Você gosta de ovos mexidos? — Pergunto, abraçando Alex por trás e dando um beijo em seu pescoço.

Alex dá um pulo de susto, fica tensa, mas depois amolece com o meu beijo, ela gira em meus braços e olha bem dentro dos meus olhos enquanto fala:

— Não sei o que está acontecendo comigo, as minhas reações normais estão todas atrapalhadas, não entendo.

Ela continua me encarando com um rosto incrédulo.

— Como assim?

— Nunca ninguém chegou desse jeito, por trás, sem que eu derrubasse a pessoa ou fizesse algum movimento de autodefesa, é como se fosse um reflexo, não penso muito, só reajo. — Alex esboça um sorriso triste. — Todos que me conhecem sabem disso, eles se aproximam de mim falando e fazendo um esforço para que eu os veja primeiro, só depois que reconheço quem está chegando é que recebo um abraço. Já derrubei alguns desavisados e a situação ficou bem esquisita, mesmo eu me desculpando. — Ela balança a cabeça. — Mas você me abraçou e eu consegui controlar os meus instintos de defesa, acho que aquela história de conquistar a minha confiança está surtindo algum efeito, afinal.

— Esse negócio não funciona comigo. — Ela pisca sem entender o que digo.

— Do que você está falando?

— A sua necessidade de afastar as pessoas é anulada quando se trata do meu toque. E estou falando isso não porque me sinto todo poderoso, mas porque o que sentimos é mais forte do que qualquer reação de autodefesa. De alguma forma, estou ganhando a chance de conquistar o que você nunca imaginou dar para ninguém: a oportunidade de baixar a guarda.

Ela fica em silêncio, absorvendo as minhas palavras. Aproveito para acariciar o seu rosto com a ponta dos dedos e lanço uma piscadinha maliciosa, antes de falar de forma debochada em seu ouvido.

— Admita, linda, eu sou "o cara"!

— Ah, pelo amor de Deus! Você é um idiota convencido, isso sim!

Alex se desvencilha dos meus braços e pega as torradas levando-as para a mesa, sua expressão pensativa não me engana, ela fica abalada com toda essa conversa sobre confiança.

Começo a me deslocar pela cozinha, catando os ingredientes que irei usar e sigo em direção à geladeira enquanto Alex se senta. Ela fica quieta, enquanto observa a minha movimentação.

— Ok, agora vou preparar os melhores ovos mexidos da sua vida. — Olho para Alex e dou uma sacudida nas sobrancelhas, o que arranca um suspiro exasperado da sua boca. — Só para te atualizar, sou muito bom em impressionar garotas, preste atenção.

— Deixe de papo furado, só acredito vendo.

Alex apoia o queixo nas mãos e fica em silêncio novamente. Algumas vezes olho em sua direção enquanto estou cozinhando, mas ela está com aquele olhar pensativo e eu continuo o meu trabalho, sem interromper o curso dos seus pensamentos, a sua mente deve estar trabalhando a todo vapor para lidar com tantas mudanças em tão pouco tempo.

Em algum lugar bem lá no fundo, ela não acredita que coisas assim pudessem acontecer, as nuvens negras do seu passado impedem que ela enxergue o mundo de outra forma, isso deve estar provocando um nó em sua cabeça, mas é preciso. Só cutucando Alex e tirando-a da sua tão bem construída zona de conforto é que ela irá se livrar de todas essas amarras.

Preparo os ovos mexidos e os sirvo em dois pratos, começamos a comer e a nossa conversa gira em torno de assuntos leves, estamos famintos e acabamos com tudo em pouco tempo. Alex come sem fazer cerimônia e acho isso ótimo, porque é um saco estar ao lado de uma pessoa que cisca o prato, fingindo que come, enquanto você devora a comida como gente grande. Em seguida, ela me ajuda a limpar a sujeira que fizemos e, quando saímos da cozinha, o celular toca em suas mãos, ela olha para o aparelho e franze a testa identificando o número.

— Oi, David, e aí? — Alex pergunta soando curiosa, em seguida revira os olhos debochada. — É, não estou em casa, você foi até o apartamento?

David responde e Alex morde o lábio, aflita.

— Ah, Nina te falou? Hum... bem, é que ontem, eu... foi algo que não programamos, mas depois te explico melhor, tá?— Ela oscila, tentando vencer a falta de jeito.

Alex escuta David e seu rosto fica vermelho com o que quer que ele tenha dito, mas ela disfarça, andando para o quarto comigo em seu encalço.

— Isso não é da sua conta, David, agora deixe de conversa mole.

Alex corta o amigo com um suspiro impaciente.

— O que você quer falar comigo de tão urgente, para me procurar numa manhã de domingo?

Alex para no meio do quarto, considerando o que David fala e sua expressão fica mais tensa à medida que a conversa continua. Estou ficando curioso e arqueio as sobrancelhas para ela, questionando o motivo da sua mudança de humor. Mas ao mesmo tempo, sinto uma vibração estranha pairando, como se algo estivesse se formando e agitando o seu espírito.

— Certo, mas como vai ser esse show? — Sua testa franze e a ouço gemer baixinho. — Não sei não, acho melhor eu cair fora, você e os caras podem dar conta, não precisam da minha participação. — Alex pausa por um instante e observo uma sombra de agonia correr pelo seu rosto.

Ela fecha os olhos e balança a cabeça negando, como se David pudesse vê-la, ele, por sua vez, não para de falar e argumentar seja lá o que for que está provocando esse mal-estar todo e deixando Alex tensa como uma vara.

— Tudo bem, te encontro lá. — Alex assente distraída. — Vou falar com ele, pode deixar.

Ela desliga o celular, mas continua de cabeça baixa, olhando para o aparelho com o cenho enrugado.

— O que tá pegando? — Pergunto e ao mesmo tempo levanto o seu queixo com os dedos, buscando os seus olhos.

— Nada demais, era o David me chamando para almoçar com ele e a Mary. Alex responde evasivamente, com a cabeça em outro lugar.

— Ele pediu para te chamar também, se você quiser ir. — Sua voz baixa acende um sinal de alerta na minha cabeça.

— Desembucha, Alex, não sou idiota! — Ordeno, determinado a arrancar dela o que provocou essa mudança de ânimo.

Ela fica me encarando e com certeza buscando algo que me convença de que estou vendo coisas, mas por fim ela desiste de me enrolar e suspira desanimada, solta o rosto da minha pegada, caminha em direção à janela do quarto, voltando os olhos para os jardins enquanto retorce as mãos.

— A banda foi convocada pelo diretor da universidade para fazer um show especial fora do calendário semestral de eventos, daqui a duas semanas.

Eu cruzo os braços no peito esperando que ela continue, Alex solta uma respiração instável e retoma o assunto.

— A universidade receberá uma visita estrangeira, é uma comissão de ensino de uma grande universidade inglesa, eles irão visitar o *campus* e fechar uma parceria de intercâmbio entre os alunos das duas instituições. — Alex comprime os lábios e sei que está nervosa. — O diretor assistiu ao show de ontem e ficou impressionado com a *The Goal*, muito impressionado, segundo David.

— Imagino. — Abano a mão no ar e forço uma conclusão do assunto. — E?

— E, hoje cedo, ele ligou para David perguntando se poderíamos fazer uma apresentação para os ingleses e alguns convidados. Seria um evento dentro de uma série de outros que a universidade irá oferecer para os professores estrangeiros.

Alex vira o rosto para mim e noto seu olhar aflito.

— O diretor fez um pedido específico para David. — Ela deixa escapar um suspiro cansado. — Ele quer um show com as músicas dos *Beatles*, o diretor acha que a comissão ficará empolgada vendo uma banda universitária interpretando esse ícone da cultura inglesa.

— E, qual o problema? Você acha que a banda não dá conta?

— Os caras podem cantar qualquer coisa, é só ensaiar.

— Então o que está te incomodando?

— Eu não quero participar desse show, mas o diretor faz questão da minha presença, David falou que ele foi bem insistente nesse detalhe. — Alex contrai o rosto como se estivesse recebendo chibatadas.

Encurto a pequena distância entre nós e seguro os seus braços, olho para o rosto dela buscando respostas para esse impasse que se formou em sua cabeça e que está sendo difícil desvendar.

— O que está acontecendo? Você não parece uma pessoa que corre de um desafio, tem mais alguma coisa por trás desse show que não estou sabendo?

Alex assente com a cabeça e envolve os seus braços ao redor da minha cintura, apoiando o rosto em meu peito, sinto o seu corpo rígido e faço movimentos circulares em suas costas para desfazer os nós de tensão em seus músculos. Ainda não estou entendendo nada, mas dou um tempo, algo nesse show traz à tona os medos que Alex carrega, isso já deu para perceber, só que não faço a mínima ideia do que seja.

— Eu não canto nenhuma música dos *Beatles* há oito anos. — Ela fala em um tom triste.

— Sei, e por quê?

— Sempre gostei dessa banda, desde muito nova canto as suas músicas, meus pais são fãs e eu... também. — Um tremor percorre o seu corpo e envolvo os meus braços protetoramente, incentivando-a a continuar. — A primeira vez que pisei em um palco para cantar com uma banda escolhi uma música dos *Beatles*. Dizer que foi emocionante é pouco para descrever o que senti, foram os momentos mais incríveis da minha vida, sem dúvida. Mas o que aconteceu depois, marcou a minha memória de uma forma tão cruel, que tudo se perdeu, não consigo cantar ou sequer ouvir *Beatles* sem que um gatilho dispare em minha cabeça e eu reviva aquela porcaria que aconteceu comigo naquela maldita noite. — Ela olha para mim com olhos suplicantes. — Não sei como fazer isso, estou morrendo de medo de ter um ataque de loucura e estragar tudo, só de pensar sinto algo travando dentro de mim.

— E David quer que você participe do show. — Vou direto ao ponto.

— Sim, — Alex bate a cabeça assentindo — David não perde uma oportunidade de me empurrar e dizer que preciso encarar esses gatilhos de uma vez por todas, ele pensa que só assim vou me livrar deles. — Um gemido rouco sai de sua boca. — Como se fosse fácil chegar para o meu cérebro, ter uma conversinha amigável e mandar ele dar um tempo, deixando essa frescura de lado. Até parece que é simples assim.

— Acho que David está certo, você tem que participar dessa apresentação.

— O quê? Eu... mas... eu não posso, não vou conseguir, será que vocês não percebem o grande erro que vai ser esse show?

Alex levanta a cabeça e tenta se afastar dos meus braços, mas a seguro com mais força, evitando que ela saia do meu alcance.

— Alex, nada nem ninguém pode te impedir de fazer o que ama.

Vejo os seus olhos ficarem marejados de lágrimas, mas continuo firme, defendendo o que acho que é certo e justo nesse momento.

— Eu concordo com David, você tem que se obrigar a enfrentar esses gatilhos e é só dessa forma que vai conseguir vencê-los, acreditando que é possível deixar tudo para trás.

Levo suas mãos frias à minha boca e beijo os nós dos dedos.

— Tente, linda, você é forte o suficiente para fazer isso.

— Isso é... meu Deus, uma loucura! — Ela sussurra enquanto fecha os olhos.

— Loucura ou não, já está mais do que na hora de você expulsar essa merda do seu sistema. Agora vamos encontrar com David e avisar que você tá dentro. — Declaro com firmeza.

Ela analisa o meu rosto e vejo em seus olhos pela primeira vez um fraco brilho de esperança.

— Tá, vou participar dos ensaios e ver o que acontece, não prometo nada, mas vou tentar.

— Essa é a minha garota. — Abro um sorriso amplo e satisfeito.

— Preciso passar no apartamento antes. O meu vestido está detonado e tenho que trocar essa camisa. — Alex fala, resignada.

— Isso não é problema, de qualquer forma não tenho a menor intenção de deixar ninguém te ver assim. — Ergo um ombro sem dar importância.

— Peraí, o quê?

— De jeito nenhum vou deixar você andar por aí vestida somente com a minha camisa. — Abro um sorriso arrogante quando ela me olha com cara feia. — Vá se acostumando, assumo que sou um verdadeiro homem das cavernas quando o assunto é você, não quero nenhum tarado cobiçando a minha garota. Ponto final.

Alex começa a ficar irritada e pronta para arrumar briga, mas não dou abertura para o seu protesto.

— Escuta, vou sair e resolver os problemas da propriedade que precisam da minha atenção, não pretendo demorar, sugiro que nesse tempo você acerte com o David o horário e avise que estou indo junto. Sairemos daqui direto para o seu apartamento, então não se incomode de ir com a minha camisa, paro o carro na garagem e você sobe para o apartamento, ninguém vai te ver assim. — Subitamente ergo as sobrancelhas diante da sua expressão irônica.

— Sim, senhor, mais alguma ordem?

— Muito engraçadinha, só estou te poupando de um momento embaraçoso. — Dou uma piscadinha. — Não precisa me agradecer.

— Aff, essa sua possessividade me tira do sério, viu? Tenho que dar um jeito nesse seu lado mandão, antes que isso se torne um hábito. — Ela fala e vejo o humor voltar em seu tom de voz.

— Sabe, sou um cara cheio de ideias, posso pensar em algumas para te ajudar a dobrar o meu lado possessivo, o que você acha? — Desafio.

— Posso encontrar algumas também. — Alex finge pensar. — Dar um chute no seu traseiro e fazer você correr daqui é uma boa ideia. — Ela sorri animada. — Ande logo, cara, vá resolver os seus assuntos, não temos a manhã toda para gastar nesse jogo de vontades!

Agarro a sua cintura de repente e Alex grita, desprevenida com a minha pegada; beijo-a demoradamente e quando sinto que ela amoleceu em minhas mãos, encerro o beijo. Impulsiono os meus pés a se afastarem e sigo para a porta, quando toco na maçaneta viro o rosto por cima dos ombros e digo:

— Nada me deixaria mais ligado do que passar a manhã jogando vontades com você nessa cama, então guarde esse jogo para a nossa próxima vez. Prometo que iremos nos divertir à beça.

Saio do quarto deixando Alex muda, ando a passos largos pelo corredor, sorrindo completamente satisfeito.

Alex

Desço as escadas do prédio onde moro e vejo Henrique fuçar o celular distraidamente enquanto me espera. Minha corrida até o apartamento foi rápida, levo pouco tempo para tomar um banho e vestir roupas limpas. Não sou aquele tipo de garota preocupada em causar efeito, elaborando grandes produções; no geral pego o que me deixa mais confortável, ou seja, jeans e camisa de malha, mas hoje fui um pouco mais seletiva no que vestir. Em outras palavras, eu queria ficar bonita. Então escolhi o meu short jeans favorito e uma blusa soltinha vermelha, com pequenos desenhos em branco, depois resolvi amarrar os cabelos num coque alto para dar uma finalizada no visual e caprichei no *gloss*. Por fim, aprovei o resultado, dando uma voltinha em frente ao espelho antes de deixar o meu quarto.

É, secretamente sei bem o porquê do meu interesse em ficar mais arrumada. Permito que esse pensamento paire por alguns instantes e a verdade assuma de uma vez: gosto de Henrique e quero agradá-lo. Porém, procuro não forçar ainda mais a minha mente nessa direção imaginando coisas, isso eu já fiz o bastante durante toda a manhã e não estou a fim de queimar o cérebro nesse momento com as minhas suposições. Não agora.

Só que, por mais que eu tente não dar muita importância, estou apavorada com o rumo desgovernado dos meus sentimentos, meu instinto de sobrevivência está emitindo alguns sinais e o meu coração não quer dar ouvidos, ele está surdo para qualquer aviso que o faça bater com prudência.

Balanço a cabeça, me forçando a não pensar mais sobre isso e ando até o carro estacionado a poucos metros da saída do prédio.

— Ei, você me enganou direitinho! — Atiro assim que entro no carro.

— O quê? — Henrique enfia o celular no bolso e me olha curioso. — Do que você está falando?

— Eu queria conhecer os jardins e você disse que me levaria para dar uma volta, lembra?

Arremesso a minha bolsa no banco de trás e viro o rosto para ele.

— Só que quando ameacei sair, você agiu como um maníaco controlador me trancando dentro de casa. — Encaro Henrique, com a minha melhor expressão de indignação.

— É óbvio que você não poderia sair de casa com aquela roupa! Meu Deus, muito menos pisar naqueles jardins! Até parece que eu iria deixar. — Henrique bufa e ri.

Solto um arquejo, surpresa com a sua afirmação e ele rebate o meu espanto com um olhar duro.

— Ei, não me olhe assim. Estou apenas apontando um fato, aliás você não pode sair daquele jeito em lugar algum, ouviu?

Henrique fala como se fosse algo irritantemente lógico e franze a testa quando vê que estou pasma. Deus do céu, me ajuda ou então vou perder a cabeça e socar esse cara.

— Pode esquecer! Tá louca? Você tem ideia do que é aparecer diante do pessoal que trabalha na propriedade vestida com a minha camisa? — Ele balança a cabeça com vigor. — No mínimo eu teria que bater em alguém por fazer piadinhas sobre a sua pouca roupa. Nem pensar.

— Você já se deu conta do tanto que isso é ridículo? O short que estou vestindo agora mostra muito mais das minhas pernas do que aquela camisa. — Reclamo. — Eu só queria ver as flores, caramba!

— É diferente, são situações distintas. — Henrique dá de ombros.

— Então é isso? — Solto uma risada debochada, não aguento.

— É. — Ele bate a cabeça, sério. — Você estar vestindo uma roupa minha tem um apelo sexual muito maior do que simplesmente usar um short curto. Não ligo que vista roupas apertadas ou curtas, você é linda, tem um corpo perfeito, não vou ficar te enchendo o saco sobre isso, mas do jeito que você estava essa manhã, seria impossível controlar as coisas naquela fazenda. Vai por mim, sei o que estou falando. — Henrique arqueia uma sobrancelha.

Ah, esquece! Não adianta continuar com esse assunto, parece que estou falando com uma porta, porque ele continua com aquela cara de quem tem absoluta certeza de que está fazendo a coisa certa. Fico boba!

— Aceita isso, Alex.

Ele fala calmamente e, pior, seu rosto ganha uma expressão arrogante diante da minha expressão de horror. Isso já foi um pouco demais.

— O que você disse? — Falo com um guincho estridente.

— Eu falei que em hipótese alguma vou deixar a minha namorada andar por aí vestida somente com uma camisa, dando margem a fantasias eróticas, que vivem perambulando na cabeça da maioria dos homens. — Ele tem a ousadia de sorrir. — Pode acreditar, sou homem e sei bem como é isso.

— Acho que está na hora de você deixar esse seu lado machista escondido, tá me assustando, cara. — Protesto com firmeza.

Ele balança a cabeça lentamente, segura o meu rosto com as duas mãos acariciando-o de leve e depois me beija ternamente.

— Olha, vamos combinar uma coisa, prometo que te levarei para conhecer os jardins em breve, mas vamos precisar de um bom tempo, já que o lugar é grande e tem muito mais do que flores para ver. Podemos voltar no próximo fim de semana, o que você acha?

Seus lábios elevam em um pequeno sorriso, enquanto estuda o meu rosto.

— Hum, acho que você vai ter que se esforçar mais para que eu possa acreditar que não irá quebrar a sua promessa e dar uma de ogro novamente. Até agora são somente palavras e pouca ação. — Aceno com a mão em descaso e olho para o teto do carro, segurando o riso.

Um olhar desafiador brilha em seus olhos e me diz que estou prestes a ver o que é ação. Sem perder nem mais um segundo, Henrique me puxa para os seus braços colando um beijo profundo, lento e muito, muito quente, arrepiando todos os pelinhos do meu corpo, deixando a minha mente vagar solta, totalmente desconectada do meu corpo. Porém, com a mesma rapidez que fui agarrada, estou de volta ao meu assento, desorientada e encarando aquele rosto bonito, que exibe um sorriso sabichão, cheio de autoconfiança.

— Satisfeita? Posso te mostrar mais ação, você sabe. — Henrique mira os meus lábios como um alvo.

— Hum, por hora posso me virar com isso. — Sorrio docemente.

— Escute bem a minha proposta. — Ele fala, com um sorriso sedutor. — Nós iremos na sexta à noite e ficamos por lá até domingo, vamos ter tempo de sobra e assim vou conseguir te mostrar todos os lugares incríveis da propriedade, sem pressa. — Henrique roça o polegar lentamente pela minha mandíbula. — O que você acha?

— Acho uma boa.

— Ótimo!

Ele fala com o entusiasmo de quem resolveu uma grande questão e continua a descrever os seus planos.

— Sem falar que vou desfrutar de um extra bastante conveniente para mim, porque irei dormir enroscado com uma coisinha deliciosa por duas noites inteiras. Definitivamente sou um cara de muita sorte. — Henrique acena com a cabeça, satisfeito.

— Não vou discordar. — Pisco malandramente para ele. — Sortudo.

Henrique passa a mão por trás dos meus cabelos, trazendo a minha cabeça bem pertinho da sua boca e desce sapecando pequenos beijos ao redor do meu pescoço, meus olhos fecham involuntariamente e tremulam alegres com o contato dos seus lábios em uma área supersensível aos seus carinhos.

— Ok, você me convenceu. — Sussurro, meio arfante.

— É claro que sim, tenho esse dom, sou muito bom em convencer.

— Ei, nem vem com esse papo novamente! — Resmungo, revirando os olhos diante do ar arrogante dele. — Vamos, dê a partida nessa coisa logo!

Em poucos minutos chegamos ao Bar da Mary e o lugar está bem cheio, com vários carros no estacionamento e com quase todas as mesas ocupadas. A maior parte das pessoas que frequenta o bar durante o horário do almoço é de famílias ou casais, é um público totalmente diferente das noites de rock, onde só encontramos estudantes que querem curtir uma boa música, beber e passar um tempo com alguém. Mesmo assim, olho ao redor e reconheço alguns rostos de alunos da universidade. A comida da Mary é boa demais e muitos estudantes escolhem o domingo para comer algo diferente e sair um pouco do orçamento. Vejo pequenos grupos reunidos em mesas animadas, com gargalhadas altas e uma quantidade absurda de comida, que eles devoram com vontade.

— Aqui, Alex! — David acena quando entramos no salão e nos aponta uma mesa vazia próxima a uma grande janela.

David está ocupado servindo algumas mesas e caminhamos em direção ao local que ele sinalizou, passamos por vários grupos de estudantes entretidos em conversas e garfadas, mas que param tudo no instante em que dão conta das nossas mãos entrelaçadas. O olhar de curiosidade percorre o rosto de todos, sem exceção. Henrique bate a mão para alguns caras sentados do outro lado do salão e percebo as meninas que estão com eles cochicharem entre elas, lançando olhares nada sutis em nossa direção. Outra mesa, ocupada só por garotas, encara ostensivamente nós dois e como se não bastasse, algumas levantam os seus celulares batendo fotos sem o mínimo de discrição.

— Pelo amor de Deus! — Rosno baixo.

— O que foi?

Henrique pergunta, totalmente alheio ao que está acontecendo. Nossa, mal sabe ele que amanhã seremos o assunto da universidade. Certeza que sim.

— Nada, vamos nos sentar logo. — Puxo o seu braço e apresso os passos para chegarmos rapidamente à mesa.

— Qual o problema? Tá parecendo que um bicho te mordeu e você vai pular em cima de alguém a qualquer minuto. — Henrique fala assim que nos acomodamos em nossos lugares.

— Estou muito tentada, se você quer saber. — Suspiro, inconformada. — O problema é que não gosto de ser observada como se fosse um peixinho dentro de um aquário. E é exatamente assim que estou me sentindo, com todos esses alunos olhando para a gente. — Minhas mãos se contorcem embaixo da mesa e estou desconfortável com essa curiosidade alheia.

— Bem, então vamos acabar com esse dilema e dar um bom material para esses otários.

Henrique ergue o meu queixo com o polegar, abaixa a sua boca sobre a minha, tascando um beijo molhado e ruidoso.

— Prontinho, agora eles vão ter bastante munição e podem falar o que quiserem, não estou nem aí. — Ele ergue os ombros despreocupadamente, enquanto olha para mim, mas percebe a irritação em meu rosto. — Relaxa, não vamos estragar o nosso tempo por causa de um bando de fofoqueiros, não vale a pena, vai por mim. — Ele murmura em meu ouvido.

Concordo com a cabeça e começo a rir, quando Henrique pega as minhas mãos e dá mordidinhas nas pontas dos dedos. Ele tem razão, não há sentido algum ficar lutando com esse tipo de situação, estou sendo infantil e não deveria me importar com essa especulação, problema deles, não é?

É, mas ainda assim é uma porcaria!

Não estou à procura de popularidade, a última coisa que desejo é ser o assunto das conversas desses estudantes. Eu sei que muitos vão esquecer, entretanto outros irão esmiuçar a fofoca, correr atrás e inventar uma história picante. Vai ter gente louca para dar com a língua nos dentes e espalhar para meio mundo que um dos caras mais populares da universidade está pegando a vocalista da *The Goal*. Posso até ver o reboliço que essa história vai causar e isso é uma coisa que me deixa extremamente irritada, porque não gosto nem um pouco de ser a razão de falatórios; prefiro ficar na obscuridade, mas já percebi que com Henrique ao meu lado isso vai ser impossível.

A vontade de ir embora coça em meus pés, mas não movo um milímetro, porque Henrique passa os braços pelos meus ombros e afunda o nariz em meus cabelos, inalando uma respiração longa e gemendo em seguida.

— Não canso de querer sentir um pouco mais do seu cheiro, é muito bom. — Henrique fala com os lábios ainda no meu pescoço.

— Não adianta disfarçar, sei que você está me mantendo presa a essa cadeira para que eu não possa disparar por aquela porta. — Movimento o queixo em direção à saída do bar.

— Amo o seu perfume, mas você está certa, não iremos sair daqui antes que a conversa com David aconteça, não adianta nem perder o seu tempo inventando desculpas. — Sua voz é firme e ele lança um olhar decidido para mim.

Olho pela janela para mudar o foco dos meus pensamentos, enquanto Henrique atende uma chamada de Marcos e fico distraída com o entra e sai dos carros no estacionamento, quando de repente reconheço dois carros chegando; espio mais um pouco através do vidro e enrugo a testa, tentando entender o que eles estão fazendo aqui.

— E aí, garota? — David me beija na bochecha e coloca uma garrafa de água na minha frente junto com um copo cheio de rodelas de limão.

— Oi, obrigada.

Agradeço, ainda olhando para fora, fico intrigada enquanto observo os caras da banda descendo dos carros e caminhando rumo ao bar.

— David, o que está acontecendo? Por que os rapazes estão aqui?

David dá uns tapinhas nas costas de Henrique e senta em uma cadeira de frente para mim, colocando duas cervejas na mesa.

— Ah, eles já chegaram? — David levanta o pescoço, vasculhando o estacionamento e abre um sorriso quando enxerga seus colegas de banda andando em direção ao bar. — Perfeito, bem a tempo.

Ele olha de esguelha para mim e toma um gole de cerveja, sem dar a mínima para os meus olhos semicerrados. David abaixa o copo e suspira pesadamente quando me encara de verdade e vê a desconfiança consumindo a minha expressão.

— Alex, pare de fazer essa cara! Você veio até aqui e tomei isso como um sim, definitivamente faremos esse show. — David bate as mãos, eufórico.

O homem é a empolgação em pessoa — empolgação demais da conta a meu ver — e ainda por cima está crente que vai me dobrar fácil. David ficou louco e perdeu a noção das coisas, só pode.

— Quando foi que disse que topava? — Minha voz treme um pouco. — Eu falei que viria aqui para conversarmos, saber como vai ser esse show, discutir as minhas alternativas. Só. Isso. — Pontuo as palavras. — Não quero participar de nenhuma apresentação e você conhece muito bem os meus motivos, portanto ainda tenho fortes esperanças de escapar dessa cilada.

Percebo que estou perdendo o controle quando escuto um estalar da garrafa de plástico, que aperto sem piedade. Que droga!

— Escuta, vamos tentar, ok? Tenho certeza de que esse show vai ser épico e a banda vai se tornar uma lenda dentro dessa universidade.

Epa! Essa confiança cega me pega de surpresa.

— Aí é que você se engana, vou estragar o seu sonho. — Rebato.

— Qual é, Alex?

David inclina o corpo para frente, espalmando as mãos em cima da mesa e olha para o meu rosto com uma determinação feroz, a mesma de sempre. Estou bastante familiarizada com essa teimosia irritante para deixar passar. Ele vai atazanar a minha vida, eu bem sei.

— David…

— Pare de procurar desculpas e encare isso de uma vez! Dê uma chance para si mesma de provar que você é mais forte do que aquelas lembranças.

David não floreia a coisa, ele só aperta o botão com a intensidade certa.

— Vamos lá, garota, você nunca foi uma covarde.

Henrique não fala uma palavra, olho para ele suplicando ajuda, mas o traidor continua bebendo a sua cerveja tranquilamente, seus lábios têm a sombra de um sorriso e as sobrancelhas arqueiam interrogativas. Ele concorda com David, é obvio. Viro o rosto em direção a praga do meu amigo e a julgar pela sua expressão, ele sabe que vou ceder. Idiotas!

— Merda! — Deixo escapar o xingamento com um suspiro derrotado.

— É isso! Levanta essa bunda daí e vamos para o palco, os caras já estão esperando por nós lá dentro. — David sacode as mãos me chamando e eu fico meio tonta, sem entender nada.

— O quê? Agora? Não, acho melhor a gente…

— Sim, agora. Não vou te dar uma noite inteira para pensar sobre o assunto e chegar à conclusão de que não vai conseguir, te conheço muito bem, Alex, tem de ser agora.

Ele não espera minha resposta, vira as costas e sai andando, atravessando o restaurante e seguindo para o salão do palco.

— Droga, droga, droga, vou esganar David, pode acreditar! — É inútil discutir com ele, eu sabia que se não movesse o meu corpo agora, David me arrastaria para aquele palco sem medir esforços.

Henrique levanta da cadeira e estende a mão para mim.

— Vamos, Alex, chegou a hora de corrigir o rumo que você quer dar ao seu futuro e, até onde sei, você chegou a um ponto que não tem como recuar.

— Deus, me poupe. — Choramingo.

Henrique dá uma risadinha, divertindo-se com a minha lamentação.

— Bom, se você não quer enfrentar o mau humor do seu amigo, é melhor andar logo e parar de resmungar.

— Será que ninguém me escuta? Eu tenho o direito de fazer as minhas escolhas, e eu escolho não participar desse show. — Falo emburrada.

— Ninguém está dizendo que as suas escolhas são erradas, elas apenas te limitam e já é tempo de trazer a sua vida para o caminho certo. Tenho certeza de que, no fundo, você quer isso, mais do que está se permitindo aceitar. Faça uma escolha completa e não pela metade, Alex. — Henrique fala em um tom sério.

Estou com a cabeça baixa e a compreensão das suas palavras me atinge como uma descarga elétrica. Ergo os olhos devagar, sustentando o seu olhar confiante, certo de que não irei esmorecer a essa altura. É por aí, não sou uma covarde, eu tenho que arquivar de uma vez por todas esse medo, não dá mais para adiar o confronto e preciso encarar esse gatilho. Para o bem ou para o mal, tenho que pagar para ver.

Agarro a sua mão estendida e ele me puxa, em seguida caminhamos juntos para o salão onde a banda está reunida. Henrique para e encosta na porta, fazendo um sinal com a cabeça para eu seguir em frente sozinha, ando resoluta em direção ao espaço onde os caras já estão com seus instrumentos em posição, aguardando a minha chegada. Abraço os meninos um por um e sorrio quando noto as suas caras amarrotadas; sem dúvida eles estão pagando o preço por uma noite regada a álcool e muita farra. Dou um passo à frente no palco e seguro o microfone com as mãos já suadas, tensa até o último fio de cabelo. David me observa e pergunta:

— Qual a música? Você escolhe.

Novamente a palavra escolha. Não sei se dou uma gargalhada ou começo a chorar com a ironia da situação. Eu tenho que escolher se quero ou não seguir esse caminho, se estou pronta para cantar, se quero enxergar as coisas como de fato são e não como uma ameaça imaginária. Enfim, não tenho saída para escapar, tenho que fazer a minha escolha.

Bem, isso não passa nem perto do modo como eu gostaria que a condução desse desafio tivesse sido estabelecida ou até mesmo como o rumo que as minhas ações vão seguir a partir de agora. Não importa. Desde o minuto em que aceitei estar aqui — e, dito isso, sei que ninguém me forçou a nada — vou fazer o que é esperado de mim, custe o que custar. Eu até poderia dar as costas para essas pessoas e voltar para a minha vidinha segura, sem riscos. Mas, e aí? Que merda de vida seria essa? Não, eu quero mais.

Pisco algumas vezes, ganhando tempo, enquanto a minha mente processa o que estou prestes a fazer, mas David é implacável e levanta uma sobrancelha aguardando a minha resposta.

— *Let it be.* — Minha voz vacila e limpo a garganta antes de continuar. — Acho que não vai ser complicado para o grupo, é um clássico.

— Mandou bem, com certeza não vai ser um problema, vou falar com os caras.

David lança um último olhar para mim, antes de se afastar, mas não deixo de notar uma sombra de preocupação em seu rosto, ele sabe que estou a um passo de surtar, se não der conta de cantar essa música.

Nesse intervalo, algumas lembranças começam a desfilar em minha mente, atormentando os meus nervos e envenenando a minha determinação; cruzar essa linha vai ser uma prova de fogo que, sinceramente, não sei como vou passar sem me queimar, e feio.

Fecho os olhos e dou um gemido baixo, abaixo a cabeça encostando a testa no microfone, solto o ar algumas vezes para tentar ventilar os pulmões sufocados pela tensão. Sinto uma mão apertando o meu ombro e viro o rosto para encontrar o olhar carinhoso do meu melhor amigo; sua expressão ansiosa revela o quanto ele se importa e entende os meus receios. Não é para menos, David é o meu bote salva-vidas quando estou afundando, tudo que preciso é estender a mão e ele me segura, mantendo a minha mente na superfície. Mas, acima de tudo, devo isso a David, por tudo que ele já suportou ao meu lado, tenho que mostrar que estou finalmente disposta a enterrar aquela noite e seguir em frente, viver a minha vida livre das memórias que travam os meus desejos. Aperto mais forte o microfone e faço um sinal de que estou pronta para começar.

— Ok, garota. — David faz um meneio com a cabeça e Nando toca os primeiros acordes da melodia.

Fecho os olhos novamente e inspiro devagar, tentando manter o foco na letra da música e esquecer o jeito que o meu coração troveja dentro do peito. Porém, nem com todo o esforço que faço para juntar a concentração necessária, consigo reprimir o nervosismo que dilacera as minhas cordas vocais; quando solto a voz, o que sai é um grunhido desafinado que dói em meus ouvidos. Nando para de tocar imediatamente, chocado e sem entender o que está acontecendo, os rapazes o acompanham surpresos, fazendo uma cara espantada e ficam olhando para mim esperando uma explicação lógica para essa cena estranha. Sinto lágrimas preenchendo os meus olhos e me esforço para não as deixar cair, limpo a garganta e tomo uma respiração profunda, dou uma desculpa evasiva para os caras e peço um tempinho antes de tentar novamente.

Não posso olhar para David, isso é a primeira atitude que tomo para me recompor, do contrário vou desmoronar na frente de todo mundo. Então miro em um ponto específico, não um ponto qualquer, sou atraída por ele feito uma mariposa quando vê a luz. Em segundos fico hipnotizada pelos olhos mais azuis que já vi, brilhando com nada menos que admiração. Um desejo inusitado emerge de fininho no meu coração como uma centelha de calor e sorrio consciente do que está me movendo nesse momento.

É simples, eu quero ser tudo que Henrique imagina que eu seja.

Cantar essa música é deixar aquela garota danificada para trás, a garota que tem pavor de arriscar e assim abrir feridas antigas. E seja como for, sei que sou melhor do que isso. De verdade.

Agarro esse pensamento com uma energia renovada, que espanta os tremores de insegurança, faço um novo sinal para dar início a música e Nando recomeça. Minha voz sai melodiosa e bem diferente daquele miado horroroso de antes. Tudo bem, ela ainda está um pouco fraca, mas não perco o tom, continuo cantando, mantendo os olhos bem abertos, focada no garoto que está a poucos metros do palco sorrindo para mim. Seu rosto tem uma expressão de orgulho infinito e o meu coração gira dentro do peito. Não mais de medo. Minha recém-encontrada confiança dissipa as travas da minha garganta e tenho a voz explodindo com uma emoção tão intensa, que é quase palpável. Os caras entram no ritmo da música e o que acontece é uma interpretação incrível que nos arranca do chão, estamos imersos numa onda musical quando Hector e David fazem um solo impressionante. A sensação de liberdade atravessa o meu corpo e quero gritar de felicidade, aperto o microfone com as duas mãos e transbordo a minha alegria nas últimas estrofes da canção. Satisfeita e em paz comigo.

Quando termino, olho ao redor e o salão está lotado de pessoas que pararam o que estavam fazendo para nos assistir, sei que estão todos gritando e aplaudindo, mas é como se todo o barulho desaparecesse e o único som que ouço é o da sua voz chamando o meu nome. Henrique está logo abaixo do palco, bem na minha frente com os braços estendidos para mim, não penso, pulo e ele me segura com força apertando o meu corpo junto ao seu.

O ar foge dos meus pulmões quando sua boca encosta na minha e nos beijamos como se nossas vidas dependessem disso. É mágico, estou tão absorvida com o momento, que não sinto o meu rosto molhado pelas lágrimas que derramei enquanto cantava, só percebo que estive chorando, quando Henrique passa os polegares pelo meu rosto afastando a umidade.

— Estou tão orgulhoso. Você é perfeita!

Henrique fala, colocando uma mecha dos meus cabelos que se desprendeu do coque atrás da minha orelha. E, num gesto delicado, arrasta os dedos pelo maxilar, fazendo pequenas massagens em meu pescoço, sorrindo lindamente diante da minha expressão de felicidade.

— Estou longe de ser perfeita... — Digo e espalho as mãos em seu peito musculoso sentindo as batidas do seu coração. — Mas eu consegui cantar e não quero esquecer essa sensação de que posso ser livre, ela é indescritível, ninguém nunca mais vai ter esse poder sobre mim, tirar algo que me faz absolutamente feliz. Nunca mais.

A certeza do que falo cria raízes dentro de mim e vou lutar com todas as minhas forças para vencer os obstáculos que involuntariamente criei depois do que aconteceu comigo, derrubar essa barreira foi a minha primeira batalha, mas estou armada de coragem para enfrentar as outras que virão.

David e Mary me envolvem em um abraço triplo, sem dizer nada, eles sabem o que passa dentro de mim .Lidar com isso me faz acreditar que sou forte o suficiente, cantar as músicas da banda que amo e não pirar diante de todos, resgata uma parte da garota segura e decidida que fui antes daquela violência. Os meus amigos me apoiam, como sempre; hora nenhuma fui abandonada por eles, cada um ao seu modo me ajudou de alguma forma.

David segura o meu rosto com as mãos e o seu olhar embaçado é uma evidência concreta da devoção mútua que existe entre nós, fazendo da nossa amizade um verdadeiro pacto de almas.

— Você me inspira, eu te amo! — Sua voz está embargada de emoção, mas ele se segura para evitar as especulações dos caras da banda.

— Eu também te amo. — Abraço o meu amigo pela cintura e apoio a cabeça em seu peito fungando um pouco.

— O que há de errado com ela?

Dante chega ao nosso lado de supetão e pergunta, olha para mim e em seguida para David, eu me afasto do abraço e começo a enxugar as lágrimas, sua testa enruga e ele inclina a cabeça avaliando o meu rosto. É claro que Dante e o restante da banda não fazem a mínima ideia de por que estou chorando nos braços de David, por isso a sua surpresa.

— Ei, o que foi, Cookie? Ele te chutou para fora da cama também?

Dante fala meio brincalhão, rindo, mas seus dedos alisam as minhas costas carinhosamente, numa tentativa de me consolar de alguma forma, mesmo não sabendo o que me atingiu e porque estou nesse estado choroso.

Mal abro a boca para responder as perguntas de Dante e uma voz áspera chega aos meus ouvidos, junto com um par de mãos duras que me puxam dos braços de David mantendo o seu domínio ao redor do meu corpo.

— Cai fora, Dante! — Henrique rosna baixo. — E que merda é essa de chamar Alex de Cookie? — Seus olhos estão perfurando Dante, furiosos.

— Porra, cara, segura sua onda! — Dante joga as mãos para cima, exasperado. — Já entendi que vocês estão juntos, não precisa ficar todo esquentado. — Sinto Henrique contrair os músculos atrás de mim.

— Espero que isso conte e você pare de dar uma de engraçadinho.

— Ah, que pena, mas vou ter que frustrar os seus planos. — Dante fala com sarcasmo.

— Dante, por favor, não complica. — Estendo o braço para afastá-lo, porque o idiota dá um passo à frente, querendo peitar Henrique.

Dante sacode a cabeça, irritado e se afasta um pouco.

— Quer saber? Não estou nem aí para o que você acha, Rico. Alex é a minha parceira de banda, há poucos minutos estava cantando feito uma deusa e agora está chorando, quero entender o que está acontecendo. — Dante me encara, esperando uma resposta. — Então, Alex, o que tá rolando por aqui?

Me apresso em falar antes que a coisa desande e acabe muito mal.

— É uma bobagem sem significado algum. Não se preocupe, está tudo bem, eu fiquei emocionada com a música porque há muito tempo não canto nada dos *Beatles*, mas já passou, não vamos estragar o clima, tá legal? — Dou um sorriso aguado e olho aflita para David, pedindo uma ajudinha.

David começa a apaziguar os ânimos e balança os braços no ar.

— Pronto, já chega. — David encerra o assunto com autoridade. — Dante, vamos chamar os caras e comer alguma coisa lá dentro, temos muito trabalho pela frente nessas próximas duas semanas e estou morto de fome. Aliás todos nós estamos, talvez essa seja a razão dessa palhaçada toda.

Mas os idiotas não mexem um músculo sequer, Dante fica medindo forças com Henrique, como se fossem dois galos de briga, prontos para entrarem em uma arena. Sinto um calor invadindo o meu rosto e ainda não decidi se é porque estou com vergonha ou com raiva. No momento, isso não faz a menor diferença, porque estou fazendo força para não gritar feito uma louca.

— Comece a mover essas pernas, cara, Mary preparou a nossa comida e já está servindo, deixe Alex em paz. — David aponta para mim. — Não vê? Ela tá ótima.

David abraça Dante e o puxa em direção aos caras, ele ainda reluta em sair, mas quando começa a se movimentar Henrique fala subitamente e eu me engasgo, quando olho para o seu rosto sombrio.

— Dante, você não respondeu a minha pergunta. — Sua voz dura ricocheteia e Dante estaca onde está.

— Que pergunta, Rico? — As sobrancelhas de Dante erguem de forma arrogante quando ele encara Henrique por cima do ombro.

— Por que você deu esse apelido ridículo de Cookie para a minha garota?

Vejo Henrique cerrando os dentes para controlar sua impaciência e isso está me deixando tensa pra caramba, começo a mexer desconfortavelmente para chamar a sua atenção e evitar uma cena, mas não adianta, o homem está ignorando completamente todos os meus sinais.

— Que problema teria eu chamá-la por um apelido, hein? É só um apelido inocente. Não estou ofendendo a garota nem nada. — Dante se aproxima e encara Henrique com uma expressão entediada. — Deixe de ser um babaca, cara.

Ai, Pai do céu! Isso tá ficando esquisito demais.

— Escute bem o que vou te dizer. — Henrique começa a falar devagar e sem medir as palavras. — Alex está comigo e mais uma jogada sua para cima dela eu te arrebento, fui claro?

Fecho a cara porque não estou acreditando que estamos tendo essa conversa, dou uma cotovelada nas costelas de Henrique, mas ele nem pisca.

— Claro como um cristal. — Dante ergue as sobrancelhas de novo e esboça um sorriso mal-intencionado.

— Ei, vocês dois, parem com essa competição besta. Agora. — David fala, puxando Dante pelo braço. — Vocês estão agindo como idiotas e Alex vai acertar a bunda dos dois, se não pararem com essa merda de disputa.

Um sorriso surge num dos cantos da boca de David e sei exatamente o que está pensando, o tonto está torcendo para que eu perca a cabeça e acerte o nariz desses dois, mas não vou dar esse gostinho, mesmo eles merecendo. Fuzilo o meu amigo com os olhos e ele, sabiamente, vai embora carregando Dante em direção ao restaurante.

Fecho os olhos e esfrego a testa, antes de virar e ficar de frente para Henrique, que tem um olhar tempestuoso, cheio de raiva, observando Dante se afastar. Os seus punhos estão fechados ao lado do corpo, mas se abrem no instante que ele desvia o olhar focando o meu rosto incrédulo.

— O que foi isso? — Exijo saber, afastando as suas mãos que ameaçam me segurar.

— Isso o quê? Eu impedindo que aquele babaca dê em cima de você?

— Dante não estava dando em cima de mim, sua mente suja viu coisas que não existem. — Falo entre os dentes.

— Você não conhece Dante como eu o conheço. — Henrique bufa — Ele é um jogador, nenhuma garota bonita escapa das suas mãos e é mais do que óbvio para mim que ele está mirando em você como a sua próxima conquista.

— E aí você mija ao meu redor para que todo mundo saiba que sou sua?

— Só estava situando o cara, isso não é motivo para você ficar zangada comigo. — Henrique fala ríspido e passa as mãos pelos cabelos.

— Não é motivo?! Você tá de brincadeira? Dante faz parte da banda em que canto, eu me dou bem com todos os rapazes, nunca rolou nada entre nós, e você vem dar uma de machista, me marcando como propriedade sua? Qual é, Henrique? Eu não estou zangada, estou puta da vida! — Meu rosto está quente e luto com a vontade de dar um tapa na sua cabeça, para ver se ele acorda desse delírio estúpido.

O idiota tem a decência de ficar constrangido, mas não muito, dá para perceber a sua cabeça girando em torno dos seus argumentos desmedidos. Ele contrai os lábios e segura firme os meus braços, mesmo eu esquivando do seu toque, Henrique encara o meu rosto com um olhar afiado, sem nenhum traço de arrependimento.

— Não sou cego, Dante é um dos maiores pegadores dessa universidade, ele e Marcos competem para ver quem ganha mais meninas, conheço o lance deles e, pode acreditar, jogar limpo não é uma opção válida.

Estou irada, ele não pode estar falando sério.

— Não adianta me olhar com essa cara de raiva, sei o que estou dizendo, aquele imbecil quer entrar nas suas calças e, se ele der um passo para cima de você, vou acabar com a raça daquele cretino.

— Você só pode estar louco! — Grito e o empurro com raiva.

— Estou, você acertou. — Ele aperta os lábios com força. — Estou louco por você, porra!

Sua voz grossa reverbera em meu corpo, arrepiando-me, Henrique contrai o rosto e quando volta a falar é um murmúrio sofrido.

— Não suporto ver aquele babaca rondando você, minha vontade era arrancar a cabeça dele quando o vi te tocando. — Mordo o lábio diante dos seus olhos inflamados de ódio.

Minha raiva esvaiu, estou abalada demais com a sua reação apaixonada, Henrique tem as suas narinas infladas e sinto um ligeiro tremor nas mãos que seguram os meus braços num aperto quase doloroso, não me importo com a pegada forte, circundo o seu rosto com as mãos e aliso a pele áspera da barba por fazer e vejo a sua raiva amenizar com o meu toque.

— Você vai ter que confiar em mim, Henrique. — Suspiro. — E mesmo que ele tenha essa intenção, não vai acontecer, eu garanto. — Digo com uma suavidade que me surpreende.

— Eu confio em você, mas aquele sujeito não tem senso de limite algum.

Henrique afrouxa o aperto e desliza as mãos pela minha cintura, puxando o meu corpo, que cola ao seu de imediato, ele beija os meus lábios delicadamente e depois apoia a sua testa na minha, suspirando com pesar.

— Desculpe, linda, estraguei tudo, nós deveríamos estar comemorando agora e não brigando por causa do meu ciúme besta. Estou me sentindo um merda. — Henrique murmura aborrecido.

— Ok, desculpas aceitas, não estou mais tão brava com você.

Henrique concorda com a cabeça tristemente, dou um beijo em seus lábios crispados para deixá-lo saber que está tudo bem, depois inclino o rosto em direção ao salão das mesas e ergo os ombros com um olhar pidão.

— Estou faminta. Que tal a gente entrar e comer?

— Tá, vamos lá. — Henrique contrai o rosto, sem muita vontade de ir.

— Bem, com certeza não poderemos escapar da mesa dos caras, então… — solto um gemido — faça o seu melhor para controlar os rompantes de fúria, tá bom? Acho que Mary vai ficar chateada se rolasse uma briga e quebrasse toda a sua louça, sem falar no tanto de comida que seria desperdiçada.

Meu sorriso é doce, zombando da sua cara amuada.

— Não vou brigar, prometo.

— Nossa, fico muito mais aliviada. — Respondo meio irônica.

— Só mais uma coisa que você precisa ficar ciente, antes da gente ir até lá.

— O quê?

— Ninguém vai duvidar de que você é minha, posso fazer uma coisa ou outra para me certificar de que todos compreendam bem esse ponto, fique sabendo.

— Acho que você já fez o bastante por hoje. — Solto uma respiração pesada.

Ele semicerra os olhos e abre um sorriso trancado.

— Mesmo você achando que sou um cachorro, demarcando o território, vou continuar emitindo todos os sinais que possam repelir eventuais rivais. Na verdade, não me importo nem um pouco com que animal pareço e, só para esclarecer as coisas direitinho, além de mijar e latir, posso dar umas mordidas também. Basta algum otário resolver me provocar.

— Não duvido.

Reviro os olhos diante da metáfora idiota e agarro o seu braço para encerrar essa conversa absurda, movendo-nos dali. Depois que saímos do salão e nos juntamos aos rapazes da banda, o assunto na mesa gira somente em torno do próximo show e a animosidade entre Dante e Henrique fica, por enquanto, sob controle.

Até quando… bom, isso eu ainda não sei.

★

A semana começa com um ritmo insano, a grande quantidade de atividades que faço durante o dia me engole de um jeito que mal vejo a hora passar. Henrique também tem pouco tempo livre, mas de alguma forma, ainda conseguimos almoçar juntos duas vezes e nos encontramos em escassos minutos roubados entre uma aula e outra; fora isso, só nos falamos pelo celular.

Estou me sentindo tão pilhada com os treinos de boxe, cada vez mais duros, e com os ensaios exaustivos que somos obrigados a fazer por causa da apresentação, que o único momento em que relaxo é à noite, quando estou na cama falando com Henrique. A gente fica jogando conversa fora, contando o que aconteceu durante o dia, sobre as aulas, o trabalho, a banda, enfim, é tanta coisa e é tão bom ter esse momento com ele todas as noites, que acabou virando um ritual para mim antes de dormir. Quando não tem, sinto falta e fico com o sono agitado. Muitas vezes o meu corpo amolece tanto, que quase derrubo o celular. Quando isso acontece, Henrique já sabe que estou prestes a cair no sono e encerra a ligação, com aquela voz sedutora, prometendo um milhão de coisas deliciosas que ficam dançando em meus sonhos.

Depois de cinco dias de ensaios exaustivos e maçantes, com no mínimo quatro horas, estou louca por uma pausa. Uma longa e merecida pausa. David estava tão rigoroso nas interpretações das músicas, que espremeu todo mundo até não poder mais e, com o meu apoio absoluto, foi eleito pelos caras como "o carrasco do século".

A ideia de passar um fim de semana inteirinho na fazenda sem me preocupar com horários é tão boa, que mesmo que eu ainda precise trabalhar no meu estudo de conclusão de curso, tenho certeza de que vai valer cada segundo. Henrique também não pretende ficar à toa, ele tem trabalhos pendentes de algumas matérias do seu curso e quer colocar tudo em dia. Obviamente, o nosso objetivo maior é estarmos juntos. Dois dias e duas noites, um tempo só nosso. O paraíso.

Umas ondinhas estranhas contorcem o meu estômago toda vez que penso sobre isso, não quero criar grandes expectativas, mas não consigo evitar. Ontem, fiz algumas compras no shopping com Nina; carreguei a minha amiga para me ajudar a encontrar as peças de roupa que eu estava em mente e ela ficou super empolgada com as minhas intenções de sedução. Confesso, tenho sido assolada por ideias o tempo todo, ideias totalmente audaciosas para esses dois dias. Há horas em que viajo sonhadoramente no meio da aula e fico vermelha como um tomate, achando que todos na sala estão adivinhando os meus pensamentos. Eu sei, é pura paranoia minha.

Tudo isso é muito novo para mim, nunca pensei em comprar lingerie sexy para encontrar com um namorado, nem sequer sonhar com isso. Estou chocada com essa vontade de usar algo provocante para agradar alguém e isso está roubando o meu habitual bom senso. Não quero me iludir e ter uma decepção, mas é tentador demais pensar que dessa vez vou conseguir ir até o fim.

Estou funcionando com metade do meu cérebro ressabiado com toda essa empolgação e a outra metade dando uma festa de arromba. É obvio que, nesse momento, me sinto bastante inclinada a apoiar a metade otimista, sabe, só para variar.

Arrumo a minha mochila cuidadosamente, colocando tudo que vou precisar para o fim de semana, meu computador e o material de estudo, deixo-os em cima da cama. Quando eu terminar o show de hoje no Bar da Mary, vou passar no apartamento para trocar de roupa e depois partimos direto para a propriedade dos pais de Henrique.

Assim que coloco o último item na bolsa e fecho o zíper, meu celular acende com uma mensagem de Henrique:

"Linda, cheguei, não demora."

Suas ordens sempre me irritam, e ele sabe disso, por isso Henrique usa esse tom provocador, mas hoje estou no clima para levar toda essa implicância na brincadeira e um sorriso idiota aparece no meu rosto, quando leio a sua mensagem. É claro que ele não precisa saber, então devolvo com uma resposta petulante.

"Nunca demoro, você é muito irritante, sem falar que é mandão."

"Não enrola."

"Ok, já estou pronta, seu chato."

Dou uma última olhada no espelho antes de vestir a jaqueta, tudo perfeito. Reservo o uniforme de juiz para os shows em ginásios, o que não é o caso, porque a *The Goal* irá fazer a sua apresentação de sexta no Bar da Mary. Portanto, meu visual é caprichado, mas dentro de um padrão normal; estou usando um short jeans preto com cintura alta, que abraça a minha bunda e termina um pouco acima da metade das coxas e uma blusinha preta amarrada atrás do pescoço e no meio das costas. A blusa deixa as minhas costas nuas com somente as faixas dos laços pendentes, mas tem um suporte para os meus seios, já que preciso de uma boa sustentação para que eles não fiquem pulando enquanto danço. Sou uma garota de peitos médios, e não consigo nem imaginar usar uma blusa sem sutiã, principalmente em um palco, com uma galera me esquadrinhando o tempo todo. Amarrei os meus cabelos num rabo alto e calcei botas baixas com cano curto, completando um figurino despojado, mas totalmente de acordo para a apresentação de uma banda de rock.

Entro no carro e de cara já sinto uma torção na barriga, congelo diante daquela imagem deliciosa na minha frente e, de imediato, solto um arfar em busca de ar. Henrique está vestindo uma blusa de malha azul escuro, que estica sobre o seu peito largo e dá para ver cada músculo esculpido sob o tecido. Senhor, é de dar água na boca. Fecho os olhos e inspiro o perfume masculino da sua loção, invadindo os meus sentidos numa onda lasciva que estremece o meu corpo. Henrique é absolutamente lindo e... todinho meu.

— Oi. — Falo, com uma voz rouca e tímida, porque fui pega em flagrante admirando o meu namorado extremamente gostoso.

— Oi. — Seu sorriso de menino malvado sabe o efeito que exerce sobre mim e denuncia as suas intenções pouco honestas. — Quero fazer uma coisa que há dois dias não faço e estou louco de vontade.

Antes que eu tivesse tempo para perguntar "o quê?", sou erguida do lugar por mãos fortes e me sento em seu colo, ele enrosca os dedos pelo meu rabo-de-cavalo, puxando a minha cabeça para cima e a outra mão espalma na base da coluna, arrastando o meu corpo para bem junto do seu. Lábios famintos encostam nos meus e a sua língua serpenteia dentro da minha boca, fazendo o meu sangue ferver numa corrida maluca pelo meu sistema. Me perco no beijo, enroscando as minhas mãos pelos seus cabelos ainda úmidos do banho.

— Não quero nem saber o que você está usando por baixo dessa jaqueta, algo me diz que vou ter um trabalhão para lidar com isso.

Sua voz grossa desperta o meu cérebro zonzo, quando ele me solta desse beijo ardente. Sinto a sua mão deslizando suavemente pela pele exposta das minhas costas, fazendo uma investigação torturante.

— Nada demais, acho até que você vai gostar bastante. — Respondo alegremente, provocando-o.

— Duvido muito. — Ele me olha desconfiado, torcendo a boca.

Henrique me tira do seu colo e dá a partida no carro, balançando a cabeça para espantar os seus pensamentos inquietantes.

As noites de sextas-feiras são as mais cheias do Bar da Mary. Quando chegamos, mal dá tempo de falar com os amigos, que já estavam entornando *shots* no bar enquanto aguardavam o início do show. Sigo rápido para o espaço atrás do palco, onde a banda está se preparando para começar a apresentação. Assim que entro no lugar, tiro a minha jaqueta e percebo um olhar estranho que Dante lança para mim, mas não dou muita importância, já que pesquei outros iguais a esse durante os ensaios da última semana e não quero dar margem a qualquer situação complicada entre a gente. Esqueço Dante e começo a me concentrar na apresentação.

Converso com David sobre a sequência das músicas, brinco com os rapazes e faço um aquecimento, me preparando para cantar os dois primeiros blocos do show, o último a banda vai finalizar sem a minha presença. Esse foi o combinado, quero ir embora para curtir o meu fim de semana com Henrique, e quanto antes melhor.

O palco do Bar da Mary é diferente daquele que nós cantamos no ginásio, é menor e próximo ao público, mas mesmo assim fica bem acima da pista de dança e, como as luzes ainda estão apagadas, conseguimos chegar aos nossos lugares sem que ninguém percebesse. David começa os primeiros acordes da guitarra, as luzes acendem com a balada rápida e eu canto *Lucky Strike*, iniciando o show com a canção vibrante do *Maroon 5*.

As pessoas entram no clima, enquanto ando pelo palco incentivando todos a cantar e dançar comigo, Dante e David fazem o vocal e seguimos em frente com uma batida de rock alucinante e várias músicas agitadas esquentando o lugar. O segundo bloco vem após um intervalo de poucos minutos, só dá tempo de beber água e logo voltamos ao palco, eu e David cantamos em dueto algumas músicas e, na sequência, Dante canta sozinho.

O cara eleva a temperatura das garotas a um nível inacreditável, tenho que admitir. Elas agora estão babando aos seus pés, principalmente depois que o exibido arranca a camisa e fica circulando pelo palco, expondo um tórax bem torneado, com uma barriga tanquinho digna de se olhar e uma tatuagem intrincada na extensão de quase todo o seu braço e ombro. As meninas ficam histéricas e o babaca provocador arma o rosto com um sorriso assassino, canalha até dizer chega. Não aguento, rolo os meus olhos diante da cena impagável.

Iremos terminar esse bloco com uma balada do Rob Thomas, Dante vai cantar *Lonely No More* e eu o acompanho no vocal. Preciso ficar parada ao seu lado com o microfone preso na haste de suporte e, não tem outro jeito, vou ter que me contentar com pequenos movimentos de dança, porque entro em vários pontos da canção fazendo a segunda voz.

Dante joga tanto charme para o bando de garotas que está loucamente gritando embaixo do palco, que é difícil não ver os apelos desesperados das pobres coitadas. Elas se esforçam para chamar a sua atenção e ele arrasta aquele sorriso besta, piscando para uma, beijando outra e por aí vai.

Até aí, não estou ligando a mínima, mas quando a sua dancinha sensual vai se insinuando para o meu lado, fico tensa com os olhares provocantes que ele atira para mim. Balanço a cabeça e faço uma cara de advertência, porque não estou entendendo e nem gostando desse lance dele, mas o idiota ignora totalmente o meu aviso. Ele gira o baixo para as suas costas e vem para cima de mim com um sorriso de predador, num movimento inesperado Dante segura a minha cintura curvando o meu corpo e disparando um beijo em meus lábios. Levo um segundo para me dar conta do que ele está fazendo e o empurro com toda força, arremessando-o de encontro ao teclado de Nando, onde ele se escora e me encara sem o menor remorso.

Vou matar esse cara.

As luzes apagam e Dante parte para o espaço atrás do palco, sigo-o como um torpedo, hoje nem David vai conseguir me segurar, estou fumegando de raiva. Dante mal tira o baixo e eu o empurro na parede, um gemido dolorido ecoa junto com o baque surdo do impacto do seu corpo na superfície dura. Agarro a sua garganta e Dante puxa o ar com dificuldade.

— Que porra foi aquilo, Dante? — Minha voz sai sibilada entre os dentes.

— O quê? Foi só um beijo sem importância, qual o problema?

Ele fala meio sufocado, com o aperto que exerço sobre a sua garganta, mas mesmo assim, seus lábios curvam de um jeito atrevido.

— Qual o problema? — Solto um grito cortante, tremendo de raiva.

— Isso, qual o problema? — Seus olhos queimam em cima de mim. — Não pensei que você iria se importar tanto assim.

— Você não me conhece o suficiente, Dante. — Falo amargamente.

— Não como eu gostaria, gata. — O babaca continua brincando com fogo.

— Você não está entendendo merda nenhuma, não é?

— Na verdade, o que parece é que você só está com medo de que Rico te dê um chute na bunda por causa desse beijo. — Dante ergue um ombro.

Nego lentamente com a cabeça, ele não poderia estar mais enganado.

— Fica fria, Rico não é um otário. — Dante sorri debochado. — Deixar o caminho livre para outro seria a maior burrice que ele cometeria na vida. Ele não é maluco.

— Isso você tem razão, não é ele o maluco aqui.

Minha voz é um rosnado ameaçador e sorrio loucamente quando consigo capturar a sua atenção.

— Sou eu. — Forço mais um pouco o aperto. — Eu é que sou completamente maluca, doida de pedra, sacou?

Dante arregala os olhos diante do meu olhar perturbado.

— Quando piro, a coisa não fica nada bonita, não queira pagar pra ver, cara.

— Alex…

— Um conselho. — Corto a sua fala. — Da próxima vez que você tentar novamente essa sedução ridícula, esqueço que sou sua parceira de banda e acerto sem dó esse seu rostinho de príncipe, tá ligado?

Solto Dante na hora em que percebo David me puxando pelos ombros, eu aceno de leve para o meu amigo dizendo que estou bem, depois tudo vira um caos, os caras estão discutindo, gritando e putos com a merda que Dante fez, não os ouço direito, quero cair fora daqui rápido.

Caminho alguns passos em direção à saída, mas antes dou uma última olhada em Dante, quero que ele grave em sua cabeça estúpida que não vou permitir que isso aconteça novamente.

— Estou fora dos seus limites. — Falo friamente e ele me olha com cautela. — Faço um esforço enorme para manter a minha fúria trancada, portanto não tente libertá-la, você não irá gostar de presenciar o estrago que ela pode causar.

Pego a minha jaqueta e saio, ignorando os rostos assustados dos rapazes.

★

Assim que alcanço o corredor que dá acesso à pista de dança, vejo Marcos encostado na parede, de cabeça baixa, digitando furiosamente o seu celular. Ele levanta os olhos quando percebe a minha proximidade, enrugando a testa em vincos profundos que marcam o seu belo rosto com uma expressão apreensiva. Marcos sai do seu lugar e avança rapidamente ao meu encontro, tentando disfarçar o que o está incomodando com um meio sorriso, mas o seu desconforto é nítido.

— Alex, e aí? Beleza? — Marcos estala um beijo na minha bochecha.

— Oi, Marcos, tudo certo.

Encaro os seus olhos escuros com curiosidade e uma desconfiança começa a espreitar lá no fundo da minha mente.

— Legal. — Ele olha ao redor e enfia as mãos no bolso, evitando o meu rosto.

— Ahn, o que você está fazendo por aqui? — Deixo escapar uma risadinha nervosa enquanto aceno ao redor.

— Hum, é que... — Marcos aperta os lábios vacilando ao falar.

— Onde está Henrique? — Pergunto, sem rodeios e olho por cima dos seus ombros procurando pelo meu namorado.

Marcos faz uma cara sofrida, desanimado com o que vai me dizer.

— Escuta, Alex, Rico me pediu para vir aqui te encontrar e se você quiser ir para casa, também posso te levar.

Ele esfrega a mão na nuca num gesto tenso enquanto aguarda uma resposta minha. Não respondo, ainda estou processando o que ele acabou de anunciar e não sei bem o que pensar.

— Bem, é isso. — Marcos solta um suspiro derrotado diante do meu silêncio.

— Isso o quê? — Disparo as palavras, ainda confusa.

— Sinto muito, gata, mas ele foi embora. — Seu tom de voz é quase triste.

— Mas, por quê? Nós combinamos de sair quando eu terminasse a apresentação, ele...

Paro de falar abruptamente quando a ficha cai e entendo o que está acontecendo. Minha desconfiança afinal não era assim tão infundada.

Marcos contrai o rosto e suspira novamente.

— Alex... — Ele segura o meu braço quando vê a minha expressão incrédula.

— Henrique está bravo comigo pelo que Dante fez no palco? — Faço a pergunta óbvia.

Marcos assente com pesar.

— Ele foi embora sem sequer me dar a chance de explicar? Não estou acreditando que ele fez isso!?

Fecho os olhos e balanço a cabeça, para ver se acordo desse pesadelo.

— Ele não está zangado com você, pelo menos não totalmente. — Marcos para e pensa sobre isso antes de falar. — Sério, todos nós vimos o que Dante fez e a sua reação, o jeito como o idiota foi arremessado para longe mostrou o quanto você ficou puta por conta daquela palhaçada toda.

Marcos esfrega as duas mãos pelo rosto e suspira pesadamente.

— Dante é um babaca do caralho, isso sim.

— Eu não tive culpa. — Falo ressentida.

— Rico sabe, pode ter certeza. — Marcos olha para o lado, enquanto solta um lamento frustrado. — Mas... porra, ele queria trucidar o sujeito, eu e Paulo tivemos que segurá-lo para evitar uma briga feia.

— Não entendo... Henrique não podia... droga. — Resmungo, aborrecida.

— Alex, eu nunca vi Rico daquele jeito, o cara parecia possuído pelo incrível Hulk, tamanha era a sua raiva. Foi necessária uma boa dose de força para mantê-lo aqui embaixo. — Marcos xinga baixinho e sacode a cabeça, certamente lembrando da cena.

— Por que ele não veio falar comigo?

Minha voz é suplicante, ainda estou muito confusa e magoada, tentando entender o porquê do meu namorado ter me abandonado, se eu não fiz nada para merecer isso.

— Ele precisava esfriar a cabeça e não queria arrumar uma briga com você, então me pediu para te levar para casa. — O rosto bonito de Marcos afunda com uma expressão triste. — Acredite, não foi fácil para ele te deixar aqui.

— Nós combinamos um fim de semana juntos na fazenda, poderíamos ter conversado, discutido, sei lá, qualquer coisa teria sido melhor do que essa sensação de abandono que estou sentindo agora.

Murmuro, argumentando comigo mesma.

— Não, Alex, Rico fez a escolha mais sensata.

Ainda continuo amuada olhando para os meus pés, Marcos ergue o meu rosto com cuidado e me encara preocupado.

— Ele estava louco, transtornado, levamos o cara para fora arrastado em seus pés, Rico só desistiu de lutar com a gente quando falei que você não o perdoaria se ele armasse uma cena e brigasse com Dante no meio do bar. — Marcos meneia a cabeça. — Sabe, foi mais complicado para ele do que você imagina. Controlar a vontade de voar pra cima do sujeito que te agarrou, como se você fosse uma garota disponível, levou Rico ao limite.

Marcos corre as mãos pelos cabelos, deixando-os bagunçados, ele não consegue fingir que está tudo certo, porque obviamente está tudo parecendo muito errado. Ele percebe que não estou comprando a ideia e segura o meu olhar por um instante antes de continuar.

— Escute, Rico relutou muito antes de aceitar que era melhor ir embora. Naquele momento ou ele estabelecia um espaço ou cometeria uma enorme besteira, que certamente se arrependeria mais tarde.

Marcos esfrega os meus braços com delicadeza, tentando me confortar e vejo o entendimento do que estou sentindo em seus olhos.

— Confie em mim, amanhã ele vai estar na porta da sua casa, com o rabo entre as pernas e pedindo desculpas. Rico só precisa de um tempo.

— Ok, Marcos, eu entendo. — Menti, porque não entendia merda nenhuma.

Marcos acena com a cabeça, sem embarcar na minha mentira.

— Você pode me levar para casa? — Pergunto, soando desapontada.

— Claro. — Marcos concorda com um sorriso amigável e segura o meu cotovelo para me conduzir com segurança, acho que ele percebeu que estou meio fora do ar, sem rumo.

Andamos através do aglomerado de gente que dança e aproveita o último bloco do show. Espio o palco, enfurecida, quando observo os rapazes envolvidos na apresentação como se toda aquela porcaria não tivesse acontecido há somente alguns minutos. Puta merda! Tenho vontade de arrancar os olhos do idiota metido à besta que canta todo sorridente.

Maldito Dante!

Tudo isso por culpa daquele beijo miserável. Estou tão irritada com essa história, que meus punhos cerram, loucos para voarem para cima daquele imbecil. Desvio os olhos do palco e marcho pelo caminho até alcançar o lado de fora do bar e sair desse inferno que se tornou a minha noite.

Dou alguns passos até o local onde Marcos estacionou a moto mais cedo, ele sobe no veículo e eu me apoio em seus ombros para conseguir equilibrar em cima da enorme máquina. A coisa é tão alta que quase caio de bunda no chão, quando tento transpassar uma perna pelo banco, mas Marcos me ajuda com um sorrisinho divertido nos lábios, depois ele se certifica que estou de capacete e em segurança para partir. Com um clique, Marcos faz o motor rugir com uma potência assustadora e coloca o seu capacete.

— Se o meu amigo não estivesse tão louco da vida, eu faria uma foto nossa nesse momento. — Marcos olha para trás. — Cacete, o cara iria arrancar todos os cabelos da cabeça, aposto!

Só consigo ver os seus olhos através do capacete, mas dá para perceber que ele está rindo.

— Foto? Como assim?

— Imagine a cara de Rico quando visse a sua gata enroscada comigo, na minha moto. — Marcos solta uma gargalhada. — Eu teria que ficar fora de casa por uns dias, mas valeria a pena. De verdade, seria impagável.

— Ah, nem vem, é só uma carona. — Bato em seu ombro, mas o debochado ainda está rindo.

— Eu sei, é que não perderia a oportunidade de cutucar esse seu lado ciumento por nada nesse mundo, é uma novidade boa demais para deixar passar sem sacanear o sujeito até não poder mais. — Ele solta mais uma gargalhada alta. — E olha que conheço Rico desde moleque, ele nunca fez o tipo ciumento.

— Não acredito, Henrique chega a ser irritante algumas vezes.

— Estou falando sério, você é a primeira. — Marcos aponta um dedo enluvado para mim.

Sua voz subitamente fica séria e ele me encara com olhos intrigados.

— Eu vejo como ele te olha. É diferente. — Marcos sacode a cabeça. — Ninguém nunca o deixou tão fora de si na vida, isso eu posso te garantir.

A mágoa que se arrastou pelo meu corpo perde o efeito e sinto que preciso dar um fim nessa besteira toda. Por nós.

— O que temos é especial. — Sorrio. — Não vou deixar que nada, nem ninguém destrua o que estamos construindo, pode acreditar, vamos ficar bem.

Meu coração aperta dolorosamente quando penso no que Henrique suportou vendo aquela idiotice acontecer bem na sua frente.

— Tenho certeza que sim, Alex. — Marcos afirma solenemente com a cabeça. — Vamos, vou te levar para casa, segura firme, gata. — Envolvo os braços ao redor da sua cintura magra e Marcos dispara com a moto.

Marcos guia pelas ruas com bastante segurança, habilidade e sem pressa, como se estivéssemos em um passeio, mas mesmo indo devagar em pouco tempo chegamos ao meu prédio. Desço da moto ainda meio desajeitada, aceitando a sua ajuda para não dar de cara na calçada. Depois que aprumo o corpo, entrego o capacete e seguro o seu braço, antes que ele vá embora. Preciso encontrar Henrique e eu sei que Marcos pode me dar essa informação.

— Marcos, para onde o Henrique foi?

— Não sei ao certo, ele não disse, mas tenho um palpite. — Suas sobrancelhas se unem e ele esfrega um dedo entre elas.

— A fazenda, não é? — Jogo a pergunta já sabendo a resposta e começo a elaborar um jeito de como vou reverter toda essa confusão.

— Acho que sim. — Marcos encolhe os ombros. — Não acredito que Rico tenha ido para o apartamento, a fazenda é o lugar mais provável que ele iria se entocar para colocar os pensamentos em ordem.

— Ok, valeu e… obrigada pela carona. — Abraço Marcos e dou uma batidinha em seu capacete.

— Sempre que quiser, gata. — Marcos hesita um segundo antes de falar. — Olha, sei o que você está pensando em fazer, mas vá preparada para um mau humor dos infernos. O que aconteceu naquele palco deixou Rico furioso e ele não vai estar muito receptivo quando você aparecer por lá. — Ele me estuda receoso.

— Não se preocupe, sou durona e mesmo que Henrique me mande embora ou grite comigo, não desisto fácil. Preciso conversar com ele, — respiro fundo e olho decidida para Marcos — tenho algo em mente.

— Seja lá o que for, espero que funcione. — Ele pisca. — Boa sorte, Alex.

Marcos acelera a moto e eu entro rapidamente no prédio, poucos minutos depois estou com a minha bagagem no carro, saindo em direção à estrada que leva à propriedade.

É, não existe a menor chance nesse mundo de deixar as coisas continuarem estranhas com Henrique por causa de um babaca egocêntrico como Dante. Nem que eu tenha que abrir a cabeça do meu namorado e fazê-lo entender que não quero mais ninguém, só ele. Hoje, Henrique vai ter uma surpresa e tomar consciência até onde estou disposta a ir, em todos os aspectos.

Levo mais tempo do que imagino para chegar, dirijo com cuidado, tentando lembrar do caminho, afinal só estive aqui uma vez, a sorte é que tenho boa memória e a estrada é bem sinalizada, então quando vejo as luzes da entrada da propriedade, dou um gritinho de vitória dentro do carro; o próximo desafio é fazer Henrique abrir o portão para que eu possa entrar.

Saco o celular da bolsa e envio mensagens, fico com medo de ligar e ele não me atender. Henrique deve estar pensando que a essa altura estou em casa. Não mesmo. Até parece que aguentaria ficar de braços cruzados esperando um movimento dele, essa definitivamente não sou eu. Nunca.

"Estou no portão"

"Abre para mim"

"Por favor"

Fico olhando para o celular e observo quando ele visualiza as mensagens, isso acontece logo assim que as envio, mas nem um sinal de retorno. Estou aguardando a sua resposta, mastigando o lábio nervosamente, a ansiedade crescente vai tomando conta e minando as minhas esperanças à medida que os minutos passam e não recebo nada de volta.

Um barulho alto desperta a minha atenção e percebo o portão abrindo, não perco tempo, avanço com o carro para dentro, estacionando ao lado da caminhonete. Meu coração bate numa corrida acelerada quando seguro a mochila e caminho para a entrada da casa. Agora não vou dar para trás, mas está difícil controlar os meus nervos e manter o plano inicial.

Por um ínfimo instante pensei que Henrique poderia estar me esperando na porta, porém ele não está. Mau sinal. Entro e olho ao redor procurando por ele, só então capto o ruído da televisão e sigo o som, com meus passos ecoando alto pelo chão de madeira. Passo pela cozinha, que está vazia, e ando um pouco mais pela casa em direção à sala de onde vem o barulho. Abro a porta cautelosamente e encontro Henrique sentado no sofá, com as longas pernas esticadas em cima de uma mesinha, assistindo algum programa que está passando na TV, enquanto bebe uma cerveja em goles longos, direto do gargalo de uma pequena garrafa, que a essa altura já está quase vazia.

Ele não olha para mim, continua encarando a televisão e me ignora completamente. Caramba, isso vai ser mais difícil do que imaginei, ele está tentando me intimidar com a sua indiferença, mas Henrique não conta com a minha teimosia.

Bem, isso vai ser interessante.

Paro na sua frente e, sem nem avisar, desligo o aparelho apertando um botão do controle remoto. Giro em meus calcanhares e o encaro corajosamente. Henrique solta o ar ruidosamente e me olha relutante, com uma expressão insondável. Droga, não consigo nem decifrar qual é o seu real estado de espírito, suas emoções estão tão trancadas e seu olhar é tão frio que um tremor atravessa o meu corpo, secando a minha boca.

— O que você está fazendo aqui? — Sua pergunta áspera faz a minha confiança despencar.

— Eu precisava vir. — Minha voz vacila, mas limpo a garganta para recuperar o meu equilíbrio e não perder o foco no que vim fazer aqui.

— Não, você não deveria estar aqui. Eu mandei Marcos te deixar em casa. — A dureza da sua resposta atiça o meu lado rebelde.

— Ele deixou, não se preocupe. — Rebato de um jeito atrevido. — Mas você sabe, tenho uma tendência a me rebelar com as suas ordens. — Arqueio as sobrancelhas e mantenho as mãos nos quadris desafiando-o.

Henrique bufa irritado e aperta a garrafa de cerveja antes de colocá-la em cima da mesa num baque surdo. A sua fachada de controle começa a desmoronar quando ele fala entre os dentes com uma voz soprada.

— Eu não quero conversar com você agora, acho que deixei isso bem claro quando me afastei daquele maldito bar. É melhor você ir embora. — Seus olhos estão me perfurando numa necessidade cega de me afastar.

Então vai ser assim, é?

Até parece que ele não sabe que eu adoro uma boa briga.

— Pode ser, mas não vou a lugar algum. — Minha resposta petulante faz Henrique contrair o rosto com desgosto.

— Eu não quero brigar com você, porra! — Ele rosna para mim.

Sinto a tensão se construindo entre nós e o jeito que ele está lidando com o que aconteceu, me afastando, agindo como uma criança birrenta, só coloca mais lenha na fogueira. Balanço a cabeça lentamente e vou direto ao ponto.

— Sinto muito, mas iremos brigar. Não vim aqui para isso, se você quer saber, mas tenho a sensação de que vai ser inevitável. — Inalo o ar bruscamente e continuo firme. — A única coisa que você não pode esperar de mim é que eu aceite numa boa essa sua atitude de merda.

Atiro as palavras com raiva e ele rebate com olhos furiosos.

— Atitude de merda!? Caralho, você só pode estar de brincadeira! — Henrique cospe as palavras, indignado.

Eu me recuso a deixar sua expressão irada me intimidar e rebato as suas palavras exigindo respostas para o jeito como ele me deixou para trás.

— Nem um pouco. Eu quero saber o porquê de tudo isso. — Faço um gesto amplo com as mãos ao redor da sala.

— Provavelmente você não vai gostar de saber a resposta. — Henrique fecha a cara para mim.

— Como não? Você me deixou lá e foi embora, sem nenhuma palavra. — Suspiro. — Eu não merecia ser ignorada por causa dos erros de Dante.

Ele me olha e noto o arrependimento sombreando o seu rosto, mas não consigo refrear a língua e descarrego a minha mágoa.

— Você viu o que aconteceu e mesmo assim me largou por lá, pior, convocou um substituto para cumprir as suas ordens.

— Não foi bem assim.

— Não me diga. — Falo irônica. — Porque não consegui pescar o que você estava pretendendo ao deixar Marcos no seu lugar.

Henrique faz uma careta e pega a garrafa de cerveja, matando o seu conteúdo em um gole só. Desvio o olhar e passo as mãos pelos meus cabelos, tentando me acalmar, suspiro, colocando para fora a minha frustração e pergunto baixinho:

— Você sabe como me senti?

— Alex, eu não poderia continuar naquele lugar. — Ele protesta.

Levanto as mãos cortando-o rapidamente.

— Bem, eu vou te dizer qual foi a sensação que correu pelo meu corpo quando dei de cara com Marcos naquele corredor. — Estremeço ao lembrar. — Eu me senti abandonada... punida por algo que fugiu do meu controle.

Henrique não responde e continua encarando a garrafa de cerveja como se ela fosse lhe dar alguma resposta. Minha nossa, isso é ridículo.

— E agora, hein? — Cutuco. — Estou aqui, mas você continua me afastando como se eu não precisasse de uma palavra, um gesto que diga que nada daquilo vai afetar a gente, que vamos ficar bem. — Espero alguns segundos, mas nada, nem um pio vindo dele.

Fecho os olhos e faço uma contagem mental para desacelerar o meu acesso de fúria, tentando fortemente entender essa merda de silêncio.

— Então, é isso?

— Não tive escolha. — Henrique suspira, cansado.

— Desculpe, mas não penso assim. Eu preciso de você ao meu lado, não Marcos, nem ninguém mais. — Falo as últimas palavras em um sussurro doído.

Henrique abaixa a cabeça e inala uma respiração lenta e trêmula, em seguida fala resignado.

— Minha melhor opção foi sair daquele lugar, caso contrário eu iria me meter numa briga com aquele desgraçado.

O seu sofrimento pesa em meu peito, dou um passo à frente e seguro o seu queixo entre as mãos.

— Aquele beijo no palco foi uma porcaria, eu sei. Mas ele me pegou de surpresa e isso não vai acontecer novamente. — Digo suavemente.

— Pode apostar. — Henrique declara incisivo.

— Dante pode ser um babaca exibido, mas não é louco de arriscar a sua integridade física, vou acabar com ele se fizer qualquer gracinha comigo.

Esboço um sorrisinho malvado, lembrando a cara assustada que Dante fez quando o ameacei.

— Não antes que eu tenha feito o serviço.

Pela primeira vez, desde que cheguei, vejo um ligeiro sorriso no rosto de Henrique, como se ele estivesse arquitetando uma boa vingança.

— Esquece o cara, ele já entendeu o recado.

— Ah, mas você pode ter certeza de que vou fazê-lo entender melhor ainda, o imbecil não vai ter a oportunidade de ignorar o meu aviso, isso eu faço questão. Quero que ele tenha em mente, como verdade absoluta, que irei arrancar as suas bolas se ele encostar um dedo em você novamente. — Henrique sorri diabolicamente, enquanto imagens perversas devem estar passando pela sua cabeça.

Pobre Dante, mas bem que ele está merecendo um susto.

Sorrio para Henrique tentando desviar a sua ira. Eu tenho que convencê-lo de que o beijo foi um lance sem importância e que Dante não vai ter a audácia de repetir, sem que eu estoure o seu nariz. Eu sei, Dante sabe, mas Henrique ainda duvida, vejo isso claramente em sua expressão descrente.

Eu me ajoelho na sua frente, fico entre as suas pernas e seguro as suas coxas, apertando-as um pouco para que ele me olhe com atenção.

— Henrique, esqueça aquele beijo. — Ele me olha como se eu tivesse perdido a cabeça. — Não significou nada, foi só uma jogada idiota de Dante, sei lá o que deu na cabeça dele, acho que ele... — aceno com uma mão no ar com descaso — se empolgou com a música. Só isso.

— Empolgou? Você faz ideia de como fervi de raiva vendo aquele filho da puta agarrar a minha garota, bem debaixo do meu nariz? — Henrique balança a cabeça de um lado para o outro — Não, você não tem a mínima noção. Eu quase fiz uma besteira, Alex, se os caras não tivessem me segurado eu não sei como isso iria terminar, vi tudo vermelho na minha frente, queria matá-lo, quebrar a porra daquele rosto até transformá-lo em uma massa disforme.

Henrique esfrega as mãos pelo rosto, em seguida as arrasta entre os cabelos, derrubando a cabeça no sofá e olhando para o teto enquanto geme.

— Ainda quero acabar com aquele otário.

Assisto o seu rosto lindo ser torturado com as sensações tumultuadas que vibram dentro da sua cabeça, eu preciso fazer alguma coisa para dispersar esses pensamentos indesejados e manter o seu foco em mim.

Coloco-me em ação.

— Bom, sendo assim, acho que vou ter que fazer algo para tirar Dante da sua cabeça, né? — Sussurro com uma voz sensual.

Subo as minhas mãos pelas suas coxas musculosas, num deslizar lento que imediatamente faz com que a cabeça de Henrique salte do sofá como um boneco pulando da caixa, depois ele me olha com uma expressão desconfiada, tentando adivinhar o que de fato pretendo fazer.

— Não vou deixar ninguém arruinar a nossa noite. — Anuncio.

Henrique ia começar a falar, mas o calo com um beijo demorado que arranca um gemido rouco e profundo da sua garganta. Enrolo as minhas mãos pela sua nuca, diminuindo a distância entre nós, ele me abraça com urgência, esmagando os meus seios junto ao seu tórax duro. Quando ele começa a se empolgar, espalmo as mãos em seu peito e não deixo o beijo se prolongar mais. Encaro os lindos olhos de Henrique, que nesse instante estão brilhando em chamas vivas, cheios de necessidade. Deus, adoro esse olhar de fome que ele exibe quando estamos dando uns amassos, isso me faz abrir um sorriso travesso, prometendo satisfazê-lo em breve.

— Eu só quero você, ninguém mais importa para mim. — Afago o seu rosto quente com as mãos. — Sou sua, lembra?

Henrique faz que sim com a cabeça, mas fecha os olhos contraindo-os como se estivesse numa luta interna. Ele ainda está pensando muito sobre o que aconteceu e vou ter que expurgar de uma vez essa dúvida da sua cabeça.

Então reúno toda a minha coragem para dar um passo que o meu corpo anseia desesperadamente. Um passo decisivo e além de qualquer coisa que já compartilhei com alguém.

— Preciso tomar um banho para tirar o suor do show, mas... — levanto do chão, num impulso e Henrique olha para mim sem entender nada — fique aqui, eu não vou demorar, prometo. — Passo o dedo de leve em seus lábios.

Viro as costas e saio andando, deixando-o encarando o vazio; no caminho pego a minha mochila e ainda ouço Henrique murmurando algo e exalando o ar numa lufada trêmula.

Entro em seu quarto e me dirijo para o banheiro, tenho que ser rápida, porque não posso deixar os meus pensamentos enfraquecerem a minha decisão, por isso concentro nas tarefas simples de lavar os cabelos, passar sabonete por todo o meu corpo e espalhar meu hidratante por cada pedacinho da minha pele, deixando-a macia e perfumada.

Quando termino a minha higiene pessoal, visto um conjunto de calcinha e sutiã verde musgo, que comprei pensando em como Henrique gosta da cor dos meus olhos. Cheguei até mesmo a fantasiar a sua reação quando ele me visse envolvida em renda e seda, e agora que estou realmente usando a lingerie provocante, prestes a mostrá-la de verdade, sinto um frio de ansiedade tremulando na minha barriga. Balanço a cabeça afastando o temor que começa a espreitar devagarzinho, ameaçando os meus planos sedutores e tentando arruinar o momento.

Nem vem com isso agora, penso irritada.

Continuo a verificação de como estou e uma pontada de arrependimento me atinge, quando olho para o pijama que separei para usar. É, faltou um pouco mais de ousadia para comprar uma camisola sexy, mas conheço os meus limites, não sou tão atirada assim, então, por hora, o meu pijama de malha confortável vai ter que servir. Quem sabe, da próxima vez crio coragem. Não importa, o que estou usando por baixo do meu pijama sem graça vai compensar todo o resto. Rodopio alegremente diante da minha imagem no espelho do banheiro e admiro o resultado.

Estou me sentindo sexy pra caramba, isso é bom, impulsiona a minha autoconfiança tão necessária agora. Dou mais uma voltinha em frente ao espelho e aprovo a escolha da lingerie. O tom de verde um pouco mais escuro realça os meus olhos, contrastando perfeitamente com a brancura da minha pele e o vermelho dos meus cabelos. Visto o pijama apressadamente.

Certo, estou pronta, só que as minhas pernas não me obedecem, respiro fundo, tentando controlar o galopar alucinado do meu coração e arrasto os meus pés, que pesam como chumbo, para a porta. Olho para frente e avalio as minhas opções. Não, basta de indecisão. Só existe uma opção, sua tonta!

E, verdade seja dita, nem de longe desejei tanto um garoto como desejo Henrique. Então, deixa de ser idiota, Alex! Vá em frente e corra atrás do cara lindo que está te esperando, do único homem que faz você se sentir segura e que, em um piscar de olhos, conseguiu resgatar tudo de bom que ficou perdido durante esses últimos anos.

— Droga, saia agora desse quarto! Nem que você precise engatinhar, mulher! — Ordeno em voz alta.

Solto uma risadinha nervosa, isso é uma situação tão estranha para mim. Claro que é, assinto devagar sorrindo feito uma boba.

— Estou apaixonada. — Falo alto e tapo a boca com os dedos, assustada.

Pisco os olhos várias vezes diante desse clarão de entendimento e não imagino uma outra época em que estive tão certa dos meus sentimentos. Henrique é perfeito para mim e é com ele que quero superar toda aquela parte ruim da minha vida. Outro sorriso curva os meus lábios.

Saio do quarto e fecho a porta atrás de mim, uma força incrível traciona o meu corpo, deixando para trás oito anos de medo, frustração e incertezas. Mereço ser feliz. Sigo em frente, porque nada mais poderia ser tão certo.

Henrique

Abro a segunda cerveja e bebo em grandes goles, contraindo o rosto com o sabor amargo da bebida gelada. Droga, eu ainda estou sentado nesse sofá, olhando para a televisão sem ver absolutamente nada. Ao menos uma coisa mudou, antes de Alex chegar as únicas imagens que apareciam na minha frente eram aquelas daquele maldito show, imagens que instigavam cada vez mais o meu ódio mortal por aquele ser desprezível, que agarrou e beijou a minha garota como se ele tivesse todo o direito de fazer isso. Agora, pelo menos, é a imagem do rosto lindo de Alex que aparece dançando em minha cabeça, o que surte um efeito positivo no meu humor.

Estou me sentindo muito mais calmo com ela aqui comigo, foi um erro ter ido embora e a deixado naquele lugar. Por outro lado, se não fizesse isso naquele momento, agora eu estaria preso, porque com certeza teria matado o filho da puta. Arrasto as minhas mãos pelo rosto tentando espantar a raiva súbita que retorna quando penso nas mãos daquele imbecil tocando a minha menina. Que inferno!

Porra, eu tenho que parar de me torturar, Alex está aqui comigo, não está?

A satisfação me invade. Eu sei que ela também não gostou nem um pouco do assédio sem sentido daquele babaca, vi quando Alex ficou puta e empurrou Dante para longe, sem pestanejar. Fico imaginando o tamanho do seu ódio pelo cara naquela hora. Então não entendo porque estou me sentindo assim… tão inseguro.

— Merda! — Resmungo irritado.

O *click* da porta fechando atrás de mim desperta o meu cérebro da autopiedade em que estou afundado, olho para o lado e tenho a sensação de que um anjo pousou dentro dessa sala, meu queixo cai e o ar congela nos meus pulmões quando observo Alex caminhar lentamente na minha direção com um sorriso cálido nos lábios.

Deus, como ela é linda.

Meu olhar viaja pelo seu corpo da cabeça aos pés, sem cerimônia, minha namorada veste um pijama de malha cinza que mais revela do que esconde. Observo avidamente as suas pernas torneadas, completamente expostas por baixo do shortinho curto, verifico também com um interesse explícito a sua blusa, que é uma tentação de tão pequena, dá até para ver uma faixa clarinha de pele circundando a sua cintura fina.

Quando Alex chega bem próximo ao local onde estou pateticamente sentado, uma onda perfumada invade os meus sentidos, fecho os olhos e inspiro profundamente o seu cheiro, é tão bom que sinto um formigamento nos dedos e uma necessidade louca de tocá-la.

Solto um ruído desesperado, é impossível não desejá-la ainda mais.

— Hum, acho que podemos continuar de onde paramos, ou seja, eu te beijando, você correspondendo e a gente fazendo as pazes.

Seus olhos verdes brilham com humor, passeando pelo meu rosto, sondando o meu estado de ânimo.

— Nós não brigamos, então como faremos as pazes? — Minha pergunta nada inocente faz suas sobrancelhas arquearem.

Ela não responde, o que Alex faz em seguida me pega de surpresa, deixando o meu cérebro entorpecido e sem reação. Ela senta em meu colo com as pernas abertas e os joelhos posicionados um de cada lado do meu quadril, o tecido fino do pijama encosta no meu jeans e sinto o calor delicioso do seu corpo. Minha nossa, o meu pau está tão ciente de onde vem esse calor que tenho uma ereção instantânea.

Caralho, essa garota está me virando do avesso em um piscar de olhos.

— Essa é uma boa ideia. — As palavras saem espremidas pela garganta enquanto agarro possessivamente as suas coxas macias.

— Eu tenho algumas de vez em quando. — Ela responde maliciosamente.

Ainda tento falar algo criativo, mas estou completamente bobo com essa criatura sexy aconchegada em meu colo. Fico mudo, só esperando ela fazer o que quiser comigo. E ela faz.

Suas pequenas mãos envolvem o meu pescoço, percorrendo o caminho para o meu cabelo, agarrando-o com firmeza, e numa fração de segundos estamos colados em um beijo profundo. Corro as mãos das suas coxas para dentro da blusa, alisando a pele cremosa da sua coluna, descendo lentamente até alcançar aquela bunda gostosa, onde espalmo as mãos com vontade. Minha pulsação explode quando ouço o gemido rouco que Alex solta no instante em que esfrego de leve a minha ereção na sua quentura deliciosa. Sem brincadeira, estou certo de que agora virei uma massa desconexa e trêmula em suas mãos.

— Você está me deixando louco. — Caramba, está ficando difícil até para respirar e a minha voz sai entrecortada.

— Então estamos com um interesse em comum, hã?

Alex morde o meu lábio inferior deslizando os dentes numa carícia provocante que reflete imediatamente na minha dolorida ereção.

— Cada parte do meu corpo está nesse momento pulsando por você e nada nesse mundo poderia ser assim tão bom. — Ela se ajeita em cima de mim.

— Jesus, Alex, você está me matando!

Ela começa a salpicar beijos molhados em meu pescoço, provocando correntes de arrepios que reviram os meus olhos, os seus dentes brincam com o lóbulo da minha orelha e palavras incoerentes saem da minha boca, estou perdido em uma névoa de desejo que vai ser muito difícil de refrear. Cacete, tenho que desacelerar Alex, mesmo que isso me mate e seja a última coisa que quero fazer nesse momento.

— Linda, temos que parar, não vou durar muito tempo se você continuar me provocando desse jeito. — Não sei como consegui falar uma frase inteira, estou completamente sem fôlego.

Alex interrompe o seu ataque obstinado para considerar o que falei.

— Não quero parar, quero ir até o fim.

Alex declara abertamente a sua intenção, em seguida pega o meu rosto entre as mãos, acariciando a minha mandíbula suavemente. Seus olhos refletem uma súplica silenciosa e o meu coração torce em agonia. Sei o que ela está tentando fazer, mas tenho dúvidas se Alex está realmente pronta, não quero estragar tudo com um movimento precipitado.

— Querida, podemos brincar, mas não precisamos…

Alex cessa o meu protesto com um beijo sensual que faz a minha cabeça girar nos ombros. Porra, estou fodido. Ela é gostosa como o inferno e eu a desejo mais do que jamais desejei qualquer outra coisa em minha vida.

De que jeito vou sair dessa sem sucumbir a minha vontade de afundar em seu corpo até perder os sentidos? Como?

Estava tudo conspirando contra mim, com certeza, vi em seu olhar que ela não iria parar de me atormentar com os seus carinhos. E, por falar neles, agora as mãos dela começam a deslizar por dentro da minha camisa e o meu abdômen recebe uma atenção minuciosa. Isso é o paraíso na Terra.

Alex está construindo a minha desgraça passo a passo e estou caindo feito um patinho, não consigo mais resistir aos seus apelos, ela tem um talento incomum para me fazer ceder em um estalar de dedos, juro.

— Pare de lutar, sei o que preciso. — Alex cola outro beijo.

Enquanto ela me beija a sua bunda rebola um pouco no meu colo e vejo estrelas brilhantes pipocando por todos os lados. Que merda de tortura!

— Eu preciso de você, agora, por favor.

Ah, não! Alex implorando desafia qualquer pensamento digno e as minhas boas intenções estão voando pela janela, uma por uma.

— Estou desesperado por você, então... não sei se posso... segurar... mais. — Falo cada palavra com um esforço desmedido para não avançar com tudo para cima dela. Estou por um maldito fio.

Notando que estou quase lá, rapidamente Alex puxa a sua blusa para cima e arremessa longe, sua jogada é certeira e me empurra mais um pouco para o precipício. Meu cérebro nublado tem uma certa dificuldade de acompanhar o movimento e registrar que o que está acontecendo não é fruto da minha imaginação. Pisco um milhão de vezes para desfazer as nuvens e acreditar que aquela visão divina não é uma ilusão.

Seus seios fartos e perfeitos estão cobertos por uma renda delicada entremeada por pequenas tiras de um tecido que parece ser muito macio e, puta merda, a cor é incrível, um contraste lindo com os olhos de Alex. Caralho, não entendo nada dessas coisas afinal, mas esse sutiã sexy está me deixando louco de vontade de pegar aqueles peitos e dar um bom aperto com as mãos. Fecho os olhos e suspiro em uma agonia sem fim.

Será que ela não se cansa ser tão sensual?! Meu Deus!

— Quero ser sua... completamente. — Alex sussurra em meu ouvido e agora nem tento mais me segurar, estou me contorcendo de tesão.

Alex continua executando a sua tarefa com empenho e eficiência, correndo a língua pelo meu maxilar até alcançar a minha boca, roçando os meus lábios com os dentes e lambendo-os em seguida.

— O que mais preciso fazer para você começar a agir? Hum?

A minha namorada extremamente determinada me olha bem nos olhos, esperando um movimento meu e como eu continuo inerte, ela lentamente leva as suas mãos para o fecho do sutiã, sem desviar o seu olhar desafiador. Eu as paro num estalo de sensatez, antes que ela termine o que estava prestes a fazer e assegure de que não haveria mais volta para mim.

— Não, querida, pare. — Faço uma cara de dor, porque está doendo pra caramba manter as coisas em modo de espera.

— Eu só pensei...

— Eu sei e pode acreditar, não preciso de nenhum estímulo para te querer, — suspiro pesadamente — para ser franco, estou perto de explodir aqui.

— Então, o que está te impedindo? — Alex pergunta hesitante.

— Eu só quero ter certeza de que você está pronta, não posso arriscar perder o controle, simplesmente... não posso. — Acaricio os seus cabelos e termino de falar com um fio de voz.

— Estou pronta, mais do que pronta, passei a semana toda sonhando, literalmente, com esse momento. — Ela afirma decidida.

— Não.

Nego o seu pedido. Estou ficando louco, só pode.

— Por que você está tornando as coisas tão difíceis? — Sua voz soa baixa.

Alex me encara de um jeito magoado, como se ela não entendesse a minha relutância. Porra, a essa altura nem eu estou entendendo. Fecho os olhos para bloquear um milhão de motivos para eu deixar de ser um masoquista e dar a minha garota o que ela quer e que, obviamente, eu também quero.

Inspiro profundamente, tentando focar nas razões pelas quais estou sendo cauteloso e me esforçando duramente para despachar a tentação que assola o meu bom senso. Então encontro o meu tom de voz mais paciente e falo:

— Não quero que a gente faça isso num impulso, preciso dessa certeza.

Volto a bater na mesma tecla, anunciando o meu ponto, mas ela contesta.

— E o que eu tenho que fazer, hein? Deus do céu! — Alex bufa, irritada.

— Preste atenção, a questão é que nunca mais quero ver aquele olhar de pavor em seu rosto, testemunhar o seu medo quase me matou. — Aperto os lábios com a lembrança. — Não vou correr esse risco.

Seu rosto murcha, sinto o desapontamento dela, mas não posso ceder.

— Prometi que iríamos devagar e é assim que vai ser.

— Esqueça essa promessa idiota, não quero ir devagar.

— Não.

Um lampejo teimoso brilha em seus olhos, Alex levanta decidida do meu colo, por um instante acho que ela vai sair da sala batendo os pés e me trancando para fora do quarto, ou pior, indo embora.

Só que não.

Ela olha para mim com uma expressão predadora que me assusta no primeiro momento, depois arrasta o minúsculo short para baixo, chutando-o quando ele embola em seus pés, seu sorriso se amplia assim que vê a minha cara abestalhada, com os olhos arregalados passeando por todo o seu corpo.

Bingo! Ela está perto de conseguir o que deseja. Muito perto.

Deus, tenha misericórdia mim, porque estou tão... tão ferrado.

— E então? Gosta do que vê?

Assinto feito bobo, sem tirar os olhos dela.

— Vai continuar dando uma de bom moço ou vai fazer o que eu quero?

Ainda estou sentado, sorte a minha, porque um formigamento varre o meu corpo deixando as minhas pernas imprestáveis, não consigo mexer um músculo sequer. Sufoco um gemido, porque a garota mais linda do mundo está na minha frente somente de calcinha e sutiã, e estou paralisado, congelado, preciso fazer algo para sair desse estado desconcertante. E já.

— Alex, querida, não sei se a gente...

As minhas palavras balbuciadas são interrompidas quando Alex aterrissa em meu colo segurando o meu rosto com as mãos, a pressão aplicada entre as minhas pernas aumenta consideravelmente quando percebo que somente um tecido fino e minúsculo me impede de ter acesso irrestrito ao paraíso.

Eu estava sendo seduzido, isso é certo. E com um talento impressionante.

— Henrique, eu entendo o seu cuidado comigo e estou verdadeiramente feliz por você ser tão maravilhoso, mas... eu quero, quero muito, você acha que ainda não estou pronta, mas venho pensando sobre isso durante todos esses dias e sabe qual conclusão que cheguei? Que preciso tentar. Nada nunca antes foi tão certo para mim, não suporto mais esperar, te desejo. — Alex sussurra suavemente. — Por favor, não me diga não.

O brilho sincero do seu olhar faz o meu coração espremer dentro do peito, não quero negar mais nada para ela, não consigo.

— Tudo bem, iremos tentar, mas se for demais para você, não vou insistir e vamos parar, entendeu? — Sua expressão se ilumina enquanto assente com a cabeça e ela abre um sorriso triunfante.

Aperto as mãos em seus quadris deslizando os polegares pela pele nua, Alex estreita os braços apertando seu delicioso corpo junto ao meu, e logo nos beijamos avidamente, suas mãos seguram a barra da minha camisa e começam a arrastá-la para cima, interrompo o beijo e puxo a peça de roupa pelas costas por sobre a cabeça. A pele macia de Alex encosta no meu peito disparando uma onda elétrica pela minha coluna, tornando impossível pensar com clareza.

Acaricio as curvas das suas costas com uma leveza estudada, com promessas de prazer e carícias mais ousadas. Desço os polegares até que eles esbarram no tecido macio da sua calcinha, entro com as mãos dentro da peça sedosa e acaricio a pele aveludada com círculos gentis, movimentando o quadril para frente e pressionando a minha ereção de encontro ao centro incrivelmente quente de Alex.

— Henrique... — Ela recita o meu nome como se buscasse ar.

Seguro Alex com as duas mãos espalmadas em sua bunda e num impulso, levanto do sofá com as pernas e braços da minha menina enroscados firmemente pelo meu corpo, ando em direção ao quarto com passos decididos pelo corredor e fecho a porta com um chute assim que atravessamos para dentro do espaço pouco iluminado.

Sem interromper o nosso beijo, deito Alex na cama suavemente, seus olhos abrem para me encarar, afasto o rosto um pouco apoiando os cotovelos ao lado da sua cabeça e aliso os seus lábios com as pontas dos dedos, seus olhos permeados de desejo disparam o meu coração, numa necessidade louca de me afundar dentro dela e eclipsar tudo ao nosso redor.

— Nunca pensei ser possível que alguém pudesse me pertencer, mas você é minha, me pertence, e eu sou seu, inteiramente seu, ninguém nunca vai me ter como você me tem. — As palavras saem solenes, não como uma promessa, mas como uma certeza de que estaremos unidos até o infinito.

— Sim, eu sou sua, pertenço a você. — Alex acaricia o meu rosto de um jeito tão delicado e com tamanha devoção que viro o rosto para beijar a palma da sua mão. — Eu preciso de você.

Tomo a sua boca em um beijo longo, profundo, arrancando gemidos torturados de nós dois, que logo se transformam em suspiros de prazer. Alex contorna os músculos das minhas costas apertando o meu corpo junto ao seu e enquanto suas mãos descem frenéticas em direção ao botão do meu jeans, temo que ela esbarre mesmo que de leve nessa região e eu perca o controle, estourando dentro das calças. Levanto rápido, desarmando as suas mãos, tiro os tênis, meias e a calça, deixando somente a *boxer*, nesse instante me dou conta de que nada neste mundo faria com que o meu olhar se desviasse do espetáculo diante de mim e eu admiro com assombro a garota deitada em minha cama. Sua pele pálida, o corpo escultural envolvido por pequenos pedaços de tecido verde, os cabelos esparramados feito uma piscina ao redor do seu rosto, tudo nela é extraordinariamente belo e sedutor.

— Você tem ideia do quanto é linda? — Eu mal reconheço a minha voz, rouca de emoção.

Seus olhos cintilam, varrendo o meu corpo e apreciando a vista com um suspiro de contentamento, meu peito se enche de ternura quando volto a falar, ainda em um murmúrio rouco.

— Se você continuar olhando para mim desse jeito, não vou conseguir me segurar por muito tempo e não posso perder o controle rápido, não quero ter pressa com você, nunca.

Alex estende a mão com um sorriso luminoso, entrelaço os meus dedos nos seus e começo a abaixar o meu corpo, apoiando um joelho no colchão e pairando em cima dela, puxo as suas mãos por cima da sua cabeça e cubro o seu corpo com o meu, Alex arqueja ofegante assim que nos moldamos.

— Quero que seja certo e perfeito. — Beijo delicadamente a sua boca. — Vamos devagar, com calma, ok?

Alex fecha os olhos, ergue a mão fria e ligeiramente trêmula, tocando a minha nuca e então volta a abri-los, concentrada em meu rosto antes de falar com uma voz sussurrada, repleta de algo que soa como... esperança.

— Sei que estou despedaçada em alguns pontos bem ruins, mas você me faz acreditar que tenho conserto, que posso colar os meus cacos e construir algo diferente. Não importa como faremos, o que importa para mim é que seja com você. Eu me sinto segura em seus braços como ninguém nunca, nem de longe, me fez sentir.

Seus olhos brilham com confiança e, por Deus, que eu seja capaz de manter esse brilho em seu olhar para sempre.

— Me beije e faça amor comigo.

Eu seria um condenado se não fizesse exatamente o que ela está me pedindo. Respiro fundo e beijo a garota que tem o meu coração e minha vida em suas mãos. Deslizo dedos tensos pelas laterais do seu corpo, acariciando suas coxas firmes, subindo pela barriga e finalmente alcançando seus seios, encobertos ainda pelo sutiã, tateio a costura inferior da delicada peça e chego ao fecho em suas costas, num movimento rápido abro-o, em seguida beijo seus ombros deslizando as alças pelos seus braços com os polegares e liberando seus seios.

Alex tem seios lindos, com mamilos rosados delicados, minhas mãos ganham vida própria na ânsia de tocá-los, sinto o seu peso, a maciez e percebo como que eles se encaixam perfeitamente em minhas mãos. Começo a roçar os dedos em círculos pelos seus mamilos, deixando-os eriçados e capturo um com os lábios, acariciando o outro com os dedos. Sugo e passo a língua saboreando a sua frescura e a deliciosa sensação deles se enrugando ao toque da minha boca. Alex solta gemidos baixinhos e arqueia as costas pressionando o seu corpo contra o meu, suas unhas raspam pelos meus cabelos disparando arrepios de prazer por toda a minha pele. Dou a mesma atenção ao outro mamilo e abro uma trilha de beijos molhados pela barriga lisinha, paro na altura dos ossos do quadril arranhando os dentes, lambendo a pele sedosa de um lado ao outro, rodeio a língua pelo seu umbigo e Alex treme em minhas mãos.

— Linda e tão macia. — Falo enquanto deslizo os dedos pelo elástico da sua calcinha, louco de vontade de estraçalhar aquele pedacinho de tecido com os dentes, mas me seguro com todas as forças para não ser tão rude.

— Tire logo isso, Henrique! — Alex fala arfando, sem fôlego.

Rá, minha garota é impaciente e eu aqui tentando ser delicado. Sorrio e resolvo torturá-la um pouco mais.

— O que você quer que eu tire, querida?

— Juro por Deus que, se você não arrancar essa calcinha agora, sou capaz de te bater, e com força. — Não me atrevo a olhar para ela, ao contrário, estou com a boca colada abaixo do seu umbigo rindo das suas ameaças.

— Linda, você é muito romântica!

Não aguento, ergo a cabeça para encontrar um par de olhos verdes em chamas, sua boca crispa quando vê que ainda estou rindo. Alex segura os meus ombros puxando-me para cima, quando nossas bocas se encontram, ela enrola as pernas pela minha cintura apoiando os calcanhares em minha bunda e movimentando o seu calor úmido por toda a extensão do meu pau, meu corpo treme com o latejar doloroso entre as minhas pernas, ela me provoca com um jogo muito, muito sujo.

— Meu Deus, Alex. — Sibilo entre os dentes.

— Estou com dificuldades de encontrar o meu lado romântico, então o que você acha de arrancarmos o resto das roupas e tentar achá-lo perdido por esse quarto? — Uma sobrancelha erguida e um sorrisinho safado encaram o meu rosto que paira a poucos centímetros do seu.

— É pra já!

Dou um salto para fora da cama e descarto a cueca num segundo, quando viro Alex está piscando freneticamente os olhos e mordendo os lábios assustada, ela olha fixamente para a minha ereção e não seguro, solto um risinho abafado que desperta a sua atenção.

— Não se preocupe, vai dar tudo certo, acredite em mim.

Sua expressão duvidosa diz o contrário.

— Como? Você é enorme! Vou partir ao meio, com certeza!

— Não vai não, prometo.

Mordo a parte interna da bochecha para não rir, em seguida avanço as mãos por suas coxas focando no meu objetivo.

— Mesmo adorando essa coisinha sexy que você está vestindo, eu preciso arrancá-la do meu caminho, estou louco pra te ver, linda.

Engancho os polegares pelas tiras finas da calcinha e a desço lentamente pelas suas pernas, a visão de Alex completamente nua faz a minha cabeça girar, cada pedacinho dela que se revela é inacreditavelmente lindo.

Já vi um monte de meninas nuas, mas nesse segundo parece que Alex é a primeira, meu cérebro entra em curto, não consigo falar ou me mexer, extasiado com a sua perfeição, o meu olhar varre o corpo dela minuciosamente e por toda a eternidade essa imagem vai ficar marcada em minha mente, sei que vai. A compreensão do que estava prestes a acontecer explode em minha cabeça, meu coração bate numa corrida louca, e estou, caramba, apavorado.

Alex envolve suas mãos carinhosamente pelo meu rosto, meus olhos mergulham naquelas piscinas verdes e ela sussurra:

— Também estou nervosa, mas nunca cheguei tão perto… por favor, não desista de mim agora.

Solto o ar em um suspiro trêmulo.

— Não irei, porque é impossível desistir do motivo do meu coração bater. Impossível, querida… impossível. — Abaixo os meus lábios de encontro aos dela e nos perdemos em um beijo cheio de promessas.

Alex

Eu não sei qual de nós dois está mais nervoso.

Mesmo Henrique já tendo feito isso um tanto bom de vezes, percebo que ele está estranho. Tipo, muito estranho. Estou supondo que o seu nervosismo tenha sido despertado pela minha falta de experiência, ou pelo seu receio de me machucar. Vai saber. Mas essa seria a explicação mais lógica para o seu corpo estar tão tenso e trêmulo. Eu imagino que seja, porque é a minha primeira vez, não a dele. Acho difícil acreditar que Henrique não esteja pronto e perfeitamente à vontade para executar a tarefa. Não, não é isso.

Sinto que tem alguma coisa a mais que está atingindo Henrique em cheio, dá para perceber o choque da surpresa, só pela forma em que o seu maxilar contrai insistentemente. O jeito como ele olha para mim é como se estivesse me sugando por completo, esquadrinhando o meu corpo e rosto lentamente, memorizando os detalhes. Seus olhos azuis brilham com uma admiração espantosa e a expectativa de que algo grande está para acontecer é indisfarçável. De mansinho, esse clima vai aquecendo o ar, deixando essa sensação nos envolver e tornar cada segundo mais erótico, mais íntimo.

Henrique consegue reunir forças com inspirações lentas e curtas, fechando os olhos com piscadas longas, tentando liberar o que está se construindo e que, sem dúvida, lhe consome por inteiro, corpo e alma.

Eu, por outro lado, estou morrendo de medo de surtar a qualquer minuto, uma ameaça que sempre espreita a minha mente, como se fosse uma sombra escondida, só aguardando o momento certo para me cobrir em suas trevas.

Mas, até então, isso não está acontecendo, pelo contrário. Milagrosamente, minha mente mergulha em um mundo de sensações tão deliciosas, que não há espaço para sentir o pânico que me abate nessas situações.

O meu coração bate acelerado, tocado por todo esse redemoinho de emoções e pelas palavras embebidas de paixão que saíram da sua boca alguns minutos atrás e que me acertaram como uma onda quente, que está fazendo o meu desejo por ele subir em mais um nível, revirando o meu estômago e cutucando um ponto sensível dentro do meu peito. Quase choro de alegria, quando a compreensão inesperada acende em minha mente, estou simplesmente à beira de um abismo desconhecido, a um passo de me jogar com tudo, esquecer todos os meus receios e curtir esse momento precioso ao lado de um garoto fora do comum.

Ainda com esses pensamentos borbulhando dentro da minha cabeça, lanço-me em um beijo apaixonado, no limite tênue do meu fraco controle que, sinceramente, estou pouco me importando em manter estável neste instante. Quero soltar as cordas e voar livremente.

Henrique interrompe o beijo e eu reclamo com um gemido baixo; ele ri e continua com os carinhos sedutores, usando suas mãos habilidosas e fazendo o meu corpo vibrar. É como se todo o meu ser estivesse esperando uma vida inteira pelo seu toque e respondendo prontamente ao comando. Henrique desce os lábios pelo meu pescoço, traçando beijos e mordidas suaves até chegar aos meus seios e fazer aquela coisa mágica com a boca e língua, arrepiando deliciosamente todos os meus pelos. Eu arqueio o corpo desprendendo-o da cama e logo estou descaradamente suplicando por mais.

— Por favor, eu… não sei, mas… preciso… — Balbucio palavras sem sentido, mal raciocinando.

— Shhh, eu sei, estamos esquentando as coisas, você vai ter que esperar um pouco mais e ser paciente.

Henrique beija o vale entre os meus seios e lambe a pele macia desse local específico, soltando um gemido de apreciação após uma inspiração profunda.

— Não possuo essa virtude, sou impaciente demais, eu… eu… ah, Deus! — Um arquejo longo me escapa, quando ele abocanha um seio dando a ele uma atenção exclusiva.

Henrique raspa os dentes pelo bico duro e eu remexo agitada na cama, convencida de que isso é a melhor coisa que já experimentei na vida. Estou lutando bravamente para controlar os tremores cada vez mais intensos, mas ele não tem a intenção de fazer nada rápido e continua me torturando.

— Quero lento, para saborear você com calma, sem pressa.

Ele levanta o rosto e ri baixinho, quando resmungo a minha impaciência, seu nariz volta a esfregar um caminho pelo meu corpo e ele inspira a cada passo, saboreando o meu cheiro e gemendo baixo.

— Mas… eu quero… você… — Suspiro, assim que ele encosta a língua ao redor do meu outro mamilo e morde ligeiramente o bico eriçado, desencadeando uma corrente elétrica que pulsa forte entre as minhas pernas. Meus olhos se fecham e reviram nas órbitas com o prazer que a carícia desperta em pontos escondidos do meu corpo.

A minha respiração acelera e me contorço no colchão, ofegante. Mãe do céu, vou morrer se ele continuar a me atormentar desse jeito, estou sem ar.

— Henrique…

— Paciência, eu também quero muito isso, mas preciso deixar mais fácil. Confie em mim, vai ser melhor quando você estiver pronta.

Ele fala com uma calma irritante, como se não estivesse afetado com todo esse estímulo erótico, enquanto eu estou aqui quase me desmanchando de tanta necessidade.

Os meus protestos desaparecem no instante em que ele acaricia as minhas costelas com os dedos, seguindo com a língua e traçando um rastro de fogo, enquanto desce decidido pela minha barriga. Devagarzinho ele morde a pele que reveste os ossinhos do meu quadril e pousa beijos e lambidas na curva da virilha. Prendo a respiração, quando percebo as suas intenções, o meu corpo salta da cama em choque, numa reação instantânea à ousadia do gesto e, de imediato, sinto um aperto no estômago de tanta ansiedade.

Tento escapar da sua pegada, mas Henrique segura firmemente as minhas coxas, abrindo-as um pouco; meu corpo treme ao toque das suas grandes mãos, que descem numa lentidão milimétrica até os meus joelhos. Quando ele abaixa a cabeça entre as minhas pernas, abro os olhos, apavorada com o seu movimento lascivo, enrosco os dedos em seus cabelos nervosamente e puxo-os um pouco. Henrique geme, incentivado pela dor que provoco nele e avança ainda mais, afundando a sua língua, deslizando-a lentamente pela intimidade pulsante do meu corpo, fazendo movimentos circulares, lambendo, sugando, me estimulando sem misericórdia e desencadeando um turbilhão de sensações tão intensas que acho que vou entrar em combustão.

— Oh, meu Deus! — Arquejo, tonta de desejo.

— Linda demais! Nada, nunca antes, foi tão bom.

Henrique sussurra com a boca colada em minha pele, antes de afastar um pouco mais as minhas pernas e continuar a sua deliciosa investida, derrotando as patéticas tentativas que faço para tirá-lo daquele lugar, puxando-o pelos cabelos.

— Henrique, — vacilo constrangida — ninguém me tocou desse jeito, eu... — Ele levanta a cabeça e olha diretamente em meus olhos, analisando as minhas reações. — Eu nunca, você... você está... por favor...

Aquele sorriso arrogante patenteado surge em toda a sua glória.

— Mal comecei, linda.

— Ai, não. — Grito e afundo a cabeça no travesseiro apertando os olhos com força.

— Tenho planos para você, muitos planos...

Ainda ouço uma risadinha baixa antes que ele volte a sua tarefa de executar os movimentos mais safados com aquela língua diabólica. Suas investidas arrancam gemidos engasgados da minha boca e uma pressão deliciosa cresce dentro de mim. Não percebo o instante em que começo a tremer, todas as minhas forças me abandonam, meu corpo contrai e um desejo implacável toma conta dos meus sentidos, tornando difícil até para respirar. Henrique concentra suas manobras naquele ponto e fico fora de órbita. Um fogo arde dentro de mim, quando explodo com um grito sem som; fecho os olhos e sinto a minha pele inteira formigar, zumbindo com um prazer tão intenso, que o meu pobre corpo parece estar completamente desossado.

Ainda estou sentindo os tremores do orgasmo sacudindo o meu interior, quando sou despertada pela voz áspera de Henrique em meu ouvido, só então abro os olhos e o vejo pairando sobre mim com um olhar em chamas, cheios de algo a mais que não consigo decifrar nesse momento.

— Você vai ser a minha ruína, sei que vai. Assistir você se desmanchar em minhas mãos é tão bom, tão certo, que não vou me permitir ficar sem isso, nunca mais. — As palavras saem num esforço desmedido, como se fossem difíceis de falar, afogadas em puro desejo, íntimas de uma forma única.

Uma de suas mãos envolve o meu pescoço, sobe pelo cabelos e os puxa forte, posicionando a minha cabeça onde ele quer, sua boca devora a minha numa urgência insana. Henrique solta um gemido que reverbera pela minha pele, deslizo as mãos pelas suas costas, apalpando, memorizando todos os seus músculos bem malhados e comprimo o meu corpo junto ao dele, sentindo o seu calor. Ele mantém a outra mão numa pegada forte em meus quadris, pressionando os dele avidamente contra os meus, moendo movimentos rítmicos que fazem a nossa respiração ficar entrecortada e o som que sai das nossas bocas parece encher o quarto.

Deus, um novo prazer está se construindo rápido, como uma tempestade de verão, deixando os meus joelhos fracos e os lugares mais secretos do meu corpo começam a latejar dolorosamente, estou tão quente por dentro, por fora, por todos os lados, precisando de um alívio para essa louca ebulição.

— Sentir seu corpo perfeito, seu gosto, seu cheiro, tudo é... caralho, não consigo nem descrever. — Henrique treme violentamente sob os meus dedos.

— Me dê o que quero... — Imploro e estremeço quando ele beija o meu pescoço.

— Sempre. — Ele sussurra. — Tenho vontade de me perder em você pelo resto da minha vida e não tenho força para te negar coisa alguma.

Agarro os seus cabelos como se estivesse com medo de que ele desaparecesse como em um sonho, ainda não consigo acreditar que é real.

— Henrique... — Minha voz sai trêmula.

— Estou no limite. Não aguento mais esperar, o desejo de te ter está me deixando maluco. — Sua voz suplicante libera uma onda de arrepios, elevando mais uma vez o meu grau de excitação.

— Deus... sim. — Balanço a cabeça freneticamente, assentindo e sussurro entre uma respiração e outra. — Eu te quero. Agora.

Tudo acontece tão rápido que não há tempo para conectar os pensamentos, Henrique se levanta da cama para alcançar a calça jeans no chão do quarto, pega a sua carteira e pesca um preservativo, deixando-o ao lado do meu travesseiro e logo volta a pressionar o seu corpo contra o meu. Ver o fogo em seus olhos provoca um reboliço de sensações na minha barriga, um choque doce e estimulante que percorre cada nervo do meu corpo.

Henrique para totalmente imóvel enquanto olha para mim, meu peito sobe e desce com uma respiração curta, coloco a ponta dos dedos em seu tórax, correndo pelos músculos rijos e, por fim, espalmo a mão no local exato onde o seu coração galopa em marcha rápida. Suas mãos alcançam o meu rosto e ele me beija de um jeito sensual, profundo, saboreando-me com devoção. Henrique afasta com relutância sua boca da minha, mordendo devagar o meu lábio, pairando sobre mim; seus dedos longos começam a alisar o meu rosto numa carícia tão suave, como uma pluma vagando pela minha pele. Ele me observa com uma expressão concentrada, exibindo tanta ternura, que meus olhos começam a pinicar com lágrimas quentes. A expectativa do que vamos fazer também o alcança, encaramos um ao outro e, naquele instante, sei que ele sente o mesmo que eu.

— Preciso de você, como nunca precisei de ninguém em toda a minha vida.

Sua voz é grave, rouca, repleta de uma emoção tão profunda que faz o meu coração dar pulos dentro do peito.

— Eu também preciso de você.

Respondo com sinceridade, mas, mesmo assim, ele ainda vasculha o meu rosto em busca de algum traço de dúvida ou medo, sempre preocupado com as minhas reações. Seguro seus ombros fortes, apertando-os com as mãos, meus olhos encontram com o azul escuro dos seus e umedeço os lábios antes de falar.

— Não estou com medo, não de você.

Henrique ainda hesita, vejo uma pequena sombra percorrer seu rosto em um segundo de incerteza, ele trava uma luta interna com algo que o deixa com uma expressão atormentada, enrugando a testa e contraindo os olhos.

— Eu... não quero, — Henrique exala o ar pesadamente, como se estivesse sofrendo — Alex, eu... não quero te machucar, vou tentar ir devagar, mas... você sabe, quando...

— Eu sei. — Calo as suas palavras alisando os lábios rígidos com os dedos, tentando acalmá-lo. — Confio em você, não duvide nem por um instante, sei que vou sentir... mas te quero muito, muito além de qualquer dor que virá.

Suspiro roucamente e imploro com o olhar.

— Não me faça esperar mais para ser sua, por favor...

Ele roça os dentes pelos meus dedos e assente com a cabeça, pega o preservativo, abre a embalagem laminada e o reveste. Observo os seus movimentos precisos, fascinada com a sua habilidade, ele já deve ter feito isso um bocado de vezes, penso com ironia, mas logo espanto esse pensamento inconveniente, infelizmente outro muito mais desagradável surge imediatamente, fecho os olhos tentando não sucumbir ao desespero. Não adianta, um milhão de coisas começam a dar voltas e voltas na minha cabeça.

E se ele se decepcionar comigo?

Ora, no mínimo sou... estranha, travo quando submetida à determinada pressão e, o pior, não tenho desenvoltura nenhuma nessas coisas envolvendo sexo. A chance de que eu seja um fiasco é grande e isso está me apavorando bastante agora.

Ai. Meu. Deus.

Um suor de pavor brota em minhas costas e o meu coração dispara feito louco. Minhas reações começam a despontar em cascata, sinto os meus músculos retesando e a respiração ficando cada vez mais difícil, os meus olhos voam para todos os lados, menos para o rosto sério de Henrique. Merda, estou deixando a insegurança tomar conta e não sei como detê-la.

— Alex, olhe para mim.

Henrique percebe que tem alguma coisa errada e segura o meu rosto, fazendo com que eu o encare.

— O que foi? Fale comigo, estávamos indo bem, mas você está tensa e preciso saber o que está acontecendo, não quero forçá-la ou pressioná-la a fazer o que quer que seja. Você está no controle, lembra? Podemos desistir, se você quiser... — Suas sobrancelhas se unem e vejo a tortura que é para ele falar em desistir.

— Não, não quero desistir. — Mordo os lábios e meu rosto esquenta de vergonha. — Não é isso, é que... eu... estou insegura. — Solto um gemido angustiado. — Sabe, você pode achar... bem, talvez eu não seja tão... — Aperto os olhos, mortificada com a minha inabilidade verbal.

— Fale, por favor, estou morrendo aqui, minha cabeça está girando feito um carrossel tentando decifrar o que está passando pela sua.

Ele contrai ainda mais a testa e os olhos não conseguem disfarçar a sua preocupação.

— Estou com medo de que você não goste. — Disparo.

— Ahn, o quê? — Ele parece não entender.

— É isso mesmo que você ouviu. — Abafo um suspiro.

— Mas... não goste? Do quê? — Vejo a sua expressão clarear quando entende o que quero dizer e ele me olha incrédulo. — Você quer dizer...

— Não me olhe assim! — Protesto.

— De onde você tirou isso? — Ele comprime os lábios tentando duramente não rir.

Merda, merda, merda!

— De lugar nenhum. — Fecho os olhos, envergonhada.

— Então...

— Então você pode concluir que sou péssima na cama, porque nunca fiz isso antes e... sabe, ficar decepcionado, não gostar, sei lá. — Aperto os dentes. — Eu sei, sou uma boba, mas não consigo desviar esse pensamento deprimente. É isso.

Falo tudo rápido, sem respirar, me recusando a fazer contato visual, porque não tinha muita certeza se conseguiria abrir a boca e ao mesmo tempo encarar o seu rosto.

Sinto o seu corpo enorme relaxar e tremer com um riso baixo, abro os olhos chocada. Ele está rindo de mim!?

— Você não é uma boba. — Henrique fala, divertindo-se com a minha expressão contrariada, depois encosta a boca em meu pescoço beijando-o. — Você é maravilhosa, tenho absoluta certeza de que nada vai se comparar a isso. É apenas sobre nós, entendeu? E nós dois juntos não poderia ser mais do que perfeito. — Seus olhos cintilam com um brilho aquecido.

Eu levanto um olhar descrente para ele.

— E sabe o que mais? Essa vai ser a minha primeira vez também.

Henrique ergue o rosto e foca em meus olhos espantados.

— Pare de brincar comigo, estou falando muito sério.

Fico brava, porque agora ele está gozando descaradamente da minha cara. Primeira vez, até parece.

— Eu jamais falei tão sério em toda a minha vida. — Seus olhos azuis são honestos. — Te desejo de todas as formas possíveis e imagináveis.

— Ah. — Abro e fecho a boca. Não consigo dizer mais nada.

— E com você é tudo completamente diferente e novo para mim, por isso estou nervoso pra caramba, você não imagina o quanto te quero. É muito mais do que sexo, muito mais. — Henrique segura o meu rosto e alisa o polegar lentamente. — Eu quero te amar não só com o meu corpo, mas com o meu coração, alma e tudo que pertence só a você. Só. A. Você. — Ele faz uma pausa em cada palavra, observando o meu rosto com atenção.

Estendo uma mão e acaricio a sua bochecha.

— É coisa demais. — Sorrio para ele.

— Sim, é. Mas é tudo seu. — Henrique segura a minha mão, que pousa em seu rosto com carinho e fala solenemente. — Essa vai ser a primeira vez que faço isso com quem amo, nunca amei ninguém antes.

O meu coração para, dá um solavanco e depois volta a bater enlouquecido, estou tentando processar tudo, mas um nó se forma em minha garganta e, sem que eu consiga evitar, uma lágrima solitária rola em meu rosto.

— Você me ama? — Pergunto com um fio de voz.

— Claro que amo. — Um sorriso tímido surge em seus lábios. — Acho que te amo desde o dia em que te vi pela primeira vez, quando você me atraiu como um imã e fincou uma bandeira permanente no meu coração. — Seus lábios se aproximam do meu rosto capturando a minha lágrima.

Meu Deus, quando ele fala assim, parece que um longo tempo já se passou desde o dia em que o vi naquele estacionamento e, no entanto, foram somente algumas semanas. Só então me dou conta de que a menina que apareceu diante dele era somente uma casca, meticulosamente construída, para manter qualquer um que tentasse se aproximar um pouco mais, rigorosamente afastado. Hoje, percebo o quão longe estou desse esquema seguro que me envolveu por anos; finalmente descobri onde quero estar e com quem. O lugar onde pertenço é definitivamente ao lado do cara que derrubou os meus muros e mudou a minha vida. É um caminho sem volta.

Entretanto, ainda não me sinto merecedora do garoto que se declarou para mim de uma forma tão sincera, mas seja como for estou empenhada em lutar para merecê-lo. E como uma boa lutadora, vou usar todas as minhas forças e todo o meu amor para atingir esse objetivo, não irei desistir fácil. Minha voz sai um pouco quebrada quando fito seus olhos lindos, inundados de paixão e digo as palavras que transbordam da minha alma danificada e sombria para a pessoa que é tudo para mim.

— Antes de te conhecer, eu era uma garota quebrada por baixo de uma fachada dura e impenetrável, ninguém conseguiu passar por essa superfície blindada, eu nunca permiti.

Paro e aperto os lábios para que eles parem de tremer.

— Você me alcançou, tomou conta, reconstruiu minhas esperanças devagarzinho, me fez acreditar que os meus medos não podem definir quem sou ou quem quero ser. — Solto um suspiro trêmulo e carregado.

Henrique abranda o tremor dos meus lábios com o polegar.

— Quando estou com você percebo como a minha vida sem graça ficou perdida no passado. — Sorrio. — Você é tudo que preciso, ao seu lado encontrei o meu lugar no mundo e não aceito nada diferente disso.

Mais uma lágrima rola e ele a alcança com os dedos firmes, engulo o meu medo e falo, me expondo totalmente.

— Eu te amo com todo o meu coração, cada pedaço dele. — Minha garganta aperta com uma alegria infinita que quase tira o ar dos meus pulmões.

— Minha menina linda. — Seu sorriso se alarga e ele me olha com adoração.

— Isso vale para você também. — Brinco em meio a risadas.

— Você está sob a minha pele e ninguém vai te tirar de mim.

Seus lábios encontram os meus, abafando as minhas risadas com um beijo delicado; em seguida Henrique me encara com uma expressão solene e fala com uma voz grave.

— Deixe-me mostrar o quanto preciso de você, o quanto te amo.

Faço um leve aceno de concordância, ainda envolta pela emoção extrema do momento, sentindo o meu coração flutuar de felicidade e o meu corpo se contorcer, desejando-o com uma intensidade quase insuportável. Sua boca me toma com paixão e ele alisa a minha pele com as mãos desde as panturrilhas, subindo lentamente pelas laterais do meu corpo, até alcançar a minha cintura, deixando os pelos sensíveis por onde os seus dedos passam carinhosamente. Henrique se desvencilha do beijo e toma posse dos meus seios, sugando-os com suavidade, um tremor irradia da minha barriga e dispara pelo meu ventre, uma sensação deliciosa que faz com que eu solte um gemido longo e profundo.

— Você está bem? — Olhos azuis me fitam com cautela.

Estou tensa como um fio desencapado, mas não quero que ele perceba o meu nervosismo, acaricio a sua coluna, encontrando a curva sexy do seu traseiro e abaixo um pouco mais as mãos, espalmando-as em suas nádegas firmes, apertando-as com vontade, em seguida faço uma pressão firme contra os meus quadris arrancando um suspiro angustiado da sua garganta.

— Mais que bem — sorrio atrevidamente — agora não me enrole e faça isso!

— Não me provoque, você está longe de me enganar com esse papinho de autoconfiança.

Por um segundo acho que ele vai mudar de ideia, sua mandíbula aperta vigorosamente, Henrique fecha os olhos e contrai o rosto, travando uma batalha silenciosa dentro da sua cabeça. Mas, num lampejo de decisão, seus braços musculosos engancham as minhas pernas por sob as minhas coxas e as engatam ao redor da sua cintura, ele se ajeita de modo que fica com o pênis cutucando a minha entrada, que, a essa altura, já está para lá de lubrificada. E, mesmo sabendo que isso facilitaria a coisa toda, não consigo bloquear um tremor de expectativa que corre pelo meu corpo, o medo da dor é inevitável, meu coração martela dentro do peito e, de jeito nenhum, encontro uma forma de relaxar.

Meu Deus, respiro fundo e fecho os olhos para evitar o seu olhar atento.

— Querida, mantenha os olhos em mim.

Abro os meus olhos, obedecendo ao comando e encontro o seu rosto tomado por uma concentração feroz, o suor escorre pela sua testa em um sinal claro do esforço que ele faz para se manter parado, esperando pelo meu consentimento.

— Você tem certeza?

— Tenho, absoluta. — Falo, encontrando a coragem de que tanto preciso na sua expressão suplicante.

Henrique olha bem nos meus olhos e me penetra, com uma lentidão torturante, milímetro por milímetro, observando todos os meus sinais atentamente. Seus bíceps tremem sob as minhas mãos e percebo que ele se agarra a todo o seu controle para não me machucar.

— Pode ir com tudo, estou pronta, não se preocupe. — Sussurro e aperto os seus braços para incentivá-lo.

— Essa certeza de que vou te machucar está acabando comigo. Porra… eu…

Ele contrai os olhos enquanto suas palavras sofridas saem em um gemido.

— Não, não vai. — Digo com firmeza. — Nada mais importa, eu quero você, não espere, venha.

Ele segura os meus ombros e crava os dedos, perdendo definitivamente o controle, Henrique arremete dentro de mim e eu grito alto quando a dor me atinge, arquejo em busca de ar, enquanto lágrimas escorrem pelos cantos dos olhos. Tento mantê-las, mas a queimação entre as minhas pernas é intensa e ainda estou tentando me acostumar com todo aquele volume me alargando por dentro. Continuo com o meu rosto enterrado na curva do seu pescoço, sentindo as suas mãos alternando entre afagar os meus cabelos e enxugar as minhas lágrimas. Henrique sussurra palavras de conforto em meu ouvido, o que faz o meu corpo relaxar um pouco, a dor começa a diminuir e uma suave onda de calor lambe a minha pele, derretendo a tensão dos meus músculos.

— Sinto muito, querida, eu não queria… eu devia ter… — Ele exala o ar com força e resmunga desconsolado. — Ah, droga!

Levanto o rosto e envolvo o dele entre as mãos, estamos ainda unidos, mas ele não se mexe, nem um pouquinho. Eu preciso que ele faça alguma coisa, qualquer coisa, a dor agora é só um incômodo e se eu não restaurar a sua confiança, temo que vamos terminar por aqui e essa possibilidade está totalmente fora de questão, ainda mais agora, que estou me acostumando com ele todo dentro de mim e louca para que algum movimento aconteça.

— Pare de se torturar, estou bem, de verdade. — Seus olhos investigam o meu rosto, ainda duvidosos. — Eu te quero demais, preciso de você, não pare agora, por favor.

— Não vou parar, não consigo, mesmo que eu queira me chutar com força por ter te machucado — um tremor percorre o seu corpo —, mas você é gostosa demais e o meu corpo vai entrar em colapso se eu não continuar.

— Ótimo! Então mexa-se! — Ordeno, instigando-o.

Um meio sorriso surge em um dos cantos da sua boca.

— Você é uma coisinha mandona na cama, acho que vou ter de dar um jeito de te colocar na linha. — Seu humor afiado retorna e sem quebrar o contato visual, ele recua uma fração, arrancando um gemido da minha boca.

— Isso, continue.

Prendo a respiração, na ânsia de amenizar a pequena ardência que ainda sinto quando ele se mexe. Ao mesmo tempo outra sensação vai se sobrepondo, ganhando força, uma necessidade de atrito incontrolável impulsiona o meu corpo e solto um gemido de prazer que vai de encontro ao som rouco que sai da sua garganta.

Henrique não tem pressa, deslizando dentro de mim lentamente, num ritmo cadenciado, sempre atento aos meus gemidos, tentando decifrar se eles são de dor ou de prazer. Entreabro os lábios e sugo a pele quente do seu pescoço, fincando as unhas nos músculos tensos dos seus ombros fortes. O sabor e o cheiro da sua pele invadem os meus sentidos por inteiro, esvaziando a minha mente; eu agora só percebo o quanto cada parte feminina do meu corpo grita por atenção. A sensualidade com que ele conduz os seus movimentos me transforma em uma massa pulsante, ansiando por cada vez mais. Quero tudo. Tudo dele.

Agarro os seus bíceps, numa pegada forte, para ancorar o meu corpo, buscando uma fricção maior. Uma tensão prazerosa cresce exponencialmente, contraindo os músculos que estão sendo estimulados de um jeito tão delicioso, como se as estocadas de Henrique fossem orquestradas para me levar à loucura. O meu corpo zune de desejo, com todas as partes importantes e supersensíveis prontas para explodir. Os músculos saltados dos seus braços tremem, retesados, e sinto a sua necessidade de aumentar a velocidade na ponta dos dedos, minhas mãos enroscam ao redor do seu corpo e o trago para bem próximo de mim.

— Henrique. — Sussurro em seu ouvido.

— Linda, tudo bem? — Henrique ofega contra os meus lábios.

— Tudo maravilhosamente bem! — Respondo arfante, extasiada pelo brilho aquecido dos seus olhos, um brilho que é só para mim. — Acho que não vou sobreviver, se você não aumentar a velocidade, estou ficando maluca aqui!

O brilho dos seus olhos, em um piscar, transforma-se em um fogo azul e, antes que ele responda, seus dentes cravam em meu lábio inferior, raspando e produzindo uma dor de prazer que reverbera lá embaixo.

— Graças a Deus! — Uma voz estrangulada sopra da sua boca.

Com um grunhido, Henrique flexiona os braços ao lado da minha cabeça e penetra tão fundo, que o meu cérebro dá voltas, em seguida investe dentro de mim como um homem faminto, escorregando todo o seu comprimento para fora e voltando numa intensidade alucinante. Os meus músculos internos apertam ao redor da sua ereção e ele dispara uma série de palavrões, mexendo cada vez mais rápido. Henrique pressiona o corpo com tanta força, que mal consigo respirar, estou no meu limite. Essa invasão ávida estimula sem piedade as minhas terminações nervosas, que já se encontram bastante eletrizadas e começam a tremer involuntariamente.

— Você é apertada demais e está me deixando louco, francamente, não vou durar muito. — Ele respira fundo e sua voz geme agoniada. — Mesmo que eu queira ficar desse jeito por toda a eternidade, estou a ponto de explodir, mas quero que você vá primeiro.

— Humm! — Não consigo formar palavras, transparecendo o meu desespero.

Henrique percebe que estou quase lá e suas mãos apertam os meus quadris, imprimindo um ritmo frenético. Ele muda o ângulo e passa a estimular um ponto específico, o que me faz imediatamente jogar a cabeça para trás esticando o pescoço. Ondas de prazer assolam o meu corpo, fazendo-o retorcer, grito o seu nome quando o orgasmo me atinge em uma miríade de sensações tempestuosas e eu disparo como fogos de artifício rumo ao céu.

Henrique trava a mandíbula e fecha os olhos como se estivesse sentindo dor. Seus dedos afundam nos meus quadris e ele se move rápido, fundo, buscando a sua libertação. Até que impulsiona uma última vez, rugindo um som masculino de satisfação, me apertando em seus braços e desabando logo em seguida sobre mim, com a respiração instável, soprando na curva do meu pescoço.

Ainda sinto os tremores do seu corpo, as batidas aceleradas do seu coração encostado ao meu peito, a quentura e o suor que molham as nossas peles. Só então me dou conta de que estou completamente enroscada a ele, com braços e pernas ao redor do seu magnífico corpo, como se ele fosse a minha âncora e eu precisasse da sua força para me segurar e não sair à deriva. Acho que é bem por aí, porque estou tão feliz, que talvez eu realmente possa flutuar, andar pelas nuvens, saltitar como um astronauta na Lua. Não sei, só sei que a sensação é indescritível e um sorriso pateta gruda no meu rosto como um selo de felicidade.

Fico quietinha, passando a mão pelos seus cabelos curtos e macios, sentindo os seus batimentos desacelerando e os membros relaxando. Meus olhos abrem e fecham preguiçosamente, curtindo a sensação mais maravilhosa do mundo. A compreensão do quanto fui longe é inevitável, tudo que falamos e fizemos passa pela minha cabeça em um *flash*, mal posso acreditar que consegui me entregar totalmente a uma pessoa, sem bloqueios, medo. Nada surgiu que pudesse me fazer recuar e destruir esse momento mágico que acabei de viver. As garras sombrias do meu passado perderam a força, não me assustam e nem têm o efeito devastador que sempre fizeram da minha vida um inferno, fazendo-me refém de uma única noite de horror. Estou livre e cheia de vontade de viver essa nova vida, solto um suspiro longo e sonhador. Henrique beija o meu pescoço e levanta a cabeça para olhar o meu rosto, verificando atentamente o meu estado emocional; me apaixono ainda mais por ele, por ser tão zeloso comigo.

— Oi. — Henrique sussurra e olha para mim com aqueles olhos luminosos, que eu adoro.

— Oi. — Respondo timidamente, ainda com um sorriso bobo nos lábios.

Ele iça o próprio corpo com os braços, não desviando os olhos do meu rosto e me beija devagar, demoradamente, depois sai de dentro de mim com cuidado e descarta a camisinha no lixo.

Eu me vejo sendo virada de encontro ao seu peito, com os braços fortes de Henrique envolvendo o meu corpo. Em seguida, ele beija o topo da minha cabeça, onde apoia o queixo e respira profundamente, satisfeito com o jeito em que nos enroscamos naturalmente. Beijo a sua pele quente e dura, inspirando seu cheiro masculino, que agora se mistura ao meu, aliso seu tórax, pousando a minha mão no seu coração.

— Sabe, acho que vou te manter assim para sempre. — Ele fala com uma voz rouca e preguiçosa.

— Assim como? Nua e grudada em você? — Uma risadinha escapa da minha boca, imaginando como seria.

— Exatamente assim. — Henrique desliza a mão pelas minhas costas até o fim da coluna, minha pele estremece um pouco, reconhecendo o seu toque. — Você é deliciosamente macia, cheirosa, gostosa pra cacete, — ele suspira alto — estou acabado, de um jeito tão bom, que não quero fazer mais nada nesse mundo, só ficar desse jeito com você — ele suspira de novo — vai ser muito difícil dar importância para qualquer outra coisa, estou sem opção. — Henrique beija os meus cabelos e inspira profundamente.

— Foi... bom? Digo, para você? — Mordo o lábio, ansiosa, com o rosto ainda afundado em seu peito, sem coragem de olhar para cima.

Henrique levanta o meu rosto com uma mão, me obrigando a encará-lo. Um sorriso enviesado aponta em sua expressão confusa e sinto que sou uma idiota insegura perguntando coisas que, lá no fundo, talvez eu não queira nem saber de verdade.

— Qual o problema, Alex? Você acha que tudo isso que aconteceu não foi bom para mim? — Sua voz agora tem um tom ofendido.

— Não, eu não sei... não tenho como comparar, mas você tem, com certeza.

Reprimo um gemido, enquanto fecho os olhos, fugindo do seu olhar interrogativo.

— É que para mim foi incrível, maravilhoso e detesto pensar que para você pode não ter sido. Portanto, se você não achou assim tão bom, por favor, minta, porque não quero lidar com isso agora e destruir o meu momento. — Pisco algumas vezes para focar em seu rosto, só então me dou conta de que seus lábios estão contraindo em um esforço tremendo para não rir.

Fico puta da vida, ele está rindo de mim, de novo!

— Ei, pare de rir da minha cara! — Bato em seu abdômen. — Não vê o quanto é difícil falar sobre a minha total falta de experiência sexual, ainda mais quando se tem 22 anos? Isso é, no mínimo, humilhante.

— Eu, hum, não acho nada humilhante.

Henrique não consegue se segurar mais e cai na gargalhada, meu rosto esquenta e não sei se é de raiva ou de vergonha, tento sair dos seus braços, mas ele me segura firme, impedindo a minha escapada dessa situação patética em que me meti.

— Desculpa, não consegui evitar, é que achei você muito... fofa.

O quê? Fecho a cara.

— Fofa? Ninguém nunca me chamou de fofa! Não sei se gosto.

Contraio a testa analisando o sentido da palavra e chego à conclusão de que ela significa o mesmo que: bobinha ou tolinha. Sei lá, mas nenhum pedacinho meu pode ser chamado de fofo. Isso eu sei.

Estou irada e luto para sair dos seus braços.

— Calma, Alex!

Henrique me empurra de costas contra o colchão e segura os meus pulsos, enquanto pesa o seu corpo sobre o meu; um sorriso lento se espalha pelo seu rosto quando ele olha para mim.

— Estraga-prazeres.

— Eu?

— Sim, senhora. — Ele confirma com a cabeça. — Era para a gente estar abraçadinho, falando coisas carinhosas, trocando beijos, mas olha só para nós, estou tentando te segurar para que você não me acerte. E tudo isso, por que essa sua cabecinha maluca acha que não gostei? Pelo amor de Deus.

— Você... — Abro e fecho a boca algumas vezes, tentando formular as palavras. — Eu não sou fofa!

— Tudo bem. — Ele concorda, batendo a cabeça novamente.

— Em nenhum dos aspectos.

— Perfeitamente anotado. — Henrique pisca divertido antes de falar. — Agora, tente não ficar brava e tirar conclusões erradas, ok? Você faz isso por mim? — Ele ergue as sobrancelhas, enquanto aceno com a cabeça.

Agora me sinto um tantinho constrangida com a forma que ele pondera.

Henrique me beija com carinho, apoia os dois polegares em meu queixo, elevando o meu rosto e captura a minha atenção com um olhar paciente.

— Você é linda e tem um corpo incrivelmente sexy, de um jeito que só de lembrar me dá água na boca, estou louco para começar tudo de novo, de novo e de novo. Não quero parar nunca mais. Satisfeita?

Mordo o lábio.

— Não me lembro de nenhuma vez em que fiquei nesse estado, completamente sem energia, com todos os meus membros moles, feito uma gelatina, e isso tudo logo após um orgasmo.

Por favor, alguém me ajude!

— Querida, você tomou para si cada pedaço meu, nada nunca chegou nem perto. Estou arruinado, irremediavelmente arruinado.

Henrique alisa com os dedos a marca dos meus dentes em meu lábio inferior com um brilho intenso, cheio de amor.

— Você fez isso, ninguém mais. E posso te assegurar que não consigo estar mais feliz, porque se isso significar que vou ter muitos outros orgasmos como esse, de girar a cabeça, então estou definitivamente no paraíso e morri para toda e qualquer garota que cruzar na minha frente. Pode crer.

Ele beija a ponta do meu nariz e alisa suavemente a minha bochecha com os polegares.

— Eu te amo e você é perfeita para mim.

O arrependimento bate com tudo e fico me chutando por dentro por ter aprontado uma cena tão ridícula. O que posso fazer? Simplesmente não consigo impedir a reação de autopreservação que o meu cérebro está programado para disparar. Ainda vai levar um tempo para que eu mude o jeito com o qual enfrento as situações que me colocam em algum tipo de risco emocional.

— Desculpa, mas é assim que eu sou, provavelmente vou ser sempre irracional, não posso te prometer que vai ser fácil lidar com esses meus rompantes de insegurança. — Faço uma careta. — Sou complicada e estranha em vários níveis e ninguém precisa aturar as minhas esquisitices, principalmente você, sinto por isso.

Seguro o seu rosto com as duas mãos para que ele escute bem a sinceridade das minhas palavras.

— Lamento de verdade ter quebrado o clima com as minhas loucuras, me perdoe. Você virou o meu mundo de pernas para o ar e, de um jeito tão bom, que custo a acreditar . Isso me assusta pra caramba, porque sou egoísta, não quero abrir mão de você e de todo esse pacote que vem junto; não consigo, não depois de tudo que acabei de sentir.

— Você não precisa abrir mão de nada, eu sou seu e você é, definitivamente, minha e, mesmo tendo de lidar com alguns dos seus momentos pirados, nada vai me afastar de você. — Henrique sacode a cabeça de um lado para o outro. — Acredite, vale muito a pena arriscar o meu pescoço, você não imagina o quanto. — Sua voz vibra com diversão.

— Ah, pare com isso! Se eu quisesse te acertar você estaria estirado nesse chão, mas te poupei das contusões. — Sorrio para ele e a tensão entre nós se desfaz.

— Hum, obrigado por me poupar do seu cruzado de esquerda.

— Eu te amo e não quero ver esse rostinho lindo machucado, então fui legal.

— Repete.

— O quê?

— Diz que me ama.

— Eu te amo, para sempre.

— Gosto da ideia.

— Qual ideia?

— Para sempre.

— É, eu também. — Inclino os lábios, maliciosamente, passando as mãos pelo seu peito. — Agora podemos voltar para aquela coisa de ficar abraçadinhos e fazendo carinhos um no outro? Sabe, estou carente, preciso dessas mãos em cima de mim e alguns beijos também não seriam nada mau.

— Acho que posso fazer isso, mas você tem que ser uma boa menina e fazer alguns carinhos safados para compensar a sua total ausência de romantismo.

— Eu sou romântica! — Meu tom é ultrajado. — E carinhos safados não têm relação alguma com romantismo, nem um pouco.

— Bobagem, tem sim, posso imaginar vários que vão me deixar muito romântico. — Henrique sacode as sobrancelhas para cima e para baixo.

— Pervertido!

— Hum, talvez. Não vou discordar.

Ele olha para baixo, encarando os meus seios sugestivamente e lambe os lábios com um descaramento obsceno.

— Ei, pare com isso!

— Tá bom. Vou fazer o que você quer, mas só porque sou um cara muito incrível.

Eu bufo e reviro os olhos. Henrique sorri satisfeito, rola o corpo e fica de costas, me trazendo junto com ele. Apoio a minha bochecha em seu tórax, enquanto ele alisa os meus cabelos vagarosamente. Ficamos assim por um bom tempo até as minhas pálpebras pesarem e o meu corpo finalmente relaxar. E sim, eu consigo relaxar, mesmo depois de uma noite cheia de emoções insanas.

Sinto a sua respiração lenta e regular, denunciando que ele já está dormindo, mesmo que seus braços ainda me segurem com firmeza. Fecho os olhos suspirando, envolta por toda aquela pele quente e me rendo a um sono pesado, sem sonhos ou pesadelos, só a certeza de que, se eu cair, um belo par de braços vai me segurar e não deixará ninguém me ferir novamente.

Henrique

Abro os olhos e pisco várias vezes, ainda com o cérebro desorientado por causa do sono, levo alguns segundos para perceber onde estou, apenas alguns segundos, porque na primeira inspiração profunda dos meus pulmões, sinto o perfume da minha garota rodeando o quarto. O seu cheiro doce e suave me desperta o suficiente para colocar a cabeça em ordem. Mais alguns segundos e a noite passada vem com tudo na minha mente; a expressão em meu rosto muda, fecho os olhos e, sem mais nem menos, fico relembrando as imagens com uma alegria renovada. Nossa, e que imagens. Um sorriso satisfeito, cheio de triunfo masculino, se forma em meus lábios e tenho a sensação de que não vou conseguir me livrar dele por um bom tempo. Na verdade, nem quero.

É, aconteceu. Não foi um delírio ou um sonho daqueles constrangedores, em que você acorda molhado nas partes do corpo que não deveriam estar e ainda por cima frustrado por não ser real. Não mesmo. Foi real. Me lembro perfeitamente de tudo que fizemos nesta mesma cama e a prova viva está bem aqui, grudada a mim.

Nunca poderia imaginar que, após um início de noite tão fodido, as coisas caminhariam para um final como esse, extraordinário. E, para ser sincero, eu não me importaria de passar por toda aquela merda novamente, se isso fosse necessário para eu ter a minha menina assim, enroscada com pernas e braços pelo meu corpo. Ah, sem dúvida faria tudo de olhos fechados e sem reclamar. Não que eu tivesse gostado de ter presenciado aquele idiota avançando o sinal, de forma alguma; porém, tenho a impressão de que as coisas entre nós avançaram de um jeito irrevogável, em vários sentidos, e as ações desencadeadas depois do que rolou no show foram decisivas para o nosso relacionamento. Nós acertamos os ponteiros no quesito confiança.

Verifico Alex mais uma vez e ela respira suavemente em meu peito, aconchego o seu corpo em meus braços, desfrutando do seu calor e traço carinhos suaves nas costas nuas dela. Então, faço uma busca mental, percorrendo os últimos dias e assimilo o meu atual estado de espírito. Percebo como a vida pode mudar em minutos e, certamente, ontem a minha deu meia-volta, vejo isso com total clareza. Alex fazer parte do meu mundo mudou a minha vida. Não. Ela não só faz parte, ela *é* o meu mundo.

Acaricio seus longos cabelos, até alcançar a base da sua coluna e deixo os meus dedos passearem pela curva suave daquela bunda deliciosa. Fecho os olhos e respiro fundo, nesse instante sou tragado pelas memórias recentes da pele quente e macia de Alex tremendo em minhas mãos, seus gemidos baixos, seu rosto lindo iluminado com o prazer que eu despertei nela. Mantenho os olhos fechados, saboreando as cenas sensuais que passam pela minha cabeça, curtindo cada detalhe e... droga, solto um suspiro agoniado. Não é que outras partes do meu corpo interrompem o meu devaneio e começam a reclamar? Uma parte em especial exige participar dessas lembranças e desperta, com uma empolgação impressionante.

— Sossega, cara.

Falo num sussurro baixo, reforçando o meu pedido mental, já que o sujeito lá embaixo é teimoso pra caramba, mas não adianta nada, porque o meu amigo ergue animado, ansioso por outra rodada.

Com cuidado, desloco o braço de Alex de cima do meu abdômen e escorrego para fora da cama, não quero que ela acorde, só que preciso com urgência de uma ducha fria, então sigo para o banheiro deixando-a aconchegada em meu travesseiro. Antes de fechar a porta, dou uma última espiada em direção à cama e me delicio com a visão de Alex dormindo, com suas pernas bonitas emaranhadas entre os lençóis e cabelos cor de fogo espalhados, contrastando lindamente com a brancura das fronhas.

Balanço a cabeça para dispersar os pensamentos sujos que espocam pela minha mente e fazem uma corrida rápida diretamente para o meu pau. Juro, estou quase desesperado de vontade de voltar para a cama e acordar Alex com beijos, lambidas, mordidas e mais uma variedade de outras coisas pervertidas.

A merda é que tenho que suportar isso, porque não posso ir até lá. Meu olhar recai novamente para a cama e uma explosão de calor surge desafiando a minha decisão. Mas e se eu só... bem, se a gente... só...

— Não, esquece. — Solto um gemido alto.

Porra, esfrego as mãos pelo rosto para bloquear a visão da tentação e me obrigo a arrastar os pés para o banheiro. Que tormento! Se ontem não tivesse sido a sua primeira vez, nada me impediria de satisfazer essa vontade insana que está consumindo o meu juízo, mas tenho que dar um tempo, para que ela se recupere e... esperar.

— Que legal! — Resmungo frustrado, enquanto me direciono para o banheiro.

O dia já está prometendo não ser nada fácil, ainda mais com o meu pau latejando feito louco e não me dando nem uma mísera folga, penso com tristeza e baixo os olhos, furioso com o assunto em questão.

Fecho a porta e faço o possível para esfriar os ânimos embaixo da ducha gelada. Saio poucos minutos depois, com a toalha enrolada nos quadris, e encontro Alex acordada, encostada na cabeceira da cama, digitando algo em seu celular. Ela levanta a cabeça e congela os dedos em cima do teclado, esquecendo completamente o que estava fazendo, enquanto seus olhos devoram o meu corpo. Hum, interessante.

Não estou a fim de deixar esse seu escrutínio descarado passar, sem tirar alguma vantagem e me divertir com a sua carinha envergonhada depois. Solto um riso baixo quando noto a ponta da sua língua lambendo os lábios como se ela estivesse saboreando o que vê. Minha garota é uma safada, isso sim. Não perco a oportunidade, cruzo os braços em meu peito e encosto na soleira da porta, abrindo um sorriso malicioso e adorando o tom rosado das suas bochechas quando ela percebe que foi pega secando o meu corpo.

— Bom dia, linda. — Falo, ainda sorrindo para o seu rosto em brasas.

— Oi, hum, bom dia. — Alex desvia os olhos e encerra a sua conversa no celular. — Eu... estava... era o meu pai, vou falar mais tarde com ele, enviei uma mensagem antes que ele me ligue, como sempre. — Ela acena o celular em uma mão e segura o lençol acima dos seios com a outra.

— Você acordou cedo, vai sair? Hoje é dia de treino? — Alex pergunta, meio encabulada e uma ideia malvada passa pela minha cabeça.

— Não, nenhum treino hoje. Estou livre.

Ando lentamente em direção à cama e noto seus olhos tentando desviar do meu corpo, sem muito sucesso. Alex não tem habilidade alguma com disfarces, o que facilita as coisas para mim, porque consigo decifrar sem muito esforço os seus desejos.

— Hoje sou todo seu. O que quiser. Você escolhe. — Sorrio diabolicamente.

Apoio um joelho na cama e espalmo as mãos na cabeceira ao lado da sua cabeça, ela olha para cima onde o meu rosto está a centímetros do seu.

— Você tem alguma ideia do que quer fazer agora? — Sussurro em seu ouvido. — Porque com certeza eu tenho.

Minha boca desce e encosta nos seus lábios entreabertos, roço bem lentamente a língua numa carícia lenta, desenhando movimentos que adoraria fazer em outras partes do seu corpo, mas que no momento estou só insinuando, instigando e deixando-a sem ar. Ela percebe rapidamente o significado de tudo isso, porque um som gutural vibra em sua garganta e, em seguida, pequenos tremores percorrem o seu corpo.

Rindo, eu afasto só um pouco o rosto e não espero ela formular as palavras, engatando uma resposta rápida.

— Tenho uma suspeita de que você vai me deixar escolher, nesse caso.

— Nesse caso, sim. — Alex responde com uma voz rouca.

— Ótimo porque, para a sua sorte, hoje despertei cheio de ideias. — Lanço um olhar significativo. — Ideias que envolvem muitas atividades físicas, suor, respiração acelerada e, talvez, uma ducha para lavar todo o esforço suado. O que você acha?

— Acho bom... muito bom. — Ela murmura ofegante.

— Então... — Dou um selinho em seus lábios e pulo da cama rapidamente, me afastando dela.

Alex arregala os olhos e eu luto com a vontade de rir diante do seu rosto confuso.

— Já para o banho. — Ordeno com um balançar de cabeça. — Depois que você terminar, me encontre na cozinha, vamos precisar estar bem alimentados para o nosso passeio pela fazenda, a caminhada vai ser longa e o sol promete ser daquele que derrete o cérebro.

Pisco alegremente, debochando da sua cara frustrada.

— Passeio? Mas... você não... — Ela estreita os olhos para mim e começa a entender o meu jogo. — Bem, agora que você tocou no assunto, talvez eu queira mudar os nossos planos, afinal.

Alex levanta um canto da boca antes de continuar com uma voz suave e enganosamente dócil.

— Se me lembro bem, você disse que estou no comando, certo?

— Sim, verdade. — Bato lentamente com a cabeça concordando.

Alex fica de joelhos na beira da cama, ainda com o lençol seguro por uma mão e me alcançando pela nuca com a outra, agarro a sua cintura e me dou conta de que toda a extensão das suas costas está livre do lençol. Um grunhido sai da minha boca, quando ela cola o corpo ao meu, enrolando os braços pelo meu pescoço. Desço as mãos pela sua coluna e descanso-as naquela bunda perfeita e completamente nua.

E pensar que um simples passo para trás e todo aquele fino tecido poderia desaparecer da minha frente, sem falar que esse pequeno movimento ainda renderia um acesso desimpedido ao lugar onde quero estar desde o momento em que despertei. Ah, cacete! Não pense.

Sério, eu não me atrevi a mexer um milímetro sequer, se não estaria perdido e sem a mínima chance de vencer essa tentação ruiva que me lança um olhar atrevido, cheio de promessas mal-intencionadas.

— Olha, vou adorar conhecer a fazenda, mas nesse exato momento não é bem isso o que eu tenho em mente — Alex sorri provocante. — Longe disso.

— Não é?

— Hum hum, não mesmo.

— Engraçado, tive a impressão outro dia de que você estava louca para conhecer a fazenda, será que me enganei? — Finjo não entender.

— Isso foi outro dia, hoje tenho ideias mais interessantes na minha cabeça e acredito fortemente que gastar um tempo nessa cama seja uma opção mil vezes melhor para exercitar o corpo do que sair desse quarto e perambular por aí. Bem, tenho a impressão de que você quer isso tanto quanto eu, hã? — Ela rebate com um ar inocente.

Solto um gemido angustiado, quando Alex arrasta de leve o seu corpo no meu, tripudiando da minha resistência em jogá-la na cama e me afundar de vez naquele calor delicioso.

Garota diabólica, virou o jogo direitinho.

— Não é só uma impressão, pode apostar. — Minha voz sai sofrida.

— Ok, então já que concordamos, vamos deixar pra lá esse passeio e...

— Melhor não.

— Melhor não!? Como assim?

— Alex, desde o primeiro segundo em que abri os olhos e me dei conta de que você estava ao meu lado, entrei em guerra com o meu pau para que ele se comportasse e até agora estou perdendo feio. Não me tente, por piedade.

— Não entendo. Por quê? — Alex contrai a testa, dividida entre ressentimento e incompreensão. — Você não quer... eu pensei que ontem...

— Pare, não imagine coisas que não existem. Tudo o que mais quero é cair nessa cama com você e esquecer de todo o resto, mas — suspiro desconsolado — não podemos fazer isso.

— Não? — Alex me olha como se eu estivesse louco.

— Não. Você está dolorida e eu não vou te machucar, sem chance. — Declaro, com firmeza.

— Acho que conheço o meu corpo o suficiente para te garantir que estou bem, na verdade, muito bem.

O tom irritado da sua voz é a marca registrada da minha garota, qualquer coisa que a faça ser obediente tira Alex do eixo.

— Não adianta nem tentar me convencer, ontem foi a sua primeira vez e tenho absoluta certeza de que vai ser desconfortável para você se a gente transar agora, teremos outras manhãs e vou aproveitá-las fazendo o meu melhor, pode acreditar, mas hoje não. — Bato firme novamente.

Um relance de dúvida passa pelo seu rosto e, na mesma hora, agarro com força a sua cintura, Alex olha para mim com expectativa.

— Ei, pare de pensar besteiras! Já disse, tá difícil pra caramba não fazer todas as coisas que estão passando pela minha cabeça nesse exato instante, mas estou tentando controlar o meu amigo aqui e fazendo o possível para que ele entenda que precisamos cuidar de você. — Alex amolece e um sorriso tímido desenha a sua boca.

— Amo o jeito como você cuida de mim. — Alex se aconchega em meus braços, alisando os pelos curtos da minha nuca.

— Tudo o que faço é por você, daqui por diante a minha prioridade é cuidar do seu bem-estar.

— Hum, acho que posso aprender a conviver com isso.

Alex aproxima a boca da minha e logo estamos nos beijando com uma intensidade que está me matando de desejo. Seguro o seu rosto com as mãos e me afasto, as coisas estão ficando impossíveis para mim rápido demais e eu preciso usar todas as forças que me restam para parar com tudo, antes que minhas nobres intenções evaporem.

— Vamos lá, querida, me ajude a manter o controle, hein? — Olho para baixo e a imagem de uma barraca armada arranca um gemido sofrido da minha garganta. Tenho a sensação de que vou precisar de uma boa dose de paciência hoje.

— Tudo bem, vou tomar um banho. — Alex olha para onde estou mirando e desata a rir.

Dou um tapinha em seu traseiro e ela corre para o banheiro enrolada no lençol, ainda rindo. Visto as roupas, sigo para a cozinha e,, enquanto preparo o nosso café da manhã, tento dispersar os pensamentos que estão fodendo com a minha cabeça. Que inferno, estou quase me acorrentando ao pé da mesa para não correr daqui e entrar embaixo daquela ducha com Alex. Certeza de que eu iria fazer mil coisas diferentes do que só tomar um banho. Nossa, se ia.

Quebro os ovos na frigideira um a um, como se fosse a tarefa mais importante da minha vida; falo isso porque nesse momento eu preciso desesperadamente de alguma coisa para me concentrar, tipo algo simples e inofensivo, como fazer ovos mexidos. Pensar em qualquer coisa que não lembre sexo. Não, não é só sexo. É "o sexo". Aquele tipo em que você perde a cabeça. É esse o nível do sexo que estou louco para fazer com a minha namorada gostosa pra caralho, que está nua a poucos passos do meu alcance nesse maldito instante.

Estraçalho um ovo com os dedos e ele cai dentro da frigideira com casca e tudo. Ah, merda! Isso não está funcionando.

Graças a Deus, Lena entra na cozinha, falando alegremente e começa a me fazer várias perguntas, o que sem dúvida é uma ótima distração para o rumo dos meus pensamentos. Jogo no lixo o conteúdo bagunçado da frigideira e começo tudo de novo. Alguns minutos depois, Alex aparece com os cabelos molhados, vestindo um short e uma blusinha que não chega nem a tapar o seu umbigo. Solto um palavrão baixinho, enquanto me obrigo a prestar atenção na minha tarefa. Finalizo o mexido e pego um prato no armário para despejar os ovos, depois caminho para a mesa, suando frio.

Misericórdia, essa mulher vai acabar comigo!

Alex cumprimenta Lena e se senta ao meu lado, sem se dar conta do efeito destrutivo que exerce sobre a minha recém-descoberta aptidão para santo. Pego o copo com suco de laranja e o viro em grandes goles, tentando aliviar o meu cérebro torturado e rezando para esfriar as coisas mais ao sul.

Devoramos tudo que Lena colocou na mesa e assim ficamos bem preparados para gastarmos várias horas caminhando. Depois que terminamos de comer, pego algumas frutas e os isotônicos que deixei gelando mais cedo. Pensei em garantir um abastecimento de energia, durante o período em que iríamos explorar a fazenda e não passarmos apertado com fome ou sede.

Com tudo verificado e pronto, enfio um boné na cabeça de Alex, outro na minha e partimos para o passeio. Durante toda a manhã, caminhamos pelos recantos mais incríveis da propriedade. Levo Alex para conhecer o pomar, os imensos canteiros com as mais diferentes espécies de flores, os cavalos, as nascentes escondidas em abrigos da mata nativa, que ganham um grande volume quando correm por áreas cobertas por pedras e vegetação rasteira, e pequenos córregos, que rapidamente transformam-se em riachos, cheios de quedas d'água em seu percurso. Aproveitamos esses refúgios frescos para darmos um tempo no calor sufocante; a água gelada que desce pelas cachoeiras não só mata a sede, como também ajuda a refrescar o corpo enquanto percorremos as trilhas.

Paramos por um tempo na margem do lago que fica do outro lado da fazenda, nos sentamos nas pedras para descansar e comer as frutas. Aproveito o momento para contar algumas histórias divertidas de quando vinha nadar aqui, arrancando gargalhadas de Alex. Eu e um bando de garotos que morávamos na região praticamente vivíamos nesse lago, nadando, inventando disputas e pulando dos troncos das árvores, que formam verdadeiros trampolins sobre as águas, era uma aventura e tanto para meninos que corriam atrás de brincadeiras arriscadas. Acho que foi esse lago que me despertou para a paixão que tenho por nadar, sempre venho para esse lugar mergulhar e exercitar os braços, mesmo quando estou sozinho. Me sinto revigorado, após algumas horas nadando nessas águas calmas, cercado por imensas árvores e totalmente isolado do mundo.

Caminhamos por quase quatro horas e Alex em momento algum se mostrou cansada ou entediada, sempre fazendo perguntas sobre uma coisa ou outra, curtindo cada lugar bonito que surgia ao longo do passeio. Sua resistência física é impressionante, tenho que admitir a minha surpresa quando olhei para o relógio e constatei há quanto tempo estávamos fora de casa. Alex, por sua vez, manteve o vigor em alta, cheia de energia. Em seu lugar, qualquer outra garota teria reclamado da longa caminhada, dos mosquitos, do suor melado que colava em nossas roupas, enfim, todas essas coisas que irritam as meninas em geral. Mas Alex está fascinada, seu sorriso imenso alcança os olhos, produzindo um brilho que os deixam mais claros do que nunca. Só isso já é o suficiente para inflar totalmente o meu ego, porque eu consegui fazê-la feliz. Nem de longe Alex lembra aquela menina arredia que conheci há algumas semanas. É impressionante o efeito que essa mudança provoca em mim, basta ela estar bem, para que eu simplesmente me sinta nas nuvens, com direito a sorriso bobo e tudo.

Chegamos em casa supercansados, subo as escadas da frente de mãos dadas com Alex e o meu estômago começa a roncar, vazio e faminto, olho para ela e falo:

— Estou morto de fome, se você quiser tomar um banho antes de almoçar, vai em frente, mas eu não aguento esperar, estou me sentindo tão fraco que está difícil até para lavar as mãos.

Digo isso brincando, mas entro no banheiro, lavo o rosto e as mãos antes de pensar em me sentar à mesa. Alex me segue e faz o mesmo.

— Nossa, também não aguento esperar nem mais um minuto; minha barriga está fazendo uns barulhos bem estranhos desde que entrei na casa e senti o cheiro gostoso da comida da Lena. Caramba, estou faminta.

Lena ficaria uma fera e iria nos chutar para fora da cozinha se não nos apresentássemos pelo menos um pouco limpos. Então, rapidamente, nos livramos da sujeira e a nossa aparência fica imediatamente mais fresca e agradável. Lena olha para as nossas expressões desgastadas e adivinha o motivo, colocando as travessas na mesa, com porções de comida cheirosa e fumegante, que fazem o meu estômago dar cambalhotas e Alex, pelo seu olhar esfomeado, está na mesma linha de pensamento, tão guloso quanto o meu.

Mais uma vez detonamos a comida como se fôssemos uns mortos de fome, Alex tem um apetite considerável, é claro que não se compara ao meu mas, para uma garota, ela é muito boa de garfo. Lena também aprova, porque bate a cabeça satisfeita com o quanto estamos comendo e soltando gemidos de apreciação.

Depois do almoço, Alex segue para o quarto rumo ao chuveiro, estou indo logo atrás, pensando em quanto um banho com ela seria sensacional, mas o meu celular vibra e, quando dou uma espiada, vejo uma ligação do meu pai. Não tem como ignorá-lo, porque sei o que ele quer falar comigo e o velho não vai me deixar em paz, enquanto não resolvermos os problemas das obras primeiro. Bufo desanimado e atendo a ligação.

Após 40 minutos conversando com o meu pai, entro no quarto e encontro Alex apagada na cama; não é para menos, também estou acabado, mas não vou me render ao cansaço, tenho algo que preciso fazer e não dá mais para esperar. Tem que ser agora.

Entro no chuveiro lavando todo o suor acumulado, visto uma roupa, apressadamente, e vou atrás do que deveria ter feito ontem, mas fui impedido, só que hoje ninguém vai conseguir me segurar.

Aproveito que Alex está dormindo profundamente para dar essa necessária escapada, deixo um bilhete avisando que voltarei em breve e saio com o meu carro direto para uma determinada casa, onde mora um baixista idiota que precisa saber que não vou tolerar outro movimento de merda para cima da minha garota.

Paro o carro em frente à casa de Dante e vejo os carros na garagem, o que é um bom indicador, porque tenho certeza de que vou encontrar o desgraçado em casa. Por outro lado, os seus amigos também estão e podem tentar impedir que eu dê o recado. Que tentem. Mesmo que eu precise arrebentar com todos eles ou sair daqui arrebentado, Dante vai pagar caro pelo que fez com Alex e estou mais do que disposto a ensinar uma lição esclarecedora para aquele roqueiro metido à besta.

O portão está destrancado, entro pela varanda e bato na porta algumas vezes, aguardando impaciente alguém atender. Para minha sorte, e azar dele, é exatamente o filho da puta que aparece bem na minha frente, com uma cara horrível, de quem está sofrendo provavelmente uma ressaca monstra. Pior para ele, porque de modo algum, essa cara fodida vai aliviar a raiva que corre pelo meu sangue, pelo contrário, meu ódio por ele reacende com força total. Dante pisca algumas vezes para focar no meu rosto e faz uma careta infeliz antes de começar a falar.

— Imaginei que você viria aqui, eu...

Não deixo Dante continuar, meu punho o acerta forte no queixo, sua cabeça é arremessada para trás e ele perde o equilíbrio cambaleando por cima da mesa de centro, derrubando as várias latinhas vazias de cerveja no chão e seu corpo aterrissa em uma posição estranha no sofá. Ele geme de dor, enquanto sua mão esfrega o queixo, Dante sacode a cabeça para despertar do impacto e verificar o que o atingiu. No mesmo instante, os caras aparecem na sala e ficam olhando para nós dois, receosos de que uma briga feia esteja prestes a acontecer. Hector para na minha frente, levantando as mãos, tentando bloquear um novo golpe, Nando cruza os braços no peito e faz uma cara acusatória para o amigo sentado no sofá.

— Ei, Rico, fica frio, o cara mandou mal, mas tá arrependido! — Hector fala, tentando apaziguar os ânimos.

— Muito mal, mas ele não vai ser otário de fazer aquela merda novamente. — Rosno, sem desviar o meu olhar furioso em cima de Dante.

— Segura a onda, mano, vamos tentar resolver as coisas sem precisar quebrar a mobília. — Hector olha para Dante e torce a boca. — Ele foi um idiota do caralho e já ouviu um monte da gente, mas pega leve, tá legal?

Hector volta o rosto para mim com a testa franzida, claramente irritado com a situação que o amigo aprontou, suspirando exasperado e apertando a nuca enquanto troca um olhar aborrecido com Nando. Os dois estão putos.

— Não estou a fim de ouvir nada que venha desse babaca, eu deveria ter feito isso ontem, quando ele agarrou a minha garota. — Falo bruscamente.

A lembrança das mãos daquele imbecil em cima de Alex trouxe à tona toda a raiva adormecida e, quando volto a falar, minha voz soa áspera.

— Fique longe de Alex. Vou rachar você ao meio se ousar respirar o mesmo ar que ela. Estou te avisando e espero que dessa vez as suas orelhas estúpidas capturem corretamente o recado.

Dante solta o ar desanimado, ciente de que tinha ferrado as coisas.

— Sinto muito, cara, aquilo foi uma idiotice minha, Alex não merecia passar por isso e — ele acena para mim —, nem você.

Dante está com a cabeça baixa, olhando para os pés descalços, sua postura derrotada não deixa passar em branco toda a culpa que deve estar martelando a sua cabeça. Bom, não estou aqui para ficar comovido com o seu arrependimento, quero que todos nessa sala entendam as coisas de uma vez por todas e tratem Alex com respeito.

— Para deixar bem claro em que pé estamos — olho ao redor em cada rosto que me encara com uma atenção ressabiada —, Alex é a minha garota, minha namorada e se qualquer um se engraçar novamente com ela, não importa o lugar, nem mesmo se Alex vai ficar brava comigo, eu vou explodir a cabeça do imbecil que tentar.

Lanço um olhar afiado, como uma ameaça real, antes de continuar.

— Isso não é só um aviso, é uma promessa. Entendido?

Um silêncio brutal cai no cômodo pequeno e Dante abaixa a cabeça concordando, mas Hector e Nando se aproximam de mim com expressões contrariadas.

— Dante é um babaca sem noção, mas não enfia a gente nesse mesmo saco, Rico. — Nando rebate ofendido.

— É claro que não. — Hector confirma e desvia do meu olhar, encarando com desgosto o amigo jogado no sofá.

Nando puxa o ar ruidosamente, tentando controlar os nervos. Não o culpo.

— Ouça bem, Rico, Alex é a nossa parceira de banda e o que rola entre a gente — ele gira o dedo ao redor —, é só amizade.

— Isso soa como uma meia verdade depois de ontem, cara. — Rebato seco.

— É a verdade, porra!

Nando explode, em seguida toma um novo fôlego para continuar.

— Alex é uma garota incrível e nunca deu a menor abertura para qualquer um de nós ultrapassarmos os limites. — Ele encara Dante, crispando o rosto. — Não nos compare a esse cretino; eu e Hector nunca nem tentamos avançar o sinal com ela, isso seria, no mínimo, uma puta sacanagem.

— É isso aí, Nando falou tudo. — Hector confirma, batendo vigorosamente a cabeça. — Alex é a garota da banda e nós não vamos aprontar com ela, de jeito nenhum. — Em seguida, ele corta o ar com uma mão, irritado.

— Ótimo, acho que vocês sacaram o que esse idiota se recusa a ver. — Aponto o queixo com desdém para Dante.

Dante levanta a cabeça e me encara com a boca aberta, cheio de indignação, sua expressão ultrajada é uma piada. Palhaço.

— Porra! Quantas vezes preciso dizer que isso não vai mais acontecer? Estou arrependido pra caramba, quero consertar as coisas com Alex. Não é como se eu não estivesse tentando, caralho! — Ele esfrega o rosto amassado com as mãos.

Nando solta um grunhido impaciente e se senta enfurecido em um banquinho.

— Olha, é sério, estou atrás dela para me desculpar, mas Alex não responde as minhas mensagens, fui até o seu apartamento ontem, não tinha ninguém lá, o porteiro disse que ela chegou e saiu logo em seguida, eu não sei mais o que fazer e... — Dante para de falar alertado pelo chiado baixo que solto.

Uma onda quente atravessa o meu corpo, quero esganar esse panaca, meus punhos fecham instantaneamente e dou um passo à frente.

— Mas que merda é essa? Eu não te falei que é para você ficar longe da Alex? Qual parte você ainda não entendeu?

Minha voz sai soprada entre os dentes e avanço em direção ao sofá, mas Hector segura os meus ombros me impedindo de esmurrar a criatura desprezível, que olha emburrada para mim.

Dante fica em pé e se aproxima corajosamente.

— Caralho, Rico, eu só quero pedir desculpas pra menina! Pode crer.

— Você não merece esse crédito.

— De verdade, não vou mais dar em cima dela. Eu juro.

Ele inspira devagar, tentando novamente organizar as palavras e volta cautelosamente o olhar para mim, verificando os meus punhos baixos e só então continua a falar.

— Tá bom, não vou ficar aqui mentindo e dizendo que não estava interessado, porque eu estava, e bastante. Mas mudei de ideia.

Dante afirma essa porcaria com a cara mais deslavada do mundo e ainda ouço os resmungos dos caras, antes de avançar um passo e ficar à centímetros do infeliz.

— Será que eu posso saber o motivo para você ter "mudado de ideia"? — Abro um sorriso cruel. — Ou você simplesmente desistiu porque Alex te botou pra correr, hã?

— Ela me enquadrou sim, mas não é só isso, eu reconheci que enfiei os pés pelas mãos e fiz tudo errado. — Dante corre os dedos pelo cabelo sujo.

— Tá na cara, idiota. — Falo cheio de sarcasmo.

— Olha, em minha defesa, Alex não é o tipo de garota que você fica indiferente numa boa, tá legal? — Dante nega com a cabeça. — De forma alguma. Ela é linda e quando canta fica estonteante, de parar o trânsito.

— Jesus! Cala a boca, cara. — Nando fala com os dentes cerrados.

— O quê? Só estou explicando as coisas! — Dante rebate o amigo.

— Certo, vai em frente. — Aceno impaciente.

— Então, tentei ganhar a garota jogando algumas cantadas, mas ela nunca me levou a sério, se esquivava e não dava a mínima. Bem, isso me incomodou, fiquei encabulado com o seu jeito desinteressado, sem nem olhar duas vezes para qualquer um de nós. — Ele ri. — Nenhuma menina bonita me recusou antes e a verdade é que me senti muito tentado com esse desafio. É isso. — Dante ergue os ombros mostrando algum desconforto.

Eu rosno para ele, não aguentando mais ouvir essa ladainha egocêntrica.

— Tá, eu sei, eu sei... fui um babaca. — Dante admite contraindo o rosto.

Ergo as sobrancelhas questionando o tempo verbal. Para mim ele é um babaca, sem discussão.

— Ah, qual é? Pare de me olhar desse jeito, já estou culpando a minha idiotice o suficiente e não preciso dessa merda pra cima de mim.

Aceno com a mão de má vontade.

— Bom, cheguei ao show com a ideia fixa de provar que Alex não era tão imune a mim, eu tinha certeza de que ela iria ter alguma reação às minhas investidas, então planejei aquele beijo, mas depois de tudo feito e como ela reagiu, me senti... péssimo, um tremendo otário. Alex tem todos os motivos do mundo para não querer falar comigo nunca mais. — Ele faz uma careta triste. — Mas, sinceramente, espero que ela me perdoe e que a gente volte a se entender. É claro que como amigos, não quero provocar mais nenhuma briga com ela, eu juro.

Dante parece querer mesmo isso, mas o que ele acabou de falar é muito egoísta e fico impressionado ao ouvir as suas intenções de forma tão crua. Sei que existem caras que pensam em uma garota só pelo prazer de uma conquista fácil, como um troféu, mais um risquinho em sua longa lista. Eu não sou cego, tenho amigos que fazem isso o tempo todo e que ficam cheios de si, contando vantagens quando pegam as garotas, só que quando a coisa toda envolve Alex, eu perco o rumo e fico puto da vida.

— Ouvir você confessar que agarrou Alex por causa do seu ego ferido, porque queria provar que nenhuma garota te diz não, é fodido demais. — Solto uma risada amarga. — Até mesmo para um tipo de sujeito como você, que está acostumado com todas as garotas babando em seus pés e não liga à mínima. — Bufo. — Cara, isso que você acabou de falar me enoja em um nível tão alto, que fico louco de vontade de quebrar essa sua cara bonitinha.

Eu estou fazendo o máximo para me controlar, mas o meu corpo é uma massa trêmula de raiva. Deus me ajude, mas estou quase enfiando outro soco nesse imbecil.

— Conta outra, Rico. Até parece que você se importa tanto com isso! Seu melhor amigo é o maior pegador que essa universidade já viu, ele pensa e age exatamente como eu, não adianta nem negar, você vê Marcos fazer isso como um hobby e não fica pagando geral para ele, duvido. — Dante cospe as palavras numa tentativa de aliviar o seu lado.

— Ele pega todas mesmo, não sou hipócrita de achar que Marcos trata as garotas melhor do que você, só que ele tem um ponto ao seu favor. O cara fica de boa quando é recusado e não se mete com garotas comprometidas. Você sabia que Alex não estava a fim, eu fui bem claro sobre o nosso relacionamento e, mesmo assim, partiu pra cima dela, nem considerou refrear essa sua vaidade estúpida, que te levou a tentar algo que está totalmente fora dos seus limites. — Minha voz soa ameaçadora e carrego um olhar de advertência.

Minha ira é desviada quando Hector exala o ar com força e se volta para Dante com uma expressão estarrecida no rosto. O homem está balançando a cabeça de um lado para o outro, incomodado com tudo que Dante acabou de falar. Não é para menos.

— Sério, cara? Você pensou em Alex como a porra de um desafio? Não estou acreditando que você se acha tão foda. — Hector olha para Dante, sem esconder a sua decepção.

— Bem-vindo ao time. — Nando suspira desgostoso.

— Cacete, pior é que agora estou me sentindo o maior otário do planeta, por estar te defendendo. — Hector declara horrorizado.

— Não esquenta, Hector, o otário dessa história é ele! — Nando aponta.

— Cara, se David ficar sabendo o que rolou nessa sua mente distorcida, ele vai te esfolar vivo e, francamente, você está merecendo sofrer as consequências por esse seu plano maluco. Onde você estava com a cabeça? Alex não é uma dessas garotas de beira de palco, ela está acima dessa merda toda, cara. — Hector grita exaltado.

— Alex não é mais responsabilidade de David.

Falo alto, interrompendo Hector e todos olham para mim.

— Já disse, ela é a minha garota. David é o seu melhor amigo e respeito o vínculo que existe entre eles, mas de forma alguma ele vai lutar por Alex; eu vou protegê-la e afastar qualquer idiota que avançar a faixa. — Meu olhar varre por todos eles como uma advertência silenciosa.

— Rico, pode ficar tranquilo com relação a qualquer um de nós, porque se Dante der uma pisada de bola novamente, eu mesmo lanço as minhas baquetas na cabeça desse palerma, ele não vai saber nem o que o atingiu, e vai ficar vendo passarinhos coloridos girando em sua cabeça por um bom tempo, pode acreditar.

Hector tem um sorriso sacana no rosto e eu não duvido que vá realmente fazer isso.

— Babaca! — Dante murmura para Hector, enquanto pressiona as têmporas doloridas da ressaca.

— Até parece! Você não está com moral nenhuma para chamar ninguém aqui de babaca. — Nando rebate e volta o rosto sério para mim. — Hector tem razão, Rico, nem por um segundo iremos desrespeitar Alex, ela é muito importante para a banda e, além disso, gostamos demais daquela garota, vamos continuar tratando-a como parceira e com toda a consideração que merece. Pode ficar tranquilo com relação a essa questão, está resolvida.

Antes de continuar, Nando repreende Dante; quando este ameaça falar, ele comprime os lábios em uma linha dura e fecha a cara para o amigo.

— Aquilo que rolou ontem não vai mais acontecer, sabemos que você está com ela e ninguém vai ultrapassar os limites, eu garanto. — Nando lança um olhar afiado para o amigo, que responde com um xingamento resmungado.

— Certo, acho que já dei o meu recado, então vou nessa. — Falo e caminho em direção à porta.

— E Alex? — Dante pergunta um pouco vacilante.

— O que tem ela? — Minha voz soa áspera quando me viro para Dante.

— Ela está com você? Digo, você sabe para onde Alex foi ontem e se está tudo bem?

— Sei onde ela está. — Respondo secamente.

— Bom, é que depois do show todos nós tentamos falar com ela, inclusive David, Alex não respondeu a nenhuma de nossas mensagens, estamos preocupados. — Dante fala baixo, sentindo o peso das suas ações.

— Ela está comigo, na fazenda, — solto o ar e passo uma mão pelo cabelo — eu fui para lá ontem e Alex chegou um pouco depois.

Não preciso fornecer os detalhes de como tudo aconteceu, mas os caras estavam me encarando ansiosos e eu devia pelo menos isso a eles.

— Ok, vou mandar outra mensagem, — Dante levanta os ombros — preciso realmente me desculpar.

Olho para ele e assinto, mas não falo nada e vou embora.

Sigo de volta para a fazenda e certamente vou encontrar Alex, no mínimo, curiosa a respeito da minha escapulida. É claro que ela não vai gostar muito da ideia de eu ter ido confrontar Dante, mas não estou nem um pouco arrependido, ainda que Alex fique chateada comigo. Estou cem por cento certo de que esse foi o movimento que definitivamente enquadrou aquele cretino, ele nunca mais vai sequer olhar de um jeito errado para a minha garota. Balanço a cabeça e começo a rir sozinho, lembrando as broncas dos caras para cima de Dante. Se o meu soco não ajustou a sua cabeça no lugar, tenho certeza de que os seus amigos vão reforçar a ideia.

Sem perder tempo, subo as escadas e entro em casa, vasculhando o lugar à procura de Alex. Escuto um barulho na sala de TV, vou até lá e encontro a minha menina concentrada em frente à tela do computador, digitando algo e consultando um livro aberto em cima do sofá. Não deixo de notar que o celular está ao seu lado, ela viu as mensagens e já sabe por onde andei.

Dou alguns passos e Alex levanta o olhar para mim. Sua atenção está toda em meu rosto, como se ela tentasse ler a minha expressão, confirmando o que já sabe. Inspiro profundamente, me sentando ao seu lado e seguro as suas mãos. Não vou mentir para ela, não importa o que eu faça, nunca vou mentir para Alex; encaro o seu rosto, aguardando a enxurrada de perguntas que estão se formando em sua mente, seus olhos questionadores não conseguem esconder a sua inquietação.

— Por que você foi lá? — Sua voz é surpreendentemente calma.

— Eu precisava ir. — Suspiro alto e olho para frente.

— Achei que havíamos superado aquela porcaria.

— O que ele fez não podia passar batido, Dante não me escutou quando avisei, eu tinha que cumprir o que prometi, caso ele tocasse em você, e afastá-lo de uma vez por todas do meu caminho. — Dou de ombros.

— Você sabe que posso me defender, eu sempre cuidei de mim mesma.

— Eu sei, mas agora eu quero cuidar de você. — Afirmo olhando em seus olhos.

Alex segura o meu rosto com um pequeno sorriso dançando em seus lábios.

— Eu te amo por isso, sabia?

— Estou contando com isso. — Beijo de leve a sua boca. — Amo você e vou te proteger com a minha vida se alguém te machucar. — Minhas palavras fortes não deixam dúvidas para a extensão dos meus sentimentos.

Alex inclina o rosto e me beija com doçura, aperto as mãos em sua cintura fina e ergo o seu corpo depositando-o em meu colo; ela imediatamente passa os braços pelo meu pescoço e cola os seios macios em meu tórax, arrancando um gemido da minha garganta. Nem acredito que Alex reagiu dessa forma, após o meu encontro com Dante. Achei que ela estaria bufando de raiva, mas talvez Alex tenha entendido os meus motivos e o ódio mortal que sinto, ao ver outro cara tentando pegar a minha namorada.

— Não estou reclamando, — falo após soltar os seus lábios — mas esperava te encontrar zangada comigo. — Abro um sorriso torto, aquele que eu sei que desarma a minha garota.

Alex suaviza o olhar e balança a cabeça de leve.

— Na verdade, eu fiquei não só zangada, mas furiosa. Estava pronta para discutir com você, porque sou mais do que capaz de resolver esse problema com Dante, sem que ninguém coloque o dedo. — Ela faz uma pausa e me informa séria. — Meu cruzado de esquerda é matador, viu? — Alex ergue as sobrancelhas, analisando o meu rosto com uma expressão zombeteira.

— Imagino. — Bato a cabeça, concordando e escondendo um sorriso.

— Ainda assim, mesmo não concordando, tive um tempo para pensar antes de você chegar e me esforcei para avaliar todos os ângulos. E sabe qual foi a minha conclusão? Que se eu fosse você, teria feito muito pior, porque não suportaria ver uma garota te agarrando na minha frente, não mesmo.

— Então você está bem com a lição que dei em seu parceiro de banda. Bom saber. — Roço os dedos pela sua cintura para distrair a minha vontade de rir.

— Dante mereceu o soco, mas não quero que você se envolva em brigas por minha causa, principalmente com os caras da banda. — Alex acena um dedo em frente ao meu rosto. — Não posso permitir que você esmurre qualquer um que me olhe de um jeito diferente, da mesma forma que vou me controlar, se uma garota der em cima de você. Vamos ter de estabelecer um acordo sobre esse ponto.

— Ah, sim, com certeza! Quais serão os benefícios? — Uma ideia acende em minha cabeça como uma lâmpada.

— Benefícios? — Alex me estuda, desconfiada.

— Nós não estamos falando em um acordo? Os benefícios vão ajudar a manter o acordo. — Explico, sem deixar de soar desinteressado.

— Não tem benefícios! É só você não socar mais ninguém e eu também não irei dar um murro na cara de nenhuma vadia, esse é o acordo. — Alex franze a testa querendo entender aonde quero chegar.

— Quero garantir a minha recompensa. — Afirmo com o rosto sério, mas tenho a impressão de que os meus olhos estão denunciando o meu blefe.

— Recompensa? Do que estamos falando, afinal? — Seu rosto é uma mistura de curiosidade e desconfiança.

Giro o meu corpo e deito Alex de costas no sofá, me aconchego no meio das suas pernas, pressionando o meu tronco em seu corpo macio, passo os polegares pela sua mandíbula, mantendo o seu rosto alinhado ao meu.

— É o seguinte: se algum otário se engraçar com você, vou ter que segurar a minha vontade de arrancar a cabeça do cara, então… — abro um sorriso malicioso — quero algo em troca.

— Você está tentando barganhar favores? Estou chocada! — Alex fica boquiaberta, forçando uma expressão indignada.

— Pois não fique, o que eu quero você também quer, portanto, vamos ficar bem com o que pretendo ganhar, se eu conseguir controlar os meus punhos, obviamente. — Falo, animado.

— E o que seria? Estou começando a ficar interessada nessa nossa negociação. — Ela acena com a mão para que eu continue.

— Muito simples. — Dou uma piscadinha. — Estive pensando em como poderemos nos encontrar durante a semana, você tem uma agenda lotada, eu também não sou um cara à toa, mas não quero ficar sem isso — remexo os quadris sugerindo as minhas intenções —, ter você somente nos fins de semana está completamente fora de questão.

— Hum, sério? E como você quer que isso funcione. — Um brilho divertido passeia em seus olhos.

— Pelo menos duas vezes durante a semana iremos nos encontrar, sei lá, revezar entre o meu apartamento e o seu, você escolhe os dias, mas não vou abrir mão de dormir abraçadinho com a minha namorada. — Afirmo.

Meu tom é bem-humorado, mas estou levando a proposta totalmente a sério, quero encontrar com Alex durante a semana e não encontros rápidos na cantina ou conversas pelo celular. Na verdade, eu gostaria de dormir com ela todos os dias, mas sei que isso é impossível, então duas vezes na semana vai ter de servir, por ora.

— A gente mal se encontra durante a loucura da semana, como é que vamos fazer isso dar certo?

Alex soa descrente, percebendo que a nossa falta de tempo é um obstáculo duro de vencer, mas não é uma coisa do outro mundo, vamos ter de dar um jeito. Vou achar uma forma de ajustar essa complicação. Ah, se vou.

— Passo no ginásio após o seu treino ou você me encontra no parque aquático, e de lá vamos para casa. — Sugiro.

Começo a analisar opções e, mesmo que eu tenha de passar a maior parte do tempo estudando ou que ela tenha que se dedicar a sua tese, o que vai valer mesmo é estarmos juntos.

— E os ensaios com a banda? Eles acontecem à noite, são longos e quando acabam estou completamente esgotada. Sinceramente, acho que vou ser uma péssima namorada, após a minha maratona de ensaios, vai por mim, você vai se sentir abandonado. — Alex faz uma cara tristonha.

— Mas você não ensaia todos os dias, a gente se encontra nos dias em que a sua noite estiver mais folgada. — Solto o ar impaciente. — Escute, não importa o dia ou até mesmo quantas vezes, só quero ficar mais tempo com você, aqueles míseros encontros no *campus* não são o suficiente, mesmo com toda a carga de estudos e trabalho, podemos dar um jeito, só teremos de ajustar melhor os nossos horários.

— Ajustar horários? Sei. — Alex me olha de esguelha. — Agora estou entendendo esse seu papo sobre benefícios e recompensa. Você é um manipulador, Henrique.

Balanço a cabeça negando.

— Sou esperto e muito inteligente. Manipulação não faz parte das minhas inúmeras qualidades.

— Cara, você é muito convencido, isso sim!

— Estamos fazendo um acordo justo, nem vem. — Sorrio. — Vou ser um namorado exemplar e em troca ganhar carinhos extras.

Alex revira os olhos e os meus lábios atacam os dela, ouço o seu gritinho de protesto quando mordo de leve aquela boca deliciosa.

— Qual é, linda? Vou me sacrificar pra cacete, tendo que engolir o meu ciúme. Você poderia fazer esse pequeno esforço para compensar a dor na bunda que vai ser assistir os caras secando a minha namorada e eu ficar fazendo cara de paisagem. — Peso um pouco mais a apelação, fazendo um bico zangado.

— Ah, coitadinho! — Ela debocha e não cai nessa. — E a minha parte no acordo? A minha recompensa? Ou você acha que vai ser fácil ver aquela biscate da Ingrid se esforçando para te pegar?

Alex dispara as perguntas, com uma expressão contrariada e a sua irritação só aumenta, quando toca no nome da garota que ela pensa ser uma ameaça. Como se Ingrid importasse para mim, nunca.

— Ela não vai nem tentar, não vou deixar, relaxa. — Ergo os ombros em descaso. — Já disse, dispensei essa aí faz tempo, ela é passado, lembra?

— Não tenho tanta certeza, ela não parece ser uma garota que desiste fácil. — Alex enruga os lábios, pensativa.

Não quero falar de Ingrid e retomo o assunto para não perder o foco.

— Ok, esqueça a Ingrid, diga o que você quer, tenho uma forte intuição de que vou gostar de atender aos seus pedidos. — Meus olhos observam o seu rosto e percebo o impasse se formando e refreando a sua língua rápida.

Ela não responde de imediato, seu rosto começa a ficar vermelho e Alex aperta os dentes no lábio inferior, nervosamente. Santo Cristo! Estou ficando excitado só de imaginar o que ela quer e o meu cérebro atira para todos os lados, pensando em mil possibilidades eróticas que poderiam sair daquela boca sexy.

— Eu.. é que... sabe, acho que você poderia...

Alex faz uma pausa hesitante e contrai o rosto, rendendo-se ao que a está impedindo de prosseguir.

— Merda! Quer saber? Deixa pra lá, não quero nenhuma recompensa, vou me segurar e pronto.

Seu rosto está mais vermelho que um tomate e fico bastante animado com a ideia de Alex estar querendo fazer algum tipo de sacanagem.

— Ah, não! Sem chance de você me deixar no vácuo, vou arrancar o que você quer de recompensa nem que seja sob tortura. Vamos lá, Alex, não me deixa nessa curiosidade, mal posso esperar para saber o que essa sua cabecinha criativa bolou em relação aos benefícios do nosso acordo. — Acaricio as suas bochechas vermelhas, incentivando-a a falar.

— Eu... quero que você me ensine a nadar. — Alex fala tão baixinho que mal ouço as suas palavras, mas escuto, perfeitamente, e não era o pedido que estava imaginando.

— O quê?

— Eu não sei nadar... direito, nado muito mal, fico tensa quando estou cercada por água, então pensei que você seria um bom professor, uma pessoa em quem confio e teria paciência comigo, assim, talvez, se eu me esforçar e...

Alex interrompe o que estava falando e faz uma cara feia quando percebe que estou rindo, e alto. Confesso que se tivessem me dado mil opções, nunca teria sonhado que esse seria o seu pedido, mas a ideia de ensinar Alex a nadar é sensacional. É claro que ela acredita que estou debochando e me olha soltando farpas assassinas. Ah, mulher, você é impagável.

— Eu sabia que não deveria ter falado nada, você está se divertindo. Como pude ser tão idiota em pensar que você entenderia, levaria a sério, mas não, olha só isso, tá rindo da minha cara! Esquece, tá legal? — Alex bufa e remexe o corpo, tentando me empurrar.

— Não, Alex. — Nego com a cabeça. — Isso é maravilhoso, surpreendente mesmo, tenho que admitir que nem de longe esse seu desejo passou pela minha cabeça, mas pode acreditar, a motivação aumentou consideravelmente depois do que você acabou de pedir.

— Por quê? — Ela pergunta, desconfiada.

— Porque sou um cara de muita sorte, basta dizer que vou ter a chance de te ensinar uma coisa que você ainda não sabe e vai aprender comigo, algo que você não deixou ninguém mais ter acesso, só eu.

Mantenho o seu rosto entre as mãos, encarando os olhos verdes mais lindos do mundo e a sua expressão vai aos poucos suavizando.

— E isso vai ser incrivelmente prazeroso, não vejo a hora de começar essas aulas, tenho a sensação de que vão ser inesquecíveis.

Eu não consigo disfarçar o meu entusiasmo com essa proposta inusitada.

— Jura? — Alex ainda me olha, com uma dose de incerteza.

— Juro. Não irei perder de jeito nenhum a oportunidade de cumprir a minha parte no acordo e, vai por mim, vou odiar cada olhar torto que os caras vão lançar para você, mas vou controlar o meu desejo de acabar com todos eles, porque te amo e te quero demais. — Beijo a sua boca profundamente, enroscando as nossas línguas avidamente.

Alex afasta a sua boca da minha, ainda arfando, sem fôlego, após o nosso beijo intenso e me encara com os olhos cerrados.

— Você consegue arrancar os meus segredos mais vergonhosos, isso é constrangedor, mas sei que não vale a pena ficar me torturando por causa desse seu talento. — Ela dá de ombros.

— É verdade, eu sou o máximo mesmo.

— Idiota! — Alex soca o meu braço. — Vou dar um jeito de passar algumas noites com você, não prometo que serão muitas, mas tantas quantas forem possíveis e todas serão suas. — Ela agarra o meu pescoço, puxando a minha cabeça para um beijo rápido. — Henrique… — Sua voz sensual faz os meus olhos abrirem.

— O quê, linda?

— Amo você.

Não consigo tirar os olhos dela, acaricio o seu rosto com os dedos, deslizando-os pelos seus contornos perfeitos, minha mente parece flutuar, imaginando o nosso futuro, é tudo tão certo, nunca me senti mais completo na vida, e isso é incrível.

Respiro fundo e, antes de tomar a sua boca novamente, sussurro de volta:

— Eu também te amo.

ALEX

— Hoje vai ser um dia daqueles. — Resmungo alto, sem um pingo de ânimo.

Finalmente, o show que a nossa banda foi contratada para fazer em homenagem aos visitantes ingleses vai acontecer, dentro de poucas horas. Não estou morrendo de amores por isso, nem um pouco, e a minha vontade de subir naquele palco bateu a marca do zero, quando arrastei o meu corpo insone para fora da cama, louca para jogar tudo para o alto e desaparecer.

Droga. Estou uma pilha de nervos a semana toda e, hoje, o meu corpo está mais tenso que as cordas de um ringue, mal dormi. Quando amanheceu, levantei e resolvi dar uma corrida para tentar acalmar os meus pensamentos errantes. Não funcionou, minha ansiedade continua no topo.

Depois de duas horas de uma corrida pra lá de puxada, subo as escadas do apartamento, tentando esgotar um pouco mais dessa energia pesada; o porteiro ficou olhando esquisito quando me viu abrindo a porta que dá acesso às escadas de serviço. Também não é para menos, estou com as roupas encharcadas de suor e a respiração ofegante, portanto, subir sete lances de escada quando o elevador está parado e disponível é dar, no mínimo, um atestado de maluca. Quer saber? Dane-se, não estou nem aí.

Durante a semana, dei uma de maluca em vários graus, tanto, que eu poderia facilmente ser amarrada em uma camisa de força por qualquer um dos meus amigos, e por justa causa. À medida que o tempo estava rapidamente diminuindo e o show aproximando, a confiança de que estaria preparada para enfrentar esse ponto travado da minha vida vem despencando com uma velocidade assustadora. Fiz tantas coisas insanas durante esses últimos dias, que me odeio só de lembrar, algumas vezes eu não suportava nem ouvir a minha própria voz.

Infelizmente, quem teve que aturar o meu humor instável foi Henrique, e o mais vergonhoso de tudo isso é que ele foi o mais paciente, carinhoso e gentil dos namorados, mesmo quando tudo o que eu merecia era ser chutada para bem longe e esquecida, junto com as minhas inacreditáveis sandices. Mas nem assim, ele sequer tentou.

Entro no apartamento e vou direto para a cozinha, onde encontro Henrique em pé, batendo alguma coisa no liquidificador. Fico surpresa de encontrá-lo acordado, ainda é muito cedo, estava certa de que ele estaria dormindo e não perceberia a minha ausência. Interiormente eu gemi, não sei nem por onde começar a explicar o porquê de ter simplesmente desaparecido de casa.

Ando pela cozinha em silêncio e pego uma garrafa de água na geladeira, Henrique finge que não existo e fixa o olhar no copo do liquidificador, sem virar o rosto para mim. É evidente que está chateado, saí da cama sem nem avisar para onde iria, ele estava dormindo pesado e depois da noite mal dormida que passou comigo, achei melhor escorregar para fora do quarto sem fazer barulho. Me sinto uma merda por deixá-lo pensar que estou fugindo dele, por outro lado, não quero sobrecarregá-lo ainda mais com os meus problemas. Tenho consciência de que a minha intenção foi boa, mas tudo o que fiz antes, não mesmo, e agora estou em uma situação delicada.

Bem, eu estaria mentido se dissesse que busquei me isolar do mundo nesses últimos dias, só porque não tenho a intenção de aborrecer as pessoas com as minhas paranoias. Não sou tão altruísta a esse ponto. A verdade é que esse comportamento é meio que um hábito que estabeleço, quando estou prestes a enfrentar algo que esbarra no meu passado. Não que, de fato, essa seja uma boa desculpa, mas assumo que é como um instinto de sobrevivência, uma barreira para não me machucar, apenas isso.

Encosto o quadril na bancada ao seu lado e exalo o ar que está preso em meus pulmões, esperando a sua reação à minha escapada silenciosa.

— Oi. — Falo um pouco mais alto, acima do barulho do liquidificador.

Ele não responde, desliga o aparelho, despeja o conteúdo em um copo alto e depois segue para a mesa, jogando o corpo pesadamente em uma cadeira. Henrique bebe lentamente a sua vitamina, sem se importar de olhar para mim ou responder ao meu cumprimento. Também me sento e seguro uma de suas mãos, tomando a iniciativa de romper aquele momento estranho. Sei que mereço toda a sua indiferença, mas não vou suportar esse clima distante por muito tempo. Preciso ter a certeza de que está tudo bem entre a gente, para passar por essa noite, caso contrário, vou me perder de vez.

— Desculpe, por não ter te avisado para onde iria, mas você estava dormindo tão bem e a noite passada foi complicada, te deixei bastante tempo acordado e, infelizmente, não por um bom motivo, é claro.

Dou uma risadinha sem graça e olho para ele, suplicando que me entenda.

— Por favor, não fique bravo comigo, sei que estou fazendo da sua vida um inferno e a última coisa que quero é te magoar, mas eu precisava dar uma corrida, para tentar cansar o corpo e fazer a minha cabeça desacelerar.

Suspiro alto diante do ar gelado que se instala na cozinha, Henrique continua estoicamente mudo, uma sensação de impotência começa a dominar cada nervo do meu corpo e agora só me resta confessar o meu temor, na esperança de redimir os erros estúpidos que cometi, tentando lidar sozinha com a minha angústia.

— Não consigo dormir há várias noites, esse show está acabando comigo, estou a ponto de ficar maluca. — Sussurro, admitindo a minha dor.

— Eu sei de tudo que está passando dentro dessa sua cabeça teimosa.

— Sabe?

— Óbvio. — Ele dá de ombros.

— Sinto muito. — Retraio o corpo com o seu jeito indiferente.

— Não duvido. — Ele fala irônico.

Um som rouco escapole da minha garganta como uma gargalhada amarga.

— E aqui estou eu, pensando que o meu dia não teria como piorar… — Suspiro, desanimada. — Na verdade, ele mal começou e eu já quero que termine.

— Não me venha com isso agora, eu quero te ajudar, mas tá quase impossível, você não deixa. — Henrique fala áspero e me encara com um olhar desolado.

Balanço a cabeça ligeiramente, concordando. Ele está certo, não vou negar.

— Ontem nós discutimos porque você não queria que eu ficasse aqui; durante a semana tentei fazer o máximo para te deixar relaxada e nada surtiu efeito, você está mais arisca que um gato selvagem. — Henrique respira profundamente. — Não consigo te alcançar, Alex. Não com você fazendo de tudo para me afastar.

O seu tom magoado provoca uma fisgada de culpa em meu peito, aperto os olhos e abaixo a cabeça derrotada. Mesmo que eu passe a manhã me desculpando, nada vai apagar as maluquices que fiz e Henrique tem razão, eu o afastei propositalmente, para que ele não presenciasse esse meu lado irracional, um lado que eu gostaria imensamente de me livrar, mas não consigo de jeito nenhum.

— Mesmo que um pedido de desculpa não seja o suficiente, quero que você saiba que as minhas intenções foram honestas ao te afastar. Não queria, de forma alguma, prejudicar as suas atividades durante a semana.

Henrique franze as sobrancelhas, irritado e fecha a cara.

— Besteira!

— Não, não é. Você tinha um seminário importante sobre gestão de materiais, treinos e mais um tanto de viagens para as obras que estão sob a sua supervisão. Como poderia deixar você passar as noites comigo, se eu mal pregava os olhos? Revirando na cama e irradiando ansiedade para todos os lados? — Pergunto, em um rompante de impaciência.

Henrique me perfura com um olhar inflexível.

— Porra nenhuma, Alex! Não sou uma criança que precisa dormir como um anjinho para ficar bem durante o dia! Na maior parte do tempo durmo poucas horas e dou conta do recado. — Henrique bufa exasperado. — O seminário dessa semana era moleza, os treinos são sempre os mesmos, estou mais do que acostumado e o trabalho não me cansa, posso dirigir por horas para visitar as obras, que não fico com um pingo de sono ao volante.

Ele despeja tudo de uma vez e olha para frente, puto da vida.

Bato a cabeça, assentindo novamente, porque não havia mais nada a dizer em minha defesa. A única coisa que deveria ter feito, e não fiz, era ter contado a ele os motivos por que eu o mantive longe. Agora é tarde. Estou prestes a arrastar a minha cadeira para trás, mas Henrique segura o meu braço, impedindo que eu saia e fuja dessa situação triste em que me meti.

— Nem tente sair, eu ainda não acabei. — Ele bate o copo na mesa e me encara com um olhar firme.

Sustento o seu olhar, tentando o meu melhor para não parecer um caso perdido, mas estou a ponto de romper em pedaços diante dele. Deixo escapar um suspiro trêmulo e falo:

— Certo, pode falar o que quiser, põe pra fora toda a sua raiva, se isso fizer você se sentir melhor, eu aguento, mas não me ignore e nem vá embora... por favor — suplico —, deixe passar essa droga de noite e prometo que amanhã voltarei ao meu estado normal. — Deixo escapar um murmúrio dolorido. — Hoje eu só quero que esse show termine.

— Não é raiva que eu sinto por você.

Henrique passa os dedos agitados pelo cabelo escuro.

— Eu te amo, porra!

Ele atira as palavras com ferocidade e ergue o meu queixo com a mão.

— Seria tudo mais fácil para nós, se você não tentasse a todo custo esconder o que está passando em sua cabeça e deixasse eu te ajudar. — Sua voz baixa e grave provoca uma estocada em meu peito.

— Eu não estou escondendo nada. É só que... não quero... não posso... — Tento engolir o caroço apertado que se formou em minha garganta.

— Falhar. — Ele completa a frase, acertando com precisão a origem dos meus temores.

— Isso. — Falo baixinho e mordo o lábio com força, para espantar as lágrimas. — Sinto, lá no fundo, que não irei sobreviver, se não der conta de cantar nesse show e essa expectativa está embaralhando a minha cabeça.

Henrique enquadra o meu rosto com as duas mãos e me olha com firmeza.

— Você não vai falhar. Hoje à noite você vai lidar com essa merda que está te consumindo e superar de uma vez por todas esses anos de medo.

— De verdade? Não estou tão certa de que sou capaz. — Solto um gemido.

— Tenha fé, Alex, eu tenho, sei que você é uma garota forte e a sua força vai te levar até aquele palco, porque tá aí a sua chance de provar para si mesma que quem está no comando é você e não aquela porcaria de noite, que detonou com a sua vida. — Ele é direto e eu me coloco na defensiva.

— Não consigo evitar, caramba! Estou apavorada com a possibilidade de abrir a boca e não sair uma nota sequer. — Meu olhar aflito suaviza o seu.

— Isso não vai acontecer, essa fase já passou. — Ele afirma categórico. — A música faz parte de você e não vai te abandonar de uma hora para outra.

— Juro, gostaria tanto de ter essa certeza... — Resmungo infeliz.

— Pelo amor de Deus, Alex! É como dirigir ou andar de bicicleta, não dá para esquecer, só tem que confiar e seguir em frente.

Ele me olha com amor e a pressão em meu peito começa a aliviar.

— Por favor, linda, não deixe essa sensação de que você não é capaz te tirar dos trilhos, isso só serve para camuflar o seu potencial, que é enorme. Agora esquece essa besteira, tá?

Henrique começa a afagar as minhas bochechas com os polegares, esboçando um sorriso lindo e uma onda de ternura me abate.

Um ruído estrangulado escapole da minha boca, mas na mesma hora um beijo profundo cala o lamento e derrete o meu coração. Henrique demora o suficiente para me deixar relaxada, soltando os meus lábios com um sorriso malicioso antes de continuar.

— Para início de conversa, não quero nada menos do que ver a minha garota talentosa entrar em ação, deixando aqueles ingleses babando, desnorteados e sem saber qual a pancada que os atingiu. — Henrique ri com vontade. — Quero só ver os queixos caindo, um por um.

Eu tento sorrir, mas o nó na minha garganta não deixa ser um sorriso muito verdadeiro, é só um sorrisinho meia-boca que se abre no meu rosto.

— Não sei, ainda estou me sentindo insegura, acho que vou vacilar o tempo todo. — Falo cansada, sentindo o peso da semana cobrando o seu preço.

— Não perca a coragem, eu tenho certeza de que você consegue fazer essa apresentação de olhos fechados. — Ele fala convicto.

Eu faço que sim com a cabeça baixa e inspiro fundo.

Quando levanto o olhar, percebo uma sombra ressentida passando pelo seu rosto, o que me deixa imediatamente inquieta. Henrique volta a beber a sua mistura e olha para mim de esguelha, algo o está incomodando, como se quisesse pular para fora da sua boca a qualquer momento, e um pressentimento estranho se instala em meu peito. Não aguento esperar que ele abra o jogo, então pergunto, tentando parecer desinteressada.

— O que foi? Basta dizer, conheço esse olhar. — Pego o seu copo e experimento a vitamina, tentando disfarçar a inquietação.

— Falei com David, ou melhor, ele me ligou ontem de manhã.

— David? O que ele queria falar com você? — Pergunto, e fico em estado de alerta.

— Me contar algumas coisas.

— E?

Henrique faz uma careta frustrada antes de responder.

— David achou que eu deveria ficar sabendo que esse humor maligno que te arrastou durante a semana toda afetou muito mais você do que na realidade você deixou notar. — Henrique faz uma pausa e estreita os olhos para mim. — Melhor o David conversar comigo sobre o que andou acontecendo durante os ensaios, do que a minha própria namorada, não é verdade?

— Deixe de lado a ironia, Henrique! — Rebato. — Os ensaios foram longos e super cansativos, precisávamos estar em total sintonia, para alcançar o nível que a banda deveria chegar antes de executar uma apresentação como essa. É isso.

— Antes de mais nada, eu sei que vocês trabalharam duro nessas últimas duas semanas, estava lá em alguns desses ensaios e pude presenciar o esforço de todo o grupo.

Reviro os olhos, impaciente.

— O que foi então? A semana foi pesada à beça, com tantos ensaios extras, mas nada aconteceu de diferente. — Hesito. — Talvez eu tenha ficado mais estressada do que o normal, mas isso não é novidade para ninguém.

Ele me encara com uma expressão descrente e aborrecida.

— Tudo bem! Desculpe pelo meu humor "maligno". — Admito, batendo as mãos na mesa. — Mas eu estava tensa na maior parte dos ensaios, errei algumas letras, perdi o tom várias vezes e, por sorte, o último ensaio saiu perfeito. Qual o problema? David não tinha nada que encher a sua cabeça, como uma velha fofoqueira! — Elevo a voz, revoltada com a proteção inconveniente do meu amigo.

— Sério? Você acha que vou engolir essa merda?

Ele olha para o outro lado exasperado, tudo o que vejo são as suas mãos abrindo e fechando por cima da mesa, como se ele estivesse ganhando um tempo para aplacar sua indignação. Então se vira para mim e fala, tentando parecer calmo:

— Desde que falei com David, estou esperando pacientemente você se abrir comigo. — Henrique franze a testa profundamente. — Se abrir, de verdade.

— Não sei do que você está falando. Eu... eu... — Gaguejo, atropelando as palavras, intuindo aonde ele quer chegar.

Henrique me encara, como se eu realmente tivesse pirado de vez, minha garganta fica seca na hora em que percebo exatamente sobre o que David falou com ele. Não, não é possível.

— Impressionante como você ainda quer continuar se escondendo de mim.

Nego com a cabeça e apertos lábios, esperando a pancada.

Ele analisa o meu rosto por um longo tempo antes de expulsar o ar lentamente, buscando as palavras com cuidado.

— Você pensou que as suas escapulidas iriam passar batidas por David? Acreditou mesmo que ele não perceberia que, durante as pausas nos ensaios, você corria feito uma louca, direto para o banheiro e se acabava em vomitar?

— Não foi bem assim.

Henrique bufa, irritado.

— A quem você está querendo enganar?

— Sinceramente, achei que ninguém tinha notado, tenho certeza de que fui discreta. — Esfrego os punhos na testa, inconformada com o meu vacilo.

— Não brinca. — Henrique ri, sem o menor humor.

— Eu tentei segurar esse tipo de reação do meu corpo, tá legal? Mas não consegui. — Encaro o seu rosto com firmeza. — E o meu esforço para manter isso em segredo é muito justo. Não gosto de me sentir assim, tão fraca.

— Você só pode estar brincando.

— Não, odeio que tenham pena de mim.

— Ok, já entendi. — Henrique balança a cabeça. — Então você resolveu fazer um esforço hercúleo para esconder a sua ansiedade a qualquer preço.

— Talvez. Não sei. — Solto um suspiro.

— Dá um tempo, Alex! Você estava atingindo o máximo do seu limite e mesmo assim ficou calada, guardando essa merda toda sozinha!?

— Por aí. — Ergo os ombros, parecendo indiferente. — Acho que na realidade fui bem além dos meus limites, se você quer saber.

— Legal. Pra caramba. — Sua voz soa chateada.

Não demonstro arrependimento quando ele fita o meu rosto. Sei que parece errado, mas só quis poupá-lo de compartilhar o meu sofrimento, mesmo que eu o tenha machucado muito mais no fim das contas, não fiz por mal.

— Sério, custo a acreditar que você ignorou o quanto o seu melhor amigo te conhece e o quanto estou puto pra caralho com essa sua atitude, no mínimo, egoísta, não se importando nem um pouco com as pessoas que querem te ver feliz, que querem estar ao seu lado e te apoiar.

Estou paralisada, sem reação. De repente, imagino que todos os rapazes da banda testemunharam a minha maldita fraqueza e fico atordoada com isso.

— Droga! — Sussurro, amuada. — Os caras também... sabem?

— Não, ninguém sabe de nada, só o David. — Henrique fala calmo, mas noto um músculo saltado em seu maxilar, como se estivesse se controlando para não explodir.

— Melhor assim.

— Melhor para quem? David ficou sem saber se corria para te ajudar ou se mantinha o seu segredo, evitando as perguntas dos rapazes da banda.

— Melhor para mim, não preciso da piedade de ninguém. — Sei que não tenho o direito de estar brava, mas estou, e rosno a resposta para ele.

— Você é inacreditável! — Henrique me olha incrédulo. — David está passado de preocupação, só não veio atrás de você porque pensou — ele solta uma risada amarga — que eu estava a par de tudo e iria te ajudar! Coitado. Como David estava enganado...

— Não queria deixar vocês preocupados, estou bem. — Resmungo, azeda.

— Vomitar as tripas no banheiro, todos os dias, é estar bem!? — Ele bate uma mão no ar. — Conta outra.

— Vamos esquecer isso. Já estou me sentindo ridícula fazendo esse papel de louca, não quero ficar me justificando por que não consegui controlar os meus surtos de pânico durante os ensaios e, relembrar o quanto a semana foi difícil, não vai ajudar muito.

Passo as duas mãos pelo rosto, irritada, me odiando, tentando esmagar a vontade de ligar para David e dizer que não irei cantar nesse show.

— Não suporto ver você sofrer, então desculpe se não consigo esquecer.

Ele puxa as mãos do meu rosto e segura os meus pulsos, enquanto me olha sério. Para a minha tristeza, mal consigo encará-lo, de vergonha.

— Henrique, eu...

— Espere. — Ele estuda o meu rosto. — Depois de tudo que compartilhamos juntos, achei que você não me deixaria de fora, e isso é uma droga, porque dói pra caralho saber que você ainda não confia o suficiente em mim.

— Não, eu confio. — Inalo profundamente, buscando o ar que falta. — Por favor, nunca quis deixar você de fora, é que não quero que esse meu lado feio contamine a gente. — Comprimo os lábios e encaro o seu rosto. — Isso me assusta pra caramba, tenho vergonha de ser tão fraca.

— Ah, querida, você nunca vai ser fraca, nem em um milhão de anos isso seria possível. — Seu olhar amoroso empurra um pouco mais fundo a dor que está massacrando o meu coração.

Henrique me puxa da cadeira e, imediatamente, enterro a cabeça na curva do seu pescoço, suas mãos me abraçam forte, acariciando as minhas costas, sinto o seu calor me reconfortando e deixando tudo melhor. Como pude pensar que seria capaz de enfrentar esse momento aterrorizante sem o seu apoio, nunca me senti tão estúpida na vida, teria sido tudo muito mais fácil se eu tivesse simplesmente pedido o seu colo.

— Eu preciso tanto de você, nunca mais quero ser essa pessoa horrorosa que fui durante a última semana. — Falo baixinho, cheia de culpa.

— Ainda bem que você admite que precisa de mim, caso contrário, teria que tomar algumas medidas bastante eficazes para enfiar um pouco de bom senso nessa cabeça incrivelmente dura. — Sinto o sorriso dele, enquanto beija o topo da minha cabeça.

— Se eu fizer besteira novamente, pode apostar, eu mesma vou apertar o meu pescoço. — Olho para ele e levanto um pouquinho os cantos da boca, em um sorriso tímido, buscando o seu perdão.

Henrique sonda com cautela o meu rosto, enquanto alisa os dedos pelo meu lábio inferior.

— Sabe, hoje quando acordei e não te encontrei na cama, nem em lugar algum no apartamento, fiquei tão frustrado, que catei as minhas roupas e estava decidido a ir embora, mas não consegui cruzar a porta. — Ele faz uma longa pausa, pensativo. — Não acho que seja possível te abandonar, então, vamos ter que dar um jeito para que esse tipo de situação não aconteça mais, tá bom? — Ele levanta uma sobrancelha questionadora e me olha firme, esperando a minha confirmação.

— Nunca mais, de verdade. Não quero me fechar para você, isso só me faz ficar pior, — aperto os olhos — fui uma megera nesses últimos dias com todos ao meu redor, tenho muito que me desculpar com essas pessoas que queriam... só me ajudar. — Resmungo, amuada.

— Não esquenta, ninguém vai te cobrar nada. Talvez David te dê uma bronca — Henrique dá de ombros —, você vai ter de lidar com o seu sermão mais tarde, isso é certeza.

— Ah, não brinca!? — Faço uma cara de dor, só de pensar em David puto comigo.

Henrique ri, bebe a sua vitamina e se levanta da cadeira, me colocando de pé diante dele, seus braços estão ao redor do meu corpo quando ele fala.

— Tenho treino agora, vou passar a manhã inteira na piscina e depois irei visitar dois hotéis, acho que não consigo encontrar com você antes do show, infelizmente. — A preocupação toma conta do seu lindo rosto.

— Não tem problema, já acertei tudo com a Nina, ela vai me levar para o teatro e me ajudar com a maquiagem e com o cabelo. Estou certa de que não conseguiria fazer tudo isso sozinha e ainda ter que lidar com os meus nervos, então Nina vai ser o meu anjo da guarda. — Levanto um canto da boca, em um meio sorriso.

— Ok, bom plano, depois a gente pode ir para a fazenda, o que acha?

— Ótimo, não vejo a hora. — Falo sinceramente, porque preciso estar com ele mais do que sou capaz de admitir.

— Certo, combinado. — Henrique vasculha o meu rosto e me olha com amor. — Vou ficar bem próximo ao palco e, mesmo que você não me enxergue com todas aquelas luzes, estarei lá por você, sempre.

— Saber que você está perto de mim vai ajudar a aplacar o meu nervosismo, e muito.

Suspiro feliz, sentindo as coisas entrarem nos eixos novamente.

— Onde mais eu poderia estar, hein? — Henrique pisca e sorri.

Nos beijamos longamente e, em seguida, Henrique sai para o seu treino, me deixando vazia com a sua ausência. Rumo a passos lentos para o quarto e entro no banheiro, tomando um banho demorado e revigorante, visto a roupa e como algo que preparo rapidamente na cozinha, enquanto troco mensagens com o meu pai.

Espero Nina acordar, ela ainda está na cama quando entro em seu quarto, pedindo desculpas pelo meu mau humor e por todas as coisas sem noção que fiz nesses últimos dias. Nina solta uma gargalhada tão alta, que fico na dúvida se ela está muito zangada comigo ou zombando do meu pedido de desculpas. Para o meu completo alívio, nem uma coisa nem outra. Nina desfaz a minha preocupação, dizendo que entende perfeitamente o meu estado furioso e que em breve vou presenciar uma Nina mil vezes mais irada, passando pela sua terrível TPM, ou seja, eu teria que enfrentar uma bomba relógio prestes a explodir. Tudo bem, eu dou conta, falo para ela.

Acertamos onde iríamos almoçar, depois Nina me convence a passar em um salão de beleza para fazer as unhas e, quem sabe, uma massagem relaxante, completando todo o pacote de distrações que ela elaborou cuidadosamente na tentativa de deixar a minha tarde leve e divertida. Estou animada com a ideia de passar um tempo com a minha amiga e esquecer por algumas horas a pressão do show.

Esquecer, nossa, isso soa tão bem...

Ligo para minha mãe e jogo conversa fora por uma meia hora. Ela sabe que estou tensa, mas não força a barra, prometo contar tudo depois e nos despedimos, com a minha mãe me desejando boa sorte. Me sento na cama para dar uma olhada no texto que o meu orientador enviou no início da semana e que eu não dei a mínima, quando, de relance, vejo a carteira de Henrique em cima da mesinha ao lado da cama; ele esqueceu na pressa de ir embora e com certeza vai precisar dela mais tarde, se quiser pegar a estrada.

Pego o celular para enviar uma mensagem, mas paro antes de digitar o texto. Quer saber? Decido em um impulso que quero ir até ao parque aquático e entregar a carteira pessoalmente, acho que será uma boa surpresa e, de quebra, posso assistir Henrique nadando um pouquinho. Com certeza deve ser um espetáculo lindo de se ver. Pulo da cama com um sorriso amplo no rosto e cato as chaves do carro, saindo do apartamento como uma flecha e desejando ver o meu namorado mais do que qualquer outra coisa nesse mundo.

Meia hora depois, estou acomodada nas arquibancadas bem de frente para a piscina em que estão acontecendo os treinos. Um grupo de meninas da natação fica observando os caras que estão dando tudo na piscina, o técnico fica gritando instruções e apita quando dispara o cronômetro para marcar o tempo. Henrique está ocupando a raia central, dá para ver nitidamente que é ele, seus braços musculosos viajam para fora da água em uma velocidade incrível, os seus companheiros ficam para trás uns bons metros e, mesmo assim, o técnico não para de gritar, exigindo mais.

Nossa, técnico é tudo igual, o meu faz a mesma coisa, não tem a menor piedade dos nossos corpos exaustos e dá ordens o tempo todo, feito uma metralhadora, é um horror.

O treino já está no fim porque, poucos minutos depois, todos estão fora da piscina, ao redor do técnico, verificando os seus tempos e ouvindo as suas broncas ou elogios. Bem, vai saber, o cara tem um jeito estourado de falar e o seu rosto não é dos mais simpáticos.

Desço as escadas das arquibancadas em direção ao acesso da piscina, a essa altura muitos já foram para os vestiários e somente algumas pessoas ficam ainda conversando sobre o treino. Henrique não me vê chegando, ele está concentrado no papel que segura nas mãos e, mais do que depressa, não perco a oportunidade de conferir o belíssimo material. Meus olhos começam a vagar pelas costas largas, delimitadas por músculos perfeitamente distribuídos, desço os olhos e miro com interesse em sua bunda incrível, revestida por uma bermuda de natação colada e bem encaixada naquela belezura toda. Um suspiro maravilhado escapole dos meus lábios. E, como se não bastasse, isso tudo vem com um par de pernas longas e magnificamente musculosas. Sem brincadeira, esse cara é uma verdadeira emboscada visual, agora estou babando feito cachorrinho, praticamente com a língua para fora. Fecho os olhos e faço uma prece.

Senhor, obrigada por tudo isso ser meu!

Estou a poucos passos dele, quando outra pessoa entra no meu campo de visão. Puta merda, não é aquela periguete maluca? Para o meu desgosto, é a própria.

Perfeito. Era só o que me faltava.

Ingrid bate o olho na minha direção e, assim que percebe o que estou fazendo por lá, toca levemente a cintura de Henrique e inclina a cabeça, como se estivesse interessada no que ele está olhando, depois sussurra algo em seu ouvido, sem tirar os olhos de mim. Ele parece não perceber a sua presença, sequer pisca e muito menos se dá conta das suas tentativas de provocar o meu ciúme.

Vai por mim, otária, isso não vai acontecer mesmo.

Ingrid é o tipo de garota sem o menor escrúpulo, já deu para notar. Ela está tentando fazer aquele joguinho desesperado novamente, é óbvio. Só que, dessa vez, ela vai cair do cavalo, porque não existe a menor chance nesse mundo de ela me convencer de que isso tudo não é uma armação. Fui uma tonta da outra vez, mas agora estou cem por cento confiante de que Henrique não quer mais ninguém e se essa garota pensa que vou fugir ou me abalar com as suas tentativas patéticas de tomar o que é meu, ela vai ter uma baita surpresa. Ah, se vai.

— Ei, amor, você esqueceu algo no meu quarto hoje de manhã.

Falo docemente, sorrindo e balançando a carteira no ar. Não deixo de notar a faísca que sai dos olhos da biscate quando pronuncio a palavra "quarto". Rá, engole essa, garota insuportável!

Henrique levanta o rosto do papel quando escuta a minha voz e se dá conta de que Ingrid está tramada nele, com suas mãos envolvendo-o de uma forma íntima demais, perto demais, tudo demais para o meu gosto.

— Cai fora, Ingrid! Não te dei abertura para encostar em mim, qual é?

Henrique quase empurra a menina ao seu lado, em seguida faz uma cara feia, alertando-a para não fazer isso de novo. Mas a garota não se toca.

— Tá de brincadeira, gato? O que a gente estava fazendo na piscina não conta? Que eu me lembre não eram somente as minhas mãos que estavam em você, ahn? — Ingrid insinua, com um olhar malicioso para o meu lado.

— Pare de palhaçada e me dá uma folga, tá legal? — Henrique fala entre os dentes, já sem paciência alguma.

Assim que Henrique acaba de falar, seus olhos voam na minha direção, duvidosos, como se perguntassem se realmente acredito nele. Claro que acredito e confirmo com um sorriso enorme, deixando Ingrid balançada com a minha autoconfiança, aproveito a deixa e encaro a garota.

— Sério, Ingrid, isso é meio triste, sabe? — Ancoro as duas mãos na cintura.

Ela arregala os olhos surpresa com a minha pergunta atrevida e o seu queixo cai um pouco antes de ela recuperar a pose e fazer um ar de desentendida, deixando a sua expressão facial cada vez mais ridícula.

— Sabe o quê? Não estou te entendendo. — Ela soa inocente.

Congelo um sorriso no rosto, em um grande esforço para não deixar Ingrid perceber que só o som da sua voz já me tira do sério, não vou dar esse gostinho, então reviro os olhos e falo entediada.

— Você tem que partir para outra. Essa sua insistência tá virando uma obsessão e, só para registrar, encurralar o meu namorado com mentiras descabidas piora, e muito, as coisas pra você, viu?

Ingrid abre e fecha a boca, mas não consegue articular uma palavra sequer, então continuo, sacudindo uma mão no ar, como se estivesse espantando um inseto chato.

— Isso que você está tentando fazer é só um jeito de arrumar problema. Um problemão. E comigo. — Aceno um dedo em frente ao seu rosto. — Escute um conselho, você não vai gostar nem um pouco de me ver zangada, posso te garantir. — Termino a minha colocação com um sorriso cínico no rosto.

Henrique abaixa a cabeça e ri baixinho, depois anda para o meu lado, segura a minha cintura e me beija na têmpora.

— Fica fria, Alex.

— Oh, sim, eu estou. — Abro ainda mais o sorriso.

Ele aponta com o queixo para a carteira que seguro entre os dedos, tentando distrair a minha atenção, aposto.

— Esqueci a minha carteira no apartamento, estava pensando em te ligar depois do treino.

— Eu a encontrei e resolvi te fazer uma surpresa. Gostou?

— Muito.

Passo os braços pelo seu pescoço e dou um selinho demorado em seus lábios, com o canto dos olhos vejo a criatura sem noção parada, com os braços cruzados, olhando para a gente. Eu mereço!

— Estou pensando em fazer outra surpresinha para você hoje à noite, após o show. — Faço uma expressão sedutora, totalmente fora do meu estilo.

— É mesmo? — Henrique me olha desconfiado.

— Aham. — Confirmo com a cabeça. — Vou ao shopping com a Nina, comprar aquele pequeno biquíni de lacinho que você pediu para eu vestir na nossa primeira aula, lembra?

Henrique acena de leve e engole em seco, em seguida pega a toalha que está jogada na cadeira ajeitando-a em frente da sua apertada bermuda. A peça fica instantaneamente volumosa em lugares bem interessantes. Bom, não era essa a minha intenção, mas eu seria uma mentirosa se dissesse que não gostei de ver o efeito das minhas palavras. Gostei, e bastante.

— Pedi? — Ele limpa a garganta e entra no jogo. — É claro que pedi, acho que vamos ter um bom tempo na piscina, digo nas aulas de natação. — Seus olhos estão pegando fogo, loucos de tesão reprimido.

Ouço um ganido alto que chama a nossa atenção.

— Peraí, o quê?

— Ingrid. — Henrique rosna baixo o nome da garota, advertindo-a.

— Nossa, pelo amor de Deus! Vai dizer que você não sabe nadar?!

Ingrid grita, rindo escandalosamente e algumas pessoas olham para a gente com curiosidade. Idiota, ela está tentando me colocar para baixo diante dele, mas a pobre coitada não vai alcançar o seu objetivo. Nem perto disso.

— Porra, Ingrid, fica na sua! — Henrique parte em minha defesa.

Saio dos seus braços e planto os pés em frente da garota, que me olha com um ar superior, crente que está mandando bem, anunciando para quem quiser ouvir a minha inabilidade dentro de uma piscina.

— Não sei nadar, admito.

Suspiro, pesarosa, fazendo uma cara tão tristonha que, imediatamente, a sua pretensiosa superioridade infla feito um balão. Tenho que segurar a minha vontade de rir, que otária, mal sabe ela que estou só dando corda.

Sigo em frente, agora com um olhar altivo, enviando mensagens telepáticas que significam: vai por mim, você não vai gostar do que vou te dizer.

— Por outro lado, o meu "namorado" sabe. — Enfatizo, cravando um olhar significativo. — E muito bem.

Sorrio triunfantemente ao deparar com a sua cara azeda.

— Então vou explorar todo esse seu potencial, que está ao meu completo dispor, é claro.

Faço uma pausa incrivelmente longa, só para que a criatura assimile a informação, sem enganos.

— Alex. — Henrique me chama, olho para ele e noto seus lábios se contorcerem, segurando um sorriso.

— Um minuto, amor, eu só estou me certificando de que Ingrid entenda umas coisinhas, serei breve, não se preocupe.

Retorno a minha atenção para Ingrid com um suspiro dramático.

— Onde estávamos mesmo? — Bato um dedo na boca, fingindo pensar.

Quase escuto os dentes da menina triturando dentro da boca e ela me olha, como se quisesse me apunhalar vezes e mais vezes.

— Ah, sim, lembrei. — Sorrio. — Bem, como disse e considerando que tudo conspira ao meu favor, eu seria uma boba se não desfrutasse das suas inúmeras habilidades dentro da piscina e como não sou boba nem nada, vou aproveitar a minha cota de benefícios, obviamente.

Dou um passo à frente e ergo um olhar zombeteiro, nivelando com o dela.

— Se bem que, no fim das contas, eu não me importaria se nesse tempo rolasse algumas aulas e eu aprendesse a nadar, isso seria... como vou dizer... um bônus. — Termino a frase com uma piscadinha maliciosa, deixando-a muda.

Tolinha!

— Vem cá, Alex, já chega.

Henrique ri e segura o meu braço, sei que também está se divertindo com o embate, mas me dou por satisfeita e encerro a conversa.

— Ah, é uma pena, não é mesmo, Ingrid? Nosso papo estava tãaao divertido.

Encaro a menina com uma expressão de escárnio.

— Vamos embora, ainda tenho que tomar um banho para pegar a estrada.

Henrique puxa de leve o meu braço para me tirar do lugar mas, antes de virar e segui-lo, olho bem na cara da garota, que está vermelha de raiva, querendo a minha morte, e falo baixinho:

— Perdeu a língua?

Giro em meus calcanhares e abraço Henrique, caminhamos em direção aos vestiários e sinto o olhar raivoso da menina perfurando a minha cabeça.

Minha nossa, deveria ter dado um tapa na testa daquela otária, isso sim, quem sabe ela acordaria para a vida. Esse seu plano de manter Henrique em suas garras é completamente furado, o cara já falou com todas as letras que não vai rolar mais nada. Sinceramente, não consigo entender por que uma mulher bonita como ela continua insistindo em seguir esse caminho humilhante. Balanço a cabeça para enxotar Ingrid do meu pensamento, a sua falta de orgulho próprio não é da minha conta. Dane-se.

Paramos em frente à porta do vestiário masculino e Henrique me agarra, sem nenhum aviso, colando o seu corpo junto ao meu. A toalha que ele enrolou na cintura desaparece e sinto a sua ereção enorme cutucando a minha barriga, um gemido baixinho sai da minha boca quando ele sussurra em meu ouvido os seus pensamentos sacanas para a nossa noite.

— Você provocou tudo isso, agora aguente as consequências, arrume um biquíni de lacinho e se prepare para aprender a nadar. — Suas mãos apertam a minha cintura, enquanto ele fala com a voz rouca. — Hoje vou me certificar de que você segue as minhas instruções direitinho, como uma aluna obediente. — Logo em seguida ele tasca um beijo, que me tira o fôlego.

— Não tenho biquíni de lacinho. — Falo arfando, assim que ele me solta.

— Compre um. — Ele ordena, sem vacilar. — A cena que você criou em minha mente vai me distrair pra cacete durante o resto do dia, então nem ouse aparecer naquela piscina sem um biquíni de lacinho bem sexy. — Henrique estreita os olhos para mim. — E... isso não é um pedido.

Um sorriso perverso desponta em seu rosto e o meu pulso dispara quando ele manifesta as suas intenções sem a menor vergonha.

— Vou arrancá-lo com os dentes e mal posso esperar.

— Você está muito confiante. — Retruco, para provocá-lo.

— Não, eu estou seguro do que irei fazer. — Henrique alcança a minha orelha e sussurra em um tom cheio de promessas. — E você vai adorar.

— Acho que não irei reclamar, no fim das contas. — Ergo os ombros.

Solto um gritinho, quando ele morde o lóbulo da minha orelha, em punição pela minha resposta displicente.

— Bom, tenho algumas ideias diferentes para essa noite e estou falando sério sobre o biquíni. Peça obrigatória, entendeu?

— Ok, professor. — Faço uma gracinha com as mãos em frente ao meu corpo. — A partir de hoje serei a garota do biquíni de lacinho.

— Hum hum. — Ele nega com a cabeça. — Você vai ser a garota que usa um biquíni de lacinho para mim, só para mim.

— Argh, que homem das cavernas! — Torço os lábios, escondendo o meu riso. — Agora entre logo nesse vestiário, antes que eu te dê um empurrão.

— Eu vou. — Ele ri. — Onde você pretende ir agora?

— Encontrar com Nina, nós combinamos de passar a tarde juntas, fazendo um programa de garotas. — Dou de ombros. — Vamos a um salão de beleza.

— Ótimo, vejo você à noite, então. — Henrique segura o meu rosto e fixa os seus olhos nos meus. — Você está bem? — Ele pergunta, sério.

— Sim, estou. — Solto o ar. — Não se preocupe, a ideia de passar uma tarde divertida vai arrancar o show da minha cabeça e seria uma pena não aproveitar essa chance. — Estampo um sorriso frouxo para acalmá-lo.

— Gosto desse plano, divirta-se, querida. — Henrique me beija mais uma vez e entra no vestiário.

Ando em direção ao estacionamento do parque aquático e, assim que chego próximo ao carro, envio uma mensagem para Nina me esperar em frente ao prédio. Vamos almoçar no Bar da Mary e depois fazer todas as coisas de beleza que ela programou, mas antes vou ter que dar uma passada no shopping e comprar um biquíni novo, lindo e completamente provocante, para deixar o meu namorado de boca aberta e babando, é claro.

Estou rindo sozinha enquanto abro a porta e relembro das palavras safadas de Henrique, algo revira dentro de mim, criando expectativas indecentes na minha cabeça. Meu Deus, preciso de toda força de vontade para dar a partida no carro e sair desse estacionamento, porque o que mais quero é pular em cima do meu namorado e devorá-lo. De preferência sem biquíni.

As horas passam sem que eu perceba, me diverti muito fazendo as unhas e depois recebendo uma massagem relaxante, tão boa, que parecia do outro mundo, fiquei toda mole e com a cabeça leve feito brisa. Cheguei até a desconfiar de que Nina tivesse colocado algo no suco para me deixar assim tão aérea ou então que as mãos daquela massagista são mágicas, porque não me sinto relaxada assim há dias.

Faço tudo praticamente no piloto automático a tarde toda mas, de repente, como se algo tivesse sido ligado em uma tomada, um alerta pisca na minha cabeça e me vejo parada em frente ao espelho do camarim, enquanto Nina faz um coque elaborado em meu cabelo. Engulo a sensação gelada que pinica em minha garganta; meu instinto de sobrevivência levanta uma bandeira vermelha de perigo. Fecho bem os olhos e tento não transparecer o desconforto súbito, não irei deixar o medo que costuma bagunçar a minha cabeça dar as caras, não dessa vez. Inspiro e expiro algumas vezes, fazendo os meus exercícios respiratórios que me ajudam a diminuir a ansiedade.

— O que foi? Tá nervosa? — Nina me encara pelo reflexo do espelho.

— Só um pouco, — expiro o ar — talvez esse show seja mais intimidante do que os outros, não sei bem.

— Besteira, você vai arrasar, pare de se preocupar tanto. — Ela acena uma mão, distraída. — A *The Goal* vai deixar esses gringos de queixos caídos, tenho certeza. — Nina termina o penteado e fica examinando o seu trabalho, aprovando o efeito final.

Dou uma conferida nos cabelos, virando a cabeça de um lado para o outro.

— Obrigada, Nina, o meu cabelo está incrível e a maquiagem ficou perfeita.

— É, até que não ficou nada mal. — Nina inspeciona com um ar crítico.

— Ficou ótimo, ainda bem que confiei em você para me ajudar, certeza de que não seria capaz de dar conta disso tudo. — Aceno as mãos para o alto.

Mudo o rumo da conversa, tentando disfarçar a turbulência interna que ferve o meu cérebro. Preciso me acalmar, então volto a fazer os meus exercícios respiratórios.

Nina gira a minha cadeira e me olha, com uma expressão entediada.

— Alex, você não consegue me enrolar com essa conversinha boba, tá?

— O quê? Ah, não, eu só estava...

— Pode esquecer, tá na cara que o problema é o show. Essa história de cantar *Beatles* lembra a tentativa de estupro, você fica apavorada, não sabe se vai conseguir cantar e blá, blá, blá. Acertei, né? — Ela mantém a voz suave, mas firme.

Me levanto da cadeira e me afasto, não querendo falar sobre isso.

— Olha, eu sei que o que aconteceu com você desencadeou uma porção de coisas que ninguém merece lidar. — Ela sorri. — Eu sei também que isso tudo fica dando voltas e mais voltas dentro da sua cabeça, arriscando, uma hora, o seu cérebro entrar em curto e pifar. — Nina suspira dramaticamente. — Eu não estou a fim de te visitar em um hospício, então fica fria, senão você vai ter um troço, antes mesmo de pisar no palco.

Minha cara feia se desfaz e não consigo segurar o riso, ela tem razão, preciso encarar o que tem que ser feito e pronto, seguir a vida.

— Eu não sou louca, se é isso que você está pensando. Mas você é! — Retruco, brincando com a sua expressão ofendida.

— Bobagem, até que sou bem normal.

— É nada.

— Que seja. — Nina bate a mão. — Mas isso não importa agora. Pare de desviar do assunto porque não sou nenhuma idiota. Sério, não estou aqui querendo aumentar a pressão na sua cabeça, mas entre naquele teatro e faça o que você faz incrivelmente bem, caramba. Cante.

Ela enfatiza a última palavra e arqueia as suas perfeitas sobrancelhas, me encarando com seriedade. Eu concordo, decidida.

— Você tem razão, não sou mais uma menina de quatorze anos.

Um *flash* de memória atravessa a minha cabeça, relembrando a menina que cantou em um palco pela primeira vez. Hoje, sou completamente diferente, construí uma armadura emocional que na maior parte do tempo me mantém inteira. Vou fazer esse show. Tenho de fazer.

— É claro que não. — Nina abre um sorriso amplo. — Agora ande, mexa essa bunda gostosa e vamos sair desse camarim, não temos a noite toda.

Assim que Nina termina de falar, uma batida na porta interrompe a nossa conversa.

— Tá pronta, garota? — David espia para dentro do camarim.

— Pronta pra mandar ver, David. — Falo com entusiasmo e ele sorri.

— Ok, o papo está ótimo, mas tenho que encontrar com os meninos dentro do teatro, então vou nessa. — Nina me abraça. — Boa sorte, querida. Não esqueça de arrasar, você me deve essa. — Bato a cabeça sorrindo.

Nina se afasta e segue em direção a David.

— Manda um beijo de boa sorte também para aqueles garotos gatos e super gostosos da banda. — Nina dá um beijo e um abraço em David e sai.

Meu amigo me abraça pelos ombros e beija com cuidado os meus cabelos arrumados, seguimos pelo corredor que nos leva ao *backstage*, onde os rapazes já estão nos esperando. Fico de queixo caído quando me deparo com os meninos vestidos com ternos pretos, gravatas, também pretas, e cabelos penteados para trás. Estão elegantes e completamente diferentes do visual de rock em que se apresentam nos shows.

— Quer saber? Acho que vocês deveriam cantar vestidos assim em todas as nossas apresentações, caramba, vocês estão um inferno de sexy. — Meus olhos fazem uma varredura pelos quatro homens lindos na minha frente.

— Gata, nós estamos arrumadinhos, mas você... — Dante floreia um gesto com as mãos. — Tá sensacional!

É, eu também caprichei na roupa, o meu vestido preto é, ao mesmo tempo, discreto e elegante, ele abraça o meu corpo desde a gola alta no pescoço até chegar aos quadris, onde abre um pouco. Não tenho o hábito de usar vestidos compridos, então esse não foge da regra. Ele tem um tamanho que cobre até o meio das minhas coxas, é curto, mas compensei a falta de pano usando meias pretas rendadas junto com as minhas infalíveis botas de cano curto, para quebrar o visual formal e lembrar a todos da minha essência de roqueira. Algumas pulseiras de pedrinhas negras e brincos de ônix completam o figurino para esse show.

— Oh, muito obrigada. — Faço uma mesura exagerada com a cabeça. — Bem, a ideia não é essa? Deixar todos impressionados, não só com o nosso talento musical, mas também com a nossa elegância. Não é mesmo, David? — Arqueio uma sobrancelha para o meu amigo, que está concentrado no que o mestre de cerimônia está falando para o público.

— Claro. — David nem presta atenção ao que responde.

O meu amigo está de olho no cara do palco, que agora inicia os agradecimentos, ressaltando a honra das ilustres visitas e nomeando todas as autoridades presentes, nos dando uma boa noção do tamanho da nossa responsabilidade. De qualquer forma, esse show é um evento de grande destaque para a universidade, até uma equipe de TV está presente para fazer a cobertura da visita inglesa e filmar a nossa banda. E isso é bastante coisa para nós, sem dúvida. Estamos cheios de expectativas e não dá para esconder o nervosismo que baixou em todos nesses últimos minutos em que estamos prestes a entrar no palco.

David volta os olhos para a banda e fala seriamente.

— Ok, todos prontos? Vamos entrar agora, então façam o que ensaiamos e tudo vai correr bem.

Ele olha de um em um e fala com uma carga de emoção nas palavras.

— Somos uma banda com bagagem suficiente para fazer um espetáculo importante como esse, portanto, não deixem o nervosismo do momento atrapalhar a confiança de vocês. Vamos entrar nesse palco e mostrar para todos dentro desse teatro o porquê de termos sido escolhidos, é a oportunidade que a *The Goal* finalmente tem de revelar que não é apenas uma banda universitária, mas uma banda talentosa, composta por pessoas incríveis e de grande capacidade musical.

David abre um sorriso enorme, quando vê a determinação em nossos rostos.

— É isso aí, *The Goal*, vamos explodir esse teatro!

Os rapazes soltam gritos de guerra, dão soquinhos, tapinhas nas costas uns dos outros e todos me beijam na bochecha, David sussurra "boa sorte" em meu ouvido e pisca para mim. Esse clima que antecede ao show começa a fazer a mágica acontecer; estou nervosa, mas a euforia de cantar corre pelo meu sistema a todo vapor, não consigo esconder a empolgação, então sorrio de volta, ergo os polegares para cima e uma resposta rápida e decidida sai da minha boca:

— Claro que sim!

HENRIQUE

Estou sentado na coluna de assentos bem no centro do teatro, mas não tão próximo ao palco como gostaria, infelizmente não tivemos outra opção, todas as primeiras filas de cadeiras estavam reservadas para convidados e autoridades, então Marcos e Paulo, que chegaram mais cedo, só conseguiram esses lugares na décima fileira. De qualquer forma, vou ter que dar um jeito de fazer Alex me ver daqui, prometi estar perto e se isso não é possível geograficamente, pelo menos quero que ela me localize assim que pisar naquele palco e, pode ter certeza, vou fazer isso acontecer. Ah, se vou.

Para a minha sorte as luzes do teatro são completamente diferentes das do ginásio, aqui todos os holofotes saem do teto, iluminando a banda de cima para baixo, isso facilita o contato visual entre os músicos e o público que está assistindo ao espetáculo. No ginásio as luzes pegam de frente o palco, quase cegando quem está cantando, é muito difícil identificar as pessoas que ficam na pista, portanto, estou contando com esses detalhes ao meu favor, acredito que quando Alex vasculhar o auditório ela vai dar de cara com todos os seus amigos e comigo, porque vou aguardar o sua busca com um sorriso enorme no rosto, só para deixar a minha garota feliz e ao mesmo tempo desconcertada, provocando-a descaradamente com a demonstração do meu amor para quem quiser ver.

O teatro está todo tomado por gente importante, tem até uma equipe de TV registrando o evento, assim como estão presentes quase todos os professores da universidade, que vieram prestar homenagem à comitiva inglesa e também alguns estudantes que descolaram ingressos para o evento.

David garantiu os nossos passes e entramos sem problemas, Marcos até trouxe uma garota, mas pela sua expressão zangada acho que se arrependeu. Não é para menos, porque a menina está se empenhando em acabar com a noite do cara, ela fica grudada em seu pescoço feito uma vampira faminta e como conheço muito bem a tolerância do meu melhor amigo, ele está por um triz para mandar essa garota pegajosa cair fora.

Paulo está sentado ao meu lado revirando o celular, entediado, buscando algo para passar o tempo. Não demora muito e Nina chega alvoroçada, se acomodando em uma cadeira colada ao seu namorado, que fica aceso de imediato, tascando um beijo molhado e ruidoso na menina. O gesto apaixonado do sujeito pega a sua garota desprevenida e arranca um gemido alto dela, nós começamos a zoar os dois com vontade, porque não há nenhuma chance dessa demonstração de carência passar batida. Paulo é um troglodita e a sua fraqueza pela namorada vai dar munição de sobra para todo mundo perturbar o cara por um bom tempo.

— Oi, meninos!

Nina nos cumprimenta alegremente, com um sorriso satisfeito após recuperar o fôlego, em seguida inclina um pouco para frente e olha em direção a acompanhante de Marcos.

— E aí? Tudo bem com você? — A menina bate a mão e volta a investir avidamente no pescoço do meu amigo.

Marcos revira os olhos, irritado e nem se dá ao trabalho de apresentar a garota para Nina. Sendo bem sincero, nem lembro o nome dela ou sequer se fui apresentado. Não que Marcos faça questão de cumprir qualquer regra de etiqueta, pelo contrário, o cara não é nenhum exemplo de educação quando se trata de apresentações, ele simplesmente está lá com alguém e se esse alguém quiser interagir com as outras pessoas terá que fazer todo o trabalho, porque para Marcos isso não faz a mínima diferença. Ele não se apega a esses detalhes e muito menos a quem está ao seu lado, o conheço há muito tempo e a coisa funciona assim: alta rotatividade, nenhum vínculo e ponto final.

Marcos fala algo para a menina e ela desgruda dele de imediato, ficando de braços cruzados, emburrada em sua cadeira. Aí está outro traço duro de engolir e que é inerente à sua personalidade. O cara consegue ser o maior babaca quando quer, sem demonstrar um pingo de arrependimento.

Afasto os pensamentos daqueles dois e me viro para Nina, ansioso para saber como Alex estava no camarim.

— E aí, Nina, como que Alex está? — Pergunto, torcendo por uma resposta positiva, não consegui falar com ela antes e estou preocupado com seu estado de espírito.

— Ela está bem. — Nina me assegura.

Acho que ela lê algo em meu rosto, porque não estou muito convencido dessa sua afirmação e Nina segue falando enfaticamente.

— Vai dar tudo certo, Rico. Não tenho dúvida de que Alex encaixou a sua cabeça em cima do pescoço, finalmente. — Nina faz uma pausa pensativa. — Quando a deixei no camarim David estava chegando para acompanhá-la e, pelo jeito que ela olhou para ele, está decidida a fazer esse show dar certo.

Concordo com a cabeça sentindo o meu peito um pouco mais leve, mas só vou ficar completamente tranquilo quando esse show terminar, sem surpresas que causem qualquer tipo de baque emocional em Alex.

— Algum problema com Alex? — Paulo pergunta curioso, olhando para Nina e em seguida para mim.

— Não, Alex está ótima. É que esse show a deixou fora do ar durante a semana toda. — Nina responde enrugando o nariz e analisando o que vai falar. — Ela tá meio nervosa, mas nada que não vá encarar numa boa.

Nina acena com a cabeça firmemente enquanto olha para o palco.

— Ah, então foi isso... hum... — Paulo murmura pensativo e franze a testa.

— Do que você está falando? — Inclino o corpo para olhar Paulo de frente.

— Bem, eu não sei ao certo, mas agora deu pra sacar porque a semana foi tão foda para a menina. É sério, Alex estava completamente estranha no ginásio. — Ele sacode a cabeça para espantar algo que vem em sua mente.

— Espera, estranha como? — Encaro o meu amigo e o pressiono com um olhar interrogativo para que ele desembuche.

— Alex... — Ele suspira. — Porra, mano, ela parecia outra pessoa.

Paulo faz uma careta antes de estreitar os olhos para mim.

— Olha só, o que eu posso dizer é que ela estava fora do seu estado normal nos treinos de boxe. Isso foi óbvio, todos perceberam de cara. — Ele pensa a respeito antes de continuar. — Alex quase não falava com ninguém e passava um bom tempo socando o saco como se fosse um inimigo encarnado. Os caras do ginásio jogavam piadinhas, tentavam puxar assunto, mas ela só faltou rosnar para afastar todo mundo do seu caminho, muito esquisito. Alex é alegre, gentil, divertida, completamente diferente da garota arredia e amuada que treinou no ginásio essa última semana. — Paulo mexe de leve a cabeça, pesaroso.

— A semana não foi nada fácil para ela. — Nina declara com os lábios franzidos. — Alex tenta manter as coisas trancafiadas dentro dela, mas tem hora que não consegue segurar, ela é muito sensível quando determinadas circunstâncias surgem e isso a deixa frustrada no máximo do seu limite.

Nina finge dar uns socos no ar e depois ergue os ombros, indiferente.

— Por isso o ataque ao pobre saco de pancadas é só uma tentativa de descarregar toda essa frustração, deu pra pescar o motivo de tanta estranheza? — Ela lança um sorriso debochado para o namorado.

Paulo pisca de volta e alisa o polegar pelos seus lábios, arrancando aquele sorriso do seu rosto e derretendo novamente a sua garota.

— Claro que deu, gata. — Ele fala para Nina soando muito satisfeito com o efeito que provoca nela.

Quando vira o rosto para mim, o cara adota uma expressão preocupada.

— Agora estou tendo uma ideia melhor do que estava por trás do comportamento tempestuoso de Alex nos treinos dessa semana. — Paulo estala a língua, aborrecido. — Sem brincadeira, Jaime teve que segurar firme Alex uma hora, senão ela iria arrancar a cabeça do Ruiz. O cara azucrinou tanto a menina que ela não se controlou, parecia que tinha sangue nos olhos, tamanha a fúria em que agarrou o pescoço do imbecil.

— Aquele babaca! O que Ruiz anda falando para Alex? — Pergunto, elevando a voz e algumas cabeças viram em minha direção com olhares de reprovação.

— O de sempre. — Paulo inclina o corpo para frente apoiando os cotovelos nas pernas e xinga baixinho antes de continuar. — Piadas sem graça, azara descaradamente a garota, tira sarro quando ela está treinando no ringue, esse tipo de coisa. Os caras já reclamaram e avisaram que ele está sendo um tremendo vacilão, mas o idiota não dá a mínima, eu mesmo dei uma dura no otário outro dia e mandei ficar na dele. Não adiantou, ele continuou infernizando a vida da garota. — Paulo esfrega as mãos no jeans, puto.

— Odeio esse cara. — Nina fala fazendo uma careta de nojo.

— De verdade? Acho que no fundo Ruiz se caga de medo de enfrentar Alex no ringue e perder em uma luta para uma garota, por isso ele joga essa merda pra cima dela.

— Porra, não tô acreditando que Ruiz passa o tempo dele no ginásio assediando Alex! Vou matar esse infeliz. — Seguro os braços da cadeira com força, porque estou quicando de raiva.

— Segura a onda, Rico. — Paulo rebate. — Alex não é uma garota indefesa, pode crer, não chega nem perto dessa condição.

— É, eu sei. — Faço que sim com a cabeça, distraído. — E Alex?

— A menina é inteligente demais para cair nas provocações dele, ela o ignora na maior parte do tempo. — Paulo ergue os ombros.

— Já falei pra Paulo, esse cara é problema. — Nina fala, sem rodeios.

— E eu não sei? — Meu amigo retruca, torcendo os lábios, irritado.

— Não vai me dizer que aqueles idiotas que treinam no ginásio também ficam perseguindo Alex? — Digo entre dentes, me esforçando ao máximo para controlar o meu temperamento, porque não é hora nem lugar para ter um acesso de raiva. Mas, puta merda, estou por um fio.

— Nããão, o restante dos caras faz algumas gracinhas, mas a respeita. — Paulo solta uma risada acenando uma mão no ar. — Isso é só o Ruiz dando uma de idiota.

Arrasto as mãos pelos cabelos e solto um suspiro longo enquanto penso no quanto fui burro em deixar a minha namorada sozinha naquele ginásio.

— Eu nem sei por que ainda não fui dar uma espiada naqueles treinos, é claro que aquele bando de trogloditas iria dar em cima de Alex. — Reclamo.

— Pare de pensar besteiras, a coisa não é nem de longe do jeito que você imagina. — Paulo sorri. — Alex tem uma posição privilegiada naquele ginásio, é a queridinha de todos e os rapazes gostam de treinar pra caramba com ela. Eles sentem que Alex é uma boa parceira, sem frescuras, sabe?

— Faço uma ideia. — Respondo com sarcasmo.

— Tô falando sério, mano, a menina tem uma disciplina de dar inveja e dificilmente vamos nos deparar com uma lutadora de tão alto nível, os caras reconhecem isso e dão valor, pode ficar tranquilo.

Uma sensação esmagadora de impotência dá um nó no meu estômago. Paulo percebe a minha luta interna e fala:

— Fica frio, Rico, essa provocação idiota do Ruiz tá criando uma hostilidade que os caras não vão deixar barato, o sujeito tá cavando problemas para a vida dele, caso não largue o pé da menina.

— Vou estar lá no próximo treino e quero ver aquele babaca tirar onda pra cima dela. — Garanto, apertando os dentes, puto da vida.

— Não deixe Alex saber que você vai se meter nos assuntos dela, senão ela vai me comer vivo por ter dado com a língua nos dentes. — Paulo remexe desconfortável no assento.

Um arquejo divertido ecoa entre nós.

— Cara, você virou um banana mesmo! — Nina zomba, rindo em seguida da expressão ultrajada que Paulo faz.

— Rá, rá, rá, você é muito engraçadinha, gata! — Paulo resmunga, não achando a menor graça. — Ela já me nocauteou no ringue, não estou a fim de passar por esse vexame novamente, sinto muito por isso. — Ele ergue os ombros fingindo que não está nem aí.

— Relaxa, não vou falar nada, apareço por lá e pronto. — Afirmo, tentando dar fim as suas lamúrias.

— Faz do jeito que você quiser, mas me coloca fora disso, vou armar uma cara de surpresa quando te encontrar no ginásio. Sério, não estou com a mínima vontade de ganhar um soco bem colocado no queixo. — Ele balança a cabeça negando enfaticamente. — Posso me virar muito bem sem outro momento humilhante, tipo aquele em fui arremessado à lona por uma garota. Ah, pode ter certeza que sim.

Paulo encerra o assunto, encostando as costas largas na cadeira e se ajeitando para ver o show. O cara faz um esforço imenso para não se importar com os nossos sorrisos de escárnio, inclusive Marcos, que escutou a conversa toda, desata a rir zombando da cara birrenta de Paulo.

— Anotado. — Minha voz sai abafada, porque estou lutando para não rir.

Olho para o palco e me dou conta de que as luzes do teatro diminuíram e um sujeito ao microfone anuncia o início do espetáculo. Fico rígido e a minha pulsação dispara, tamanho o nervoso que se instala em meu corpo. Porém, somente alguns segundos depois, outra sensação cresce exponencialmente e essa acalma gradativamente os meus nervos, fazendo o ar sair lentamente dos meus pulmões. Não, não é só uma sensação. É mais como um vício. Fecho os olhos e sinto necessidade de ouvi-la.

Quando Alex canta meu corpo fica simplesmente entorpecido, quase que hipnotizado pelo timbre da sua voz, doce e suave. É mais ou menos como um encantamento, que flutua pela minha mente e invade o meu mundo de um jeito que só ela consegue fazer. Não sei como explicar, apenas sinto.

O palco fica completamente na escuridão, pelo que sei sobre a sequência escolhida, Alex irá cantar a terceira música. David achou melhor iniciar o espetáculo, seguido por Dante, dando um tempo para Alex entrar no clima. Sendo assim, quando as luzes do palco incidem sobre a banda, ouço a voz grave de David abrindo o show e cantando *Help*, um grande sucesso dos *Beatles*.

A banda tem a mesma formação de palco das apresentações do ginásio, David de um lado e Dante do outro com Alex no centro, Nando fica logo atrás de Dante e Hector ao fundo. Dou uma passada rápida em todos do grupo e os meus olhos caem sobre a garota mais linda do mundo, que nesse momento acompanha David fazendo um vocal afinadíssimo com Dante.

Estou extasiado com a imagem que aparece diante dos meus olhos, Alex em um vestido preto todo formal, com os cabelos presos de um jeito elegante e comportado está adicionando mais um item a minha lista de coisas que despertam um tesão infernal e que me deixam babando por ela.

Nem em sonho vou deixar escapar a oportunidade de desembrulhar esse presente que é a minha namorada e só de pensar em deslizar as mãos por aquelas meias rendadas meu pau se contorce nas calças, deixando as coisas bem desconfortáveis e me obrigando a dar uma reorganizada sutil para que ninguém fique tirando onda comigo, por estar me comportando feito um adolescente que não consegue se controlar.

Deus, não é para menos que estou nesse estado excitado, ela é fascinante, não consigo parar de admirar a menina exuberante que está no palco, com a voz mais sensual do planeta e que nesse momento abre um sorriso radiante para mim. É claro que é para mim. Estou em pé, assobiando e aplaudindo a minha namorada feito um bobo da corte e não estou nem aí se todos dentro do teatro estão me achando um completo estúpido.

— Mano, senta essa bunda aí, tá todo mundo olhando pra você de cara feia. — Marcos resmunga puxando a minha camisa.

— Quero que todo mundo vá se foder, cara. — Falo, depois de sentar no meu lugar novamente.

Olho para Marcos que está me encarando com uma expressão duvidosa.

— Rico, ela é tão importante assim? — Marcos pergunta incrédulo.

Minha cabeça se volta para o meu amigo e respondo com franqueza.

— Alex é o meu mundo agora, eu preciso dela como água e comida, — dou de ombros — não sei como aconteceu, mas é assim que me sinto, sou louco por essa menina e tô feliz à beça, já que ela também sente o mesmo por mim. — Estufo o peito com orgulho e direciono o meu olhar para Alex.

Marcos assente com a cabeça, mas uma expressão sombria endurece o seu rosto e ele olha para frente, voltando a prestar atenção ao show.

— Um dia você também vai encontrar uma pessoa que vai te deixar virado do avesso. Espere só. — Aponto para ele, mas com os olhos fixos no palco.

— Acho que não, isso não é para mim. — Marcos nega discretamente com a cabeça e praticamente sussurra as palavras.

Encaro o meu amigo com insistência e ele não tem escolha, vira o rosto para mim mantendo os olhos ainda sombrios e a boca crispada, segurando o meu olhar. Marcos ameaça falar algo, mas a música termina e todos começam a aplaudir, desfocando a nossa atenção, seu rosto volta para o palco encerrando o que ele estava prestes a dizer. Aqui não é o melhor lugar para eu forçar a barra, mas não vou deixar isso passar batido, tem alguma coisa muito errada por trás dessa história toda de não querer compromisso com ninguém, e esse idiota vai abrir o bico, assim que ele der margem para voltarmos ao assunto.

Dante começa a segunda música após David agradecer os aplausos, cumprimentando os ingleses e o público. O ritmo animado de *Drive My Car* incendeia o teatro e todos cantam junto com a banda, Alex acompanha no vocal, só que dessa vez com David, e ao mesmo tempo imprime a sua presença sacudindo aquele corpo perfeito no balanço da música. Olho ao redor e os meus amigos estão de queixo caído mais uma vez pela minha garota. Mas confesso que nesse momento estou bem com isso, porque sinto um alívio enorme ao ver Alex desempenhar com naturalidade o que está destinada a fazer no palco: encantar o público.

— Caralho, você disse que ela estava nervosa? — Marcos assobia baixo.

— É, estava. — Comento, com um ar debochado.

— Mano, não quero nem ver do que ela é capaz quando estiver de boa.

Marcos sorri com malícia e mantém os olhos vidrados no palco, dou uma cotovelada em seu braço, advertindo-o.

— Nem vem, Marcos, já te disse para tirar o olho da minha garota. — Falo rindo, sem levar a serio as provocações dele.

Marcos olha para mim com ar de sofrimento fingido.

— Posso te assegurar, com toda a certeza, que estou fazendo um esforço enorme para não olhar e babar, — seus olhos brilham diabolicamente — mas não está adiantando muito, ela é uma paisagem boa demais para não apreciar. Meus olhos têm vida própria nesse instante, cara. — Ele ri.

— Sabe de uma coisa? Você tem razão, admirar a paisagem é a única coisa que você pode fazer, meu velho. — Estalo a língua fingindo lamentar.

— Vai à merda, Rico. — Marcos xinga baixinho.

— Estou quase com pena de você. — Tento engolir uma risada quando ele me encara boquiaberto. — Mas não vou negar que essa sua cara deprimida tá me divertindo pra cacete. Na verdade, eu posso retirar o que disse antes, porque não sinto nem um pouquinho de dó de você nesse momento. — Solto uma risadinha abafada e Marcos ergue o dedo para mim.

A enxurrada de aplausos vem novamente após Dante agradecer com aquele jeito exibido dele, arrancando alguns assobios e gritinhos das garotas que assistem ao show. O palco escurece e uma luz foca bem no centro onde Alex segura o microfone com as duas mãos aguardando a introdução da música pelos acordes dos teclados de Nando. De repente, tudo rodopia na minha cabeça quando ouço a sua voz correndo pelo teatro como uma lufada de ar fresco. Alex canta *Let it Be* com uma entonação firme e repleta de emoção, a qual transborda naturalmente através das notas que saem da sua boca. As pessoas encaram o palco, chocadas, algumas com a boca aberta e o impacto só começa a diminuir quando David entra em cena com a sua guitarra, o público acompanha a música com reverência, sem ousar interferir na interpretação impressionante da vocalista.

— Meu Deus! Nunca vi nada igual! — Nina suspira e percebo quando ela passa a mão pela bochecha, enxugando uma lágrima.

A música desenrola com Alex cantando na mais absoluta perfeição e a banda faz uma exibição de talento magnífica, o teatro aplaude de pé quando a canção termina, observo os ingleses entusiasmados, sorrindo e batendo as cabeças com satisfação para o nosso diretor, que está exultando de alegria, mal disfarçando o orgulho estampado em seu rosto.

— Inveja é um sentimento que não compartilho. — Marcos declara solenemente. — Definitivamente não tenho motivos para isso. Sei que sou bonito, inteligente e bom de cama, por essa razão não preciso ter inveja de ninguém, mas hoje estou sentado aqui, na porra desse teatro e a inveja me atingiu como um maldito raio. — Marcos geme irritado. — Rico, nesse exato instante eu daria a minha vida para ser você, sem pestanejar. — Outro gemido, agora frustrado, sai da sua boca.

— Você até que não é de se jogar fora. — Revisto o meu amigo com um olhar zombeteiro. — Mas a gata ali, — aponto para Alex — já tem namorado e vai por mim, o cara é foda.

Não consigo controlar o acesso de risos, assim que dou de cara com outro gesto obsceno que Marcos faz para mim com os dedos. Hoje ele está sem limite algum e não se cansa de expressar com sinais o seu mal humor.

— Rico, esse idiota está tentando dar em cima da sua garota? — Paulo treme, rindo baixo. — Que descarado, mano!

— Ei, cala a boca, Paulo! Não estou dando em cima de ninguém, só estou invejando o cara, é diferente. — Marcos explica impaciente, como se fizesse todo sentido o seu raciocínio.

— Vocês três, — Nina olha feio para a gente — dá para ficarem de boca fechada? Estão falando mais do que três velhas fofoqueiras! Será que podemos continuar assistindo ao show? Ou vocês vão continuar com esse papo idiota de homem? — Ela resmunga um palavrão e faz um sinal de silêncio com o dedo nos lábios.

Nina está prestes a expulsar nós três do seu lado, então calamos as nossas bocas e voltamos a focar na apresentação da *The Goal*, que continua produzindo um som de alto nível para o delírio do público. Alex segue cantando várias músicas, sozinha ou acompanhada pelos rapazes e em nenhum momento ela vacila, tudo acontece como em um show normal da banda, sem erros. Meu corpo finalmente relaxa e aproveito o espetáculo como todos dentro do teatro. Nesse instante me sinto energizado pela expectativa de ter Alex só para mim pelo resto da noite e fico ansioso quando a última música termina, que no caso é a penúltima, porque eles vão retornar ao palco para o bis e os agradecimentos.

A banda se une de braços dados e agradece os aplausos antes de sair do palco, de relance vejo o mesmo cara que anunciou a entrada da banda, no início do show, chamar David em um canto e cochichar algo em seu ouvido, David retesa o corpo de imediato enquanto o sujeito explica com as mãos e aponta para a comissão inglesa. Seu olhar cai em cima de Alex que percebe a tensão do amigo e paralisa no meio do palco, não anda nem para frente nem para trás, encarando David e balançando a cabeça vagarosamente de um lado para o outro, respondendo com pavor no rosto à pergunta silenciosa que paira entre os dois.

— Tem alguma coisa errada acontecendo. — Falo e começo a levantar da cadeira.

— Ei, calma aí, Rico, o show ainda não acabou. — Marcos segura o meu ombro e não me deixa sair do lugar.

Olho feio para Marcos.

— Você não está vendo? Alex tá dura feito uma estátua e eu não estou gostando disso. — Minha cabeça começa a maquinar o que poderia ter provocado essa reação em Alex, estava tudo perfeitamente bem até agora.

Marcos enruga a testa e observa com atenção o palco.

— Você tem razão, ela tá meio estranha. — Marcos estreita os olhos focando nos dois homens conversando no palco. — Acho que o cara que está falando com David fez algum pedido para a banda e, pelo visto, nem David nem Alex estão muito felizes em satisfazer a vontade dos convidados.

— Merda! Acho que já sei o que eles pediram. — Resmungo e passo as duas mãos pelo rosto, impotente diante da bomba que está prestes a explodir na minha frente.

— Ok, então explica o que está acontecendo lá! — Ele aponta para o palco.

— Não posso te explicar tudo em detalhes, mas resumindo, Alex tem certas... questões em relação a uma determinada música dos Beatles, ela fica travada, não consegue cantar, porque essa música lembra uma coisa ruim que aconteceu algum tempo atrás.

Olho para Marcos que continua com uma cara de quem não está entendendo nada.

— Desculpa, mas isso faz parte do passado de Alex, não posso falar a respeito, a não ser que ela concorde, você vai ter que se contentar com essa minha explicação meia boca, tá legal?

— Tudo certo, não esquenta, mas o que você vai fazer para impedir essa merda? — Marcos gira o rosto para o palco e franze ainda mais a testa. — Porque o negócio tá ficando esquisito lá em cima.

— Eu vou tirar Alex desse palco. — Falo, decidido.

Nina segura o meu braço e me olha aflita.

— Rico, eles não vão deixar você chegar perto de Alex.

— Quero ver eles me impedirem.

Levanto da cadeira em um supetão e passo por entre as filas de pessoas sentadas, apressado, mal pedindo licença.

Demoro mais tempo do que imagino para chegar ao corredor do teatro, quando olho para o palco a banda está pronta para recomeçar o show e cantar a última música. David está com uma cara fechada, tenso, verificando Alex sem esconder a sua preocupação. Ela, por sua vez, segura a haste do microfone como se dependesse desse suporte para ficar em pé. Os caras parecem alheios a tormenta que está se formando, Hector marca o início da música como qualquer outra e Dante entoa *A Hard Day's Night*, empolgando o público com esse estrondoso sucesso dos The Beatles.

David tenta acompanhar a música, mas não desgruda os olhos de Alex, que nesse instante olha para frente imóvel. Uma expressão torturada se forma em seu rosto, como se as lembranças estivessem invadindo o seu cérebro, deixando-a com olhos arregalados como um farol e as mãos, que antes seguravam o microfone, voam para os seus ouvidos tentando bloquear o som da música que desperta o pior dos seus medos.

Ah, merda, tenho que acabar com isso. Agora.

Dou alguns passos em direção a lateral do palco e quando chego bem próximo um segurança agarra o meu braço me impedindo de continuar, olho furioso para ele, mas não perco tempo com o cara quando vislumbro pelo canto dos olhos Alex correndo e saindo do palco no meio da música. Tento ultrapassar o brutamonte, que me segura com firmeza, encaro mais uma vez o segurança, bufando de ódio, ameaçando aprontar uma cena e invadir a qualquer custo a área dos camarins atrás do palco.

— Ei, você!

Ouço Dante gritar para o segurança, ele olha para o baixista com o cenho franzido, sem entender nada.

— Deixe o cara passar, amigo. — Dante aponta para mim e em seguida para o fundo do palco. — A vocalista tá passando mal e ele é o namorado dela.

Só então percebo Dante agachado no canto do palco falando com o segurança. Olho de relance para David, que assumiu a música para Dante garantir a minha passagem. Aceno com a cabeça para Dante agradecendo, o segurança me solta e eu saio correndo, ansioso para encontrar Alex.

Marcho veloz pelo corredor atrás do palco e pouco tempo depois alcanço a porta do camarim, rezando para encontrar Alex lá dentro, escancaro-a e vasculho o interior do lugar, que está completamente escuro, sendo iluminado somente pela luz que vem do corredor. Passo a mão com urgência pelo interruptor, chamando por ela e uma cena que nunca mais gostaria de ver se repete bem na minha frente.

— Meu Deus, Alex!

Caio de joelhos ao lado da garota encolhida como uma pequena bola no chão, exatamente do mesmo jeito em que a encontrei dentro do banheiro da fazenda quando ela me contou sobre a festa, a única diferença é que desta vez suas mãos estão tapando os ouvidos numa luta inútil para impedir que o som da música a atormente ainda mais.

— Querida, está tudo bem, você não precisa ter medo.

Tento falar calmamente para que ela erga a cabeça e me enxergue, mas quando toco o seu braço ela se encolhe como se tivesse levado um choque, afastando o seu corpo das minhas mãos. Me sinto miserável diante de tanta dor, não sei como tirá-la desse estado.

— Linda, olhe para mim, sou eu. — Alex treme tanto que ouço os seus dentes batendo dentro da boca. — Ninguém vai te machucar, estou aqui para te proteger, por favor, olhe para mim. — Sussurro e passo as mãos suavemente pelos seus cabelos, fazendo o possível para não deixá-la ainda mais assustada.

— Alex, fica comigo.

Minha voz sai embargada, porque não aguento mais ver Alex sofrer, quero acalentar a minha garota, trazê-la para a segurança dos meus braços, mas não tenho certeza de como ela vai reagir se eu me aproximar mais e sei que posso estragar tudo com esse simples gesto.

— Olhe para mim, querida. — Tento novamente tocá-la segurando o seu rosto com cuidado, ela abre os olhos piscando as lágrimas, que rolam pelas minhas mãos.

— Isso, meu amor, estou aqui e nada mais vai te fazer sofrer, eu prometo.

Alex parece não compreender tudo o que digo, mas pelo menos não me repele, aproveito a deixa e acaricio o seu rosto afastando as lágrimas. Um suspiro trêmulo sai da sua boca e ela apoia a cabeça em minha mão, seu corpo relaxa um pouco e eu a puxo para o meu colo.

— Você está segura, acalme-se. — Alex enrola os braços pelo meu pescoço e eu afago as suas costas para aliviar os seus músculos tensos.

— Eu... eu... não consegui ficar... foi demais... comecei a ficar dormente e... a lembrar... — Alex fala em soluços e sei onde a sua mente está vagando, aquela parte dolorosa do seu passado tortura a minha menina sem trégua.

— Shh, está tudo bem agora, não precisa falar e nem lembrar de mais nada, acabou. Vamos para casa. — Aperto o seu corpo trêmulo em meus braços desejando cair fora desse teatro e levar Alex para bem longe.

Viro o rosto dela para mim e digo pausadamente:

— Nós vamos levantar desse chão e eu vou te levar embora, tudo bem?

Ela faz um pequeno aceno com a cabeça indicando que está me ouvindo, ergo Alex, acomodando o seu corpo em meus braços e sigo em direção à porta. Antes que eu pise para fora e alcance o corredor, um som de passos corridos interrompe a minha saída.

— Alex!

David grita ofegante quando chega ao camarim e depara conosco. Ele parece atordoado por um momento e fica olhando impassível a menina encolhida em meus braços, como um animalzinho ferido.

— Como é que ela está? Tentei chegar o mais rápido possível, larguei todo mundo e vim correndo para cá. — David fala atropelando as palavras, com o rosto tenso de preocupação.

— Ela vai ficar bem, vou levá-la para casa. — Afirmo, soando cansado.

— Alex, fale comigo. — David esfrega as mãos nas costas dela, aflito. — Sinto muito, mas não tive outra opção, eu não poderia negar um pedido dos convidados, me perdoe, garota. — David está frenético, angustiado até a última gota, sem saber como fazer Alex voltar ao normal.

Alex levanta o rosto, que estava afundado em meu pescoço, e olha para o amigo, esticando em seguida a mão para tocar em seu ombro.

— Eu sei, David, não foi culpa sua, nem de ninguém, eu é que estou quebrada e não consigo me controlar.

Meu coração fisga quando ouço Alex dizer que está quebrada, sua voz é quase um murmúrio, esgotada por tantas provações que ela passou nesses últimos dias.

— Não, você é perfeita. O show foi impecável. — David segura a mão dela e faz uma pequena pressão. — Sinto tanto ter estragado tudo, cedendo ao pedido do diretor, deveria ter recusado essa merda e terminado o espetáculo como programamos, você não tem ideia de como estou me odiando agora. — David olha para Alex completamente desolado.

— Nisso você tem razão. — Falo ríspido. — Não estaríamos nessa situação se você tivesse dito não.

Sei que estou sendo duro e David está arrasado, mas se essa maldita música não surgisse do nada, só para foder a cabeça de Alex, tudo teria sido muito diferente. O cara sabe que tenho razão e não precisa ser lembrado, mas estou puto com isso e não consigo segurar o meu tom acusatório.

David abaixa a cabeça e concorda, seus ombros caem como se ele carregasse um grande peso, nesse instante os rapazes chegam alvoroçados e estacam na porta diante da cena que se desenrola dentro do camarim.

— O que foi? Alex passou mal?

Dante pergunta, olhando para mim e para David, sem obter uma resposta.

— Porra! Qual é a de vocês? Tem alguma coisa acontecendo com ela e nós merecemos saber. Se vocês não explicarem direitinho o que rolou naquele palco sou capaz de perder a cabeça aqui. — Dante explode, indignado.

Continuamos em um silêncio mortal. Bom, não serei eu a dar a explicação que os caras exigem, nesse momento a bola está nas mãos de David.

— Caralho! Qual é, meu irmão? Somos uma banda, estamos juntos nisso.

Alex remexe um pouco em meus braços e vira o rosto para David.

— David. — Ela chama o amigo, que levanta a cabeça de imediato.

— Sim, Alex. — David estende a mão e segura o seu rosto ainda molhado.

— Conte para eles, não faz mais sentido esconder a minha história. — Alex fala com uma voz rouca e machucada.

Aperto Alex mais um pouco, enquanto um arrepio percorre o seu corpo.

— Fale tudo, nós somos uma banda e segredos não fazem parte do nosso grupo, eu só... não quero ficar aqui. — Alex me olha suplicante. — Me leva para casa, por favor.

Concordo com a cabeça e começo a caminhar para a porta, mas David nos segura e quando fala parece que tem um bolo atravessado em sua garganta.

— Tudo bem, vou conversar com eles. — David suspira pesadamente e vira o rosto para mim. — Ligo mais tarde para... enfim, saber se está tudo bem.

— Ok, sem problema. — Assinto mais uma vez.

David dá um passo à frente e beija o rosto de Alex, em seguida saio do camarim segurando a minha namorada firmemente nos braços, deixando para trás os caras da banda, cada um com as mais variadas expressões de pesar.

Desde que Alex entrou no carro, não trocamos uma palavra durante todo o trajeto até a fazenda, ela ficou encolhida no banco com a cabeça apoiada na janela e de olhos fechados. Dei um tempo para que organizasse os seus pensamentos e não puxei conversa, só dirigi e esperei Alex tomar a iniciativa de romper o silêncio.

Estaciono o carro na garagem da casa meia hora depois e assim que abro a porta para sair, Alex segura o meu braço para que eu permaneça onde estou, ela hesita antes de começar a falar, mas endurece o rosto e despeja:

— Não sou fácil, eu te avisei.

Abro a boca para retrucar, mas ela pousa os dedos rapidamente em meus lábios, me impedindo de continuar.

— Por favor, me escute.

— Tudo bem. — Beijo os seus dedos engolindo as palavras. — Fale.

Alex estuda o meu rosto por um momento enervantemente longo.

— Você é lindo, honesto, tem uma cabeça centrada e bem resolvida, não é justo eu bagunçar a sua vida, não posso te puxar para dentro da minha loucura. — Ela sorri tristemente.

— Alex, nem vem... — Ela ergue a mão, cortando o que tento dizer.

— Não, deixe-me continuar. — Alex aperta o queixo, decidida. — Você merece encontrar uma garota normal e ter um relacionamento normal, eu não passo de uma tremenda confusão para você. Apenas isso.

De repente o meu humor muda, prevendo onde essa conversa vai nos levar e o meu coração começa a estrondar no volume máximo dentro do peito, muito ciente do rumo tortuoso que a cabeça dela costuma seguir nessa hora. Trinco os dentes e agarro o volante, esperando o que está por vir.

— Essa noite, o jeito como reajo quando um gatilho estoura na minha cabeça...meu Deus! — Alex fecha os olhos. — Isso quase acaba comigo.

Ela solta um gemido alto, que nada mais é do que uma mistura de frustração e raiva, em seguida resmunga infeliz.

— Eu detesto essa pessoa em que me transformo.

Alex leva as mãos aos cabelos, desfazendo uma mecha que cai em seu rosto. Não consigo deter meus dedos e coloco o cabelo atrás da sua orelha.

— Isso tudo... isso... bem, isso só serviu para constatar que estou certa e você merece mais do que ficar grudado a uma desajustada, não quero te arrastar para esse buraco oco e te destruir. Não posso fazer isso com você!

Eu inalo uma respiração ruidosa me preparando para o combate. De novo.

— Não quero ouvir nem mais uma palavra! — Em um rompante agarro os seus braços e encaro os olhos tristes dela. — Eu te amo. Não quero uma garota normal, não quero garota alguma, só quero você.

— Henrique...não faz sentido...

— Quieta. — Falo apressado. — Você precisa entender que não existe espaço para mais ninguém, você preencheu tudo, tudo.

— Ninguém em seu juízo perfeito apostaria em mim, sei que não. Estou só te dando uma chance para você desistir enquanto...

— Alex, eu juro, estou a ponto de te colocar em meu colo e dar umas boas palmadas nesse seu traseiro teimoso. — Suspiro exasperado. — Porra, quantas vezes vou ter que te garantir que não irei embora?

Alex pisca, perplexa.

— Que droga! Dei um espaço para você pensar e esfriar a cabeça, mas pelo visto isso só serviu para foder ainda mais os seus miolos. — Solto uma risada amarga e balanço a cabeça, desanimado.

O ar dentro do carro parece crepitar entre nós, exalo uma respiração cansada, porque puta merda, eu poderia ter imaginado milhões de conversas após essa noite, menos esse embate sobre o quanto preciso mantê-la comigo e, pior, o quanto ainda preciso provar isso.

— Sinceramente, não sei mais o que fazer para você acreditar que não vou desistir de nós. — Levanto o olhar e seguro o seu rosto entre as mãos. — Eu entendo o que você passou e quero estar ao seu lado, sempre. E mesmo que isso signifique que a minha vida vai virar uma montanha russa, de verdade, não estou nem aí.

Alex respira fundo e aperta os lábios, tentando conter as lágrimas.

— Escute, eu quero que a gente fique bem, mas isso não significa que tudo vai ser perfeito. — Balanço a cabeça devagar. — Isso significa que eu não sou perfeito, que você não é perfeita, mas que iremos aprender a olhar além das nossas imperfeições. Eu te amo e você me ama, não importa os obstáculos que teremos que enfrentar, a gente dá um jeito. Juntos.

Alex passa os olhos pelo meu rosto tentando decifrar o turbilhão de sentimentos que varre a minha expressão, por fim ela desiste de lutar contra o que é inevitável. Suas mãos pequenas seguram a minha nuca, me puxando para colar as nossas bocas em um beijo reconciliador e faminto. Nossas línguas duelam em uma busca ávida, minhas mãos agarram os seus cabelos com força, marcando a minha necessidade desesperada por ela. Estou a um passo de arrancar as nossas roupas e entrar nela rápido e forte, só para provar o quanto preciso dela, o quanto ela precisa de mim e acabar com essa baboseira toda. Mas recuo a tempo, antes que os meus pensamentos virem uma coisa concreta e eu jogue tudo para o alto.

— Vamos sair desse carro. — Falo, quase sem fôlego, assim que me obrigo a soltar dos seus braços.

— Quero você. — Alex lambe os lábios como se estivesse sedenta.

— Também quero, mas não aqui. — Afirmo, categórico.

— Por quê? Nunca transei em um carro!

— Ainda bem!

Estou apertando os dentes e tentando bravamente manter a razão, não posso deixar Alex me convencer a mudar de ideia, incitando o meu cérebro com as suas tentativas sedutoras.

— Vamos, em breve faremos a sua estreia dentro desse carro, mas não hoje, tenho planos para essa noite. — Ouço o seu gemido frustrado e sorrio.

Antes que ela me convença do contrário, saio do carro e quase arrasto Alex para o meu quarto, abro a sua mochila e pego o biquíni que, tenho certeza absoluta, irei encontrar no meio das suas roupas. E lá está ele. Alcanço as duas peças de tecido minúsculas com ar de vitória no rosto.

Ela me olha sem entender onde quero chegar, mas estou cobrando uma promessa e Alex vai cumprir, porque nesse instante a única coisa que vai ser capaz de exorcizar todo aquele estresse infernal do show é um mergulho e, para falar a verdade, estou louco para fazer mais do que um mergulho dentro da piscina, quero aplacar essa insanidade que tomou conta do meu corpo.

— Aqui está. — Jogo o biquíni em suas mãos. — Vista isso e me encontre na piscina, você tem 5 minutos. — Dou um beijo rápido em Alex e entro no *closet* para pegar um short, não espero uma resposta dela e saio rápido em direção à piscina.

Arranco as minhas roupas, jogando-as de qualquer jeito nas espreguiçadeiras da piscina, visto o short apressado e mergulho fundo, sentindo o frescor da água deslizando pelo meu corpo e apaziguando o fervilhar dos meus nervos tensos. O cheiro do cloro é tão familiar que é como estar em casa, cruzo o comprimento da piscina, exercitando os meus braços com braçadas lentas e ritmadas, em um vai e vem preguiçoso, até que me dou conta que estou sendo observado. Ergo a cabeça, chacoalhando a água e dou de cara com Alex em pé, me encarando com um sorriso tenso.

— Oi. — Falo e percorro os meus olhos pela coisa linda que está na minha frente.

— Oi, isso aí parece divertido.

— E é, mas ainda nem comecei a me divertir, pode acreditar.

— Jura? Achei impressionante esse seu deslizar pela água.

— Linda, estou pronto para te impressionar de verdade. — Pisco e estico os braços em sua direção. — Pule, eu te seguro.

— Hum, não sei não. A piscina é muito funda? — Alex pergunta hesitante e aperta as mãos, nervosa.

— É, mas estou aqui, não se preocupe.

— Tá. — Alex responde baixinho e muito relutante.

— Querida, você tem que entrar na piscina para que eu possa te ensinar a nadar. Vem, é só pular. — Meu sorriso amplo diverge das minhas intenções nada honestas, quero que ela entre na piscina, mas hoje não estou com a mínima vontade de ensiná-la a nadar.

Alex pensa por alguns segundos, depois fecha os olhos com força e cai em meus braços.

— Te peguei.

— Deus, isso foi uma péssima ideia. — Alex esconde a cabeça em meu pescoço, tremendo.

— Ei, pare com isso. Você é uma garota muito corajosa. — Brinco, assim que seus braços e pernas me agarram como algemas bem apertadas.

— Não sou não, estou morrendo de medo que você me largue a qualquer hora nessa piscina e eu afunde feito uma pedra. Não gosto nem de pensar.

— Nunca. — Olho bem dentro dos seus olhos. — Não vou te largar, te amo muito para deixar você escapar pelas minhas mãos.

Seus olhos cintilam com amor quando ela devolve o meu olhar e as mãos que estão agarradas em meu pescoço deslizam pelos meus cabelos puxando-os para um beijo doce, lento e tão sensual que um desejo primitivo implode dentro de mim, agarro os seus quadris com força e roço o meu pau completamente aceso naquele ponto quente, recoberto por um pedacinho de tecido azul que estou maluco para tirar do meu caminho.

Alex morde o meu lábio inferior, fazendo uns ruídos eróticos que fazem os meus olhos revirarem de tanto tesão, do jeito que estamos indo não vou aguentar muito tempo, sei que não. Sem raciocinar muito bem, decido deixar as preliminares para a próxima rodada, ou então estou arriscado a gozar em um piscar de olhos e passar uma vergonha danada.

Seguro a sua cintura com uma das mãos e com a outra arranco o meu short em um movimento rápido e eficiente, estou pelado antes mesmo dela se dar conta.

— Tarado! — Ela dá um gritinho quando suspendo as suas pernas e enrolo-as em minha cintura.

— Estou louco para entrar em você, não me culpe por isso. — Falo rouco e mordo o lóbulo da sua orelha provocando um estremecimento em seu corpo.

— Não podemos fazer isso aqui, Lena pode aparecer e eu vou morrer de vergonha. — Sua voz arfante não esconde o dilema entre ser pega em flagrante ou me deixar seguir em frente.

— Lena foi visitar a filha e só volta amanhã à tarde, estamos sozinhos em casa, portanto se quisermos ficar pelados, — dou de ombros — tá liberado.

A sua expressão indignada quase me faz rir, mas não me atrevo.

— Pelo amor de Deus! Por que você não me disse isso antes?

— Sei lá, esqueci.

— Tá de brincadeira!? Poderíamos ter resolvido tudo no carro mesmo e você não precisava se dar ao trabalho de inventar essa cena. — Alex rodopia a mão ao redor. — Ou será que tenho que consentir formalmente?

— Não, de jeito nenhum, sei que vou tomar o que é meu. — Afirmo sem cerimônia.

Começo a correr os dedos pela pele macia e molhada da cintura dela e paro quando alcanço os sonhados laços do biquíni, quase suspirando de prazer.

— Mas sou um cara legal, lembra? E quero fazer a coisa certa. E a coisa certa agora é arrancar essa coisinha sexy desse corpinho gostoso e me perder completamente em você. — Beijo a pele abaixo da sua orelha, lambendo em seguida. — A verdade é que queria fazer amor aqui, na piscina, estou sonhando com esse momento desde a hora em que você sinalizou as suas intenções, nem um pouco inocentes para as nossas aulas.

Desfaço os laços e seguro as tiras, antes que Alex processe a resposta.

— Só para constar, posso? — Pergunto, antes de arremessar o biquíni para bem longe.

— Nossa... demorou. — Alex solta um suspiro longo quando finalmente me desvencilho da peça.

O desejo lateja por todo o meu corpo, nada mais importa, preciso possuir essa menina ou vou morrer, cheguei ao meu limite. Ataco a sua boca como um animal faminto e ao mesmo tempo deslizo os dedos entre as suas coxas firmes, forçando-as a se abrirem para mim. Alex arqueja e suas pálpebras se fecham quando ela inclina a cabeça para trás, por muito pouco eu não gozo só de olhar o seu prazer.

— Se segura, vou fazer você gozar em instantes.

Intensifico os meus movimentos enquanto abro uma trilha de beijos pelo seu pescoço, desço pelos ombros e afasto a parte de cima do biquíni com os dentes. Alex rebola em minhas mãos e encaixo com força os meus dedos em sua abertura, ela aperta ainda mais as coxas na minha cintura, emitindo suspiros e barulhinhos que estão deixando o meu pau a ponto de estourar.

Alex não demora muito para gozar, seu corpo treme, gemendo o meu nome longamente e isso é o suficiente para fazer o meu cérebro embaralhar de vez. Meu corpo dói de desejo, preciso dela desesperadamente, não tenho mais controle algum sobre as minhas ações, então retiro os dedos rápido e abro o caminho por entre as suas coxas entrando forte, fundo, esticando o seu corpo até o limite, Alex soluça, surpresa com a minha invasão desavisada, mas relaxa em seguida.

— Henrique... — Alex recita o meu nome com uma voz rouca e sexy que me liga ao máximo.

— Não vou conseguir ser delicado, talvez na próxima vez..., você está me deixando sem limites. — Inspiro com dificuldade entre os dentes.

— Manda ver, não quero delicado. — Alex me encara com olhos ardentes.

Não preciso de mais incentivo, seguro a sua bunda para melhorar o ângulo e imprenso as costas de Alex no revestimento da piscina, invisto dentro dela com estocadas rápidas e implacáveis. Estou quase perdendo a consciência de tudo, sentindo um prazer cego, mas ainda consigo avaliar em que ponto Alex está, quero que ela alcance o clímax comigo, então sugo o seu mamilo, porque sei que ela fica maluca quando faço isso. Em dois segundos Alex começa a tremer novamente e quando estou chegando lá aperto os dentes ao redor do bico duro e ela explode, sigo na mesma hora convulsionando em uma onda de prazer vertiginosa.

Passo os braços ao redor do seu corpo, aninhando-a, abaixo o rosto e beijo a minha garota lentamente, saboreando a languidez pós-orgasmo, que amolece o meu corpo e me faz sentir incrivelmente satisfeito. Ainda sinto Alex ao meu redor, sendo acariciado pelos seus espasmos fracos e... Puta merda, de repente estou tão ciente desse contato íntimo que um choque de realidade rompe a minha cabeça, me apavorando até a medula.

— Porra! — Inspiro fundo, tentando controlar o meu desespero.

— O que foi? — Alex me encara assustada.

— Não usamos camisinha, nunca esqueço a porra da camisinha! — Um rugido contrariado sai da minha boca. — Isso não é uma boa desculpa, mas na hora não pensei, e juro, nunca transei sem camisinha na minha vida.

— Tudo bem. — Alex fala calmamente.

— Como... tudo bem!? — Minha voz sai num engasgo. — Eu posso ter te engravidado!

— Isso não vai acontecer, relaxe. — Alex alisa as rugas da minha testa e sorri. — Tomo pílula desde os dezesseis anos, para regular o fluxo. Sou muito regrada, não esqueço nunca de tomar a minha pílula, porque caso contrário minha menstruação fica toda bagunçada e tenho cólicas horríveis.

— Nossa... linda, por que você não me avisou? — Sussurro em protesto.

— Desculpe não ter te avisado antes, mas da primeira vez em que transamos eu pensei em uma porção de coisas, menos nas minhas pílulas. — Alex dá de ombros sem graça.

Ainda estou meio atordoado com a minha falta de cuidado com ela, mas quando as suas palavras assentam de verdade na minha cabeça, sinto um alívio imenso atravessando o meu corpo. Amo essa menina e não teria nenhum receio de assumir responsabilidades com ela, mas somos jovens, ainda na faculdade, teríamos que enfrentar muitos obstáculos, simplesmente não é a hora. Fico encarando o seu rosto, ligeiramente rosado após o orgasmo, e tudo fica certo em meu mundo novamente.

— Eu sou uma besta! Te coloquei em risco e isso é imperdoável. — Resmungo, envergonhado pela minha falta de controle.

— Estamos bem, não se preocupe. — Alex prende as pernas fortemente ao redor dos meus quadris e fala insinuante. — Você não é uma besta, acho que posso escolher uma definição melhor. — Suas sobrancelhas arqueiam. — Humm, que tal: gostoso pra caramba.

— Bem, se você diz. — Abro um sorriso insolente para provocá-la.

— Não fique cheio de si, rapaz, ainda quero que você prove as suas habilidades. — Alex lança um olhar sagaz para mim.

— Com imenso prazer. — Seguro o seu rosto entre as mãos e estudo aqueles olhos brilhantes, tal como duas pedras preciosas. — Vou sentir cada centímetro seu, te tomar e fazer você perder a cabeça, exatamente como você faz comigo. — Enquanto falo meu pau contrai interessado e ela sorri.

— Parece que estamos encontrando um jeito, não é? — Alex sussurra hesitante, apertando o seu corpo contra o meu, como se precisasse dessa proximidade para acreditar que é tudo verdade.

— Claro que sim, você duvida? — Sorrio para a minha garota reafirmando a certeza de que ela é o centro do meu mundo.

— Não mais. — Alex balança a cabeça. — Eu confio em nós e sei que vamos fazer dar certo, mas ainda fico assustada com uma porção de coisas, e você vai ter que aturar essas minhas paranoias. Infelizmente não vejo outra maneira de te livrar dessa. — Ela aperta os lábios para não rir. — Em minha defesa, foi você quem decidiu apostar nas minhas loucuras, agora aguente, porque não vou deixar você sair do meu lado.

— Vou ficar exatamente onde estou, não se preocupe.

— Henrique... — Alex me olha com ternura. — Você é a melhor coisa que aconteceu na minha vida e eu te amo, com todo o meu coração.

— Até o fim dos tempos, querida. — Respondo, avançando em direção a sua boca e selando nossas promessas com um beijo apaixonado.

Alex

— Alex! Alex, corre, rápido!

Dou um salto da cama quando ouço os gritos de Nina, disparo até o seu quarto e quase derrapo em meus pés assim que passo pela porta. Vasculho o lugar tentando achar o motivo para tanta gritaria, mas está tudo em ordem no quarto, depois giro a cabeça em direção à minha amiga, buscando alguma dor em sua expressão ou qualquer motivo para esse desespero todo. Bem, não preciso nem dizer que não encontro absolutamente nada em seu rosto, pelo contrário, Nina está toda sorridente e com uma cara boa demais para estar sentindo qualquer coisa. Sem brincadeira, fico injuriada quando me dou conta de que a criatura está ótima e encontra-se sentada folgadamente, com as pernas cruzadas em cima da sua bagunçada cama.

O meu olhar zangado se detém em seu rosto que assume neste momento uma expressão interrogativa, achando que me chamar aos berros é a coisa mais natural do mundo. Talvez para ela seja normal mesmo, vai saber.

— Caramba, você quase me matou de susto, achei que estava acontecendo um incêndio aqui no seu quarto. — Cruzo os braços e solto um suspiro exasperado. — Qual o problema, Nina?

Ela dá de ombros, indiferente e aponta para a tela na sua frente.

— Problema nenhum, sua tonta, olhe para a TV. — Nina bate palmas e quica na cama com entusiasmo.

Viro o rosto para a imagem na tela e uma sensação ártica percorre a minha espinha, provocando correntes indesejáveis de arrepio.

— Ah, merda! — Resmungo, avançando para dentro do quarto.

— Ei, tá louca!

Nina arfa e o seu rosto contrai com uma mistura de indignação e espanto, levantando tanto as sobrancelhas que as linhas bem desenhadas ficam escondidas por baixo da sua franja repicada.

— A *The Goal* está na televisão, no noticiário da noite, em rede nacional e você vem com isso!? — Nina explode com as mãos para o alto, enrugando o nariz para mim quando vê o desânimo em meu rosto.

Aperto os lábios com força e sento na cama quase que em câmera lenta, reconhecendo as imagens do show com um sentimento esquisito no peito.

Presto atenção no repórter, que continua a matéria falando sobre a universidade, a importância da visita da comitiva inglesa e relatando com entusiasmo o que aconteceu dentro do *campus* durante essa última semana. É claro que eles finalizam a matéria com a apresentação da banda, dando uma boa cobertura ao evento, colocaram até um link à disposição para quem quisesse ver o show na íntegra. Para ser sincera, eu não estou me sentindo nem um pouco confortável com isso e um alerta cutuca no fundo da minha mente sinalizando perigo, com uma perturbadora insistência.

Talvez o motivo para tanta cisma seja porque não gosto de estar em destaque, não sei, só sei que essa aparição na TV, o link à disposição para qualquer um que queira acessar...

É, isso está me incomodando e de um jeito nada bom.

— Como você soube dessa reportagem? David não falou nada com a banda, suponho que ele também saiba sobre isso, certo? — Pergunto e aponto para a minha imagem, que aparece em *close* cantando *Let it be*.

— Ele deve ter esquecido. — Nina dá de ombros, sem desviar o rosto da TV.

— Não importa, aposto um bom dinheiro que ele está por dentro dessa história toda. — Digo e levanto da cama, pensando sobre o assunto.

Nina responde a minha pergunta anterior com casualidade, sem se dar conta do meu ar aborrecido.

— Eu soube através do grêmio estudantil.

Passo as mãos no cabelo, soltando um gemido frustrado e ela me encara confusa, entendendo errado o meu lamento.

— Você sabe que eu faço parte do grêmio, não é?

Confirmo com a cabeça, distraída.

— Recebi uma mensagem agora a pouco, quase não deu tempo de assistir. — Nina balança uma mão em direção à TV.

— Sério?

— Aham, tenho a impressão de que a matéria foi inserida meio que de repente, porque se não fosse assim o pessoal envolvido com a assessoria de imprensa da universidade teria trabalhado na divulgação da reportagem, lançando chamadas nos telões da cantina e tudo mais. Acho que David deve ter sido avisado assim como eu, de improviso.

— É, talvez. — Faço uma careta, não acreditando muito nisso.

— De qualquer forma, você deveria estar orgulhosa e não com essa cara de quem comeu e não gostou. — Ela mostra a língua para mim, como se fosse uma criança trocando ofensas com outra criança.

— Palhaça! — Não aguento e solto uma gargalhada. — Não é isso.

— Então o que é?

— Não gosto de estar em foco.

— Deixe de ser boba. — Nina rebate. — Você está exagerando, essa reportagem vai gerar um efeito muito positivo à universidade e para a banda também, é claro.

— Acho que sim.

— Nem vem com esse "acho que sim", tá na cara que isso vai ter um impacto tremendo para a universidade. Deixe de ser estraga prazeres.

— Tá legal. — Dou o braço a torcer. — Você tem razão, isso vai gerar um retorno incrível para todo mundo, ainda mais com uma cobertura desse nível.

Giro o rosto novamente para a TV e escuto o repórter descrever o calendário dos próximos eventos, inclusive mencionando os jogos estudantis que serão sediados pela nossa universidade em breve.

— O diretor deve estar dando piruetas nesse momento, aposto. — Nina solta uma risadinha irônica enquanto revira o seu celular com os dedos.

— Sem dúvida.

Bato a cabeça sem olhar para ela, encarando a TV e analisando as eventuais consequências que podem cair como um peso extra sobre os meus ombros.

— Desencana, Alex, você não precisa ficar toda estranha desse jeito, a *The Goal* arrasou, foi um show épico, coisa de banda profissional mesmo.

Nina pula da cama, rápido e estaca na minha frente, fecho os olhos gemendo alto quando lembro a bagunça que aprontei alguns minutos antes da apresentação ser encerrada.

Mas que droga, não é que esqueci aquela porcaria de chilique.

— É, o show foi bom. — Falo, sem disfarçar o meu desconforto. — Só espero que eles tenham cortado a última música, quando pirei naquele palco e passei a maior vergonha do mundo.

— Rá, mas essa foi a melhor parte! — Nina debocha de mim, como sempre.

— Não enche! — Digo e ela desata a rir da minha cara.

O meu celular começa a tocar e tenho quase certeza de quem seja. Deus, nem bem assimilei o evento como um todo e a minha paz já era. Sigo a passos lentos para o meu quarto e alcanço a coisa estridente que vibra em cima da cama.

— Oi, mãe. — Falo, sem prestar atenção ao nome piscando no aparelho.

— Querida! — Minha mãe grita tão alto que afasto o celular da orelha. — Acabei de ver a minha filha linda na TV!

— Não diga. — Suspiro.

— Estou morrendo aqui, Alex, como você não me avisou?

— Mãe, por favor, nem eu sabia, foi uma surpresa para mim também. Nina me chamou para assistir, mas só consegui pegar a reportagem no meio, é claro que iria te avisar, se soubesse. — Talvez sim, talvez não, penso.

Ela faz um ruído com a língua, desconfiada, porque minha mãe sabe que não sou de contar vantagem e de jeito nenhum falaria nada a respeito, só no caso de ser descoberta, como de fato aconteceu. Então para não forçar a barra, ela muda o rumo da conversa e eu agradeço mentalmente.

— Ei, não fica brava comigo, tá? — Ela começa, ressabiada.

— O que foi agora, mãe? — Fecho os olhos com medo de ouvir a resposta.

— Escuta..., eu sei que você não vai gostar, mas acabei de enviar uma mensagem avisando o seu pai sobre a reportagem e mandei o link também. — Ela exala o ar dramaticamente. — Pronto, falei, agora se vira com isso.

Uma pausa enorme se instala entre nós e, como se a minha mãe estivesse prevendo, ela aguarda silenciosamente a minha raiva perder a força. Eu sabia que não iria ser uma coisinha à toa, nada é à toa vindo da Dra. Sheila. Inalo profundamente e seguro na ponta da língua as palavras mal criadas.

— Pare com isso, menina. — Ela me repreende, adivinhando o meu estado de espírito nesse instante.

— Puxa vida, mãe! — Reclamo. — Você podia ter esperado uns dias, né?

— Nem pensar! Adam iria me crucificar se eu o deixasse de fora de algo tão importante, portanto já estou te preparando, com certeza você vai receber uma ligação dele, e logo.

Bato a cabeça concordando. Fazer o quê?

— Tudo bem, não conseguiria esconder isso dele, de qualquer forma.

Respondo, aceitando que em breve seria bombardeada com perguntas e advertências do meu estressado pai.

— Óbvio que não! Agora deixe isso pra lá e me conta tudo, preciso saber dos detalhes. — Minha mãe pula o tema tenso com uma naturalidade que custo a acreditar e ao mesmo tempo admito que é bem a sua cara colocar de lado as chatices do meu pai.

— Mãe, eu já te contei tudo.

Resmungo sem empolgação alguma, mas não adianta nada. Minha mãe é irritantemente insistente quando o assunto sou eu, sendo assim passo os próximos 20 minutos relatando em detalhes tudo o que aconteceu no show — de novo — até que ela se dê por satisfeita, encerrando a ligação e me dispensando com uma facilidade assustadora. Essa é a minha mãe.

Meu pai me liga logo em seguida e, ao contrário da minha mãe, ele não esconde a sua preocupação com as consequências da divulgação em rede nacional da imagem da banda, ou melhor, da minha imagem. Conversamos por um bom tempo e tento acalmá-lo, dizendo que estou muito diferente no show, não tenho mais o mesmo rosto de quando tinha quatorze anos, mudei muito, além do mais, estava maquiada e com os cabelos presos, impossível alguém associar a minha aparência atual com a que eu tinha oito anos atrás. Ele aceitou o meu argumento, mas pediu para não facilitar.

Mudo de assunto para aliviar o clima e falo sobre a viagem para Atlanta, provavelmente daqui a um mês. Estou trabalhando pesado nas últimas correções do meu manuscrito, falta muito pouco para revisar e o orientador quer tudo pronto esta semana para que possa marcar a data em que farei a apresentação para a banca avaliadora.

Não vejo a hora, não só porque vou encerrar um trabalho que está consumindo todos os meus minutos livres, mas também para rever o meu pai e o Jake, meu irmãozinho. Não estou aguentando de saudades deles. Sem dúvida também sinto falta da Lince, minha madrasta. Ela foi uma pessoa muito importante no período em que fiquei nos Estados Unidos, a única diferença é que não tenho a mesma conexão com ela, o seu temperamento reservado não deixou muito espaço para que eu me aproximasse intimamente, porém a dívida de gratidão que tenho com ela é eterna. O trabalho que Lince me ofereceu em seu bar, assim que fui morar com eles, foi crucial para a minha recuperação. Além dos treinos de boxe, as longas jornadas de trabalho contribuíram para drenar as energias ruins do meu corpo e dessa forma eu não conseguia torturar a minha mente todas as noites com pensamentos autodepreciativos.

Afasto essas lembranças antigas, sacudindo a cabeça, estico o braço e pego a leitura que estava concentrada antes de ir ao quarto de Nina, retomando o ritmo para tentar concluir a correção da última parte do meu trabalho. Mas não vou muito à frente, Nina para no batente da porta e fala com entusiasmo, capturando a minha atenção.

— Combinamos de tomar uma cerveja no Bar da Mary, você e o Rico vêm?

Nina entra no quarto e dá alguns passos em direção ao meu armário. Muito à vontade, como se fosse o seu próprio espaço, então começa a caçar algo no meio das minhas roupas e quando não encontra bufa a sua impaciência sem nem tirar o rosto de dentro do armário.

— O que você está procurando? Posso saber? — Cruzo os braços e sorrio.

— Aquela sua blusa preta? Sabe, a que tem um decote maravilhoso?

— Tá ali, ao lado do casaco cinza. — Aponto para o lugar certo.

— Humm! — Ela revira os cabides mais um pouco e alcança a blusa, soltando um suspiro de vitória.

— Gosto dela em você, fica linda e super sexy. — Comento com franqueza.

— Eh! Hoje tô a fim de escandalizar e um decote como esse é praticamente infalível. — Ela espalha a blusa na frente do corpo e se olha no espelho.

— Nina, você já tem um material matador, não precisa de nenhum pedacinho de pano para realçar qualquer atributo que Deus te deu.

Não estou brincando, falo sério, a minha colega de apartamento é linda. Nina é daquelas que quando passa todos param para olhar e o pior é que a garota não demonstra nem um vestígio de desconforto com a atenção que desperta, ela passeia com o nariz empinado pelos corredores da universidade, sem nem dar bola para os olhares de cobiça ou de inveja.

A menina tem uma combinação perfeita de altura com curvas exuberantes, cabelos e olhos escuros harmonizam com um rosto esculpido e, como se não bastasse, sua pele brilha de tão dourada. Às vezes, fico admirando com um tantinho de inveja aquele tom bonito de pele, bem diferente da brancura da minha, que no máximo se transforma em rosa quando pego um solzinho.

— Pode até ser, mas hoje quero deixar Paulo fora de órbita. — Nina abre um sorriso de garota má e inspeciona a blusa mais uma vez em seu corpo.

— Coitadinho, o homem vai ter que catar o queixo do chão. — Estalo a língua, fingindo lamentar.

— Essa é a ideia!

Nina arqueia as sobrancelhas e vira o rosto para mim.

— E aí? Vamos sair? Hoje é sábado! Não dá para ficar em casa de bobeira num sábado à noite, temos que aproveitar para curtir, ainda mais que nessa próxima semana as provas bimestrais irão começar e não vai dar nem para respirar ou fazer qualquer outra coisa, só estudar, então... — ela ergue os ombros — vamos nos divertir enquanto ainda nos resta um tempo livre, hã?

— Henrique está vindo para cá, mas não planejávamos sair.

Falo e logo em seguida sinto o meu rosto quente, quando penso no que realmente quero fazer com o meu tempo livre. Nina, que não é boba, me encara com um sorriso sacana e um brilho malicioso nos olhos, o que me faz ficar ainda mais vermelha e me pego lutando contra um sorriso bobo.

— Sem brincadeira, você pode deixar o melhor da festa para mais tarde e sair com a gente. — Nina pisca os seus olhos imensos, fazendo uma cara de cachorrinho sem dono. — Ah, vem, vai ser divertido.

Fecho o computador, encerrando os meus estudos por hoje, tento não me importar com a expressão ridícula da minha amiga, mas por fim admito que ela tem razão, já que iremos enfrentar duas semanas de provas massacrantes, uma noite de diversão com os amigos é tentadora demais.

— Sabe de uma coisa? Acho que vai ser bom dar uma saída e encontrar com os caras, com a Mary... É, pode ser legal.

Penso por um instante e uma ideia surge. Quem sabe eu poderia cantar uma música com a banda? Uma determinada música que agora aparece piscando na minha memória. Começo a rir sozinha com a maluquice que me vem à cabeça. Vai ser muito engraçado, se der tudo certo como estou imaginando.

— Qual a graça?

— Nada demais, juro. — Volto a rir. — Ei, pare de me olhar desse jeito.

Nina espia o meu rosto, curiosa, mas em seguida acena de um modo displicente com a mão, revirando os olhos enquanto dá alguns passos para sair do quarto.

— Quer saber? Acho melhor você não me contar, tenho pensamentos sujos o tempo todo, não preciso adicionar os seus.

— Deixe de ser depravada, eu só tive uma ideia, que por sinal é muito inocente. — Pisco os olhos parecendo estar chocada.

— Ah, tá bom, não vou entrar na sua, lindinha. — Nina responde rápido.

— Bobona, estou falando sério.

— Que seja. — Nina suspira. — Agora deixe isso pra lá porque preciso ocupar o meu tempo com a missão de hoje, que está a quilômetros de distância da sua fingida inocência, se você quer saber a verdade. — Ela sacode as sobrancelhas sugestivamente.

Nina vai embora saltitante com a blusa nas mãos e logo que ela sai envio uma mensagem para David, perguntando se os caras estão de boa com a música, só para ter certeza de que a ideia que bolei vai dar certo, ele confirma dizendo que é moleza. Envio um ok e digo que vou aparecer no bar e fazer uma participação na apresentação da banda dessa noite.

Tudo certo, plano em andamento, agora é escolher uma roupa antes que Henrique apareça. Sou rápida, separo tudo que preciso e um pouco antes de entrar no banheiro para tomar uma ducha, ele abre a porta do meu quarto.

— Oi, linda. — Henrique me beija e logo observa as roupas em cima da cama. — Pensei que você estava a fim de ficar por aqui, vamos sair?

— Vamos. — Falo decidida. — Nina nos chamou para bebermos alguma coisa no Bar da Mary, todos vão estar por lá e poderíamos curtir o último sábado antes das provas. Tudo bem por você?

— Aham, o que você quiser.

— Certo, então vou tomar um banho rapidinho.

— Sem pressa, gata.

Parto para o banheiro, mas antes observo Henrique caminhar a passos pesados em direção à minha cama, praticamente afundando o corpo no colchão assim que deita.

— Você parece esgotado, o que foi? O treinador azucrinou muito a sua vida hoje? — Brinco, mas dá pena de ver o homem enorme esparramado em meus travesseiros, completamente acabado.

— Acho que vou ter pesadelos essa noite com os gritos do Camargo, ele não aliviou um minuto sequer, latiu como um insano nas nossas cabeças. — Henrique franze o rosto com a lembrança e suspira de um jeito cansado. — Caralho, tô morto. — E no mesmo instante fecha os olhos, adormecendo abraçado ao meu travesseiro.

Decido demorar um pouco mais no chuveiro, quero dar a Henrique alguns minutos para relaxar antes de sairmos, gasto um tempo maior secando os meus cabelos até que fiquem brilhantes e caiam em ondas pelas minhas costas, visto uma calcinha branca salpicada de cerejas, que eu adoro, e um sutiã rendado vermelho, faço uma maquiagem leve, mas caprichada, esfumaço ligeiramente os olhos com uma sombra escura e algumas camadas de rímel, aplico um gloss para finalizar o efeito, que fica exatamente como quero: discreto, mas sensual.

Quando abro a porta do banheiro Henrique está dormindo e roncando baixinho, tomo cuidado para não fazer barulho, saltitando com passos miúdos até alcançar o vestido que deixei separado em cima da cama. Mas antes de vesti-lo, lembro que preciso primeiro calçar as botas, dou um giro rápido para pegá-las e desastradamente chuto o tênis dele, que bate com tudo na porta do armário.

— Merda! — Xingo e olho em sua direção, alarmada.

— Hummm! — Henrique pisca vagarosamente, focando em minha calcinha.

Não sei por que, mas fico vermelha com o seu olhar e não consigo disfarçar a vergonha quando ele ergue o corpo e se apoia em seus cotovelos para obter um ângulo melhor.

— Puta merda! Vem cá lindeza, não sei o porquê, mas estou muito a fim de comer... cerejas.

Olhos sonolentos agora varrem o meu corpo com um interesse indecente, de um jeito que nunca falha em disparar um tremor pela minha barriga.

— Desculpe, te acordei. — Resmungo, aborrecida com a minha falta de jeito.

— E você não tem ideia o quanto. — Sua língua molha os lábios em um gesto de pura fome. — Sobe aqui, querida. — Ele bate as mãos em seu jeans e exibe um olhar de comando que me faz ofegar.

— Acho melhor não, eu... — Perco a linha de raciocínio quando mãos grandes e fortes agarram a minha cintura, impulsionando o meu corpo e me fazendo aterrissar de pernas abertas em seu colo. Henrique ergue mais o tronco e estamos de frente, com a sua boca a poucos centímetros da minha.

— Me obedeça, gostosura. — Ele roça os dentes pelo meu lábio inferior, fazendo uma onda de calor correr pelo meu corpo. — Você desfilando na minha frente com essa calcinha de cerejas é para testar todos os meus limites de controle e, posso te garantir, qualquer resquício dele já era.

Henrique agarra a minha nuca e me puxa para um beijo ávido, perco o ar com a sua invasão exigente, nossas línguas estão em uma exploração tão intensa que logo sinto a umidade entre as minhas pernas, sinalizando o poder que ele tem de me deixar maluca com apenas um beijo, passo as mãos pelo seu tórax musculoso, fazendo-o tremer, ele desliza os dedos pelas laterais finas da minha calcinha em um vai e vem torturante.

— Linda, estou louco de vontade. — Henrique fala rouco, mordendo o meu pescoço e depois afundando a cabeça no vão dos meus seios, inspirando profundamente, como se quisesse absorver todo o meu cheiro.

— Eu... ah, Deus! — Sussurro, perdida em uma neblina de desejo.

Nesse instante, uma batida forte na porta estoura a bolha erótica em que estamos presos.

— Ei, mano, apressa as coisas aí, senão vamos perder a reserva da mesa.

Paulo fala alto e dá mais uma batida na porta, dessa vez um pouco mais forte, sem dúvida mandando um recado para a gente interromper o que estávamos prestes a fazer.

— Caralho, isso só pode ser vingança desse idiota. — Henrique resmunga frustrado.

— Seja lá o que for, ele tem razão, preciso terminar de me arrumar, caso contrário não sairemos nunca mais dessa cama.

— Prefiro a segunda opção. — Ele elabora a seu sorriso mais diabólico, tentando me convencer a ficar.

— A expectativa não é o melhor do jogo? Alguém já me disse isso. — Repito o seu argumento. — Segure as coisas no modo espera, amor.

— Vou fazer o meu melhor. — Ele ainda acaricia as minhas coxas e me tira do seu colo, sem disfarçar o seu descontentamento — Agora tire esse traseiro gostoso da minha frente e vista logo uma roupa, senão vou mandar Paulo dar o fora daqui e não encher mais o meu saco.

Corro para pegar o vestido e o enfio pela cabeça, antes que Henrique resolva me derrubar nesse colchão. Seus olhos estão gritando a sua necessidade e, caramba, adoro esse olhar, ele me derrete por completo e a única coisa que consigo pensar nesse segundo é que estou louca para me atirar em seus braços. Afasto essa tentação e foco em minha tarefa, porque realmente hoje quero manter o meu plano.

O vestido que escolhi é um tubinho de malha vermelha, daquele tipo que abraça o corpo, como uma segunda pele provocante, mas sem ser vulgar. Gosto bastante dessa roupa, ela me dá uma certa sofisticação, sem destoar do meu estilo que não é nem um pouco glamouroso.

Com as minhas botas de cano curto no lugar e o vestido também, pego a jaqueta jeans e uma bolsinha, cruzando-a no meu corpo. Enquanto estou dando alguns passos em direção à porta, ouço um gemido agoniado vindo do meu namorado e paro no meio do quarto.

— Porra, Alex, vou ficar duro a noite toda desse jeito, primeiro pensando em cerejas e depois babando em cima desse vestidinho que mal tapa as suas pernas. — Henrique escorrega as mãos pelo rosto, meio desesperado. — Vai ser um puta milagre eu não socar ninguém hoje, já estou vendo.

— Você não vai fazer nenhuma besteira, nós combinamos, esqueceu? Nada de brigas ou volto para casa sozinha. — Lanço um olhar de advertência para ele, um olhar que diz claramente que não estou brincando.

— Tá bom. — Ele diz, com um aceno de cabeça.

Henrique levanta da cama, calça o tênis, depois estica o seu longo braço alcançando o meu rosto.

— Mas vou cobrar esse enorme sacrifício, se prepare.

Seu sorriso amplo é só um disfarce para o monte de sacanagem que está povoando a sua cabeça, o brilho de excitação dos seus olhos não me engana e, para ser sincera, mal posso esperar o momento de liberar tudo isso.

Saímos os quatro do apartamento, cada casal em seu próprio carro e vamos direto para o Bar da Mary, chegando lá encontramos com o resto do pessoal já acomodado em uma grande mesa. Marcos, para a surpresa de todos, está sozinho e diz que quer curtir a noite sem pegação, o que rende um tanto bom de piadas para cima dele, mas o cara nem liga, diz que está entrando em uma fase mais seletiva e aparentemente ninguém despertou o seu interesse refinado, mais uma vez os caras zoam até dizer chega o pobre coitado. Bem, pobre coitado é um exagero, porque o homem está sendo assediado com total descaramento por toda garota bonita que atravessa a nossa mesa, mas em sua defesa, o cara se mantém inabalável em seu novo propósito. Até quando, eu não sei.

Os meninos da banda também estão conosco, com exceção de David, que foi resolver algum problema no bar, todos aguardam o início da apresentação com a gente, bebendo, comendo e batendo papo. O clima entre nós não ficou estranho depois que eles souberam da minha história e não consigo descrever o quanto fiquei aliviada por isso.

Na verdade, cada um reagiu de um modo diferente, o que me surpreendeu no início. Hector me ligou no dia seguinte e disse que estaria ao meu lado a qualquer hora, em tudo que eu precisasse. Nando ficou me esperando na saída de uma das minhas aulas, não falou nada quando me viu, simplesmente passou os braços ao redor do meu corpo, me engolindo em um abraço de urso, depois beijou o meu rosto e disse que não preciso lidar com tudo sozinha e foi embora. Dante se sentiu terrivelmente culpado por toda aquela merda que aprontou comigo, me pediu desculpas inúmeras vezes e disse que ficou muito mal depois que David conversou com a banda. Ele queria me procurar naquela mesma noite, mas David tirou essa ideia da sua cabeça dizendo que eu precisava desse tempo, então marcou um lanche comigo na cantina da universidade, junto com

Hector, no caso de Henrique achar que ele estava dando em cima de mim, o que, vale ressaltar, o cara reafirmou que não vai mais acontecer. Para Dante, a partir de agora, sou como uma irmã e... esquece o resto.

Ficamos todos batendo papo, descontraídos em uma conversa animada. Paulo não parava de encher a cabeça da sua namorada por causa do decote escandaloso, o qual Nina fez questão de valorizar com um sutiã que elevou os seus seios a um nível inacreditável, fazendo da noite de Paulo uma tortura perfeita, seu humor oscila de babão completo para louco de ciúmes.

Gosto do cara, de verdade, e assistir a sua penitência está me enchendo de remorso, principalmente por ter participado dos planos perversos da minha amiga, que a propósito está se divertindo muito. Ela e Henrique se uniram para atormentar a vida de Paulo, está na cara desses dois, e eles não param de provocar a ciúme do coitado.

— Se eu fosse você não ficaria zoando do seu amigo. — Encosto a boca na orelha de Henrique e o repreendo com uma voz doce.

— Impossível, desta vez Nina conseguiu arruinar com a pose de durão do cara, olhe só pra ele. — Henrique tenta engolir uma risada, mas não tem muito sucesso e explode em uma gargalhada alta diante do rosto consternado de Paulo. — Vai por mim, ele bem que tá merecendo.

Henrique treme o corpo de tanto rir e um brilho satisfeito reluz em seus olhos. Está na hora do meu convencido namorado ficar ciente das coisas.

— Ok, então tudo bem se eu for a dona da blusa? Acho que isso não vai ser um problema, não é mesmo? — Observo o seu sorriso murchar diante da inversão dos papéis.

— Nem inventa, Alex!

Balanço a cabeça lentamente, negando.

— Sério? Você só pode tá de brincadeira!

Henrique vira a cabeça para o outro lado da mesa, analisando a roupa de Nina com uma expressão horrorizada, chegando a ser cômica e faço força para não desatar a rir.

— Que merda, Alex! De jeito nenhum você vai usar aquilo, entendeu? — Henrique anuncia muito sério.

— Vai sonhando, amor.

Dou de ombros e Henrique faz um som abafado à beira do indignado. Sou salva pela chegada de Mary, que me chama para ver alguma coisa lá no balcão do bar, sei que essa é a minha deixa para sair da mesa sem levantar suspeitas e me preparar para entrar no palco. O show começou tem mais ou menos meia hora e decidi entrar antes do intervalo da banda, fechando a primeira parte da apresentação. David me convenceu a cantar mais três músicas, duas são novas, nunca cantadas pela banda, estamos ensaiando para o próximo show no ginásio da universidade, felizmente o grupo está pronto para deixar rolar, por esse motivo concordei imediatamente em estender a participação dessa noite.

Dante termina de cantar uma música romântica, provocando uma gritaria descontrolada das garotas que não desgrudam do palco. O homem sabe fazer uma cena como ninguém, não só está sem camisa, exibindo o seu corpo malhado, como agacha próximo das meninas enlouquecidas, que desfrutam do acesso fácil ao seu corpo, chega a ser triste ver o quanto essas garotas mendigam um pouco da sua atenção. Pelo jeito como suspiram extasiadas, elas não se importam de parecerem assim, tão desesperadas.

David anuncia a minha participação no show com um estardalhaço desnecessário. É inacreditável como que o homem não consegue ser discreto, penso, desejando ter ficado de boca fechada e inventado um outro tipo de surpresa para Henrique. Essa indignação dura poucos segundos, porque basta eu pisar no palco e tudo se dissolve num piscar de olhos, sinto os aplausos, os gritos e a vibração deliciosa que percorre o meu corpo como uma onda quente. Os estímulos chegam de uma só vez e me arrebatam, fico completamente ligada assim que tomo posse do microfone.

— E aí, galera! Vamos cantar pra valer e animar esse lugar? — Grito para o público e recebo de volta uma resposta barulhenta.

Corro os olhos em direção à mesa em que estava sentada e Henrique me encara com os braços cruzados em seu peito tentando fazer uma cara séria, mas eu o conheço, um ligeiro levantar dos seus lábios denuncia o quanto ele está se segurando para não sorrir para mim. Aproveitando o seu vacilo, pisco e lanço um beijo soprado para ele, um ar divertido toma conta do seu rosto e o meu coração dá pulinhos de alegria.

Hector começa a marcar a música dando o ritmo para que eu entre, busco um timbre de voz sensual para o início da canção e quando o som corre solto, acelero o ritmo, percorrendo o palco, dançando de um lado ao outro e atiçando todos a cantar comigo. Na hora do refrão me viro para onde Henrique está e canto *I'm in Love With a Monster* encarando a sua expressão chocada, vários uivos vindos da nossa mesa despertam o interesse de algumas pessoas que viram os seus rostos para observar de onde vem toda a gritaria e para quem estou me declarando no meio do palco. Mais gritos espocam por todos os lados e os rapazes me acompanham no refrão, zombando do meu namorado, que agora está todo sorridente, cheio de si.

Logo a plateia canta empolgada, a pista de dança abaixo do palco fervilha, incentivada pela música divertida e, caramba, não consigo lembrar da última vez em que uma ideia me encheu de tanto orgulho.

Apesar da gozação dos caras da banda e dos caras na mesa, Henrique me olha de um jeito indecifrável, completamente alheio ao que o cerca, seus olhos incrivelmente azuis estão cravados em mim, sorrio interiormente, porque basta ele lançar esse olhar que o meu sangue corre quente, borbulhando dentro do meu corpo, e isso não tem nada a ver com o esforço físico que faço no palco, é tudo por ele.

A música chega ao fim, mas ainda fico no palco cantando com o grupo as três músicas seguintes. Encerro a minha participação da noite e nem espero David anunciar o intervalo, disparo do palco em direção à nossa mesa, só que na minha corrida cega esbarro em uma muralha de músculos que me segura pelos braços, levanto o rosto e arquejo quando dou de cara com olhos azuis implacáveis, em chamas e por um segundo tenho dúvidas se ele está bravo comigo ou em êxtase puro, não consigo decifrar os seus sinais.

— Você está meio que me assustando com essa cara misteriosa. — Cerro os olhos vasculhando o seu rosto, tentando adivinhar o que está passando pela sua cabeça.

— Estou?

Ele ergue uma sobrancelha e franze os lábios. Bem, não gosto disso.

— Aham, o que foi? Não gostou? — Pergunto, sem rodeios.

— Vamos cair fora daqui. — Ele joga duro e começa a me puxar.

— Ei, peraí, não vou a lugar algum, pode parar com essa coisa de mandar em mim.

A irritação começa a inundar o meu estômago, o que fiz no palco era para deixar Henrique no céu de tanta felicidade, mas o cara parece… sei lá, focado em uma missão.

— Posso te carregar, você decide.

— O quê? Pare de ser um idiota e me diz que bicho te mordeu, porque não estou entendendo nada. — Minha vontade é gritar de ódio.

— Falo no carro. — Henrique continua inflexível, não dando a mínima para minha cara feia.

— Não! Quero que você me responda agora ou não dou um passo sequer.

Finco os pés onde estou e cruzo os braços, a essa altura não estou nem aí se pareço uma criança birrenta.

— Você quer mesmo que eu te ponha em meus ombros e te leve embora daqui? Porque posso fazer isso, você sabe.

Sua voz é pausada e ameaçadora, ele não está me testando, sua intenção é clara, sei que Henrique vai fazer exatamente o que diz.

— De jeito nenhum!

— Foi o que pensei. — Ele pega a minha mão. — Ande, não temos a noite toda.

Bufo e solto a minha mão da dele, marchando na sua frente, sem esperar que ele me acompanhe. Passamos na mesa para pegar a minha bolsa e casaco. Apesar das brincadeiras de todos e do clima descontraído, um ar de incompreensão se instala no grupo. Não culpo os nossos amigos por ficarem lançando olhares interrogativos para mim, Henrique exala uma expressão obstinada como se tivesse uma meta a cumprir. A turbulência esquisita que toma conta do meu interior não está ajudando, milhões de perguntas atravessam a minha cabeça, mas é um desperdício de energia, porque não consigo entender como que a noite desandou desse jeito. Que merda!

Saímos do Bar da Mary em silêncio, estou com os braços ao redor do meu corpo, emburrada, Henrique apoia a mão na base da minha coluna guiando o caminho até a caminhonete como se nada estivesse acontecendo, nem um pingo abalado com o meu mau humor.

— Entre. — Reviro os olhos diante da sua ordem e faço questão que ele veja.

Pulo para dentro do carro dispensando a sua ajuda, fico esperando ele prender o meu cinto de segurança ou latir a próxima ordem. Henrique não faz nem uma coisa nem outra, fecha a porta e caminha em frente ao carro sem pressa, alcançando a sua porta e se acomoda no assento confortavelmente. De repente aquela aura de mistério voa pela janela e um sorriso predador desponta em seu rosto, me arrepiando toda, ele percebe que atingiu o objetivo e uma faísca acende em seus olhos, como se quisesse me devorar em dois tempos.

Estou perdida aqui, talvez Henrique tenha algum transtorno de dupla personalidade, vai entender. A verdade é que o cara se transformou em um maldito enigma essa noite, isso sim.

— Qual é o seu problema? — Pergunto, erguendo o queixo.

— Você. — Ele fala e sinto o ar faltar nos meus pulmões.

— Ah! — É a resposta mais estúpida que sai da minha boca, mas estou sem palavras.

— O. Tempo. Todo. É. Você. — Suas palavras são ditadas e o meu coração pula em cada parada. Meu Deus, ele está muito zangado comigo.

— Eu!? Mas... eu pensei... — Suspiro me sentindo uma completa idiota. — Tá certo, você não gostou, já entendi.

Henrique balança a cabeça negando, com um sorriso enigmático no rosto.

— Alex, você não entendeu merda nenhuma.

Num segundo sou arrancada de onde estou e caio, literalmente, em cima do seu pênis que, a propósito, está duro feito uma rocha. Engulo em seco e arregalo os olhos para ele, encontrando o seu olhar ardente, em brasas, com o azul ficando cada vez mais escuro, carregado de luxúria.

— Bobinha, você acreditou mesmo que não gostei?

Ele belisca o meu lábio inferior com os dedos, aproveitando o meu estado boquiaberto. Permaneço muda, sem saber o que dizer.

— Eu amo qualquer coisa que vem de você, até mesmo os seus chiliques de teimosia, mas hoje precisei fazer um esforço sobre-humano para não te agarrar naquele palco, na frente de dezenas de pessoas. — Henrique geme baixo. — Nossa, foi quase impossível me controlar e permanecer parado, ouvindo você cantar que me ama, que está caída de amores por mim. Juro, isso foi a coisa mais sexy e excitante que já vi na minha vida.

— Certo..., então você gostou. — Afirmo, sem muita convicção.

— Aham, e agora vou te mostrar o quanto gostei, o quanto te amo e o quanto preciso me enterrar em você nesse instante, estou prestes a explodir aqui, não aguento mais essa espera sem fim. — Henrique desliza as mãos pelas minhas coxas abertas subindo o meu vestido.

— Sério? — Murmuro receosa e olho para os lados. — Mas... aqui? Estamos em um estacionamento, qualquer um que passar vai ver o que estamos fazendo.

— Sim, aqui, fique tranquila, ninguém vai nos ver, eu garanto.

Olho novamente ao redor e percebo que realmente é muito difícil alguém ver o que se passa dentro da caminhonete, ela é alta, seus vidros são escuros e, além do mais, Henrique estacionou em uma área mais afastada, quase sem carros, impossível alguém ficar bisbilhotando ou até mesmo perceber que tem alguém dentro do carro.

Apesar de estar mais relaxada, ainda tem algo que está me incomodando.

— Não entendi o porquê daquela cena toda lá dentro, estou confusa, você parecia furioso comigo.

— Não estava furioso, estava louco para ir embora e, se você não fosse tão esquentada, teria percebido de cara que eu estava por um fio, por isso não me restou outra opção, tinha que te arrancar de lá meio que a força.

Ele solta um risinho tão debochado que me dá vontade chutá-lo. Onde já se viu? Me fazer acreditar que fiz algo errado enquanto ele estava no fundo adorando tudo aquilo.

— Idiota, era só ter me falado, eu não iria protestar.

— Sem essa, você sempre protesta.

— Eu não faço isso! — Exclamo insultada.

— Faz sim e mais, costuma me torturar também.

— Quê?

— Isso mesmo. Hoje você me fez passar por uma prova de fogo quando apareceu com essa deliciosa calcinha de cerejas. — Ele enrosca os dedos nas laterais da minha calcinha e eu dou um pulo me esfregando em sua enorme protuberância, mordo o lábio para não deixar escapar um gemido.

— Depois você aparece com esse vestido vermelho colado, fazendo a alegria de muitos marmanjos naquela pista, os otários não paravam de babar pela minha garota e deu uma vontade enorme de esmurrar todos eles, mas prometi me comportar, portanto quando digo que você é o meu problema, acredite, você é.

— Hum, estou te fazendo suar é? — Sorrio e entro no clima, cato a barra da sua camisa e ergo a peça lentamente, Henrique não se opõe e desencosta do banco facilitando as coisas.

— Muito, mas agora é você que vai implorar.

— Não preciso implorar, estou certa de que vou ter o que quero.

Com um rosnado rouco, Henrique avança para cima da minha boca, agarro os cabelos da nuca dele com uma pegada firme, ele espalma as duas mãos em minha bunda, apertando e alisando, fico louca de vontade de rasgar as roupas só para facilitar o acesso. E como se ele adivinhasse, sinto o vestido sair do meu corpo com a velocidade da luz, agora estou somente com calcinha e sutiã, esparramada em seu colo e me esfregando desesperada no tecido duro do jeans. Corro as mãos pelo seu peito musculoso, cheio de reentrâncias definidas, lisas e duras, suspirando extasiada com essa perfeição bem ao alcance das minhas mãos. Ele também não fica atrás, passeando com as mãos possessivas pelo meu corpo, alcançando o fecho do sutiã e liberando os meus seios. Henrique envolve um seio com a boca, chupando com destreza, depois morde e rodopia a língua pelo bico duro, eu aperto ainda mais os seus cabelos trazendo-o para mim, ofegando, quase sem fôlego.

— Você é tão gostosa, quero te tomar de calcinha e tudo. — Seus olhos têm um brilho faminto e impaciente. Eu simplesmente aceno concordando.

Duas coisas acontecem de imediato, avanço para cima do zíper da sua calça e Henrique puxa a alavanca do seu banco, ficando praticamente deitado, exposto ao meu deleite. Empurro as suas roupas para baixo, liberando uma ereção pronta para entrar em ação, não me contenho, passo a língua pelos lábios desejando-o em minha boca, mas Henrique tem outros planos, ele me pega pela cintura, afasta a calcinha com os dedos e ergue o meu corpo, depois se enterra inteiro dentro de mim, inclino um pouco e apoio as mãos em seu peito me contorcendo para aumentar o contato.

— Fique quietinha, querida, ou vou explodir em segundos. — Ele geme com o rosto contraído.

— Mas é tão bom. — Suspiro, adorando a sensação de ser preenchida.

Henrique geme de novo e começa a mover devagar, fazendo o trajeto de ir e vir suavemente, uma ânsia me domina e quero rápido, quero forte, bruto até, desço com força arrancando um uivo dos seus lábios. Ele entende o meu desejo e acelera o ritmo, investindo do jeito que eu quero, estou praticamente tremendo em suas mãos, completamente entregue ao prazer, um prazer tão intenso que faz os dedos dos meus pés encolherem dentro das botas, tamanho é o meu grau de excitação. Sinto que vou gozar em instantes.

— Ah, merda, tô quase lá. — Henrique arqueja, cravando seus dedos na minha bunda com tanta força que é certeza que irei ter hematomas com formato de dedos amanhã. Não ligo, adoro vê-lo assim, completamente desesperado por mim, é excitante demais.

Henrique gira o quadril e me puxa para baixo em uma investida demorada, não suporto mais, arqueio as costas e o orgasmo rasga o meu corpo como lâminas de fogo, gemo tão alto e por tanto tempo que mal percebo Henrique chegar ao clímax, só sinto as suas coxas tremerem embaixo das minhas e ouço o meu nome sair da sua boca em um grito rouco.

Viro uma gelatina, uma massa humana inerte que desaba em cima do seu corpo suado, o som das nossas respirações instáveis é amplificado dentro do carro, quase escuto o retumbar frenético do meu coração. É maravilhoso e eu não quero que isso acabe. Em um gesto de carinho, Henrique me abraça, apertando os seus braços e me envolvendo com o seu toque suave, eu me sinto tão bem quando estamos assim, me sinto tão feliz...

E de repente uma imensa onda de medo me cobre e como uma covarde idiota que sou, estou morrendo de medo que essa felicidade toda acabe, que a qualquer momento ela desapareça, não sei dizer o porquê dessa sensação, é como um pressentimento ruim, uma dorzinha insistente no fundo do meu coração que não consigo abafar. Solto um suspiro trêmulo e triste.

— Isso não está soando como um suspiro muito satisfeito. O que foi? — Ele me segura mais forte e puxa o meu rosto, para estudá-lo melhor.

— Nada que valha a pena, já passou. — Minto.

— Não caio nessa, Alex. — Henrique passa os dedos lentamente pelas minhas bochechas e eu não resisto, fecho os olhos apreciando a quentura das suas mãos. — Eu te machuquei? — Nego com a cabeça, abro os olhos e enxergo a sua preocupação.

— Não mesmo, amo você. — Beijo os seus lábios ternamente.

— Tá, essa eu vou deixar passar, mas só porque você disse que me ama. — Ele sorri. — Não só disse, como cantou para um bar inteiro, proclamando que eu sou o homem da sua vida. — Seu sorriso arrogante fica cada vez maior.

— Não fique todo presunçoso, isso vai acabar com as suas chances comigo. — Ergo os lábios tentando disfarçar a minha bagunça interna.

— Duvido. — Ele me olha com humor nos olhos. — Sabe de uma coisa? Nesse momento sou capaz de ter ótimas ideias para fazer com você e essa sua calcinha sexy. Vamos pra casa?

Comprimo as coxas ao seu redor, ansiosa por mais um momento no paraíso, sem incertezas, sem esse medo horroroso que me acompanha. Henrique me encara com um brilho travesso nos olhos e diz alegremente:

— Vou encarar isso como um sim. — Não nego e assinto com a cabeça.

Ele levanta o banco e sobe a calça ao mesmo tempo, cata o meu vestido que estava perdido em algum lugar no carro e num piscar de olhos estamos disparando pela rua em direção ao meu apartamento.

De verdade, não tenho motivos para ficar formulando ideias idiotas de que tudo isso vai acabar. É ilógico, eu o amo e ele me ama, estamos bem. Continuo repetindo isso para mim, tentando sufocar essa insegurança fantasiosa que teima em estragar tudo que me deixa feliz, mas não consigo abandonar a inquietação que fica dando voltas e mais voltas dentro da minha cabeça. Só volto a ficar bem quando Henrique me ama e, aí sim, eu finalmente esqueço todos os pensamentos ruins e fico em paz.

Duas semanas! Isso aí, duas semanas em que fiquei correndo de um lado ao outro para dar conta das provas, entrega de trabalhos, treino, ensaios e, o pior, tentando não enforcar o orientador do meu trabalho de conclusão de curso. Sorte a dele estar em Atlanta. O cara esmiuçou tudo que podia da minha dissertação, mas aguentei firme, fiz todas as correções, exatamente como ele queria, mesmo que para isso eu tenha virado um zumbi perambulando pelas noites e rastejando durante o dia. Em vários momentos a minha vontade era de socar até a morte a cabeça do sujeito, de tanto que ele encabulava com míseros detalhes. Deus do céu!

Nossa, estou um caco de cansada, ainda bem que nos próximos dez dias teremos aulas somente no período da manhã, tudo isso por causa dos jogos estudantis que têm início hoje e estão deixando os alunos em um agito só, isso aqui está parecendo uma festa, não se fala em outra coisa. Muitos alunos de outras universidades estão chegando para competir, a universidade providenciou alojamentos e alimentação para os atletas, deixando o *campus* repleto de rostos novos, com pessoas circulando o tempo todo entre as quadras esportivas, campos abertos e parque aquático.

Não vou participar de nada. Graças a Deus! Na minha categoria de boxe não aconteceram adesões femininas, achei ótimo, porque não pratico boxe para competir e odiaria ser obrigada a participar só porque treino dentro da universidade. Mas Henrique não teve a mesma sorte, está enfiado até o pescoço com as inúmeras provas que terá que competir, tanto em modalidades individuais como em equipe. Estamos fazendo o possível para encontrar um tempinho de pelo menos trocar um beijo e falar um oi. Henrique ainda tem o trabalho com o pai para acrescentar mais um item a essa carga toda, então... está muito difícil. A parte boa é que depois dos jogos teremos uma semana inteira de folga e é isso que está me animando.

Iremos juntos para Atlanta, a data da apresentação do meu trabalho já está marcada, depois que eu me livrar dessa obrigação estaremos com tempo para curtir o período do recesso. Henrique quer conhecer a minha família e essa viagem vai ser uma oportunidade e tanto. Na verdade, minha mãe foi mais esperta, disse que virá passar dois dias comigo antes da viagem, ela conseguiu dar um jeito nos seus plantões e vem me ver. Desconfio que no fundo não quer ficar para trás com relação ao meu pai e, sem dúvida, está morrendo de curiosidade em conhecer Henrique. Ela jura solenemente que não, que só está com saudades da sua filhinha e quer desejar boa sorte pessoalmente. Bem, como se eu fosse cair nessa, conheço a peça.

Combinamos de jantar no Bar da Mary e no dia seguinte iremos fazer um programa de mãe e filha. Seria tudo perfeito, mas o que está pegando são as datas no calendário das competições. Se Henrique for disputar as finais, o quê é quase certeza, não conseguirei estar lá para vê-lo, justamente porque estarei com a minha mãe. Não posso abandoná-la para ficar a tarde toda no parque aquático e carregar a criatura para assistir as competições de natação está fora de questão, ela não é uma pessoa esportiva, pelo contrário, minhas chances de ter uma mulher entediada e irritadiça ao meu lado são enormes. Sinceramente, não vale a pena. Henrique já sabe, ficou um pouco desapontado, mas por fim entendeu. Garanti que vou estar em todas as outras provas, todas mesmo, e não quero perder nenhuma bateria que ele irá disputar. Já avisei aos caras da banda que ensaios só depois das competições, os treinos de boxe estão suspensos durante os jogos, portanto o meu tempo é para Henrique.

Saio apressada da sala de aula, porque estou quase atrasada para o ensaio da banda, de repente ouço alguém me chamando.

— Ei, Alex! — Viro a cabeça olhando através do corredor, vejo Hector correndo ao meu encontro.

— E aí! — Cumprimento o cara e ele me dá um beijo no rosto.

— Beleza. Você tá indo para o ensaio? — Hector pergunta, arfando.

— Estou sim, por quê?

— Me dá uma carona? Meu carro foi para a revisão e o babaca do Dante disse que não iria me esperar, tinha uns assuntos para resolver antes do ensaio. — Hector abana uma mão no ar, impaciente.

— Sem problemas, estou indo para lá. — Pego as chaves dentro da mochila. — Vamos ter que correr, David fica uma fera quando a gente se atrasa.

— E eu não sei.

Hector ergue os ombros não dando a mínima, sorrio para ele achando graça do jeito que esses meninos tripudiam da paciência do meu amigo.

— E o que você está fazendo por aqui? Achei que já estivesse livre das provas. — Pergunto, enquanto caminhamos apressados para o carro.

— Provas? Nãaao, tô de boa, fiz a última ontem. — Ele olha para cima como se agradecesse aos céus, depois sorri abertamente quando volta a falar. — Estava no campo assistindo uma partida de futebol.

— Sério? Não sabia que você era fã de futebol.

— Gosto de futebol, mas não sou fã, dificilmente perco o meu tempo acompanhando os jogos. — Encaro o seu rosto confusa e ele se apressa em explicar. — Ver marmanjos de pernas peludas correndo e xingando entre si não é uma coisa muito excitante pra mim.

— Eita, agora não entendi nada. — Começo a rir. — Você não acabou de dizer que estava assistindo um jogo de futebol?

— Eu explico. Gosto de assistir as meninas do time de futebol da universidade, isso sim, vale o meu tempo. O time é um verdadeiro colírio para os olhos, é tanta menina bonita que não sei nem para que lado olhar. — Hector sorri amplamente, com a maior cara de pau, como se isso fosse a coisa mais óbvia do planeta.

— Legal, então você perdeu a carona de Dante para secar as garotas do futebol? — Reviro os olhos. — Faz sentido.

— Por aí. — Ele pisca para mim. — Uma garota me chamou um tempo atrás para assistir uma partida em que ela iria jogar, gostei tanto que sempre que posso venho ao campo de futebol ver aquelas coisinhas lindas correndo atrás da bola, é bastante... surpreendente.

— Ah, sim, claro. — Respondo, irônica.

— Pode crer, Alex. — Hector me olha com uma expressão maliciosa.

Estou rindo da sua cara quando chegamos ao carro, aperto a chave para abrir as portas, mas paraliso no meio do caminho sentindo um arrepio frio correndo pela minha nuca, eriçando o cabelo de um jeito desagradável, como se algo ruim estivesse me rondando. Estico as costas, ficando rígida como uma vara e percorro o local com os olhos. Tenho feito muito isso nos últimos dias, uma sensação estranha de que estou sendo observada está me deixando paranoica.

Estreito os olhos em uma busca minuciosa, vários rostos desconhecidos atravessam o meu campo de visão, de repente, um rosto surge como um fantasma do meu passado me assombrando, sinto um calafrio, paro de respirar e minha cabeça começa a girar, uma náusea súbita me faz levar a mão ao estômago.

Meu Deus, não pode ser. Fecho os olhos com força e inspiro fundo, abro-os e ele não está mais lá. Fico rodando como um peão, olhando para todos os lados, me certificando de que tudo não passou de uma ilusão, uma pegadinha do meu cérebro maluco, que está entrando em um estado psicótico com essa sensação de que estou sendo perseguida.

— Alex! — Percebo Hector apertando o meu braço e dou um pulo, assustada. — Ei, calma, menina, você tá branca feito uma folha de papel, parece até que viu uma assombração.

E vi mesmo, penso.

— Desculpe, eu... eu... só estou cansada, vamos embora daqui, a gente não pode perder tempo. — Escondo a minha angústia, mas ainda vasculho o estacionamento com os olhos uma última vez e por fim entro no carro.

Hector me olha desconfiado, mas dá a volta no carro e senta ao meu lado. Estou apertando as chaves com tanta força que vergões vermelhos marcam a minha mão, encaixo-a na ignição com as mãos suadas e trêmulas.

— Alex, você está bem? — Hector olha para mim preocupado.

— Aham. — Pego a garrafa de água dentro da mochila e bebo alguns goles, tentando fazer descer o bolo que se alojou no meio da minha garganta. — Estou esgotada, é só isso. — Passo a mão na testa para remover o suor frio e dou a partida no carro.

Sinto uma queimação em meu estômago, algo que faz tempo que não sinto, tento me concentrar no trânsito para distrair os meus pensamentos, mas uma garra afiada desponta e finca dentro de mim abrindo uma brecha para o meu medo. Tenho pavor de pensar que acho que vi Eric no estacionamento da universidade onde estou estudando, a poucos metros de distância, capaz de me alcançar com míseros passos.

Não, faço uma negação mental, ele não estava lá, repito isso mil vezes como um mantra. Engulo essa amargura e me forço a acreditar que estou segura, que esse cara está bem longe e não pode me fazer mal.

Caramba, não está funcionando! É tudo inútil, não consigo mais me arrastar para fora desse pesadelo e isso está me deixando mortalmente... apavorada. De novo.

Henrique

Uma agitação na cama desperta de repente o meu sono. Ainda estou com os olhos cerrados, naquela fase meio dormindo, meio acordado, desorientado com o que está acontecendo ao meu redor, mas um grito súbito me faz dar um salto e fico em estado de alerta imediatamente. Inspeciono o quarto, situando o meu cérebro sonolento. Olho para a janela e verifico que ainda é noite lá fora, ouço outro grito agoniado, entrecortado por gemidos, que corta o silêncio do quarto como em uma cena de um filme de terror. Direciono o meu olhar para a pessoa ao meu lado, que está contorcida, chutando o lençol com desespero, tremendo e chorando.

Merda! Com certeza, Alex está presa em um dos seus pesadelos. Estou supondo, porque nunca presenciei o estado em que ela fica quando esses pesadelos resolvem perturbar o seu sono. Sei que os tem com certa frequência, ela me contou, mas durante esse tempo em que estamos juntos, eles nunca surgiram, somente algumas palavras sussurradas durante um sono agitado, e nada mais. Porém, hoje o cenário é muito diferente.

Alguma coisa está mexendo com a sua cabeça e a deixando inquieta desse jeito, percebi de cara quando apareci de surpresa ontem à noite, já no final do ensaio da banda. Ela estava estranha, fora do ar e mais arredia do que o normal. Senti uma vibração negativa, quando a abracei por trás e Alex se esquivou bruscamente, como se estivesse armada para uma emboscada.

— Ei, Alex, acorde, está tudo bem! — Falo baixinho em seu ouvido, acariciando os seus braços suavemente para não a assustar.

Ela paralisa, absorvendo a minha voz, no entanto, seus olhos permanecem fechados. O rosto de Alex está molhado pelas lágrimas, as mãos fechadas em punho e a sua camiseta ensopada de suor. A cena é de matar, espreme o meu coração de uma forma tão intensa, que sinto uma fisgada de dor lá no fundo da alma, não suporto ver Alex assim, sofrendo.

— Querida, você está tendo um pesadelo, não é real, abra os olhos. — Recito as palavras suavemente, enquanto limpo suas bochechas, afastando as lágrimas que continuam a escorrer. Os olhos verdes da minha menina abrem e me encaram cheios de medo, piscando inúmeras vezes até focar.

— Oi, linda, estou aqui com você. — Falo com cautela, mas percebo exatamente a hora em que seu cérebro se conecta de novo e ela se dá conta do que está acontecendo. — Apenas diga. O que está te perturbando?

Alex passa a mão pela testa suada, com os dedos trêmulos e nega vigorosamente com a cabeça.

— Nada. — Responde rouca. — Não é nada. — Ela desvia os olhos dos meus, vacilando em seu intuito de me fazer acreditar no que acabou de dizer.

Por mais que ela odeie admitir, Alex sabe que consigo ler direitinho as suas mentiras, ela é péssima em esconder as coisas de mim.

— Sem essa, pode falar, tem alguma coisa dando um nó na sua cabeça, eu sei. — Pressiono, com os olhos fixos em seu rosto pálido.

— Já disse, não é nada! Tenho pesadelos sempre e acordo no meio da noite com eles, é quase uma rotina para mim. Desculpe, mas não consigo evitar.

Ela resmunga, parecendo inconformada e muito infeliz.

— Não foi isso que perguntei, quero que você me diga o motivo.

— Não tem um motivo, sou assim.

— Até parece, Alex! — Elevo a voz, indignado. — Você realmente vai continuar achando que vou engolir essa desculpa?

— Eu... não... não sei do quê você está falando.

Nossos olhares se desafiam por alguns segundos e ela fraqueja, fechando os seus olhos para não continuar me encarando. Alex suspira, desanimada, abaixando a cabeça enquanto fala em um tom de voz baixo e sofrido.

— Sabe de uma coisa? Foi uma péssima ideia ter vindo para cá, você precisa dormir bem essa noite e eu estou atrapalhando o seu descanso.

Alex afasta os meus braços e se levanta da cama, ficando de costas para mim. Assisto a sua luta interior, enquanto desliza as mãos pelo rosto e olha para cima, exalando o ar com força, parecendo terrivelmente derrotada. Saio da cama, abraço o seu corpo e beijo seus ombros, passo as mãos pelos músculos tensos, massageando-os, para tentar quebrar um pouco da rigidez.

— Estou pouco me lixando para o meu sono. — Declaro com firmeza.

— Pois você não deveria. — Ela retruca. — Uma noite bem dormida vai te fazer falta amanhã, foi um erro eu ter roubado a sua tranquilidade.

— Bobagem, quero dormir com você sempre, todas as noites.

— Tá, não por muito tempo, sou uma bagunça à noite, tenho dificuldade para dormir e atrapalho o sono de qualquer um que tente ficar comigo.

— Pare de me enrolar, sei como você dorme e não me importo. A questão não é essa, só estou preocupado, sinto que aconteceu alguma coisa e você não quer me contar. Por quê?

Alex gira entre os meus braços e fica de frente para mim. Por um breve segundo, acho que vai se abrir comigo mas, no instante seguinte, ela muda e se fecha novamente. Com um sorriso forçado, estica o corpo e fica na ponta dos pés; em seguida me beija, envolvendo os braços ao redor do meu pescoço, fingindo que está tudo normal com ela.

Mas que balela! Ainda sinto o gosto das suas lágrimas em meus lábios e um sentimento amargo toma conta do meu corpo, impulsionando a certeza de que ela ainda não confia em mim.

— Estou cansada, é só isso, não se preocupe. — Ela fala, tentando parecer casual, como se eu fosse cair nessa.

— Mas que droga! Você está me escondendo alguma coisa e ainda acha que sou burro?

Não seguro a irritação que sobe pelo meu corpo, solto as suas mãos do meu pescoço, deixando-as no ar e me afasto, dando as costas para ela.

— Você está imaginando coisas. — Sua voz está longe de ser firme, confirmando as minhas suspeitas. Tem algo ruim acontecendo, só não sei o que é.

Solto um gemido frustrado e arrasto as mãos pelo couro cabeludo, quando viro o rosto em sua direção, a minha expressão é dura.

— Sou um cara paciente, quero te ajudar, mas estou de pés e mãos atadas aqui. — Abro os braços e deixo-os cair pesadamente ao lado do meu corpo.

Alex junta as duas mãos em frente ao rosto e fecha os olhos, como se implorasse por misericórdia.

— Escute, tive um dia estressante, ou melhor, semanas estressantes. Estou a ponto de explodir, com tanta pressão que tenho recebido de todos os lados. Eu me conheço e sabia que uma hora isso iria vazar, infelizmente, o que acontece nesses casos é que tenho pesadelos medonhos, que sugam completamente as minhas forças. — Ela engole em seco. — Me dá um tempo, por favor, estou exausta e quero tentar dormir mais um pouco, só isso.

— Ok, como quiser, vamos fingir que está tudo bem. — Minha voz é ácida, estou cansado e chateado demais para me importar.

— Quer saber? — Alex começa a andar com passos decididos para o banheiro. — Como falei antes, é melhor eu ir embora.

— Vai embora porra nenhuma! — Falo alto e ela estaca no meio do caminho.

— Você não manda em mim. — Ela rebate categórica, virando a cabeça por cima do ombro e olhando furiosa para o meu rosto.

— Se você acha que fugir vai resolver alguma coisa, vá em frente. — Aceno vigorosamente com as mãos em direção à porta do quarto.

Alex franze a testa e balança a cabeça, negando.

— Não estou fugindo, quero te deixar descansar, dormir, as suas provas de natação começam amanhã e essa conversa não vai nos levar a nada. — Vejo o seu rosto se desfazer em mágoa e ela segura as lágrimas com valentia.

Odeio esse clima entre a gente, Alex mantém a pose de durona, mas percebo a sua fragilidade; ela vai desmontar se eu insistir, ou pior, sair por essa porta e me evitar, sei lá por quanto tempo.

— Fique aqui, não quero que vá embora, preciso realmente dormir e, se você sair agora, isso vai ser a última coisa que irei fazer. — Suspiro baixo. — Não vou te perguntar mais nada, pode relaxar e... esquecer, tá legal?

Estou cansado de brigar com algo imaginário, portanto, arrasto os meus pés pesadamente para fora do quarto e caminho até a cozinha, tentando arrumar alguma coisa que distraia os meus pensamentos, que, a essa altura, giram feito carrossel em minha cabeça.

Estou vasculhando a geladeira, sem ter a menor ideia do que quero, completamente longe daqui. Escuto um barulho e me viro, a tempo de ver Marcos se sentando na cadeira. Ele se acomoda, esticando as pernas e observando o que estou fazendo, depois tamborila os dedos na mesa, distraído, esperando eu me decidir. Resolvo pegar uma garrafa de suco, dois copos e me sento na sua frente.

— E aí, perdeu o sono? — Pergunto, despejando suco nos copos.

— Não, acordei com os gritos de Alex. — Marcos diz, soando indiferente.

— Sério?

— Aham, foi ela, não foi? — Ele arqueia as sobrancelhas para mim.

— É, foi. Alex teve um pesadelo. — Abaixo os olhos, encarando o copo.

— Hum, isso é bem ruim. Ela tá legal agora? — Marcos me fita com preocupação.

— Está. — Respondo seco, sem vontade nenhuma de estender o assunto.

Nunca tive dificuldades de conversar com Marcos, falamos sobre tudo, mas confesso que não estou com coragem de me abrir com ele e dizer o que está corroendo a minha alma. Estou chateado, confuso e sem disposição alguma para escutar conselhos, críticas ou sei lá o quê, penso, amargurado.

— Não é o que parece, ouvi vocês discutindo. — Marcos ergue os ombros. — Desculpa, mano, não pense que estou dando uma de bisbilhoteiro, mas não deu para evitar, a acústica desse apartamento é horrível.

— Não esquenta, na verdade não fui muito silencioso mesmo. — Minha boca repuxa em um sorriso culpado.

— Então, Rico, qual o problema? — Marcos faz pressão, mantendo a expressão séria, esperando uma resposta minha.

Sem chance de escapar desse interrogatório, Marcos é uma praga insistente, e é meu melhor amigo, tenho certeza de que não vai deixar isso passar batido. Reviro a mente, tentando achar uma saída, mas nada me vem.

— Não sei, cara, não sei.

Cruzo as mãos na minha nuca, pressionando um pouco, enquanto exalo o ar bruscamente e, depois de uma longa pausa, decido abrir o jogo com ele.

— Amo aquela garota, mas a sensação que tenho é a de que estou inteiro nessa relação e ela... bem, ela só está pela metade. É difícil pra cacete admitir isso, mas Alex não confia em mim, não confia no que sinto por ela, estou ficando louco e essa insegurança está me acertando, como um soco no estômago. — Seguro o rosto entre as mãos, desanimado.

Marcos estuda demoradamente a minha expressão desgastada e avalia a situação, levando um tempo para escolher as palavras antes de começar a falar.

— Rico, preste atenção.

Ergo a cabeça e encaro o meu amigo, que rebate o meu olhar com uma expressão daquelas que as pessoas têm quando sabem o segredo da vida.

— Carrego comigo uma habilidade da qual me orgulho pra valer, posso dizer que é quase um dom. — Marcos fala solenemente.

— Habilidade?

— Habilidade, faro, intuição, não importa, é algo forte. — Ele acena uma mão no ar, dispensando as palavras. — Sabe qual é?

Nego com a cabeça, sem entender aonde ele quer chegar com esse papo.

— Sei ler as pessoas. — Marcos acena devagar. — Sou muito bom em decifrar o que se passa por trás de uma fachada.

Por um instante, acho que Marcos está sendo sarcástico, mas ele não exibe aquele ar convencido que tanto gosta e sinto uma pontada de curiosidade para desvendar essas palavras codificadas do meu amigo.

— E daí, o que isso tem a ver com o que estou te contando?

— Tudo, Rico! — Marcos exala o ar impaciente. — Sinceramente, cara, tá cego?

— Pelo visto, sim. — Respondo apertando o copo como se fosse estilhaçá-lo.

— Então abre o olho, e rápido. — Marcos rebate, sem piscar. — Rico, essa garota te ama pra cacete, não tenho a menor dúvida, acho que você tá fora do seu juízo mesmo, se não enxerga o que Alex sente por você.

Puxo os meus cabelos até doer, a frustração corre dentro de mim.

— O que devo fazer agora, Marcos? Tô perdido. — Solto uma respiração pesada.

— Antes de mais nada, entender o que realmente deixou Alex desse jeito.

— E você não acha que já tentei? — Inspiro fundo. — Porra, algo desencadeou esse pesadelo e ela não quer me falar! Quase implorei para ela me dizer o que está errado; desde ontem venho notando que Alex está toda estranha. Não sou idiota, tenho absoluta certeza de que alguma merda aconteceu, mas ela não quer se abrir comigo. A questão é que não sei mais o que fazer! — Bufo irritado, sentindo uma impotência infernal.

— Mano, dá um tempo pra menina. — Marcos arrasta os braços pela mesa e aproxima o seu rosto do meu, me encarando com uma mistura de reprimenda e solidariedade masculina — Não segue esse caminho, deixe ela te contar por vontade própria e não force a barra. Vai por mim, isso não tem nenhuma relação com falta de confiança e muito menos em não estar cem por cento envolvida com você. Alex precisa do seu apoio para apagar da memória, seja lá o que tenha acontecido, e não de um namorado desconfiado, atazanando a sua vida. Sai dessa, cara.

— Jesus, fiz tudo errado mesmo. — Resmungo angustiado.

Marcos sorri torto, debochando descaradamente do meu triste estado.

— Mano, estou te estranhando, você já foi melhor nessa coisa de se dar bem com as gatas, tá perdendo o jeito, hein?

Olho enfezado e o meu amigo levanta as mãos, rendido.

— Desculpa, estou de brincadeira, sei que o seu lance com Alex é sério, então põe a cabeça no lugar e vá fazer as pazes com a sua gata, você está perdendo tempo, irmão. — Marcos aponta para fora da cozinha.

Caralho, o cara tem toda a razão.

— Merda! — Xingo, quando percebo que agi como um estúpido, desde que Alex despertou daquele pesadelo. — Sou um idiota!

— Sempre achei. — Marcos ri baixo, concordando com a cabeça; eu mostro o dedo para o babaca e ele ri da minha cara com mais vontade.

— Preciso voltar para o quarto e dar um jeito nas coisas. — Me levanto de supetão da cadeira e lanço um olhar zombeteiro para Marcos. — Valeu, até que você não é nada mal, como conselheiro sentimental, deveria trabalhar na rádio do *campus*, dando dicas, você tem talento para o negócio.

Não aguento, agora sou eu quem está rindo, diante da cara horrorizada que Marcos faz para mim.

— Vai se foder! — Marcos também se levanta e caminha comigo para o corredor dos quartos. — Da próxima vez, vou deixar você se ferrar todo com a sua garota, pode esperar.

— Vai nada. — Paro em frente à sua porta e ergo os ombros, indiferente — Eu só quis dizer que você não pode desperdiçar esse talento e, com a sua vasta experiência com as garotas, seria muito egoísta da sua parte, cara.

Marcos não responde, resmunga uma porção de xingamentos e entra no seu quarto, batendo a porta na minha cara.

Abro a porta do meu quarto e escuto o barulho do chuveiro, um alívio se instala em meu peito de imediato. Ora, pelo menos Alex não está catando as coisas para ir embora e estou acreditando fortemente que a sua intenção é ficar por aqui, se não, porque estaria tomando banho, não é?

Me deito na cama e fico olhando para o teto, prestando o máximo de atenção aos ruídos vindos do banheiro. Assim que ela sai, levanto a cabeça e espio em sua direção. Droga! Alex está vestindo a minha camiseta, mas o que prende o meu olhar é o seu rosto, ela chorou. Olhos inchados, nariz vermelho e uma expressão de tristeza sem fim, fazem as minhas entranhas se contorcerem. Eu me odeio pelo que fiz, sou um babaca de merda.

— Alex, vem cá. — Estendo a mão chamando-a, com a voz rouca, inundada de arrependimento.

Ela caminha hesitante até a cama e funga, um pouco antes de pousar a mão na minha. Em seguida, sobe no colchão. Eu, rapidamente, puxo o seu pequeno corpo e o encaixo embaixo do meu braço, apertando-a junto a mim. Beijo seus cabelos molhados e Alex encosta a bochecha em meu peito, suspirando tremulamente. Sou tomado por uma culpa mortal, porque a minha atitude foi horrível e estou mais como uma dor na bunda para a minha garota, isso sim. Solto o ar, pesaroso, antes de começar a falar.

— Linda, desculpe, não quero te pressionar ou te deixar triste, você passou por aquele pesadelo e eu não soube como lidar. Por favor, me perdoe.

— Não é sua culpa, — ela encolhe os ombros — de verdade, eu... bom, estou confusa, ou melhor, o meu cérebro maluco está confuso, eu acho.

Alex treme um pouco e eu esfrego o seu braço, mas acho que ela não está com frio e esse tremor é só uma antecipação do que está por vir.

— Aconteceu alguma coisa, não é mesmo?

Ela assente ligeiramente com a cabeça, ainda encostada em meu peito.

— Ontem, no estacionamento do *campus*, uma imagem surgiu na minha frente, como um fantasma, sabe? — Alex para de falar e enrijece o corpo. — Eu vi o rosto... dele.

Ergo a cabeça e seguro o seu queixo, para observar a sua expressão assustada. Percebo, de cara, sobre quem está falando, mas preciso que ela me confirme; só de pensar na remota possibilidade de aquele sujeito estar rondando Alex, é o suficiente para o meu estômago embrulhar de raiva.

— O quê? Você viu o cara que tentou te violentar? Aqui!?

— Não, eu não vi. Eu acho que vi. Não tenho certeza.

Alex responde rápido, sentindo a mudança em meu humor, em seguida começa a se explicar, tentando aplacar o ar aterrorizado que está estampado em meu rosto.

— Olhe, tem tanta gente estranha circulando no *campus*, que o rosto dele apareceu para mim, mas tenho a impressão de que tudo não passou de uma fantasia besta da minha cabeça, só que me desestabilizou, fiquei pensando nisso o tempo todo e aí voltei a ter esses malditos pesadelos. — Alex estremece novamente. — Não comentei com ninguém, nem com Hector, que estava comigo na hora.

— Por que você não me contou antes? Se esse cara tá por aí, a gente tem que falar com a polícia, não posso deixar você correr nenhum risco.

Uma agitação estranha transforma o meu estômago em uma bola de gelo. Só de imaginar que aquele desgraçado pode estar por aqui, é o bastante para que eu pare de raciocinar direito e mil jeitos de acabar com o sujeito ficam acertando a minha cabeça, feito dardos; não consigo pensar em outra coisa.

— Ele não está aqui, foi só uma visão, vasculhei o estacionamento todo e não vi ninguém que fosse, sequer, parecido com Eric. — Alex se encolhe em meu braço. — Acho que estou cansada, ansiosa com a apresentação da minha monografia, então fico paranoica, vendo coisas que não existem.

— Tem certeza? — Pergunto, desconfiado.

— Tenho. Não há a menor chance de que ele esteja por aqui, nessa cidade. Liguei para a minha amiga Elisa, antes do ensaio, ela me garantiu que Eric trabalha para o pai e eles moram em outro estado, portanto, posso ficar tranquila quanto a isso, ele não vai dar as caras. — Alex ri, soando forçada. — Provavelmente, o sujeito nem lembra mais de mim, eu tenho que parar de uma vez com essa mania de perseguição ou vou acabar louca mesmo.

— Não sei não, é melhor eu ficar mais atento.

Começo a revirar o cérebro, buscando um meio de manter Alex sob vigilância nos próximos dias. Estarei praticamente o tempo todo na piscina e não vai ser uma tarefa fácil ficar de olho nela, mas já estou maquinando uma ideia que acho que irá funcionar.

Alex volta a apoiar o rosto em meu peito e começa a fazer círculos com o dedo ao redor do meu coração, tão suaves que parece mal tocar a minha pele. Alguns segundos passam e sinto que ela está remoendo alguma coisa, como se estivesse criando coragem para tocar no assunto.

— Não quero que você se preocupe, por isso fiquei quieta e continuaria sem falar nada se o pesadelo não tivesse me denunciado. Às vezes, algo aperta um botão dentro da minha cabeça e, assim, do nada, eu embarco nessa onda de medo.

Alex justifica o motivo de não revelar nada para mim, mas o meu instinto diz que o assunto é outro e que, na verdade, ela só mudou o tópico.

— Bom, fiquei cismado que alguma coisa tinha acontecido com você antes do ensaio. Na verdade, aconteceu mesmo, mas não do jeito que pensei.

— Não tive a intenção de te preocupar, nem percebi que estava diferente, se você quer saber.

— Esconder as coisas de mim não é uma boa ideia, Alex. — Reclamo. — E ficar no escuro é uma merda, porque agora estou me sentindo um imbecil, por não ter agido certo, fui estúpido pra caralho com você e quero consertar isso. — Acaricio as suas costas lentamente, enquanto deixo escapar um suspiro longo.

— Eu não estou deixando você no escuro, só pensei que era bobagem te contar uma coisa, que nem eu mesma acreditei que tivesse de fato acontecido. — Ela murmura cabisbaixa.

— Fiquei inseguro e irritado, por achar que você não estava confiando em mim. A verdade é que falhei, fui um idiota, e não fiz nada para te acalmar e amenizar os efeitos ruins do pesadelo — solto um grunhido —, prometo que não vou fazer mais nada de errado, tá?

Alex ergue o rosto para mim, assentindo, pego uma mecha do seu cabelo e enrolo entre os dedos, com a outra mão puxo-a para um beijo demorado. Quando me afasto dos seus lábios, ela me encara com uma sombra triste naqueles olhos verdes tão bonitos.

— Não sou simples de levar, eu sei. — Alex sorri, mas sem alegria alguma.

Aconchego o meu anjo em meus braços, respirando aliviado pela primeira vez desde que acordei. Ficamos em silêncio e Alex continua acariciando lentamente o meu peito. A minha sensação de alívio corre ladeira abaixo, assim que percebo o meu radar sinalizar que algo anda mal, muito mal.

E lá está a razão para eu nunca duvidar dos meus instintos: sempre acerto.

— Henrique. — Alex me chama baixinho, sua voz não passando de um mero sussurro.

— Hum.

— Eu escutei o que você falou para Marcos.

Sinto o meu corpo inteiro gelar. Merda.

— O que eu falei?

Já sei qual a parte da conversa com Marcos, Alex tinha escutado, mas queria ganhar um tempo para raciocinar, porque não tenho a menor ideia do que vou fazer para apagar as porcarias que disse.

— Não estou pela metade, nunca estive. — Ondas de tristeza emanam dela.

Aperto a mão que paira em cima do meu coração, fazendo uma pressão para que ela sinta as batidas aceleradas e inspiro fundo antes de falar.

— Não a culpo por estar decepcionada comigo, realmente eu mereço, fiquei chateado pra caramba com essa suspeita de que você estava escondendo algo e acabei abrindo essa minha boca grande com Marcos. — Solto o ar, pesadamente. — Escuta, não estou orgulhoso com o que disse ou pensei, pelo contrário, estou completamente arrependido.

— Eu entendo, dou um monte de trabalho mesmo. — Alex fala descrente. — Tenho bagagem suficiente para afundar um navio e isso é uma complicação desnecessária para qualquer um.

— Nem pense em seguir esse caminho, Alex! — Minha voz é rouca e fica apertada na garganta quando volto a falar. — Você rouba a minha razão, só isso. Eu preciso de você, e a menor sombra de que não estamos no mesmo ponto me tira do eixo, foi por isso que falei aquela besteira, fiquei inseguro.

— Henrique, se soubesse o quanto te amo, nunca teria dito que não estou inteira com você, foi a coisa mais absurda que ouvi e, sinceramente, isso me magoou. — Sua voz soa abafada contra a minha pele.

— Desculpe, sou um babaca mesmo.

A minha garota ergue a cabeça e abre um sorrisinho torto.

— Não pense que irei discordar. Agora deixe de ser babaca e tire essa ideia maluca da cabeça.

— Não brinca! Só isso? — Digo, rindo e Alex me olha desconfiada.

— Só isso o quê?

— Achei que você iria me acertar com um belo soco, para eu deixar de ser burro. Sério, essa bronquinha de nada não faz jus ao seu estilo, gata. — Solto uma risadinha, quando ela me olha feio.

— Não fique assim tão confiante, viu? Eu só pensei melhor e resolvi deixá-lo inteiro para as competições de amanhã, portanto, tenha em mente que estou abrindo uma exceção e você é um cara de muita sorte.

— Estou completamente de acordo, pode acreditar. — Seguro os seus pulsos e a giro na cama, ficando por cima daquele corpinho gostoso. — Você é o meu amuleto da sorte e eu não vou ser um otário, arriscando perder tudo o que mais importa para mim. — Beijo seus lábios inchados, com suavidade. — Agora, que tal a gente parar de enrolação e partir para a parte boa?

— Sério? Não estou entendendo qual é a parte boa em levar uma bronca?

— Sexo, linda, sexo de reconciliação; essa é a parte fantástica. — Abro um sorriso malicioso e giro os quadris lentamente.

— Cara, você tem que dormir! — Alex exclama, arfando um pouco com o meu movimento.

— Após o que estou pensando em fazer, certeza de que vou dormir feito uma pedra. — Arqueio as sobrancelhas. — Você também quer ou estou enganado?

Suas mãos enlaçam o meu pescoço, ela me olha com uma expressão iluminada e sorri feliz.

— Claro que não, ou melhor, claro que quero.

Ataco a sua boca em segundos e nos perdemos um no outro, aquele clima estranho entre a gente evapora, como se nunca tivesse acontecido e, assim, tudo volta a ser perfeito como em um passe de mágica. Finalmente relaxo e durmo tranquilo com a minha garota em meus braços, completamente em paz e certo de que nada nesse mundo vai nos abalar novamente.

★

Os dias seguintes passam em uma velocidade alucinante. Fico mais dentro da piscina do que fora, entre as baterias eliminatórias e os treinos focados em melhorar algumas falhas, estou praticamente todas as tardes no parque aquático. A minha sorte é que o meu velho está me cobrindo nas obras, senão, acho que ficaria louco e não conseguiria dar conta de tanta coisa ao mesmo tempo.

O meu pai avisou que estava a fim de fazer as suas próprias verificações; ele é meticuloso e gosta de acompanhar a evolução do trabalho de perto. Mas, apesar de estar supertranquilo em relação ao bom andamento das reformas, sempre me pergunto se ele vai achar algo que não mencionei nos relatórios semanais. Bom, agora não importa, só iremos ter esse acerto de contas depois que eu voltar de Atlanta. Vou viajar com Alex e aproveitar para desconectar a minha cabeça do trabalho; quando voltar, pego no batente novamente e, se o meu pai encontrar alguma coisa errada, paciência, conserto quando retomar às minhas atividades normais.

A folga do trabalho tem rendido um tempinho extra para ficar com Alex. Mesmo com toda essa loucura dos jogos estudantis, passamos todas as noites juntos. Ou ela me espera no parque aquático, ou eu vou ao seu encontro no apartamento.

E, sinceramente, que noites estamos tendo. Não me canso de pensar que estou no paraíso todas às vezes que me enrosco com a minha menina, após os nossos momentos de pura paixão. O meu entusiasmo no dia seguinte é redobrado, sinto que sou o cara mais feliz desse planeta e estou seguro de que não quero abrir mão dessa felicidade, nunca mais.

Alex tem acompanhado todas as competições em que participo. Torce, grita, aplaude com uma vibração de dar inveja, amo receber os seus beijos quentes após uma prova disputada e vencida. Meus colegas ficam me enchendo o saco e garantem que eu só estou vencendo para ganhar os beijos amorosos da minha linda namorada. Babacas invejosos. O tanto que treinei nesses últimos meses não conta para esses idiotas. Camargo quase acabou comigo nos intermináveis treinos durante as semanas que precederam os jogos.

Estou fazendo o meu melhor, ganhando posições, baixando o meu tempo e recebendo as tão merecidas medalhas. Disputei em diversas modalidades, ficando em primeiro lugar em três delas, e em terceiro no nado borboleta. Considerei esse terceiro lugar um ganho extra, não esperava alcançar essa posição em um estilo que não é o meu ponto forte. O resto, é somente a conclusão de um treinamento extenuante e focado, que está mostrando os bons resultados.

Na realidade, a prova para a qual venho me preparando acontecerá amanhã, vou competir com mais sete atletas na prova dos 50 metros nado livre. Estou ansioso pra caramba, sei que não vai ser moleza, mas sem querer me gabar, sou rápido e tenho certeza de que ficarei entre os três primeiros. Só preciso fazer uma boa largada, com a explosão necessária para atravessar a piscina e bater o meu tempo, que já é próximo ao recorde estadual.

A única coisa que está ofuscando um pouco a minha animação é que Alex não vai estar nas arquibancadas torcendo por mim. Sua mãe chegará hoje, vamos encontrá-la no Bar da Mary para jantar. Dra. Sheila fica por dois dias aqui, matando as saudades da filha, antes de Alex e eu voarmos para os Estados Unidos. Amanhã, as duas vão pegar a estrada e farão alguma programação de compras, cinema e sei lá mais o quê.

Não estou chateado, mas vou sentir a sua falta. Queria comemorar com ela, afinal de contas, amanhã é o último dia das competições e estou seco para beber e comer o que quiser, sem precisar pensar que o álcool e determinados tipos de alimentos são proibitivos nessa fase do campeonato. É crucial não derrapar agora, as restrições alimentares a que somos submetidos, para um melhor desempenho nas provas, estão me matando, praticamente ando sonhando com coisas gordurosas e várias garrafas de cerveja dançando na minha frente. Ainda vou disputar uma última prova em equipe amanhã e, se ganharmos, a coisa vai virar uma festa após a premiação, estaremos liberados e a ordem é comemorar até dizer chega.

Olho para a arquibancada, e vejo Alex rindo de alguma besteira que Marcos aponta para ela, sorrio e bato a mão para os dois. Desde que soube da visão que Alex teve no estacionamento do *campus*, fiquei em estado de alerta. Ela também não tem andado muito confortável por aí, percebo seus olhos vasculhando os ambientes e seus ombros tensos quando entra no carro. Por essa razão, pedi o seu consentimento para contar o que aconteceu com ela para Paulo e Marcos. Queria que os meus amigos ficassem de olho, enquanto eu estivesse na piscina, só por precaução e para a minha paz de espírito. Alex concordou de imediato; os caras da banda já sabem e ela não viu nenhum problema em contar para os nossos melhores amigos, mas ficou bem contrariada ao saber que teria babás o tempo todo durante esses dias. Por fim, ela ergueu os ombros em descaso e disse que até seria divertido manter aqueles dois amarrados a ela como um castigo.

Paulo, quase sempre, levava Nina com ele e Marcos ia sozinho, mas não ficava assim por muito tempo; volta e meia tinha uma garota jogando conversa para cima dele. O cara sabe como socializar, impressionante. As meninas ficam ao seu redor como moscas de padaria, só esperando uma chance. No fim das contas, toda essa atenção foi bem-vinda para o seu ego, visto que o time de basquete da universidade perdeu feio e ele ficou com um humor terrível durante uns dias, o que, ao que parece, passou, porque o cara está se dobrando de rir nesse exato momento, junto com Alex.

— Rico. — Uma voz malditamente conhecida corta os meus pensamentos.

Mas que droga! O que essa garota quer comigo? Sem brincadeira, daria tudo para que Ingrid me ignorasse e nunca mais olhasse na minha cara.

— Oi. — Respondo, secamente.

— Nossa! O que foi que eu te fiz, hã? Até parece que nós não somos amigos. — Ingrid apoia as mãos nos quadris, em uma pose petulante.

— Na verdade, nós não somos. Não considero meu amigo quem quer me sacanear.

Não vou dar corda para a garota, falo em um tom entediado, como se falar com ela fosse um esforço que não estou a fim de fazer.

— Peraí, você tá falando do que eu disse para a sua namoradinha?

Ingrid solta uma risada deselegante e irritante ao mesmo tempo, cruzo os braços e faço uma cara feia, ela para de rir, diante do meu olhar frio.

— Não sei o que deu em você. Eu só conversei com a garota!

— Desde quando eu te dei liberdade para se meter nos meus assuntos?

— Ah, qual é? Era só uma brincadeirinha boba, para descontrair. — Ela acena uma mão no ar. — Desculpe se causei problemas pra você, não fiz por mal.

Ingrid tenta segurar o meu braço, mas desvio do seu toque antes que ela chegue a encostar e o gesto invasivo acaba me deixando mais irritado.

— Me esquece, Ingrid, não quero papo com você.

— Agora você virou um pau-mandado? Qual o problema? Tá, já sei. Ela não aguenta ver você conversando com outras meninas e fica zangadinha. É isso? — A garota arqueia as sobrancelhas e lança um olhar enigmático para as arquibancadas. — Quanta insegurança, hein?

— Pare de tirar conclusões ridículas, Ingrid, já estou de saco cheio dos seus joguinhos e vê se me esquece de uma vez.

Minha irritação está só aumentando e silencio rapidamente a garota, quando ela ameaça falar mais alguma coisa depreciativa sobre Alex.

— Para encerrar essa conversa, entenda uma coisa: não tá rolando insegurança nenhuma, mas não quero você por perto, lançando esse *vodu* pra cima da minha relação com Alex; ela é muito importante para mim, e não vou ficar na minha se você voltar a falar merda novamente.

— Caramba! Não sabia que você tinha se tornado tão protetor, quando estávamos juntos, as coisas eram flexíveis e bem mais divertidas. — Ela estala a língua, lamentando.

— Sinto te desapontar, mas nunca estivemos juntos, a gente só transava.

— Que cretino! A gente teve um envolvimento sim, pare de negar. — Seu rosto abandona o ar cínico e ela me fuzila com os olhos.

— Vai por mim, você está só se enganando, fui bem claro na época, quando disse que não queria me envolver e continuo te assegurando que nada vai acontecer entre a gente, tipo, nunca mais. — Encaro o seu rosto de um jeito obstinado, impossível ela não entender a dica.

Ingrid cambaleia para trás e levanta um olhar de desprezo.

— Não sei nem pra quê perco o meu tempo com você, vim até aqui te desejar boa sorte na prova de amanhã, mas mudei de ideia, quero que você se ferre, de preferência chegue por último ou morra afogado, babaca. — Sua raiva é tão intensa, que um brilho mortal desponta dos seus olhos.

— Que pena para você, que essa sua mandinga não me atinge. — Lanço um sorriso de escárnio para cima dela. — Não vou chegar em último lugar, pode apostar e, quanto a me afogar, não corro esse risco, sei nadar e muito bem.

Começo a me afastar com passos firmes, dando as costas para ela e volto a falar sem nem me dar ao trabalho de olhar em sua direção.

— Assunto encerrado, Ingrid.

— Você vai se arrepender do jeito que tem me tratado, Rico, fique sabendo que não vou deixar isso barato, pode esperar o troco. — Ingrid soa ameaçadora, o que não chega a me incomodar, dou de ombros e continuo andando.

Corro os olhos em direção das arquibancadas e vejo Alex nos observando com uma expressão indecifrável. Ela não está zangada, mas nem tão pouco feliz, apenas pensativa demais. Marcos está conversando com uma garota, completamente entretido no papo e não viu a troca de farpas que aconteceu entre mim e Ingrid aqui embaixo na piscina, então não percebe a mudança de humor de Alex. Chamo a sua atenção e aceno para os vestiários, fazendo gestos para que eles me encontrem na saída da piscina, Marcos dá um ok e Alex confirma com a cabeça.

Eu não toco no assunto Ingrid durante o nosso deslocamento até o bar. Alex me parece tranquila e se ficou chateada, não está transparecendo, nós conversamos o tempo todo e eu é que não vou ser besta de levantar essa questão, não mesmo. O meu tempo com Alex é precioso e não quero me esforçar para explicar que nada rolou lá na piscina; qualquer coisa que eu fale a respeito, pode detonar uma porção de suposições erradas. Quero que Ingrid suma da minha vida e não vou ficar dando chance de Alex pensar o contrário.

Quando chegamos ao Bar da Mary uma mesa animada logo se destaca no meio do ambiente, repleto de gente. David, Mary, os caras da banda e uma mulher cheia de alegria gargalham com vontade, despertando o interesse das mesas ao redor. Estamos no meio do salão e várias mãos começam a acenar com sinais para nos aproximarmos, mas tudo o que enxergo é um sorriso idêntico ao da minha garota, olhando em nossa direção.

A mãe de Alex não tem a mesma aparência física da sua filha. Seus cabelos são castanhos e têm um corte ultramoderno na altura do queixo. Os olhos são grandes e também castanhos, sua pele é mais bronzeada e não lembra, nem de longe, o tom branquinho de Alex, mas em compensação ela sorri igualzinha a filha e isso me faz ser incapaz de não sorrir de volta.

— Ei, Alex, chegou bem na hora, sua mãe começou a nos contar sobre um determinado acampamento escolar, você lembra o que aconteceu por lá?

David não segura uma risada, quando olha o rosto envergonhado de Alex, Mary tenta contê-lo, mas fracassa e ri junto com o marido.

— Pelo amor de Deus, mãe! Esqueça essa história, eu só tinha dez anos! — Alex resmunga, lançando um olhar acusatório para David.

— Ah, Alex, mas essa história é tão divertida! — Os olhos da sua mãe cintilam de alegria ao ver a filha.

Alex revira os olhos, sua mãe se levanta da cadeira e abraça a filha, carinhosamente. Dá para notar um amor verdadeiro entre as duas, mesmo Alex fingindo que está zangada, a devoção que uma tem pela outra é nítida. Depois de trocarem algumas palavras, Alex vira para mim e faz as apresentações.

— Querida, você me falou que ele era bonito, mas o que estou vendo aqui é um espetáculo de menino. — Sheila dá tapinhas satisfeitos em meu tórax.

— Mãe, por favor! — Alex geme.

— É um prazer conhecê-la, Dra. Sheila. — Digo, estendendo a mão.

— Não me faça sentir uma velha, me chame de Sheila e não precisa ser todo formal comigo. — Ela me puxa para um abraço caloroso e beija o meu rosto. — Pronto, assim é muito melhor.

— Claro que sim. — Respondo rápido, gostando de imediato do jeito descontraído da mãe de Alex, tenho a impressão de que vamos nos dar muito bem.

— Ok, vocês aí, já chega dessa babação. — Grita Hector. — Volte aqui, Sheila, por favor, e termine de contar essa história do acampamento, não aguento mais de curiosidade.

— Hector! Será que você não tem nada melhor pra fazer? — Alex pergunta, entre dentes.

— Ah, hum, não, mas obrigada por perguntar. — Hector responde, com um sorriso debochado.

— Pai da Glória, eu desisto! — Alex puxa uma cadeira e afunda o corpo.

— Onde foi que você parou mesmo?

Hector ignora a cara feia de Alex e gira a cabeça para Sheila, perguntando com um interesse genuíno, em seguida estala os dedos.

— Lembrei! Então, como uma garotinha de dez anos conseguiu acertar dois meninos maiores do que ela e botar os pirralhos pra correr? — Ele quase não consegue terminar a frase, de tanto que se contorce de rir, aliás a mesa toda se desdobra em gargalhadas.

— Você nem imagina! — Sheila fala, tremendo os lábios para não rir.

— Mãe, essa história não tem a menor graça! — Alex resmunga, envergonhada.

— Nem vem, gata! Sua mãe estava na melhor parte, quando o garoto te chama de branquela-cabelo-de-fogo e você parte com tudo pra cima do moleque. — Mais risadas descontroladas de Hector. — Como é que o outro garoto entrou no meio da briga, hein? Ficou com pena do amigo?

Sheila balança as mãos no ar, negando enfaticamente, desloco o meu olhar para Alex, que está com os olhos cuspindo fogo, solto uma risadinha e ela me acerta uma cotovelada.

— O valentão puxou Alex pelos cabelos e ela deu um chute nas suas partes baixas, o menino ficou rolando na grama e gritando; enquanto isso, a minha filha terminava de despachar o outro moleque. No fim, ambos saíram correndo, assim que tiveram a chance de escapar. — Sheila suspira, teatralmente.

— Sério. Você é a minha inspiração, sempre. — Paulo sorri satisfeito e Alex devolve o elogio, com um sorriso aguado.

— Mas, infelizmente, depois desse incidente, a administradora do acampamento expulsou Alex, alegando que ela não sabia respeitar as regras de boa convivência em grupo e que eu deveria ensinar modos de menina para a minha filha. Então, respondi para a mulher que, como mãe, eu ensinei tudo que é necessário para que ninguém faça da minha filha uma bobona, sendo insultada por garotos idiotas, que não sabem como tratar bem uma garota. — A mãe de Alex abre um sorriso enorme e cheio de orgulho.

Abaixo a cabeça, rindo e sussurro no ouvido de Alex:

— Brigona desde sempre, hein?

— Ah, tá, nem vem, minha mãe gosta de florear o episódio.

— Eu diria que ela só demonstrou o seu orgulho maternal com eloquência e eu te conheço muito bem, você é brigona.

— Te avisei, desde o início, que não sou de levar desaforos para casa. — Alex pisca. — Já era o seu tempo para pular fora, portanto agora aguente.

— Sem problemas! Vai ser um sacrifício danado, mas garanto que suporto bem. — Um riso rouco escapole da minha garganta, quando ela me empurra fingindo estar ofendida.

A noite se desenrola com várias outras histórias engraçadas e um clima descontraído permanece na mesa durante toda a noite e, mesmo eu ficando só na água ou beliscando coisas saudáveis, me divirto pra caramba. Sheila é uma pessoa incrível. Hora nenhuma fica sondando o meu relacionamento com Alex e nem faz qualquer tipo de pergunta embaraçosa. Ela gasta o tempo interagindo com o grupo, interessada nas atividades de cada um e querendo saber mais sobre a banda. Enfim, a mulher é inteligente à beça e viaja em qualquer tema que surge nas conversas, com um papo divertido e sem se sentir deslocada, mesmo que na mesa os assuntos universitários sejam os mais falados por todos.

Em um determinado momento, escuto Alex e a mãe decidindo o que fazer no dia seguinte; elas resolvem passar o dia em um SPA que fica à 40 km daqui, depois combinam de ir ao shopping, para fazer compras e, no final do dia, estão querendo assistir a um filme que vai estrear amanhã, prometendo ser um daqueles sucessos de bilheteria, segundo Sheila. Nesse meio tempo, Alex convoca Nina para participar do programa e, pelos gritos eufóricos que a ela solta, o convite foi aceito sem nem um pingo de dúvida.

Pelo visto vou ter que amarrar uma bebedeira com Paulo mesmo, já que estaremos abandonados pelas nossas namoradas, penso com tristeza.

★

Um dia depois.

Não sei bem em que momento da comemoração pelas vitórias de hoje, a coisa desandou. Bati o recorde estadual dos 50 metros nado livre nessa manhã e estou bebendo igual a um condenado. Derrubo um *shot* atrás do outro, com todos que vêm me dar os parabéns. O Bar da Mary é um mar de estudantes, todos querendo aproveitar ao máximo o fim dos jogos e cair na farra, sem controle algum. Estou bêbado feito um gambá, completamente sem noção de onde estou, com quem e, pior, sentindo os efeitos do álcool detonando o meu sistema e me virando do avesso.

Caralho, vou ter uma ressaca daquelas amanhã, penso com um último resquício de lucidez. Pouco tempo depois, sinto braços me carregando, como se eu fosse um boneco. Dou uma parada em algum banheiro para esvaziar o meu estômago revirado, faço isso inúmeras vezes, até perder as forças, depois sou jogado igual a um saco de batatas na cama e, por fim, apago de vez, sem pensar em mais nada.

Abro os olhos em um estalo, como se alguém tivesse berrado com um alto-falante em minha orelha. Ninguém berrou, o quarto está em um silêncio sepulcral, o alerta foi acionado pela minha consciência, que percebe algo terrível acontecendo e ordena que eu desperte para tomar pé da situação. Sinto uma mão deslizando pelo meu abdômen, estou meio zonzo da bebedeira e aperto aquela mão pensando que é Alex tentando me acordar, olho para o lado e engasgo com o baita susto que levo.

— Que porra você está fazendo aqui!? — Afasto a mão de Ingrid do meu corpo, com repulsa.

Para completar a minha desgraça, nesse instante ouço um arfar vindo da porta do quarto e, antes mesmo de virar o meu rosto, já sei exatamente quem vou encontrar nos observando. Só dá tempo de registrar o sorriso triunfante de Ingrid e minha cabeça gira para ver Alex dura, feito uma estátua, olhando para aquela cena triste.

Meu Deus, como vou consertar isso!?

Dou um salto da cama, como se formigas estivessem me picando. Para meu desespero, estou completamente nu, mas isso não me impede de seguir em direção à Alex, que nesse momento está congelada, segurando a maçaneta da porta. Seu rosto mortificado me encara com uma mágoa imensa, disparando olhares para mim e para a garota, que ainda se encontra esparramada na minha cama, enrolada no lençol e fazendo uma cara sedutora, o que faz um trabalho esplêndido para me arrastar cada vez mais para o inferno.

Merda, arranho os dedos trêmulos pelo meu couro cabeludo, estou tentando manter a calma para explicar que tudo não passa de uma armação mas, honestamente, nem eu estou entendendo como , essa garota surgiu na minha cama, eu não lembro de nada, minha mente é um apagão absoluto.

— Alex, por favor, não tenho a mínima ideia do que essa garota tá fazendo aqui. — Minha voz soa desesperada e, até para mim, essa justificativa é uma merda difícil de engolir.

— Posso clarear a sua mente, gato. — Ingrid ronrona.

— Fique na sua, Ingrid e cai fora do meu quarto. — Cuspo as palavras, não desviando o meu olhar do rosto cada vez mais branco de Alex.

Como se não desse a menor importância às minhas ordens, Ingrid afasta os lençóis e se levanta da cama exatamente como veio ao mundo; trinco os dentes, enquanto fecho os olhos. Que porra é essa agora!?

A filha da puta não para por aí, atravessa o quarto, totalmente dona da situação e agacha ao lado da cama, pegando duas embalagens de camisinhas descartadas no chão. Depois para na minha frente, abrindo um sorriso vitorioso, acenando as provas como se fossem bandeiras e enterrando de vez as minhas chances de esclarecer essa situação absurda.

— Relembrar os velhos tempos foi tão divertido... a gente poderia repetir um dia desses, quem sabe... em breve, hum?

Ingrid olha para mim, destilando maldade, depois gira lentamente e me dá as costas, falando diretamente para Alex.

— Pelo seu entusiasmo na noite anterior, acho que você deve estar sentindo falta de algo mais experiente em sua cama, ou melhor, eu tenho certeza disso. — Ela suspira e volta a olhar para mim. — Coitadinho!

— Ingrid, eu estava bêbado e inconsciente, nada rolou nesse quarto e você sabe muito bem. — Rosno. — Pare com essa merda, agora!

O nó no meu peito está tomado proporções gigantescas, à medida que vejo as emoções girando no rosto de Alex ,como um caleidoscópio de horrores.

— Sinta-se à vontade para inventar uma desculpa, mas nada vai apagar as marcas da nossa noite pra lá de animada.

Alex esquadrinha o corpo nu de Ingrid com os olhos e a vigarista sorri com desdém para ela.

— Eu te avisei, sua idiota, ele sempre volta para mim, sempre.

— Não, Alex! — Grito. — Eu não transei com ela, acredite em mim! — Imploro, completamente desesperado.

A única reação que noto no rosto de Alex é uma lágrima escorrendo, o restante do seu corpo está paralisado, focado na garota nua à sua frente.

Viro o rosto para Ingrid e o meu coração quase pula pela boca. Respiro fundo, tentando limpar os pensamentos, mas não adianta porra nenhuma, porque as minhas batidas aceleram furiosamente, quando a consciência da magnitude do buraco onde estou afundado me atinge como um tiro. Vasculho o corpo dela de cima a baixo e vejo arranhões em seus seios, braços e coxas, trinco os dentes, quando me dou conta da mancha arroxeada em seu pescoço que, dificilmente, seria confundida com nada menos do que um chupão, e dos grandes. Eu não fiz isso, tenho certeza mas, mesmo sabendo que ontem eu estava morto nessa cama, sem prestar para nada, as evidências de que a noite passada foi regada a sexo bruto eram claras. Essa vadia arquitetou tudo direitinho, uma raiva gigantesca vai se instalando em meu corpo, como uma tempestade. Estremeço, quando ouço a voz de Ingrid e me seguro firme para não esganar a mulher.

— Sua namorada não vai falar nada, Rico?

Ingrid olha com ar de vitória para Alex e começa a destilar o seu veneno.

— Sabe, talvez eu possa te ensinar do que ele realmente gosta. — Ela enfatiza as palavras, correndo as mãos pelo seu corpo exposto. — Quem sabe assim, você consegue prender o interesse do seu homem e ele não parte correndo atrás de outra garota. Pode acreditar, vou te fazer um favor.

Agarro o braço de Ingrid com força, impedindo-a de soltar mais asneiras, ela geme, tentando se desvencilhar, dou uma sacudida violenta para que ela me encare enquanto falo, ameaçadoramente:

— Chega! Não quero ouvir nem mais uma merda sua! Você vai catar as suas coisas e sair desse quarto, depois fique me esperando na sala, porque quero a verdade e você vai abrir essa maldita boca para esclarecer essa maluquice. Ah, se vai. — Sopro as palavras com dificuldade, tentando conter a minha ira.

Solto Ingrid, que cambaleia, tropeçando nos pés, nervosamente, ela sente a minha tensão, percebe que não estou brincando e começa a pegar as suas roupas espalhadas pelo quarto.

Até então, Alex não emite uma palavra, como se estivesse em choque, nossos olhares se encontram e o que vejo é uma dor profunda em seus olhos. Fico destruído, mas o que ela fala, a seguir, abre um buraco negro em meu peito, que vai ser impossível fechar se ela não me perdoar.

— Acabou. — Alex diz, em voz baixa.

Faço uma cara de dor, minha garganta já seca arranha ainda mais, quando pergunto:

— O que acabou?

— Acabou, eu não quero mais te ver. — Alex fala apática, quase monótona, sem nenhuma emoção em seu rosto.

Eu dou um passo em sua direção e ela recua na defensiva.

— Não, Alex, essa desequilibrada vai falar a verdade e vamos ficar bem, não pretendo deixá-la sair daqui sem esclarecer essa porcaria toda, confie em mim, por favor. — Engulo em seco e sinto a situação piorando a cada minuto.

— Não precisa perder o seu tempo. Não comigo. — Alex me olha uma última vez,, antes de fechar a porta em um baque silencioso.

Porra! Vou enlouquecer, uma ânsia sufocante invade o meu corpo como uma doença, minando as minhas forças. Ouço vozes exaltadas na sala e paro, antes de abrir a porta, para sair atrás dela. Estou sem roupas e não posso correr para fora do prédio pelado, puxo uma calça jeans do armário e avanço para fora do quarto, o mais rápido que as minhas pernas bambas conseguem se deslocar. Quando chego na sala, Alex está pegando as suas chaves e a mochila, Marcos anda agitado de um lado para o outro, tentando convencê-la a ficar e argumentando exaltado. Outra garota entra no meu campo de visão, provavelmente passou a noite com Marcos. A menina olha assustada a cena toda, mas não dou importância para a sua expressão culpada, até que Ingrid desponta do corredor e a garota vai ao seu encontro, nervosa. Pesco a trama toda e sinto um fio de esperança se formando, só preciso obrigar essas duas a falarem a verdade.

— Alex! — Avanço os passos, parando entre ela e Marcos.

— Não! Fique onde está! — Alex grita e estende a mão para que eu não me aproxime.

Alex desvia o olhar do meu rosto, encarando a pessoa que está logo atrás. Uma sensação horrível se abate sobre mim, porque eu sei o que vem depois e quais serão as suas palavras. Ela olha friamente para Ingrid e fala:

— Você venceu, não vou mais lutar. — Alex move a cabeça de um lado para o outro. — Eu não estou mais no jogo, o caminho está livre, ele é todo seu e, como você mesma disse, Henrique nunca deixou de ser. Sem dúvida, fui avisada, só não acreditei.

Alex gira o corpo e sai do apartamento, sem olhar na minha cara. Apesar do meu estado de estupor, uma dor dilacerante rasga a minha alma, quando percebo o mundo desabar ao meu redor e não consigo sequer imaginar um jeito de consertar o imenso rombo que se formou dentro do meu peito.

ALEX

Aceno para a minha mãe da calçada do edifício, enquanto observo a traseira do seu carro se afastando. São 6 horas da manhã e ela precisa estar no hospital às 10, para começar o plantão. Fiquei triste quando soube que a sua volta teria que ser tão cedo. Alimentei uma ponta de esperança de que ela conseguiria, de alguma forma, trocar o plantão e, assim, ficar para o show de hoje à noite. A *The Goal* vai fechar a programação social dos jogos estudantis com uma apresentação no ginásio da universidade, logo após a cerimônia de encerramento. Seria tão bom se a minha mãe pudesse nos assistir, mas uma chamada do hospital deu fim aos meus argumentos e ela anunciou que seria impossível ficar por mais um dia. Eu já deveria estar acostumada, passei a infância e a adolescência vendo isso acontecer o tempo todo; plantões e chamadas de emergência a tiravam de mim, em um piscar de olhos, relembro melancólica.

Retorno ao apartamento e me sento na cama com o celular nas mãos; sorrio quando olho para a imagem que adicionei como fundo de tela do meu aparelho: Henrique segurando a sua medalha de ouro, com um sorriso lindo e olhos azuis, cintilando de pura felicidade. Um aperto de culpa ecoa no meu coração, por ter perdido esse momento, quando ele bateu o recorde estadual e foi considerado o nadador mais rápido da prova dos 50 metros.

O sentimento de orgulho extremo me inundou, no instante em que vi o seu grande feito, a vontade que me deu naquela hora foi de pegar o carro e sair voando para o parque aquático da universidade, mas murchei, quando parei para pensar racionalmente e percebi que levaria um tempão para chegar lá e de jeito nenhum eu poderia abandonar a minha mãe e Nina no SPA, portanto, só me restou vibrar como uma louca e enviar vários áudios e mensagens, cobrindo o meu namorado de elogios.

Ontem, passei o dia fazendo todo o tipo de coisa que mulheres geralmente amam, eu não estou me excluindo, mas trocaria tudo, tudo mesmo, por estar naquele parque aquático, comemorando com Henrique a sua vitória. Foi incrível, Marcos enviou o vídeo e eu quase enfartei, quando vi o meu namorado deslizando como um torpedo pela piscina. Gritei tanto, que a minha mãe saiu da sua massagem para ver o que estava acontecendo. Eu fazia as minhas unhas nessa hora e acenei com o celular, dando pulinhos na cadeira e vibrando de alegria. Compartilhei o vídeo com as manicures e elas me deram parabéns por ter um namorado tão lindo. É claro que confirmei enfaticamente, eu estava estourando de orgulho e com um sorriso gigantesco na cara, sem esconder nem um pouquinho o quanto o amo.

Depois de nos embelezarmos dos pés à cabeça, fomos para o shopping; minhas companheiras entraram em quase todas as lojas, deliciadas com as compras, mas eu não queria fazer compras. Minha atenção estava completamente focada nas fotos e áudios que os rapazes enviavam para mim. Explodi de novo, quando a equipe de natação ganhou mais uma medalha de primeiro lugar na modalidade 4 x100 metros. Henrique foi o último a entrar na piscina e estabeleceu uma distância folgada do segundo colocado. Eu parecia uma maluca, olhando para o celular e fazendo uma dancinha feliz no meio do corredor do shopping. Minha mãe e Nina racharam de rir do espetáculo ridículo que eu estava pagando para todos.

Assim que entrei na fila da bilheteria do cinema, consegui, finalmente, falar com Henrique. Eles estavam seguindo para o Bar da Mary para comemorar. Senti na sua voz um ligeiro tom de tristeza, por eu não estar lá, mas prometi que ficaria com ele hoje o dia inteirinho e poderíamos fazer a nossa própria comemoração. Ele atiçou a minha vontade, falando tudo que eu precisaria fazer para pagar essa dívida enorme, o que me deixou vermelha em segundos. Depois dessa conversa, ainda recebi algumas mensagens dele durante a noite. Foi engraçado perceber que, nas primeiras, Henrique conseguia digitar coisas coerentes, mas quando chegou a uma certa altura, tudo que aparecia no meu celular eram palavras desconexas e fotos de uma porção de gente bebendo com ele. No fim da noite, eu já estava na estrada, voltando para casa e uma última mensagem iluminou a tela. Era Henrique, pedindo que eu chegasse bem cedo ao apartamento, porque ele teria uma surpresa para mim. Estranhei um pouco, porque a mensagem foi digitada corretamente, sem engolir letras, bem diferente das últimas que ele me enviou. Não dei importância de imediato, mas fiquei intrigada com a possibilidade de alguém ter pego o celular dele e digitado essa mensagem. Logo, essa cisma fugiu da minha cabeça, quando lembrei que Paulo e Marcos estavam com ele e, com certeza, quiseram fazer uma gracinha comigo. Dois idiotas.

Suspiro contente e começo a jogar algumas peças de roupa na mochila, pego a chave do carro, determinada a realmente fazer uma surpresa para o meu namorado. Tinha planejado chegar um pouco mais tarde no apartamento de Henrique. Assim que a minha mãe acordasse, nós tomaríamos o café da manhã juntas e, logo em seguida, eu partiria para me encontrar com ele. Como ela teve que sair mais cedo, não vejo o porquê de ficar sozinha aqui, enquanto estou morrendo de vontade de pular na cama de Henrique e cobri-lo de beijos.

A sorte é que tenho a chave do apartamento dele, assim como ele tem a do meu. Achamos mais prático cada um ter a sua própria chave, o que agora veio bem a calhar porque, dessa forma, não vou precisar tocar a campainha às 6h30 da manhã e arriscar ter Marcos resmungando no meu ouvido, mal-humorado por tê-lo acordado de madrugada.

O porteiro já me conhece, portanto, subo direto. Destranco a porta do apartamento, tomando cuidado para não fazer barulho. Está tudo silencioso lá dentro e os meninos devem estar dormindo ou, no mínimo, curando a ressaca de uma noite regada por muito álcool.

Deixo a mochila em cima do sofá da sala e as chaves ao lado da enorme TV que eles têm, olho em direção ao corredor dos quartos e caminho na ponta dos pés. Abro a porta, cuidadosamente, e espio para o interior do quarto, que ainda está na penumbra e com as cortinas fechadas. Em seguida, olho para a cama e congelo no mesmo instante. Aperto a maçaneta da porta com força para que a coisa me sustente, já que as minhas pernas abandonaram o meu corpo e eu não as sinto mais.

— Bem na hora, Alex. — Ingrid sopra as palavras com uma voz ronronada, enquanto escorrega uma mão insinuante pelo abdômen de Henrique, que ainda está dormindo ao seu lado, largado na cama.

Ela sorri abertamente quando percebe a minha falta de reação e faz questão de esfregar o seu cinismo na minha cara.

— Talvez você queira assumir daqui. — Ingrid torna a alisar os músculos expostos do homem ao seu lado. — Sabe como é, Rico estava muito exigente e me deixou exausta. Preciso realmente de um tempo. — Ela faz um biquinho, enquanto envolve os dedos ao redor do bíceps de Henrique.

Estou nauseada com a cena, engulo a bile que sobe e tranco a boca.

Nesse intervalo, Henrique acorda atordoado, acolhe a mão que está pousada em cima do seu corpo e olha para o lado. Impossível não ver a sua surpresa, assim que ele se dá conta de quem está na cama. Seus olhos arregalam aterrorizados e ele parece estar verdadeiramente assustado com a presença daquela garota em seu quarto.

Infelizmente, nada nesse mundo irá mudar o fato de que aquela cena vai ficar marcada a fogo em minha mente, mesmo ele se mostrando confuso e repudiando o toque daquela vagabunda, jamais esquecerei esse dia.

Um barulho arfante sai da minha boca. Assim que o entendimento se apodera de mim, a percepção do que aconteceu naquele quarto faz algo romper dentro do meu peito em uma explosão de dor.

A triste verdade é que tudo poderia ser facilmente explicado para alguns, jogando a culpa no efeito colateral do excesso de álcool da noite passada, que o levou a um deslize inconsequente e, por fim, a uma transa casual. Bem, não para mim. A cruel realidade me dá um tapa estalado na cara e eu tenho que aceitar os fatos. Ele me traiu, com a pior garota do mundo, a garota que eu odeio com todas as minhas forças e isso é duro de aceitar. Impossível perdoar.

Continuo parada na porta, me torturando, olhando para aqueles dois. Não consigo mexer nem um músculo sequer, o que só piora as coisas, porque eu quero sumir desse lugar, me esconder em um buraco e nunca mais sair. Henrique gira o rosto para mim e parece que um caminhão, daqueles enormes, tinha passado por cima dele. Sua expressão de medo, junto com o estado catatônico do seu corpo, faz um bom trabalho para deixá-lo destroçado.

Ele pula da cama apressado e a trinca no meu coração avança mais um pouco. Henrique está sem roupas, completamente nu, olho para a garota acomodada confortavelmente em seus travesseiros, deliciada com a minha reação, ou melhor, com a falta dela. Neste terrível momento, sinto que estou congelada, não reajo, só percebo o meu peito rachando em pedaços.

Droga! Por que insisto em me machucar desse jeito e não vou embora daqui? Não tenho uma resposta, só continuo lá, me martirizando com a visão do inferno na minha frente.

Henrique fala algo que não registro direito, seu tom é desesperado, então acho que ele falou uma desculpa qualquer, logo em seguida a voz adocicada de Ingrid retumba dentro da minha cabeça, como um eco. Meu cérebro está levando um tempo para processar tudo, imagens de camisinhas aparecem diante dos meus olhos e um corpo feminino nu surge no meio do quarto, o que faz o meu olhar entrar em foco. Outro espasmo de náusea me abate, quando observo todas aquelas marcas me desafiando a não enxergar o que no fundo não quero acreditar; todas sendo atiradas na minha cara, como uma sequência de socos potentes. Não existe a menor possibilidade de tudo aquilo ser um terrível engano, não com todos aqueles arranhões e o baita chupão no pescoço da garota, que me chama de idiota com todas as letras.

Eu sou uma idiota.

— Não!

Ouço o grito de Henrique, que me faz despertar do meu estado dormente e finalmente reajo, do modo mais triste possível, derramando uma lágrima quente que arde em minha pele. Enquanto isso, não consigo desviar os olhos da criatura asquerosa que se acaricia sensualmente e cospe palavras vulgares, me provocando com a sua maldade.

Estou no inferno, começo a queimar de dentro para fora, como se o fogo fosse me converter em um punhado de cinzas. A dor é tanta, que quero urrar para todos os cantos e tentar expulsá-la de mim, olho para Henrique e o vejo despencar. As imagens começam a dançar dentro da minha cabeça, caçoando da minha ingenuidade, pior, da minha estupidez.

Eles discutem, fecho os olhos e tento respirar, forçando um pouco de ar para dentro dos pulmões, talvez assim, eu consiga voltar a ter um cérebro funcionando. Preciso sair desse quarto e dar um fim a essa situação humilhante. Encaro os seus olhos azuis suplicantes, despejando toda a minha dor e, antes de cair fora desse lugar, necessito fazer uma última coisa. Engulo o sabor amargo de ser traída e falo, sem um pingo de emoção, estou vazia por dentro e com nada mais para enfatizar o que sai da minha boca.

— Acabou. — Minha voz é fria, o que não me surpreende, estou fria.

Ele me obriga a repetir, soando incrédulo.

— Acabou, eu não quero mais te ver. — Minha voz é a mesma, como se minhas cordas vocais estivessem congeladas.

Henrique avança para mim e dou um passo para trás. Se ele me tocar, vou quebrar, estou a segundos de perder a cabeça. Na mesma hora, suas explicações ficam cada vez mais frenéticas, mais enfáticas, ainda penso que tudo poderia ser uma armação daquela menina para nos separar e que ele está falando a verdade, mas os meus escudos começam a subir com força total, minhas defesas se erguem para bloquear a dor e manter a minha sanidade. Não, me recuso a fechar os olhos para a coisa toda, tenho que parar de criar ilusões, recolher os trapos da minha dignidade e recompor o pouco que resta do meu orgulho.

— Não precisa perder o seu tempo. Não comigo.

Encaro o seu rosto angustiado e não me atrevo a demonstrar nenhuma emoção. Preciso urgentemente me afastar agora, antes que eu faça uma loucura e eu sei que, se isso acontecer, vou transformar todo o ressentimento em socos, que irão voar como mísseis para todos os lados daquele maldito quarto. Fecho a porta com um movimento estudado, fazendo o máximo de esforço para manter a minha raiva enclausurada.

Caminho para a sala, o mais rápido que as minhas pernas vacilantes conseguem, e dou de encontro com Marcos vindo da cozinha. Ele está só de cueca e com a cara enrugada de sono. Não dou a mínima para sua pouca roupa, minha capacidade de sentir vergonha evaporou. Seus olhos abrem quando me vê, mas não percebo culpa ou desconforto por eu estar aqui, vai ver nem ele sabe que o amigo transou a noite toda com aquela biscate.

— Eh… oi, Marcos. — Falo, passando veloz por ele.

— Oi, Alex, Rico ainda tá dormindo? — Ele ergue uma sobrancelha, em seguida balança a mão, dispensando a pergunta. — Claro que está, o cara ficou um lixo ontem, tive que jogá-lo na cama depois de ter vomitado até não poder mais, logo que chegamos em casa.

Marcos solta uma risadinha debochada, mas para rapidinho quando eu dou as costas e sigo em frente. Ele vem atrás de mim e pergunta ressabiado:

— Ei, o que foi?

— Henrique está acordado. E quanto à sua ressaca, com certeza ele curou mais rápido do que você imagina. — Ergo os ombros, indiferente.

— Ahn? — Marcos me encara incrédulo.

— Bem, talvez você até saiba do que estou falando… ou não. — Outro dar de ombros. — Quer saber? Isso pouco importa para mim agora.

— Peraí, não estou entendendo nada. É algum tipo de brincadeira?

Marcos me olha desconfiado, cerro os dentes e rebato o seu olhar, deixando-o saber que não estou para brincadeiras.

— Pareço estar brincando, Marcos?

— Sei lá, você tá estranha e…

Marcos para de falar, quando escutamos um barulho vindo da porta do seu quarto. O cara olha desgostoso para a garota que surge descabelada e com as roupas mal ajeitadas no corpo; ele suspira e fala entediado.

— Merda! O que você tá fazendo aqui? Pensei que já tivesse ido embora faz tempo. — Ele arma uma cara feia para a menina.

— Estava no banheiro, por quê? — A garota franze a testa, mexendo o corpo desconfortável. — São 7 horas da manhã!? Tá muito cedo para sair na rua! — Sua voz treme. — Ai, Deus, você está me expulsando da sua casa?

— Pra falar a verdade, estava seguro de que você tinha entendido as minhas regras ontem à noite. Deixei bem claro que era uma transa e só, nada de dormir. — Ele soa aborrecido. — Não curto essa coisa do dia seguinte.

— Isso é sério?

Marcos assente devagar com a cabeça.

— Não acredito nisso! Seu... seu... babaca! — A garota grita ofendida.

Marcos dá de ombros e vira para mim, como se não se importasse de ser insultado. Ele fica observando com cautela os meus movimentos pela sala e, quando jogo a mochila nas costas, avança um passo e segura o meu braço.

— Alex, espere um pouco, aonde você vai?

— Para casa, Marcos, meu tempo por aqui já deu. — Puxo o braço com força.

Uma onda de raiva começa a se formar em meu interior, isso é bom, pelo menos não estou mais chorando. Aponto com o queixo para a garota ressentida no canto da sala, antes que Marcos abra a boca para contestar.

— Assim como você, Henrique também está acompanhado.

— O quê? De jeito nenhum. — Marcos bate com a cabeça, negando vigorosamente. — Rico estava desmaiado na noite anterior, apagado para o mundo, quando o deixei na cama, e não tinha ninguém com ele, estou absolutamente certo disso, Alex.

— Não foi bem isso o que encontrei, quando cheguei mais cedo e, acredite, não estava vendo coisas, foi tudo bem real. — Odeio estar relembrando as imagens do momento em que, estupidamente, entrei naquele quarto, mas elas estão fazendo círculos incessantes dentro da minha cabeça.

— Alex, que merda de piada é essa!?

Marcos levanta as mãos como se eu fosse um animal, pronto para atacar. É, acho que estou nesse nível mesmo, me sinto como uma fera ferida que começa a rosnar perigosamente a sua raiva para quem quiser ver,.

— Eu sou a piada! Você ainda não entendeu?

— Sinceramente, estou por fora. — Marcos suspira. — Olha, vamos recapitular, deixei Rico sozinho no quarto ontem à noite, ninguém mais tocou a campainha ou entrou nesse apartamento. — Marcos fala palavra por palavra lentamente, como se eu precisasse de algum tipo de entendimento.

— Droga, Marcos! Imagino como funciona essa coisa de cumplicidade masculina, mas não sou cega, porra! — Explodo, com a raiva pulando em meus olhos.

— Alex, pelo amor de Deus, me escute! Eu trouxe uma garota para casa, não ele. — Marcos ergue o braço apontando para a menina, que observa tudo com uma expressão nervosa. — Rico veio comigo, porque ele não tinha a menor condição de dirigir o próprio carro, eu dirigi. Carreguei o seu corpo bêbado para o apartamento e tenho certeza de que nada, absolutamente nada aconteceria no estado embriagado em que ele se encontrava na noite passada, mesmo se ele quisesse. Eu o deixei apagado naquela cama.

Marcos começa a andar de um lado para o outro enquanto fala, sua agitação aumenta, quando pego as minhas chaves e ele percebe que tudo o que disse não me convenceu de que o seu amigo é inocente.

— Caralho! Que merda aconteceu aqui? — Marcos passa as mãos no rosto, exasperado.

Para a minha infelicidade, Henrique entra na sala ofegante, está vestido com uma calça jeans desabotoada e sem camisa. Caramba, se não fosse Marcos me segurando com essa baboseira toda, eu já estaria fora daqui e não precisaria me armar com determinação para afastar Henrique, de novo.

— Alex! — Henrique me chama, ansioso.

Grito, assim que Henrique tenta se aproximar e, imediatamente, estendo as mãos para que ele mantenha uma distância segura. Meus ombros ficam rígidos e não respondo por mim, se Henrique avançar mais um passo. Estou no meu limite, quase transbordando. Ele para sobressaltado com o meu aviso duro, mas enquanto travamos um duelo com o olhar, uma pessoa desponta no meu campo de visão. Ingrid entra na sala, parecendo sem graça, visivelmente tensa e se encolhe junto com a outra garota. É nítido que da sua aura confiante de poucos minutos atrás, não resta mais nada.

Analiso o rosto de Henrique primeiro e, em seguida, guio os olhos para o meu alvo, preciso colocar um ponto final em toda essa palhaçada, agora.

— Você venceu, não vou mais lutar.

Fico realmente impressionada com o meu tom calmo, enquanto nego com a cabeça e continuo firme com o propósito de encerrar tudo de uma vez.

— Eu não estou mais no jogo, o caminho está livre, ele é todo seu e, como você mesma disse, Henrique nunca deixou de ser. Sem dúvida, fui avisada, só não acreditei.

Pronto. Não achei que fosse possível me sentir mais miserável, mas estou. As palavras que acabaram de sair da minha boca tornaram tudo real e definitivo. O simples fato de aceitar isso como uma verdade, faz o meu coração afundar como um saco de pedras, provocando um choque de dor, que se espalha por todo o meu corpo. Dou meia-volta e saio do apartamento sem olhar para trás, com uma determinação inabalável e segurando estoicamente as lágrimas que ardem em meus olhos. Vou ter bastante tempo para desabar, mas não aqui, não agora, penso decidida.

Marcho rápido pelo corredor e entro no elevador que ainda está parado no andar, sorte a minha, porque assim que as portas se fecham, ouço os murros de Henrique e a sua voz exaltada me chamando. Tapo os ouvidos como uma criancinha de cinco anos, torcendo para aguentar firme e não chorar. Saio do elevador como um raio, chego na rua me sentindo confiante de que Henrique não vai me alcançar, aparentemente fui rápida o bastante para escapar, antes de ele chegar ao térreo.

Droga, não deveria ter cantado vitória antes do tempo. Grito frustrada, assim que sinto um aperto forte em meu braço e sou virada de frente para encarar o seu rosto, que está tomado por uma tempestade negra, sombrio.

— Você vai me escutar, porra! — Henrique ruge em cima de mim.

— Me solta, ou vou te esmurrar até você me deixar em paz! — A raiva borbulha em meu sangue e eu tento me desvencilhar do seu aperto.

— Eu aguento! Você quer me socar? Vem, vai em frente, se isso te fizer bem, pode vir! — Ele não me solta e chega o seu rosto próximo ao meu, ousando me desafiar. — Depois que você colocar para fora a sua raiva, quem sabe, a gente possa conversar como adultos civilizados.

— Cretino! Não quero conversa, quero ir embora daqui!

— Óbvio! Você é muito boa em fugir, a melhor. — Ele fala, irônico.

— Sou, e daí? Já vi o suficiente dessa merda toda. — Rebato, louca de raiva.

— Você pensa que viu alguma coisa, mas aquilo tudo não passa de uma armação bem arquitetada para nos separar.

— Eu não acredito em você. — Berro, descontrolada.

Henrique ri, amargurado.

— Não é a primeira vez que as circunstâncias fazem a sua cabeça, eu já deveria esperar por isso. Para você, é mais fácil acreditar em uma mentira, do que encarar a verdade, como se tudo já estivesse sedimentado aí dentro. — Henrique cutuca, com um dedo a minha testa. — Mesmo que todos os fatos apontem para uma explicação lógica, você não vai me dar uma chance. — Ele balança a cabeça, negando. — Não mesmo, afinal de contas se esconder é o que você faz a porra do tempo todo! — A última frase é soprada em meu rosto com desgosto.

— Vai se foder! — Disparo as palavras, com uma voz ameaçadora.

— Inacreditável! Aonde isso vai nos levar, hein? — Ele arqueia uma sobrancelha desafiadora. — Estou decepcionado, honestamente, achei que você iria confiar nos seus instintos e não deixar uma armação óbvia te convencer assim, tão facilmente.

Uma risada louca salta da minha garganta.

— Decepcionado!? Que piada!

Espalmo as mãos em seu peito e o empurro com firmeza.

— Eu confiei em você! Meu erro, não seu! Pode acreditar, esse episódio vai me servir como um lembrete diário das minhas escolhas erradas e isso, eu juro, não tem nada a ver com instinto.

Nos encaramos com ferocidade, no meio da rua deserta.

— Eu não dormi com Ingrid, não sou um canalha e, mesmo bêbado, eu nunca faria isso com você. — Uma amargura inflama os seus olhos.

— Acho difícil de acreditar, vocês estavam pelados naquela cama, ninguém me contou, eu vi. — Uma enxurrada de imagens retoma o tormento em minha cabeça. — Não dá para chegar à outra conclusão, está tudo muito claro para mim.

— Que pena, Alex. — Ele inala bruscamente. — Porque eu tinha esperanças de que você tivesse chegado à conclusão de que aquela cena ridícula, que aconteceu dentro do meu quarto, não passou de uma trama do caralho daquela doida e que, no fim, você acreditaria em mim, que acreditaria que eu nunca seria capaz de te trair. — Henrique balança a cabeça, me encarando com ressentimento. — Queria muito, mas muito mesmo, que você não duvidasse hora nenhuma de que eu te amo.

— Pare, agora mesmo! Não apele, dizendo que me ama, não depois de tudo aquilo! — Aponto para o prédio e bufo irritada. — Chega! Preciso ir embora, isso é demais para mim.

— Maravilha! Faça isso, fuja! Impressionante como uma pessoa que já passou por maus bocados e conseguiu seguir em frente, se mostre tão cega diante dessa porcaria toda. — Henrique me encara duro e fala com os dentes cerrados. — Na verdade, sabe o que realmente acho?

— Não quero saber.

— Claro que não! Mas mesmo assim vou te dizer. — Um olhar amargo fecha o seu rosto antes de,ele pronunciar as palavras em um tom cortante. — Eu acho que você está me saindo uma tremenda covarde. Uma covarde, Alex.

Suas palavras me atingem, como uma descarga elétrica. Não penso, apenas reajo com uma insanidade descomunal. Dou um soco em seu rosto, com força suficiente para ele cambalear para trás, os seus dedos desprendem do meu braço como uma reação automática ao meu golpe. Henrique sacode a cabeça, apalpa o lábio sangrando e me encara assombrado, porém, mais do que tudo, a mágoa em seus olhos é o que acaba comigo.

Abaixo a cabeça, arrependida da minha reação impensada, a culpa pelo meu descontrole inunda o meu estômago, seguro os cabelos com força, repuxando-os junto ao couro cabeludo até doer, tentando entender como chegamos a esse ponto. Não consigo mais conter as lágrimas que caem copiosamente pelo rosto, então mordo o interior da bochecha até sangrar, para controlar o ataque de choro.

— Até entendo essa reação, mas não mereço a sua desconfiança. — Henrique fala baixo e vejo a sua expressão derrotada, quando ergo a cabeça.

Ele não tenta me segurar, seus braços pendem ao lado do corpo, inertes.

— Eu… eu não queria… — Balbucio as palavras com dificuldade.

— Sabe, eu te enxergo mais do que você imagina, esse seu medo constante de que algo ruim vai estourar na sua cara a qualquer momento está acabando com o que poderíamos ter juntos. — Henrique encolhe os ombros. — Com certeza, a vida não dá garantias de que tudo vai correr bem, às vezes é preciso arriscar, só que você não quer arriscar, você prefere fugir.

— Eu não estou fugindo, — meu corpo estremece, — eu te peguei na cama com outra e estou terminando com você. — Consigo finalmente falar através do nó que se formou em minha garganta.

— Não, você está se protegendo e armando as suas barreiras novamente. — Henrique suspira, cansado. — Essas suas incertezas estão fodendo com a gente. Será que você não vê isso?

— É muito justo eu ter incertezas, não acha? Você não ficaria do mesmo jeito se a situação fosse inversa? Como seria a sua reação, se fosse eu a estar em um quarto pelada com outro cara? Certamente o seu pensamento não seria pacífico, tentando ver a coisa com racionalidade. Não mesmo. — Rebato, colocando o dedo na ferida.

— Não, você tem razão. Eu ficaria louco de raiva, mas iria me esforçar ao máximo para lembrar que temos uma coisa real e não te julgaria de cara. — Henrique sorri, sem alegria alguma. — É claro que eu iria acabar com a raça do sujeito primeiro, sem dúvida.

— É óbvio, e isso me faz recordar de que fiquei parada feito uma estátua, apreciando a vista. — Falo áspera, deixando a mágoa levar a melhor.

— Talvez, se você tivesse explodido, eu teria alguma chance de te convencer que tudo estava errado naquele quarto. — Ele parece resignado. — Foi uma pena esse soco não ter acontecido antes.

Não respondo, minha mente trabalha incessantemente, debatendo as imagens que presenciei com as suas justificativas e, principalmente, com a sinceridade em seus olhos. Meu Deus, é tudo muito confuso. Tento acreditar nele, mas estou muito ferida, todos os meus sinais de alerta gritam para que eu me afaste, para que me proteja ao máximo dessa dor. A verdade é que o deixei entrar na minha vida como uma renovação para a minha alma perdida; me entreguei sem reservas e baixei a guarda completamente. Droga, olha o que deu! Estou aqui, com o coração destroçado, me culpando por ter sido tão burra, supondo que ele nunca seria capaz de me ferir. Sinto-me fraca e sem rumo para decidir nada.

— Seja do jeito que for, não estou em condições de ver as coisas por um outro lado, ainda está doendo pra caramba e a última coisa que quero fazer agora é ficar aqui e ouvir as desculpas daquela criatura asquerosa.

Trinco os dentes, deixando a hostilidade tomar conta do meu corpo, como uma febre delirante e continuo o argumento, exalando a minha ira.

— Simplesmente não consigo, vou perder a cabeça e matar aquela garota de porrada, se eu der de cara novamente com ela.

— Tá, então o que você quer fazer? — Ele me pergunta, esperançoso.

— Sair daqui, ir embora, eu preciso pensar. — Ergo a mão no ar e suspiro. — Pensar em tudo o que aconteceu, recobrar o juízo.

— Alex, por favor, sei como sua cabeça funciona e ela vai trabalhar contra nós, não posso deixar você ir assim, sem me dar a oportunidade de te provar que também fui enganado. Vamos voltar para o apartamento, eu garanto que Ingrid não vai cruzar o seu caminho. — Henrique tenta me segurar, mas recuo e ele me olha angustiado.

— Sinto muito, mas preciso de um tempo. Talvez eu esteja sendo injusta com você, não sei, no momento não consigo ver as coisas com clareza, sem embolar o que estou sentindo.

Dou as costas para ele, caminho em direção ao meu carro e entro no veículo muda, fazendo tudo no automático. Henrique arrasta os pés e para ao lado da porta, apertando a lataria com força suficiente para deixar os seus dedos brancos; desvio o meu olhar, encarando as mãos no volante.

— Mesmo que você queira desistir de nós, eu não irei. Vou lutar, porque você é alguém por quem vale a pena, você é a mulher que amo e eu não vou desistir. — Sinto o tremor da sua voz, como se ele estivesse se segurando para manter as emoções controladas.

Continuo encarando os meus dedos, com medo de fraquejar na minha decisão de partir, mas deixo a dor de lado e uma parte rancorosa de mim insiste em dizer que estou fazendo a coisa certa, a resposta amarga que sai da minha boca é tudo que posso oferecer a ele no momento.

— Às vezes, as lutas nos quebram em milhões de pedaços, estou muito cansada de lutar e preciso ganhar um fôlego. — Arquejo buscando ar. — Realmente, preciso desse tempo, desculpe.

Dou a partida no carro e olho de relance para Henrique, que está com os olhos presos em mim, embebidos por lágrimas, com o sofrimento marcando cada traço da sua expressão. Meu coração pulveriza, não aguento saber que fui a causadora do seu sofrimento, mas mantenho a minha posição firme, tenho que colocar a cabeça no lugar, antes de mais nada.

Guio o carro para a rua, sem olhar para trás, e sinto a dor correndo feito lava pelo meu corpo, soluço, assim que viro a esquina e, em seguida, caio em um choro compulsivo que mal dá para enxergar o sinal na minha frente, uma cortina de lágrimas bloqueia a minha visão. Encosto o carro de qualquer jeito em frente a uma farmácia e tateio dentro da mochila, procurando o celular com desespero, porque sei que somente uma pessoa é capaz de me tirar desse caos nesse momento.

— David. — Murmuro, assim que o meu amigo atende a chamada, no segundo toque. — David, eu... eu... — Minha voz falha entre os soluços engasgados e eu suplico a sua ajuda. — Por favor, vem me pegar.

— Alex, onde você está? — Ele pergunta, agitado, com a voz pesada de preocupação. — O que aconteceu? — Eu tento responder, mas não consigo. — Fale, você tá me deixando assustado. — Ouço um barulho de passos rápidos no fundo e sei que ele está vindo me salvar.

— Desculpa, — respiro tremulamente — não consigo dirigir, estou... estou...

— Por Deus, Alex, onde você está? Cadê Rico?

Um gemido estrangulado sai da minha garganta e o meu peito dói.

— Eu terminei com ele, David. — Falo com um fio de voz. — Estou em frente a uma farmácia, perto do apartamento dele.

— Sei onde fica, tente se acalmar, chego em quinze minutos.

Assinto com a cabeça, como se ele pudesse me ver.

— Tá. — Respondo finalmente, com a voz abafada.

Um pouco antes de David desligar o telefone, ainda ouço o ronco da sua moto, sei que ele vai chegar voando aqui e a culpa cai em meus ombros. Não deveria envolvê-lo em minha bagunça, mas ele é a única pessoa que pode me puxar para a superfície novamente, estou atolada em sentimentos agonizantes que estão mexendo com a minha cabeça de um jeito muito louco, até mesmo para mim.

David chega aonde estou em um tempo recorde, entra no carro e me abraça, choro em seu ombro até molhar a sua camisa, ele não força a situação, fica me fazendo carinhos e dizendo que tudo vai ficar bem. Esse é o lado bom de saber que o cara me conhece como a palma da sua mão. Não quero falar, explicar o que aconteceu e relembrar tudo que vi, quero o seu apoio e segurança para não desmontar mais uma vez.

Depois que me acalmo e paro de chorar, ele me faz pular para o banco do carona e dirige sem fazer perguntas. Não quero voltar para o meu apartamento e David sabiamente nos leva para a sua casa, que fica próxima ao bar. Quando chegamos, Mary já está na varanda esperando por mim, ela me segura pela cintura, guiando o meu corpo entorpecido para dentro, meus passos estão lentos como se o peso das últimas horas tivesse me esgotado por completo.

Deixo Mary conduzir o caminho, sem prestar atenção, ela me acomoda em uma cama, depois sai por uns minutos e volta com uma xícara de algo fumegante que sinceramente não sei o que é. Não sinto sabor de nada, minha garganta está seca e arranhada de tanto chorar. Bebo tudo, porque ela insiste e diz que vou melhorar. Faço, porque não tenho forças para discutir, nem mesmo falar ou me mexer. Deito encolhida na cama, com Mary segurando a minha mão até que o cansaço me vence ou a bebida faz o seu efeito, isso pouco importa para mim, estou com a alma vazia e simplesmente fecho os olhos, caindo em um sono profundo que mergulha a minha mente no esquecimento.

Meus pensamentos ainda estão nublados, quando desperto, estico o corpo para alongar os músculos encolhidos e decido que já é hora de sair dessa inércia.

Coloco as pernas para fora da cama e olho ao redor do quarto, reconhecendo o lugar onde estou e o porquê de estar aqui. Recordo tudo que aconteceu e sinto um aperto dolorido no peito com a lembrança amarga, inflo uma respiração profunda e trêmula para espantar a dor.

Estou sem noção de tempo, não sei quantas horas dormi, mas imagino que devem ter sido algumas, porque olho para a janela e o sol da tarde rompe pelas cortinas brancas, escondo o meu rosto entre as mãos, tentando ganhar coragem para levantar e tomar as rédeas da minha vida, novamente.

— Oi. — Mary abre a porta do quarto e espia, sondando se estou acordada. — Como você está?

— Estranha, mas... vai passar.

— Claro que vai, querida.

Suspiro e viro o rosto para a figura cheia de ternura que avalia o meu estado, Mary segura uma bandeja com comida e um copo de suco.

— Que horas são? Acho que dormi muito.

— São quase três horas da tarde. Você precisava descansar e o chá ajudou a embalar o seu sono. — Mary pisca para mim. — Trouxe alguma coisa para comer, já passou da hora do almoço e você deve estar com fome.

— Obrigada, mas não sinto fome alguma. — Faço uma careta, sentindo um nó apertado na minha garganta.

— Alex, você precisa comer ou pelo menos tomar esse suco. — Mary insiste, preocupada.

— Não consigo, Mary. — Resmungo, enjoada só de pensar em comer.

Ela me fita com um olhar severo e coloca as mãos na cintura, com uma expressão obstinada do tipo: você não quer discutir comigo, não é?

— Talvez um pouco de suco, então. — Encolho os ombros, aceitando.

— Melhor que nada. — Ela sorri. — Não imaginei que você dormiria por tantas horas, acho que exagerei um pouco na mistura do chá mas, de qualquer forma, o efeito foi positivo e você parece estar mais calma.

— Bom, seja lá o que você adicionou ao chá, ele realmente me fez adormecer feito a Bela Adormecida, morta para o mundo. — Sorrio de volta.

— Esse era o objetivo. Fiz um chá de camomila bem forte, com algumas gotas de um calmante levinho, nada de mais.

Mary se aproxima, deposita a bandeja na mesinha próxima da cama e se senta ao meu lado, segurando a minha mão; olho para cima e dou de cara com o seu lindo sorriso, cheio de amor e carinho.

— David foi procurá-lo, assim que você caiu no sono.

— Ele não deveria ter ido atrás de Henrique. — Abaixo a cabeça novamente, encarando o tapete do quarto.

— David é muito protetor com relação a você e não ficaria de braços cruzados, assistindo a tudo sem fazer nada. — Seu tom é tão gentil, que me enche de culpa, por estar envolvendo os dois nos meus problemas.

— Desculpe, eu não deveria ter chamado David para me socorrer, mas eu não pensei em mais ninguém, só queria sair de lá. — Suspiro.

— Bobagem, David vai te resgatar sempre que precisar, nada no mundo, nem ninguém, afastaria vocês dois, não é mesmo?

Mary ri e eu confirmo com a cabeça, rindo junto, porque sei exatamente sobre o que ela está se referindo.

— Lembra quando eu morria de ciúmes de você?

— Nossa, se lembro. — Respondo, com outra risada reprimida.

— Pois é, perdi um tempão com essa besteira toda. — Mary suspira. — Briguei muito com David, até entender que esse vínculo é mais do que uma amizade, é uma cumplicidade entre irmãos, mesmo que vocês dois não sejam ligados pelo sangue.

— É difícil compreender mesmo. — Encolho os ombros. — Amo David como se ele fosse o meu irmão de uma vida inteira. É uma identificação de almas, sinto isso desde o primeiro momento em que nos conhecemos e nada mudou desde então.

Meus lábios curvam em um sorriso, quando relembro as incontáveis brigas entre eles, eu não sabia qual era o motivo e, quando descobri que Mary tinha ciúmes da nossa amizade, forcei um encontro e me tranquei no banheiro do *pub* com ela. Não fazia o menor sentido essa situação entre eles, então rebati todas as suas dúvidas, esclareci o porquê de sermos tão unidos e, por fim, joguei duro, ameaçando-a com uma bela surra, se algum dia ela ferisse o meu amigo. O resultado desse embate foi que ficamos amigas e eles finalmente foram morar juntos.

— David é o meu porto seguro e, hoje, senti que só ele poderia me resgatar do buraco em que estava me afundando.

— Ah, querida, ele sabe e não se importa de te ajudar, nem eu, o que desejamos é que você encontre a felicidade e fique bem. — Mary segura o meu rosto para que eu olhe para ela. — Henrique contou como tudo aconteceu, ele está arrasado, Alex.

Pisco os olhos, porque não quero começar a chorar de novo.

— David acredita nele. — Mary faz uma pausa e suspira. — E seria muito fácil para você acreditar também, se o visse ontem no bar. O rapaz não se aguentava em pé, precisou da ajuda de Paulo e Marcos para ser rebocado para fora e acomodado no carro. David ofereceu ajuda, mas Marcos estava bem para dirigir e foi embora junto com uma garota.

Abro a boca para retrucar, porém, Mary não me dá a chance.

— Escute bem, somente uma garota entrou naquele carro. — Mary enfatiza o que diz, levantando um dedo em frente ao meu rosto.

— Eu vi, Mary, eles estavam juntos na cama. — Murmuro.

— Você viu exatamente a cena que Ingrid montou, uma mentira.

— E como Ingrid conseguiu se enfiar na cama de Henrique, sem que ninguém visse? Alguém abriu a porta e deu passe livre para ela. Não consigo imaginar de outra forma que não fosse Henrique ou Marcos, permitindo o seu acesso ao apartamento, embora ambos digam que não sabem de nada. — Suspiro, cansada. — Quem está mentindo, hein?

— Os dois é que não, pode acreditar. — Mary bate a cabeça, negando. — Ingrid entrou no apartamento muito tempo depois, enquanto Marcos dormia e ela só conseguiu ter acesso, porque quem abriu a porta foi a sua amiga, que esperou Marcos cair no sono para colocar Ingrid dentro do apartamento. Nem Marcos, nem Henrique sabiam de nada, tudo foi planejado para você topar com a cena no quarto e acreditar que o seu namorado te traiu. Ingrid confessou que, até a mensagem que supostamente Henrique te enviou, na verdade, foi a amiga que pegou o celular dele e digitou o texto, é claro que instruída por Ingrid.

— Mas e as marcas? Ela não poderia ter inventado tudo... — Mary me interrompe rapidamente com as mãos suspensas.

— Não inventou, só que não foram feitas por Henrique e sim por um encontro, poucas horas antes. — Mary faz uma careta enojada. — Ingrid conheceu um cara da cidade lá no bar, eu mesma vi quando eles saíram juntos discretamente.

— Meu Deus, essa garota é maluca? — Estou chocada com tanta perversidade.

— Ingrid não é maluca, de jeito nenhum, ela é vaidosa, egocêntrica e vingativa, não admite perder para outra o que acha que tem em seu poder. Ela percebeu que não teria chance alguma com Henrique e que nunca mais ficariam juntos. Na verdade, Ingrid quis provar um ponto: que ninguém a ignora e sai impune. Seu senso de limite é zero e ela é uma pessoa sem o menor caráter, por isso não se importou de que, com isso, ela conseguiria arruinar a relação de duas pessoas que se amam. Para ser sincera, acho que esse foi o seu principal objetivo. — Mary termina de contar a pavorosa história com um grande suspiro.

— Por Deus! Eu caí direitinho, como uma tonta.

É uma merda admitir, mas acreditei na farsa toda. Como não acreditar? Foi tudo tão convincente, que qualquer um no meu lugar acreditaria, a única diferença é que não dei a oportunidade de Henrique se defender, cometi uma grande injustiça, talvez irreparável.

— Onde está a minha mochila? — Salto da cama e olho ao redor do quarto, procurando, desesperada.

— Na sala, por quê? — Mary se levanta também, e me segue, quando caminho apressada para fora do quarto.

— Tenho que ligar para o Henrique, me desculpar, pedir que ele me escute, sei lá, estou disposta até a implorar o seu perdão, fui cruel e para piorar as coisas... — contraio o rosto ao lembrar — eu dei um soco bem forte em Henrique, Mary.

— Meu Deus, Alex. Você bateu nele?

Assinto lentamente, mortificada com o que fiz.

— Perdi a cabeça, depois que ele jogou um monte de verdades na minha cara, foi horrível.

Mary me entrega a mochila, porém o seu rosto é tomado por empatia.

— Não vai adiantar procurá-lo. — Mary segura a minha mão, impedindo que eu pesque o celular dentro da mochila. — Sinto muito, ele não está mais na cidade.

— O quê? Como assim? Não, você está enganada, ele disse que... — Fecho os olhos e relembro as suas últimas palavras dizendo que não desistiria de mim. — Não é possível que ele tenha ido embora.

— Infelizmente é verdade. Henrique recebeu uma chamada do pai e foi ao seu encontro, no hotel que eles estão reformando e, de lá, ele iria partir para a casa dos pais, onde pretende ficar durante a semana de recesso da universidade. — Mary me olha com piedade, enquanto absorvo a coisa toda.

— Mas... — Sinto a cor deixando o meu rosto e seguro o celular com força.

— Você pediu um tempo e ele está respeitando a sua vontade.

— Mas eu preciso me desculpar. — Minha voz falha, cheia de remorso.

— Acho que você vai ter de se conformar e esperar. — Mary se ajeita, desconfortável. — Lamento muito, mas ele também quer esse tempo, mesmo

David tentando convencê-lo a ficar e resolver as coisas com você, Henrique está muito magoado e disse que a escolha foi sua.

— Que ironia, — penso alto — ele tem razão ao dizer que a escolha foi minha, eu decidi não ouvir as suas explicações e, no auge da raiva, disse que lembraria para sempre as minhas escolhas erradas, que burra eu fui. Daria um braço se pudesse voltar no tempo e dizer que o amo e confio nele, mas perdi o momento. — Declaro, com a voz cansada.

— Não se torture, use esse tempo para refletir e traçar um novo rumo em sua vida, consertar o que está errado entre vocês e colocar a sua felicidade como meta.

Mary tem em seus olhos azuis a expressão mais sincera do mundo, tenho que concordar com ela, preciso repensar as minhas atitudes e botar a cabeça no lugar, antes de encontrar com Henrique.

— Ok, vou fazer isso. — Murmuro sem ânimo.

— Boa menina! — Mary bate palmas e me abraça. — Agora, antes que eu esqueça, David quer saber se você vai participar do show de hoje.

— Nossa, o show! — Levanto a voz, assustada, por não ter lembrado hora nenhuma da apresentação da banda hoje à noite. — Claro que vou, não deixaria a banda na mão nem se eu tivesse que ir catando os meus pedaços pelo caminho. Estarei lá, pode confirmar com David. — Falo com determinação, fazendo um esforço enorme para mostrar pelo menos um pouco de entusiasmo.

— Certo, vou ligar para David e avisá-lo.

— Obrigada, Mary, por tudo.

Abraço a minha amiga com carinho e meus olhos começam a pinicar novamente, estou virando um regador ambulante, preciso me controlar ou irei desidratar, se continuar assim.

— Já tomei muito do seu tempo, tenho que ir para casa arrumar as minhas coisas. — Desvencilho dos seus braços e agarro a mochila.

— Você está bem para dirigir? — Ela soa preocupada.

— Estou bem, de verdade. — Respondo rápido, confirmando com a cabeça.

— Hum, tá bom, então se cuide, Alex. — Mary sorri e me beija no rosto.

Poucos minutos depois, estou no meu apartamento jogando roupas em cima da cama, sem prestar a menor atenção no que estou fazendo. Honestamente, arrumar a mala para viajar é a última coisa que quero lidar agora, mas me obrigo a deixar tudo pronto, antes que acabe abandonando a ideia de uma vez por todas.

Assim que pisei em casa mais cedo, decidi arriscar e ligar para Henrique, pelo menos fazer uma tentativa, mesmo sabendo que ele não queria falar comigo. A verdade é que, lá no fundo, ainda tinha uma fraca esperança de que ele não recusaria uma chamada minha e, assim, eu poderia me desculpar. Infelizmente, ela morreu no instante em que o último toque caiu na caixa de mensagens. Chorei novamente, me chutando por ter sido tão burra e ainda ter ilusões.

Suspiro e enfio mais uma calça jeans na mala, com impaciência, lamentando não poder realizar o meu maior desejo nesse momento: encarar um saco de pancadas. Faria um bem danado para os meus nervos esmurrar a minha raiva, minha frustração e o meu ódio do mundo através dos meus punhos. Quem sabe, bater a cabeça também ajudasse, ao menos serviria para acabar de vez com esse latejar infernal que está me enlouquecendo.

— E aí? — Nina entra no quarto e se senta na cama, olhando descontente para a minha mala bagunçada. — Quer que eu te ajude?

— Não, já acabei. — Minha voz é um grunhido mal-humorado, fecho a mala, deslizando o zíper com força.

— Ok, então quer conversar? — Nina olha para mim e eu sei que ela já sabe.

— Desculpe, não tenho mais nada para falar. — Pisco os olhos e encaro o teto. — Já está tudo resolvido, vou deixar a mala no carro e, assim que acabar o show, vou dirigir até a casa da minha mãe. Ela vai estar me esperando; de lá iremos direto para o aeroporto. — Faço uma careta desgostosa. — Não quero nem saber como, mas ela conseguiu antecipar o meu voo para amanhã bem cedo.

Nina se levanta da cama e me abraça. Ah, não! Outro abraço carinhoso e, novamente, sinto vontade de chorar. Mordo o lábio até fazer marcas, tentando segurar as lágrimas. Estou me sentindo engolida por esse buraco negro que a minha vida se transformou em tão poucas horas.

— Sei bem o que você está sentindo, enfrentei uma porção de coisas antes de me acertar com Paulo, nunca é fácil. Mas vocês vão encontrar um jeito de consertar essa bagunça toda.

Assinto debilmente para Nina, que fecha a cara quando volta a falar.

— Juro, se eu topar com aquela sujeita hoje, vou trucidar a infeliz com minhas próprias mãos, ela que nem tente aparecer naquele ginásio e, pode acreditar, tenho garotos pra lá de fortes me apoiando completamente. — Seus olhos brilham com um ódio mortal.

— Esquece aquela garota, ela vai ter o que merece um dia. — Sibilo em voz baixa.

— Ah, se vai. — Nina soa maquiavélica, depois olha para o celular e verifica a hora. — Quer que eu te leve para o ginásio?

— Não precisa, vou me arrumar por aqui e sair em seguida.

— Vestida como um juiz de futebol? — Nina arregala os olhos e sorri, impelida pela situação ridícula que passa por sua cabeça.

— Claro que não! Pode guardar esse sorriso bobo. De jeito nenhum, vou sair daqui fantasiada de juiz. — Reviro os olhos, irritada.

— Melhor mesmo, tenho a impressão de que o porteiro iria te olhar meio esquisito por um tempo.

Dou de ombros, sem me importar, Nina pisca para mim e sai do quarto. Tomo banho e visto uma roupa qualquer, não quero me maquiar e nem prender os cabelos, portanto, estou de cara limpa, não vou fazer força para ficar bonita. Aparência é um detalhe insignificante, que não estou disposta a gastar nem um pingo da minha pouca energia. Só de ir para aquele ginásio e enfrentar um show de duas horas, é mais do que o meu corpo abatido pode suportar, no estado atual em que se encontra.

Já dentro do camarim, tento ligar mais duas vezes para Henrique, sem obter nenhuma resposta. Num acesso de raiva, quase arremesso o celular na parede, mas recuo a tempo e mudo de estratégia, enviando mensagens que oscilam entre raiva e arrependimento.

"Você é um mentiroso, sabia? Disse que não iria desistir de nós, mas se recusa a ouvir o meu pedido de desculpa."

"Atende a merda do telefone!"

"Desculpe, só queria te falar que sinto muito."

"Sei que te magoei, mas custa responder?"

"Estou indo para Atlanta amanhã, talvez não volte."

"Acho que finalmente você entendeu porque eu estrago tudo, sou assim e você merece mais."

"Mas ainda te amo com todo o meu coração."

Estou chorando, quando digito a última mensagem, fico olhando para a tela do celular na expectativa de que ele visualize as mensagens. Por uma razão boba, tenho a sensação de que Henrique não vai resistir e ler, com certeza é bem mais simples do que falar comigo.

Contenho o riso quando observo os tracinhos ficarem azuis. Meu Deus, ele está lendo. Sinto o coração bater acelerado, finalmente, acho que ele vai me responder, penso cheia de esperanças. Minhas mãos torcem ao redor do celular, até ficarem doloridas, mas nada acontece. Fico por cinco minutos encarando o aparelho como se a minha vida dependesse dessa mísera prova, um sinal de que ainda importo para ele. Sou patética, está na cara que ele está me dando um gelo, atiro o celular na mochila com raiva e arrasto o meu corpo derrotado pelo corredor do ginásio, onde encontro com os rapazes já prontos para o show, próximos a saída de palco.

— Oi, garota. — David é o primeiro a notar a minha presença, observando a tristeza e o ar amargurado do meu rosto, então me abraça com força.

— Oi. — Beijo o seu rosto e falo soando indiferente. — Você conseguiu mudar a sequência das músicas? — Mordisco o lábio, enquanto olho para um ponto fixo na minha frente.

— Tá tudo certo, eu e Dante vamos revezar cantando as músicas mais vibrantes e você fica com as densas. — Ele vira o meu rosto com uma mão, capturando a minha atenção. — Tem certeza de que não quer ficar até o final do show? Posso ir com você até a casa da sua mãe. Para ser sincero, vou ficar bem mais tranquilo se te acompanhar. — David insiste, ele acha que não estou em condições de dirigir por três horas, mas não quero atrapalhar a sua vida mais do que já atrapalhei.

— Não, vou sozinha. — Respondo seca e me arrependo na mesma hora. — Desculpe, estou sendo uma ingrata e você não merece. — Passo as mãos pelos cabelos, desanimada, e mudo o assunto. — Posso olhar como ficou o show? — Peço o esquema musical para saber o que e onde vou cantar.

— Aqui está. — David me entrega o esquema e fico verificando o papel sem demonstrar interesse algum.

— Eu te entendo e nada que você fale vai me fazer deixar de te amar. — David sorri para mim com afeto e eu quase desmonto novamente.

— David, eu já chorei muito hoje, por favor... — Inspiro fundo. — Não quero mais falar sobre isso, tá legal?

— Como quiser, Alex. — David coça a nuca, pensativo. — Escuta, tem certeza de que consegue fazer esse show?

Assinto com a cabeça baixa.

— Preciso dessa distração e cantar nunca falha. — Levanto o olhar e sorrio com tristeza.

David me dá um beijo e me aperta forte em seus braços, os rapazes olham a cena, consternados. Uma explosão de frustração desencadeia uma nova onda de raiva, porque é incrível como as más notícias correm em uma velocidade galopante. Me pergunto se só os meus amigos sabem que eu e Henrique não estamos juntos ou se a universidade inteira já está sabendo do nosso rompimento. Quer saber? Quero que todo mundo se dane! Ergo a cabeça com uma expressão endurecida e encaro a entrada do palco.

— Vamos acabar logo com essa merda! — Marcho decidida e me posiciono atrás do microfone. Os meninos me observam assustados, mas não ousam perguntar nada, eles sabem que só iria piorar as coisas.

A primeira música é minha, Hector introduz as batidas fortes de *Believer*, da banda *Imagine Dragons* e minha voz soa raivosa, como se explodisse tudo que está acumulado dentro do meu peito. A sensação é libertadora, não posso negar. A música é pesada, difícil de conduzir, mas é o que preciso para botar para fora toda essa fúria indesejada que está me tirando do sério. A letra também ajuda; aquelas estrofes batem na minha cabeça como sinos espocando a minha verdade, como sou, o quanto a dor destrói e reconstrói o meu destino e me impele a continuar. No final da música, os aplausos e gritos fazem esse momento ruim um pouco mais fácil de lidar, o que é gratificante.

Como de costume, o show é elétrico, passa mais rápido do que me dou conta e, mesmo não cantando as músicas mais alegres, ainda fico com uma boa parte da sequência que ensaiamos para essa apresentação. A minha última participação é logo depois da baladinha que Dante está cantando, me preparo, segurando o microfone com as duas mãos, parada atrás da haste, como um poste.

Não dancei, não corri o palco cantando, não fiz nada que lembrasse a Alex espontânea e entusiasmada que sempre envolve a minha performance nos shows. Não estou no clima, longe disso. Pela segunda vez durante o show, a música que começo a cantar me atinge como um alvo. *How You Remind Me* é de uma das bandas que mais gosto, a *Nickelback*, e a canção cai como uma luva para o meu atual estado de espírito. Sua letra diz "você me faz lembrar do que realmente sou", e um sentimento de perda, e um vazio monumental detonam a minha resistência. Meus olhos ficam úmidos e, à medida que a melodia avança, rompem-se as barreiras, deixo as lágrimas caírem sem me importar que centenas de pessoas estão me assistindo quebrar por inteiro. É mais forte do que posso aguentar, rosno a pergunta da música " Nós ainda estamos nos divertindo? " Não, não mais.

As batidas poderosas que Hector extrai da sua bateria direcionam ao fim da música, não espero os aplausos; saio apressada do palco, encerrando a minha participação. Corro para o camarim, mas um segurança impede a passagem e o vejo segurando a minha mochila com uma das mãos.

— Você é Alex? — Ele pergunta rápido.

— Sim, sou eu.

— Um cara da manutenção pediu para te entregar isso. — Ele estende a mochila e eu pego. — Deu alguma pane elétrica no camarim e ele avisou que você vai ter que usar o banheiro da equipe técnica no campo de futebol, segundo ele é o único disponível no momento. — O cara termina a sua explicação, dá meia-volta e segue para a saída de palco.

— É, tá bom. — Suspiro, desanimada, porque tenho que ir até o campo de futebol e o lugar fica a uma distância considerável do ginásio. Que legal. Mas não adianta reclamar, preciso usar o banheiro e trocar de roupa antes de pegar a estrada.

Depois de uns quinze minutos caminhando, entro no banheiro e largo a mochila na bancada da pia, vou até a parte reservada para fazer xixi. Ouço o barulho de mais alguém entrando no banheiro, termino rápido o que estou fazendo, preocupada com a mochila, mas relaxo assim que percebo que a outra pessoa entrou em outro espaço reservado. Mesmo assim, saio e verifico as minhas coisas, lavo as mãos e uma luz pisca vinda do meu celular, quando noto de quem é a ligação, minhas mãos começam a tremer.

— Alex, onde você está? — Henrique pergunta, aflito.

— Eu estou… — Minha voz trava na garganta quando olho o reflexo no espelho, todo o meu corpo paralisa de medo, alertado pelo perigo iminente.

— Oi, docinho! Estava com saudades de mim? Por que eu mal via a hora de te encontrar novamente.

Uma satisfação cruel rodeia o sorriso do homem parado atrás de mim, um sorriso que lembro muito bem, tão bem que ainda passo noites e mais noites sendo perseguida por ele.

O telefone cai das minhas mãos em um baque surdo dentro da cuba da pia, fico olhando a imagem do espelho como se fosse um pesadelo, uma peça de mau gosto do meu cérebro, fecho os olhos e espero que ele desapareça, mas quando os abro ele está lá, parado, com o mesmo ar arrogante e olhos famintos que nunca deixaram de me assombrar nos últimos oito anos.

Deus, por favor, me ajude!

★

Giro lentamente em meus pés e fico de frente para Eric. Por um milagre, não despenco no chão, os meus joelhos estão moles e começam a vacilar, sustento o meu corpo segurando o granito da bancada com tanta força que os meus dedos ardem com o esforço da pegada. Avalio o cara parado com os braços cruzados e um sorriso sádico no rosto, ele faz o mesmo, correndo os olhos por todo o meu corpo, como se eu fosse um pedaço de carne, apreciando o que vê enquanto os seus olhos se acendem com pura luxúria. Como eu odeio esse olhar! É o mesmo de oito anos atrás, quando ele me viu naquela festa e não mediu esforços para arruinar a minha vida.

— O o-que você tá fazendo aqui? — Gaguejo, minha voz soando sufocada pelo medo.

— O óbvio, vim te encontrar. Não me diga que você também não sentiu saudades. — Ele sorri. — Posso dizer que estava praticamente contando os dias para finalmente estar assim, cara a cara com você.

Eric acena com a mão, depois olha desinteressado ao redor do banheiro, eu faço o mesmo, mas no meu caso verifico as minhas possibilidades de fuga.

— O que você quer comigo? — Me esforço para parecer segura e controlada. Fora as minhas mãos suadas e o meu coração disparado, até que estou indo bem.

— Ah, docinho! Sério? Imaginei que você ficaria tão feliz em me ver! — Eric faz um barulho descontente com a língua. — Tem o quê? Hum, deixe-me pensar... oito anos. Muito tempo para um reencontro, não é, Alex?

Ele abre um sorriso largo, mostrando todos os dentes como um tubarão que se delicia diante da sua presa e um ar satisfeito rodeia a sua expressão. Esse cínico, filho da puta, está adorando me provocar.

Investigo a sua aparência e Eric continua praticamente o mesmo, talvez um pouco gasto pelo tempo, algumas rugas nos cantos dos olhos e o cabelo mais comprido. Observo também que ele ganhou peso nesses últimos anos, mas o rosto ainda conserva uma beleza capaz de impressionar muitas garotas, mesmo que a aparência jovem de antes tenha desaparecido. Na verdade, uma sutil mudança é o que faz a diferença mais marcante para mim, seus olhos não são mais de um garoto arrogante de 20 anos, os olhos que me encaram com frieza são de um homem que esconde um lado cruel, um lado que é capaz de passar por cima de tudo para obter o que quer. Infelizmente, vejo tudo com uma clareza espantosa, já que senti na pele a extensão da escuridão da sua alma e o tamanho da sua perversidade, mesmo que na época isso ainda fosse somente uma insinuação.

— Preciso ir embora. — Declaro, respirando fundo para parecer confiante. — Uma pessoa está me esperando e não tenho nada para conversar com você.

Minto, tentando convencê-lo de que alguém vai perceber a minha ausência.

— Alex, Alex, essa sua mentira é ruim demais. — Ele balança a cabeça rindo, debochando do meu blefe.

— Não estou mentindo, o meu namorado está lá no ginásio, eu falava com ele quando você chegou. — Isso não deixa de ser uma meia verdade, mas não o convenço, é evidente.

Ele descruza os braços e dá um passo à frente, eu me encolho prendendo a respiração, Eric ergue um dedo fazendo um gesto de não, a meros centímetros do meu rosto. Depois, com um sorriso de escárnio, olha para a minha cara aterrorizada, admirando o efeito que provoca em mim. Impossível disfarçar, devo estar mais branca do que uma folha de papel.

— Você chegou aqui sozinha. Nem sinal daquele babaca, nem antes nem depois do show, já me certifiquei. Na realidade, ele não está em nenhum lugar daquele ginásio. — Ele pisca, zombando. — Vocês brigaram, eu sei.

Eric pega uma mecha dos meus cabelo e enrola em seu dedo, um arrepio gelado dispara pela minha espinha ao sentir a sua proximidade. Eu afasto o rosto, tentando manter alguma distância, ele agarra os meus cabelos e sussurra em meu ouvido.

— Sabe, docinho, tenho estado te observando há dias, não que eu estivesse planejando ficar muito tempo por aqui, não mesmo, mas você estava... como vou dizer... inacessível. Aqueles caras não te largavam por um minuto sequer, então eu já estava me preparando para tomar algumas providências e afastá-los do meu caminho, caso não conseguisse esse tempinho, só nós. — Seu olhar significativo diz tudo.

Meu coração para uma batida, quando entendo o que ele está insinuando, tenho certeza de que Eric seria capaz de ferir qualquer um que se colocasse à frente dos seus objetivos insanos.

— Deixe-os em paz, Eric! — Sopro as palavras, trincando os dentes com raiva.

— Uau! Relaxe, belezinha, eles estão com sorte, não vou fazer nada com os seus amiguinhos. — Ele dá de ombros, como se a opção de machucar as pessoas que gosto fosse um passatempo. — Aqui estamos nós, não é? Finalmente teremos o nosso tempo e eu tenho certeza de que vai ser... hum... inesquecível. — Ele desliza os dentes pelo lábio inferior incutindo ao gesto um tom obsceno que faz o meu estômago embrulhar.

O pavor dispara profundamente dentro de mim, sinto o coração pulando e a respiração lenta e difícil, é como se todo o ar fosse sugado do ambiente e cada pedaço do meu corpo estivesse em estado de alerta. Fecho os olhos e tento restabelecer o controle, mentalizar tudo que aprendi sobre defesa pessoal e deixar a minha força guiar os meus próximos movimentos. Não posso deixar o medo me fazer perder a razão e, principalmente, a minha capacidade de reagir, porque se ele acha que vai conseguir o que quer facilmente, está completamente enganado. Vou morrer lutando, mas de jeito nenhum Eric vai ter o que quer, nunca mais serei uma vítima desse babaca.

— Você é louco se acha que vou ficar aqui ouvindo as suas sandices, sai da minha frente, Eric, senão...

Ele corta a minha ameaça estreitando os olhos para mim, sua mão avança rápida e segura o meu queixo com força, impondo a sua vontade.

— Senão o quê?

— Não estou drogada seu desgraçado, posso gritar, alguém vai ouvir e tenho certeza de que dessa vez as coisas não vão correr tão bem para o seu lado.

Minha voz treme, mas enfrento-o com firmeza, tentando desesperadamente sustentar alguma dureza no meu olhar, apostando que ele talvez tenha um momento de lucidez e recue.

Ele aperta com mais força o meu queixo, buscando me intimidar, mordo a bochecha forte para reprimir um gemido de dor que quase escapole da minha boca. O idiota aproxima o seu rosto do meu ao ponto de estarmos a milímetros de distância e com uma calma calculada, Eric analisa a minha postura desafiadora. A ameaça real brota em sua expressão e, finalmente, sua máscara polida cai, seus olhos vidrados me encaram com uma fúria enlouquecida quando fala entredentes.

— Desta vez ninguém virá te salvar, escolhi cuidadosamente o lugar, fiquei te observando sair do palco até chegar aqui, hora nenhuma você pegou o celular ou falou com qualquer um, esse banheiro é longe o suficiente do ginásio e ninguém, absolutamente ninguém sabe que você está aqui. Portanto, pode gritar à vontade, mas se eu fosse você, poupava energia, sinto que ela vai te fazer falta quando eu acabar com essa sua valentia.

O seu hálito quente sopra em meu rosto, revirando o meu estômago, aperto os lábios para segurar a ânsia que me toma, quando a lembrança do mesmo hálito saturado de álcool começa a rodear os meus sentidos e me transporta para aquele quarto onde fiquei inerte em uma cama, indefesa.

Meu Deus, isso não é possível, estou caindo novamente em uma armadilha arquitetada por esse canalha. O pior é que, dessa vez, não estou vendo a menor possibilidade de qualquer pessoa me achar aqui, não falei com ninguém para onde iria. Nenhum dos meus amigos tem ideia de que fui conduzida para esse banheiro e estou muito longe do ginásio. Tão longe de tudo, que ele tem razão ao dizer que é inútil gritar, posso morrer berrando que nenhuma alma viva vai me encontrar nesse lugar.

— Me larga.— Faço força para virar o rosto e sair do seu aperto.

— Ainda não, docinho. Esperei oito anos por isso e cada minuto desse longo tempo gastei bolando diversas formas de me vingar. Quero que você sinta o quanto a minha vida virou uma merda depois daquela noite, vou fazê-la se arrepender a cada segundo por ter me rejeitado como se eu fosse um qualquer. Pode acreditar, hoje serei meticuloso com você. — Ele me ameaça com uma crueldade pungente, estampada em cada traço do seu rosto.

Seu olhar glacial arrepia a minha pele de um jeito horripilante e a garganta seca completamente diante da minha desgraça iminente. Uma onda de desespero começa a se formar, minha respiração vacila e estou prestes a ter um ataque de pânico. Não, de jeito nenhum! Respiro fundo, tentando segurar as minhas funções cerebrais para que elas não entrem em colapso e reúno toda a determinação que ainda me resta para manter o controle e continuar com esse joguinho de gato e rato que Eric obviamente está adorando jogar. Não vou dar a ele o gostinho da vitória, mesmo sabendo que a minha réplica irá atiçar o seu mau temperamento.

— Nada teria mudado em sua vida se você tivesse me deixado em paz naquela noite, o erro foi seu em vir atrás de mim. Eu te dispensei porque não estava a fim, quem ultrapassou todos os limites, forçando algo que eu nunca concordaria foi você. — Minha voz sai arranhada e rouca.

— É isso que você realmente acha? Que a culpa é minha? — Ele ri com deboche, depois grita, explodindo de raiva. — Porque não é! Se aquele imbecil do David não tivesse se metido nos meus assuntos, eu continuaria vivendo a minha vida como sempre vivi, mas aquele justiceiro dos infernos arruinou com tudo.

— Você é um doente! Minha vida virou de cabeça para baixo depois que você tentou me estuprar, nada mais se encaixou novamente, passei esses últimos oito anos tentando consertar o que você destruiu, de alguma forma me transformei em um fantasma do passado. — Estou perplexa com o tamanho da sua insanidade e com raiva, muita raiva desse cretino egoísta.

— Ah, essa é boa! — Eric gargalha loucamente. — A filhinha querida do papai passa oito anos nos Estados Unidos, recebendo tudo, enquanto eu fico aqui sendo execrado por todos, como um criminoso.

— Você é um criminoso! — Grito com uma mistura de fúria e agonia.

— Cale a sua boca!

A mão que está grudada em meu queixo arremete e me golpeia tão forte, que tenho o meu rosto girado para o lado, ardendo com a pancada. Não estava esperando a sua explosão violenta e sinto o gosto metálico do sangue, quando passo a língua pelos lábios.

— Você não sabe de nada, fui tratado como uma escória por todos. — Sua boca crispa em uma linha irada. — Eu era um deus! A porra de um deus! Todos queriam a minha atenção, eu vivia cercado por amigos, mulheres e tudo que o dinheiro podia comprar, nada escapava das minhas mãos, até que um dia você aparece na minha frente com um nariz empinado, esse jeitinho esnobe e diz não para mim. — Ele agarra o meu rosto novamente me obrigando a encará-lo.

— Isso me deixou puto pra caralho, o que planejei fazer com você colocaria essa sua bunda atrevida na linha, mas o idiota do seu amigo chegou e tudo depois virou um inferno, a minha vida se transformou em um circo e eu era o palhaço do espetáculo. — Eric cospe as palavras com um ódio mortal em meu rosto.

Por um segundo, pondero as minhas alternativas friamente, Eric está completamente mergulhado em sua raiva, qualquer movimento errado e estarei em uma situação difícil, mas deixar ele falar esse monte de asneiras está sendo um teste para os meus nervos. Minha vontade é matar esse miserável de porrada. Porém, ainda tenho dúvidas se vou conseguir canalizar a minha força para alcançar esse objetivo, então continuo argumentando e ganhando tempo para me estabilizar.

— Você deveria ter pensado nas consequências, antes de me drogar daquele jeito, não fiz nada para te provocar, foi essa sua mente obsessiva que te colocou nessa situação, não eu. — Falo, com uma calma fingida, disfarçando o tumulto que agita o meu interior.

— A culpa é sua, caralho! — Ele aperta o meu pescoço. — Comi merda depois daquela noite, meu pai me arrancou da universidade, fui julgado e humilhado diante de todos, — ele ri, sem humor — tive que prestar serviços voluntários como um otário e, mesmo depois que fui liberado pela justiça, continuei fazendo papel de bom moço, trabalhando em várias instituições de caridade que o meu pai apadrinha. Aquele hipócrita queria limpar a sua imagem, transformando o seu próprio filho em um exemplo de regeneração. Só eu sei que, por trás, ele não passa de um enganador, querendo salvar os seus interesses, mesmo que, para isso, tenha me reduzido a um cachorro, lambendo os seus sapatos.

Ele contrai os lábios e o seu queixo trinca, expondo seu ódio do mundo.

— Como se não bastasse meu pai me tratando como um nada, minha mãe nunca mais olhou pra mim. Não que fosse muito diferente antes, porque aquela mulher só pensa em aparência e dinheiro, não liga para mais ninguém que não seja ela própria, mas quando toda a história se tornou pública, envergonhando a grande dama da sociedade perante o seu detestável círculo social, ela me excluiu da sua vida. Nunca mais falou comigo e, quando estou no mesmo ambiente, me ignora, como se eu fosse um inseto repugnante.

Ele continua apertando cada vez mais forte o meu pescoço e tenho que reagir logo, para ter alguma chance de escapar, antes que o louco resolva me estrangular, assim, do nada.

Fixo os olhos nos seus e sorrio debochada. Captando a sua atenção, consigo distraí-lo dos meus movimentos e com a mão esquerda transfiro um soco potente em seu estômago. Eric geme alto, larga o meu pescoço e curva o corpo sentindo o meu golpe inesperado. Não posso perder tempo, corro para a porta do banheiro o mais rápido possível mas, antes mesmo que eu sequer alcance a maçaneta, sou arrancada do chão por um puxão doloroso em meus cabelos. Em seguida, Eric me arrasta em direção a uma parede revestida por um espelho grande e empurra a minha cabeça contra a superfície espelhada, com força suficiente para estilhaçá-lo completamente. Uma dor explode dentro da minha cabeça como se milhões de lanças estivessem perfurando o meu cérebro.

— Garota idiota, tá pensando que pode escapar? Hoje você não vai ter a mesma sorte, vou te fazer rastejar, implorando o meu perdão, você vai pagar por cada humilhação que passei nesses malditos oito anos. — Eric está com a boca grudada em minha orelha, enquanto empurra o meu corpo contra a parede. — Vou tomar o seu corpo de todas as formas que eu desejar, quantas vezes eu quiser e esmagar esse seu ar de superioridade.

— Nunca! — Berro em resposta.

Eric soca a minha cabeça novamente no espelho. Sinto o sangue quente escorrendo pela têmpora e um zumbido estranho ecoa dentro do meu crânio. Ainda tonta pelo golpe, ele me vira de frente e enquanto mantém uma mão dolorosamente enroscada em meus cabelos a outra engata no tecido fino da minha blusa e rasga a peça de cima a baixo. O barulho do rasgo violento dispara os meus alarmes de perigo e desperto da névoa confusa que embaça a minha consciência. A cena se repete, estou novamente refém desse desajustado, com as roupas rasgadas e encarando os mesmos olhos selvagens, cheios de intenções perversas.

— O que foi, docinho? Perdeu a valentia?

Eric sorri com escárnio, não seguro a onda de raiva que me domina e cuspo saliva misturada com sangue em seu rosto.

— Que coisa feia! Já está na hora de alguém te ensinar a ser uma menina boazinha. — Ele balança a cabeça lentamente, sem tirar os olhos de mim.

Eric dá um pequeno passo para trás e solta os meus cabelos, uma das mãos limpa o seu rosto, enquanto a outra começa a desabotoar a calça; engulo em seco e vejo essa a minha única oportunidade de pegá-lo desprevenido. Com o pequeno espaço que agora tenho entre nós, não vacilo nem um segundo e agilmente consigo lançar um soco forte e preciso, direto em seu nariz. Ele urra de dor e leva as duas mãos ao rosto, cobrindo o nariz ensanguentado que respinga em sua camisa. Aproveito a sua distração e transfiro uma sequência de golpes explodindo para cima dele, faço isso repetidas vezes em todas as partes do seu corpo que consigo abertura, mas me concentro em seu rosto com um ódio enlouquecido, até ficar com os nós dos meus dedos doloridos e sangrando. Meu peito arqueja pedindo ar, porém um sorriso sanguinário desponta em meu rosto, aquele pedaço de merda está envergado e cambaleante na minha frente. Tenho certeza de que ele esperava tudo de mim, menos que eu fosse capaz de abatê-lo com socos e deixar o seu rosto destruído.

Não tenho tempo sobrando para admirar o meu trabalho, corro novamente em direção à porta e, dessa vez, consigo alcançar a maçaneta, tento desesperadamente abri-la, mas ela está firmemente trancada e nem sinal da chave para que eu possa escapar desse inferno. Esmurro a porta com todas as minhas forças e grito socorro, na esperança de que algum funcionário esteja passando por perto; fico rouca de tanto gritar, mas é inútil.

— Acabou o show!

Eric chega por trás e segura o meu pulso, torcendo-o de uma forma tão dura que escuto os meus ossos estalando. Grito, desabando com os joelhos dobrados e sustento o corpo com a mão boa espalmada no chão. Sinto o meu estômago revirar violentamente, com a dor alucinante que dispara através do meu braço quebrado. Não consigo segurar o vômito e despejo tudo no piso branco do banheiro. Não comi nada o dia inteiro, então o que sai da minha boca é somente a água que bebi durante o show, pisco os olhos tentando me recuperar dos solavancos de náusea que tremem o meu corpo e encaro as gotas de sangue que pingam da minha cabeça, se misturando ao que acabei de expelir.

Eric solta o meu pulso machucado e eu o seguro junto ao corpo, me protegendo da dor. Ele se livra da minha camisa rasgada com um puxão e arrasta o meu corpo dolorido para o centro do banheiro, olho para ele avaliando o seu estado surrado e não consigo refrear uma gargalhada feliz, me esbaldando com o estrago que provoquei em seu rosto.

— Tá achando engraçado? — Ele cospe sangue no chão e passa a manga da camisa pela boca. — Você já deve ter ouvido um ditado que diz: quem ri por último ri melhor. Pois é, agora é a minha vez! — Ele se agacha e segura o meu rosto com dureza, levantando o meu queixo para que os nossos olhos fiquem nivelados. — Vou me divertir como eu quiser, te destruir completamente e, no final, dessa sua coragem, só vai restar o pó.

— Nem em sonho, seu babaca nojento! — Sussurro, desafiando-o. — Prefiro morrer a deixar você encostar um dedo sequer em mim.

Um brilho perverso atravessa os seus olhos segundos antes dele acertar um soco brutal em minha mandíbula. A dor é excruciante, começo a ficar zonza e mole. Estou caída de lado com o braço quebrado encolhido e o outro estendido à frente do meu corpo. Sinto algo embaixo da minha mão e tateio verificando o que é. Fecho a mão em torno de um caco do espelho quebrado, Eric não percebe o meu movimento sutil e seguro essa pequena arma como se fosse a salvação da minha vida.

— Sinto muito, docinho, mas você está tornando as coisas mais difíceis. — Eric anda ao meu redor, como um animal predador.

— Você é um covarde filho da puta! — Rosno para ele.

— Pode falar o que quiser, não dou a mínima. — Eric para de andar e arranca a sua camisa manchada de sangue. — Nós dois sabemos que eu ganhei esse jogo e vou ter o meu merecido prêmio.

— Melhor você não contar com a vitória antes do término do jogo, isso é uma péssima estratégia. — Sorrio torto, com o lábio começando a inchar. — Só para te lembrar, dessa vez não estou paralisada em uma cama à sua mercê, posso reagir e quebrar a sua cara. — Solto uma risadinha, provocando-o um pouco mais. — Ou melhor, já quebrei, não é mesmo? — Sei que estou brincando com fogo, mas a ideia de humilhá-lo é boa demais para deixar passar.

Eric cai sobre mim com uma expressão irada, vira o meu corpo com brutalidade e eu fico com as costas estiradas de encontro ao chão do banheiro. Enquanto isso, ele imobiliza as minhas pernas prendendo-as com o peso das suas, depois passa o dedo pelo meu lábio machucado sentindo prazer em espalhar o meu sangue. A vontade de vomitar ressurge.

— Nada disso. Eu ganhei e já estou cansado dessa conversinha idiota. — Ele sorri diabolicamente. — Agora vou te reduzir a nada.

Eric desliza o mesmo dedo que usou para me provocar, arrastando-o pela minha pele do pescoço até a dobra do meu sutiã, deixando um rastro de sangue entre os meus seios. Em seguida, continua com a sua tortura até chegar ao cós da minha calça e enfia o dedo tentando puxá-la para baixo. Sou tomada por uma repulsa feroz, começo a me debater levantado as pernas do jeito que posso e tento dar uma joelhada em seu saco. Em resposta, ele quase esmaga os meus joelhos para impedir que eu o acerte.

— Acho que você gosta quando fico irritado, mas estou cheio das suas gracinhas, porra!

Algo no olhar dele muda, uma pesada sombra toma conta do seu rosto. Percebo o momento em que ele puxa uma pistola, que devia estar escondida nas suas costas, Eric encosta o cano de metal no meio da minha testa e um sorriso vitorioso contorce a sua boca.

— E aí, vai ficar paradinha? Ou vou precisar fazer um buraco nessa cabeça estúpida? — Sua voz é sinistra, minhas chances são ínfimas de escapar com vida e sinto que estamos chegando ao fim.

— Você vai morrer na prisão se me matar. — Fito seus olhos loucos, tentando dissuadi-lo das suas intenções de acabar com a minha vida.

— Esqueceu que ninguém sabe que estou aqui? Não sou uma pessoa despreparada, tenho um álibi muito bom e sem o menor risco de ser contestado.

É claro que sim, Eric deve ter um esquema bem montado para garantir a sua liberdade, ele já se safou antes e agora acredita que não vai ser diferente, concluo perdendo as esperanças.

Minha cabeça gira de forma caótica, tentando achar uma saída, meus nervos ficam em frangalhos só de pensar naquelas mãos asquerosas tomando posse do meu corpo, de jeito nenhum irei permitir. De repente, uma ideia ousada me ocorre. Para ser sincera, a única que talvez eu consiga colocar em prática diante do estado em que estou. Encaro o seu rosto, que começa a ficar coberto de hematomas misturados ao sangue dos cortes, observo bem o seu nariz inchado e percebo que ele está com dificuldade de respirar, se eu tiver sorte, acho que está quebrado.

Apesar de saber que teria de me esforçar bastante para convencê-lo, não vou desistir, preciso que essa encenação seja digna de um Oscar.

— Por favor, não me machuque mais.

Choramingo, fingindo estar cedendo, ele franze um pouco a testa duvidoso, mas o seu ego é maior do que esse banheiro inteiro. Eric está se sentindo poderoso me ameaçando com uma arma, então ele recua o cano, mas continua segurando a pistola ao lado do meu corpo.

— Quero que implore, docinho.

É impressionante o prazer que o cara tem em tripudiar, dá para sentir como é doentia a sua satisfação diante da minha suposta fraqueza. Aproveito o momento e choro mais um pouco, fazendo-o acreditar que estou desesperada. Com o canto dos olhos, observo ele largar a arma ao lado da minha cintura, como se precisasse das mãos livres para continuar me impondo medo.

— Tudo bem, faço o que você quiser, só não me machuque mais, eu... — Falo baixinho obrigando-o a chegar o rosto bem próximo ao meu.

— Agora, me peça perdão. — Um sorriso maníaco tatua o seu rosto e ele está a milímetros do meu rosto, exatamente onde o quero.

Meus olhos criam um brilho incendiário e eu sopro as palavras lentamente como uma carícia perversa.

— Nem em outra vida!

Sem perder mais um segundo, arremeto a minha cabeça com tudo direto em seu nariz, que explode em sangue. Ele arregala os olhos para mim e berra alucinado com a dor, ainda consigo dar um soco com os nós dos dedos precisamente em sua traqueia e fico observando a agonia dele por não conseguir respirar, mas o idiota é obstinado e empunha a arma rapidamente. Não espero ele recuperar o fôlego, ergo o meu tronco ficando cara a cara com o traste e acerto o golpe final fincando o pedaço de espelho nas suas costas. Eric arqueja, rola os olhos e desaba como um peso morto. Metade do seu corpo está no chão e a outra metade fica caída sobre mim.

Não sei quando, nem como, durante todo o tempo em que lutei com Eric só foquei na minha única chance de escapar. Mas agora percebo nitidamente a queimação da dor rasgando a minha barriga e o sangue quente empoçando embaixo do meu corpo. Ele, em algum momento, disparou a arma e a bala fez o seu caminho através do meu corpo, começo a ver pontos escuros por toda parte e sinto a vida me abandonando.

— Por favor, por favor, não quero morrer! — Murmuro com um fio de voz.

Fecho os olhos e lágrimas grossas escorrem pelo meu rosto, imagens dos meus pais dançam em minha mente e um soluço escapa da minha boca; eles vão ficar tão tristes se eu partir, não consigo medir o tamanho da destruição que provocarei em suas vidas. Meu Deus, não!

Penso em meu melhor amigo. Ah, David! Como gostaria que você estivesse aqui agora e me abraçasse dizendo que vai ficar tudo bem. Meu coração pulsa doloridamente dentro do meu peito, solto um gemido desnorteado incapaz de refrear a angústia de saber que David vai sofrer, somos tão unidos, passamos por tantos obstáculos juntos e agora... iremos nos separar... é tudo tão injusto.

E, finalmente, o rosto da pessoa que se tornou o meu mundo, a razão da minha felicidade, aparece lindamente em meus pensamentos, com seus olhos brilhantes, sorriso sincero e um jeito tão fácil de levar as coisas... Relembro das inúmeras noites que fiquei em seus braços ouvindo-o dizer que me ama. Queria que ele me segurasse forte agora, porque preciso tanto do seu calor para me aquecer. Estou tão fria. Meus olhos ardem quando penso o quão idiota eu fui duvidando do seu amor. Daria tudo para pedir o seu perdão, dizer que o amo, que sem ele a minha vida perde o rumo, fica vazia e eu me sinto completamente desamparada. Quero estar na segurança do seu abraço, o único capaz de fazer desaparecer o medo gelado que tomou conta do meu corpo.

— Henrique, estou com tanto medo... — Sussurro, tremulamente.

— Socorro! — Imploro ajuda, mal ouvindo o meu apelo desesperado.

Gostaria de continuar lutando, mas estou tão fraca, sinto a minha boca seca e quando passo a língua pelos lábios, tentando melhorar a sensação ruim, sinto só o gosto do sangue, embrulhando o meu estômago. Minhas pálpebras pesam toneladas, talvez seja até melhor apagar de vez, antes que Eric desperte e resolva continuar a me atormentar.

O problema é que tem algo que está me mantendo na superfície, escuto pela primeira vez um estrondo vindo da porta, mais um e mais um. Viro o rosto em direção ao barulho e acho que estou ouvindo coisas, mas quando a porta desaba fortemente no chão, sei que é real. Ouço o meu nome ser chamado, mas estou perdendo os sentidos e o som chega abafado em meus ouvidos. Acho que fico fora do ar por um tempo, não tenho certeza o quanto, abro os olhos em um esforço enorme e dou de cara com o rosto lindo e agoniado de Henrique, bem pertinho do meu.

— Oh, meu Deus! Você veio... — Sorrio aliviada.

HENRIQUE

Pego o primeiro retorno da rodovia e disparo de volta à universidade. Devo ter ultrapassado alguns limites de velocidade, na minha ânsia de não perder nem mais um minuto e chegar a tempo de encontrar Alex, antes que seja tarde demais. Fiquei lendo e relendo as mensagens que ela me enviou por uns 10 minutos, parado em um posto de beira de estrada, tentando decidir que rumo tomar. No fundo, sabia que não aguentaria manter essa distância, mas foi ela quem pediu um tempo, fiz de tudo para reverter aquela porcaria que aconteceu no meu apartamento. Alex só precisava me dar uma chance de consertar as coisas, mas ela não deu, virou as costas e foi embora.

Fiquei puto pra caramba, razão pela qual não atendi nenhuma chamada sua durante todo o dia, mesmo que isso estivesse me matando. Certa hora, até deixei o celular dentro do carro, para não cair em tentação e ligar de volta. Na verdade, nunca me senti tão miserável na vida e ainda estou devastado com o curso tortuoso que as coisas seguiram.

Sem brincadeira, não entendo como Alex pôde duvidar do que sinto por ela, não depois de tantas vezes eu ter reafirmado o meu amor. Foi o fim da picada ela acreditar naquela palhaçada toda, por esse motivo, tomei a decisão de cair fora e lamber as minhas feridas na casa dos meus pais. Estava certo de que essa era a escolha mais sensata, mesmo David e Marcos insistindo para que eu esfriasse a cabeça antes de fazer qualquer besteira e me arrepender.

Ficar para quê? Perguntei, revoltado. O peso das suas palavras martelava a minha cabeça com suas acusações frescas em minha memória, como um bate-estacas, estava irritado com tudo e me sentindo injustiçado. Quando o meu pai ligou, parti como um foguete e deixei tudo para trás. Deixei Alex.

A merda é que fiquei o tempo todo me torturando e repassando todos os momentos que vivi junto dessa garota. Resgatei da memória o primeiro dia que os meus olhos caíram em cima daquela beleza ruiva e esquentada no estacionamento da universidade, admiti para mim mesmo que naquele instante já estava perdido e tinha ficado completamente de quatro por ela. Relembrei tudo que compartilhamos até hoje, tentando me convencer de que aguentaria dar esse tempo, sem fraquejar no meio do caminho. Bem, deu para ver que não consigo ficar longe de Alex, nem se a minha vida dependesse disso. Estou voltando, porque a verdade é que sou enfeitiçado por essa menina e sinto a sua falta a cada segundo desde que decidi partir.

O problema é que, mais cedo, depois que Alex me abandonou, o meu orgulho levou a melhor. Bati o pé e mantive o plano, ignorando uma sensação inquietante que me cutucava o tempo todo, dizendo para eu deixar de ser besta e voltar. Parei no posto para abastecer e o meu celular tremeu em meu bolso. Quase deixei para lá, mas não resisti e dei uma olhada; quando li as mensagens, meu mundo virou de cabeça para baixo e pirei.

Foi aí que percebi que estava sendo um imbecil, rejeitando as suas chamadas, recusando ver o quanto ela precisava de mim, do meu apoio, da certeza do meu amor. Na realidade, eu, mais do que ninguém, conheço suas inseguranças e o quanto Alex é frágil, mesmo parecendo ser a garota mais forte do mundo.

Tentei ligar de volta para Alex, mas a ligação caiu na caixa postal, olhei o relógio e imaginei que o show deveria estar começando naquela hora, então liguei para Nina. Depois que ela passou um tempão xingando até a minha última geração, fiquei a par dos planos de Alex após o show e percebi que não poderia perder nem mais um segundo, ou seria impossível impedir Alex de ir embora e pegar o avião. Como um lunático, saí do posto cantando pneus, com um único objetivo na cabeça: deixar de ser um babaca e reatar com a minha namorada.

É isso, quero a minha garota de volta e vou fazer de tudo para tê-la.

Entro no ginásio 50 minutos depois, corro os olhos com irritação pelo espaço lotado, verificando a multidão que se espreme por todos os cantos. Mas que droga! Nunca vi tanta gente junta, mal dá para respirar nesse lugar! Solto um resmungo frustrado, consciente de que vai ser difícil dar dois passos sem ser interceptado.

O show já está rolando faz tempo, e com a presença da maioria dos estudantes da universidade, além dos atletas das outras escolas. Isso aqui se transformou em uma lata de sardinha, todos se esbarrando, dançando em um ambiente apertado e empanturrado de gente. Dante está no comando da música, começo a me mover por entre os corpos suados, tentando achar uma brecha e chegar ao bar, onde a galera geralmente fica assistindo ao show. Quero falar com Nina primeiro e saber quanto tempo Alex ainda vai ficar no palco.

Dou alguns passos e levo um susto, quando olho de relance para o palco, a voz de Alex é inconfundível, mas o que vejo está completamente errado. Estaco onde estou, mirando os olhos na minha garota, tudo está fora do lugar, penso com desgosto. Alex não usa o seu divertido uniforme de juiz, seus cabelos estão soltos sem nenhum penteado bonito e ela nunca canta com eles soltos. Seu rosto alegre e vibrante não aparece naquela versão deprimida, seu incrível brilho não está lá e tudo o mais que compõe a garota da banda foi definitivamente esmagado pela tristeza dos seus olhos. Não, nada disso está minimamente no lugar. E isso faz de mim o maior panaca do planeta, porque contribuí, e muito, para a sua apatia. Sinto uma dor cortante varando o meu corpo. Que merda eu fiz!? Como sou idiota.

Tomo uma decisão. Não importa o que tenha de fazer, vou arrancar essa melancolia do seu olhar e nunca mais quero ver Alex desse jeito. Isso é uma promessa. Uma promessa que vou cumprir até o fim dos meus dias.

Ajeito o corpo, para assistir Alex cantar e fico imediatamente incomodado com o andamento da música, me sentindo cada vez mais culpado. Os minutos seguintes são brutais. Estou parado, assistindo aquilo tudo como um masoquista, incapaz de me mover. Percebo o meu coração ser apunhalado, quando vejo as lágrimas derramadas em seu rosto e a dor por trás de cada palavra da melodia. Respiro fundo, para acalmar a amargura que inflama o meu peito, de nada adianta, então forço os meus pés a saírem do lugar quando me dou conta de que Alex praticamente corre do palco, assim que a música termina. Tenho de ir atrás dela ou vou perdê-la para sempre.

Sou impedido um milhão de vezes durante o trajeto; é tanta gente querendo me cumprimentar pelo recorde que bati ontem na piscina, que perco um tempo precioso até chegar ao corredor que dá na saída de palco e, para o meu desespero, um segurança ainda bloqueia o meu caminho com o corpo.

— Ei, você não pode seguir por aqui. — Fala o segurança, com o braço estendido.

— Olha, amigo, a minha namorada é a vocalista da banda.

Diante do seu olhar desconfiado, puxo o celular do bolso e mostro uma imagem, onde estou abraçado com Alex, para garantir que é verdade o que digo.

— Ela está no camarim, nós combinamos de nos encontrar. — Rearranjo as palavras, para descomplicar as coisas e facilitar a minha passagem.

— Ah, tá, tudo bem, mas ela não está no camarim.

O sujeito nega com a cabeça sem a menor pressa e eu pergunto impaciente.

— Como não? Vi quando saiu do show, ela só pode estar aí. — Aponto a cabeça em direção ao corredor atrás dele.

— O camarim foi interditado, eu mesmo avisei para ela. — O cara sorri como se me dissesse uma grande coisa.

— Pra onde ela foi? Você sabe? — Já estou com os dedos na discagem rápida do celular quando o segurança abre a boca.

— Eu avisei que o único banheiro disponível é o do campo de futebol, pelo menos foi o recado que recebi do sujeito da manutenção, o mesmo que me entregou a mochila da garota. — O homem franze a testa, pensando no assunto. — Não vi se ela foi pra lá.

— Cara, esse banheiro é longe pra cacete! — Fico puto, ele só pode estar de brincadeira!

— Rapaz, só passei o recado, não tenho culpa que as coisas não estão funcionando direito dentro do camarim. — O segurança rebate, ofendido. — Avisei pra menina que ela deveria ir para o banheiro da comissão técnica, ao lado do campo de futebol e foi isso o que fiz, se é longe ou não, — o idiota ergue os ombros — isso já não é problema meu.

O segurança gira em seus pés e vai embora, me deixando no vácuo.

— Valeu, cara. — Rosno para as costas do babaca.

Abro caminho novamente pela multidão, o show ainda está a todo vapor e, fazer um deslocamento rápido dentro de um ginásio lotado, está consumindo toda a minha paciência. Não paro nem um segundo para falar com ninguém, ignoro todos que vêm com batidinhas em meus ombros puxando assunto e, por fim, consigo sair pela porta lateral e cato o celular do bolso, na esperança de falar com Alex e pedir para ela me esperar. No terceiro toque ela atende, suspiro aliviado.

— Alex, onde você está? — Sou um misto de ansiedade e excitação ao perguntar rápido, assim que ela atende.

— Eu... — Alex não conclui a frase e um baque estridente ecoa em meu ouvido, como se o celular tivesse caído das suas mãos.

— Alex, Alex, — chamo, aflito, — responde.

Caralho! Por que ela não me responde? Colo o ouvido no celular para tentar verificar se a conexão está mantida, só então escuto outra voz além da dela, eles estão conversando, mas não dá para entender nada. Pela entonação da voz tenho certeza de que é um homem que está com Alex. Olho para o celular, como se ele pudesse me dar uma explicação, tem alguma coisa cheirando mal, sei que tem, não preciso ser um vidente para concluir que ela estava falando comigo e alguém apareceu, interrompendo a nossa conversa e.... prendo a respiração, constatando: quem quer que seja, deixou Alex muito assustada.

Puta merda, como sou estúpido!

E assim, como se um farol iluminasse a minha mente, me dou conta de que ela está sozinha, em um banheiro localizado lá no fim do mundo, com um estranho qualquer e eu não tenho a mínima noção do que o sujeito pretende fazer com ela, ou melhor, não quero imaginar o que ele pode fazer de pior.

— Porra! — Grito, agoniado.

Fico no modo alerta total e corro a corrida mais rápida da minha vida. Mesmo assim, levo um tempo para atravessar o imenso campo de futebol e congelo, no instante em que dou de cara com o portão que dá acesso aos vestiários fechado. Não perco tempo lamuriando a minha falta de sorte e, mesmo sem fôlego, continuo correndo, até contornar todo o campo e encontrar a outra entrada destrancada, para o meu alívio.

Ainda estou longe, quando ouço um disparo, estremeço violentamente com o arrepio frio que corta a minha coluna, tropeço em meus pés, apavorado e perco o passo por instantes até me equilibrar novamente.

— Meu Deus, não! — Respiro fundo e minha garganta contrai com o imenso medo que estou sentindo.

Tento recuperar os passos, correndo o mais rápido que consigo, atravesso o corredor como uma flecha, passando pelos vestiários feminino e masculino até chegar ao dos treinadores. Quase arranco a maçaneta da porta; quando verifico que a coisa está trancada, puxo com força, sacudindo-a e começo a esmurrar repetidas vezes a porta, gritando o nome dela.

— Alex, Alex! — Um silêncio mortal me responde.

Empurro a porta com os ombros, faço várias tentativas, as dobradiças começam a ceder e recuo uma distância maior para conseguir arrombar a maldita porta. Finalmente, ela desaba, com um barulho estrondoso no chão do banheiro. Meus ossos gelam, quando corro os olhos pela cena devastadora diante de mim, meu coração bate como louco, seguro o batente da porta com medo de ceder, porque as minhas pernas viraram gelatina pura e não consigo dar comando aos músculos frouxos.

Chamo o seu nome, mas o som das palavras não alcança os meus ouvidos, como se não tivesse saído nem da garganta, estou dormente, meu cérebro processa lentamente a imagem de horror que explode em ondas nauseantes, quando vejo a enorme poça de sangue em que Alex está deitada.

Busco o ar, tomando uma lufada que enche os meus pulmões, ajudando a clarear a visão e tomar uma atitude. Dou alguns passos cambaleantes e arranco o desgraçado que está caído em cima dela, arremessando-o de encontro a parede. Ele escorrega, desabando como um saco de ossos inúteis. Noto a arma jogada no chão, descansando ao lado do corpo de Alex e a chuto para longe, garantindo que o sujeito não a alcance, caso ele desperte e queira vir para cima. Olho bem para o rosto destruído do miserável e constato que ele está completamente apagado, acho pouco provável que sequer mova os olhos.

Alex estava consciente, assim que entrei, vi seus olhos abertos, mas logo depois desmaiou. Me sento ao seu lado e aconchego cuidadosamente a sua cabeça em meu colo, levo a mão à lateral do seu rosto, deslizando a ponta dos dedos suavemente pelos traços bonitos, terrivelmente machucados.

Meu coração dói ao ver os hematomas em seu queixo, pescoço e braços, o cabelo de Alex está bagunçado e ensopado de sangue no lado direito da sua cabeça. Verifico um corte profundo no couro cabeludo, próximo à sua testa, levanto os olhos e vejo um grande espelho estilhaçado. Não preciso pensar muito, para decifrar o que aconteceu. Meu estômago se contorce de ódio, imaginando como a minha garota sofreu nas mãos daquele sádico do caralho.

Continuo avaliando os seus ferimentos com atenção, o braço esquerdo também está inchado. Pelo jeito que Alex o mantém aninhado ao seu corpo, deve estar quebrado. Um silvo baixo sai da minha boca, minha vontade é de empunhar aquela arma e meter um tiro no meio da testa do merda que fez isso, mas não posso perder o controle e sucumbir ao desejo de infligir a mesma dor que ela sentiu ao idiota desacordado no canto do banheiro.

Sorvo uma respiração lenta, acalmando a ira infernal que me toma, abaixo os olhos e movo o seu braço machucado, para deixá-lo em uma posição mais confortável. Um gemido agonizante atravessa a minha garganta e meu coração vem na boca, quando me deparo com o buraco na barriga de Alex. Tranco os dentes para conter a bile que chega à minha garganta, queimando como ácido, e começo a tremer.

— Jesus! Como que não vi isso antes!

Arranco o meu celular do bolso, desajeitado, e aperto com os dedos trêmulos o primeiro número que aparece na discagem rápida.

— Ei, Rico. Cadê você? — A voz profunda de Marcos atravessa o meu cérebro tonto.

— Marcos... pelo amor de Deus... Alex está muito ferida... — começo a chorar desesperado, — chame uma ambulância. — Fungo, raspando a garganta, está difícil articular com clareza as palavras. — Ela levou um tiro, tá sangrando muito, ela... ela...

Minha língua parece estar colada no céu da boca, as palavras saem enroladas, distorcidas pelos tremores que chacoalham o meu corpo.

— Rico, calma! Onde vocês estão?

Ouço o barulho do ginásio no fundo, mas percebo que Marcos está se deslocando, porque sua voz fica frenética e ele começa a gritar.

— O que tá acontecendo, mano?

— Banheiro dos treinadores, no campo de futebol. — Fico enjoado ao ver a quantidade de sangue ensopando as costas de Alex. — Rápido, Marcos, ela não pode... ela não vai... Deus, faça alguma coisa! — Suplico, desesperado.

O celular escorre pelas minhas mãos caindo no chão, meu corpo inteiro treme com a violência dos meus soluços e o pânico me toma por completo. Choro alto, deixando o medo aterrorizar a minha cabeça.

Não sei por quanto tempo me deixei sucumbir pelo desespero. Faço um esforço sobre-humano para afugentar os pensamentos ruins que estão minando as minhas forças, preciso com urgência recompor o meu controle e fazer algo para ajudar Alex.

Seguro cautelosamente o seu rosto com as duas mãos e acaricio as suas bochechas, sussurrando o seu nome, pedindo a Deus que ela abra os olhos, só um pouquinho. Preciso acreditar que Alex vai ficar bem, caso contrário vou enlouquecer aqui.

— Alex, meu amor, fale comigo. — Minha voz embargada soa estranha em meus ouvidos. — Escute, querida, abra os olhos... por mim. — Choro de novo, não seguro, a dor está me rasgando ao meio.

Alex permanece imóvel, pego o seu pulso, verificando os batimentos fracos e puxo o seu corpo para os meus braços, tentando aquecê-lo. Desajeitadamente, tiro o meu agasalho de moletom e o comprimo no ferimento para tentar conter o sangramento, ela geme. Fico atento aos sinais, quando percebo as suas pálpebras tremulando, torço para que ela desperte, fale qualquer coisa e uma centelha de esperança se acende, quando ela murmura palavras incoerentes.

— Linda, abra os olhos. — Beijo os seus lábios de leve. — Vamos lá, amor, preciso de você. Por favor… — Imploro, olhando fixamente o seu rosto.

Alex abre os olhos, muito lentamente. Ainda está desorientada, quando o seu olhar entra em foco e me reconhece, em seguida sorri para mim e isso é a coisa mais linda que vejo. Solto o ar aliviado, fazendo com que a mão de ferro que comprime o meu coração afrouxe um pouco.

— Oh, meu Deus! Você veio… — Ela murmura com a voz rouca.

— É claro que sim, amor. Vou atrás de você até o fim do mundo. — Digo, com fervor.

Ela geme de dor, estremecendo o corpo, subo as mãos pelo seu braço esfregando a pele fria. Não quero que Alex feche os olhos e seguro o seu rosto cuidadosamente, apoiando a mão no lado que não está machucado e esfregando o polegar em seu lábio inferior.

— Anjo, converse comigo, você precisa ficar acordada, tá bom?

— Como você me achou? — Ela contrai o rosto, quando mexe a cabeça, olhando ao redor.

— Isso não importa, eu te achei e não vou te deixar nunca mais.

— Ele… Eric… ele veio atrás de mim, eu tentei fugir e… — Pouso um dedo em seus lábios, não quero que ela fique agitada e se canse desnecessariamente.

— Eu sei, não precisa se preocupar, ele não vai encostar nem mais um dedo em você. Eu juro. — Olho enojado para o traste do outro lado do banheiro.

Alex pisca os olhos e franze o nariz, sua mão levanta com esforço e encosta no meu lábio, em cima do corte que o seu soco deixou em minha boca.

— Desculpa, eu sinto tanto pelo que fiz com você. — Ela umedece os lábios secos. — Sabe, antes de… de apagar… eu rezei para ter a chance de te pedir perdão, eu… não sabia se iria… se iria… te ver novamente… eu… — Alex choraminga baixinho, fraca demais com o esforço que faz para falar. — Estou com tanto medo… — Um soluço dolorido sai da sua garganta e as lágrimas brotam nos cantos dos olhos, meu coração afunda com o seu sofrimento sem fim.

Ergo a minha mão trêmula e seguro a dela, beijando os seus dedos frios.

— Shhh, não fale mais isso, eu estou com você, não precisa ter medo. Vai ficar tudo bem, meu amor, nunca mais vou te deixar.

Estou sufocando de tanta agonia.

Cadê a droga da ambulância?

— Estou tão cansada e com frio, muito frio. — Alex fecha os olhos e sinto suas forças fugindo mais uma vez.

— Não, Alex, por favor! Não me deixe! — Imploro, nunca me senti tão desesperado, tão impotente.

— Eu não quero, juro. — Alex abre os olhos com dificuldade. — Se eu não conseguir... ficar... quero que saiba que vou sempre te amar... — seus lábios tremem — sempre.

— Eu também te amo. — Luto contra as lágrimas e tento firmar a voz. — E eu te proíbo de me deixar, ouviu bem?

Aperto a sua mão e a levo até o meu coração, que a essa altura bate em um galope rápido, reforçando a minha ordem com um olhar torturado.

— Te proíbo.

Alex esboça um sorriso débil e me encara.

— Prometo que dessa vez... vou tentar te obedecer. — Ela sussurra com uma voz suave, logo em seguida desmaia em meus braços, perdendo completamente a batalha para permanecer acordada.

— Caralho, não! — Um rugido alto desprende da minha alma e sou tomado por um pavor medonho.

Envolvo o seu corpo inerte com os braços e balanço para frente e para trás, embalando a mulher que amo com todas as fibras do meu ser. Rezo, peço a Deus que me ajude, porque se ela não sobreviver a tudo isso, eu sei, eu sinto, nada mais vai valer a pena, nada mais vai importar para mim.

Nada, nunca mais.

★

O som de uma ambulância chega aos meus ouvidos fracamente, não consigo identificar se ela está longe ou perto, tudo ao meu redor gira em câmera lenta e meus sentidos estão desconectados do mundo, a única coisa que martela por todo o meu corpo é dor, essa sim, está me perfurando, em um ritmo vertiginoso, tomando tudo de mim, sugando as minhas forças.

Ouço passos apressados ecoando no corredor, levanto os olhos na hora em que Marcos rompe pela entrada destruída do banheiro, arfando sem fôlego. Assim que dá de cara comigo abraçado a Alex, seus olhos percorrem as nossas roupas ensanguentadas e ele esfrega as duas mãos pelo cabelo, contorcendo o rosto horrorizado. Uma sequência de xingamentos escapole da sua boca, enquanto o meu amigo verifica a bagunça espalhada pelo local. Abaixo os olhos, indiferente, e continuo vigiando Alex, monitorando os seus sinais e aquecendo o seu corpo do jeito que posso.

— Rico, o que... quem fez isso com ela? — Marcos se engasga com as perguntas, soando angustiado e estremece o corpo, diante da violência da cena.

Minha boca parece que tem uma trava, pesa falar qualquer coisa, então aponto o queixo para o desgraçado que começa a gemer do outro lado do banheiro, mas felizmente não dá sinal de que vai acordar tão cedo.

— Quem é o cara? — Marcos olha irritado para Eric e fecha os punhos contendo os tremores. — Alex conseguiu te falar alguma coisa? De como isso tudo aconteceu?

Respiro fundo antes de falar, buscando força para abrir a boca.

— Falou. — Murmuro rouco. — Esse é o mesmo cara que atacou Alex oito anos atrás.

— O quê? Ah, fala sério, Rico!

Não respondo e Marcos solta o ar frustrado, sem tirar os olhos do sujeito.

— Se dessa vez ele não for preso... eu nem sei... mas vamos ter que dar um jeito nesse covarde de merda, ele não pode se safar novamente.

Marcos desvia os olhos e se afasta da porta, caindo de joelhos ao meu lado, seu rosto fica tenso quando examina de perto o estado em que Alex se encontra.

— Os paramédicos já estão chegando, eles vão ajudar Alex. — Ele aperta o meu ombro tentando, com isso, passar um pouco de confiança.

Eu aceno com a cabeça em um gesto mecânico, me sinto apático, sem vida, completamente destruído, a minha angústia aumenta exponencialmente à medida que pouso os olhos no rosto cada vez mais pálido de Alex.

Por que os paramédicos demoram tanto para chegar? Sinto o pavor me sufocando, só de pensar que pode ser tarde demais para ela. Não! Pare com isso! Chacoalho a cabeça para repelir essa energia negativa que me puxa para baixo como um peso amarrado em meu pescoço.

— Não posso perdê-la, Marcos, vou morrer se isso acontecer.

Minha voz treme e tenho plena consciência de que voltei a chorar enquanto falo, minhas lágrimas escorrem pelo rosto e tento enxugá-las com a manga da camisa, mas não consigo deter o fluxo e deixo-as correrem livres.

— Alex é forte, mano, ela está lutando, tire essa ideia absurda da cabeça!

Marcos acena com a mão ao seu redor e eu acompanho o movimento, verificando os sinais evidentes da luta que Alex travou para se defender.

— Olhe pra isso! Essa garota é uma guerreira, dá para perceber o quanto ela resistiu e como é durona. Alex não vai entregar os pontos. Pare de pensar besteiras, viu? — A mão que está apertando o meu ombro treme um pouco, Marcos se faz de otimista, mas ele também está com medo.

Esfrego os olhos que ardem, com a luta que travo para refrear as lágrimas, me sinto incapaz de bloquear as imagens que invadem a minha mente, as quais fazem o arrependimento corroer o estômago, como labaredas de fogo. Fico relembrando todas as palavras que joguei em cima de Alex quando estávamos discutindo nesta manhã, elas ficam saltando na minha cabeça e alimentando a enorme culpa que estou sentindo. Como pude ser tão idiota!

— Hoje, mais cedo, depois que alcancei Alex no meio da rua, falei umas merdas para ela. — Minha voz sai tremida.

— Cara, vocês brigaram feio. — Marcos contrai o rosto. — É de se esperar uma troca de insultos, não esquenta com isso agora.

— Eu estava chateado, porque ela não acreditou em mim, fiquei muito bravo e… acabei chamando Alex de covarde. — Baixo os olhos e esfrego a bochecha machucada da minha menina.

— Merda! — Marcos solta um gemido angustiado.

— Dá para imaginar, cara? — Inspiro fundo. — Estou me sentindo um babaca por ter duvidado da sua coragem, Alex pode ser tudo, menos uma covarde.

— Não, ela não é. — Marcos fala com firmeza, enquanto nega vigorosamente com a cabeça.

— A vida é engraçada… — Seco o meu nariz, que começa a pingar feito uma torneira.

— Como assim?

— O jeito que ela ensina as lições para a gente…

Meu rosto se contorce com a agonia que assalta o meu coração.

— É foda, mano. — Levanto o olhar e fixo no rosto do meu amigo. — Quando você menos espera, algo acontece e te transforma. De repente, coisas que parecem pequenas e sem importância podem fazer toda a diferença e, aí, você se dá conta do real sentido de tudo aquilo.

Marcos faz um leve aceno de concordância.

— E sabe o que mais me dói? — Fungo. — É saber que falhei com ela, eu nunca deveria ter permitido que Alex entrasse naquele carro e fugisse do alcance dos meus olhos.

— Deixe de bobagem, você não tinha como prever essa merda.

— Não, eu deixei o meu orgulho falar mais alto e isso foi o maior erro da minha vida. — Admito com pesar.

— Rico, isso que você está falando não tem cabimento, Alex não...

— Ela não estaria assim, quase... quase...

Engulo a palavra que não quero pronunciar em voz alta e sinto um aperto no estômago, como se tivesse levado um soco.

— Nesse estado. — Finalmente falo com a voz quebrada.

Marcos me encara com um olhar incrédulo.

— Peraí, aonde você quer chegar com isso?

— Eu deixei Alex entregue à sua própria sorte. — Suspiro, cansado. — E a triste realidade é que não vou viver nenhum dia sem que me lembre desse vacilo e me arrependa amargamente. Isso que está acontecendo não é justo, Alex já passou por muita coisa, ela não merecia ter mais esse sofrimento.

— Esquece isso, cara! Sem brincadeira, não é hora de perder a cabeça com culpa, esse caminho não vai te levar a lugar algum.

Marcos fala enérgico, tentando demover essa sensação de derrota que me acerta como dardos de fogo, queimando as minhas entranhas.

— Ouça bem, ela precisa de você inteiro, o seu esforço vai ter de se concentrar em ajudá-la a se recuperar e que se dane o resto. — Marcos faz um gesto impaciente com as mãos. — Alex certamente chutaria as suas bolas, se te visse dando uma de idiota, lamentando por coisas que você deixou de fazer, porque na verdade não estavam sob o seu domínio, cara!

As feições de Marcos ficam duras, como um aviso claro de que vai arrebentar a minha cabeça se eu não aprumar o corpo. Cacete, ele tem razão, virei um bebê chorão e isso não está ajudando em nada, olho para o meu amigo, envergonhado pela minha fraqueza, ele retribui o meu olhar com uma força estóica e, nesse momento, nunca me senti tão grato pela sua amizade.

— Mano, segura a onda.

Apesar de não acreditar que vai ser assim tão fácil, faço que sim com a cabeça e volto à minha vigília, estreitando Alex em meus braços.

Dois paramédicos entram no banheiro segundos depois, segurando grandes caixas contendo medicamentos, equipamentos e mais um tanto de coisas, que vão sendo sacadas para usar em Alex. Não consigo esconder o alívio que sinto ao ver os caras trabalhando para salvar a sua vida.

Eu não me afasto do seu lado minuto algum, fico observando a equipe examinando seus sinais vitais, introduzindo um cateter pela sua veia e vertendo algum soro hidratante. Logo em seguida, eles cobrem o ferimento abdominal com um tipo de tampão, para conter o sangramento. Só aí vejo o local exato em que a bala perfurou o corpo de Alex, na altura da sua cintura e um pouco de lado. É um ferimento bastante grave, dá para notar pela fisionomia tensa dos paramédicos e pelos esforços que eles estão fazendo para estabilizar a condição delicada em que ela se encontra.

Alex perdeu muito sangue e, com certeza, vai precisar repor com algumas bolsas de sangue, principalmente porque ela ainda vai ter que enfrentar uma cirurgia para remover a bala. Eles fazem um teste rápido para descobrir o seu tipo sanguíneo, que infelizmente não é o meu, o dela é A+, mas Marcos sinaliza que é o mesmo tipo seu e eles o convocam imediatamente para doar sangue no hospital.

Paulo e Nina chegam logo atrás da equipe médica, os arquejos assustados que Nina solta quando vê a amiga naquele estado faz com que Paulo segure a sua namorada pelos ombros mantendo-a em pé. Visivelmente abalada, Nina oscila em seus joelhos e quase desaba no chão, Paulo sussurra algumas palavras de conforto, beijando os seus cabelos, enquanto Nina chora baixinho, abraçando fortemente a cintura do namorado e enfiando o rosto em seu peito, evitando olhar para o corpo inerte de Alex.

O chefe da equipe me faz uma pergunta, mas estou distraído e demoro uns segundos para processar, peço para repetir e ele me encara com paciência refazendo a pergunta.

— Você foi o primeiro a chegar aqui? O que você é dela? Amigo, namorado ou ela não te conhece? — O cara franze o cenho aguardando as respostas, saio da minha neblina entorpecida e foco a cabeça para tentar ajudar Alex com as informações que ele pede.

— Sim — limpo a garganta —, sou o namorado dela. Liguei para Alex quando o segurança de palco me disse que ela veio para esse banheiro, percebi que estava acontecendo alguma coisa errada, porque a ligação foi interrompida e ela não voltou a falar comigo. O celular continuava ligado, ouvi vozes e entendi que ela estava em perigo, corri para cá, arrombei a porta e a encontrei nesse estado.

— Certo, quando você chegou, ela estava consciente? Ela despertou em algum momento? — O paramédico me encara, com o rosto concentrado nas informações, percebo que ele está anotando tudo o que falo em um prontuário.

— Ela estava com os olhos abertos quando cheguei, mas desmaiou em seguida, tirei o sujeito de cima dela e inspecionei os seus ferimentos até encontrar o... — engulo em seco com a lembrança — motivo do sangramento.

— Vocês conversaram?

— Aham, um pouco, ela ficou desorientada por alguns minutos, mas em seguida disse que o cara a perseguiu até aqui e que ele armou tudo. — Aponto o dedo na direção do homem desacordado.

— Tudo bem, a polícia vai dar um jeito nele, só queria saber se esse corte na cabeça da menina poderia ter afetado algo mais do que estamos vendo. Se ela conversou com você e te reconheceu é sinal de que sua compreensão está boa, apesar das contusões. — Ele fica satisfeito, por enquanto, voltando ao seu trabalho, depois cata um celular do bolso, e dita algumas instruções para o hospital.

Confirmo com a cabeça e seguro a mão livre de Alex, o outro paramédico imobiliza o braço quebrado dela e passa um colar cervical em seu pescoço, para que eles possam colocá-la em uma maca. Estou focado em cada etapa do processo preparatório para a remoção, mesmo assim lanço um olhar na direção de Paulo quando o vejo se afastando de Nina e caminhando direto para o cara envergado na parede, ele agacha ao seu lado e avalia o sujeito com curiosidade.

— Rico, você fez o estrago? — Paulo pergunta, levantando uma sobrancelha quando olha para mim.

— Não, nem toquei nele, o cara estava apagado quando cheguei. — Comprimo os lábios com força, refreando o meu ódio, quando lembro que tive que arrancar o traste de cima dela.

— Caralho! Alex fodeu com o cara! — Uma risada zombeteira ecoa no banheiro e Paulo deixa o olhar cair em Alex.

— É, ela fez isso. — Afirmo, soando orgulhoso.

E como se ela pudesse ouvir as suas palavras, Paulo sorri e diz:

— Boa, garota! Sempre achei que você seria capaz de trucidar o seu adversário, pelo visto o babaca aqui comprovou a minha teoria. — Paulo se levanta e dá um chute bem dado no idiota, fazendo-o gemer.

— Ei, você, afaste-se dele. — Um dos paramédicos chama a atenção do meu amigo pelo seu gesto nada gentil.

— Com prazer. — Antes de se virar, ele ainda dá outro empurrão com o bico do tênis na coxa do infeliz.

Marcos solta uma risadinha dividindo com Paulo um olhar de aprovação.

Paulo volta para onde Nina está, com um meio sorriso no rosto, acho que ver o agressor de Alex destruído e fora de combate trouxe uma satisfação indisfarçável para ele, principalmente porque quem espancou o cara foi Alex. Suponho que essa coisa de não mostrar vulnerabilidade seja algo entre parceiros de boxe. Aos seus olhos, Alex foi implacável, acabou com o seu adversário sem baixar a guarda e dobrar o seu orgulho. O mais triste de tudo é que ela pagou muito caro por isso e eu não sei até onde toda essa bravura vai nos levar.

Um nó se forma em minha garganta, quando vejo os caras ajeitando Alex na maca, dou um espaço para que eles trabalhem, mas não desgrudo da minha garota hora nenhuma. Tenho a sensação de que se eu deixar de tocá-la, ela vai sumir e nunca mais voltar para mim, engulo esse medo irracional e levanto do chão quando eles movem Alex para a ambulância.

— Amigo, você fica, vamos levá-la para o hospital. — Um dos caras me afasta com uma mão estendida quando avanço para seguir Alex.

— Nem fodendo! — Falo enfurecido.

— Cara, não complica as coisas! Ela vai entrar direto no centro cirúrgico, você não pode fazer mais nada. Se quiser pode vir com os seus amigos atrás da ambulância. — Ele percorre os olhos pelo grupo que se posiciona ao meu redor. — Mas vocês vão ter de ficar de fora, aguardando as notícias.

— Eu vou com ela até o hospital. — Declaro incisivo. — Não vou deixar a minha namorada sozinha, pode esquecer isso, vou acompanhá-la a cada passo do caminho e ninguém vai me impedir. — Estou rangendo os dentes e meu olhar fumegante não dá margem para ninguém pensar que estou de brincadeira. Os paramédicos trocam olhares de compreensão e o chefe assente com a cabeça, autorizando o meu passe dentro da ambulância.

— Ok, rapaz, pode vir.

O paramédico decide rápido, encerrando o conflito eminente. Seu olhar desvia do meu rosto e gira em direção ao outro ferido, que também precisa de cuidados médicos.Ele aponta o queixo e dá as ordens para o seu parceiro.

— Você inicia o atendimento do cara ali enquanto a outra ambulância não chega e eu vou acompanhando a garota até ao hospital. — O outro faz que sim e caminha até Eric, que desperta confuso, balbuciando palavras aleatórias.

A polícia chega e começa a vasculhar o local para entender o que aconteceu, o paramédico responde algumas perguntas, eu respondo outras e, devido à gravidade de Alex, nós somos liberados, mas o policial me avisa que vou ter de prestar depoimento mais tarde. Não discuto, falo tudo o que eles quiserem, mas o mais importante no momento é tirar Alex daqui.

O trajeto que nos leva para o hospital é relativamente curto, só que para mim parece não ter fim, estou sentado ao lado de Alex segurando a sua mão, enquanto o paramédico continua conferindo os sinais vitais. Não tenho a menor ideia se ela está bem ou mal, o cara fica em um silêncio enervante o tempo todo, o que está me deixando ansioso até o topo.

— Como ela está? — Pergunto finalmente.

O homem respira fundo e confere mais alguma coisa antes de me encarar.

— Quando chegamos, a sua namorada estava entrando em choque. Não vou te esconder, fiquei muito preocupado com a quantidade de sangue que ela perdeu e, também, com os seus sinais, que estavam muito críticos assim que começamos a verificação. — Ele olha de relance para Alex. — Bem, agora sua pressão e batimentos cardíacos estão estáveis, mas a menina precisa ser operada com urgência, a bala deve ter atingido algum órgão e tem que ser removida.

— Ela vai sair dessa, sei que vai. — Falo com uma voz sofrida.

Ele suspira e ergue os lábios com um sorriso otimista.

— Também acho que vai. Na verdade, estou surpreso com ela, porque apesar de ter uma estrutura que parece ser frágil, é evidente que a menina está lutando bravamente. Estou confiante, rapaz, mas tudo vai depender das próximas horas e eu não posso te dar certeza de nada.

Bato ligeiramente com a cabeça, assentindo e ergo a mão muito branca de Alex, beijando os seus dedos, minha voz sai rouca quando abaixo o rosto para falar em seu ouvido.

— Aguente firme, linda, temos um mundo de coisas para fazer juntos e você me prometeu que não iria me deixar. — Solto um riso rouco. — Sem querer forçar, mas não vou deixar você esquecer essa promessa, viu?

Esfrego a mão dela pela minha bochecha, sentindo o seu doce perfume bem lá no fundo e uma esmagadora saudade torce o meu coração. Quero que Alex se cure e volte para os meus braços, quero afundar o meu nariz em seus cabelos macios e sentir o cheiro de lavanda, o mesmo aroma que me faz feliz, que me faz sentir em casa. Meu peito aperta dolorosamente, quando penso na possibilidade de perder para sempre a razão da minha felicidade, olho para o seu rosto e pouso um beijo em sua testa, me esforçando para afastar aquele medo sufocante.

Ergo a cabeça quando percebo a movimentação ao redor da ambulância, o veículo tinha acabado de estacionar na entrada da emergência e, em poucos segundos, as portas são abertas por dois enfermeiros, que puxam a maca e acoplam os engates em um suporte com rodas. Tudo acontece em uma velocidade incrível, mal consigo acompanhar a correria dos enfermeiros e dos paramédicos que deslocam Alex pelos corredores até finalmente chegarem à porta do centro cirúrgico, onde sou barrado. Meus dedos, que até esse instante estavam segurando a mão de Alex, ficam vazios, quando ela é arrancada abruptamente de mim.

— Não, Alex. — Grito, tentando forçar a minha passagem pelo enfermeiro que me segura com firmeza.

— Filho, tente se acalmar. — Olho para baixo e vejo uma enfermeira de meia idade com uma voz suave e olhos bondosos afagando o meu peito. — Eles precisam cuidar dela e você tem de ficar aqui por enquanto.

— Mas eu prometi que não a deixaria nunca mais. — Minha voz assume um tom de súplica. — Por favor, não posso quebrar essa promessa... não posso. — Minhas mãos tremem quando deslizo os dedos pelos cabelos. — Deus, será que ninguém entende que preciso estar com ela? — Argumento, desesperado.

— Todos nós entendemos, mas agora os médicos têm de trabalhar para que ela se recupere logo, eles vão levá-la para o centro cirúrgico e você tem de esperar aqui fora, confie em mim, ela está em boas mãos. — A senhora sorri, com paciência.

— Por favor, — sussurro, movimentando a cabeça em direção à porta fechada, — não deixe a minha garota ir embora. — Engasgo com o soluço que surge no fundo da minha garganta.

— Ela vai voltar para você, em breve. — A enfermeira sorri de novo. — Agora beba uma água e tente relaxar um pouco, prometo que venho trazer notícias, assim que a cirurgia acabar. Por hora, troque essa camisa e fique apresentável para quando eu vier te buscar, tenho certeza de que a sua namorada vai querer te ver limpo e arrumado. — A enfermeira pisca e dá uma batidinha no meu peito. — Combinado?

Balanço a cabeça, resignado e a enfermeira desaparece atrás da porta. Encosto a testa na parede e meus braços pendem ao lado do corpo pesando toneladas, me sinto em pedaços, exaurido, meu equilíbrio fraqueja como se tivessem me tirado o chão e a sensação é de que estou seguro por fios invisíveis que ameaçam se romper a qualquer instante.

Quando os meus joelhos começam a tremer, um par de mãos me sustenta, percebendo o meu vacilo, giro a cabeça lentamente por cima do ombro e dou de cara com a expressão apreensiva de Marcos.

— Vem cá, vamos nos sentar um pouco. — Marcos tenta me afastar da parede, mas forço as minhas pernas para resistir ao seu puxão.

— Não, vou ficar aqui, esperando por Alex. — Resmungo irritado.

— Cara, eles vão demorar com ela e você não está aguentando ficar em pé.

— Me deixe, Marcos. — Tento, inutilmente, afastar as mãos do meu amigo.

Outro par de mãos segura o meu queixo com determinação e me obriga a mirar em sua direção.

— Vamos lá, Rico, você tá um mulambo, deixa eu te ajudar a limpar essa bagunça toda, antes que alguém venha te chamar para ver Alex. — Nina me chacoalha energicamente, pisco para ela saindo do meu estado de torpor e abaixo os olhos para as minhas roupas sujas de sangue.

— Tá. — Murmuro, franzindo a testa para a minha camisa e concordando com ela. — Estou horrível mesmo.

Sou guiado em direção ao banheiro masculino próximo à antessala, onde as pessoas ficam aguardando os pacientes que estão no centro cirúrgico. Meus pés andam por vontade própria, mal os sinto durante o pequeno percurso, Paulo e Marcos ladeiam o meu corpo instável para que eu não desabe no meio do caminho e entram junto comigo no banheiro. Logo atrás Nina os segue e fecha a porta assim que todos entram.

— Paulo, arrume uma cadeira lá fora para Rico se sentar.

Ela dita uma ordem para o namorado, apontando para a porta, em seguida, encara Marcos e continua distribuindo tarefas para serem executadas.

— E você, compre uma camisa ou sei lá o quê, apenas dê um jeito de descolar uma roupa limpa para Rico. — Nina enruga o nariz, analisando a minha aparência. — É, a gente vai ter de dar um fim nessa camisa, essa roupa já era faz tempo.

Nina gira para o meu lado e empurra as minhas costas na parede, mantendo seguro o meu corpo, enquanto espalma as duas mãos em meu peito.

— Podem ir, eu dou conta dele.

— Nina, não vou cair, estou bem para lavar essa sujeira sozinho.

Afasto os seus braços e dou alguns passos à frente, ainda oscilando em meus pés, estendo as mãos até a bancada da pia e aperto os dedos ao redor do granito para me manter firme.

— Ok. — Ela assente para mim e vira o rosto para os caras, que não moveram um centímetro. — Vamos lá, meninos. Quero ação!

Os dois saem rápido para executar as suas ordens. Em poucos segundos, Paulo aparece com uma cadeira. Nina me coloca em frente a uma torneira e abre, encaixando as minhas mãos embaixo da água. Olho para o espelho e faço uma careta. Quando vejo o meu reflexo, pareço um desses bonecos de filme de terror, com olhos injetados, cabelo revirado e marcas de sangue por todos os lados do meu rosto.

— Merda! — Arquejo quando sinto o cheiro de sangue impregnando o meu nariz e fico olhando a água avermelhada que cai das minhas mãos. Solto um soluço e uma ânsia furiosa revolta tudo dentro de mim. Afasto Nina do meu caminho de um jeito não muito delicado e caio de joelhos em frente ao vaso sanitário, despejando todo o conteúdo do meu estômago. Minha garganta fica áspera do esforço que a ânsia provoca, quando termino me sento no chão e coloco as mãos no rosto, para tentar segurar os tremores.

— Cara, você tá uma merda! — Paulo resmunga, antes de me suspender do chão.

— Valeu, irmão. — Ergo o dedo para ele antes de me jogar na cadeira.

— Foi mal. — Paulo pousa as mãos nos quadris e ri, o babaca.

— Deixe disso, Paulo e me ajude a tirar essa camisa.

Nina me olha enojada. Caramba, devo estar um lixo mesmo.

— Levante os braços, Rico.

Faço o que ela me ordena, sem reclamar. Nina arranca a camisa, jogando-a em um cesto, depois pega uma infinidade de toalhas de papel úmidas e começa a limpar o meu rosto. Paro as suas tentativas com uma mão erguida e me arrasto até a pia. Facilito o seu trabalho, quando afundo a cabeça embaixo da torneira e lavo o rosto com a água corrente.

— Paulo, vê se encontra um desses kits de higiene pessoal em alguma farmácia por perto, Rico precisa escovar os dentes e dar um jeito nesse cabelo.

— Nina, acho que estou legal assim. — Falo, vagamente.

— Até parece. — Ela lança um olhar de comando para Paulo e ele sai do banheiro sem contestar a sua ordem.

Nina empurra os meus ombros para trás, ajeitando o meu corpo na cadeira, eu apoio a cabeça na parede e fecho os olhos, quando sinto as gotas frias escorrendo do meu cabelo. Ela passa as toalhas de papel enxugando o meu rosto, ombros e braços. Depois que estou limpo e seco, Nina se ajoelha na minha frente e aperta as minhas coxas com firmeza, para que eu abra os olhos e preste atenção ao que ela fala.

— Rico, me escute, sei que tá difícil pra caramba reunir um pouco de controle, eu mesma quase surtei quando cheguei naquele banheiro e encontrei Alex daquele jeito, desabei e juro que pensei que nós a tínhamos perdido para sempre. — Trinco os dentes, segurando o tremor violento que atravessa o meu corpo só de ouvir as suas palavras.

— Sei bem o que você sentiu, essa sensação tá ancorada no meu estômago e eu não consigo me livrar dela. — Exalo o ar tremulamente. — Para ser honesto, ainda estou morrendo de medo que tudo dê errado lá dentro e eu nunca mais veja Alex. — Esfrego as mãos pelo rosto consumido pela dor que fisga em meu peito sem trégua.

— Não, nem pense por esse caminho. Isso não vai acontecer. — Nina umedece os lábios considerando o que falar. — Alex vai sobreviver, porque você chegou a tempo de salvá-la.

Ouço a sua declaração confiante e abaixo a cabeça negando.

— Eu falhei, Nina. Prometi que ninguém nunca mais iria machucar Alex, só que a deixei sozinha, facilitando as coisas para aquele desgraçado. Ele aproveitou a chance e a perseguiu covardemente. — Massageio o meu peito que dói como o inferno.

— Ei, pare com isso! — Ela sacode as minhas pernas.

— Não, Nina. — Bato a cabeça novamente. — Eu também tenho a minha cota nessa merda toda. Morri um milhão de vezes hoje, atormentado pela culpa de ter deixado Alex, de ter ido embora sem atender as suas chamadas, de ser teimoso e não vir correndo para cá tão logo que li as suas mensagens.

Inspiro fundo, abrindo caminho para o ar que tenta passar através da bola gigante que se formou em minha garganta.

— Dá para acreditar que passei 10 minutos lendo aquelas frases antes de tomar a decisão de voltar para acertar as coisas com ela? Porra! Malditos 10 minutos, que se transformaram no tempo suficiente para que aquele doente chegasse antes de mim e ferisse Alex daquele jeito.

Fecho os olhos novamente para esconder a minha fraqueza, não é um sentimento que tenho orgulho, mas lá estava ele e não mereço a compaixão de ninguém por ter sido um idiota.

— O negócio é o seguinte, de jeito nenhum vou ficar aqui, assistindo você se afundar em piedade. — Nina sacode os braços vigorosamente. — Não sei bem o que pensar sobre esse monte de baboseira inútil que você está despejando. Melhor, sei sim, eu acho que você tá louco.

Faço um gesto negativo com as mãos, dispensando a sua indulgência.

— Não é baboseira, é a verdade. Estou me chutando por ter deixado Alex tão vulnerável, exposta ao ataque daquele criminoso e agora estar em uma mesa de cirurgia lutando pela vida. Caralho, que Deus me ajude, mas nunca irei me perdoar, se ela não sair dessa. — Solto um gemido longo.

— Desnecessário dizer que se você não a amasse tanto, ao ponto de voltar e engolir o seu orgulho, ela estaria morta e não tendo essa chance de lutar. — Nina ergue o queixo, decidida. — Pare com essa droga de culpa, vocês brigaram e tudo virou um caos, mas nem de longe a sua ausência foi o que desencadeou o instinto de vingança daquele cara, ele acharia uma brecha uma hora ou outra. — Nina sacode as minhas pernas com mais força. — Você tem que colocar um ponto final nesse pensamento ridículo, Rico.

Fico olhando para Nina, tentando racionalizar as suas colocações, ela tem razão ao dizer que o canalha tentaria encurralar Alex em algum momento mas, mesmo assim, eu poderia ter evitado tudo isso se estivesse ao seu lado.

— Pode falar o que quiser, mas eu fiz Alex sofrer. Vi o jeito que ela estava naquele palco e isso acabou comigo tão duramente, que pensei que iria perder a cabeça naquele ginásio. E depois, enquanto corria como um maluco pelo campo de futebol, eu estava apavorado com o que poderia encontrar, com tudo que teria de lidar por conta das minhas atitudes impensadas e quando cheguei lá... quando a vi... senti como se uma sentença cruel tivesse caído em cima de mim e eu seria condenado a viver uma vida inteira sem ela. — Fecho os olhos, lembrando o cenário de horror onde encontrei Alex e suspiro com amargura. — Não consigo me livrar da sensação de que quase a perdi. Deus, eu não consigo.

— É isso mesmo que estou tentando fazer você entender. — Nina balança a cabeça em desaprovação.

— O quê? — Pergunto, irritado.

— Alex sobreviveu a dois ataques, Rico! Dois ataques que quase a destruíram! — Ela une as mãos em frente ao meu rosto.

— Nina, aonde você quer chegar? Que droga! Não preciso ser lembrado o que Alex já sofreu, tá legal? — Rebato, ainda sem entender nada.

— É claro que não. — Ela me encara séria. — O que estou tentando dizer é que a vida não foi justa com ela, mas e daí? Ela enfrentou cada merda que explodiu em sua cara com uma garra assombrosa e não vai ser um tiro que vai abater essa garota. — Nina ri. — Nem em sonho. Alex não é de desistir sem uma boa luta e vai sobreviver a mais essa provação, sei que vai.

Eu inalo uma respiração ruidosa.

— E você, — um dedo cutuca o meu peito — pare de perder as estribeiras! Mantenha a mente limpa e deixe de ser um idiota. Entregar os pontos não é permitido agora, Alex merece a nossa corrente de pensamentos positivos e não essa porcaria de culpa.

Contraio os olhos e algo estala dentro de mim.

— Você tem razão. — Admito com um suspiro pesado.

— Sei que tenho.

— Alex já foi ferida o suficiente, não quero que ela precise sobreviver a mais nada daqui por diante. — Aperto os punhos em cima dos joelhos. — Eu não vou estragar tudo sendo negligente com ela novamente.

— Já te falei para não repetir essa idiotice. — Nina eleva a voz e faz uma careta para mim.

Eu assinto vigorosamente e ergo as sobrancelhas diante da sua cara duvidosa.

— É sério, Nina, vou me esforçar para deixar de lado essa culpa e fazer a coisa certa. Alex não sairá da minha vista e se isso não é uma coisa boa, não sei mais o que poderia ser.

Nina abranda o aperto em minhas pernas.

— Ok, bom plano.

Concordo com a cabeça e ela dá uma batidinha nos meus joelhos.

— Seja forte, Alex vai precisar muito de você.

— Eu sei, vou estar pronto e ao seu lado. — Bato a cabeça de novo, confirmando o meu propósito.

— Vamos ter que dar apoio em tempo integral para ela. — Nina aperta os lábios duramente. — Apesar daquele nojento ter encontrado finalmente o que merece, as horas de horror que Alex passou em suas mãos vão ser duras de esquecer, talvez leve um tempo para a sua cabeça entrar nos eixos. Baldes de carinho e amor são as únicas coisas que ela vai precisar daqui pra frente.

— Não importa o que eu tenha que fazer, Nina, vou deletar essas memórias ruins da mente de Alex e vou encarar isso como uma missão, pode apostar.

— Mantenha esse pensamento e dê tempo ao tempo. — Sua voz ressoa animada pela primeira vez.

— Vou cuidar dela. — Digo categórico e Nina sorri amplamente, não precisando ter certeza de mais nada, ela percebe a seriedade das minhas palavras e sabe que esse vai ser o objetivo da minha vida.

Marcos entra pela porta com uma sacola na mão e um punhado de papéis. Nina levanta do chão rápido e faz uma pose com as mãos nos quadris, lançando um olhar de censura em sua direção.

— Onde você se meteu? Não acredito que levou esse tempo todo para encontrar uma camisa! — Ela rodopia uma mão no ar, floreando a reprimenda.

— Qual é, Nina? Tá pensando que estamos em um shopping? — Marcos puxa a camisa da sacola e atira em sua direção, dando de ombros com indiferença. — Foi o que deu pra arrumar, não adianta nem reclamar.

Nina ergue a camisa, lendo as frases impressas e seus lábios tremem com uma risada reprimida.

— Credo, Marcos! Não tinha nada melhor? — Nina joga a camisa preta para mim e eu leio o que está escrito em letras vermelhas.

"Doe sangue"

Marcos percebe a minha cara feia e solta um suspiro exasperado.

— Mano, revirei esse hospital de ponta cabeça, mas o único lugar que encontrei alguma coisa aceitável para vestir foi no hemocentro. Aproveitei que já estava por lá e fiz o meu cadastro como doador. — Marcos abre um sorriso sacana e olha na minha direção. — Vai por mim, você não iria gostar da segunda opção.

— Qual era? — Nina pergunta, curiosa.

— "Parabéns, papai!" — O idiota abaixa o rosto e me olha de esguelha escondendo uma risada. — Tinha uma lojinha em frente à maternidade, mas achei que você não estava no clima para gozação.

— Pensou bem. — Murmuro mal-humorado, vestindo a camisa em seguida.

— Fica para outro dia, então. — Marcos sorri, não perdendo a chance de gozar com a minha cara, é óbvio.

Paulo chega com tudo que Nina pediu para comprar na farmácia e depois que volto a ter uma aparência mais civilizada, saímos do banheiro em direção as cadeiras da sala de espera. Durante o caminho, apalpo os bolsos da calça procurando o meu celular, preciso avisar David sobre o que aconteceu com Alex, ele vai pirar com essa merda toda, penso com amargura.

— Marcos, você sabe onde deixei o meu celular? Preciso ligar para David.

— Aqui, Rico. — Ele remexe o bolso da calça e pega o meu celular, assim que estende a mão para me entregar, Marcos balança a cabeça para o aparelho. — Não esquenta, já avisei ao David assim que a ambulância partiu do *campus*. Ele estava saindo do palco e quase perdeu a cabeça quando contei o que aconteceu.

— Imagino. — Suspiro, enquanto olho para o celular.

— É, foi pesado. O cara berrava e chorava ao mesmo tempo, e eu não sabia o que falar para aliviar o desespero do homem.

— David deve ter ficado fora de si, ele e Alex são como irmãos.

Meus ombros ficam tensos e arrasto as mãos pelos cabelos, em uma explosão de frustração, não consigo relaxar nem um minuto sequer, diante desse cenário caótico, tudo ao meu redor parece um pesadelo.

Mal encosto a bunda na cadeira e ouço o pisar frenético de um grupo barulhento tumultuando a entrada do hospital, quando eles dão de cara com a gente, olhares aflitos vasculham os nossos rostos. A banda toda está me encarando em busca de notícias, dá para perceber que os caras estão por um fio, com medo de ouvir o pior, infelizmente não consigo atenuar o receio deles e mesmo estando mais controlado, nem de longe pareço estar tranquilo.

— Como está Alex? — David pergunta engasgado, piscando os olhos para disfarçar as lágrimas.

— Não sei, ela está sendo operada, ninguém veio nos dar qualquer informação até agora. — Contraio o rosto aborrecido, estou me sentindo impotente por não poder dizer nada melhor.

— Dio! — Hector arrasta as mãos pelo rosto várias vezes nervosamente.

— Caramba, isso não pode estar acontecendo! — David esbraveja, entrando em desespero, puxando os cabelos e deixando o fluxo de lágrimas correr livre pelo rosto.

— Calma, David, ela vai sair dessa. — Nina esfrega as mãos pelas costas dele, tentando confortá-lo.

David está arrasado, seu rosto é uma máscara de angústia, ele tenta disfarçar, enxugando os olhos e respirando fundo. Sinto a sua dor, mas apesar de saber que o cara está totalmente desorientado nesse momento, preciso que ele faça uma coisa importante e não dá mais para esperar.

— Eu não tenho o contato da mãe de Alex, você pode avisá-la? — Pergunto para David, mantendo um olhar cauteloso em cima do cara.

— Já avisei. — David limpa o rosto com as mãos. — Mary está indo buscá-la de carro, Sheila está abalada demais para vir dirigindo. — Ele solta uma respiração instável. — Mesmo ela sendo médica, a coisa fica pesada, quando acontece esse tipo de coisa com um filho, Sheila ficou transtornada e queria pegar a estrada imediatamente, mas consegui convencê-la a esperar por Mary. Pelo menos isso não vai me deixar mais tenso do que já estou.

Concordo com a cabeça, no entanto, não fico muito animado com a perspectiva de avisar a segunda pessoa da lista.

— E o pai?

Meu olhar bate com o de David e nós dois sabemos o quanto o pai dela vai enlouquecer por tudo que a filha sofreu nas mãos daquele cretino.

— Deixei essa parte por conta da Sheila, ela sabe como lidar com Adam.

David contorce o rosto e eu deixo escapar um suspiro pesado, esse hospital vai virar um caos quando o pai de Alex chegar, não quero nem ver.

As horas se arrastam lentamente, ficando cada vez mais difícil segurar a ansiedade, estou agitado e não consigo permanecer sentado por muito tempo. Cada um, dentro da sua inquietação, conduz a longa espera de forma diferente, Dante anda de um lado ao outro pelos corredores, Hector e Nando vasculham os celulares e pegam café a cada meia hora. Nina abraça Paulo e eles ficam conversando com Marcos encostados a uma janela que dá vista para o estacionamento do hospital, desconfio que eles estejam vigiando a chegada da mãe de Alex. Eu opto por ficar circulando atrás de qualquer um que possa trazer alguma notícia do que estaria acontecendo lá dentro e em uma dessas excursões, David segura o meu braço com firmeza, evitando que eu vá pela milionésima vez até a porta do centro cirúrgico.

— Dá um tempo, Rico. — David suspira quando vê a minha cara de poucos amigos. — Você não tem ideia da agonia que me dá toda vez que olho para aquela porta fechada e vejo você voltando com cara de enterro. Isso tá acabando comigo, não estou conseguindo suportar essa maldita espera e você não está facilitando as coisas. Estou tentando ficar calmo, controlar os nervos e essa sua agitação só está aumentando a minha tensão, sossega aí, cara. — Me sento ao seu lado e noto o balançar nervoso das suas pernas.

— Besteira, até parece que sou a causa desse sacudir irritante das suas pernas! — Resmungo e escondo o rosto entre as mãos.

Um barulho vindo da porta do centro cirúrgico chama a atenção de todos, salto da cadeira e com dois passos estou em frente a um médico com um semblante cansado, que olha para o grupo com a testa enrugada.

— Algum parente próximo de Alex Ryden?

— Eu sou o namorado dela. — Falo rápido.

— Muito bem, você veio acompanhando a paciente, não é?

— Sim, fiquei com ela o tempo todo até chegar aqui.

— A Dra. Sheila ainda não chegou?

O médico pergunta e olha ao redor buscando a colega. Obviamente, a mãe de Alex não perdeu tempo e durante a viagem já entrou em contato com a equipe médica para ficar a par do estado em que a filha se encontra.

— Não, a minha esposa foi buscá-la mas, pelo tempo, elas não devem demorar a chegar. — David explica para o médico, que assente pensativo.

— Bem, então vou adiantar para vocês o estado de Alex. — O médico faz uma pausa demorada, esfregando a testa e o gesto tenso provoca um disparo em meu coração. Que inferno! Será que o homem não percebe que estamos no limite da insanidade?! Estou a um passo de sacudir o cara para que ele abra a boca e diga de uma vez como está Alex.

Notando o meu olhar nervoso, ele limpa a garganta e começa a falar:

— Ela passou por uma cirurgia delicada, o seu baço foi atingido pelo projétil, mas conseguimos salvá-lo, contendo a hemorragia; a menina tem uma saúde boa e resistiu bem. — O médico balança a cabeça, satisfeito. — Embora tenha perdido muito sangue e estivesse bastante machucada quando chegou aqui, ela aguentou bem todo o procedimento. De qualquer forma, Alex vai ficar na UTI por essa noite, para receber os cuidados necessários, amanhã vamos fazer uma nova avaliação do seu estado geral e se tudo correr bem, ela vai para o quarto.

Uma enxurrada de perguntas faz o médico levantar a mão em alerta.

— Sem visitas, por enquanto. Alex está com o braço imobilizado devido a uma fratura, com várias contusões pelo corpo e, principalmente, está muito fraca, então é imprescindível que ela recupere as suas energias. Serão ministrados medicamentos fortes para que durma, os quais, combinados com analgésicos, vão deixá-la fora do ar por uns dias.

— Quero vê-la. — Declaro, sem rodeios, não suporto esperar nem mais um minuto, tenho de ver com os meus olhos para acreditar que ela está bem.

O médico gira o rosto para a sorridente enfermeira ao seu lado, a mesma senhora que falou comigo quando levaram Alex para o centro cirúrgico. Ela fala algo para o médico que concorda, com um bater de cabeça, a enfermeira dá um passo à frente e pega a minha mão, me conduzindo através da porta como se eu fosse um menino perdido, precisando de ajuda para encontrar o caminho.

Nossa, quero beijar essa mulher, tamanha é a minha gratidão por manter a promessa de me levar até Alex. É claro que não faço nenhum movimento nesse sentido, seria completamente desnecessário colocar ideias erradas na cabeça dessa doce senhorinha e estragar tudo, deixando-a confusa.

— Vem cá, filho.

A enfermeira faz um gesto com a mão e afasta uma cortina, enquanto puxa o meu braço para que eu entre no pequeno espaço. Alex está com os olhos fechados e com o rosto pálido demais, sinto o ar faltar quando a vejo assim tão frágil. Continuo observando ao seu redor e percebo os vários aparelhos que soam barulhos ritmados e contínuos conectados ao seu corpo.

— Ela ainda está um pouco zonza da anestesia, mas você pode ficar com a sua namorada por alguns minutos, tá bom?

A enfermeira move os pés para sair e eu seguro o seu braço de leve, a senhora para e olha para mim com uma cara interrogativa.

— Tá, obrigada. — Eu me engasgo antes de perguntar. — Ela está... digo... o médico falou, mas... a cirurgia, deu tudo certo, não é?

A enfermeira fica me olhando com um sorrisinho estranho. Droga, a mulher tem todo o direito de achar graça da minha cara de palerma e não é à toa, porque perdi a capacidade de articular palavras com algum sentido.

— Ela está fora de perigo, se é isso que você realmente quer saber. — A enfermeira continua sorrindo para mim. — Sua namorada é muito forte e, em breve, vai sair daqui, pode confiar.

O alívio escorre pelo meu corpo, arranho a garganta, para me livrar do bolo que ficou atravessado e falo, sem esconder o meu orgulho.

— Sim, ela é forte e corajosa.

A enfermeira assente devagar e me encara meio sem jeito.

— Posso te fazer uma pergunta?

— Claro.

— Não me leve a mal, não estou querendo ser bisbilhoteira, mas é que ouvi da equipe que fez o primeiro atendimento que a sua namorada deixou o agressor desacordado... é verdade? — Ela mal disfarça o interesse.

— Sim, o cara estava destruído quando cheguei. — Dou uma olhada em Alex e a sua figura pequena na cama torna essa versão difícil de acreditar.

— Meu Deus! Não sei o que dizer. — A enfermeira desvia o seu olhar, indo direto para Alex e leva uma mão à boca, chocada. — Ela parece tão indefesa, fiquei surpresa com tudo que teve que enfrentar para se defender.

— O cara tomou uma surra, e das boas. Alex é uma lutadora de boxe, mas não só por isso, ela também é a pessoa mais brigona que conheço.

O meu sorriso é gigante e não escondo o meu orgulho, a enfermeira suspira e balança a cabeça ainda sem acreditar na história toda.

— Fique com a sua namorada, ela vai ficar feliz em te ver.

— Valeu, você é a melhor, de longe. — Em um impulso de gratidão, dou um beijo em sua bochecha e fico tentado em esmagar a mulher nos meus braços, mas seguro a empolgação no último minuto.

A enfermeira dá uma batidinha no meu rosto e, encabulada com o meu gesto, vai embora, fechando a cortina para nos dar privacidade.

Por incrível que pareça, não consigo dar um passo, nem mesmo sair do lugar. Ironicamente, passei as últimas horas louco para ficar ao seu lado e, agora que estou aqui, não consigo me mexer e chegar até Alex. Respiro fundo e obrigo os meus pés a moverem, porém, à medida que me aproximo o meu peito vai torcendo em tristeza com a visão do seu rosto machucado. Abaixo os olhos e avalio com pesar os danos que a luta pela sobrevivência deixou em todo o seu corpo. O pescoço fino de Alex tem manchas arroxeadas em quase toda a extensão, braços também não estão diferentes, com marcas feias em diversos lugares. Fora isso, um hematoma gigantesco cobre sua bochecha e ainda por cima vem acompanhado com um inchaço, que estica a sua pele tal como um balão inflado.

Fecho os olhos, tentando acalmar a fúria dentro de mim, mas o meu corpo se rebela e estremece em ondas de raiva. Aquele monstro merece morrer pelo que fez com Alex, no entanto, o que alivia a minha ira é que ele finalmente vai pagar pelos seus crimes, isso eu tenho certeza, se for preciso moverei o mundo, para que aquele desgraçado apodreça na cadeia. Meu pai conhece algumas pessoas com certa influência e não vou poupar esforços para conseguir que se faça justiça, independente do cara ser filho de um senador, isso não vai morrer na impunidade novamente.

Luto contra a minha bobeira e dou mais um passo à frente, seguro a sua mão e trago-a aos meus lábios, acariciando os nós esfolados dos seus dedos, com beijos leves. Sinto um aperto fraquinho em minha mão e ergo os olhos dando de cara com os seus entreabertos, sorrio feliz e uma vontade de beijar a boca de Alex até acalmar todo o medo que passei surge forte dentro de mim, mas seguro o meu desejo e entrelaço os meus dedos aos dela, acolhendo a sua mão junto ao meu peito para que ela sinta as batidas do meu coração.

— Como você está, linda? — Sussurro, inclinando o rosto e beijando de leve a testa de Alex. Aproveito e inspiro o seu cheiro, que nesse momento está misturado com os produtos de desinfecção que devem ter sido usados nela.

— Já estive melhor. — Ela contrai o rosto em uma careta e meu coração fraqueja quando percebo a sua dor.

— Quer que eu chame a enfermeira? Ela pode te dar alguma coisa que faça você sentir menos dor. — Eu já estava movendo o braço para apertar o botão, mas Alex faz que não com a cabeça.

— Espere só um pouquinho. — Seus olhos prendem os meus. — Quero conversar com você primeiro, os remédios vão confundir a minha cabeça e o que tenho para te dizer é importante.

— Querida, a gente pode conversar depois, não tem o menor sentido ficar aguentando a dor, principalmente depois de sair de uma cirurgia complicada como essa que você passou. — Beijo novamente a sua testa e ergo a mão novamente para alcançar o alarme.

— Não, por favor. — Ela umedece os lábios secos.

Eu abaixo o braço, acatando o seu pedido.

— Não sei nem por onde começar, fiz tantas coisas... coisas imperdoáveis..., mas mesmo assim ainda tenho esperanças de que você me perdoe. — Alex engole em seco, nervosa. — Eu cometi um erro terrível, fui insegura, irracional e te magoei, sinto tanto por isso, você não faz nem ideia.

Ela solta a minha mão e acaricia o meu lábio com os dedos trêmulos.

— Soquei você, te feri, deixei a minha raiva tomar conta e me perdi naquele momento. Eu disse uma vez que não te mereço e é verdade. Você consegue ver os meus defeitos e, mesmo assim, continua comigo. Não sou a sua opção mais inteligente, eu sei, mas posso te assegurar que vou tentar ser uma pessoa melhor e nunca mais quero te machucar desse jeito, me desculpa, por favor... — Sua voz falha, e ela me encara com olhos de súplica.

Seguro a sua mão novamente e dou um beijo no meio da palma.

— Você é tudo para mim, Alex, esquece esse soco, isso não tem a menor importância, eu te provoquei falando uma porção de besteiras. — Solto um gemido . — Fui um completo idiota em ir embora e te deixar para trás, você não tem noção do quanto fiquei arrependido e me culpando por tudo que você passou. Essa sensação quase acabou comigo nessas últimas horas.

Inspiro de modo entrecortado, tentando continuar sem quebrar ao meio.

— Eu te amo demais e não consigo ser nem a metade do que sou, quando não estou com você. Não posso negar que fiquei magoado e bravo após a nossa briga mas, no fundo, eu estava dando uma de cabeça dura e isso só serviu para ferrar as coisas. Repassei mil vezes tudo que poderia ter sido evitado se eu não tivesse feito essa burrada, abri um espaço para aquele babaca armar uma emboscada e não vou me perdoar nunca pelo que aconteceu com você hoje.

— Você salvou a minha vida, Henrique. Não se atreva a sentir culpa por nada. — Alex fala com a voz fraca, embargada pelas lágrimas.

Percorro com os dedos a pele macia do seu rosto, afastando as lágrimas que escorrem, seguro com cuidado o queixo de Alex, levantando-o com os polegares e falo solenemente.

— Sinto muito, por não ter conseguido protegê-la, e saiba que isso me atingiu com tanta força, que estou decidido a compensar esse vacilo a cada segundo do meu tempo a partir de agora. — Minha voz soa rouca e emocionada. — Pensei que tivesse perdido você para sempre e nunca mais quero passar por isso, minha vida congelou naquele instante, quando te vi no chão, o meu coração parou. — Aperto um pouco mais a sua mão. — Deus, foi horrível.

Fecho os olhos com força, enquanto reviro as imagens na minha cabeça.

— Definitivamente, poderia ter vivido sem precisar testemunhar aquilo, ver o quanto ele te maltratou, quase me matou de ódio e culpa. Fiquei louco.

— Pare com isso, agora mesmo! — Ela me repreende. — Se você não me encontrasse a tempo eu nem estaria aqui, para começo de conversa!

Alex ergue um pouquinho os lábios, tentando sorrir.

— Estou começando a acreditar que sou uma garota de muita sorte, sabia?

— Acho que essa pancada que você levou na cabeça afetou o seu cérebro, não vejo sorte alguma em ficar entre a vida e a morte, e ainda me levar ao desespero. — Tento fazer graça, mas a minha voz soa amarga.

— David me salvou da primeira vez e pensei que iria perder o juízo nos dias seguintes, foi... difícil pra caramba. — Alex pausa e aperta a minha mão. — Agora foi a sua vez de me resgatar, você não só salvou a minha vida hoje, você me curou, o seu amor preencheu tudo que era tomado pelo medo, cada parte danificada da minha alma foi consertada por você, eu consegui colocar uma pedra no meu passado, enfrentando o meu pior pesadelo e... venci, estou livre. — Ela contrai os lábios, segurando a dor.

— Alex, sério, quero ouvir tudo que você tem a dizer mas, por hora, vamos dar um tempo, você precisa de analgésicos e não tem a menor necessidade de ficar dando uma de forte. Vou chamar a enfermeira, tá?

Ela nega lentamente com a cabeça e eu solto um gemido frustrado.

— Não gosto da ideia de você sentir culpa porque brigamos. — Alex sorri triste. — Talvez de um jeito torto isso fosse necessário para que eu finalmente compreendesse que amor e confiança andam juntos, como um único pacote. Sou cabeça dura em muitas coisas, mas estou convencida de que esse é o caminho certo e não irei tomar outra rota, pode acreditar.

— Hum, mesmo?

De mansinho, ela passa o polegar pelo meu lábio e fala com os olhos cheios de ternura.

— Sim, mesmo. Amo você e nunca mais ninguém vai abalar a confiança que tenho em seu amor por mim, eu juro. — Alex estremece, quando respira e sei que ela está no seu limite.

— Eu também te amo, você é a melhor coisa que poderia ter acontecido em minha vida. — Afasto os seus cabelos com os dedos. — Mas não pense que vou cair nessa e achar que você não vai mais arrumar briga, porque de uma coisa tenho absoluta certeza, nem em um milhão de anos você vai conseguir dominar esse seu temperamento briguento. — Beijo de leve os seus lábios. — Que, só para constar, eu também amo muito.

— Posso me virar com isso, talvez eu ainda teste algumas habilidades de sobrevivência para te provocar, que tal? — Ela tenta sorrir, mas geme baixinho.

— Pelo amor de Deus, Alex! Não vou suportar mais uma prova das suas habilidades de sobrevivência, agora fique quietinha, que vou chamar a enfermeira e nem adianta dizer que não.

— Não vou te impedir, tá doendo tudo mesmo. — Alex me olha hesitante. — Você vai ficar aqui, não é?

— Vou, relaxe e descanse. — Beijo a sua mão e chamo a enfermeira.

Alguns minutos depois, Alex está apagada; ainda fico observando-a dormir por um tempo, processando as últimas 24 horas. Não tenho dúvidas de que, vê-la salva e bem, acalma tudo dentro de mim, mas reconheço que teremos um longo caminho a percorrer, a única diferença é que sei que vamos chegar e, dessa vez, juntos, para sempre.

ALEX

Quando desperto, tenho a certeza de duas coisas. Em primeiro lugar, de que tudo no meu corpo dói, até o simples movimento de piscar os olhos faz o meu cérebro chacoalhar dolorosamente dentro do crânio. Segundo, é de que estou no hospital, mas não parece que me encontro em um quarto normal, vários aparelhos ruidosos e uma cortina branca isolam a minha cama do restante do lugar. Contraio o rosto encabulada, mas fecho os olhos imediatamente, gemendo com a dor que belisca o meu rosto machucado.

Caramba, será que estou tão mal assim?

Abro um olho de mansinho e percebo que ninguém está por perto. Não entendo, porque tenho a nítida impressão de que conversei com Henrique; em algum momento ele estava aqui comigo, não parecia ser uma alucinação da minha cabeça, mas agora já não sei de mais nada. Suspiro alto, frustrada com minha confusão mental e me arrependo na mesma hora de sequer ter mexido qualquer músculo do meu corpo. Sinto uma pontada dolorida que se propaga pela barriga, fazendo os meus dentes rangerem com força e outro gemido longo e difícil escapole da boca.

Meu Deus! Devo estar morrendo mesmo.

— Oi, querida. Acordou?

Minha mãe puxa a cortina e o seu rosto se ilumina quando me vê acordada, então ela abre um grande sorriso. Bem, retiro o que disse anteriormente, não estou morrendo, caso contrário ela não estaria sorrindo desse jeito, toda feliz.

— Oi, mãe. — Minha voz soa grossa, sinto a garganta áspera e passo a língua pelos lábios, percebendo a elevação do corte que repuxa e arde.

— Como está se sentindo, filha? — A mão dela acaricia o meu rosto com carinho.

— Com sede e — engulo em seco — com dor. Nossa, ela está de matar.

Estremeço, quando movimento ligeiramente a cabeça.

— Vou pegar um pouco de água e chamar a enfermeira para a sua dose extra de analgésicos, já tem mais ou menos umas quatro horas desde a última vez em que você acordou.

Ela se afasta um pouco, mas eu a chamo de volta.

— Mãe?

— Sim, filha.

— Henrique esteve aqui? Ou eu apenas… sonhei?

Pareço meio confusa ao falar e a minha mãe me responde suavemente.

— Você não estava sonhando, meu bem, encontrei com ele aqui quando cheguei. Henrique relutou um pouco antes de sair, mas você está em uma UTI e aqui não é permitida a presença de acompanhantes. — Ela ergue os ombros, sorrindo sem graça. — Sou médica e os meus colegas foram muito gentis ao permitirem que eu te acompanhasse.

— Que bom, não quero ficar sozinha. — Sussurro, aliviada.

— Querida, você não ficou sozinha hora nenhuma, Henrique permaneceu aqui por um tempo, enquanto eu conversava com o cirurgião, depois consegui trazer David para te ver e Nina também ficou por alguns minutos. O restante dos rapazes aceitou te visitar quando você estivesse mais forte e liberada para recebê-los.

Ela faz uma pausa e noto o tremor dos seus lábios, em seguida respira fundo, me encarando com os olhos marejados de lágrimas.

— Alex, é um verdadeiro milagre você estar fora de perigo e nada de pior ter… acontecido. — Ela prende os lábios, segurando o tremor antes de continuar. — Aquele criminoso tentou mais uma vez te violar de um jeito muito além do inimaginável, você conseguiu pará-lo, mas é a justiça que vai fazer com que ele seja punido; esse sujeito desprezível nunca mais vai ter a oportunidade de chegar nem perto de você, isso eu garanto.

Minha mãe limpa com rapidez uma lágrima que escorre em seu rosto, em seguida sorri e me acaricia no lado da bochecha ferida que, a essa altura, está inchada feito uma bolinha de pingue-pongue.

Eu não sei bem o que dizer, nunca a vi vacilar em nada, ela é sempre tão segura e inabalável, isso me pega de surpresa.

— Mãe... — Tento falar algo, mas ela levanta a mão me cortando.

— Quase morri de agonia, pensei que fosse ter um ataque cardíaco no caminho para cá, e quando te vi viva, mesmo que assim, tão ferida, senti um alívio enorme. Não tenho palavras para agradecer a Deus por outro anjo ter aparecido em sua vida. Se Henrique não te encontrasse, você poderia estar... poderia ter... — Ela engasga, em um soluço, e leva uma mão à boca, balançando a cabeça. — Ah, meu Deus, não gosto nem de pensar.

— Desculpe, eu não queria...

Ela enquadra o meu rosto com as mãos trêmulas e me encara perplexa.

— Não se desculpe! Nada do que aconteceu foi sua culpa, você compreende isso, não é?

A voz aflita da minha mãe revela o seu medo de que eu volte a ter um surto e entre em parafuso novamente, fico consternada com a sua preocupação.

— Acalme-se, mãe, estou de boa com isso, não me sinto culpada por nada, aquele nojento fez o bastante para ser considerado o único culpado por tudo. Não há nenhuma razão para que você se preocupe com a minha sanidade, estou bem. — Contraio o rosto, com a dor que me assola e, ao contrário do que acabei de falar, não estou assim tão bem, porém, não estou pirando e o meu maior desejo neste momento é não ter essa conversa.

Ela suspira, depois concorda com a cabeça lentamente.

— Claro que sim, filha.

Sua certeza é precária, está na cara, mas finjo não perceber nada e dou um meio-sorriso, para deixá-la mais tranquila.

— Espere um minutinho, que já estou indo atrás da enfermeira.

Ela beija a minha testa e fica examinando o meu rosto, tentando pescar algum sinal, mas estou muito segura de que não vou entrar em curto como da outra vez e isso está totalmente claro para mim.

— Ok. — Respondo com a voz tremida pela dor e esboço outro sorriso débil, para garantir que estou legal e não a meio caminho de ser amarrada em uma camisa de força.

Minha mãe sai, e volta com uma senhora simpática que me examina e faz algumas perguntas aleatórias. Em seguida, ela injeta algo que cai perfeitamente bem em meu sistema, a dor vai diminuindo, até ficar somente um incômodo suportável; enquanto isso, bebo alguns pequenos goles da água que a enfermeira me oferece.

Não preciso dizer que essa miséria de água não é nem de longe o suficiente para deixar a minha boca agradável, ainda tenho a sensação de que engoli um punhado de areia. Mas quando reclamo, tanto a minha mãe como a enfermeira não me deixam virar o copo de água direto na boca em grandes goles, como é o meu desejo.

Fecho a cara para as duas e argumento teimosamente.

— Ah, por favor, ainda estou com sede e agora também tenho fome, pelo que sei vocês deveriam estar cuidando do meu bem-estar, e não me fazendo definhar, implorando por água e comida.

Ergo uma sobrancelha, completamente séria, não estou brincando, a minha barriga está roncando miseravelmente, estou morta de fome.

— Deixe de drama, mocinha. — A enfermeira sorri para mim. — O médico virá te ver em poucos minutos e, tão logo ele te envie para o quarto, você poderá comer uma refeição leve.

— Uma refeição leve. — Repito resignada.

— Sim, bem leve. — A enfermeira assente.

— Tá, fazer o quê? Vou ter que me virar com isso, não tem outro jeito.

A senhora assente novamente e solta uma risadinha. Resmungo contrariada e viro a cabeça na direção da minha mãe, tentando dispersar os meus pensamentos famintos.

— Mãe? E os rapazes da banda, você conversou com algum deles?

De verdade, estou preocupada, aqueles meninos definitivamente fazem parte da minha vida, como se fossem meus irmãos; eles merecem saber que, apesar de estar fisicamente me sentindo como se um caminhão tivesse passado por cima de mim e dado ré várias vezes, ainda estou inteira. Suspiro, quando olho de esguelha para o meu braço imobilizado e, bem, talvez um ou outro osso quebrado, mas praticamente inteira.

A enfermeira sai após verificar o meu soro e eu agradeço.

— Alex, seus amigos estão muito abalados com o que aconteceu e parece que eles se importam com você o suficiente para montar um acampamento permanente naquela recepção. — Um grunhido impaciente surge da sua garganta. — Basta dizer que já passou do meio-dia e somente há cerca de duas horas eu consegui que eles voltassem para as suas casas. Assegurei a todos que você está em recuperação e que, só por precaução, o médico quer que as primeiras doze horas após a cirurgia sejam passadas aqui na UTI, mas eles queriam ficar com os pés plantados firmemente no hospital, até ter certeza absoluta de que você está bem.

Minha mãe faz uma careta cômica.

— Tive que esgotar todos os meus recursos antes que o bom senso vencesse, só então eles cederam e decidiram ir embora.

Ela ri e balança uma mão no ar.

— Nem todos aceitaram os meus argumentos, é claro. Henrique não arredou o pé da sala de espera e ninguém conseguiu convencê-lo a te deixar.

— Henrique está lá fora? — Pergunto sobressaltada.

— Está. — Ela confirma com a cabeça. — Ele ainda usa aquela camisa intrigante e exibe enormes olheiras, o garoto é o retrato do cansaço. Marcos, Paulo e Nina fizeram de tudo, mas ele está irredutível, nada o faz sair daqui, absolutamente nada.

Fecho os olhos, lamentando o quanto Henrique é teimoso quando enfia algo na cabeça. Droga, preciso pensar em alguma forma de fazê-lo sair desse hospital, pelo menos por algumas horas, quem sabe descansar um pouco. Tanta coisa passa pela minha cabeça e nada é tão convincente quanto o que estou prestes a propor para a minha mãe, rumino a minha ideia e uma onda quente esquenta o meu rosto, estou pra lá de envergonhada por ter que pedir isso para a minha mãe, mas não vejo outro jeito.

— Mãe, você acha que passarei essa noite em um quarto? — Mordo o lábio inferior, mas logo o solto com a picada da dor.

— Com certeza. — Ela balança a cabeça, confirmando enfaticamente. — Todos os seus sinais estão bons e você está se recuperando, não vejo o porquê o médico iria te segurar aqui por mais uma noite. — Sua mão acena ao redor, girando em espiral.

— Sabe, se eu for para um quarto hoje à noite, posso ter alguém comigo? Tipo, o tempo todo? — Pergunto com uma expressão pidona.

— Sim, claro e receber visitas também. — Ela pensa. — Não hoje, mas amanhã as visitas devem estar liberadas. — Minha mãe faz uma pausa e me olha desconfiada. — Alex, eu te conheço, aonde você quer chegar com esse interrogatório?

Solto o ar de forma brusca e engulo a vergonha.

— Quero te pedir uma coisa e espero que você não fique ressentida comigo. — Começo a falar pausadamente. — Preciso fazer Henrique sair daqui e descansar mas, para isso, vou ter que negociar com ele e tenho que lançar mão de algo muito bom para fazê-lo ceder, talvez o que estou pensando em propor seja a única coisa que o convença a ir para casa.

— Sei... e o que essa negociação envolve?

— Mãe... — Ela me corta com um olhar perceptivo.

— Deixe-me adivinhar. Hum, ele passar a noite com você? Como o seu acompanhante? — Ela contorce os lábios, mas não parece brava. — Entendo.

Minha mãe não é nada boba e pesca as coisas em segundos.

— Bem, é isso, você acertou em cheio. — Ergo os ombros. — Por favor.

Ela olha para mim por um longo tempo antes de exalar o ar lentamente.

— Alex, você ainda está muito fragilizada, talvez ele não consiga te assistir com tanta eficiência. Não que o seu namorado não possa ficar com você, não é isso, mas sou médica e, além do mais, sou a sua mãe, é bem possível que em algum momento durante a noite você necessite de cuidados e não tenho certeza se Henrique poderia lidar com alguma situação de emergência. — Ela fica me avaliando, com um ligeiro sorriso nos lábios.

— Desde que continuem injetando essas drogas na minha veia, acredito que vou ter uma noite confortável, sem problemas.

Minha expressão é suplicante e, se pudesse, ficaria de joelhos para dar um efeito mais convincente ao meu pedido desesperado.

— Não estou dispensando a sua ajuda, sei que você, melhor do que ninguém, seria a pessoa certa para ficar comigo, é só que... Henrique não vai sair daqui e eu... vou ficar incomodada, não quero que ele passe o dia inteiro sentado naquela sala de espera, exausto.

— Nem eu, filha.

— Então, mãe. — Seguro a sua mão. — A questão é que Henrique ficou praticamente 24 horas ligado com tudo que passamos, e não acho justo ele continuar nessa situação por mais tempo, preciso lhe dar uma opção concreta para convencê-lo a ir para casa e relaxar um pouco. Bom, e isso só vai acontecer se Henrique acreditar que, quando voltar, o seu tempo vai ser todo comigo, caso contrário ele vai permanecer aqui, esperando.

Ela fica em silêncio, processando as minhas palavras.

— Alex, eu não deveria, mas vou ceder ao seu apelo, porque não quero ver aquele menino completamente desolado e consumido de cansaço vagando pelo hospital, isso não vai ser bom para ninguém. — Minha mãe revira os olhos. — De qualquer forma, já deu para ter uma ideia da ansiedade que se instalou dentro dessa sua cabeça teimosa e eu não quero intensificar os danos que toda essa tensão pode causar em sua recuperação.

— Mãe, você é o máximo. — Fecho os olhos, aliviada.

Ela ergue um dedo com uma expressão séria, assim que abro os olhos.

— Mas tenho uma condição: irei conversar com o médico primeiro, para avaliar o seu progresso, se tudo estiver dentro do esperado, vou para o apartamento e deixo Henrique passar a noite aqui, mas somente depois que você estiver acomodada no quarto e alimentada. Podemos combinar assim?

— Perfeito. — Aceno com a cabeça, sorrindo torto, minha bochecha inchada não me permite abrir um grande e feliz sorriso.

Minha mãe faz uma cara de desgosto, seguida por uma careta engraçada.

— Seu pai vai arrancar a minha cabeça e jogar para os cachorros, quando souber o que estou fazendo, ou melhor, o que fui convencida a fazer. — Ela balança de leve a cabeça e expira o ar, aborrecida.

— Ele já sabe? — Um tremor ecoa na minha voz.

— Óbvio que sim, Alex. Como eu poderia esconder uma coisa tão grave como essa do seu pai?! — Ela arqueia as sobrancelhas, impressionada com a minha falta de noção.

— E ele? Como reagiu? — É uma pergunta retórica, porque sei bem como ele deve ter reagido: muito mal.

— Hum, não vale a pena repetir tudo o que ele falou para mim, vou te poupar dos detalhes, mas ele está chegando aqui pela manhã, com o cérebro fritando de raiva. — Ela resmunga irritada. — Na verdade, seu pai se tornou um homem com um objetivo fixo e inegociável.

Fecho os olhos imaginando o tornado furioso que vou ter que enfrentar.

— Adam perdeu o controle em todos os níveis possíveis, quando relatei o que você sofreu, por pouco não teve um ataque cardíaco. Ele esbravejou como um insano e, é claro, fui a destinatária de toda a sua fúria. — Ela dá de ombros com indiferença. — Não me incomodo com os seus rompantes, estou relevando a metade do que ele disse, por conta da distância e da pilha de nervos em que o seu pai se transformou. Fiz o possível para acalmá-lo, cheguei até a jurar solenemente que você estava fora de perigo, mas o homem está afundado em sua cegueira, impulsionado por um único pensamento.

— Ele quer me levar embora do país, não é? — Pergunto, cautelosa.

— Não seja ingênua, Alex! Ele não só quer, ele está muito seguro de que vai te arrastar daqui de qualquer jeito. Meus ouvidos estão ardendo até agora com os seus berros dizendo que você não fica nem mais um dia aqui no Brasil. — Ela bufa, exasperada.

— Eu não vou voltar a morar em Atlanta, ele vai ter que aceitar. — Falo com firmeza.

— Bem, quando Adam chegar, você vai ter de lidar com o temperamento obsessivo e controlador dele e... boa sorte com isso, porque vai ser uma batalha duríssima, já estou até vendo.

— Ah, droga! — Resmungo, desanimada.

Minha mãe retorce a boca e coloca as mãos nos quadris.

— Estou do seu lado, você sabe, mas essa conversa vai acontecer entre vocês dois, não vou me meter. O único conselho que posso lhe dar é que você deve colocar o seu pai a par das suas prioridades e tentar convencê-lo de que a decisão é sua, não dele.

— Não sou mais uma criança, sei o que quero para a minha vida e o que é importante para mim. — Mantenho a expressão decidida. — Não importa o quanto o meu pai force a barra, ele não pode me levar amarrada para os Estados Unidos.

— Hum, não sei não... — Minha mãe me olha cética.

Antes que eu possa me impedir, deixo o meu temperamento contestador ganhar vida.

— Olha, entendo que vocês não mereciam passar por essa tormenta que aconteceu comigo e, infelizmente, por duas vezes. Sinto muito por ter envolvido as pessoas que mais amo em toda a minha bagunça.

Inspiro com cuidado para não sentir dor e tento seguir o ritmo.

— Porém, dito isso, eu preciso que vocês acreditem e confiem em mim, não existe uma ínfima chance nesse mundo daquela porcaria, que aterrissou na minha cabeça há oito anos, se repetir. Eu não vou entrar em uma espiral autodestrutiva, não vou fugir, não vou me esconder do mundo ou ficar enlouquecida de raiva. Superei esse medo doentio que habitava dentro de mim, eu o joguei fora. Para sempre.

Adoto um tom ponderado, escolhendo as palavras com cuidado.

— Quando lutei com Eric, não estava só me defendendo, eu estava expurgando todo o mal que ele me fez e, desta vez, o final da história foi bem diferente. Eu venci, por mim, pela minha vida, por tudo o que quero fazer daqui por diante, eu conquistei a minha liberdade e ninguém mais vai ditar o que devo fazer, nem mesmo o meu pai.

Falo muito segura, encarando a minha mãe sem o menor traço de vacilo.

— O meu futuro eu vou escrever, empunhando o meu próprio lápis e, de qualquer forma, nunca serei capaz de esquecer o meu passado, é impossível apagá-lo passando simplesmente uma borracha, ele é parte do que sou agora.

A verdade é que eu não seria a mesma pessoa, se tudo tivesse sido diferente, não mesmo, — dou uma risada engasgada e balanço a cabeça de leve — seja lá como for, não quero mais desperdiçar o meu tempo com medo e ressentimentos, só quero aproveitar o presente, um dia de cada vez.

Minha voz não oscila, pelo contrário, continuo determinada a esclarecer exatamente como quero construir essa nova etapa da minha vida.

— Quebrei o feitiço e, hoje, finalmente coloquei o passado onde ele tem de estar: no passado. É tempo de seguir em frente.

Seus olhos transbordam com ternura, admiração e... alívio, então a minha mãe estende os braços e segura o meu rosto com as duas mãos.

— É assim que deve ser, sempre em frente. — Sua boca se aperta. — Eu só lamento que você tenha conhecido esse lado feio das pessoas ainda jovem, é tão errado...

— Às vezes o errado não é tão ruim, é simplesmente o que precisamos passar para alcançar algo de bom. — Sorrio. — Eu alcancei algo maravilhoso, pode ter certeza.

Minha mãe abre um sorriso suave.

— Amo você, filha.

— Também te amo, mãe.

— Estou muito orgulhosa da mulher forte e confiante que você se tornou, a única coisa que desejo nesse mundo é que a minha filha seja feliz e, hoje, apesar de todos os eventos recentes, tenho certeza de que nada mais vai bloquear a sua felicidade.

— É, pode apostar! — Solto uma risadinha. — Nem o meu pai.

— Que Deus nos ajude! — Minha mãe suspira e olha para cima em súplica.

Pouco tempo depois, ela sai da UTI para conversar com Henrique e espero com todo fervor que a troca de turnos seja o suficiente para ele dar o fora daqui e colocar a cabeça em ordem. Estou com esperanças, porque a minha mãe é a pessoa mais irritante do mundo quando quer convencer alguém a fazer algo que ela deseja. De verdade, acho que essa batalha Henrique já perdeu. Um riso me escapa. Coitadinho, ele não vai ter a menor chance com ela, não mesmo.

No finzinho da tarde, após ter sido liberada pelo médico, fui acomodada em um quarto amplo e asséptico, com uma pequena janela e uma poltrona daquelas confortáveis que as pessoas podem dormir.

O melhor é que, graças ao bom Deus, fui limpa com um banho meia-boca, daqueles de paninho, mas que, no fim, até que me deixou bem cheirosinha.

Longe de mim estar reclamando, era isso ou ficar no meu estado anterior incrivelmente nojento. Fui alimentada com um caldo ralo pra caramba, o que não aplacou em nada a minha fome, mas vou ter que me conformar, porque a enfermeira foi taxativa e disse que comida de verdade, só amanhã. Paciência. Pelo menos consegui beber água.

Antes de deixar o quarto, a enfermeira injetou uma nova carga de medicamentos no meu soro e agora estou começando a sentir os efeitos sedativos em meu corpo que, após a agitação do banho, reclamou com uma dor incrivelmente latejante e que se espalhou por todos os lados, deixando a minha mãe apreensiva e relutante; ela quase voltou atrás na sua decisão de ir para casa. Não preciso nem dizer que tive que praticamente implorar, para que ela mantivesse a palavra, ainda assim minha mãe me fez jurar que seria avisada imediatamente, caso algo estivesse errado comigo. Eu jurei e toda a equipe de enfermagem também.

Estou com os olhos fechados, sonolenta, mas sinto perfeitamente uma mão quente e muito familiar roçando de leve a minha bochecha, sorrio antes de abrir os olhos e encarar o rosto lindo e abatido do meu namorado.

— Oi, linda. — Henrique franze as sobrancelhas até ficarem juntas. — Tá doendo? — Ele acaricia o meu rosto.

— Oi, amor. — Minha voz soa pastosa. — Não sinto mais tanta dor, eles colocaram umas drogas pesadas no meu soro. — Olho de relance para o suporte ao meu lado. — Vai por mim, isso muda totalmente a vida de uma pessoa, você não faz ideia.

Levanto uma mão lentamente e toco a sua testa franzida.

— Fica tranquilo, estou bem.

Sua expressão se fecha ainda mais e ele suspira asperamente.

— Tá nada. — Henrique resmunga, chateado.

— Estou sim. Até banho tomei! — Rebato divertida, mas não consigo afastar nem um pouquinho a sua amargura e Henrique contrai o rosto como se estivesse sentindo uma dor profunda.

— Eu deveria ter matado aquele desgraçado, talvez me sentisse um pouco melhor agora.

— Ei, esquece, tá legal? Ele não vale o nosso tempo.

— É, você tem razão, ele não vale merda nenhuma.

Henrique rosna aborrecido, passando as mãos pelos cabelos e tentando se acalmar, depois de alguns segundos se senta na beira da cama e segura a minha mão, beijando-a com ternura.

— Sabe, nas últimas horas fiz umas coisas bem esquisitas nesse hospital. — Ele sorri torto, com olhos brincalhões. — Tipo beijar uma enfermeira e, pouco tempo depois, beijar a sua mãe.

— Ahn? — Solto um guincho estridente.

Henrique ergue a sua mão livre e apoia no coração solenemente.

— Mas tudo com muito respeito, fica fria.

— Sério? Você beijou uma enfermeira?

— Beijei. — Ele assente com a cabeça. — Ela me deixou te ver quando ninguém mais podia e eu não sabia como agradecer, então beijei a mulher.

— Faz sentido. E a minha mãe?

— Assim como a enfermeira, a sua mãe fez por mim o que ninguém mais poderia fazer. — Henrique se engasga, visivelmente emotivo. — Eu a beijei assim que ela anunciou que cederia essa noite para mim. Pode acreditar, nunca vou esquecer esse gesto de gentileza.

Henrique balança a cabeça com determinação, negando.

— E, mesmo sabendo que foi um pedido seu, ela tinha todo o direito de negar, mas não o fez e estou feliz pra cacete que ela é uma pessoa muito melhor do que eu. Se fosse o contrário, nunca aceitaria abrir mão de estar com você, o que, em outras palavras, me faz um cara tremendamente egoísta. Bem, não nego, sou mesmo, em relação a você sou um babaca egoísta da pior espécie. — Henrique me dá um sorriso de desculpa.

— Dra. Sheila é bacana mesmo. — Pisco lentamente.

— Ela também me beijou de volta.

— Quem? A minha mãe? — A surpresa enlaça o meu tom.

— Aham, e me abraçou forte por um tempo, quase me sufocou. — Seus olhos brilham com humor.

— Caramba, será que ela queria tirar uma casquinha do meu namorado? — Suspiro. — Não a culpo, você é tentador, demais da conta.

— Rá, engraçadinha. — Ele abaixa o rosto e me beija de leve.

Fecho os olhos lentamente, sentindo os seus lábios nos meus, tento ficar ao máximo acordada, mas os remédios estão me deixando cada vez mais sonolenta e quase não consigo manter um pensamento coerente.

— Não vou ser uma parceira muito animada hoje, já estou te avisando, a enfermeira colocou alguma coisa aí, — aponto para o soro — que está me derrubando, vou apagar em breve.

— Confie em mim, isso vai ser a melhor coisa que você vai fazer nesse momento. Durma, descanse e recupere as suas forças, amanhã o dia está prometendo ser... intenso. — Henrique respira fundo.

— Meu pai está chegando, eu sei. — Murmuro. — Estou preparada, não quero brigar, mas se ele insistir em não largar do meu pé, esse quarto vai virar uma trincheira e não estou disposta a perder. Não sou de desistir fácil, como você bem sabe.

— Não pense sobre isso agora, — ele esfrega a mão pelos cabelos — vamos deixar acontecer, tá bom? — Sua voz soa preocupada e ansiosa.

— Henrique. — Falo lentamente com a língua pesada. — Não vou embora.

— Descanse, eu também não vou a lugar algum e não vou deixar ninguém te tirar de mim, prometo.

Henrique me beija, acariciando os meus cabelos e não resisto mais, caio em um sono pesado, apagando a minha mente de tudo ao meu redor.

Acordo algumas horas depois, com a movimentação da enfermeira adicionando mais medicamentos e verificando os meus sinais. Espio Henrique adormecido na cadeira, mas tão logo a enfermeira começa a me fazer perguntas, ele desperta com os olhos vermelhos e assustados. Sorrio para assegurar que estou bem, Henrique dá um pulo de onde está e fica ao pé da cama observando atentamente todo o processo e, assim que estamos sozinhos novamente, ele segura a minha mão e me beija carinhosamente.

— Sou um péssimo acompanhante, deveria estar acordado para ficar vigiando o seu sono e não babando naquela cadeira. Desculpa. — Henrique passa os dedos em minha bochecha. — Você está com dor?

— Apenas um pouco dolorida. Volte a dormir e pare de se preocupar.

— Acho que nunca mais vou deixar de me preocupar com você. — Ele confessa, em um tom de desespero.

— Então você vai precisar trabalhar com isso, não vou suportar mais um homem me tratando como um cristal frágil. — Amenizo as minhas palavras com um sorriso, mas tenho certeza de que ele entendeu a dica.

Henrique retorce o rosto e noto o cansaço encobrindo os seus traços bonitos.

— Dá um tempo para mim, Alex. Não estou pronto para deixar a noite passada cair no esquecimento, cada vez que fecho os olhos e te vejo quase morta, um acesso de pânico ameaça me abater e o meu coração dispara como louco. — Henrique suspira. — Você vai ter que fazer um esforço para aguentar o meu modo protetor nos próximos dias, semanas, meses, sei lá. Não estou disposto a pensar muito sobre quando vou ser capaz de superar tudo isso, então tenha paciência comigo e me deixe mimar você, tá legal? — Ele acomoda a minha mão em seu peito e sinto as batidas do seu coração sobre os meus dedos.

— Gosto de ser mimada por você.

— Bom, porque é assim que vai ser daqui por diante.

— Talvez eu goste desse seu jeito mandão também, é sexy pra caramba, sabia? — Sussurro, deslizando a mão em seu peito.

— Ah, isso eu não tenho a menor dúvida. — Seus olhos dançam divertidos.

— Eu disse talvez, tem hora que quero socar esse seu rostinho lindo, não me provoque.

— Quem está enganando quem, hein? Você ama seguir as minhas ordens. — Ele arrasta as palavras com um sorriso safado preenchendo a sua boca.

— Isso, vai em frente, vou te fazer suar a camisa quando sair dessa cama. — Bato de leve em seu tórax. — Depois não diga que eu não te avisei.

— Aham, duvido muito, mas se isso te faz feliz, fique à vontade. — Ele estreita os olhos com malícia. — De antemão peço desculpas, porque conheço uns truques infalíveis e você não vai resistir, sei que não, portanto, nem vou precisar suar tanto assim. — O filho da mãe pisca insolente. — Aceita, gata, você tá no papo!

Bufo soltando uma risada.

— Você fala como se eu fosse fácil de levar e nós dois sabemos que não tenho nenhum osso flexível em meu corpo; até onde sei, sou um caso perdido nesse quesito.

— Claro que é, mas você me conhece, não gosto fácil. — Henrique mexe um ombro displicentemente. — Não teria um pingo de graça.

— Convencido. — Murmuro, abrindo a boca com um longo bocejo.

— Vamos lá, Bela Adormecida, hora de dormir. — Henrique ordena. — Vou ficar aqui segurando a sua mão, até ter certeza de que você está dormindo.

— Hum, você é um amor. — Falo já embalada com o sono.

— Sou mesmo, agora durma.

Lá no fundo da minha mente sonolenta, ainda ouço o som da sua risada baixa e finalmente adormeço com um sorriso bobo nos lábios.

Meus olhos tremulam quando acordo novamente e percebo que já é manhã, foco na janela do quarto e vejo que o sol está alto lá fora. Com certeza, dormi muito e perdi a noção do tempo. Pisco algumas vezes para espantar a névoa sonolenta e, quando viro o rosto com a expectativa de encontrar Henrique, a surpresa paralisa a trajetória da minha cabeça. Sentado com os cotovelos apoiados nos joelhos e com o rosto afundado nas mãos, meu pai ocupa o lugar onde Henrique passou a última noite tentando dormir.

— *Dad.*[7] — Sussurro chamando a sua atenção.

Ele levanta a cabeça abruptamente e o meu coração golpeia no peito, sinto algo estalar dentro de mim, quando observo o seu rosto consumido com linhas de expressão profundas. Meu Deus, ele está um caco.

— *Hi, darling.*[8] — Meu pai me cumprimenta com uma voz áspera e cansada, depois ergue o corpo lentamente e dá alguns passos até a cama.

Ele fica parado ao meu lado, esquadrinhando tudo o que vê, seus punhos fecham na grade de proteção da cama e noto um tremor percorrer o seu corpo como se ele estivesse tentando dominar algum espasmo. Meu pai é uma das pessoas mais resistentes que conheço, não é qualquer coisa que o abala. É inerente ao seu caráter não deixar as emoções governarem o seu jeito de agir; ele comanda todas as situações com lógica e equilíbrio. Porém, nem a sombra desse homem está aqui nesse momento.

Meu pai luta para manter um mínimo de compostura, mas está quebrando bem na minha frente e eu não sei como lidar com isso.

— *Calm down, Dad, I'm fine.*[9]

Minha tentativa soa patética, ouço a minha voz oscilando fraca e insegura, seus olhos me dizem tudo, meu pai sabe que estou pisando em terreno escorregadio, me fazendo de forte.

Ele balança a cabeça em descrença e fecha os olhos, não suporto ver a tortura que o abate, é de partir o coração. Alcanço a sua mão, pedindo silenciosamente que o meu pai tenha fé em mim, seus olhos abrem e ele tenta esconder a sua dor, infelizmente isso é impossível para mim. Posso decifrá-lo melhor do que ninguém, eu o conheço de dentro para fora, assim como ele me conhece e nós podemos facilmente ler o pensamento um do outro. E o que vejo é que nada de bom está passando pela sua cabeça agora.

Somos tão parecidos, que posso dizer, sem exagero, que sou a versão feminina do meu pai, as semelhanças físicas são impressionantes. Quando olho para ele, parece que estou me vendo no espelho, os mesmos olhos verdes, a mesma

---

[7] Pai!

[8] Oi, querida!

[9] Acalme-se, Pai, estou bem.

cor de cabelo, o mesmo tom de pele pálido, até a minha vocação profissional eu puxei dele. As únicas características que herdei da minha mãe foram o sorriso e a estatura baixa, o resto me faz ser a verdadeira filhinha do papai.

Tantas semelhanças não se resumem somente ao que está por fora, somos idênticos em temperamento, o que torna as nossas discussões um inferno. No geral, ele é bastante equilibrado, mas sou o seu ponto nevrálgico e consigo a proeza de tirá-lo dos eixos, deixando-o explosivo e esquentado, assim como eu. A teimosia normalmente nos empurra ao limite, mas amo o meu pai intensamente e ele também dá a vida por mim. A devastação que vejo nele está fazendo um buraco dentro do meu peito e não consigo resistir à vontade de chorar, o meu queixo treme quando ele aperta os lábios para segurar a dor agonizante que cruza o seu rosto.

— *Oh, Dad!*[10] — Suspiro, soltando um soluço.

Então ele abaixa e me envolve com os seus grandes braços, apoiando a minha cabeça em seu peito; sinto-o desmanchando em lágrimas, tremendo com a força do seu pranto e eu o sigo chorando e lamentando, porque mais uma vez fui a causa do seu desespero, mesmo que involuntariamente. Me sinto um lixo, por fazer os meus pais sofrerem.

— *Sorry, Dad, so sorry.*[11]

Minha voz sai, em arquejos que não consigo controlar, meu pai beija os meus cabelos com infinita doçura e acalenta o meu rosto com carinhos suaves.

— *No, honey, do not blame yourself.*[12] — Ele respira fundo e ergue o meu rosto, alinhando o dele ao meu.

— *I'm okay, I swear, Dad.*[13] — Fungo um pouco e o meu choro abranda, consigo sorrir para ele, arrancando um leve levantar dos seus lábios.

— *If something happened to you, I would not know...*[14] — Ele me aperta em seus braços com força, como se quisesse me manter sob a sua proteção pelo resto da vida.

Eu estava abrindo a boca para responder, mas uma batida na porta, seguida pela entrada da enfermeira, me força a ficar quieta. O meu pai me solta, dando

---

[10] Oh, Pai!

[11] Desculpe, Pai, sinto muito.

[12] Não, querida, não se culpe.

[13] Eu estou bem, eu juro, pai.

[14] Se algo acontecesse com você, eu não saberia...

um passo para trás e faz o possível para esconder o seu desconforto por ser pego com a guarda baixa.

A senhora faz o caminho até a cama e sorri alegremente para mim, depois acena para o meu pai e pede que saia do quarto por alguns minutos para que eu possa tomar um banho e comer. Ele concorda de imediato, acho até que fica aliviado por ter a oportunidade de escapar e se recompor. Infelizmente, não tenho a menor dúvida de que a conversa pesada nem começou e o meu pai só está guardando a munição para mais tarde. Ele beija a minha cabeça e sai do quarto, a pressão em meu peito alivia um pouco — apenas um pouco — porque não importa quão racional o meu pai pareça para a maioria das pessoas, no momento em que ele atravessar a porta do quarto de volta, sua tenacidade vai estar renovada em um nível absurdo. Vou precisar estar armada com tudo, porém a minha decisão já está tomada, vou fincar os dois pés e lutar pelo que quero, mesmo que isso provoque um tsunami no meu pai.

Uma hora depois, estou em puro êxtase com o banho divino que a enfermeira me ajudou a tomar, consegui até lavar os cabelos e voltei a ser eu mesma. É claro que um café da manhã decente me deixou feliz da vida. Estar com a barriga cheia novamente é um verdadeiro presente de Deus, depois de dois dias sem comer praticamente nada.

A enfermeira sai do quarto e a porta nem sequer fecha, quando a figura dominante do meu pai preenche o espaço, meu sorriso míngua diante do seu olhar determinado. Esqueça aquele homem indefeso de antes, esse já não existe mais, agora o homem que cruza os braços em posição de combate não tem nenhum problema em me deixar saber que está novamente em seu habitual estilo. Mr. Adam está no seu melhor controle, rígido como aço, um torpedo teleguiado para atingir um alvo: eu.

Mentalmente, estou comparando a situação como se eu estivesse em um mar aberto, sendo rodeada por um tubarão, esperando ser devorada em uma única bocada. O que meu pai não sabe é que, dessa vez, a situação é muito diferente e ele está enganado, se acha que vou aceitar que dite o meu destino sem uma luta justa. Não vai ser fácil dobrá-lo, nem eu irei dobrar.

Pode contar com isso, pai.

Eu o encaro com ousadia e ele rebate, estreitando os olhos com uma expressão dura. Meu pai não está lidando muito bem com o meu tom desafiador, melhor dizendo, ele não está lidando nem um pouco, mas eu meio que não tenho escolha e não existe um jeito simples de dizer que estou fazendo as minhas próprias regras. Ergo a mão, cortando-o antes que ele abra a boca e anule as minhas chances. E, mesmo com o coração rugindo loucamente nos meus tímpanos, eu tenho de ser corajosa o suficiente para fazê-lo ver que ele não pode me tirar a única coisa que eu não posso viver sem.

Cara a cara com o meu pai, inicio a conversa mais difícil da minha vida.

★

40 dias depois

Ando com passos apressados para a piscina, quero ter tempo suficiente para executar o que tenho em mente antes de Henrique chegar. No caminho, apago todas as luzes do interior da casa da fazenda, deixando acesa somente a iluminação do jardim e da área ao redor da piscina. Desta forma, não existe um meio de Henrique desviar da rota que desejo que ele tome, mesmo que o homem esteja fazendo um bom trabalho para me deixar louca de raiva, arruinando todas as minhas tentativas de quebrar o jejum de sexo. Juro por Deus, se ele começar com aquele papo novamente, de que preciso me curar e que devemos... esperar, vou fazer um bom uso das minhas mãos e esganar o meu namorado. Ah, se vou!

É isso aí, hoje tenho um plano, daqueles que não têm como dar errado.

Há uma semana estamos finalmente sozinhos aqui na fazenda, com exceção de Lena, que está sempre ao meu redor para tentar me agradar com uma infinita quantidade de cuidados e carinho, eu e Henrique estamos por nossa conta. Desde que saí do hospital, venho passando o meu tempo de recuperação aqui, Henrique insistiu com os meus pais que a fazenda era o melhor lugar para acomodá-los durante o período em que ficariam comigo e que o meu apartamento é pequeno e apertado, o que, em tese, dificultaria o meu deslocamento, enquanto estivesse precisando de ajuda para executar as minhas necessidades básicas. Uma tremenda mentira. O meu apartamento é perfeito, mas os meus pais compraram a ideia e todos nós ficamos instalados confortavelmente na casa da fazenda.

Meu pai permaneceu no Brasil por um pouco mais de três semanas. Após a nossa longa e difícil conversa no hospital, ele aceitou a minha decisão de ficar, mas continuou com as antenas ligadas e olhos bem abertos, averiguando tudo até estar convencido de que eu estava segura. Nesse período, ele acionou o advogado, que o pai de Henrique indicou, para acompanhar o processo contra

Eric e reconheceu, com satisfação, a competência profissional do homem. O cara é uma verdadeira águia e nem o senador todo poderoso conseguiu tirar o filho da prisão, mesmo com toda a sua influência política. Eric saiu do hospital direto para cadeia, sem direito a fiança, aguardando o seu julgamento, trancafiado como qualquer outro criminoso. Eu, por outro lado, fui prestar depoimento uma única vez e o advogado disse que cuidaria de tudo, sem que eu precisasse me envolver com todo o desgaste do processo. Fiquei aliviada, porque seria insuportável ter de dar de cara com aquele desgraçado novamente.

Durante esse tempo, os pais de Henrique estiveram conosco na fazenda por alguns dias. No início, foi meio estranho para mim, eu estava um horror, com hematomas por todo o corpo e mal ficava em pé sem o apoio de alguém. É claro que não é bem assim que uma garota imagina conhecer os pais do namorado, mas eles foram incríveis o tempo todo, uma família linda em todos os sentidos. Fiquei tocada com a atenção e o carinho que todos dispensaram comigo, me senti completamente à vontade, principalmente com a irmã de Henrique. Helena ficou na fazenda por apenas dois dias; devido aos seus compromissos escolares seria impossível uma estada maior. Ficamos muito próximas e adorei o seu jeito espontâneo e solícito, ela não se cansava de me perguntar se eu precisava de algum tipo de ajuda. Conversamos sobre uma porção de besteiras aleatórias e certa hora chamei Nina para participar do nosso pequeno grupo de meninas. Nós três gastamos boa parte das tardes fofocando, comendo e assistindo séries.

A irmã de Henrique é uma garota linda, com longos cabelos escuros e olhos azuis bem claros. Sua beleza é natural e muito impressionante, mas logo percebi de onde os irmãos puxaram tamanha perfeição: a mãe. Heloísa — ela praticamente me obrigou a chamá-la assim, sem nenhuma formalidade — é uma mulher pra lá de atraente e com uma elegância nata. Seus traços maduros revelam o quanto ela ainda mantém uma beleza clássica, que em nada está desgastada com a idade. É de dar inveja. Sem dúvida, a mulher deve ter sido capaz de provocar um efeito hipnótico em muitos caras na sua juventude. Bom, não é para menos que o pai de Henrique olha para a esposa com ar de adoração, cobrindo-a com carinhos e agrados em cada passo que a mulher dá ao seu redor.

A minha mãe ainda continuou comigo durante o último mês, e esse foi o maior tempo em que ficou afastada do seu trabalho. Nem quando eu morava em Atlanta, ela conseguia deixar os seus pacientes de lado. Toquei no assunto outro dia, mas ela foi veemente ao afirmar que sou a sua prioridade nesse momento, e que ela não iria embora até que a minha recuperação estivesse completa. O médico me deu alta alguns dias atrás e garantiu para a minha mãe que estou novinha em folha, liberada para tudo, menos para os treinos de boxe, que deveriam esperar por mais um mês, tempo esse que eu iria me dedicar aos exercícios de fisioterapia para recuperar os movimentos do braço. Então, passado dois dias da consulta, ela voltou para sua casa.

A minha vida está retornando ao ritmo normal aos poucos; felizmente, não perdi muitas aulas e logo recuperei o conteúdo dado. Os meus colegas de classe, e até mesmo os professores, ficaram muito sensibilizados com tudo que aconteceu e fizeram questão de repassar todas as matérias comigo, disponibilizando um tempo extra após cada final de aula.

Henrique me leva para a universidade todos os dias e retorno para casa com Nina ou com algum dos rapazes da banda. Isso porque ainda não posso dirigir, Henrique precisa trabalhar após as aulas e assim não consegue me levar de volta. Fico incomodada em ocupar o tempo dos caras, cheguei a falar que poderia me virar sozinha, o que rendeu uma porção de xingamentos dos meus amigos. Depois disso, dei o braço a torcer e aceitei de bom grado as caronas dos meninos. Eles ficam de olho no meu horário e eu não tenho a menor ideia de quem vai estar me esperando do lado de fora; sem mais nem menos dou de cara com um deles encostado displicentemente na parede em frente a sala de aula, jogando charme para as garotas que se aglomeram ao seu redor. É uma loucura, mas desconfio que esses idiotas adoram o jeito que as meninas ficam competindo por atenção.

Voltei a ensaiar com a banda na semana passada, mas tive que bater o pé para não abrir mão da minha decisão, mesmo depois de enfrentar uma discussão feia com Henrique. Ele me encheu a paciência sobre o quanto de esforço eu teria que dedicar aos ensaios e como esse gasto de energia desnecessária seria cobrado na minha recuperação. Ele insiste com essa coisa de achar que ainda não estou pronta para fazer tudo como antes. Estou a ponto de surtar com a sua superproteção, chega a ser ridículo o jeito que ele fica todo cheio de dedos comigo, como se eu fosse feita de vidro. Aí está uma das razões pelas quais arquitetei essa surpresinha, tenho certeza de que vai dar certo e que Henrique finalmente, e eu digo finalmente mesmo, vai tocar em mim do jeito que estou ansiando desde que a minha mãe foi embora. Para ser sincera, acho que bem antes disso.

Sem brincadeira, estou subindo pelas paredes e não é para menos, porque passo as noites dormindo ao seu lado, enroscada naquele corpo quente e gostoso e ele não tem coragem de avançar nem um pouquinho, com medo de me machucar. Acredite, isso está me deixando louca, por isso decidi dar um basta nessa baboseira toda e hoje vou partir para o ataque; sou uma mulher em uma missão clara e definida: seduzir o meu namorado.

O barulho da caminhonete de Henrique chama a minha atenção e mais do que depressa arranco o short e a camiseta, ficando vestida com o meu infalível biquíni de lacinho. Corro para a piscina e me sento na borda, jogando os pés dentro da água morna; dou algumas respiradas profundas para desacelerar o coração e manter o controle, não posso estar ansiosa ou desesperada, tenho que parecer... desinteressada. Hum, até parece!

Ouço Henrique me chamando, prendo a respiração aguardando-o se dar conta de que estou aqui fora. Neste momento, bato o olho na contenção do meu braço e abro rapidamente o velcro da coisa, arremessando-a direto em um dos arbustos do jardim. Sem chance de Henrique ver aquilo como um lembrete de que ainda não estou cem por cento e continuar me evitando; quero que ele foque no que realmente é importante, sem distrações.

Henrique sobe os degraus que dão acesso à área da piscina, escuto os seus passos cada vez mais próximos, mas permaneço de costas, fingindo que não estou percebendo a sua presença.

— Ei, você está aí. — Henrique fala meio sem fôlego, como se tivesse feito uma corrida rápida.

Olho por cima do ombro, jogando os meus cabelos espalhados pelas costas, faço uma varredura minuciosa pela sua figura esguia, devorando-o com um olhar faminto, sem disfarçar em nada o meu desejo.

— Oi, estou te esperando. — Sorrio inocentemente.

— Esperando, é? — Ele estreita os olhos para mim e inclina a cabeça de lado. — Onde está Lena? — Henrique pergunta, cheio de cautela.

— Foi para casa, achei que ela merecia uma folga, então disse que dava conta do nosso jantar — dou de ombros — estamos sozinhos por essa noite.

Henrique passa uma mão pela nuca e olha de lado, analisando o quanto eu estava deixando a sua vida mais difícil, aposto.

— Bem, então o que você tem em mente? — Ele apoia as mãos nos quadris e me encara com um sorriso torto, que sempre derrete algo dentro de mim.

— Hum... bom... pensei em... nadar.

De repente, me sinto tímida e as palavras saem enroladas. Droga, eu não posso dar para trás justo agora, então ergo o queixo em direção à água e pergunto hesitante:

— Você topa?

Percebo uma tensão escorregar pela minha coluna e, instantaneamente, fico vermelha, morrendo de vergonha das minhas patéticas táticas de sedução.

Henrique ri baixinho, meneando a cabeça, depois dá alguns passos para onde estou e se agacha na minha frente. Ele enrola os dedos em uma mecha do meu cabelo e com a sua outra mão suspende o meu rosto, que tento esconder afundando-o no meu peito.

— Ei, olhe para mim. — Eu obedeço. — O que você fez com a contenção do seu braço? — Seus olhos caem para onde a coisa deveria estar.

— Eu tirei. — Confesso, porque me recuso a cair no seu esquema de cuidados exagerados, respiro fundo e engato uma proposta. — Pensei que você poderia me ajudar em alguns exercícios que o fisioterapeuta sugeriu. — Ele arqueia as sobrancelhas surpreso e aproveito a deixa. — Você sabe, eu ainda fico com medo de entrar na piscina sozinha e a fisioterapia pode ser potencializada com exercícios extras dentro da água, então achei que poderíamos tentar fazer isso funcionar, é claro, se você estiver a fim.

Prendo os lábios para sufocar o riso que tenta escapulir, Henrique não perde o movimento e fecha a mão em meu pescoço trazendo o meu rosto próximo ao seu, mordiscando o meu lábio e beijando-o em seguida. Um sorriso lento se abre em seu rosto e ele lança um olhar significativo para o meu biquíni.

— Não saia daqui, vou trocar de roupa.

Henrique pisca para mim, antes de dar um salto em seus pés e caminhar em direção à casa, andando com uma graça natural que combina perfeitamente com seu corpo esbelto. Fico babando por todo o seu caminho até ele desaparecer dentro da casa, secando aquela bunda sensacional.

Dou tapinhas nas minhas costas mentalmente e abro o maior sorriso do mundo, feliz da vida por ter conseguido alcançar a primeira etapa do meu plano. Fico batendo os pés na água, brincando com as ondas que se formam e estou tão imersa em pensamentos, que mal percebo quando Henrique surge ao meu lado. Mas quando me dou conta e olho para ele, quase engasgo com a saliva, fecho os olhos e agradeço a Deus, porque tenho certeza de que não mereço tamanha dádiva. Abro os olhos e o admiro descaradamente, ele me encara, achando divertido o meu entusiasmo evidente.

De verdade, todas as vezes que estive no parque aquático para assistir aos seus treinos ou competições, ficava me contorcendo ao ver o homem vestido em sua bermuda de natação. Eu meio que tenho um fraquinho pela peça indecente, sabe? Ela cola tão deliciosamente bem nas partes pertinentes do corpo musculoso do meu namorado, que nunca falha em me deixar babando.

E, olhe só, que sorte a minha.

Não é que o bendito aparece com essa coisa tentadora? Bem ao alcance dos meus dedos gananciosos, me obrigando a prender as minhas mãos embaixo das coxas para não avançar ferozmente para cima dele. Pai do céu!

— Você é um pecado. — Sussurro, arrastando o meu olhar por cada pedacinho de pele exposta.

Ele sorri daquele jeito torto e pula na piscina, em segundos surge na superfície da água nadando até onde estou sentada, Henrique estende os braços ao redor das minhas pernas e eu passo os meus pelos seus ombros molhados. Inclino o rosto, capturando aquela boca sensual e esmagamos um beijo de revirar os olhos, que me transforma em uma poça de necessidade, uma massa trêmula, desejando-o a ponto de doer. Nos afastamos um pouco e o olhar que ele atira de volta me enfeitiça, como sempre, deixando o meu corpo pedindo mais, muito mais.

— Vem, eu te pego. — Henrique aperta as minhas coxas e dá um passo para trás, não espero uma segunda ordem, caindo em seus braços abertos, onde ele sempre me faz sentir segura.

Como da primeira vez em que estivemos juntos nessa piscina, me enrosco com pernas e braços ao redor do seu corpo firme, não mais por medo, mas porque sinto uma carência dolorida do seu contato, suspiro contente quando ele me aperta com vontade.

— Você me dá água na boca. — Ele sopra no meu ouvido e morde ligeiramente o lóbulo, um arrepio de desejo percorre o meu corpo como um choque elétrico.

— Eu te amo. — Murmuro, embebida pela sua carícia provocante.

— Eu também te amo.

Ele segura o meu rosto com ambas as mãos e seus olhos brilham com amor, mas uma nuvenzinha percorre o seu rosto antes que um rasgo rouco atravesse a sua garganta, por fim, ele solta as palavras como se estivessem entaladas.

— Por mais que eu me esforce pra caralho, tentando manter as coisas brandas, não vou mentir, estou doente por você, desesperado para te sentir. Eu fico me segurando por um fio de bom senso, falando na minha cabeça que não suportaria te machucar, que você precisa desse tempo para se curar, que eu não posso...

— Por favor... estou curada... eu juro... eu preciso de você, por favor... — Minha voz soa suplicante, não vou aguentar chegar tão perto e... nada.

— Alex, nós não deveríamos... — Ele apoia a testa na minha e contorce o rosto em agonia.

— Ei, já te disse, não sinto nenhuma dor, acredite em mim. — Fecho os olhos e inspiro tremulamente. — Estou perto o suficiente de enlouquecer se você continuar negando o que quero e não ligo a mínima, se pareço carente, porque nesse momento é assim mesmo que me sinto. Carente de você.

— Linda, não quero te negar mais nada, eu não tenho força para sequer tentar. — Ele solta um gemido profundo, ergue o rosto e me bebe com o seu olhar, como se tivesse sido privado por anos da visão diante dos seus olhos.

— Sei bem como é isso. — Sussurro, nadando na profundidade azul daqueles olhos que amo tanto, deixando Henrique enxergar tudo que está dentro do meu coração. — Não negue, eu te quero mais do que tudo no mundo.

As mãos de Henrique descem até os meus quadris, apertando os laços do biquíni de modo que os seus dedos engatam nas tiras finas. Em uma manobra rápida, ele pressiona o corpo contra o meu, enterrando o nariz em meu pescoço e chupando a pele daquela região com suavidade. Minhas unhas arranham seu couro cabeludo e Henrique arqueja tremendo com o meu toque.

Ele se afasta e olha para mim diretamente nos olhos, um lampejo divertido cruza o seu rosto junto com um sorriso insolente.

— Pronta? — Henrique gira os quadris para que eu possa sentir o seu interesse indisfarçável.

Ergo uma sobrancelha, aceitando o desafio.

— Já nasci pronta. — Abro um sorriso atrevido. — Pronta para você.

Meu olhar voa de encontro ao seu e as provocações morrem, abrindo um espaço para a emoção poderosa que nos envolve como um manto. Estamos tendo a chance de ter um novo começo, baseado em confiança, solidificado no amor, sem amarras, sem sombras do passado espreitando o momento ideal para dar as caras. Não mais. Em nosso caminho só existe espaço para a luz. Quando nossos lábios se tocam, tudo fica perfeito, as palavras não precisam ser ditas para serem reconhecidas pelo coração, as promessas são silenciosas e estarão para sempre tatuadas em nossas almas.

Reconheço que sou uma pessoa de sorte, muita sorte. A verdade é que eu poderia ter passado uma vida inteira sem aprender uma importante lição. Às vezes, o segredo da verdadeira coragem é saber aproveitar o que a vida nos dá, seja positivo ou negativo, não importa como tudo vem para nós. A lição que aprendi, depois de tudo que passei, é que temos que valorizar o que está em nosso caminho. Se algo está lá é porque precisa ser ultrapassado, conquistado e vencido, só assim nos fortalecemos. E se os fins justificam os meios, por todas as coisas ruins que tive que enfrentar, eu só posso agradecer por alguém extraordinário estar me esperando ao fim dessa jornada. Alguém que me faz sorrir todos os dias, que mudou a minha essência e abriu, finalmente, as janelas da minha alma para a felicidade.

EPÍLOGO

HENRIQUE

6 meses depois

O som no ginásio da universidade está particularmente alto hoje; o barulho alvoroçado alcança todos os cantos do lugar. Esse reboliço não é só da música animada, que tem a função de esquentar a galera antes do show, mas também das conversas e gritos dos estudantes que estão, além de empolgados, felizes demais com a chegada das férias. Aguardam, com uma ansiedade indisfarçável, a última apresentação anual da *The Goal* e, dessa vez, a garota da banda vai estar no palco, dando tudo que tem durante todo do show e não mais em um mero aquecimento.

Alex tem feito pequenas participações nesses últimos meses, David e os rapazes estão poupando a estrela da banda desde o ataque violento que a levou para o hospital em estado grave. Os caras, assim como eu, tentaram fortemente manter Alex fora das atividades que demandavam um esforço extra e que poderiam esperar sem o menor problema, aguardando ela estar inteira novamente. Não preciso nem dizer que o tempo fechou e Alex esperneou feito uma criança, cuspindo pregos em cima dos caras, todas as vezes em que a banda se apresentava e eles restringiam a sua participação.

Digo, com total reconhecimento de causa que, manter Alex em marcha lenta, é uma dor na bunda, uma terrível e miserável dor na bunda.

Sério, não tenho ideia de como sobrevivi durante esse último semestre; manter a minha cabeça no lugar era um milagre diário. Alex fez questão de testar a minha saúde mental a cada passo que dava para restabelecer a sua rotina de atividades que, diga-se de passagem, é pontilhada com tantos compromissos, que deixariam qualquer um exausto ao final do dia. Mas o pior momento foi quando Alex pisou, pela primeira vez após a liberação do médico, naquele ginásio de boxe. Fiquei muito puto com ela, a mulher não tem a menor noção de autopreservação. Mesmo que eu jurasse que a afogaria, sem remorsos na piscina, caso ela fosse lutar, bastou que eu virasse as costas e ela estava lá, sem um pingo de medo de se machucar novamente.

Acho que, naquele dia, uma coisa tomou conta do meu corpo, porque me senti possesso de raiva quando Paulo me enviou um áudio, perguntando se eu estava sabendo que Alex iria para o ringue naquela tarde. Praticamente voei na estrada para chegar a tempo de tentar persuadir aquela maluca a desistir, ou enfiar um murro na cara do treinador sem noção que deu o sinal verde para Alex pisar na lona. Naquele momento, não importava como faria, eu só precisava impedir que essa sandice acontecesse.

Para o meu desespero, eu estava a mais de 100 km de distância da cidade e não consegui chegar a tempo de evitar que Alex entrasse em uma luta. Rompi as portas do ginásio como uma flecha e dei de cara com a minha namorada enfrentando aquele imbecil do Ruiz. Deus, queria gritar de ódio quando vi o circo armado.

Bem, mas no final valeu muito a pena presenciar aquele idiota beijar a lona milhões de vezes, antes que o treinador desse um basta na surra que Alex estava dando no cara. Mais tarde, Paulo me contou como tudo aconteceu, sem deixar escapar nenhum detalhe sórdido. O idiota do Ruiz ficou atazanando Alex, azedando o seu humor, até ela entregar os pontos e topar lutar com ele. Ele estava tão seguro que a sua adversária seria um passeio fácil, que convocou uma pancada de gente para assistir ao espetáculo; o otário ficou contando vantagem, pensando que Alex estava fora de forma, sem ritmo e que seria uma moleza. Dá para acreditar?

Babaca.

Ruiz foi derrotado na metade do tempo normal e, para a sua desgraça, tinha uma plateia considerável assistindo a sua derrocada, registrando o vexame com dezenas de vídeos, em diferentes ângulos, que caíram nas redes sociais e viralizaram por um tempão na universidade. Ele foi a piada do ano e o idiota mereceu cada gozação que escorria para cima dele, sem dúvida.

Hoje, Alex e eu, chegamos ao ginásio por volta das 19 h, duas horas antes do horário marcado para começar o show e durante esse tempo fiquei jogando conversa fora com os caras, enquanto Alex se arrumava para a apresentação. Logo que as portas foram abertas, desci para o bar e fiquei aguardando o pessoal chegar. Marcos foi o primeiro e ficamos bebendo até Paulo e Nina aparecerem. Junto com eles vieram também Sheila, mãe da Alex, e Elisa, uma amiga de infância, que conheci da última vez que estivemos na cidade onde Alex morou até ir para Atlanta.

A menina é uma peça rara, ficou fora de si quando soube que Alex estava na casa da mãe, Elisa gritava o tempo todo: "Eu não acredito que você está aqui!". Apertava e dançava ao redor de Alex, sem se importar de parecer ridiculamente infantil. Ela estava muito feliz para ligar para isso.

Elisa ficou conosco durante todo o fim de semana, atualizando Alex sobre tudo o que rolou desde que ela foi embora para os Estados Unidos. Eu já sabia que as duas ainda mantinham contato frequente, elas têm aquele tipo de amizade que nem a distância ou o tempo esfria, mesmo Alex não retornando para a casa da mãe nem uma única vez nesses últimos oito anos.

Foi um encontro preenchido por momentos felizes e tristes, memórias que faziam um caminho tortuoso dentro da cabeça de Alex. Infelizmente muitas dessas recordações rodeavam a casa da sua mãe, assim como a cidade onde ela passou uma boa parte da sua vida. Tudo que, de alguma forma, estava relacionado ao que ela sofreu, adicionava um peso a essas lembranças ruins e a presença de Elisa era só um item a mais. A minha garota conversou com a amiga sobre aquela fatídica noite, elas choraram, se desculparam e colocaram uma pedra definitiva em cima de tudo que aconteceu.

Alex encarou esse momento como mais uma coisa que ela teria de superar e, surpreendentemente, tudo transcorreu muito bem. Nenhum gatilho foi disparado, nenhuma crise de pânico rolou, absolutamente nada derrubou Alex. Foi como se essas lembranças não a afetassem mais. Ainda estou assimilando essas mudanças e sei o quão ridículo pareço, mas gosto da ideia de ir com calma e esperar para ver.

Desde que saiu do hospital, Alex está determinada a colocar um pé na frente do outro e seguir, sem olhar para trás. Óbvio que ela não é do tipo que esquece, mas estou certo de que o passado está desbotado em sua cabeça, uma ferida que cicatrizou e ficou lá como um lembrete.

Os últimos meses foram sobrecarregados por diversos depoimentos que exigiram nervos de aço e Alex foi uma rocha. O orgulho que sinto por ela é algo sem medida e hoje tenho absoluta certeza de que por mais que os ventos soprem, querendo derrubar a minha menina, ela vai estar lá, firme, como uma árvore enraizada profundamente na terra, sem envergar.

O palco escurece e pisco os olhos, forçando minha cabeça a voltar para o presente, Marcos retorna do bar com dois copos de cerveja e me entrega um, apontando o queixo para o canto mais escuro do ginásio.

— Ei, mano, dá uma olhada só. — Marcos continua olhando para o mesmo ponto, com um sorriso de triunfo, antes de levar o copo de cerveja à boca.

— O quê?

Pergunto, correndo os olhos para onde ele está mirando, mas logo reconheço "o que" Marcos encara com um ar divertido e imediatamente ignoro a pessoa em questão, desviando o rosto para o palco.

— Qual é, Marcos? Tá de gozação com a minha cara? — Bebo a cerveja em grandes goles, irritado só de olhar para aquela garota.

— Longe disso, Rico. — Marcos tem um brilho enigmático nos olhos e sorri feito um lobo. — Você não notou nada de estranho?

Ergo os ombros sem o menor interesse nesse papo sem sentido, mas Marcos não desiste e me dá uma cutucada dolorida nas costelas, abafo um gemido e olho para ele zangado.

— Rico, você pode só prestar atenção?

Olho, de má vontade, para onde Marcos aponta e ele começa a explicar a cena com uma expressão de desdém no rosto.

— Siga o meu raciocínio.

Ele faz uma pausa dramática e eu reviro os olhos, impaciente, o idiota nem liga e, depois dos minutos mais longos da história, ele finalmente continua.

— A garota mais popular da universidade tá jogada as traças durante uma noite agitada como essa. Observe, ela não tá pegando ninguém e nem sinal daquele bando de babacas, que normalmente fica ciscando pra cima dela. E mais, as amigas, que viviam bajulando a sujeita, também evaporaram. — Ele aponta o dedo. — Isso até poderia não ser assim tão ruim mas, para uma garota tipo Ingrid, é o pior dos pesadelos, vai por mim.

Marcos sorri malignamente, maravilhado com a infelicidade alheia.

Estreito os olhos e me dou conta de que Ingrid está encostada em uma parede do ginásio completamente sozinha e, como Marcos disse, isso é de se estranhar mas, ao mesmo tempo, estou pouco me lixando para qualquer coisa que se relacione a ela, essa garota é inexistente para mim.

— Quer saber? Tanto faz para mim. O mundo seria um lugar muito melhor se Ingrid simplesmente pulverizasse. — Resmungo contrariado.

— De verdade, você deveria me dar parabéns. — Marcos luta contra uma risada enquanto olha para a figura decadente de Ingrid. — Bem, Nina também tem uma boa parcela nessa jogada certeira.

— Ahn? — Pisco confuso para o rosto ainda sorridente de Marcos.

— Andei espalhando uns boatos. — Ele dá de ombros.

— Caralho, Marcos, desembucha logo. — Agora estou inquieto e curioso.

Ele bebe mais um pouco da sua cerveja, sem pressa, com um olhar fixo acima do meu ombro, irradiando desprezo para a garota em sua mira.

— Contei para algumas pessoas o que Ingrid aprontou com você — sua testa franze —, dei detalhes, sabe? — Ele aperta um pouco a boca e acena com a mão, dando continuidade ao seu raciocínio. — Depois preenchi alguns espaços da história com a minha opinião sobre o quanto Alex ficou irada e te largou. E, para colocar um pouco mais de lenha na fogueira, lancei algumas suposições do que poderia ter sido evitado, caso essa doida não tivesse armado aquela palhaçada toda. — Outro olhar fumegante em direção a Ingrid. — Pronto. Isso foi o suficiente para cada pessoa com um mínimo de moral dentro do *campus*, odiar a garota e evitá-la ao máximo, como se ela tivesse algum tipo de doença contagiosa e por aí vai. — Marcos acena a cabeça, satisfeito.

Eu arqueio uma sobrancelha, ainda ressabiado.

— E Nina? Onde entra nessa história?

— Espalhou a mesma merda. — Ele ri com vontade. — Abrimos duas frentes de ataque, para o boato correr mais rápido.

Deixo escapar um suspiro frustrado e falo aborrecido.

— Acho que Ingrid cavou esse buraco e se enterrou por vontade própria. — Solto uma risada amarga. — O mais triste disso tudo é que ela queria, a todo custo, ficar comigo para manter o seu *status* de garota popular e, para isso, não mediu as consequências, usou uma mentira deslavada para tentar enrolar todo mundo. Bom, olha só no que deu. — Fecho a cara. — A verdade é que ninguém perdoa uma pessoa trapaceira, ela acaba sozinha.

Marcos assente solenemente e murmura algo que não consigo escutar. Já estava prestes a perguntar o que ele tinha dito quando uma comoção agitada capta a minha atenção e viro o rosto para o palco. Só então, noto que a banda já está posicionada e pronta para começar o show. Está difícil distinguir os integrantes do grupo, o palco ainda permanece no escuro; sei que eles estão lá porque ouço os gritos histéricos das meninas, que normalmente ficam abaixo do palco secando os caras.

O estardalhaço que envolve o ginásio começa a diminuir consideravelmente à medida que o primeiro som desponta do palco. A sensação é a de que todos que estão esperando o início do show são envolvidos por uma ansiedade nervosa e quando Hector começa a marcar a música, o frenesi se propaga feito uma onda. Alex abre o show cantando com uma voz monótona e sombria, o palco ainda é um breu total e isso só amplifica o efeito nebuloso da canção.

Dante e David fazem o vocal com uma sonoridade pesada, que ecoa junto com a bateria pulsante. A voz de Alex é compassada, com estocadas pausadas, dando um ritmo lento e denso à melodia. Um canhão de luz abre acima da sua cabeça e ela muda o tom de voz, dando uma cadência diferente aos versos seguintes, como uma prece, fazendo movimentos lânguidos com o corpo, conforme o desenrolar da música. De repente, Alex faz uma pausa e, num piscar de olhos, tudo se rompe no palco, com explosões de imagens gráficas nos telões e jogos de luzes para todos os lados. Os três vocalistas cantam o refrão da música e a multidão fica alucinada com a vibração que a banda imprime à canção. Mas quem comanda toda a sequência é Alex, e ela está magnífica. Com o seu habitual traje de juiz de futebol e tranças boxeadoras, a garota da banda dá o toque irreverente ao grupo e domina completamente o momento.

Sei que existem muitas maneiras de interpretar uma música, mas essa diz algo especial para Alex e ela está mostrando a alma em sua performance. É de arrepiar, e não é à toa que todos dentro desse ginásio estão meio hipnotizados, olhando para o palco, embevecidos.

A letra de *Born Ready* é um hino aos sobreviventes, aos fortes e destemidos. Aquele inferno que Alex atravessou tem tudo a ver com o sentido dessa música e quem entende a letra percebe isso nitidamente. Já passaram meses desde a última vez em que ela pisou nesse mesmo palco e muito coisa ruim rolou depois, coisas que deixaram a minha garota quebrada. Não sei como Alex andou em linha reta novamente, a verdade é que foi muito difícil para ela, mais do que qualquer um sequer imagina.

"*I won't shiver* (Eu não vou tremer)
I won't shake (Eu não vou abalar)
I'm made of stone (Eu sou feita de pedra)
I don't break (Eu não quebro)"

As palavras, por ela cantadas, gelam os meus ossos e me transportam ao momento em que a encontrei estilhaçada no chão do banheiro, lutando para viver. Respiro fundo e dou uma sacudida na cabeça para dissipar as imagens que ainda são duras de esquecer, olho para os lados e observo uma grande parte do público tendo a mesma percepção que me abate. Não é segredo para ninguém na universidade o que aconteceu com Alex e todos passaram por diferentes estágios de indignação. E não é para menos que a música que está abrindo o show seja essa, Alex quer passar um recado bem claro, ao cantar em plenos pulmões o refrão da canção.

"*I won't quit, not backing down* (Eu não vou desistir, não vou recuar)
I was born, born ready (Eu nasci, nasci pronta)
I was born, born ready (Eu nasci, nasci pronta)

O ginásio vem abaixo quando a música encerra. Aplausos, gritos e assobios pipocam por todos os lados, abro um sorriso reluzente e mal consigo respirar, com o meu coração inflado por uma emoção gigante. Olho para Sheila e ela está com a mão na boca, contendo o choro e, ao mesmo tempo, rindo de felicidade. A mãe de Alex veio assistir ao show e ficar um tempo com a filha antes de viajarmos para Atlanta. Ela e Elisa estão por aqui há três dias e amanhã iremos para o aeroporto juntos para nos despedirmos.

Eu e Alex iremos passar um mês nos Estados Unidos, de férias, ou pelo menos na maior parte do tempo. Alex ainda precisa apresentar o seu trabalho de conclusão de curso e livrar-se dessa pendência, depois ficaremos livres para nos divertir. Vamos ficar na casa do pai de Alex, vou aproveitar a oportunidade para conhecê-lo melhor, sem a pressão esmagadora do último encontro. O irmão e a madrasta de Alex também estão ansiosos pela nossa chegada. Jake liga para a irmã todos os dias, fazendo uma contagem regressiva e prometendo mostrar para ela um grande truque de mágica que aprendeu recentemente. O moleque tem uma habilidade incrível com as mãos e é muito esperto com os seus truques. Por alguma razão, essa ideia me faz sorrir; lembro quando Alex mencionou uma vez sobre como o irmão a divertia com as suas proezas mágicas.

Foco a minha atenção no palco e o show continua fervilhando a galera, uma música atrás da outra, sacudindo o ginásio impiedosamente. Alex dança e caminha em frente à banda, completamente dentro do seu estilo. Certa hora, o engraçadinho que comanda as imagens dos telões faz uma varredura pelo corpo dela e, de relance, dá para perceber a cicatriz de onde a bala perfurou a sua barriga. A marca ainda está evidente e Nina sugeriu que Alex fizesse uma tatuagem em cima, com o propósito de escondê-la. Nina argumentou que se Alex fizesse uma arte bonita no corpo, não sobraria nenhum resquício visível do ataque.

Alex deu uma resposta contundente, primeiro agradeceu a sugestão mas, em seguida, explicou que em hipótese alguma iria camuflar a cicatriz do seu ferimento. Disse que o sinal vai ficar lá como uma medalha, a marca de uma batalha vencida com louvor, uma lembrança, para o resto da sua vida, de como ela era antes e de como ela é agora. Não posso discordar, amo cada vez mais essa versão repaginada da minha garota, a gente ainda discute pra cacete e, com frequência, ela me tira do sério, mas o que acontece depois, quando fazemos as pazes, vale muito a pena. Ah, se vale.

Pelas duas horas seguintes, eu e o pequeno grupo de amigos assistimos a *The Goal* fazer o que ela sabe fazer de melhor, com a competência de sempre e não existe uma alma viva dentro desse ginásio que não esteja curtindo ao máximo o show. Alex comentou comigo que a última música seria dela e que gostaria que eu ficasse ligado quando chegasse a hora, ela não disse mais nada e, de alguma forma, isso me deixou antenado em um nível tão alto, que o meu mundo ficou reduzido ao que estava rolando no palco, principalmente agora que a apresentação está chegando ao fim.

A banda faz uma pequena pausa antes de cantar a última música e vejo David falar algo no ouvido de Alex; ela concorda com a cabeça e ele tasca um beijo em sua bochecha, o cara está sorrindo de orelha à orelha, quando volta a segurar sua guitarra na posição certa. É mais que evidente que o que vai acontecer a seguir está despertando uma empolgação enorme em David. Bem, não sei por que estou apreensivo, mas estou. Sinto um frio nervoso percorrer a minha espinha, só esperando que alguma coisa dê errado e esse clima descontraído vá para os ares a qualquer hora.

A música recomeça.

Ah, merda, será que estou ouvindo direito... Não pode ser.

Caramba, não dá para acreditar no som que chega aos meus ouvidos, os músculos do meu corpo ficam todos retesados, quando escuto a introdução da música que irá fechar o show. Cerro os punhos, tentando segurar a minha inquietação e, nesse instante, pesco o olhar aflito da mãe de Alex; ela também não está gostando nem um pouco do rumo que o show está tomando e me olha de volta com uma expressão preocupada.

Sério? Ela vai cantar essa música?

Vai, sua besta. Você não está escutando? Debato comigo mesmo.

A Hard Day's Night soa alegremente na voz de Alex, como se fosse a coisa mais normal do mundo e eu sei muito bem que não é. Porra, não quero ouvir isso. Fecho os olhos e passo as mãos pelo cabelo para tentar controlar a angústia que faz um caminho nada bom pelo meu corpo, olho com relutância para o palco e... peraí...

O quê?

Nossa, estou pasmo. Quem diria...

E não é que a compreensão me atinge como um tapa bem no meio da testa. Como sou idiota! Está na cara que isso é crucial para ela, essa é a última ponta solta, que Alex vem alinhando com tanta determinação, e é a coisa certa a fazer, sem dúvida. Estreito os olhos avaliando a cena sob outro ângulo e de jeito nenhum Alex aparenta estar infeliz ou apavorada, pelo contrário, ela está bem... ou melhor, ela está feliz. Cantar essa música, sem que nenhuma trava a arraste para o passado, simboliza uma vitória pessoal e a superação de oito longos anos de escuridão e medo.

Alex transborda uma autoconfiança incontestável, nenhum traço de desconforto assola as suas feições, seu rosto está iluminado com o sorriso dos sorrisos e, ao que parece, ela está se divertindo à beça cantando essa música. Inacreditável!

Desato a rir feito um bobo, o meu desconforto desaparece quase que imediatamente, sendo substituído por uma vontade louca de esmagar um beijo em Alex, bem diante da galera toda. Caramba, é preciso muita força de vontade para ficar onde estou e não sair correndo até o palco e pegar de jeito a minha garota. Isso seria uma cena para ninguém botar defeito. Mas, por outro lado, eu forneceria munição para os caras encherem o meu saco até o final dos tempos. Não, não, é melhor deixar passar esse mico por ora.

Alex mira os olhos na minha direção e, apesar de saber que ela não consegue distinguir o meu rosto daquela distância, sinto o seu olhar ardente sobre mim, o que basta para provocar um turbilhão estranho dentro do meu corpo. A minha garganta aperta com o caroço de emoção que se formou, o qual ameaça transformar-se em vergonhosas lágrimas. Sugo uma respiração profunda para dominar a súbita vontade de chorar e fazer papel de manteiga derretida diante de uma pá de gente. Sheila não teve a mesma sorte e está se acabando em lágrimas; seu rosto é um misto de alívio e orgulho, à medida que a música vai chegando ao fim e a sua filha faz uma interpretação épica, deixando uma vibração alegre pairar por todo o ginásio. Sheila me olha como se eu fosse algum tipo de entidade, em seus olhos a gratidão borbulha junto com as lágrimas que ela não consegue impedir que molhem o seu rosto.

Eu até entendo, mas não consigo ver a coisa desse jeito, Alex nunca foi o tipo de pessoa que encara numa boa ter alguém dizendo o que fazer. Em compensação, não subestime a sua teimosia, essa sim foi a grande alavanca da sua recuperação, não só física como mental. A verdade é que não fiz muita coisa para merecer esse olhar grato da mãe de Alex. Talvez, amar a sua filha como a razão da minha vida, tenha sido o ponto positivo a meu favor e, se isso contribuiu para deixar a minha menina nesse estado de felicidade que tenho o prazer de testemunhar, vou passar todos os dias daqui para frente me assegurando de que ela vai ser cada vez mais amada e não vou medir nenhum esforço para manter esse sorriso ofuscante em seu rosto.

Alex agradece a multidão e o restante da banda faz o mesmo; eles ficam alinhados na frente do palco, com a garota da banda no centro e se dão os braços em um abraço conjunto. Os rapazes pegam Alex no colo, zoando e divertindo a galera, que começa a assobiar alto. Os aplausos não têm fim, ninguém arreda o pé de onde está e todos reconhecem que esse momento é marcado por tantas coisas, que não dá nem para definir.

Mas, de verdade? Acho que depois de tudo o que passamos, sei que os caminhos nem sempre vão ser leves e divertidos, alguns serão difíceis como o inferno. Porém, acredito que mesmo nas estradas mais tortuosas, o fim pode ser inesperado. Com a gente, foi bem assim.

Para a minha sorte, cheguei à feliz conclusão de que vale a pena esperar por algumas coisas. Eu esperei por Alex. E, agora, não vou desperdiçar nem mais um dia da minha vida, já que uma única vida com uma mulher como ela, não seria suficiente, a eternidade, essa sim, talvez bastasse. Talvez.

Playlist

1. *A Hard Day"s Night* – The Beatles
2. *Bad Habits* – The Kooks
3. *Can't Stop* – Red Hot Chili Peppers
4. *Learn To Fly* – Foo Fighters
5. *Let It Be* – The Beatles
6. *Lucky Strike* – Maroon 5
7. *Lonely No More* – Rob Thomas
8. *Help* – The Beatles
9. *Drive My Car* – The Beatles
10. *I'm in Love With A Monster* – Fifth Harmony
11. *Believer* – Imagine Dragons
12. *How You Remind Me* – Nickelback
13. *Born Ready* – Zayde Wolf